有美一朵，向晚生香

丁立梅 著

作家出版社

图书在版编目（CIP）数据

有美一朵，向晚生香：新版 / 丁立梅 著 . -- 北京：作家出版社，2018. 11（2025. 7 重印）

ISBN 978-7-5063-9926-5

Ⅰ . ①有… Ⅱ . ①丁… Ⅲ . ①散文集– 中国 – 当代 Ⅳ . ①I267

中国版本图书馆CIP数据核字（2018）第030782号

有美一朵，向晚生香：新版

作　　者：丁立梅
责任编辑：省登宇
助理编辑：周李立
装帧设计：张亚群
出版发行：作家出版社有限公司
社　　址：北京农展馆南里10号　　邮　编：100125
电话传真：86-10-65937186（发行中心及邮购部）
　　　　　86-10-65004079（总编室）
E-mail:zuojia@zuojia.net.cn
http://www.zuojiachubanshe.com（作家在线）
印　　刷：北京中科印刷有限公司
成品尺寸：142×210
字　　数：180千
印　　张：10.5
版　　次：2018年11月第1版
印　　次：2025年7月第25次印刷
ISBN　978-7-5063-9926-5
定　　价：35.00元

目录

第一辑　黄裙子，绿帕子

她多像一个春天啊，在我们年少的心里，茸茸地种出一片绿来。

第二辑　有一种爱叫相依为命

这世上，有一种最为凝重、最为深厚、最为坚固的情感，叫相依为命。它与幸福离得最近，且不会轻易破碎。

第三辑　一天就是一辈子

风吹着窗外的花树，云唱着蓝天的歌谣，怎么样，都是好了，我可以把一天，过成我想要的一辈子。

第四辑　小扇轻摇的时光

恍惚间，月下有个小女孩，手执蒲扇，追着流萤。依稀的，都是
儿时的光景。

第五辑　有美一朵，向晚生香

感谢生命中那些相遇，在我人生的底色上，抹上一朵粉红，于向晚的风里，微微生香。

第六辑　风过林梢

露天舞台，一盏汽油灯悬着，照着她唇红齿白一张粉嫩的脸，她像开得满满的一枝芍药花。

第七辑　当华美的叶片落尽

当华美的叶片落尽，生命的脉络才历历可见。

第八辑　花都开好了

你看，花都开好了。冰天雪地里，红艳艳的一大簇，直艳到人的心里面。

序

每一颗种子，都有它自己的奇迹。

——这是植物们告诉我的。

我手上如果有一颗种子，我绝不会随手扔了它，而是会把它种在一盆土里。

我种过苹果、西瓜、柚子、桂圆、火龙果、荔枝、桔，都是吃完的水果种子。它们有的会发芽、成长，像柚子和火龙果，很快蓬勃出一盆新绿来。大半年的时间里，它们都是我书桌上最美的景致。

有的，暂不会发芽。我也不难过。得之，是意外。不得，也在情理之中。我很享受的是这种可遇不可求的缘分。

我买洋葱，吃剩下的，放冰箱里。日子久了，半颗洋葱头竟在冰箱里发了芽。我找只花瓶，把它装进去，它就不停地长啊长，长出肥绿的一串儿。有人说它是风信子。有人说它是水仙花。

——我得意，告诉他们，不是，是洋葱头啊。

洋葱头也有梦想的。

我还在泥盆里栽过生姜。生姜拱出的新绿，像竹，摇曳生姿，极有看头。我看书或写字累了，就踱到它身边去，一盆的新绿，染绿我的眼、我的心。这意外所得，如同赐予。

　　我还在碗里长过菜花和小野菊。它们一律的，都端给我一盆的好颜色，让我的日子，充满欢喜和甜蜜。

　　不要埋怨生活不优待你。你要扪心自问的是，你优待过它吗？

　　还是请从一颗种子入手吧，爱它，珍惜它，你将收获到许多意想不到的快乐。那里面，期待有，惊喜有，美好有。更重要的是，它让你学会执着、柔软和善待。

第一辑
黄裙子，绿帕子

她多像一个春天啊，在我
们年少的心里，茸茸地种
出一片绿来。

黄裙子，绿帕子

她多像一个春天啊，在我们年少的心里，茸茸地种出一片绿来。

十五年前的学生搞同学聚会，邀请了当年的老师去，我也是被邀请的老师之一。

十五年，花开过十五季，又落过十五季。迎来送往的，我几乎忘掉了他们所有人，然在他们的记忆里，却有着我鲜活的一页。

他们说，老师，你那时好年轻呀，顶喜欢穿长裙。我们记得你有一条鹅黄的裙子，真正是靓极了。

他们说，老师，我们那时最盼上你的课，最喜欢看到你。你不像别的老师那么正统威严，你的黄裙子特别，你走路特别，你讲课特别，你爱笑，又可爱又漂亮。

他们说，老师，当年，你还教过我们唱歌呢，满眼的灰色之中，你是唯一的亮色，简直是光芒四射啊。

他们后来再形容我，用得最多的词居然都是：光芒四射。

我听得汗流浃背，是绝对意外的那种吃惊和惶恐。可他们一脸真诚，一个个拥到我身边，争相跟我说着当年事，完全不像开玩笑的。

回家，我迫不及待翻找出十五年前的照片。照片上，就一普通的女孩子，圆脸，短发，还稍稍有点胖。可是，她脸上的笑容，却似青荷上的露珠，又似星月朗照，那么的透明和纯净。

一个人有没有魅力，原不在于容貌，更多的，是缘于她内心所散发出的好意。倘若她内心装着善与真，那么，呈现在她脸上的色彩，必然叫人如沐暖阳如吹煦风，真实、亲切，活力迸发。这样的她，是迷人的。

我记忆里也有这样的一个人。小学六年级。学期中途，她突然来代我们的课，教数学。我们那时是顶头疼数学的。原先教我们数学的老师是个中年男人，面上整天不见一丝笑容。即便外边刮再大的风，他也是水波不现，严谨得像件老古董。

她来，却让我们都爱上了上数学课。她十八九岁，个子中等，皮肤黑里透红，长发在脑后用一条绿色的帕子，松松地挽了。像极田埂边的一朵小野花，天地阔大，她就那么很随意地开着。她走路是连蹦带跳着的，跟只欢快的鸟儿似的。第一次登上讲台，她脸红，半天说不出话来，只轻咬住嘴唇，望着我们笑。那样子，活脱脱像个邻家大姐姐，全无半点老师的威严感。我们一下子喜欢上她，新奇有，更多的，却是觉得亲近和亲切。

记不得她的课上得怎样了，只记得，每到要上数学课，我们早早就在桌上摆好数学书，脖子伸得老长，朝着窗外看，盼着她早点来。我们爱上她脸上的笑容，爱上她的一蹦一跳，爱上她脑后的绿帕子。她多像一个春天啊，在我们年少的心里，茸茸地种出一片绿来。

她偶尔也惩罚不听话的孩子，却从不喝骂，只伸出食指和中指，在那孩子头上轻轻一弹，轻咬住嘴唇，看着那孩子笑道，你好调皮呀。那被她手指弹中的孩子，脸上就红上一红，也跟着不好意思地笑。于是，我们便都笑起来。我们作业若完成得好，她会奖励我们，做游戏，或是唱歌。——这些，又都是我们顶喜欢的。在她的课堂上，便常常掌声不断，欢笑声四起，真是好快乐的。

然学期未曾结束，却又换回原来严谨的男老师，她得走了。她走时，我们中好多孩子都哭了。她也伏在课桌上哭，哭得双眼通红。但到底，还是走了。我们都跟去大门口相送，恋恋不舍。我们看着她和她脑后的绿帕子，一点一点走远，直至完全消失不见。天地真静哪，我们感到了悲伤。那悲伤，好些天，都不曾散去。

打碗花的微笑

天空下，她微笑的样子，像一朵浅紫的打碗花。

那年，我念初中一年级。学期中途，班上突然转来一个女生。女生梳两根长长的黑辫子，有张白果似的小脸蛋，精巧的眼睛、鼻子和嘴唇，镶嵌其上。老师安排她靠窗坐。她安静地翻书，看黑板，姿势美好。窗外有桐树几棵，树影倾泻在她身上，波光潋滟。像一幅水粉画。

我们的眼光，总不由自主转向她，偷偷打量，在心里面赞叹。寡淡如水的乡村学校生活，因她的突然撞入，有了种种雀跃。说不清那到底是什么，我们就是那么高兴。

她总是显得很困。常常的，课上着上着，她就伏在桌上睡着了。两臂交叉，头斜枕在上面，侧着脸，闭着眼，长长的睫毛，像蝶翅样的，覆盖在眼睑上。外面一个世界鸟雀鸣叫，她那里，只有轻梦若纱。

这睡相，如同婴儿一般甜美，害得我们看呆过去。老师亦看见了，在讲台前怔一怔。我们都替她紧张着，以为老师要喝骂她。平时我们中谁偶尔课上睡着了，老师都要喝骂来着。谁知那么严厉的老师，看见她的睡相，居然在嘴边荡起一抹笑。老师放轻脚步，走到她跟前，轻轻推一推她，说，醒醒啦。她一惊，睁开小绵羊般的眼睛，用手揉着，冲老师抱歉地笑，啊，对不起老师，我又睡着了。

我们都笑了。没觉得老师的做法，对我们有什么不公。在她面前，老师就该那么温柔。我们喜欢着她，单纯地，暗暗地。就像喜欢窗外的桐树，喜欢树上鸣唱的鸟儿。

有关她的身世，却悄悄在班上传开。说她爸爸是个当大老板的，发达了之后，遗弃了她妈妈。她妈妈一气之下，寻了死。她爸爸很快娶了个年轻女人，做她后妈。后妈容不下她，把她打发回老家来念书。

这到底是真是假，没有人向她证实过。我们再看她时，就有了好奇与怜悯。她却没有表现出多少的不愉快来，依旧安静地美好着。跟班上同学少有交集，下了课就走，独来独往。我们的目光，在她身后追随着。她或许知道，并不回头。

偶尔一次，我与她路遇。那会儿，她正蹲在一堵墙的墙角边，逗着一只小花猫玩。黄的白的小野花，无拘无束的，开在她的脚边。看见我，她直起身来，冲我点点头，笑，眼睛笑得弯弯的。我们同行了一段路，路上说了一些话。记不得说的什么了，只记得，她讲一口流利的普通话，声音甜脆。田野里有风吹过来，色彩是金黄的，很和煦。是春天，或是秋天。天空下，她微笑的样子，像一朵浅紫的打碗花。

后来的一天，她却突然死了。说是病死，急病。一说是脑膜炎，一说是急性肺炎。她就那么消失了，像一颗流星划过夜空。靠窗边她的课桌，很快撤了。我们一如既往地上着课，像之前她没到来时一样。

好多年了，我不曾想过她。傍晚时，我路过一岔路口，迎面走来一个女孩，十二三岁的模样。女孩梳着现时不多见的两根长辫子，乌黑的。女孩很安静地走着，我一下子想起她，眼睛渐渐蒙上一层薄雾。那打碗花一样的微笑，是我最初相遇到的美好。

陌上花开蝴蝶飞

岁月的波光涛影啊，它们在我的心头流啊流。

这世上，最让人惆怅的事莫过于，你曾经经历的葱郁葱茏，都被时光的那只小手，拂得干干净净，烟尘也没留下一粒。某一天，你试图循着从前的路，想走回去，却早已物非人也非。风还在吹，水还在流，你却找不到你的过往了，仿佛你从未曾出现过。天地迢遥，山长水渺，你想凭吊，也无所附丽了。那种失落，才真正是疼，疼得慌。

有时半夜睡醒，我会突然想起从前的一些小光阴。弯弯的田埂。冒着炊烟的茅舍。蜷在土墙上打盹的黑猫。木槿花围成的篱笆院落，花红一朵紫一朵地开着。岁月的波光涛影啊，它们在我的心头流啊流。

我睁眼痴痴地想上一想，四周漆黑，万籁俱静，我犹如孤岛。我知道，回不去了。我的村庄之于我，是陌生的了。我之于它，亦像是天外来客。故乡偶尔还是回的，却每每靠近，都有点像踩着唐时贺知章的脚印，怯了又怯。——"儿童相见不相识，笑问客从何处来"，真的就是那样的。

"陌上花开蝴蝶飞，江山犹似昔人非"。还是趁我尚有记忆的时候，让我在记忆里打捞一把吧，以慰相思。

我穿鞋，总是鞋头先破。

新鞋穿上没两天，脚趾已露了出来。

不单单是我，那时的小孩，都是这样的。我们走路从来没有正儿八经过，好好的路放着不走，却专门爱挑那些坑坑洼洼高低不平的地方走，也爱翻沟爬渠。总之，是要带点挑战性的。

路上遇到水洼子，我们踩水洼子。遇到泥块，我们踢泥块。遇到碎砖，我们踢碎砖。遇到小石子，我们踢小石子。实在没什么可踢的了，我们就踢路边长着的小花小草。可怜了那些小花小草，就那么好脾气地任由我们踢着，早也踢，晚也踢。反正，我们的脚是不能闲着的。

布鞋经得起我们几回踢？我妈的一针一线，很轻易地就被我踢破了。回家挨打是免不了的，可就是不长记性，再走路，依然不会好好去走，把路上能踢的东西都踢个遍，沉醉其中，满心欢喜。

想来，四平八稳的生活，连小孩也不喜的，日子里总要擦出点小火花，那才叫有意思吧。

我穿裤子，也总是裤兜先破。

我妈晚上帮我脱裤子，准会在裤兜里倒出一堆的"宝贝"来：小石子，玻璃瓶底，小瓦片，树叶，泥块，芦苇枝，蜗螺壳……有时，还会有小虫子，像蚂蚱之类的。

我妈边倒边骂，讨债鬼，你装这些垃圾做什么啊！

我吓得不敢吱声，怕一吱声，我妈的巴掌就拍过来了。

也还是不长记性，到第二天，裤兜里准又装上这些玩意儿了，乐此不疲。我姐也是。我弟弟也是。害得我妈替我们补着补不完的衣裳。

在一个孩子的眼里，所有的物，都值得亲近，且是万金不换的宝贝。

有一段日子，我特痴迷于挖灶台和造小房子。

提了猪草篮子，说是去割猪草，其实哪里是。到得地里，猪草篮子被扔到一边去，我开始挖灶台。泥堆出台子。泥做出锅碗瓢盆。我在灶台上做"饭"做"菜"，好一个热气腾腾。玩到日落，还不想回家。

也用芦苇茅草搭建小房子。有一次，我在桑树地里，整出一小块空地，用树枝软草，盖了一幢小房，我捉一只虫子进去，代替我住着。用桑树叶代替鸡几只、鸭几只，放在房前，想象着它们正在自在地觅食。我还在房顶上插满小野花，自认为把它打扮得很美，一日三回跑去看，真真是欢喜得不得了。夜里兴奋得睡不着，睁着眼还瞎高兴半天，也不知道高兴个啥，仿佛藏着一个天大的秘密。

我奶奶追着鸡跑，终发现了我的小秘密。她嘟哝着骂着什么，很生气地捣毁了我的小窝。树枝和软草，被她拾回家，做了引火草。

我独自难过了很久。

现在想来，我从小就表现出大众化的庸常来，亲近凡俗，热衷于一灶一锅、一瓢一勺、一庭一院。我注定了一辈子只有在烟火里才得心安。

远房亲戚家，新过门的媳妇生了小孩，家里大人商量着，要去送月子礼。

十月里，正是收获季节，地里的活儿一桩接一桩，谁有那闲空走亲戚？大人们称回几斤馓子和红糖，为谁去送这个礼作了难。我人小，在一边却听得兴奋，仰了头说："我去。"这等走亲戚，总是好处多多的，在亲戚家，我肯定能吃上糖水泡馓子。这小算盘，我可拨得噼啦响。

我妈果真让我去了。她就那么放心的，让一个才五六岁的孩子，去往陌生地。多年后，我妈叹息着说："有什么办法呢？那时穷啊，大人要挣工分啊。"

那个远房亲戚家，我从未到过，亲戚也是我未曾谋过面的。

但无知者无畏，我雄赳赳气昂昂地挎着小竹篮，就上路了。一路走，一路记着我奶奶交代过的，要过四座桥，要转五个弯。

好吧，我爬过四座桥去（那时桥都是木桥，留很大缝隙，我是不敢走着的，只能爬）。我转了五个弯，一个村庄呈现在我跟前。棉花地连着棉花地，茅草房连着茅草房。我穿过一块棉花地，再一块棉花地，在一排茅草房前徘徊，并不担心找不着亲戚家。小脑袋里转着那样的念头，新生了小孩的人家，门前肯定晾着尿布的，亦肯定晾着婴孩的小红衫。刚出生的孩子，都穿这个，这我知道。我有限的人生经验里，竟无意中装进了家乡的很多老风俗。

循着晾衣绳上的尿布，和院门前桃树上晒着的婴孩的小红衫，我没怎么费劲，就找到了亲戚家。亲戚全家惊奇得不得了，那个我叫大妈的妇人，弯腰抱起我，使劲亲，她不相信地一声声问："小乖乖，你怎么就摸到的，你怎么就摸到了？"

我如愿吃到了糖水泡馓子。还收获到回礼一份——两只大饼，纯白面粉做的。

当天，我凯旋而归。晚上，一家人围在灯下，翻看着我带回的两只大饼，热切地问了我很多很多，路上怎么走的，又怎么摸到那个大妈家的，大妈说了些什么，我又说了些什么，吃了些什么。问了一遍又一遍，我答了一遍又一遍。

我妈跟我聊天，提及我小时候的这件事。我妈说："你从小就聪明，那么小的人，能摸那么远的路，还知道新生了小儿的人家，门口要晒小红衫。你命大福大，以后会有享不完的福的。"

我很含蓄地笑了。我没告诉我妈的是，我只是被那碗糖水泡籼子牵着去的。

想望一场雪。

雪也总不来。好些个冬天，风也是冷的，水也是寒的，天却冷得拖泥带水的。

从前的冬天，却不是这样的。天说冷就冷，干脆，果断，彻底。雪一下就是几昼夜。冰凌在屋檐下挂着，一根根，晶莹闪亮，远观去，一排，像水晶帘子。

我们拿它当冰棍吃。手冻得通红，像红萝卜。脸也冻得通红，像红苹果。却不觉得冷，还是要往外跑，小狗样的，在冰天雪地里，撒着欢。

大人也没时间管我们，随我们到处野去，穿得不多也是不要紧的。小孩屁股后面有三把火，我奶奶说。天尽管冷得嘎嘣嘎嘣的，我们却很少被冻坏了，连感冒头疼也少有。

最喜欢的是玩冰。在冰上打冰漂，比赛谁漂得远。小河里的冰，结有几寸厚吧，打冰漂不过瘾的，我们都跑去冰上溜着。便常有意外发生，玩着玩着，脚下的冰突然裂了缝，抽身不及，"扑通"掉下去。幸好是大冬天，都穿着棉衣棉裤，一时半会儿沉不下去，也都能被及时救上来。

我姐经常翻老皇历，对着我小弟。说某年的冬天，她走在去上学的路上，见到我小弟的花棉袄浮在水面上。当时，周围一个人也没有。她伏到冰块上，硬是用牙齿咬着我小弟的棉衣，把他给拽了上来。我姐说，那时，她也只是个孩子，不过十一二岁。

这惊险的一幕，我小弟毫无印象。我姐对此很不满。我救了你的命哪，不是我，哪有今天的你，我姐说。

我小弟心里早就认了，嘴却硬，说她是讲故事。

每年，我奶奶会挑一只母鸡，让它抱窝儿。

抱窝儿的母鸡很敬业，一动不动伏在窝里，伏在一堆鸡蛋上。然后某天，我尚在午睡，耳边就听见了雏鸡的叫，唧唧，唧唧，外面的天光都被这稚嫩的声音，唤得青翠流转起来。

一群小鸡，毛茸茸，粉嘟嘟的，试探着在地上走，走得跌跌撞撞。母鸡领着这样一群鸡崽，出门去，风光无限。

我对母鸡实在好奇，以为我们人，也像母鸡孵蛋一样，这么给孵出来的。我偷拿了鸡蛋，学母鸡的样，孵。结果，鸡蛋在我身下碎了，蛋黄蛋清糊了一身，被我奶奶捉住，狠揍了一顿。我奶奶一连唠叨了数日，说我是败家子。她痛惜着那几只鸡蛋，可以换到几斤盐的。

我后来还偷试过两回，不成功，终死了心。

糊里糊涂参加过一次追悼会，一个大人物的。

是春末夏初的天，村人们神情庄严，悄悄传说，谁谁谁死了。

谁死了？小孩多嘴问。立即被大人警告，不许瞎问。村部设了灵堂，白色的幔子拉起来，中间一个大大的黑色"奠"字。一二年级的小朋友也被告之，要参加追悼会，叫我们回家准备白衬衫。我们小孩只管在心里高兴，觉得自己被当作大人看待，这是其一。更重要的是，可以不用坐在教室里，可以看见一群又一群人聚在一起，多热闹啊。

一堆儿的姑娘婶娘在叠白花，手底下开满了小白花，雪一样白，那么多，都快成河流荡起来了。我真愿意她们就那么叠下去。

白衬衫哪里有呢？我妈没法，弄了件她洗得泛白的衫子，给我套上。我一直拖到脚面上，像穿了件长裙子。别一朵小白花在胸前。——这都是好玩的事。高兴啊，真恨不得天天开追悼会。却不敢在脸上显露出高兴来，学大人们的样，让表情沉重着。

一队一队的人，走进灵堂去。有人在前面喊，一鞠躬。二鞠躬。再鞠躬。哀乐声循环播放。

出门，外面的阳光晃花了眼。人们都扯下胸前的小白花，扔到地上，脸上的庄严肃穆倏忽不见。我站在阳光下发愣，这就算完了？我略略有些惆怅。地上"开满"了小白花，真漂亮啊，我真想捡了它们回家。

遇见你的纯真岁月

　　那是他和我们的纯真岁月，彼此用心相爱，所以，刻骨铭心。

　　他是第一个分配到我们乡下学校来的大学生。

　　他着格子衬衫，穿尖头皮鞋，操一口流利的普通话，这令我们着迷。更让我们着迷的是，他有一双小鹿似的眼睛，清澈、温暖。

　　两排平房，青砖红瓦，那是我们的教室。他跟着校长，绕着两排平房走，边走边跳着去够路旁柳树上的树枝。附近人家养的鸡，跑到校园来觅食了，他看到鸡，竟兴奋得张开双臂，扑过去，边扑嘴里边惊喜地叫："啊啊，大花鸡！"惹得我们笑弯了腰，有同学老气横秋地点头说："我们的老师，像个孩子。"

　　他真的做了我们的老师，教我们语文。第一天上课，他站讲台上半天没说话，拿他小鹿似的眼睛，看我们。我们也仰了头对着他看，彼此笑眯眯的。后来，他一脸深情地说："你们长得真可爱，真的。我愿意做你们的朋友，共同来把语文学好，你们一定要当我是朋友哦。"他的这个开场白，一下子拉近了他与我们的距离，全班学生的热血，在那一刻沸腾起来。

他的课，上得丰富多彩。一个个汉字，在他嘴里，都成了妙不可言的音符。我们入迷地听他解读课文，争相回答他提的问题。不管我们如何作答，他一律微笑着说："真聪明，老师咋没想到这么答呢？"有时我们回答得太离谱了，他也佯装要惩罚我们，结果是，罚我们唱歌给他听。于是教室里的欢笑声，一浪高过一浪。那时上语文课，在我们，是期盼，是幸福，是享受。

他还引导我们阅读。当时乡下学校，课外书极其匮乏，他就用自己的工资，给我们买回很多的书，诸如《红楼梦》《钢铁是怎样炼成的》《红与黑》之类的。他说："只有不停地阅读，人才能走到更广阔的天地去。"我至今还保留着良好的阅读习惯，应该是那个时候养成的。

春天的时候，他领我们去看桃花。他说："大自然是用来欣赏的，不欣赏，是一种极大的浪费，而浪费是可耻的。"我们"哄"一声笑开了，跟着他蹦蹦跳跳走进大自然。花树下，他和我们站在一起，笑得面若桃花。他说："永远这样，多好啊。"周围的农人，都看稀奇似的，停下来看我们。我们成了风景，这让我们备感骄傲。

我们爱他的方式，很简单，却倾尽我们所能：掐一把野地里的花儿，插进他办公桌的玻璃瓶里；送上自家烙的饼，自家包的粽子，悄悄放在他的宿舍门口。他总是笑问："谁又做好事了？谁？"我们摇头，佯装不知，昂向他的，是一张张葵花般的笑脸。

我们念初二的时候，他生了一场病，回城养病，一走两个星期。真想他啊，班上的女生，守在校门口，频频西望。——那是他回家的方向。被人发现了，却假装说："啊，我们在看太阳落山呢。"

是啊，太阳又落山了，他还没有回来。心里的失望，一波又一波的。那些日子，我们的课，上得无精打采。

他病好后回来，讲台上堆满了送他的礼物，野花自不必说，一束又一束的。还有我们舍不得吃的糖果，自制的贺卡。他也给我们带了礼物，一人一块巧克力。他说："城里的孩子，都兴吃这个。"说这话时，他的眼睛湿湿的。我们的眼睛，也跟着湿了。

他的母亲，却千方百计把他往城里调。他是家里独子，拗不过母亲。他说："你们要好好学习，将来，我们会有重逢的那一天的。"他走的时候，全班同学哭得很伤心。他也哭了。

多年后，遇见他，他早已不做老师了，眼神已不复清澈。提起当年的学生，却如数家珍般的，一个一个，都记得。清清楚楚着，一如我们清楚地记得他当年的模样。那是他和我们的纯真岁月，彼此用心相待，所以，刻骨铭心。

青春不留白

原来，所有的青春，都不会是一场留白。

上高中的时候，我在离家很远的镇上读书，借宿在镇上的远房亲戚家里。虽说是亲戚，但隔了枝隔了叶的，平时又不大走动，关系其实很疏远。是父亲送我去的，父亲背着玉米面、蚕豆等土产品，还带了两只下蛋的老母鸡。父亲脸上挂着谦卑的笑容，让我叫一对中年夫妇"伯伯"与"伯母"。伯伯倒是挺和气的，说自家孩子就应该住家里，让父亲只管放心回去。只是伯母，仿佛有些不高兴，一直闷在房里，不知在忙什么。我父亲回去，她也仅仅隔着门，送出一句话来："走啦？"再没其他表示。

我就这样在亲戚家住下来。中午饭在学校吃，早晚饭搭在亲戚家。父亲每个月都会背着沉沉的米袋子，给亲戚家送米来。走时总要关照我，在人家家里住着，要眼勤手快。我记着父亲的话，努力做一个眼勤手快的孩子，抢着帮他们扫地洗菜，甚至洗衣。但伯母，总是用防范的眼神瞅着我，不时地说几句，菜要多洗几遍知道吗？碗要小心放。别碰坏洗衣机，贵着呢。农村孩子，本来就自卑，她这样一来，我更加自卑，于是平常在他们家，我都敛声静气着。

亲戚家的屋旁，有条小河，河边很亲切地长着一些洋槐树。这是我们乡下最常见的树，看到它们，我会闻到家的味道。我喜欢去那里，倚着树看书，感觉自己是只快活的小鸟。洋槐树在五月里开花，花白，蕊黄，散发出甜蜜的气息。每个清晨和傍晚，我几乎都待在那里。

不记得是哪一天看到那个少年的了。五月的洋槐花开得正密，他穿一件红色毛线外套，推开一扇小木门，走了出来。他的手里端着药罐，土黄色，很沉的样子。他把药渣倒到小河边，空气中立即弥漫着浓浓的中草药味。少年有双细长的眼，眉宇间，含着淡的忧伤。他的肤色极白，像头顶上开着的槐树花。我抬眼看他时，他也正看着我，隔着十来米远的距离。天空安静。

这以后，便常常见面。小木门"吱呀"一声，他端着沉的药罐出来，红色毛衣，跳动在微凉的晨曦里。我知道，挨河边住着的，就是他家。白墙黛瓦，小门小院。亦知道，他家小院里，长着茂密的一丛蔷薇，我看到一朵一朵细嫩粉红的花，藏不住快乐似的，从院内探出头来，趴在院墙的墙头上笑。

一天，极意外地，他突然对着我，笑着"嗨"了声。我亦回他一个"嗨"。我们隔着不远的距离，相互看着笑，并没有聊什么，但我心里，却很高兴很明媚。

蔷薇花开得最好的时候，少年送我一枝蔷薇，上面缀满细密的花朵，粉红柔嫩，像年少的心。我找了一个玻璃瓶，把它插进水里面养，一屋子，都缠着香。伯母看看我，看看花，眼神怪怪的。到晚上，她终于旁敲侧击说："现在水费也涨了。"又接着来一句："女孩子，心不要太野了。"像心上突然被人生生剜了一刀似的，那个夜里，我失眠了。

第二天，我苦求一个住宿舍的同学，情愿跟她挤一块睡，也不愿再寄居在亲戚家里。我几乎是以逃离的姿势离开亲戚家的，甚至没来得及与那条小河作别。那一树一树的洋槐花，在我不知晓的时节，落了。青春年少的记忆，成了苦涩。

转眼十来年过去了，我也早已大学毕业，在城里安了家。一日，我在商场购物，发觉总有目光在追着我，等我去找，又没有了。我疑惑不已，正准备走开，一个男人，突然微微笑着站到我跟前，问我："你是小艾吗？"

他跟我说起那条小河，那些洋槐树。隔着十来年的光阴，我认出了他，他的皮肤不再白皙，但那双细长的眼睛依旧细长。

——我母亲那时病着，天天吃药，不久就走了。

——我去找过你，没找到。

——蔷薇花开的时候，我会给你留一枝最好的，以为哪一天，你会突然回来。

——后来那个地方，拆迁了。那条小河，也被填掉了。

他的话说到这里，止住。一时间，我们都没有了话，只是相互看着笑，像多年前那些微凉的清晨。

原来，所有的青春，都不会是一场留白，不管如何自卑，它也会如五月的槐花，开满枝头，在不知不觉中，绽出清新甜蜜的气息来。

我们没有问彼此现在的生活，那无关紧要。岁月原是一场一场的感恩，感谢生命里的相遇。我们分别时，亦没有给对方留地址，甚至连电话也不留。我想，有缘的，总会再相见。无缘的，纵使相逢也不识。

我的中学时代

年少的心里，觉得世上最幸福的事，莫过于那样的时刻。

人都爱用"青衫年少，白衣飘飘"之类的句子，来描写中学时代，很纯美，远离世间烟火的样子。真实的情形，其实不是这样的。至少我的，不是这样的。

我的整个中学时代，都穿着土布的衣，脚着一双母亲纳的布鞋，肩背母亲用格子头巾缝制的书包，在离家三十多里的老街上念书。

那时，乡下孩子，极少有家庭富裕的。每个孩子，看上去都差不多，都是一枚不起眼的小土豆。我们这许多的小土豆扎堆在一起，相互取暖，一起成长。

书自然是整天读着的，整天挖空心思去念着想着的，还有吃。是的，吃。

不知是不是因为正处在长身体的年纪，我们每天总处于半饥饿状态。每个月，家里会担了粮米送来，给学校食堂。早上是稀饭就咸菜。中午是白饭就咸菜。晚上还是稀饭就咸菜。这样清汤寡水地吃着，肚子里很欠油水。

那时的伙食费，委实不多，一个月八块钱。交全了的话，中午可以加一个小菜，和一碗冬瓜汤。但很多孩子交不起，比如我。我们就自创一种汤，叫酱油汤。做法极简单，倒出一勺酱油，拿滚开水冲泡了。奢侈一点的，里面再滴两滴麻油，汤就成了。我读了几年中学，就喝了几年这样的汤。

下午的时光，总是漫长得厉害。两节课后，是做课间操时间，肚子饿得折磨人，操做得有气无力。偏偏食堂的师傅又来招惹，煎出香喷喷的葱油饼来，一张张，黄灿灿的，摊放在食堂窗口卖，上面撒满碧绿的葱花，整个校园都弥漫着那香。我们假装闻不到，把头埋到书堆里。可是，那香，从书上的每个字里跳出来。我们假装玩耍，大声说笑，可笑着笑着，鼻子不做主了，总要深吸一口，再深吸一口。周遭的每一寸空气，都是香的呀。有时，我们实在敌不过那馋，几个要好的女生去合买一张，分着吃。

盼着周六学校放假，真是归心似箭。一路马不停蹄奔回去，疼我的祖母，总会想办法给我弄点好吃的，煎两只鸡蛋，煮一碗小鱼。年少的心里，觉得世上最幸福的事，莫过于那样的时刻，可以有煎鸡蛋吃。可以吃煮小鱼。

周日返校时，每个孩子或多或少，都会自带些干粮。我的祖母会给我炒上几斤蚕豆，塞上两罐咸菜。还有一种吃食，是把面粉炒熟了，用沸水泡着吃。现在的孩子恐怕见都没见过，我们苏北人家，叫它焦雪。关于它，还有一段传说。相传久远的从前，六月天里，苏北地区闹饥荒，饿殍遍地。天上的雪神看不下去了，想拯救人间，遂降下雪面粉。但又怕上帝看见六月降雪，会治她的罪，遂把面粉的色泽，染得跟黄土地的颜色差不多。老百姓见天上飘下"泥土"来，人人惊奇。反正观音土都有人吃，这天上的"土"，更不可错过。于是家家争接这天上之"土"，拿开水泡了，吃在嘴里，竟奇香无比。饥荒过后，为纪念雪神，苏北人家就有了每年六月六，必吃炒焦雪的习俗。

学校宿舍老鼠多，一个个都能飞檐走壁，武艺高强。无论我们怎么藏着那些可怜的有限的干粮，它们都能轻易找到。即便我们把装了焦雪的布袋子挂到屋顶上，它们也有本事把布袋子咬出洞来，在里面大快朵颐。与它们几番较量后，我们甘拜下风，把吃食全转移到教室里去了。晚自修上到一半，就有孩子在位子上坐不住了，闻到桌肚子里的香呀。一俟下课铃声响，教室里立即沸腾了，瓷缸瓷钵子的，响成一片。不多久，人人都捧一碗热腾腾的焦雪在吃，整个教室都被焦雪的香给淹没了。

男生们都特能吃，自带的干粮，往往没两天就见底了，他们就偷我们女生的。咸菜，炒蚕豆，焦雪，饼片，见什么偷什么。女生们都心知肚明着呢，也不戳穿他们，有时甚至有意不锁课桌肚，任他们偷食去。其结果是，所带的干粮，往往支撑不到周末。我们又要过几天饿肚子的日子。

也结伴着去同学家打牙祭。有女生晚上要归家取东西，我们呼啦啦吆喝上五六个人去送她。乡下的夜晚，那么安静，我们的动作，却搞得那样大，齐刷刷站在女生家的院墙外，兴奋地说笑，等着她父母来开门。她母亲后来给我们做荷包蛋吃，一人三只。我们就那么心安理得地吃下去，不知一个穷家里，那么多鸡蛋，该积攒多少时日。

就这样，吃着吃着，我们也就长大了。吃着吃着，我们也就毕业了。

那一夜，星光如许

清瘦黝黑的他守在一边，把一个父亲能给予的亲情和爱，全都无私地给了她。

那时，真是羡慕她。

我们一群乡下孩子，进城来高考，独自背着简单的行李，无人相送。只她身边，有父亲和上小学的弟弟陪着，前呼后拥的，让穿着一袭白裙子的她，公主般地高贵着。

我们入住在招待所。楼下是喧闹的农贸市场，各种买卖的声音，不时灌进耳里来。书是看不进去的，我们伏在窗口，望这个城。城市斑斓，犹如万花筒。我们在心里发着狠，等我们考上了，跳出"农门"，将来也要来这城里住。到那时，我们一天要逛两遍街，把这斑斓悉数看尽。

楼下，一溜排开的水果摊子，红瓤的西瓜，被劈成两半，摆在那儿当招牌。青皮红嘴的桃，堆得尖尖的，望得见甜蜜在里头。——真想吃啊。手头却是拮据的。——在地里苦活的父母，还顶着烈日在劳作，让我们也舍不得如此奢侈。

一回头，就看见了她的父亲和弟弟，一人手里抱着一个大西瓜，一人手里提着一袋的桃，上楼来了。我们暗暗想，真是有钱人哪。她父亲很快切好西瓜，洗好桃，给她送过去。其时，她正一边坐在楼道口吹风，一边胡乱地翻着一本书。父亲细心地剔去西瓜里的黑籽，一块一块，递给她吃。她吃到不想吃了，父亲还小声劝着，再吃两块吧，吃了会凉快些的。

傍晚，我们去盥洗间洗衣服。她父亲也端着一盆衣服去洗，是她刚换下的。她弟弟跟着，却噘着嘴，很不高兴的样子。父亲一边洗衣服，一边和风细雨地对弟弟说，姐姐明天就要高考了，西瓜是要省给姐姐吃的，你要懂事一点，等以后爸爸赚了钱，再给你买。

我们听着，有些诧异，原来，他也不富裕。回到宿舍，有同学不知从哪儿听来的消息，说她十岁那年，亲爸就死了，他不是她的亲爸，是继父，她弟弟才是他亲生的。我们震住，再见到他，就有了说不清的感动。

那个时候，高考还在最热的七月份。半夜里热得睡不着，加上有些紧张，我们干脆爬上露台去乘凉。不一会儿，看见她也上来了，后面跟着清瘦黝黑的他。他竟搬了一张席子来，摊到露台上，让她躺下。她听话地躺下，他坐在一边，给她摇扇子，一下一下，摇得满地星光飞溅。

我们一时间感动得无话可说，抬了头仰望星空。满天的星星，密集的小蝌蚪似的，拥着挤着，闪着光亮，仿佛就要掉下来。身边，他摇动扇子的声音，像轻轻响着的一支歌。夜风有一搭没一搭吹着，一个城，没在一片宁静里。我们暂且忘了高考的紧张，只觉得这样的夜空，极好的。

多年后，每每有人提及到高考，我的眼前，总会晃过她的样子：一袭白裙，公主般地高贵着。清瘦黝黑的他守在一边，把一个父亲能给予的亲情和爱，全都无私地给了她。不知她后来考上了没有。那似乎也不重要了，有他撑着，她的天空，一定少有风雨。

掌心化雪

雪在掌心，会悄悄融化成暖暖的水的。

那个时候，她家里真穷，父亲因病离世，母亲下岗，一个家，风雨飘摇。

大冬天里，雪花飘得紧密。她很想要一件暖和的羽绒服，把自己裹在里面。可是看看母亲愁苦的脸，她把这个欲望压进肚子里。她穿着已洗得单薄的旧棉衣去上学，一路上冻得瑟瑟。她想起安徒生的童话《卖火柴的小女孩》，她想，若是她也有一把可供燃烧的火柴，该多好啊。——她实在太冷了。

拐过校园那棵粗大的梧桐树，一树银花，映着一个琼楼玉宇的世界。她呆呆站着看，世界是美好的，寒冷却钻肌入骨。突然，年轻的语文老师迎面而来，看到她，微微一愣，问："这么冷的天，你怎么穿得这么少？瞧，你的嘴唇，都冻得发紫了。"

她慌张地答："不冷。"转身落荒而逃，逃离的身影，歪歪扭扭。她是个自尊的孩子，她实在怕人窥见她衣服背后的贫穷。

语文课，她拿出课本来，准备做笔记。语文老师突然宣布："这节课我们来个景物描写竞赛，就写外面的雪。有丰厚的奖品等着你们哦。"

教室里炸了锅，同学们兴奋得喳喳喳，奖品刺激着大家的神经，私下猜测，会是什么呢？

很快，同学们都写好了，每个人都穷尽自己的好词好语。她也写了，却写得索然，她写道："雪是美的，也是冷的。"她没想过得奖，她认为那是很遥远的事，因为她的成绩一直不引人注目。加上家境贫寒，她有多自尊，就有多自卑，她把自己封闭成孤立的世界。

改天，作文发下来，她意外地看到，语文老师在她的作文后面批了一句话："雪在掌心，会悄悄融化成暖暖的水的。"这话带着温度，让她为之一暖。令她更为惊讶的是，竞赛中，她竟得了一等奖。一等奖仅仅一个，后面有两个二等奖、三个三等奖。

奖品搬上讲台，一等奖的奖品是漂亮的帽子和围巾，还有一双厚厚的棉手套。二等奖的奖品是围巾，三等奖的奖品是手套。

在热烈的掌声中，她绯红着脸，从语文老师手里领取了她的奖品。她觉得心中某个角落的雪，静悄悄地融了，湿润润的，暖了心。那个冬天，她戴着那顶帽子，裹着那条大围巾，戴着那副棉手套，严寒再也没有侵袭过她。她安然地度过了一个冬天，一直到春暖花开。

后来，她读大学了，她毕业工作了。她有了足够的钱，可以宽裕地享受生活。朋友们邀她去旅游，她不去，却一次一次往福利院跑，带了礼物去。她不像别的人，到了那里，把礼物丢下就完事，而是把孩子们召集起来，温柔地对孩子们说："来，宝贝们，我们来做个游戏。"

她的游戏，花样百出，有时猜谜语，有时背唐诗，有时算算术，有时捉迷藏。在游戏中胜出的孩子，会得到她的奖品——衣服、鞋子、书本等，都是孩子们正需要的。她让他们感到，那不是施舍，而是他们应得的奖励。温暖便如掌心化雪，悄悄融入孩子们卑微的心灵。

等你回家

路边，野葵和蒲公英开得兴兴的。做父亲的心，却低落得如一棵衰败的草。

陪一个父亲，去八百里外的戒毒所，探视他在那里戒毒的儿子。

戒毒所坐落在荒郊野外。我们的车，在乡间土路上颠簸着。路边，野葵和蒲公英开得兴兴的。一些鸟，在草地间飞起，又落下。天空蓝得很高远。做父亲的心，却低落得如一棵衰败的草，他恨恨地说，真不想来啊。

一路上，他不停地痛骂着儿子，列数着儿子种种的不是，说他毁了一个家，毁了他。他含辛茹苦养大他，为他在城里买了房、买了车，帮他娶了媳妇。那个不肖子，却被一帮狐朋狗友拖下水，去吸食毒品。房子吸没了，车子吸没了，媳妇吸跑了，他一辈子积攒的家业，几乎被他掏空了。

我真想跟他同归于尽！这个父亲，说到激愤处，双眼通红地睁着，抛出这样一句狠话来。若儿子在跟前，他是要把他撕成碎片才甘心的。

我坐在一边，听他痛骂，隐隐担着心，这样的父亲，去见儿子，会有怎样的结果？

车子静静地，一路向前。野葵和蒲公英，一路跟着。也终于，远远望见了几幢房，青砖青瓦，连在一起，坐落在一块开阔地。开车的师傅说，到了。做父亲的像突然被谁猛击了一掌似的，愣愣地，不相信地问，真的到了？一看表，快上午十点了。他急了，说，也不知能不能见着。因为按这家戒毒所的规定，上午十点之后，一律不允许探视。

他一口气跑到大门口。还好，还有十五分钟的时间。办了相关手续，这个父亲一秒也不曾停留，急急火火往探视室跑。很快，他儿子被管教干部带进来。高高壮壮的年轻人，脸上也无欢喜也无悲。他看到父亲，嘴角稍稍牵了牵，像嘲讽。一层玻璃隔着，他在里头，父亲在外头。做父亲的盯着他，从他进来起，就一直盯着他，话筒拿在手上，并不说话。

旁边，亦有来探视的人。一个长相甜美的女孩子，在玻璃窗外头，不停地用手指头在举起的另一掌上画着什么。在里头看着的，是个清秀的男孩子。他眼睛跟着女孩的手指转动，频频点头，含着泪笑。他是读懂她爱的密码的，从此，都改了吧。还有几个人，男男女女，大概是一家子，围在一起，争着跟里面一个中年人说话。里面的中年人，憔悴着一张脸，却一直笑着，一直笑着。这时，他们中的一个，突然到探视室外面，叫了一个男孩进来。孩子不过十一二岁，白净的面容，文文弱弱的。孩子怯怯地打量了四周一眼，走到中年人那里，拿过话筒，隔着玻璃窗，才说了一句什么，里面笑着的中年人，不笑了，他愣愣地看着孩子，眼泪下来了。

哭什么呢？你会改好的！我听到那些人里的一个大声说。

探视的时间快要过去了，管教干部已进来提醒。一直跟儿子对峙着的父亲，这时掉过头来。我发现他与刚才的强悍，判若两人，竟是一脸的戚容，他低声说，里面的日子，不好过的，看他，也黑了，也瘦了。

他问我，你有纸笔吗？

当然有。我掏出来给他，正疑惑着他要做什么，只见他低头在纸上迅速写下几个字，贴到玻璃窗上，给儿子看。里面的年轻人，看着看着，神情变了，两行泪，缓缓地，从他腮边滚落下来。

探视结束后，我看到这个父亲在纸上留下的字，那几个字是：儿子，等你回家。

你并不是个坏孩子

一句话，对于说的人来说，或许如行云掠过。但对于听的人来说，有时，却能温暖其一生。

一个自称叫陈小卫的人打电话给我，电话那头，他满怀激动地说："丁老师，我终于找到你了。"

他说他是我十年前的学生。我脑子迅速翻转着，十来年的教学生涯，我换过几所学校，教过无数的学生，实在记不起这个叫陈小卫的学生来。

他提醒我，"记得吗？那年你教我们初三，你穿红格子风衣，刚分配到我们学校不久。"

印象里，我是有一件红格子风衣的。那是青春好时光，我穿着它，蹦跳着走进一群孩子中间，微笑着对他们说："以后，我就是你们的老师了。"我看到孩子们的脸仰向我，饱满，热情，如阳光下的葵。

"我当时就坐在教室最北边一排啊，靠近窗口的，很调皮的那一个，经常打架，曾因打破一块窗玻璃，被你找到办公室谈话的。老师，你想起来没有？"他继续提醒我。

　　"是你啊！"我笑。记忆里，浮现出一个男孩子的身影来，隐约着，模糊着。他个子不高，眼睛总是半睨着看人，一副桀骜不驯的样子。经常迟到，作业不交，打架，甚至还偷偷学会抽烟。刚接他们班时，前任班主任特意对我着重谈了他的情况：父母早亡，跟着姨妈过，姨妈家孩子多，只能勉强管他吃穿。所以少教养，调皮捣蛋，无所不为。所有的老师一提到他，都头疼不已。

　　"老师，你记得那次玻璃事件吗？"他在电话里问。

　　当然记得。那是我接手他们班才一个星期，他就惹出一件事来，与同桌打架，打破窗玻璃，碎玻璃划破他的手，鲜血直流。

　　"你把我找去，我以为，你也和其他老师一样，会把我痛骂一顿，然后勒令我写检查，把我姨妈找来，赔玻璃。但你没有，你把我找去，先送我去医务室包扎伤口，还问我疼不疼。后来，你找我谈话，笑眯眯地看着我说，以后不要再打架了，你打了人，也会让自己受伤的对不对？那块玻璃你也没要我赔偿，是你掏钱买了一块重安上的。"他沉浸在回忆里。

　　我有些恍惚，旧日时光，飞花一般。隔了岁月的河流望过去，昔日的琐碎，都成了可爱。他突然说："老师，你做的这些，我很感动，但真正震撼我的，却是你当时说的一句话。"

这令我惊奇。他让我猜是哪句话，我猜不出。

他开心地在电话那头笑，说："老师，你对我说的是，你并不是个坏孩子哦。"

就这么简单的一句话，却让他记住了十来年。他说他现在也是一所学校的老师，他也常找调皮的孩子谈话，然后笑着轻拍一下他们的头，对他们说一句："你并不是个坏孩子哦。"

一句话，对于说的人来说，或许如行云掠过。但对于听的人来说，有时，却能温暖其一生。

女人如花

我最初是因她的笑注意到她的，一群人中，她的笑，如金属相扣，叮叮当当。

她居然叫如花，王如花。别人唤她："如花，如花。"乍听之下，以为定是个闭月羞花之貌的小女子。而事实上，她快五十岁了，人长得粗壮结实，脸上沟壑纵横。

最感染人的是她的笑，笑声朗朗，几里外可闻。我最初是因她的笑注意到她的，一群人中，她的笑，如金属相扣，叮叮当当。

门楣儿不惹眼，是一间旧房子，上悬一块木牌：家政服务中心。一屋的人，不知说起什么好笑的事，惹得她笑得上气不接下气。看到我在看她，她的笑并未停住，而是带着笑问："小妹子，你需要什么服务？"说话间，她已掏出她的名片，递到我跟前。

这委实让我吃一惊。低头看她的名片，"王如花"三个字，显目得很。底子上印一朵硕大的红牡丹，开得喜笑颜开。背面的字，密密的，从做家务活到护理人，她一一写上，似乎样样精通。当得知我只是需要清洁房子时，她手臂有力地一挥，爽朗地笑着说："这事儿简单，包在我身上，我保管帮你把房子打扫得连颗灰尘粒儿也找不着。"

当日，她就带了两个女人到了我家。一个年纪轻的，她说是她侄女，大学毕业了一直没找到工作。"干这个也挺好的，小妹子你说是不是？"她笑着问我。一个年纪稍大一些的，她说是她妹妹。"在家闲着也闲着，我让她来搭搭手。"她乐呵呵说。

我看看楼上楼下，这么大一个家，我充满疑虑，我说："你们行吗？"王如花哈哈大笑起来，她说："小妹子，你放心吧，我说行。"

她果真行。不到半天时间，我家里已大变样，窗明几净，地板光鉴照人。她额上沁满汗珠，笑声却一直没停过。她说："小妹子，我说个笑话你听啊，有次我去一户人家，男主人叫人把煤气罐从楼下扛到六楼去，一看是我，他说，咋不叫个男的来？我说，我先试试。我扛了煤气罐就上了楼，他人跟后面追都追不上。"

跟我说起她的故事来，她也一直笑着。男人因病瘫痪在床，都十多年了。唯一的儿子，跟人学了坏，被判刑入狱，现在还待在牢里。她去探监，跟儿子说了这样一句：儿子，妈妈会陪你重活一次，就当重生养你一回。说得儿子眼泪汪汪。

她说："小妹子，我儿子会学好的。"

她说："只要人在，日子会好起来的。"

我点头，我说："我信。"

她的活干得利索，收费也公道。结完账，我把清理出的一堆废报刊，送给了她。她很开心，冲我朗声笑道："小妹子，以后你家里有事需要我，你只要打我名片上的电话，我保管随叫随到。一回生，二回熟，我们以后就是老朋友了。"

我因她那句老朋友的话，独自莞尔良久。

小城不大，竟常遇到王如花。遇到时，她老远就送上朗朗的笑来，热情地跟我打招呼。有时，我在前面走着，突然听到后面的人群里，有人叫："如花，如花。"而后，我听到一阵笑声，如金属相扣，叮叮当当。不用回头，我知道那准是王如花，心里面陡地温暖起来、明媚起来。

第二辑
有一种爱叫相依为命

这世上，有一种最为凝重、最为深厚、最为坚固的情感，叫相依为命。它与幸福离得最近，且不会轻易破碎。

爱到无力

母亲犹如一棵老了的树，在不知不觉中，它掉叶了，它光秃秃了，连轻如羽毛的阳光，它也扛不住了。

母亲踅进厨房有好大一会儿了。

我们兄妹几个一边坐在屋前晒太阳，等着开午饭，一边闲闲地说着话。这是每年的惯例，春节期间，兄妹几个约好了日子，从各自的小家出发，回到母亲身边来拜年。母亲总是高兴地给我们忙这忙那。这个喜欢吃蔬菜，那个喜欢吃鱼，这个爱吃糯米糕，那个好辣，母亲都记着。端上来的菜，投了人人的喜好。临了，母亲还给离家最远的我，备上好多好吃的带上。这个袋子里装青菜菠菜，那个袋子里装年糕肉丸子。姐姐戏称我每次回家，都是鬼子进村，大扫荡了。的确有点像。母亲恨不得把她自己，也塞到袋子里，让我带回城，好事无巨细地把我照顾好。

这次回家，母亲也是高兴的，围在我们身边转半天，看着这个笑，看着那个笑。我们的孩子，一齐叫她外婆，她不知怎么应答才好。摸摸这个的手，抚抚那个的脸。这是多么灿烂热闹的场景啊，它把一切的困厄苦痛，全都掩藏得不见影踪。母亲的笑，便一直挂在脸上，像窗花贴在窗上。母亲突然想起什么似的说："我要到地里挑青菜了。"却因找一把小锹，屋里屋外乱转了一通，最后在窗台边找到它。姐姐说："妈老了。"

妈真的老了吗？我们顺着姐姐的目光，一齐看过去。母亲在阳光下发愣，"我要做什么的？哦，挑青菜呢。"母亲自言自语。背影看起来，真小啊，小得像一枚皱褶的核桃。

厨房里，动静不像往年大，有些静悄悄。母亲在切芋头，切几刀，停一下，仿佛被什么绊住了思绪。她抬头愣愣看着一处，复又低头切起来。我跳进厨房要帮忙，母亲慌了，拦住，连连说："快出去，别弄脏你的衣裳。"我看看身上，银色外套，银色毛领子，的确是不经脏的。

我继续坐到屋前晒太阳。阳光无限好，仿佛还是昔时的模样，温暖，无忧。却又不同了，因为我们都不是昔时的那一个了，一些现实无法回避：祖父卧床不起已好些时日，大小便失禁，床前照料之人，只有母亲。大冬天里，母亲双手浸在冰冷的河水里，给祖父洗弄脏的被褥。姐姐的孩子，好好的突然患了眼疾，视力急剧下降，去医院检查，竟是严重的青光眼。母亲愁得夜不成眠，逢人便问，孩子没了眼睛咋办呢？都快问成祥林嫂了。弟弟婚姻破裂，一个人形只影单地晃来晃去，母亲当着人面落泪不止，她不知道拿她这个儿子怎么办。母亲自己，也是多病多难的，贫血，多眩晕。手有严重的风湿性关节炎，疼痛，指头已伸不直了。家里家外，却少不了她那双手的操劳。

我再进厨房，钟已敲过十二点了。太阳当头照，我的孩子嚷饿，我去看饭熟了没。母亲竟还在切芋头，旁边的篮子里，晾着洗好的青菜。锅灶却是冷的。母亲昔日的利落，已消失殆尽。看到我，她恍然惊醒过来，异常歉意地说："乖乖，饿了吧？饭就快好了。"这一说，差点把我的泪说出来。我说："妈，还是我来吧。"我麻利地清洗锅盆，炒菜烧汤煮饭，母亲在一边看着，没再阻拦。

回城的时候，我第一次没大包小包地往回带东西，连一片菜叶子也没带。母亲内疚得无以复加，她的脸，贴着我的车窗，反反复复地说："乖乖，让你空着手啊，让你空着手啊。"我背过脸去，我说："妈，城里什么都有的。"我怕我的泪，会抑制不住掉下来。以前我总以为，青山青，绿水长，我的母亲，永远是母亲，永远有着饱满的爱，供我们吮吸。而事实上，不是这样的，母亲犹如一棵老了的树，在不知不觉中，它掉叶了，它光秃秃了，连轻如羽毛的阳光，它也扛不住了。

我的母亲，终于爱到无力。

有一种爱叫相依为命

原来这世上，有一种最为凝重、最为浑厚、最为坚固的情感，叫相依为命。它与幸福离得最近，不会轻易破碎。

有人做实验，把一匹狼和一只刚出生的小羊放到一起养。所有人都不看好小羊的命运，觉得狼迟早会吃掉小羊。但结果却是，狼非但没有吃掉小羊，反而成了小羊最亲密的朋友。它们一起玩耍、一起嬉戏，形影不离。

实验结束后，工作人员把小羊牵走，这时，出现了感人的一幕：狼奋力扑到铁丝网上，对着铁丝网外的小羊长嗥不已，声音凄厉至极。小羊听到狼的叫唤，奋力挣脱绳索，反扑过来，哀哀应着。生离死别般的。

原来，狼和羊也是可以相爱的啊，它们彼此的孤寂相互吸引，在日子的累积之下，衍生出同病相怜风雨同舟的情感来。

狼和小羊的故事，让我想起我的祖父祖母。我的祖母身材修长，皮肤白皙，年轻时是出了名的美人，而我的祖父，个头矮小，皮肤黝黑，还罗圈腿。他们两个怎么看也不像般配的一对。我曾追问过祖母怎么会嫁给祖父。祖母笑着说，那个时候女人嫁人之前，根本就不知道自己要嫁的男人是什么样的，全凭父母做主，嫁鸡随鸡，嫁狗随狗。

在这种认定命运安排的前提下，我的祖父祖母过起了家常的日子，一路相伴着走下来，一生生育七个子女，都养大成人。老了的两个人，像两只老猫似的，相偎着坐在屋前晒太阳。偶尔，祖父出外转转，祖母转眼见不到祖父，会着急地到处询问：老头子呢？老头子哪去了？

祖母八十二岁那年，生病住院开刀。家里人怕祖父担心，瞒他说祖母是小病，在医院住两天就可以回家了，不让他去医院探望。祖父嘴上答应了，背地里却一个人骑了自行车，赶了三十多里的路，摸到医院去看望祖母。祖母仿佛有感应似的，忽然对我们说，老头子来了。大家不信，到门外去看，果真看到祖父正喘着粗气，颤巍巍地站在门外。

还听过这样一个故事：上个世纪六十年代，某大学教授被下放到边远山村，在那里吃尽苦头。幸好有一当地姑娘很照顾他，让他在阴霾里，看到阳光，他和姑娘结了婚。后落实政策，教授返城，才华出众的他，身边一下子簇满了众多优秀的女人，个个都是熠熠复熠熠的。有人劝教授，离了乡下的那个，重找一个相配的吧。教授拒绝了，他说，我已习惯了生活中有她。他坚持把大字不识一个的妻子，从乡下接到城里来，和她同进同出。

这世上，有一种最为凝重、最为深厚、最为坚固的情感，叫相依为命。它与幸福离得最近，且不会轻易破碎。因为，那是天长日久里的渗透，是融入彼此生命中的温暖。

父亲的理想

这些东西，总是源源不断地运到我的家里来，是父母源源不断的爱。

母亲夜里做了一个梦，一个很不好的梦，是事关我的。

半夜里被吓醒，母亲坐床上再也睡不着。第二天天一亮，就催促父亲进城来看我。

父亲辗转坐车过来，我已上班去了，家里自然没人。父亲就围着我的房子前后左右地转，又伸手推推我锁好的大门，没发现异样，心稍稍安定。

我回家时，已是午饭时分。远远就望见父亲，站在我院门前的台阶上，顶着一头灰白的发，朝着我回家的方向眺望。脚跟边，立一鼓鼓的蛇皮袋。不用打开，我就知道，那里面装的是什么。那是母亲在地里种的菜蔬，青菜啊大蒜啊萝卜啊，都是我爱吃的。一年四季，这些菜蔬，总会源源不断地输送到我的家里来。

父亲见到我，把我上下打量了好几遍后，这才长长地舒口气说："没事就好，没事就好。"又絮叨地告诉我，母亲夜里做怎样的梦了，又是怎样地被吓醒。"你妈一夜未睡，就担心你出事。"父亲说。我仔细看父亲，发现他眼里有红丝缠绕，想来父亲一定也一夜未眠。

我埋怨父亲，"我能有什么事呢，你们在家净瞎想。"父亲搓着手"呵呵"笑，说："没事就好，没事就好。"他解开蛇皮袋袋口的扎绳，双手提起倾倒，菜蔬们立即欢快地在地板上蹦跳。青菜绿得饱满，萝卜水灵白胖。我抓了一只白萝卜，在水龙头下冲了冲，张口就咬。父亲乐了，说："我和你妈就知道你喜欢吃。"看我的眼神，又满足又幸福。

饭后，我赶写一篇稿子，父亲坐我边上，戴了老花眼镜，翻看我桌上的报刊。他翻看得极慢，手点在上面，一个字一个字地看，像寻宝似的。我笑他，"爸，照你这翻看速度，一天也看不了一页呀。"父亲笑着低声嘟囔："我在找你写的。"

我一愣，眼中一热。转身到书橱里，捧了一叠我发表的文章给父亲看。父亲惊喜万分地问："这都是你写的？"我说："是啊。"父亲的眼睛，乐得眯成了一条缝，连连说："好，好，我丁家出人才了。"他盯着印在报刊上我的名字，目不转睛地看，看得眼神迷离。他感慨地笑着说："还记得你拖着鼻涕的样子呢。"

旧时光一下子回转了来。那个时候，我还是绕着父亲膝盖撒欢的小丫头，而父亲，风华正茂，吹拉弹唱，无所不能，是村子里公认的"秀才"。那样的父亲，是怀了远大的抱负的，他想过学表演，想过做教师，想过从医。但穷家里，有我们四个儿女的拖累，父亲的抱负，终是落空。

随口问一句："爸，你现在还有理想吗？"

父亲说："当然有啊。"

我充满好奇地问是什么。我以为父亲会说要砌新房子啥的。老屋已很破旧了，父亲一直想盖一幢新房子。

但父亲笑笑说："我的理想就是，能和你妈平平安安地度过晚年，自己能养活自己，不给儿女们添一点儿负担，不要儿女们操一点点心。"

父亲说这些话时语气淡然，一双操劳一生的手，安静地搁在刊有我文章的一叠报刊上。青筋突兀，如老根盘结。

花盆里的风信子

桃红的花朵，像燃烧着的小灯笼，把他黯淡的人生，照得色彩明艳。

他一直不是个好学生，惹是生非，自由散漫，不学无术。老师们看到他就摇头，同学们也不待见他。为了让他少惹事，老师们对他说："张星，这次考试，你可以不参加。""张星，星期天补课，你可以不来。"他乐得逍遥，整日里游东逛西，打发光阴。偶尔坐在教室里，也是伏在课桌上睡觉。

新来的女老师，有双美丽的大眼睛。女老师特别喜欢花草，自己掏钱包，买来很多的花草装点教室。这个窗台上搁一盆九月菊，那个窗台上放一盆吊兰，教室被她装点得像个小花园。

那天，上课铃声响过后，他才拖拖沓沓进教室，却遇见女老师一双微笑的眼。女老师手上托一个小花盆，对他说："张星，这盆花放在你旁边的窗台上，交给你管理，可以吗？"

他有些意外，一时竟愣住了。定睛看去，花盆里只一坨泥，哪里有半点花的影子。女老师看出他的疑惑，笑吟吟说："泥里面埋着花的根呢，只要你好好待它，它会很快长出叶来、开出花来。"

他接下花盆，心慢慢湿润了，第一次有种被人信任的感觉。虽然表面上，他还是一副满不在乎的样子。

他极少再东游西荡，待在教室里的时间，越来越长。他不再伏在桌上睡觉，他给那盆花松土、浇水。他的眼光，常不由自主地望向那只小花盆，心里开始充满期待。

春寒料峭的日子，那盆土里，竟冒出了嫩黄的芽。芽最初只有指甲大小，像羞怯的小虫子，探头探脑地探出泥土来。他忍不住一声惊叫："啊，出芽了！"心里的欣喜，排山倒海。同学们簇拥过来，围在他的座位旁，和他一起观看那粒芽苞苞。弱小的生命，在他们的守望中，渐渐蓬勃起来。三月的时候，葱绿的枝叶间，开出了桃红的花，一朵缀着一朵，密密的。居然是一盆漂亮的风信子。

他激动地拉来女老师。女老师低头嗅花，突然微笑着问他，"张星，你知道风信子的花语是什么吗？"他茫然地摇摇头。女老师说："风信子的花语是，只要点燃生命之火，便可同享丰盛人生。"他没有吱声，若有所思地打量着那盆花。桃红的花朵，像燃烧着的小灯笼，把他黯淡的人生，照得色彩明艳。

他开始摊开课本，认真学习。他本不是个笨孩子，成绩很快上去了。老师们都有些惊讶，说："张星啊，没看出你这小子还有两下子呀。"他羞涩地笑。坚硬的心，像窗台上的那盆风信子，慢慢地盛开了。有些疼痛，有些欢喜。做人的感觉，原来是这么的好。

后来，他毕业了。由于基础太差，他没能考上大学。但他却找到了自己的人生支点，租了一块地，专门种花草。经年之后，他成了远近闻名的花匠，培育出许多品质优良的花卉，其中，有各种各样的风信子。

她已走过了花木葱茏

在岁月的年轮中，母亲早已走过她的花木葱茏，回到生命的最初。

母亲突然变得胆小了。

比方说，天一黑，她就不敢到屋外去。哪怕是在自家家门口，也只是从这间屋子，走到另一间屋子去。而从前，她常常是独自一人，顶着星星，在地里拾棉花，有时能拾上大半夜，浑身落满露珠的清凉。

再比方说，睡觉时她不敢面朝着窗户。窗帘挡得再严实，她也不敢。而从前，破房子里，处处漏风，她挡在外面，像棵大树似的，替我们抵御风寒。

再再比方说，在她住了一辈子的村庄里，她也会迷路，再不敢擅自外出。而从前，弟弟远在南京上学，从未出过远门的她，挎着一大包她做的糯米饼，一个人摸过去，几经辗转，准确无误地抵达弟弟学校门口。

母亲好像在一夕间老下去，她怯弱得近乎懦弱了。她走路小心翼翼。说话小心翼翼。连微笑，也是小心翼翼的。哪里的一声声响，都会惊吓到她。谁的声音稍稍抬高一些，她也会害怕。而从前，她脚下生风，嗓门比谁的都高。和隔壁邻居吵架，她能吵上大半天，硬是把那个五大三粗的邻居，骂得缩回屋子去。

她患了小感冒，头晕目眩，吃不下饭，便以为活不成了，让父亲十万火急招我们兄妹回家。她一脸戚容，躺在病床上，对着我们哭，哭得凄惶极了，雨打风催般的，仿佛生离死别。而从前，她发着高烧，也还能挑着百十斤的担子，在田埂道上健步如飞。割水稻时，没留心，一刀下去，恨不得剜下她腿上一大块的肉，血流如注。她也只是皱皱眉头，一滴泪也没有掉。

带她进城对身体做全面检查。她亦步亦趋跟着我，碎碎念，乖乖呀，给你添麻烦了，给你添麻烦了。检查的片子很快出来了，母亲很紧张，她蜷缩在我身后，眼巴巴瞅着医生。医生拿着她新拍的片子，上看看，下看看，然后慢条斯理说，老人家，你只是感冒了，有点小炎症。你身体好着呢，没啥别的毛病。

母亲不相信地看着医生。医生说，我给你开点消炎药，你吃吃就好了。母亲很乖地点头，使劲点头，她脸上的笑容，像迎春花触着春风，一点一点张开来。她高兴地对我说，医生说我没病呢。

留母亲在我家小住。母亲起初不肯，她放心不下家里的四只羊、两只鸡、一条狗，还有我父亲。你爸一个人在家呢，母亲说。像把一个小小孩丢在家里，她愧疚得很。我们有事要出门去，母亲赶紧跟过来，抢着开门。我说你这是干吗呢？母亲语气坚定地说，我要跟你们出去。我觉得好笑，我说，我们一会儿就回来的。母亲却很固执，一定要跟着。拗不过她，只好带上她。在路上，母亲终于说出她的心声，一个人在你们家，我怕。我万分惊讶，我说大白天的，你怕什么呢？何况这是我家啊。母亲不好意思地笑了，小声嘟哝，我也不知道，我就是怕。

母亲的爱好不多，她不爱看电视，不爱听音乐，又不识字，书报也看不懂。她只能一边干坐在我的阳台上晒太阳，一边望楼下经过的车，一辆一辆地数。我怕她闷得慌，抽空陪她聊天，聊聊村子里新近发生的事，聊聊从前。母亲显得很欢喜，话也多起来，是鱼儿终归大海的样子。说到兴头上，却突然止了，很担心地问我，我没耽误你的时间吧？

夜晚，城里的灯火，才刚刚盛开，母亲就说要睡了。我安顿她睡下，给她塞好被子。她不放心地探出头来问，你不会再出去吧？我答，不出去的，我就守在这里。母亲满意地躺下，笑笑的，笑着笑着，就睡熟了。灯光洒在母亲脸上，像洒下一层橘子粉，母亲那张皱纹密布的脸，看上去又天真又纯净。

我轻轻关了灯，想着，等天亮了，就带她去吃她喜欢吃的自助餐，想吃多少就吃多少。在岁月的年轮中，母亲早已走过她的花木葱茏，回到生命的最初。从现在起，我要把她当孩子来宠。

天堂有棵枇杷树

他没有悲痛，有的只是感恩，因为妈妈的爱，从未曾离开过他。

年轻的母亲，不幸患上癌，生命无多的日子里，她最放心不下的，是她四岁的儿子星星。从儿子生下起，她与儿子，就不曾有过别离。她不敢想象儿子失去她后的情景，曾试着问过儿子，要是不见了妈妈，星星会怎么办呢？儿子想也没想地说，星星就哭，妈妈听到星星哭，妈妈就出来了。

她听了，一颗心难过得碎了，她在心里说，宝贝，你那时就是哭破了嗓子，妈妈也听不到了。

因为化疗，她一头秀发，渐渐掉落，如秋风扫落叶。儿子好奇地打量着她，问，妈妈，你的头发哪里去了？

她看着一脸天真的儿子，心如刀割，但脸上却笑着，她说，妈妈的头发，去了天堂呀。然后，她装着很神秘的样子，悄声对儿子说，星星，妈妈告诉你一个秘密，你不要告诉别人哦。

孩子很兴奋，郑重地承诺，妈妈，星星不告诉别人。两只晶莹的大眼睛，一动不动盯着她。

她把儿子搂到怀里，搂得紧紧的，笑着跟儿子耳语，妈妈可能要离开星星了，妈妈也要去天堂。

天堂在哪里？妈妈要去做什么呢？孩子有些着急。

天堂啊，离家很远很远，妈妈要去那里种一棵枇杷树。星星不是最爱吃枇杷么？

哦，孩子认真地想了想，那，妈妈把星星也带去，好不好？

不行，宝贝。年轻的母亲，摸摸儿子稚嫩的小脸蛋说，你现在还不可以去，因为你是小孩呀，天堂里，不准小孩去。等你长大了，长到比妈妈还要大好多好多时，才可以去哦。

那，妈妈会等星星吗？

会的，妈妈会一直等星星。妈妈在那儿，种一棵最大最大的枇杷树，树上，会结好多甜甜的枇杷，等着星星去吃。但星星得答应妈妈，妈妈走后，星星不许哭哦，一定要乖，要听爷爷奶奶的话，听爸爸的话，这样才能快快长大，知道不？

孩子高兴地点头答应了。

不久之后，年轻的妈妈安静地走了。孩子一点也不悲伤，他坚信妈妈是去了天堂，是去种枇杷树了。夏天的时候，枇杷上市，橙黄的果实，充满甜蜜。孩子吃到了很鲜艳的枇杷，他开心地想，那一定是妈妈种的。

一些年后，孩子终于长大，长大到明白死亡，原是尘世永隔。这时，孩子心中的枇杷树，早已根深叶茂，挂一树甜蜜的果了。他没有悲痛，有的只是感恩，因为妈妈的爱，从未曾离开过他。他也因此学会，怎样在人生的无奈与伤痛里，种出一棵希望的枇杷树来，而后静静等待，幸福的降临。

一朵栀子花

有时，无须整座花园，只要一朵栀子花。一朵，就足以美丽其一生。

从没留意过那个女孩子，是因为她太过平常了，甚至有些丑陋——皮肤黝黑，脸庞宽大，一双小眼睛老像睁不开似的。

成绩也平平，字写得东扭西歪，像被狂风吹过的小草。所有老师极少关注到她，她自己也寡言少语。以至于有一次，班里搞集体活动，老师数来数去，还差一个人。问同学们缺谁了。大家你瞪我我瞪你，就是想不起来缺了她。其时，她正一个人伏在课桌上睡觉。

她的位子，也是安排在教室最后一桌，靠近角落。她守着那个位子，仿佛守住一小片天，孤独而萧索。

某一日课堂上，我让学生们自习，而我，则在课桌间不断来回走动，以解答学生们的疑问。当我走到最后一排时，稍一低头，突然闻到一阵花香，浓稠的，蜜甜的。窗外风正轻拂，是初夏的一段和煦时光。教室门前，一排广玉兰，花都开好了，一朵一朵硕大的花，栖在枝上，白鸽似的。我以为，是那种花香。再低头闻闻，不对啊，分明是我身边的，一阵一阵，固执地绕鼻不息。

我的眼睛搜寻了去，就发现了，一朵凝脂样的小白花，白蝶似的，落在她的发里面。是栀子花呀，我最喜欢的一种花。忍不住向她低了头去，笑道："好香的花！"她当时正在纸上信笔涂鸦，一道试题，被她肢解得七零八落。闻听我的话，她显然一愣，抬了头怔怔看我。当看到我眼中一汪笑意，她的脸色，迅速潮红，不好意思地嘴一抿。那一刻，她笑得美极了。

余下的时间里，我发现她坐得端端正正，认真做着试题。中间居然还主动举手问我一个她不懂的问题，我稍一点拨，她便懂了。我在心里叹，原来，她也是个聪明的孩子呀。

隔天，我发现我的教科书里，不知什么时候多了一朵栀子花。花含苞，但香气却裹也裹不住地漫溢出来。我猜是她送的。往她座位看去，便承接住了她含笑的眼。我对她笑着一颔首，是感谢了。她脸一红，再笑，竟有着羞涩的妩媚。其他学生不知情，也跟着笑。而我不说，只对她眨眨眼，就像守着一段秘密，她知道，我知道。

在这样的秘密守候下，她发生了翻天覆地的变化，活泼多了，爱唱爱跳，同学们都喜欢上她。她的成绩也大幅度提高，让所有教她的老师，再不能忽视。老师们都惊讶地说："呀，看不出这孩子，挺有潜力的呢。"

几年后，她出人意料地考上一所名牌大学。在一次寄我的明信片上，她写上这样一段话："老师，我有个愿望，想种一棵栀子树，让它开许多许多可爱的栀子花。然后，一朵一朵，送给喜欢它的人。那么这个世界，便会变得无比芳香。"

是的是的，有时，无须整座花园，只要一朵栀子花。一朵，就足以美丽其一生。

他在岁月面前认了输

老下去，原不过是一瞬间的事。

他花两天的时间，终于在院门前的花坛里，给我搭出两排瓜架子。竖十格，横十格，匀称如巧妇缝的针脚。搭架子所需的竹竿，均是他从几百里外的乡下带来的。难以想象，扛着一捆竹竿的他，走在车水马龙的大街上是副什么模样。

他说："这下子可以种刀豆、黄瓜、丝瓜、扁豆了。"

"多得你吃不了的。"他两手叉腰，矮胖的身子，泡在一罐的夕阳里。仿佛那竹架上，已有果实累累。其时的夕阳，正穿过一扇透明的窗，落在院子里，小院子像极了一个敞口的罐子。

我不想打击他的积极性，不过巴掌大的一块地，能长出什么来呢？而且我，根本不稀罕吃那些了。我言不由衷地对他的"杰作"表示出欢喜，我说："哦，真不赖。"是因为我突然发现，他除了搭搭瓜架子外，实在不能再帮我做什么了。

他在我家沙发上坐，碰翻掉茶几上一套紫砂壶。他进卫生间洗澡，水漫了一卫生间。我叮嘱他："帮我看着煤气灶上的汤锅啊，汤沸了帮我关掉。"他答应得相当爽快，"好，好，你放心做事去吧，这点小事，我会做的。"然而，等我在电脑上敲完一篇稿子出来，发现汤锅的汤，已溢得满煤气灶都是，他正手忙脚乱地拿了抹布擦。

我们聊天。他的话变得特别少，只顾盯着我傻笑，我无论说什么，他都点头。我说："爸，你也说点什么吧。"他低了头想，突然无头无脑说："你小时候，一到冬天，小脸就冻得像个红苹果。"想了一会儿又说："你妈现在开始嫌弃我喽，老骂我老糊涂，她让我去小店买盐，我到了那里，却忘了她让我买什么了。"

"呵呵，老啦，真的老啦。"他这样感叹，叹着叹着，就睡着了。身子歪在沙发上，半张着嘴，鼾声如雷。灯光下，他头上的发、腮旁的鬓发和下巴的胡茬，都白得刺目，似点点霜花落。

可分明就在昨日，他还是那么意气风发，把一把二胡拉得音符纷飞。他给村人们代写家信，文采斐然。最忙的是年脚下，村人们都夹了红纸来，央他写春联。小屋子里挤满人，笑语声在门里门外荡。大年初一，他背着手在全村转悠，家家门户上，都贴着他的杰作。他这儿看看，那儿瞅瞅，颇是自得。

我上大学，他送我去，背着我的行李，大步流星走在前头。再大的城，他也能摸到路。那时，他的后背望上去，像一堵厚实的墙。

老下去，原不过是一瞬间的事。

我带他去商场购衣，帮他购一套，帮母亲购一套。

他拦在我前头抢着掏钱，"我来，我有钱的。"他"唰"一下，掏出一把来，全是五块十块的零票子。我把他的手挡回去，我说："这钱，留着你和妈买点好吃的，平时不要那么省。"他推让，极豪气地说："我们不省的，我和你妈还能忙得动两亩田，我们有钱的。"待看清衣服的标价，他吓得咋舌，"太贵了，我们不用穿这么好的。"

那两套衣，不过几百块。

我让他试衣。他大肚腩，驼背，衣服穿身上，怎么扯也扯不平整。他却欢喜得很，盯着镜子里的自己，连连说："太好看了，我穿这么好回去，怕你妈都不认得我了。"

他先出去的。我在后面叫："爸，不要跑丢了。"他嘴硬，对我摆摆手，"放心，这点路，我还是认得的。"等我付了款，拿了衣出门，却发现他在商场门口转圈儿，他根本不辨方向了。

我上前牵了他的手，他不习惯地缩回。我也不习惯，这么多年了，我们都没牵过手。我再次牵他的手，我说："你看大街上这么多人，你要是被车碰伤了怎么办？你得跟着我走。"

他"唔"一声，脸上露出迷惘的神情，粗糙的手，惶惶地，终于在我的掌中落下来。他安安静静地跟着我，任由我牵着他。恍然间忆起小的时候，我们也曾这样牵手，只是如今，我和他的角色互相调换了。我的眼睛，有些模糊，是夕阳晃花眼了吧？

奔跑的小狮子

妈妈是要让她迅速成为一头奔跑的小狮子，好让她在漫漫人生路上，能够很好地活下来。

她常回忆起八岁以前的日子：风吹得轻轻的，花开得漫漫的，天蓝得像大海。妈妈给她梳漂亮的小辫子，辫梢上扎蝴蝶结，大红、粉紫、鹅黄。给她穿漂亮的裙，带她去动物园，看猴子爬树，给鸟喂食。妈妈给她讲童话故事，讲公主一睁开眼睛，就看到王子了。她问妈妈，我也是公主吗？妈妈答，是的，你是妈妈的小公主。

可是有一天，她睁开眼睛，一切全变了样。妈妈一脸严肃地对她说，从现在开始，你是大孩子了，要学着做事。妈妈给她端来一个小脸盆，脸盆里泡着她换下来的衣裳。妈妈说，自己的衣裳以后要自己洗。

正是大冬天，水冰凉彻骨，她瑟缩着小手，不肯伸到水里。

妈妈在一边，毫不留情地把她的小手，按到水里面。

妈妈也不再给她梳漂亮的小辫子了，而是让她自己胡乱地用皮筋扎成一束，蓬松着。她去学校，别的小朋友都笑她，叫她小刺猬。她回家对妈妈哭，妈妈只淡淡说了一句，慢慢就会梳好了。

她不再有金色童年。所有的空余，都被妈妈逼着做事，洗衣、扫地、做饭，甚至去买菜。第一次去买菜，她攥着妈妈给的钱，胆怯地站在菜市场门口。她看到别的孩子，牵着妈妈的手，一蹦一跳地走过，那么的快乐。她小小的心，在那一刻，涨满疼痛。她想，我肯定不是妈妈亲生的。

她回去问妈妈，妈妈没有说是，也没有说不是。只是埋头挑拣着她买回来的菜，说，买黄瓜，要买有刺的，有刺的才新鲜，明白吗？

她流着泪点头，第一次懂得了悲凉的滋味。她心里对自己说，我要快快长大，长大了去找亲妈妈。

几个月的时间，她学会了烧饭、炒菜、洗衣裳；她也学会，一分钱一分钱地算账，能辨认出，哪些蔬菜不新鲜；她还学会，钉纽扣。

一天，妈妈对她说，妈妈要出趟远门。妈妈说这话时，表情淡淡的。她点了一下头，转身跑开。等她放学回家，果然不见了妈妈。她自己给自己梳漂亮的小辫子，自己做饭给自己吃，日子一如寻常。偶尔，她也会想一想妈妈，只觉得，很遥远。

再后来的一天，妈妈成了照片上的一个人。大家告诉她，妈妈得病死了。她听了，木木的，并不觉得特别难过。

半年后，父亲再娶。继母对她不好，几乎不怎么过问她的事。这对她影响不大，基本的生存本领，她早已学会，她自己把自己打理得很好。如岩缝中的一棵小草，一路顽强地长大。

她是在看电视里的《动物世界》时，流下热泪的。那个时候，她已嫁得好夫婿，在日子里安稳。《动物世界》中，一头母狮子拼命踢咬一头小狮子，直到它奔跑起来为止。她就在那会儿，想起妈妈，当年，妈妈重病在身，不得不硬起心肠对她，原是要让她，迅速成为一头奔跑的小狮子，好让她在漫漫人生路上，能够很好地活下来。

父亲的菜园子

地里面，一些嫩绿的小芽儿，已冒出泥土来，正探头探脑着。

父亲在电话里给我描绘他的菜园子：菠菜，大蒜，韭菜，萝卜，大白菜，芫荽，莴苣……里面什么都长了，你爱吃的瓜果蔬菜有的是，你就等着吃吧。

我的眼前，便浮现出这样的菜园子：里面的青翠缠绵成一片，深绿配浅绿，吸纳着阳光雨露。实在美好。

既而我又有些怀疑了，父亲虽是农民，但他使的是粗活，挑河挖地，他很在行。而种瓜果蔬菜，是精致活，像绣花一样的，得心细才行。这一些，几十年来，都是母亲做的，父亲根本不会。

我的疑虑还未说出口，父亲就在那头得意地说，种菜有什么难的？我一学就会了。我知道你喜欢吃这些呢，所以辟了很大的一个菜园子。

自从母亲的类风湿日益严重后，父亲学会了做很多事，譬如煮饭和洗衣。想到年近七十的老父亲，在锅台上笨拙的样子，我的眼睛，就忍不住发酸。父亲却呵呵乐，说，等你回来，我到菜园子里挑了菜，炒给你吃，保管你喜欢的。

父亲的菜园子，在父亲的描绘中，日益蓬勃起来。他说，青椒多得吃不掉了，扁豆结得到处都是，黄瓜又打了许多花苞苞，萝卜马上能吃了……我家的餐桌上，便常常新鲜蔬菜不断，碧绿澄清。有的是父亲亲自送来的，有的是父亲托人带来的。父亲说，市场上的蔬菜农药太多，你们少买了吃，还是吃家里带的好。

有时，父亲带来的蔬菜太多，我吃不掉，会分赠给左右邻居。即便这样，父亲仍在电话里问，够不够吃？不够，我菜园子里多着呢。仿佛他那儿有一口井，可以源源不断地喷出清泉来。

便想象父亲的菜园子，里面的瓜果蔬菜，长势喜人，是一畦一畦的活泼呢。

偶然得了机会，我回家转，第一件事，就是直奔父亲的菜园子。母亲坐在院门口笑，母亲说，你爸哪里有什么菜园子啊，学了大半年，他才学会种青菜。这人笨呢。

我疑惑，那，爸送我的那些蔬菜哪里来的？

母亲说，是你爸帮工帮来的。我不能种菜了，他又不会种，怕你没菜吃，他就去邻居家帮工，人家就送他一些现长的瓜果蔬菜。

怔住。回头，瞥见父亲正站在不远处，不好意思地冲我笑，他因他的"谎言"被揭穿而羞赧。嘴上却不肯服输，招手叫我过去，说，你别听你妈瞎说，我不止会种青菜的，我还学会种芫荽。

他领我去屋后，那里，新辟了一块地，地里面，一些嫩绿的小芽儿，已冒出泥土来，正探头探脑着。父亲指着那些芽儿告诉我，这是青菜，那是芫荽。还种了一些豌豆呢。你看，长得多好。

这里，很快会成一片菜园子，你下次回家来看，肯定就不一样了，父亲说。父亲的脸上，有骄傲，有向往，有疼爱。

我点头。我说到时记得给我送点青菜，还有芫荽，还有豌豆。我喜欢吃。

母亲的心

大街上，人来人往，没有人会留意到，那儿，正走着一个普通的母亲，她用肩扛着，一颗做母亲的心。

那不过是一堆自家晒的霉干菜、自家风干的香肠，还有地里长的花生和蚕豆、晒干的萝卜丝和红薯片……

她努力把这东西搬放到邮局柜台上，一边小心翼翼地询问，寄这些到国外，要几天才能收到？

这是六月天，外面太阳炎炎，听得见暑气在风中"滋滋"开拆的声音。她赶了不少路，额上的皱纹里，渗着密密的汗珠，皮肤黝黑里泛出一层红来。像新翻开的泥土，质朴着。

这天，到邮局办事的人，特别多。寄快件的，寄包裹的，寄挂号的，一片繁忙。她的问话，很快被淹在一片嘈杂里。她并不气馁，过一会儿便小心地问上一句，寄这些到国外，要多少天才收到？

当她得知最快的是航空邮寄，三五天就能收到，但邮寄费用贵。她站着想了会儿，而后决定，航空邮寄。有好心的人，看看她寄的东西，说，你划不来的，你寄的这些东西，不值钱，你的邮费，能买好几大堆这样的东西呢。

她冲说话的人笑，说，我儿在国外，想吃呢。

却被告之，花生、蚕豆之类的，不可以国际邮寄。她当即愣在那儿，手足无措。她先是请求邮局的工作人员通融一下。就寄这一回，她说。邮局的工作人员跟她解释，不是我们不通融啊，是有规定啊，国际包裹中，这些属违禁品。

她"哦"了声，一下子没了主张，站在那儿，眼望着她那堆土产品出神，低声喃喃，我儿喜欢吃呢，这可怎么办？

有人建议她，给他寄钱去，让他买别的东西吃。又或者，他那边有花生蚕豆卖也说不定。

她笑笑，摇头。突然想起什么来，问邮局的工作人员，花生糖可以寄吗？里边答，这个倒可以，只要包装好了。她兴奋起来，那么，五香蚕豆也可以寄了？我会包装得好好的，不会坏掉的。里边的人显然没碰到过寄五香蚕豆的，他们想一想，模糊着答，真空包装的，应该可以吧。

这样的答复，很是鼓舞她，她连声说谢谢，仿佛别人帮了她很大的忙。她把摊在柜台上的东西，一一收拾好，重新装到蛇皮袋里，背在肩上。她有些歉疚地冲柜台里的人点头，麻烦你们了，我今天不寄了，等我回家做好花生糖和五香蚕豆，明天再来寄。

　　她走了，笑着。烈日照在她身上，蛇皮袋扛在她肩上。大街上，人来人往，没有人会留意到，那儿，正走着一个普通的母亲，她用肩扛着，一颗做母亲的心。

第三辑
一天就是一辈子

风吹着窗外的花树，云唱
着蓝天的歌谣，怎么样，
都是好了，我可以把一天，
过成我想要的一辈子。

小欢喜

这凡尘到底有什么可留恋的？原来，都是这些小欢喜啊。它们在我的生命里，唱着歌，跳着舞。活着，也就成了一件特别让人不舍的事情。

喜欢这样一种状态：太阳很好地照着，我在走，行人在走，微笑，我们对面相见不相识。心里却萌生出浅浅的欢喜，就像相遇一棵树、相逢一朵花。

路边的热闹，一日一日不间断。上午八九点的时候，主妇们买菜回家了，她们蹲在家门口择菜，隔着一条巷道，与对面人家拉家常。阳光在巷道的水泥地上跳跃，小鱼一样的。我仿佛闻到饭菜的香，这样凡尘的幸福，不遥远。

也总要路过一个翠竹园。是街边辟开的一块地，里面栽了数杆竹，盖了两间小亭子，放了几张石凳石椅，便成了园。我很爱那些竹，它们的叶子，总是饱满地绿着，生机勃勃，冬也不败。某日晚上路过，我透过竹叶的缝隙，看到一个亮透了的月亮，像一枚晶莹的果子，挂在竹枝上。天空澄清。那样的画面，经久在我的脑海里，每当我想起时，总要笑上一笑。

还是这个小园子，不知从哪天起，它成了周围老人们的天下。老人们早也聚在那里，晚也聚在那里，吹拉弹唱，声音洪亮。他们在唱京剧。风吹，丝竹飘摇，衬了老人们的身影，鹤发童颜，我常常看得痴过去。京剧我不喜欢听，我吃不消它的拖拉和铿锵。但老人们的唱我却是喜欢的，我喜欢看他们兴高采烈的样子，那是最好的生活态度。等我老了，我也要学他们，天天放声歌唱，我不唱京剧，我唱越剧。

路走久了，路边的一些陌生便成熟悉。譬如，拐角处那个卖报的女人，我下班的时候，会问她买一份报，看看当天的新闻。五月，她身旁的石榴树，全开了花，一盏盏小红灯笼似的，点缀在绿叶间，分外妖娆。我说，你瞧，这些花都是你的呀。她扭头看一眼，笑了。再遇见我，她会主动跟我打招呼，送上暖人的笑。有时我们也会聊几句，我甚至知道了，她有一个女儿，在读高中，成绩不错。

还有一家花店，开在离我单位不远的地方。花店的主人，居然是个男人，看起来五大三粗的。男人原是一家机械厂的职工，机械厂倒闭后，男人失了业。因从小喜欢花草，他先是在碗里长花，阳台上长一排，有太阳花，有非洲菊，有三叶草。花开时节，他家的阳台上，成花海。左邻右舍看见，喜欢得不得了，都来问他讨要。男人后来干脆开了一家花店，买了一些奇奇怪怪的小花盆，专门长花草。那些小花盆里长出的花草，都一副喜眉喜眼的样子，可爱得很。看他弯腰侍弄花草，总让人心里生出柔软来。我路过，有时会拐进去，问他买上一盆两盆花，偶尔也会买上几枝百合回家插。他每次都额外送我几枝满天星，说，花草可以让人安宁。真想不到这样的话，是他说出来的。一时惊异，继而低头笑，我是犯了以貌取人的错的。我捧花在手，小小的欢喜，盈满怀。

也在路边捡过富贵竹。是新开张的一家店，门口祝福的花篮儿，摆了一圈。翌日，繁华散去，主人把那些花篮，随便弃在路边。我看见几枝富贵竹，夹杂在里头，蔫头蔫脑的，完全失了生机。我捡起它们，带回家，找一个玻璃瓶插进去。不过半天工夫，它们的枝叶，已吸足水分，全都精神抖擞起来。

再隔几日，那几枝富贵竹，竟冒出根须来。隔了一层玻璃看，那些根须，很像银色的小鱼。我把它们放在我的电脑旁，无论我什么时候看它们，它们都是绿盈盈的。这捡来的一捧绿，让我心里充满感动和快乐。

曾经我想过一个问题：这凡尘到底有什么可留恋的？原来，都是这些小欢喜啊。它们在我的生命里，唱着歌，跳着舞。活着，也就成了一件特别让人不舍的事情。

月亮天

　　有时，安静的力量，要远远大于喧哗。

　　我要对此刻的天空说点什么才好。

　　此刻，晚上八九点。月亮升得很高了，天空澄澈得仿若一潭湖水。一两颗星子，是水里面游着的小鱼，轻盈又活泼。

　　万物经过一春的盛放、一夏的喧闹，渐渐各归其位。这很像一场繁华演出，高潮已过，终到谢幕。于演员也好，于观众也好，都得到了各自所需的，心满意足了。灯光也就一盏一盏熄灭了，站起身，掸掸衣，都回家睡觉去吧。

　　虫鸣声藏起来了。桂香藏起来了。偶有一两片树叶飘落，声音便格外的响，嘎嚓，嘎嚓。我以为，那是树的心跳声。天与地，都安静下来，撤除防御，卸下武装，裸露着一颗心，让月光晾晒。人在这样的月亮天里走着，容易模糊了时间，模糊了地域，模糊了生死界限。岁月无垠，有亘古况味的感觉。

有时，安静的力量，要远远大于喧哗。

月亮似硕大的花朵，开在天上。你说是朵白莲，像。说是朵白菊花，像。我要说，它更像一朵白牡丹，富贵雍容得不行。也只有这个时候的月亮，才当得起这"雍容"二字吧。月白风清，也说的是这样的时刻吧？

清代德隐说："对此怀素心，千里共明月。"我很喜欢他说的这个"素心"。经月光的洗濯，再染尘的心，怕也会明净起来的吧。那怀着素心之人，一个一个，在月下重逢了。"晨兴理荒秽，戴月荷锄归"，那是归隐田园的陶渊明；"我歌月徘徊，我舞影零乱"，那是洒脱狂放的李白；"从今若许闲乘月，拄杖无时夜叩门"，那是奢望和平安宁的陆游。吕洞宾也来了，他带着一个小牧童而来，"归来饱饭黄昏后，不脱蓑衣卧月明"。月光为毯、为被，那小牧童酣睡的样子，实在动人。

我的童年，便也跟着奔跑而来。这样的月亮天，我们在屋里铁定是待不住的。出门去，游戏多着呢，弹玉球，拍火花，跳房子，踢毽子，跳绳。或用长棉线扯着一片破塑料纸，沿着田间小路，呼呼地往前冲。想象着自己是举着一面旌旗呢，正率领着千军万马。

大人们闹不懂我们为什么这么"疯"，总要责骂，大半夜的，还不睡觉，魂丢外面去啦！他们说对了，我们的确把魂丢在外面了，丢在那片月色里了。我们总要玩到月亮西沉，才回到屋内去睡。一时三刻却睡不着，眼睛睁得大大的，看着窗外的月亮天，瞎兴奋。哦，这样的月亮天，能不叫人快乐嘛！

　　我在路边亭子里的石凳上坐下来。有凉意穿透衣衫，直抵我的肌肤。但也只是一小会儿，我的体温，就让石凳变暖和了。——只要你捧出足够的温度，纵使石头，也会被捂暖。人与人的关系，人与物的关系，莫不如是。

　　难得碰见孩子了。现在的孩子，都被关在密封的房子里，少了在月下追逐的野趣。他们怕是连月亮长什么样，也不大说得清的。一对散步的老夫妇，并排走着，喁喁地说着话，从我身边走过去。他们的发上、肩上，落满白花瓣一般的月光。我微笑着，目送他们，直到他们彻底与一片月色，融合到一起。

一天就是一辈子

哪怕生命只剩最后一天，都为时不晚。

我买了一堆彩铅，作画。

我在纸上随意描摹，画猫，画狗，画小草，画小花。态度谦恭认真，像刚学涂鸦的小孩。人见之，大不解，问我什么的都有。"你为什么现在要学画画？画了做什么用的？""你是想改行做画家么？""是哪里约你的画稿吗？""你是想给自己的书画插图么？"……无一例外的，都奔着一定的功利去。仿佛我种下一棵树，就是为了收获到一树的果，否则，就不符世道常规，就让人匪夷所思了。

可是，有时种树，只为那栽种时劳作的喜悦，有阳光洒下来，有汗水滴下来，泥土芬芳，内心充盈，就很好了呀。它实在无关以后，以后，有没有一树的花，有没有一树的果，有什么要紧呢！

年少时，我是那么热衷地喜欢过画画。梦想里，是想拥有一屋子的彩笔，画一屋子的画，在墙上随便贴。却被大人们认为不务正业，他们苦口婆心地劝告，小孩嘛，将来考上好大学，找份好工作，做人中龙凤，才是最好的奋斗目标。我很听话地，藏起自己的梦想，一日一日，朝着大人们所要求的样子，成长起来。偶尔想起，我曾经也有过自己的梦的，却恍若隔世了。

　　想想我们一生，几乎都活在世道的常规里。做任何事，走任何路，是早就规定好了的，由不得我们自己做主。我们以世俗的目光，来衡量着成败，追逐着那些所谓的梦想，追得好辛苦。到头来，外表或许很光鲜了，繁花似锦，内里，却空空如也，一颗心，常常找不到着落处。在前行的路上，我们早把自己弄丢了。

　　好在还有时间来弥补。我以为，哪怕生命只剩最后一天，都为时不晚。这一天，你完全属于你自己，你可以捡拾起从前喜欢的笛子，吹上两段，断续不成曲那又有什么关系？你不必在乎他人的眼光，不必在意曲调是否流畅，你只享受着你吹响的那一刻。手握笛子，有音符从心底飞出，你很快乐。能够使自己快乐，才是人生最大的收获。

　　就像现在我拿起画笔，不定画什么，也不定画成什么模样，赤橙黄绿，落在纸上，都是我缤纷的喜悦。那些我曾经的年少，那些我隐蔽的梦想，在纸上一一抵达。风吹着窗外的花树，云唱着蓝天的歌谣，怎么样，都是好了，我可以把一天，过成我想要的一辈子。

半日春光

人生的得与失，总是相对应而存在，焉知有时不会逢着意外的欢喜呢？

跑去宜兴看溶洞。结果发现，溶洞自然是好看的，更好看的却是，那里的春光。

从张公洞出来，已是午后。我和那人本来是要去陶祖圣境的，那是在网上购得的联票。景区一小服务员，大概没去过那里，见我们发问，随口对我们说，不远的呀，走上十五分钟就到了。

信了她的话，我们兴冲冲奔着陶祖圣境而去，路却越走越远。路上少有行人，偶有路过的车辆，呼啸着驶过去，留下一片静。好不容易逮住一骑车人，问，陶祖圣境还有多远？那人小愣了半天，很有些惭愧地说，不知道呢。

我们猜测着种种可能性，或许我们方向搞错了。又或许这个景点，很小，很不出色，连当地的百姓都不知道。心里却不急，走走停停，停停走走，满眼都是春天的好景色，足够我们赏玩的了。能开花的树，都撑着满满当当的一树花，云蒸霞蔚着。桃红柳绿间，不时还会跳出一撮或几撮的金黄来，冒冒失失的，如同率性的孩子，满地撒着欢打着滚，把金黄的颜色，染得满头满脸。那是油菜花。静的世界，被它搅动得喧闹欢腾。不远处，青山如淡墨轻染。如果看到水，则更动人了，水边红花朵黄花朵，朵朵生动。多好，多好啊。我们走着看着，看着走着，竟忘了此行的目的，眼睛被染得五颜六色，心被染得五颜六色。

竹多。人家的家前屋后，都是。山上山下，都是。不由得想起《诗经》中的"瞻彼淇奥，绿竹猗猗"之句。用"猗猗"来形容这宜兴春天的竹子，真是再贴切不过了，又茂盛又美好。

遇见卖竹笋的，是两个当地农妇。她们的脚跟边守着一堆新鲜的竹笋，一只只都胖乎乎的，饱满欢实得很。问问价钱，实在不贵，两块钱一斤。农妇黑红的脸上，满是笑意，说，买点儿？烧肉吃好吃呢。我们犹豫着，真想啊，但是走远路带不动哪。

她们便有些好奇，问，你们这是要去哪儿？

去陶祖圣境，我们答。

陶祖圣境？她们一时愣住，互相打听，有这个地方吗？后来一人终于悟道，怕是有西施洞的那个地方吧？还有好远的路呢，在山上呢，你们这么走着，是要走到天黑的。

你们就这么走着来的？她们不相信地问。

我们笑答，是啊，走着呢。

她们立即肃然起敬，哎呀，真不简单。一边为我们可惜着，你们怎么不在张公洞乘旅游 1 号的车呀？怎么就走这么远了？

心里面窃笑，且得意着，我们把你们的春天偷看了呢。

告别她们，我们继续前行。人家的房，都一副福气满满的样子，被花儿们左抱右拥着。或菜花。或桃花。或紫荆。或海棠。哪一种，都是全心全意一丝不苟地盛开着。柳枝飞扬。翠竹滴翠。远远近近的颜色们，各各占据一方，又相互交融。像绣娘摊开绣布，用滴着颜色的丝线，一针一针给绣出来的。无论黄，无论红，无论绿，无论紫，都鲜亮得叫人惊诧和惊叹。鸟儿的鸣叫，格外动听，含了香带了翠的，宛转在密密的竹林中、山坡上、花树间。

最终我们没去成陶祖圣境。太阳快落山的时候，我们搭上了从竹海开往宜兴的最后一班车。内心却无遗憾，因为我们相逢到这半日春光，偷得了浮生半日闲。人生的得与失，总是相对应而存在，焉知有时不会逢着意外的欢喜呢？我只从容地走着，等着。

低到尘埃的美好

　　幸福哪里有什么标准？原来，每个人有每个人的幸福。

一

　　家附近，住着一群民工，四川人，瘦小的个头。他们分散在城市的各个角落，搞建筑的有，搞装潢的有，修车修鞋搞搬运的也有。一律的男人，生活单调而辛苦。天黑的时候，他们陆续归来，吃完简单的晚饭，就在小区里转悠。看见谁家小孩，他们会停下来，傻笑着看。他们想自家的孩子了。

　　就有孩子来了，起先一个，后来两个、三个……那些黑瘦的孩子，睁着晶亮的大眼睛，被他们的民工父亲牵着手，小心地打量着这座城。但孩子到底是孩子，他们很快打消不安，在小区的巷道里，如小马驹似的奔跑起来，快乐地。

一日，我去小区商店买东西，在商店门口发现了那群孩子。他们挤挤攘攘在小店门口，一个孩子掌上摊着硬币，他们很认真地在数，一块，两块，三块……

我以为他们贪嘴，想买零食吃呢，笑笑走开了。等我买好东西出来时，看见他们正围着卖女孩子头花的摊儿，热闹地吵着："要红的，要红的，红的好看！"他们把买来的红头花，递到他们中的女孩子手里。又吵嚷着去买贴画，那是男孩子们玩的，贴在衣上，或是墙上。他们争相比较着哪张贴画好看，人人手里，都多了一份满足。

再见到他们在小巷里奔跑，女孩子们黄而稀少的发上，一律盛开着两朵花，艳艳地晃了人的眼。男孩子们的胸前，则都贴着贴画。他们像群追风的猫，抛撒着一路的快乐。

二

去一家专卖店，看中一条纱巾。浅粉的，缀满流苏，无限温柔。

爱不释手，要买。店主抱歉地说，这条不卖，是留给一个人的。

便好奇，她买得，我为什么买不得？你可以让她去挑别的嘛。

店主笑，给我讲了一个故事。故事的主人公，是个女人，女人先天性眼盲。家里境况又不好，她历尽一些人生的酸苦，成了盲人按摩师。女人特别喜欢纱巾，一年四季都系着，搭配着不同的衣服。

也是巧合了，女人那日来她的店，只轻轻一抚这条纱巾，竟脱口说出它的颜色，浅粉的呀。这让店主大为诧异。她当时没带钱，走时一再关照店主，一定要给她留着。

我最终都没见到那个女人。但我想，走在大街上，她应该是最美的那一个。有这样的美在，人世间还有什么样的艰难困苦不能逾越的？

三

朋友去内蒙古大草原。

九月末的大草原，已一片冬的景象，草枯叶黄。零落的蒙古包，孤零在路边。朋友的脑中，原先一直盘旋着"天苍苍，野茫茫，风吹草低见牛羊"的波澜壮阔，直到面对，他才知，生活，远远不是想象里的诗情画意。

主人好客，热情地把他让进蒙古包中。扑鼻的是呛人的羊膻味，一口大锅里，热汽正蒸腾，是白水煮羊肉。怕冷的苍蝇，都聚集到室内来，满蒙古包里乱窜。室内陈设简陋，唯一有点现代气息的，是一台十四英寸电视，很陈旧的样子。看不出实际年龄的老夫妻，红黑的脸上，是谦和的笑，不住地给他让座。坐？哪里坐？黑不溜秋的毡毯，就在脚边上。朋友尴尬地笑，实在是落座也难。心底的怜悯，滔滔江水似的，一漫一大片。

却在回眸的刹那，眼睛被一抹红艳艳牵住。屋角边，一件说不出是什么的物什上，插着一束花。居然是束康乃馨，花朵朵朵绽放，艳红艳红的。朋友诧异，这茫茫无际的大草原，这满眼的枯黄衰败之中，哪里来的康乃馨？

主人夫妻笑得淡然而满足，说，孩子送的。孩子在外读大学呢，我们过生日，他们让邮递员送了花来。

那一瞬间，朋友的灵魂受到极大震撼，朋友联想到幸福这个词，朋友说，幸福哪里有什么标准？原来，每个人有每个人的幸福。

我在朋友的故事里微笑着沉默，我想得更多的是，那些低到尘埃里的美好，它们无处不在。怜悯是对它们的亵渎，而敬畏和感恩，才是对它们最好的礼赞。

品味时尚

假如，与亲情相约也能成为一种时尚，将有多少父母笑开颜啊。

是在突然间起了念头，要来个农家游的。

那日，闲来翻报，看到休闲时尚一栏，大幅的照片上，村庄田畴铺陈，阳光融融，人们笑脸灿烂。旁有文字介绍，说上海市民现在最时尚的生活，是去乡下吃农家饭、品农家菜、看农家景。

失笑不已，这样的时尚，我在一二十年前可是天天品味着的。

得了启示，休息日里，电话召集同样在外工作的弟弟，我说我们这次一起来个农家游可好？

两家人马，浩荡成一支团队，直往乡下——我们的老家扑去。慌张了我们的父母，他们站在屋前，手足无措地望着我们笑，问，乖乖啊，今天又不过年又不过节的，咋都回来了呢？

一笑，回他们，想你们了呗。话说完，脸暗自红，若不是受这时尚的农家游的启发，生活在城里的我们，平常日子里，哪里会想到父母？

父母冷清的小屋，因我们的到来而热闹。家里养的小黄狗也来凑热闹，老熟人似的，绕了我们的脚跟嗅。一只小羊跑来，站在门口，朝着我们好奇地张望。琥珀色的眼睛里，有着孩童般的温柔和天真。母亲介绍它像介绍她另外的孩子，母亲说，这是家里刚生的小羊，这小家伙聪明得跟人似的，我和你爸从田里回来，它都老远跑过去接。前些天，它吃了下过露水的草，泻肚子了，再给它湿草，它怎么也不肯吃了。

我们都以为奇，围着小羊拍照。暗喜不已，这样的"明星人物"，到哪里找？六岁的小侄子，更是抱着它，当了活玩具，喜欢得不肯松手了。

提了篮子，去地里摘菜蔬。初夏的天，地里的植物们，葱茏得不能再葱茏。瓜果多的是，香瓜梨瓜木瓜，比赛着结。——随便摘吧。蔬菜多的是，韭菜一垄一垄地绿着。还有小青菜，嫩得掐得出水来。黄豆荚也饱满得刚刚好，用韭菜炒嫩黄豆吃，既鲜嫩又清新。

邻居们隔屋相望，远远招呼，我家有紫茄子要不要？

要，当然要。提了篮子就过去了，摘了小半篮子。邻人还嫌不够，频相劝，再多摘点呀，我家里多着呢。

心里满溢的都是好。乡下人家就是实诚，在他们，给予是福，而你的接受，对他们来说，更是福。因为你的接受，意味着没拿他们当外人。心与心，原是这样靠近的。

很快，正宗的土灶上，烧出正宗的土菜，父亲还斩了一只草鸡。一桌子的好吃好喝。我们埋头大吃，直吃得打饱嗝。父母却吃得少，一直在一旁笑眯眯地看着我们，不时地叹一声，真好。

真好什么呢？在他们，子女能常回家看看，就是最大的满足。我突然想，假如，与亲情相约也能成为一种时尚，将有多少父母笑开颜啊。而我们，也因这样的时尚，可以时常与记忆里的自己重逢，去童年待过的地方走一走，去问候一下从前的蓝天和白云。人生会因此，更为丰满。

跟着一朵阳光走

生命还会重来，美好就在前面等着。

那日，我正收拾书桌，突然看到一朵阳光，爬到我的书上。一朵小花似的，喜眉喜眼地开着。又像一只小白猫，蹑手蹑脚着。

我晃晃书页，它便轻轻动了动，一歪头，跳到桌旁的一盆水仙上。在水仙的脸上，调皮地抹上一层薄粉。后来，它跳到窗台上。跳到门前的一棵树上。树光秃秃的，冬天还没真正过去，这朵阳光却不介意，它在赤条条的树枝上蹦蹦跳跳。它知道，用不了多久，那里会重新长出叶来。那时，春天也就来了。

我的脚步不由自主地跟过去，我要跟着一朵阳光走。

阳光跑到屋旁的一堆碎砖上。碎砖是一户人家装修房子留下来的，被大家当作了晒台。有时上面晾着拖把。有时上面晒着鞋子。隔壁的陈奶奶把洗净的雪里蕻，晾在上面，说是要腌咸菜。她半是骄傲半是幸福地说，她在省城里的儿媳妇，特别爱吃她腌的咸菜。

阳光在砖堆上留下了它的热、它的暖。它又跳到一小片菜地上。小菜地瘦瘦长长的，挨着一条小径。原先是块荒地，里面胡乱长些杂草，夏天蚊虫多，走过的人都速速走开，漠然着。后来，不知谁把它整出来，这个在里面栽点葱，那个在里面种点菜。还有人在里面栽了一株海棠。阳光晴好的天，海棠花凌凌地开了，一朵一朵，红宝石似的，望过去特别漂亮。大家有事没事，爱凑到这儿，看看葱，看看菜，赏赏花，彼此说些闲话。

谁也不曾留意，阳光已悄悄地，跳到了人的心里面。

现在，这朵阳光继续着它的行程。它走到一片绿化带上。绿化带上有树、有草，也有花。草枯了，花谢了，然不要紧的，它会唤醒它们。我似乎听到它的耳语：生命还会重来，美好就在前面等着。

人是怀抱着希望在这个世上行走的，植物们何尝不是？

树是栾树，叶掉了，枝上留着一撮一撮干枯了的果。我伸手够一串，剥开，里面黑黑的珠子跳出来，和这朵阳光热烈拥抱。我想起有关栾树的记载，说是寺庙多有栽种，用它们的果粒来穿佛珠。

尘世万物，本就存了佛心的。

一只小鸟，在路边的草地里跳跃。它的嘴巴尖尖的、长长的，一身斑斓的毛。奇的是，它的头上，长了两只小小的角。我不识这是什么鸟，这无关它的欢喜安乐。它的头，灵活地东转西转、东张西望，仿佛初来乍到，对周遭的一切好奇极了。

这朵阳光，跳到小鸟的脚边。小鸟一定感觉到了，它低下头去啄食，一上一下，一上一下，怎么啄也啄不完。天空高远，草地温暖。

我微笑起来，干脆在路边坐下来，看小鸟，看阳光。阳光照强大也照弱小，阳光善待每一个生命。我们要做的，唯有不辜负，不辜负这朵阳光，不辜负这场生命。

让每一个日子，都看见欢喜

人生到底怎样活着才有意义？我想，遵从内心的召唤，认认真真地活着，让每一个日子，都看见欢喜，这或许才是它最大的意义所在。

一个从小在都市长大的女孩，受过良好教育，通音律，会钢琴，还出国留过学。回国后，她在城里拥有一份让人称羡的工作，生活安逸无虞。一次偶然机会，她去大山里游玩，被大山深深吸引住了，从此魂牵梦萦。

后来，女孩毅然决然放弃了城里的热闹与繁华，跑到大山里，承包了土地种梨树。从没握过农具的手，在挖下第一个土坑时，手上就起了血泡。疼，疼得钻心。前来看她的母亲，抱住她哭，求她，我们回去吧。她却执意留下。当昔日的同事，坐在开着空调的咖啡厅里，听着音乐，品着咖啡时，她正顶着烈日，在给梨树施肥除草。渴了，就弯腰到山泉边，捧上一口溪水喝。累了，就和衣躺到草地上，头枕着山风，休息一会儿。

熟悉她的人，没有一个不说她犯傻。读了二十多年的书，接受了那么多现代教育，最后却把那些统统丢弃了，跑到大山里做起山民，这人生过得还有意义吗？

有记者拿了这个问题去采访女孩。女孩没有直接回答，而是带了记者去她的梨园。一路上，野花遍地，女孩边跑边采。时有调皮的小松鼠，从林中蹿出来，女孩冲它招招手。鸟亦多，两年的山里生活，女孩已能叫出不少鸟的名字了。梨花刚开过，青青的果，花苞苞似的冒出来。女孩轻轻掀开一片叶，让记者看她的梨。女孩说，你看，它们一天一天在长大，将会有好多人吃到它们的甜。

女孩是真心实意喜欢上山里的日子，清静，碧绿，还有鸟叫虫鸣常伴左右。女孩说，在这里，我每天都望见欢喜，我觉得很幸福。

女孩的故事，让我想起老家的烧饼炉子。烧饼炉子在老街上，我小的时候，它就在。摊烧饼卖的，是个男人，高高的个头，背微驼。他把揉好的面，摊在案板上，手持一根小棍，轻轻轧，轧成圆圆的一块。再挖一大勺馅，加到里面。把它揉圆，再摊开，撒上芝麻，贴到烧红的炉子边缘上。旁边等的人，会不时关照两句，师傅啊，多放点馅啊。师傅啊，多撒点芝麻啊。他一一答应。

他的烧饼炉子，一摆就是四十多年。他靠它，把两个女儿送进大学。如今，女儿出息了，一个在北京，一个在深圳，都有房有车，要接他去安享晚年。他去住了两天，住不惯，又跑回来，守着他的烧饼炉子。每天清晨五点，他准时起床，生炉子，和面，做馅。不一会儿，上学的孩子来了，围住他的烧饼炉子，小鸟似的，叽叽喳喳地叫，爷爷，多放点馅啊。爷爷，多撒点芝麻啊。他笑眯眯地应着，好，好。

你看，这一茬又一茬人，是吃着我的烧饼长大的，他呷一口浓茶，望着街上东来西往的人，无比安然地说。那只茶杯，紫砂的，也很有些年代了。问他，果然是。跟他三十年了，都跟出感情来了，成了他须臾不离的亲密伙伴。

人生到底怎样活着才有意义？我想，遵从内心的召唤，认认真真地活着，让每一个日子，都看见欢喜，这或许才是它最大的意义所在。

一个人的歌谣

　　我还能做什么好呢？这些日常的琐碎啊，即使换了朝改了代，那琐碎也还在的。

　　喜欢阳光的天。

　　钻石一样的阳光，在人家房屋顶上闪亮，在一些树枝上闪亮，在楼前的道路上闪亮。来来往往的行人头上、身上，便都镶着阳光的钻石，无论贫富，无论贵贱。阳光善待每一个生命。

　　做桂花糕的老人，又推出了他的小摊子，在路边现做现卖。硬纸板上，简陋的几个字当招牌：宫廷桂花糕。我买一块，味道真的很好，绵软而香甜。暗地想，是哪朝哪代宫廷制作此糕的秘方，流落到民间来的？会不会从诗经年代就有了呢？如此一想，我的舌尖上，就有了千古绵延的味道。

　　楼下人家的花被子，在阳光下晒太阳。陪同花被子一起晒太阳的，还有两双棉拖鞋。一双红，一双蓝。这是一对夫妻的。女人在街头摆摊卖水果，男人是个货车司机。我遇见过两次，路灯下，他们伴着一拖车的水果，回家。男人在前面拉，女人在后面推。晚风吹。

这是俗世，烟火凡尘，男人的，女人的。爱着，生活着。每遇见这些景象，我的心里，都会蹦出欢喜来。我会发痴地想上一想，几千年前，也是这样的晴空丽日么，也有这样俗世的一群吧。

那时候，野地里植物妖娆，卷耳、谖草、薇、芣苢、唐、蔓……每一种植物，都有一个可亲的温暖的名字。天空无边无际。大地无边无际。草木森森，野兽飞鸟自由出没。人呢？人也是一株植物，饱满葱茏，随性而长。

男人们多半强壮，他们打猎。他们垂钓。他们大碗喝酒，击缶而歌。艳遇遍地，不期然的，就能遇到一个木槿花一样的女子。他们爱得辗转反侧，心底里，欢唱着一支又一支快乐的歌谣，都在说着爱。

女人们则有着小麦一样的肤色，丰满而美好。她们采桑采唐采薇，亲近着每一株植物，把它们当作心中的神。她们放牧着牛羊，在山坡上唱歌跳舞。她们采葛采绿，织染衣裳。她们在梅树下，大胆地呼唤着她们的爱情："求我庶士，迨其谓之。"她们守候在约会的河畔，望穿秋水，跺着脚发着狠："子不我思，岂无他人？"

真喜欢他们的歌谣啊，率真、野性，是未染杂尘的璞玉。

他们用它，在俗世里，谈情说爱，聊解忧愁。

　　我常不可遏制地陷入冥想，我就是他们中的一个。是去水边采荇菜的女子，有着绿色的手臂、绿色的腰肢。是在隰地采桑的女子，布衣荆钗，远远望见那人来了，耳热心跳的。是在沟边采葛的女子，一日不见，如隔三秋，相思无限长。是把家里的鸡鸭牛羊养得壮壮的女子，守着门楣，洗手做羹汤，只盼良人能早归……

　　我还能做什么好呢？这些日常的琐碎啊，即使换了朝改了代，那琐碎也还在的。它们如同血液，渗入生命里，和着生命一起奔流。就像我窗外这凡俗着的一群。千百年了，人类从来不曾走远过，还在俗世里活着、爱着，唱着他们自己的歌谣。

　　我能做的，唯有倾听。

书香作伴

　　如果书也是一朵花，我这样想象着，如果是的话，那么，风吹来，随便吹开的一页，那一页，便是盛开的一瓣花。

　　年少的时候，我曾热切地做过一个梦，一个有关书的梦：开一家小书店，抬头是书，低头还是书。

　　那时家贫，无钱买书。对书的渴望，很像饥寒的人，对一碗热汤的渴盼。偶尔得了几枚硬币，不舍得用，慢慢积攒着，等有一天，走上几十里的土路，到老街上去。

　　老街上最诱惑我的，不是酸酸甜甜的糖葫芦，不是香香喷喷的各色糕点，不是喜欢的红绸带，而是小人书。小人书是属于一个中年男人的，他把书摊摆在某棵大树下，或是巷道的拐角处。书大多破旧得很了，有的甚至连封面都没了，可是，有什么关系呢？它们在我眼里，是散着馨香的。我穿过川流的人群奔过去，我穿过满街的热闹奔过去，远远望见那个男人，望见他脚跟前的书，心里腾跳出欢喜来，哦，在呢，在呢。我扑过去，蹲在那里，租了书看，直看到暮色四合，用尽身上最后一枚硬币。

读小学时，我的班主任家里，订有一些报刊，让我垂涎不已。班主任跟我父亲是旧交，凭着这层关系，我常去他家借书看。他对书也是珍爱的，一次只肯借我一本。有时夜晚，借来的书看完了，我又想看另外的。这种欲望一旦产生，便汹涌澎湃起来，势不可当。怕父母阻拦，我偷偷出门，跑去班主任家，一个人走上五六里的路。乡村的夜，空旷得无边无际，偶有一声两声狗吠，叫得格外突兀，让人心惊肉跳。我看着自己小小的影子，在月下行走，像一枚飘着的叶，内心却被一种幸福，填得满满的。新借得的书，安静在我的怀里，温良、敦厚，让我有满怀的欢喜。

多年后，我想起那些夜晚，还觉得幸福。母亲惊奇，那时候，你还那么小，一个人走夜路，怎么不晓得害怕？我笑，我那时有书作伴呢，哪里想到怕了？那样的月色，漫着，水一样的。一个村庄，在安睡。我走在村庄的梦里面，怀里的书，散发出温暖亲切的气息。

上高中时，语文老师清瘦矍铄，爱书如命。他藏有一壁橱的书。我憋足了劲学好语文，只为讨得他欢喜，好开口问他借书。他也终于答应我，我想读书时，可以去他家借。

他家住在老街上，很旧的平房，木板门上的铜环都生锈了。

屋顶上黛青色的瓦缝里，长着一蓬一蓬的狗尾巴草。这样的房子，在我眼里，却如童话中的小城堡，只要打开，里面就会蹦跳出无数的美好来。

是四五月吧，他屋门前的一棵泡桐树，开了一树紫色的桐花，小花伞似的，撑着。我去借书，看到他在树下坐着，一人，一椅，一本书。读到高兴处，他拊掌大叹，妙啊！

他孩子气的大叹，让我看到人生还有另一种活法：单纯，洁净，桐花一般地美好着，与书有关。

后来，我离开老街，忘了很多的人和事，却常不经意地会想起他：一树的桐花，开得摇摇欲坠，他在树下端坐。如果我的记忆也是一册书，那么，他已成一枚书签，插在这册书里面。

而今，我早已拥有了自己的书房，也算实现了当初的梦想——抬头是书，低头还是书。若是外出，不管去哪里，我最喜欢逛的，定是当地的书店和书摊。

午后时光，太阳暖暖的，风吹得漫漫的，人在阳台上小憩，随便从书架上抽出一本书，摊膝上，风吹哪页读哪页。如果书也是一朵花，我这样想象着，如果是的话，那么，风吹来，随便吹开的一页，那一页，便是盛开的一瓣花。

人、书、风，就这样安静在阳光下、安静在岁月里，妥帖，脉脉温情。

草地上的月亮

我坐在这些大大小小的月亮中间，跟虫子比赛吟唱，心境澄清，我也像一枚快乐的月亮了。

夏天正热烈的时候，我去寻找荷花，意外撞见一块美丽的草地。草地傍河，旁有小土丘做假山。假山上丝竹环绕，绿草如茵，花开数朵，虫鸣其间，自得其乐。

我便常常在那里流连。有月的夜晚，在家里坐不住，我关上门，和那人一起，走上二三里的路，奔了那里去。盘腿坐在草地上，听风吹，听虫叫，听花开，听草与草的喁喁私语。夜的声音，丰富得令人惊奇。

月亮掉在河里。河水清幽幽的，河里的月亮，便显得格外俏皮。像喜欢探险的孩子，偏要往了那幽深的地方去，一步一探，一步一惊叫。这是月亮的乐。月亮为什么不乐呢？

一艘驳壳船停泊在不远处的水上。月色把它的坚硬，泡成柔软。它看上去，很像一蓬青绿的小岛，浮在水面上。我认识那船，外地人的，男人女人，还带着两个五六岁大的孩子。是两个男孩，看上去像双胞胎，一样黝黑的皮肤，一样圆溜溜的眼睛，壮壮实实的。他们在岸上捉蚱蜢、追蜻蜓，玩得不亦乐乎。有大船运来货物的时候，男人女人就忙开了，他们的驳壳船，承载着卸载货物的重任。那是晴白的天。

一些时候，河岸静着，男人女人闲着。船上的桅杆上，扯出一根绳索来，女人在晾衣裳。家常的衣裳，一件一件，大大小小，红红蓝蓝，有岁月静好的意思。男人呢？男人竟在船头钓起了鱼，天热，他打着赤膊，相当的悠闲自得。有天黄昏，我走过那里，竟意外发现他在船头拉二胡。女人进进出出，并不专心听。两个孩子在打闹着玩，也不专心听。男人不在意，他拉了自己听，拉得专注极了，呜呜哑哑，呜呜哑哑。那是他的乐。

我想起另一些场景。那个时候还小，邻家有老伯，相貌奇怪，嘴角歪着，脸上遍布疤痕。手脚亦是不灵便的，走路抑或递物，都抖抖索索着。听大人们说，他年轻时，遇一场大火，家人悉数被烧死，他死里逃生。村人同情他，给他重新搭了两间茅屋住，分配了两头牛，让他养着。日日见他，都是与牛同进同出的。

却喜欢歌唱。有人无人时，他高起兴来，都会扯开嗓子吼几句。唱的什么歌无人说得清，反正就那样唱着，头微微仰向

112

天空，嘴巴大张着，一声接一声，乐着他自己的乐。每逢他唱歌，村里人都会笑着说，听，谢老大又在学牛哞哞叫了。谢老大是村人对他的称呼。可能他是谢家最大的孩子。——这是我的猜测了。我一直不知道他的名字。

他并不介意村人的取笑，照旧唱他的，头微微仰向天空，嘴巴半张着。他身旁的牛，温顺地低着头，吃着草。

也见他在夕阳下喝酒。做下酒菜的，有时是一碟萝卜，有时是一碟咸菜。他眯着眼睛，轻呷一口，并不急着把酒咽下去，而是含在嘴里，久久咂摸着，脸上浮现出满足的笑容。我远远站着看，以为那酒，定是世上最好的美味。某天趁他不注意，偷喝，辣出两眶泪。经年之后，我始才明白，他品尝的，原是心境。

月亮升得越来越高，升到草地的上空。夜露悄悄落，落在草叶上。这个时候的月亮，变得更调皮了，它钻进草叶上的每滴露珠里。于是，每滴露珠里，都晃着一个快乐的月亮。我坐在这些大大小小的月亮中间，跟虫子比赛吟唱，心境澄清，我也像一枚快乐的月亮了。

快乐，原是上帝赋予每个生命的。公平，无一遗漏，如阳光普照。无论贵贱，无论贫富。

瓦壶天水菊花茶

日子的好，缓缓渗进周遭的每一方空气中，渗进他们身下的每一寸泥土里。

小镇看上去很普通，跟任何一座苏北小镇相差无几，却有个让人过耳不忘的名字：白驹。初听到，愣一愣，很自然地联想到《诗经》里的"皎皎白驹"之句。想象中，一片原野铺陈，有菜有豆，白色的骏马奔驰而过，洁白的鬃毛迎风猎猎，如银似雪，在绿的原野上，惊心夺目着。询问当地人，当地人"吃吃"笑起来，说，老祖宗就是这么叫的，从古至今就是这么叫的。

这里曾是汪洋一片，至隋唐时才形成陆地。范仲淹率民众修筑捍海堰，曾在这里作短期逗留，他应士民请求，为这里的关帝庙题写了碑记。在碑记中，这位心系天下百姓苍生的大学士写道："愿后之居高位者，尚其体侯之心以为心。"这时的白

114

驹，以产盐闻名遐迩，商贾往来频繁。

小老百姓的日子，却是清贫简朴的。郑板桥来此访友，友人生活简陋，篱笆错落，茅舍低矮，拿糙米饭招待他。饭后，友人取檐下瓦瓮里的天水，烧沸，从篱笆墙边，随手摘两朵菊花丢进去，于是，就有了满满一瓦壶的菊花茶。两人坐定屋前，一边赏花，一边品茶。此等情趣，深得郑板桥喜欢和留恋。他临别之时，赠友人对联一副答谢："白菜青盐糙米饭，瓦壶天水菊花茶。"个中情谊，唇齿留香。

郑板桥这个人实在是极有意思的。历来会画会诗文之人，多多少少有些清高，有些远离人间烟火，郑板桥却在烟火里打着滚。他去乡下，一顶草帽在头，到地里去摘豆摘菜，完完全全一农村小老头的样。他因此留下了许多烟火字，有时虽是一两句，却让人玩味不已，满满的，都是欢喜的俗世味。如，"一庭春雨瓢儿菜，满架秋风扁豆花"；如，"扫来竹叶烹茶叶，劈碎松根煮菜根"；如，"老屋挂藤连豆架，破瓢舀水带鲦鱼"。田园艰辛，却透出无限诗意，豁达从容，安贫乐道。他的一句"瓦壶天水菊花茶"，让小镇白驹，永远活在了家常的闲适里。

还有施耐庵。他曾隐居白驹，在这里挥毫写下了传世之作《水浒传》。白驹人都知道他，你在街上不识路，问施耐庵纪念馆怎么走，就有一个两个三个当地人走上前来，热心为你指点。他们是摆摊卖水果的。是街边炸油条的。是走路路过的。

小镇巷道连着巷道，曲里拐弯，凌乱着，却有着家常的亲切。随处可见一些上了年纪的老房子，木门腐朽，墙壁剥落，屋顶上的瓦楞间，长满杂草。有的废弃了，有的还住着人。在某条巷子里，我遇到一栋故事一样的老房子，有深深的庭院，有高高的木格窗，里面塞满物什，一把老蒲扇靠窗侧放。想来那是旧物收藏，用是没多大用处了，可不舍得扔掉。那上面或许留有老祖母的气息。

烧饼炉子当街而立。午后清闲，炉火在打着盹，炉子上散落着一些卖剩下的烧饼。我正看着呢，对街走来一男人，白围裙围着，他说，是凉的。你要吃吗？要吃我给你热热。我笑着摇摇头，并没有走的意思。他便拉过一张凳子来，示意我坐下。他自去屋内端一壶茶出来，坐到另一张凳子上。我冲他笑笑，他还我一个笑，无话。他手上的茶壶，一定用过很多年了，茶垢很厚。他呷一口，望着街沉默，我跟着他一起望街。我的眼前，晃过当年场景，矮桌上，一壶菊花茶，热气袅袅。郑板桥和他的友人，也是如此沉默地喝着茶吧。一旁的阳光，迈着碎碎的步子，爬过篱笆墙去。日子的好，缓缓渗进周遭的每一方空气中，渗进他们身下的每一寸泥土里。

第四辑
小扇轻摇的时光

恍惚间，月下有个小女孩，手执蒲扇，追着流萤。依稀的，都是儿时的光景。

从春天出发

　　只有在春天种下梦想，才能在夏秋收获。那么，让我们学会播种吧，在春天，跟着一粒种子一起成长。

　　风，暖起来了。云，轻起来了。雨也变得轻盈，像温柔的小手指，抚到哪里，哪里就绿了。草色遥看近却无的。奇妙就在这里，你追着一片绿去，那些毛茸茸的绿，多像雏鸡身上的毛啊。可是，等你到了近前，突然发现，它不见了。你一抬眼，却又看见它在远处绿着，一堆儿一堆儿的，冲着你挤眉弄眼。春天的绿，原是个调皮的小伙伴，在跟你捉迷藏呢。而你知道，春天，真的来了。

　　那么，我们出发吧，从春天出发。

　　先去问候一下河边的柳，"碧玉妆成一树高，万条垂下绿丝绦。"真的是这样啊，你需微仰了头，看它们在春风里蹁跹。毫无疑问，柳是春天最美的使者，它一抬胳膊，燕子飞来了。

它一扭腰肢，光秃秃的枝条上，就爬满翠色的希望。采下一枝柳吧，装进我们的行囊，在春天，我们学会收藏希望。

去问候一些花儿。桃花、梨花、菜花，次第开放。它们偷了春天的颜料，把自己打扮得鲜艳明丽。粉红，莹白，鹅黄，晃花人们的眼。河边的小野花们，也不让春天，它们在春风里，争相撑开了笑脸，星星点点。它们没有桃花的艳，没有梨花的白，没有菜花的恢宏，可是，它们也一样开出生命的美丽。万紫千红总是春呢，它们一样是春的主人。摘下一朵小野花吧，装进我们的行囊，在春天，我们学会收藏美丽。

去问候一些小生灵。蜜蜂、蝴蝶、蟋蟀、蚂蚱……一个冬天过去了，它们过得好吗？侧耳倾听，我们会听到它们拨动泥土的声音，它们就要出来了，带着它们的歌声。那好，就让我们静静坐一会儿吧，坐在小河边。坐在山坡旁。或者，就坐在一棵树下，等待着那些歌声响起，那些来自大自然的声音，多么美妙、纯洁。那是天籁之音。用心记下那些旋律吧，放进我们的行囊，在春天，我们学会收藏歌声。

去问候飘荡的春风。"惟春风最相惜，殷勤更向手中吹"。其实，它何止是吹在手中？它是吹在心里面。于是，草绿了，花开了。人的脸上，荡起微笑。严冬终于过去了，沉睡的生命，在春风里苏醒，欣欣向荣。请与春风相握吧，在春天，让我们学会感恩与珍惜。

去问候一些种子。葵花、玉米、棉花……那些香香的种子，

120

它们的身体里，积蓄着阳光和梦想。泥土的怀抱，已变得湿润酥软。它们迫不及待地扑进泥土里，那里，很快会生长出一片葳蕤。而到了夏秋，会有果实累累的喜悦。

　　只有在春天种下梦想，才能在夏秋收获。那么，让我们学会播种吧，在春天，跟着一粒种子一起成长。

梨花风起正清明

　　亲人之间，定有种神秘通道相连着，只是我们惘然无知。

　　祖母走后，祖父对家门口的两棵梨树，特别地上心起来。有事没事，他爱绕着它们转，给它们松土、剪枝、施肥、捉虫子，对着它们喃喃说话。

　　这两棵梨树，一棵结苹果梨，又甜又脆，水分极多。一棵结木梨，口感稍逊一些，得等长熟了才能吃。我们总是等不得熟，就偷偷摘下来吃，吃得满嘴都是渣渣，不喜，全扔了。被祖母用笤帚追着打。败家子啊，糟蹋啊，响雷要打头的啊！祖母跺着小脚骂。

　　我打小就熟悉这两棵梨树。它们生长在那里，从来不曾挪过窝。那年，我家老房子要推掉重建，父亲想挖掉它们，祖母没让，说要给我们留口吃的。结果，两棵梨树还是两棵梨树，只是越长越高、越长越粗了。中学毕业时，我约同学去我家玩，是这么叮嘱他们的，我家就是门口长着两棵梨树的那一家啊。两棵梨树俨然成了我家的象征。

我家穷，但两棵梨树，很为我们赚回一些自尊。不消说果实成熟时，逗引得村里孩子，没日没夜地围着它们转。单单是清明脚下，它们一头一身的洁白，如瑶池仙子落凡尘，就足够吸人眼球。我们玩耍，掐菜花，掐桃花，掐蚕豆花，掐荠菜花，却从来不掐梨花。梨花白得太圣洁了，真正是"雪作肌肤玉作容"的，连小孩也懂得敬畏。只是语气里，却有着霸道，我家还有梨花的。——我家的！多骄傲。

祖母会坐在一树的梨花下，叠纸钱。那是要烧给婆老太的。她一边叠纸钱，一边仰头看向梨树，嘴里念叨，今年又开这许多的花，该结不少梨了，你婆老太可有得吃了。婆老太是在我五岁那年过世的。过世前，她要吃梨，父亲跑遍了整条老街，也没找到梨。后来，我家屋前就多出两棵梨树来，是祖母用一只银镯换回栽下的。每年，梨子成熟时，祖母都挑树上最好的梨，给婆老太供上。我们再馋，也不去动婆老太的梨。

我有个头疼脑热的，祖母会拿三根筷子放水碗里站，嘴里念念有词。等筷子在水碗里终于站起来，祖母会很开心地说，没事了，是你婆老太疼你，摸了你一下。然后，就给婆老太叠些纸钱烧去。说来也怪，隔日，我准又活蹦乱跳了。

那时，对另一个世界，我是深信不疑的。觉得婆老太就在那个世界活着，缝补浆洗，一如生前。有空了，她会跑来看看我，摸摸我的头。这么想着，并不害怕。特别是梨花风起，清明上坟，更是当作欢喜事来做的。坟在菜花地里，被一波一波的菜花托着。天空明朗，风送花香。我们兄妹几个，应付式地在坟前磕两个头，就跑开去了，嬉戏打闹着，扎了风筝，在田埂道上放。那风筝，也不过是块破塑料纸罢了，被纳鞋绳牵着，飘飘摇摇上了天。我们仰头望去，那破塑料纸，竟也美得如大鸟。

祖母走后，换成祖父坐在一树的梨花下叠纸钱。祖父手脚不利索了，他慢慢叠着，一边仰头望向梨树，说，今年又开这许多的花，该结不少梨了，你奶奶肯定会欢喜的。语气酷似祖母生前。

我怔一怔，坐他身边，轻轻拍拍他的手背。我清楚地知道，有种消失，我无能为力。祖父突然又说，你奶奶托梦给我，她在那边打纸牌，输了，缺钱呢。我听得惊异，因为夜里我也做了同样的梦，梦见祖母笑嘻嘻地说，我每天都打纸牌玩呀。我信，亲人之间，定有种神秘通道相连着，只是我们惘然无知。

祖母走后三年，祖父也跟着去了。他们在梨花风起时，合葬到一起。他们躺在故土的怀抱中，再不分离。

春风暖

春风暖。一切的生命，都被春风抚得微醺。

春风是什么时候吹起来的？说不清。某天早晨，出门，迎面风来，少了冰凉，多了暖意。那风，似温柔的手掌，带了体温，抚在脸上，软软的。抚得人的心，很痒，恨不得生出藤蔓来，向着远方，蔓延开去，长叶，开花。

春风来了。

春风暖。一切的生命，都被春风抚得微醺。人家院墙上，安睡了一冬的枝枝条条，开始醒过来，身上爬满米粒般的绿。是蔷薇。那些绿，见风长，春风再一吹，全都饱满起来。用不了多久，就是满墙的绿意婆娑。

路边树上的鸟，多。啁啾出一派的明媚。自从严禁打鸟，城里来了不少鸟，麻雀自不必说，成群结队的。我还看见一只野鹦鹉，站在绿茸茸的枝头，朝着春风，昂着它小小的脑袋，一会儿变换一种腔调，唱歌。自鸣得意得不行。

卖花的出来了，拖着一拖车的"春天"。红的，白的，紫的，晃花人的眼。是瓜叶菊。是杜鹃。是三叶草。路人围过去，挑挑拣拣。很快，一人手里一盆"春天"，欢欢喜喜。

也见一个男人，弯了腰，认认真真地在挑花。挑了一盆红的，再挑一盆紫的，放到他的车篓里。刚性里，多了许多温柔，惹人喜欢。想他，该是个重情重义的人吧，对家人好，对朋友好，对这个世界好。

桥头，那些挑夫——我曾在寒风中看到他们，瑟缩着身子，脸上挂着愁苦，等着顾客前来。他们身旁放一副担子，还有铁锹等工具，专门帮人家挑黄沙、挑水泥，或者，清理垃圾。这会儿，他们都敞着怀，歇在桥头，一任春风往怀里钻，脸上笑眯眯的。他们身后，一排柳，翠绿。

看到柳，我想起那句著名的诗句："不知细叶谁裁出，二月春风似剪刀。"把春风比喻成剪刀，极形象。但我却以为，太犀利了，明晃晃的一把剪刀，"咔嚓"一下，什么就断了。与春风的温柔与体贴，离得太远。

还是喜欢那句，"春风又绿江南岸"。这里面，用了一个"绿"字，仿佛带了颜色的手掌，抚到哪里，哪里就绿了。《诗经》中有《采绿》篇章："终朝采绿，不盈一匊。"说的是盼夫不归的女子，在春风里，心不在焉地采着一种叫绿的植物，采了半天，还握不到一把。我感兴趣的是，那种植物，它居然叫绿。春风一吹，花就开了，花色深绿。这种植物的汁液，可作染料。我想，若是春风也作染料，它的主打色，应该是绿吧。

而在乡下，春风更像一个聪慧的丹青高手，泼墨挥毫，大气磅礴。一笔下去，麦子绿了。再一笔下去，菜花黄了。成波成浪。

我的父亲母亲呢？春风里，他们脱下笨笨的棉袄，换上轻便的衣裳。他们走过一片麦田，走过一片菜花地，衣袖上，沾着麦子的绿、菜花的黄。他们不看菜花，他们不认为菜花有什么看头，因为，他们日日与它相见，早已融入彼此的生命里，浑然大化。他们额上沁出细密的汗珠，他们说，天气暖起来了，该丢棉花种子了。春播秋收，是他们一生中，为之奋斗不懈的事。

一去二三里

时光在村庄这边拐了个弯，停下来了。你的思绪也跟着停下来，不再想日子里那些愁人的事。

春天去乡下最适宜。不管哪里的乡下，江南的自然好，江北的也不错。哪里的春天，都是鲜嫩的、簇新的。

绿最出众，那是春天的底色，浅绿、翠绿、葱绿、深绿……且待春风再吹一吹，那些草们，就漫天漫地舒展开来，绿手臂摇着，绿身子摆着，摇摆得人心里痒。这边刚提议，"踏青去？"那边立即呼应，"好啊。"

踏青之说，其实由来已久。《论语》中就有记载："暮春者，春服既成，冠者五六人，童子六七人，浴乎沂，风乎舞雩，咏而归。"古人对自然的热爱，要比今人隆重得多。出门去看个春天，定要穿了新衣裳，梳洗打扮一番的。浩荡着一支队伍，去河里掬一捧春天的水，净净身子（据说可除病祛邪）。在草绿花开的原野上，迎风而舞，直至夜幕降临，才歌着咏着，尽兴而归。

这样的赏春，到底喧哗了些。我以为，有三两知己相伴着，足矣。若是一个人独往，则更好了。可以在春的舞台前，从容地、安静地，做一个纯粹的观众。

那么，放下手头的杂务，去吧，随便沿着一个方向，出城去。"一去二三里"？对。这段距离，多么恰当。不远，亦不近，春色正好。你想起后面的续句来："烟村四五家，亭台六七座，八九十枝花"。很写意，素描样的。而事实上，你见到的村庄，远比古人诗里描写的油彩重得多。

现在，你就站在离城二三里的地方。烟村远不止四五家。一排又一排农舍，在各种颜色的簇拥下，高低错落。那是麦子的绿、菜花的黄、桃花的红、梨花的白。你真想走进任何一家去，讨一口水喝，那水里，应该也满是春天的味道吧？

"亭台六七座"？——亭台是没有的，桥倒是不少。有桥必有河，有河必有柳。随便站一座桥上吹吹风，看看杨柳吧。春天的杨柳，是羞答答的新娘，它们轻移莲步，慢扭腰肢。细小的绿苞儿，米粒样地黏在枝条上，蓄了一冬的心思，开始一点一点地往外吐。怎一个风情了得！

"八九十枝花"？呵呵，哪里数得过来。满田的油菜花，千千万万朵啊，烈火焚烧般地蔓延开去。想这菜花，真像烈性女子，爱恨情仇立场分明。这个春天的天空下，它的回响，不绝于耳。只听得它在说，"我胸腔里只有这一腔血，只管拿去洒了吧！"你忽然有种冲动，想跳进这菜花地里打个滚。路边提一篮子羊草的妇人，看着你，笑问："看菜花呢？"你抑制住了要在菜花地里打滚的冲动，笑答："嗯，看菜花呢。"

转过一个路口，又见一排青瓦房比肩而立。在黄灿灿的油菜花映衬下，那些略显粗笨的青瓦，居然秀气起来，眉目生动。这边看了半晌，恋恋不舍地才收住，那边屋后突然探出一株桃来，花开得正好，浅浅淡淡的粉红，一抹一抹的，像轻染上去的云烟。

一位老农从屋内走出。他在油菜花盛开的田埂边停下，蹲下来。你也走过去，蹲下来。老农指间夹一支烟，慢悠悠地吸着，不错眼望着一片麦苗和油菜花。他想的是，不久的将来，那金灿灿的麦粒和黄澄澄的菜籽。你想的是，这翠绿，这鹅黄，这色彩何等的奢侈铺张。

一条狗，不知打哪儿钻出来，绕着老农的腿摇尾巴，欢快得不得了。时光在村庄这边拐了个弯，停下来。你的思绪也跟着停下来，不再想日子里那些愁人的事。名如何，利如何，都是负累。你到底明了，纯粹的追求，不是没有的，关键是，能不能放下。

人间第一枝

一个世界坐不住了，该发芽的，发芽了。该开花的，开花了。

因病，在家蛰居多日，直到满眼春色，扑到窗前，收不住脚了，一脚跌进我的小屋来，我才惊觉，春来了。

是春了。虽是连续的雾霾天，却挡不住生命的涌动。——吹进屋内的风，变得轻软暖和。洒在窗台上的阳光，有了翠意。鸟的叫声，明显地多了起来。仔细听，那里面，有燕，还有莺。你也仿佛听到河床破裂的声音。万物萌动的声音。哗哗。噗噗。一个世界坐不住了，该发芽的，发芽了。该开花的，开花了。

那人下班回来，折一枝柳带回。"你看，柳都绿了。"他报喜似的，把它举我跟前。

感谢他，赠我一枝春。俗世里，我们也只是这样一对平凡的夫与妇，一日三餐，家常稳妥。没有海誓山盟，也不见富贵荣华，却能一同分享着春的秘密。

是的，这是春的秘密。早在二月细雨料峭时，春其实已经来了。它笑的影子，轻轻一闪，闪进一丛柳里面。不几日，那光秃秃的柳枝上，率先爬上嫩黄的芽儿，柔嫩细小得你完全可以忽略了。遥看似烟，近看却无。——这才是春的本事。它把自己藏得严实，原是想给这个世界一个惊喜，也只待一夜春风起，便绿它个大江南北。

人间第一枝，当数柳。

我找一洁净的瓶子，把这枝柳插进去，我的书房里，便都摇荡着春的好意了。闭着眼，我也能感觉到，那河边的嫩黄与新绿，该如何堆积成烟。

烟？这真是个好字。是谁最先想出用"烟"来形容春柳的呢？我觉得，再没有一个字，比"烟"更能配春柳的了。这个时候的柳，也轻，也软，不胜风，真的就如丝丝淡烟，袅娜多姿。杜甫有诗云："秦城楼阁烟花里，汉主山河锦绣中。"柳烟缭绕，城楼掩映其中，这春色不用看，单单想想，也诱人得很了。而郑思肖有诗句："遥认孤帆何处去，柳塘烟重不分明。"我觉得更富情趣。这里的柳烟，堆砌出繁茂之势，却不显笨重，有的只是浓酽，不饮也醉。是让站着看的人眼睛先醉了，如何分得清扬帆远去的船只啊，它分明已和眼前的春色融为一体了。

古人好折柳相赠，多为离别。像鱼玄机的："朝朝送别泣花钿，折尽春风杨柳烟。"不知此一别何日相见，只愿君心似柳心，年年青青。这里的春柳，绊惹上人间情思，离别已成定局，无法挽留，然可以把我最好的祝福，别在你的襟上，一枝柳，就是我送你的一个春天。请把春天带上吧，从此，一路的草，都将为你而绿。一路的花，都将为你而开。

佛教里普度众生的观音，一手持净瓶，一手拿柳枝，洒向人间都是爱。我觉得菩萨手里的这柳枝有意思，换成别的任何一种植物，都不恰当。唯这人间第一枝的春柳才与净瓶相配，那是初生的春，新嫩，洁净，纯粹，充满无限希望。

我的乡下，到清明，孩子们有簪菜花和柳的风俗，为的是避邪。孩子们不懂什么避邪不避邪的，他们只晓得，人生的一大乐事里，这也算得上一件。"清明不戴杨柳，死了变黄狗。"这歌谣每个孩子都会唱，他们一边唱着，一边攀柳，编成小帽，戴在头上。他们快乐地迎着风跑，一年的春好处，就在孩子们的头上荡漾着了。

四月

来吧！燃烧吧！让生命彻底地痛快一回。

这个时候，眼睛里看到的，都是好的。怎么看，都是好的。人间四月天哪。

我从窗户里一探头，就看见屋旁人家院子里的桃花。那里，梅已开过，桃花开始粉墨登场。只一棵树，算不得繁密，像国画大师随意挥毫，勾勒出那么几枝，风骨却立时显露出来。一小朵一小朵粉红的花，撑在上头，凌空远眺，眼波流转，顾盼生风。

我总要呆呆地望上一阵子，望得心里也开出花来。有好几次我都瞅见那户人家胖胖的妇人，在花树下拾掇着什么。妇人是个厉害的角色，常听她大着嗓门，在喝骂自家孩子，雷霆万钧。有一次，我还碰见她在小区门口跟人吵架，唾沫横飞，委实泼辣。这会儿，一树的花，映得她整个的人，水粉水粉的。

她变得温柔可亲，落到我的眼里，也像画了。

总觉得桃花这样的花，豁达得很，群居来得，独处也来得。成片的桃园，它们你挤我挨，铺天盖地，波澜壮阔，美得让人心慌意乱。然单单的一棵，也不显得冷落。乡村人家常常就长着这么一棵，四月天，它从屋后探出半个身子来，变魔术似的，掏出一朵花，再掏出一朵，无穷无尽，喷红吐粉。周围再多的麦绿花黄，也立即做了陪衬，只那半树的花，勾魂摄魄。

茶花开得就有些傻了。阳台上有一盆，从三月一直开到现在，越发开得无心无肺。瞧它盛开的架势，不把一个春天开完，是绝不罢休的。我有些惊讶的是它的凋谢，不是一瓣一瓣凋零，而是整朵整朵掉落。它算得上是花中真名士，即便谢了，也保持盛开的姿势。

也终于轮到垂丝海棠上台了，它擎着一树的花苞苞已等候多时。四月的东风一吹，它就满满地怒放了，红粉美艳，遮天蔽日。人在它边上走，有种锣鼓喧天鞭炮齐鸣的感觉。——让人产生这种感觉的，还有菜花。

菜花得去乡下看。

乡下的四月天，真是奢侈得不行，叫得上名儿叫不上名儿的植物们，都蓄着一股劲儿，开花的拼命开花，吐绿的拼命吐绿，没有哪一样，不是入得景上得画的。且不说桃花，不说梨花，不说杏花和苹果花，单单是野地里的那些蒲公英、一年蓬、婆婆纳和野菊花们，就足以晃花你的眼，你有些忙不过来了，不知道先看哪一样才好。

而成片的油菜花，简直让你的呼吸不能顺畅了。那种气势磅礴，那种淋漓尽致，那种不管不顾，只埋头拼命焚烧般的盛开，真真叫人忧伤得很了。美到极致的事物，往往总令人发愁，不知拿它们怎么办才好。站在菜花地里，你的眼睛被染得金黄。你的脸庞被染得金黄。你的头发被染得金黄。你的手，你的脚，你整个的人，无一不被染得金黄。你也成了菜花一朵。来吧！燃烧吧！让生命彻底地痛快一回。

惹看的，还有柳。有河的地方有。没河的地方也有。我见到一户人家屋前长柳，绿意轻染，让一幢小楼，变得秀气十足起来。古人喜折柳相赠，"柳条折尽花飞尽，借问行人归不归？"唉，为诗中人叹息，桃红柳绿时，最易相思。我想起牡丹花繁盛的洛阳城，多的是柳，街道两边，一棵伴着一棵。这四月天里，它们不定怎样的绿波纷扰、绊惹春风呢。

这个时候的春风，是可以煮着吃的。菜薹是香的。莴苣是香的。春韭是香的。还有蒜薹，烧肉是最好不过的，不吃肉，单拣那蒜薹吃了。烧鱼时若搁上一把蒜薹，鱼会变得格外的香，四月的好滋味，便在舌尖上缠绵。

五月

他只管一路向前冲着，挥动着双臂，咯咯笑着，满满的世界，满满的未知，等着他去一一相见。

五月，是没有多余的话要说的。

就像一个人，已然经过青春的轰烈，渐渐落入过日子的寻常与平稳中，一鼎一镬，温暖敦厚，是不用再急急地去表白的。五月的表情，喜悦平和。

草木走到五月，已走到它们的盛年。这个时候，没有一棵树不是绿的。没有一棵草不是蓬勃招展的。杉树的叶子，青嫩青翠得可以摘上一把，拌了吃。爬山虎携着一枚一枚的绿，贴满了人家满满一面墙。我早上走过时，望上几眼。晚上走过时，再望上几眼，心底有绿波在荡。

鸟的叫声，也是饱含了绿意的，只轻轻一宛转，那绿，仿佛就滴淌下来。我抬头，看到一只鸟，野鹦鹉，或是画眉，正

137

站在一棵浓密的银杏树上发呆。那是午后的好时光，阳光打在银杏树上，片片叶子，都闪闪发光。一个老人从树下过，手上托一把茶壶，施施然。我望着，心动一动，笑了，五月是这样的安妥，风清日朗，让人步履轻盈。

五月的花不多，少有漫天漫地的了，但一个顶一个卓尔不凡。譬如槐花。譬如蔷薇。

你不用眼睛看，用鼻子闻闻，就知道是槐花开了，它把甜蜜的气息，一点不留地泼洒在半空中。你顺着甜味找过去，准不会让你失望，一树的槐花，撑着一肚子洁白的甜蜜。——但你还是要惊喜一番，哎，槐花开了！恨不得像小时一样，爬上树去，捋上一把吃。但到底，你只是站定了，不动，静静地看着那一树莹白的花。岁月过去了很多年，花还是昔日的样子，真好。

蔷薇则开得比较含蓄。它像从前缠了小脚的女子，踩着五月的节拍，不紧不慢地，碎步轻移，一朵一朵往外吐。每一朵，都是精挑细选的，细皮嫩肉的好模样。人家墙头上有那么一丛蔷薇，那墙头就幸福得不得了，尽管油漆斑驳，却清秀古朴得很。

五月还有个节气，叫小满，"物致于此小得盈满"。小富则安。我却在这叫法上低回，小满小满，是小小的满足。日子里，少有大起大落的，要的就是这小小的满足，来安抚走倦了的心。

这个时候的乡下，现出丰腴富足的好景象，"麦穗初齐稚子娇，桑叶正肥蚕食饱。"还有桃结果了。还有梨结果了。新蚕豆也上市了。

母亲说，回家一趟吧，家里的蚕豆可以吃了。我这才发现，街上到处有卖新鲜蚕豆的，碧绿饱满的荚里，躺着翠玉一般的蚕豆。雪菜烧是好的。蒜苗烧是好的。油焖是好的。哪怕就清水煮着，稍稍搁点盐，也是一股子的清香，又粉又嫩。想想世上有这般美食，总是让人舍不得的。

五月，气温变得四平八稳，不再上蹿下跳，我们开始穿单衣了。棉袄晒晒收起来。围巾晒晒收起来。厚被子也换了，冬日的沉重，彻底远离。隔壁邻居家的小孩最高兴，他刚学会走路，整天被包裹得里三层外三层的，走路像企鹅。现在，他自由了，一件汗衫套着，藕段般粉白的四肢乱动，就差有一对翅膀飞上天了。他急急地走，急急地，后面跟着他的祖母，一迭声叫，慢点，慢点。小孩哪里听，他只管一路向前冲着，挥动着双臂，咯咯笑着，满满的世界，满满的未知，等着他去一一相见。

采一把艾蒿回家

故乡隔得再远，有些味道，注定是忘不掉的。

出城，去采艾蒿，带了儿子。城郊有一片小河，水已见底，里面长满艾蒿。

"彼采艾兮，如三岁兮。"这是《诗经》里的艾蒿，是情深意长的牵念。其中的男人女人短别离，不过一日不见，竟如同隔了三年。爱，从来都是魂牵梦萦的一桩事。而我更感兴趣的是，那双采艾的手，如何落在艾蒿上。他（她）采了做什么的？遥远的风俗，让我忍不住要作种种臆想。

街上也有艾蒿卖，和芦苇叶一道。用稻草胡乱扎着，一束束，插在塑料桶里。这种植物，叶与茎的颜色雷同，淡绿中，泛白，泛灰。这样的色彩，不耀眼，很低调。是乡村女儿，淡淡妆，浅浅笑。闻起来微苦，一股中药味。村人们又把它叫作——苦艾。也只在远远的乡村，也只在荒僻的沟渠里生长。

平时大抵少有人想到它，只在这个叫端午的日子里，它突然被记起。大人们会吩咐孩子，去，采几把苦艾回来。

那个时候，乡村的乐事里，采艾蒿，也算得上一乐吧。孩子们得了大人指令，如撒欢的小马驹，一路奔向那沟渠去。吵吵嚷嚷着，节日的喧闹，被我们吵嚷得四处流溢。很快，每人怀里，都有一大捧艾蒿。路上走着，一个个小人儿，身上都散发出一股中药的香味。

门前的木盆里，煮好的芦苇叶，早已泡在清水中。眼睛瞟到，心里的欢乐，就要蹦出胸口来，知道要包粽子吃了。大人们这时若指使我们去做什么，我们都会脆脆地应一声，好。跑得比兔子还快。至于插艾蒿，那完全不用大人们动手的，门上，柜子上，蚊帐里，到处都被我们插满了。一屋的艾蒿味，微苦。大人们说，避邪。我们虽对这风俗习惯一知半解，但知道，插上艾蒿，就代表过端午了。于是很欢喜。

朋友是湖北人，也是写作的，曾与我在一次笔会上相遇。后来，她去了美国。她的家乡，过端午也有插艾蒿的习俗，她也曾于小小年纪里，去采过艾蒿。端午前夕，我收到她发来的邮件，她说，国内这个时候，又该粽子飘香了吧。并不想粽子，美国一些华人超市里有卖。却想艾蒿，想坐在艾蒿里吃粽子的童年，温和的中药味，把人包裹得很结实很温暖。

这就对了，故乡隔得再远，有些味道，注定是忘不掉的。

我的儿子，他第一次认识了艾蒿，他觉得奇怪，他捧着一捧艾蒿问我，为什么过端午要插艾蒿呢？我这样回答他，这是祖上流传下来的风俗。——避邪呢，我补充。口气酷似当年我的母亲。想，若干年后，我的儿子的记忆里，一定也有艾蒿，以及，带他采艾蒿的那个人。

小扇轻摇的时光

这样小扇轻摇，与母亲相守的时光，一生中还能有几回呢？

暑假了，母亲一直盼望我能回乡下住几天，她知道我打小就喜欢吃一些瓜呀果的，所以每年都少不了要在地里多种一些。待我放暑假的时候，那些瓜呀果的正当时，一个个碧润可爱地在地里躺着，专等我回家吃。

天气热，我赖在空调间里怕出来，故回家的行程被一拖再拖。眼看暑假已过半了，我还没有回家的意思。母亲首先沉不住气了，打来电话说："你再不回来，那些瓜果都要熟得烂掉了。"

再没有赖下去的理由了。于是，带了儿子，冒着大太阳，坐了几个小时的车，回到了生我养我的小村庄。

村里的人都是看着我长大的，看见我了，亲切得如同自家的孩子，远远地就笑着递过话来："梅又回来看妈妈啦？"我笑

143

着应："是呢。"走老远，听他们在背后说："这孩子孝顺，一点不忘本。"心里面霎时涌满羞愧，我其实什么也没做呀，只是偶尔把自己送回来给日夜想念我的母亲看一看，就被村人们夸成孝顺了。

母亲知道我回来了，早早地把瓜摘下来，放在井水里凉着。是我最爱吃的梨瓜和香瓜。又把家里唯一的一台大电扇，搬到我儿子身边，给我儿子吹。

我很贪婪地捧了瓜就啃。母亲在一旁心满意足地看着，说："田里面结得多呢，你多待些日子，保证你天天有瓜吃。"我笑一笑，有些口是心非地说："好。"儿子却在一旁大叫起来："不行不行，外婆，你家太热了。"

母亲就诧异地问："有大电扇吹着还热？"

儿子不屑了，说："大电扇算什么，我家有空调。你看你家，连卫生间都没有呢。"

我立即用严厉的眼神制止了儿子，对母亲笑笑，"妈，别听他的，有电扇吹着不热的。"

母亲没再说什么，走进厨房，去给我们忙好吃的去了。

晚饭后，母亲把那台大电扇搬到我房内，有些内疚地说："让你们热着了，明天你就带孩子回去吧，别让孩子在这里热坏了。"

我笑笑，执意要坐到外面纳凉。母亲先是一愣，继而惊喜不已，忙不迭地搬了躺椅到外面。我仰面躺下，对着天空，手上执一把母亲递过来的蒲扇，慢慢摇。虫鸣在四周此起彼伏地响着，南瓜花儿在夜里静静地开放。月亮升起来了，盈盈而照，温柔若水。恍惚间，月下有个小女孩，手执蒲扇，追着流萤。依稀的，都是儿时的光景。

母亲在一旁开心地有一句没一句地说着，重重复复的，都是走过的旧时光。母亲在那些旧时光里沉醉。

月光潋滟，我的心放松似水中柔柔的一根水草，迷糊着就要睡过去了。母亲的话突然在耳边响起，"冬英你还记得不？就是那个跟男人打赌，一顿吃下二十个包子的冬英。"

当然记得，那个粗眉大眼的女人，干起活来，大男人也及不上她。

"她死了。"母亲语调忧伤地说，"早上还好好的呢，还吃两大碗粥呢。准备到田里除草的，人还没走到田里呢，突然倒下就没气了。"

"人呀。"母亲叹一声。"人呀。"我也叹一声。心里面突然惊醒，这样小扇轻摇，与母亲相守的时光，一生中还能有几回呢？暗地里打算好了，明日，是决计不会回去的了，我要在这儿多住几日，好好握住这小扇轻摇的时光。

听蛙

生命是如此活泼喜悦，叫人如何不爱？

这两天，颇能听到几声蛙鸣，在夜晚。

一开始，我以为听错。蛙声在乡下不足为奇，乡下的夏夜，没有蛙叫，那还叫夏夜么！那简直就像沙漠里没有沙子，北冰洋里没有冰山。

乡下的夏，是因蛙们而丰富丰满的。天边夕照的绯红，才刚刚收去尾梢。虾青色的夜幕，才刚刚拉开一丝缝，蛙们已等不及了。它们彩排了一天了，这个时候，争先恐后地登台，鼓足了劲，亮开嗓门，一曲又一曲的大合唱，便响彻四野。

乡人们习以为常了，任蛙们的歌声再嘹亮，他们愣是一点小小的惊诧也没有。他们在蛙声中晚饭、洗漱、纳凉、睡眠。稻田里的水稻，催开了一团又一团细粉的花，于夜风中播着清香。还有棉花。还有玉米。还有黄豆、南瓜、丝瓜和向日葵。

146

还有厨房门口那一大蓬紫茉莉。哪一样没有被蛙们的歌声灌醉？开花的拼命开花，结果的拼命结果。露珠在蛙声中轻悄悄滑落。夜鸟偶尔一声轻啼，是做了一个溢满歌声的梦吧？天上密布着的星星，似乎变得更亮了。

夏夜的村庄，是交给蛙们的。

可这是在城里，城里哪来的蛙呢？我侧耳谛听，没错，是蛙叫。和乡下肆无忌惮的叫法不同，来到城里，蛙们到底有些拘谨了，完全是试探式的，呱，呱，一两声。停停，换换气，再来一两声，呱，呱。

刚下过一场雨，空气湿润凉爽。我去散步，拐过路边一个小公园。公园边上，长着说不清有多少棵的木芙蓉，密匝匝地绿着，开着薄绸子一样红艳艳的花。几只蛙就伏在花下面唱歌。

我走过一座桥，也听到了蛙鸣。桥建在供市民休闲的广场上，广场上有人工小河东西横贯，河边植有柳和木槿。河里面浮着睡莲七八朵，水草蔓生。一场雨，使得河水看上去很有些辽阔的样子。蛙们就蹲在睡莲之上，往来在水草之间，载歌载舞。

路边的植被中，蛙在唱歌。那是些冬青树和红叶李，还有些绿莹莹的三叶草。蛙在其中快乐地跳跃。

甚至，在人家的花坛里，也有蛙来造访，在那里引吭高歌。——城里，竟也是蛙声遍地了。这令我惊喜且惊奇，这些蛙是从哪里而来？

我想到了雨。

对，是刚刚下过的这场雨引诱来的。大雨喂饱了树。树说，留些雨水给花朵吧。花朵吃饱了，说，留些雨水给小草吧。小草吃饱了，说，留些雨水浇灌泥土吧。低洼处的雨水，汇聚到一起，亲密无间。一阵风过，竟也像小河一样泛起波浪。

雨一定是蛙的情人。蛙奔着雨来了，跋涉再远的路，也奔来了。树脚下，花朵间，小草的叶片儿上，低洼处的水里，哪里都有雨的影子，蛙一一找到，与它们会合。它激动地唱啊唱，说不完的情话一箩筐。

我很喜欢这几声蛙叫，久久站着，听。路过的人，亦有被蛙声牵住脚步的，他们停下，侧耳，脸上有惊喜浮现。——听，是青蛙在叫呢，一人说。明明是句多余的话，却博得大家一致的点头，微笑。生命是如此活泼喜悦，叫人如何不爱？

秋天的黄昏

再贪恋地望一眼这秋天的夕阳，它一圈一圈小下去、小下去，像一只红透的西红柿，可以摘下来，炒了吃。

城里是没有黄昏的。街道的灯，早早亮起来，生生把黄昏给吞了。

乡下的黄昏，却是辽阔的、博大的。它在旷野上坐着；它在人家的房屋顶上坐着；它在鸟的翅膀上坐着；它在人的肩上坐着；它在树上、花上、草上坐着，直到夜来叩门。而一年四季中，又数秋天的黄昏，最为安详与丰满。

选一处河堤，坐下吧。河堤上，是大片欲黄未黄的草。它们是有眼睛的，它们的眼睛，是麦秸色的，散发出可亲的光。它们淹在一片夕照的金粉里，相依相偎，相互安抚。这是草的暮年，慈祥得如老人一样。你把手伸过去，它们摩挲着你的掌心，一下，一下，轻轻地。像多年前，亲爱的老祖母。你疲惫奔波的心，突然止息。

从河堤往下看，能看到大片的田野。这个时候，庄稼收割了，繁华落尽，田野陷入令人不可思议的沉寂中。你很想知道田野在想什么，得到与失去，热闹与寥落，这巨大的落差，该如何均衡？田野不说话，它安静在它的安静里。岁月枯荣，此消彼长，焉有得？焉有失？不远处，种子们正整装待发，新的一轮蓬勃，将在土地上重新衍生。

还有晚开的棉花呢。星星点点的白，点缀在褐色的棉枝上，这是秋天最后的花朵。捡拾棉花的手，不用那么急了。女人抬头看看天，低头看看花，这会儿，她终于可以做到从容不迫，稻谷都进了仓，农活不那么紧了。她细细捡拾棉花，一朵一朵的白，落入她手里。黄昏下，她的剪影，就像一幅画。

你的眼睛，久久落在那些白上面，你想起童年，想起棉袄、棉鞋和棉被。大朵大朵的白，摊在屋门前的篾席上晒。你在里面打滚儿，你是驾着白云朵的鸟。玩着玩着，会睡着了，睡出一身汗来。——棉花太暖和了啊。

最开心的事是，冬夜的灯下，母亲把积下的棉花搬出来，在灯下捻去里面的籽儿。你也跟在后面捻，知道有新棉鞋新棉袄可穿，心先温暖起来。那时，你的世界就那么大，那时，一个世界的幸福，都可以被棉花填得满满的。

人生因简单因单纯，更容易得到快乐。你有些惆怅，因为，现在的你，离简单离单纯，越来越远了。

竟然还见到老黄牛。不多见了啊。人和牛，都老了。他们在河堤上，慢慢走。身上披着黄昏的影子。人的嘴里哼着"呦喝""呦喝"。——歌声单调，却闪闪发光。牛低着头，不知是在倾听，还是在沉思。你想，到底牛是人的伙伴，还是人是牛的伙伴？——相依为命，应该是尘世间最不可或缺的一种情感吧。

鸟叫声在村庄那边，密密稠稠，是归巢前互道晚安呢。村庄在田野尽头，一排排，被黄昏镀上一层绚丽的橙色，像披了锦。炊烟升起来了，你家的，我家的，在空中热烈相拥，久久缠绵。还是村庄好，总是你中有我，我中有你。不设防。

突然听得有母亲的声音在叫："小雨，快回家吃晚饭啦——"你忍不住笑，原来不管哪个年代，都有贪玩的孩子。

周遭的色彩，渐渐变浓变深。身下的土地，渐渐凉了，你也该走了。再贪恋地望一眼这秋天的夕阳，它一圈一圈小下去、小下去，像一只红透的西红柿，可以摘下来，炒了吃。

十月

夜凉如水，总有花这么开着，总有人这么好着。

十月说来也就来了。

不过几日工夫，天空就像一把巨伞给撑开了似的，高远得很了。明净的蓝，蓝绸缎一样的，抖开来，滑溜溜的，一铺千万里。这时的天空，太像海洋了，稠稠的蓝，厚厚的蓝，纯粹的蓝，深不见底。不多的几丝云，像白菊花细长的花瓣，浮在水面上。

人在十月的天空下走，忽然有种手足无措的感觉。像在骤然间，被谁拽进一间豪华的宴厅。宴厅里，多的是衣香鬓影、美酒金樽。灯光闪耀辉煌，丰盛的菜肴，摆满了桌子。水果成堆，柿子、桔、大枣、石榴、香橙，只只都是饱满欢实的。菱角老得很劲道了，采摘下来，用刀切开，里面全是粉嘟嘟的肉。剥了它，用瓦罐煨鸡，是再好不过的一道美味。

这个时候，大把大把的颜色，渐渐让位于金色。好像之前一个春天的草长莺飞，一个夏天的荷红柳绿，全都是为它作铺垫。你眼中所见到的，是夺目的金、奢华的金、古朴的金。人常用金秋来说十月，真是再妥帖不过了。十月，真的就是金做的呢。

尤其是乡下。

驱车去乡下吧，那里的每一枝稻穗，都是金色的。稻穗们你挤我挨，站满一田，再一田，稻浪翻滚，是一地一地的金子在滚哪。老农站在稻田边，脸上是小有成就的自得之色。他望向稻田的眼神，很像望向一群儿女。哪一棵水稻，不是他一手带大的？彼时彼刻，他的心，是舒坦的、愉悦的。稻穗映得他满头满身，都是金色，他是闪闪发光的一个人。

河边的芦苇，也快变成金的了，从茎到叶，再到花。而茅草整个地柔软起来。一堆儿茅草挤在一起，像极小黄狗身上的毛，泛着金色的温暖。如果你躺上去，做上一个梦，当也是金色的吧。

雪白的棉花，上面也好像敷了一层金粉，越发显得白。那是阳光洒下的。那是风洒下的。

十月的风，已开始带了哨音，吹在身上，薄凉。夜晚在路边亭子里闲坐，露水调皮地溜进来，歇在发上、肩上、膝上、裸露的手臂，有了冰凉之感，必须加件厚外套才行。回家查日历得知，快寒露了。寒露过后，就是霜降。秋已走到深深处。

栾树的果却继续红着。我去一家小超市买盐，出门，被门口一树一树的红，差点惊了个趔趄。它简直红得有些吓人，一颗一颗，心一样的，抱成一团，燃烧起来，从树上，一直燃烧到地上。满地落红！却不让人感伤，只觉得美，美到极致！去日无多，它似乎紧着这最后时光，疯狂一把。它当懂得，华丽丽转身，远好过颓败萧索，更让人记挂和念想。

桂花已经爱到不能自已，只管把一颗心也辗碎了，制成蜜饯。香，香透了。拿去吧，你尽管拿去吧。更深露重，天地却因这香，显得情意绵长。怎忍匆匆离去？坐会儿，再坐会儿，在这桂香里低回、浅笑，人生的那些追逐忙乱，都变得无足轻重。

菊花开满头了。

有空就上街去转转吧，不定就能遇到一拖车的菊花。卖花的大多数是老人，瘦，但精神着。花要的不是忽略，而是倾心相爱，人老了，心思变得单纯，与花相伴。

我总会带回一两盆。书房里摆着。夜凉如水，总有花这么开着，总有人这么好着。

第五辑
有美一朵，向晚生香

感谢生命中那些相遇，在
我人生的底色上，抹上一
朵粉红，于向晚的风里，
微微生香。

香菜开花

　　一生默默，不离不舍，无关繁华与冷落，只认真地活着自己的活。

　　香菜开花，居然也那么好看。——我是很有些惊奇的了。

　　照理说，我应该见过香菜开花的。从前的乡下，哪家没有这样的一畦菜蔬？用它凉拌云丝，或是萝卜丝，是顶好吃不过的。煮鱼或烧汤搁一点在里面，那鱼和汤，就香得不得了。乡下人叫它，芫荽。

　　花在乡野最容易被埋没，那是因为多。乡下几乎没有一种植物不开花。野蔷薇、紫云英和野菊花，一开一大片，把香气撒得到处都是，也无人去赏。农人们兀自在花旁劳作，浑然不觉。香菜开花，就更显得寂寂无名。

　　然现在不同。现在，它是在我的花池里开了花，让我忽略不得。

院门前的花池里，曾入住过一拨一拨的植物。有我特意栽种的，像月季、美人蕉和海棠。也有主动跑来的，如狗尾巴草、婆婆纳、荠菜和一年蓬。我亦在里面长过扁豆，想有满池秋风扁豆花的。后来，扁豆果然蓬勃得不像话了。

只是，这棵香菜是什么时候来此安营扎寨的呢？不知。花池里本来长着一大丛茂密的海棠，都快把池子给撑破了。母亲来我家，看见，觉得浪费了，拔掉，栽上葱。母亲说："葱多好啊，家有葱花，做菜不求人的。"

葱却瘦，不情不愿的样子。每每看到它们，总让我觉得愧对它们，给它们浇淘米水，给它们施有机肥，还是不见它们苗壮起来。邻居看见，说："这块地的肥力没了，怕是被原来那丛海棠给吸收了。"我想想，觉得有道理。从此，对它们不再过问。

那日，我站小院门口，和邻居闲话，一瞥花池，竟看到了香菜。这太让我意外了。我走近了，弯腰细看，可不就是香菜！一棵，安居乐业在我的花池里，端出一副碧绿粉嫩的好模样。电话问母亲："可有帮我种过香菜？"母亲答："没有啊。"这更让我欢喜了，好吧，我当它是风吹来的礼物。

一日一日，它勤勉生长。葱们渐渐退居一隅，花池成了它的天下。

忽一日，它就开花了。想来它是早就蓄谋好了的，先是悄悄抽长，个头变高，终于亭亭起来，枝叶纷披。而后，它悄悄积攒着米粒似的小花苞，绿的，与绿叶子混在一起，不细看，还真看不出。一俟时机成熟，它便当仁不让地全部盛开，一头一身，全是细白的小碎花，满天星似的。隔着清风看过去，叶疏花细，很像蓝印花布上栖着的那一朵朵。花中生花，五朵环抱，精巧秀气，每一朵，都当得了古典美。

于是，我有了一池的香菜花可赏。无论远观，无论近看，它都上得了台面，不比人们钟爱的兰花逊色。对着它，我有些感动，我们相识很多年了，我却是第一次见识它的花。从前的从前，它应该就是这么开着花的。以后的以后，它还将会这么开着花。有人赏，或无人赏，对它来说，又有什么关系呢？它只管顺应着自然的法则，一路走下去，让生命按着生命的顺序成长。

想起曾看到的一句话："花的开落，不为旁衬或妆点，花只是花，开落只在开落本身。"这颇像我们的寻常人生，一生默默，不离不舍，无关繁华与冷落，只认真地活着自己的活。

有美一朵，向晚生香

感谢那些相遇，在我生命的底色上，抹上一朵粉红，于向晚的风里，微微生香。

朋友说，她家小院里的桃花开了。她是当作喜讯告诉我的。"来看看？"她相邀。

自然去。每年的春天，我都是要追着桃花看的。春天的主角，离不了它。所谓桃红柳绿，桃花是放在第一位的。

桃花勾人魂。它总是一朵一朵，静悄悄地，慢条斯理地开，内敛，含蓄。虽不曾浓墨重彩地吸人眼球，却偏叫人难忘。是小家碧玉，真正的优雅与风情，在骨子里。

看桃花，总不由自主地想起一首写桃花的诗："去年今日此门中，人面桃花相映红。人面不知何处去，桃花依旧笑春风。"诗人崔护，在春风里，丢了魂。邂逅的背景，真是旖旎：草长莺飞，桃花烂漫，山间小屋，独门独户。桃花只一树吧？够了。一树的桃花，嫩红水粉，映衬着小屋。天地纯洁。诗人偶路过，先是被一树桃花牵住了脚步，而后被桃花下的人，牵住了心。

姑娘正当年呢。山野人家，素面朝天，却自有水粉的容颜、水粉的心。她从花树下走过，一步一款款。他看得眼睛发直，疑是仙子下凡来。四目相对的刹那，心中突然波澜汹涌，是郎情妾意了。三月的桃花开在眼里，三月的人，刻在心上。从此，再难相忘。翌年之后，他回头来寻，却不见当日那人，只有一树桃花，在春风里，兀自喜笑颜开。

这才真叫人惆怅。现实最让人无法消受的，莫过于如此的物是人非。

年轻时，总有几场这样的相遇吧。那年，离大学校园十来里路的地方，有桃园。春天一到，仿若云霞落下来。一宿舍的女生相约着去看桃花，车未停稳，人已扑向花海，倚着一树一树的桃花，笑得千娇百媚。猛抬头，却看到一人，远远站着，盯着我看。年轻的额头上，落满花瓣的影子。我的血管突然发紧，心跳如鼓，假装追另一树桃花看，笑着跳开去。转角处，却又相遇。他到底拦住了我问："你是哪个学校哪个班的？"我低眉笑回："不知道。"三月的桃花迷了眼。

以为会有后续的。回学校后，天天黄昏，跑去校门口的收发室，盼着有那人的信来，思绪千转万回。等到桃花落尽，那人也没有来。来年再去看桃花，陡然生出难过的感觉。

还是那样的年纪，去亲戚家度假。傍晚时分，在一条河边徜徉。河边多树、多草、多野花，夕照的金粉，洒了一地。隔河，也有一青年，在那里徜徉。手上有时握一本书，有时持一钓竿，却没看见他垂钓。

　　一日，隔了岸，他冲我招手，"嗨。"我也冲他招手，"嗨。"仅仅这样。

　　后来，我回了老家。再去亲戚家，河还在，多树，多草，多野花，夕照的金粉，洒了一地。却不见了那个青年。

　　还是感谢那些相遇，在我生命的底色上，抹上一朵粉红，于向晚的风里，微微生香。青春回头，不觉空。

　　真想，在桃花底下，再邂逅一个人，再恋爱一回。朋友说："你这样想，说明你已经老了。"

　　"是吗？"笑。岁月原是经不起想的，想着想着，也真的老了。年轻时的事，变成花间一壶酒，温一温唇，湿一湿心，这人生，也就过来了。

草木有本心

我以为，所有的草木，都长着一颗玲珑心，天真无邪，纯洁善良。

喜欢一切的花草树木。

我以为，所有的草木，都长着一颗玲珑心，天真无邪，纯洁善良。

没有草木是丑陋的。如同青春少女，不用梳妆打扮，一颦一笑，散发出的都是年轻的气息，清新迷人，无可匹敌。

草木从不化妆。所以花红草绿，都是本色。我们常说亲近自然，其实就是亲近草木。我们噼里啪啦跑过去，看见一棵几百年的老树要惊叫，看见满田的油菜花要惊叫，看见芳草茵茵要惊叫。草木却不惊不乍，活着它们本来的样子。

草木也从不背叛远离。你走，草木不走。你遗忘的，草木都给你记着呢。废弃的断壁残垣上，草在长。游子归家，昔日的村庄已成陌生，他找不到曾经的家了。一转身，却望见从前的那棵老槐树，还长在河畔。还是满树的青绿，树丫上，依旧蹲着一只大大的喜鹊窝。天蓝云白，都是昔日啊。他的泪，在那一刻落下。走远的记忆，都走了回来，他童年的笑声，仿佛还在树下回荡，叮叮当当，叮叮当当。感谢草木！让人的灵魂找到归宿。

每一棵草都会说话。它说给大地听。说给昆虫听。说给露珠听。说给小鸟听。说给阳光听。喁喁。喁喁。季节的轮转，原是听了草的话。草绿，春来。草枯，冬至。

每一朵花都在微笑。一瓣一瓣，都是它笑的纹，眉睫飞扬。对着一朵花看久了，你会不自觉微笑起来，心中再多的阴霾，也消失殆尽。这世上，还有什么坎不能迈过去呢？笑也是一天，哭也是一天。不如向一朵花学习，日子笑着过。

新扩建的路旁，秋天移来一排的樟树。可能是为了好运输，所有的树，一律给削去了头。看过去，都光秃秃的一截站着，像断臂的人，叫人心疼。春天，那些树干顶上，却冒出一枚一枚的绿来，团团的，像歇着一群翠绿的小鸟，叽叽喳喳，无限生机。

草木的顽强，人学不来。所以，我敬畏一切草木。

出门旅游，异乡的天空下，意外重逢到一片蓝色的小花。那是一种叫婆婆纳的草，在我的故乡最常见。相隔千万里，它居然也来了。天地有多大，草木就走多远。海的胸怀天空的胸怀，都不及草木的胸怀，它把所有有泥土的地方，都当作故乡。

"草木有本心，何求美人折。"是啊，草木不伪不装，自然天成，大美不言。

花间小令

那是怎样的一种盛放啊，如井喷如泉涌，不管不顾，酣畅淋漓，是把整个心都捧出来的一场燃烧。

油菜花

我们该为一些花鼓掌。

譬如，油菜花。

春天，我把吃剩的半棵油菜，随手丢在水碗里，想不到它竟在水碗里兀自生长起来，碧绿蓬勃，欢欣鼓舞。

我觉得有趣，搬它至窗台，那里，春风几缕，日日眷顾。三五日后，它撑出一撮一撮的花苞苞，精神抖擞着。再一日，我早起，看到的竟是一碗的黄灿灿。——我水碗里的油菜花，已在不知不觉中，悄悄绽放了。

那是怎样的一种盛放啊，如井喷如泉涌，不管不顾，酣畅淋漓，是把整个心都捧出来的一场燃烧。虽远离原野，可它却一点也不沮丧、不气馁，拿水碗当舞台，一招一式都丝毫不马虎，瓣瓣染金，朵朵溢彩。

我在屋里转一圈，就又凑到它的跟前去了。什么时候见它，它都是一副热心肠，捧出所有的金黄，是恨不得为你粉身碎骨的。所有的油菜花，原都是女中豪杰。

我很想向一朵油菜花学习，纯粹而热烈地活上一回，不辜负春风，不辜负自己。

葱 兰

葱兰这名字叫得好，又像葱又像兰。叶是葱绿，花是素白，墙角边蹲着，一排。或在花坛边立着，一圈。不吵不闹，安静恬淡，如乖巧的小女儿。

起初谁会注意到它呢？野草一般的，相貌实在平平。

我去收发室取信，路过图书楼，阴山背后就长了这么一棵棵。日日晴天，它却分享不到一点阳光，但它好像并不在意，照旧欢欢喜喜地生长着，绿莹莹的，如葱如韭。

后来的一天，花开了，小小的白，小白蛾似的，层出不穷地冒出来。在人的心上，扇动起讶异和温柔来，哦，它真是美！屋后的阴影，被它映照得一派明媚。

我摘一朵，带给收发室的大姐。大姐驼背，身体变形得厉害，据说是年少时一场病落下的。换作别人，早就自卑得不行，可她却活泼开朗，喜欢穿鲜艳的衣裳，喜欢摆弄头发，发型常换。每回见她，都是快快乐乐的，让你再灰暗的心，也跟着明快起来。

大姐把我送的花，很爱惜地用水杯养着。隔日再去，我人还未到近前，她就高兴地告诉我，你送的花还在开呀。去看，果真的，一小朵的白，在水杯里，盛放着，丝毫不减它的秀美。

它还有个别称叫韭菜莲，韭菜一样碧绿青翠，莲一样不蔓不枝，清新脱俗。亦是很形象很贴切。

婆婆纳

每次看到婆婆纳，我总忍不住要笑，是会心一笑。像见到一个可爱的人。

不管它只身在哪里，我都能一眼认出它。在云南的玉龙雪山上，在辽宁的冰峪沟里，或是在我的花盆中。花盆里一株杜鹃开得灼灼，它趴在杜鹃根旁，探着小小的脑袋，蓝粉的小脸，笑嘻嘻的。被杜鹃遮着挡着，亦不觉得委屈。

乡下广袤的田野里，沟边渠旁，到处有它。同属野草类，蒲公英和野蒿，长得又高挑又张扬，在风里招摇。它却内敛得很，趴在一丛茅草中，或是一棵桑树下，守着身下一片土，慢悠悠地，吐出一小片一小片的蓝，如锦，美得一点也不含糊。

我总要在它的名字上怔上一怔。婆婆纳，婆婆纳，是细眉细眼的小媳妇，孝顺、贤惠，一入婆家，就被婆婆喜着疼着。没有华衣美服，没有玉食金馔，也没有姣好容貌，却心灵手巧、踏踏实实，把一段简朴的小家日子，过得红红火火，活色生香。

这世上，多的是平凡人生，只要用心去过，一样可以花开如锦。

木　槿

最初读《诗经》，我曾被"有女同车，颜如舜华"之句惊艳。这里的"舜华"，指的是木槿花。如木槿花一样的女子，该是何等美好。

木槿，乡下人不当花，是当篱笆的，院边栽一排，任它在那里缠缠绕绕。它在五月里开始开花，一开就是大半年光景，朝开暮落，白白紫紫，讨喜的小女孩般的，巧笑倩兮，一派天真。现在想想，那时的乡下小院，虽贫瘠着，然有木槿护着，又是多么奢侈华丽。

如今，城里多植木槿，路边，河旁，常能遇见。满目的深绿浅绿中，三五朵紫红，三五朵粉白，分外夺目，让遇见的心，会欢喜起来，哦，木槿呢！

乡下却少有它的踪迹了，喜欢木槿的老一辈人，已一个一个离去。乡下小姑娘来城里，不识路旁的木槿，我耐心地告诉她，这是木槿啊，以前乡下多着的。

这么说着，鼻子突然莫名地有些酸涩。时光变迁，多少的人非物也非，好在还有木槿在，年年盛放如许。

它又名无穷花。我喜欢这个名，生命无穷尽，坚韧美丽，生生不息。

四季海棠

我站在邻居家的院门前，看花。

那里长一蓬我不认识的花，满铺的小圆叶之上，碎碎的花瓣，抱成一团，朵朵红艳，实在好看。

邻居说，这是四季海棠啊。

你要吗？她热情地相问。我尚未答话，她已弯腰，"咔嚓"一下，掰下一枝来。——我都替它疼了。

邻居说，只要插到土里，它就能活。

我依言插到土里。不几日，这一枝四季海棠，竟变成了一大棵，生出无数的枝枝丫丫来。又过些日子，一棵变成了很繁茂的一簇，把整个花池都撑满了。

它开始安安心心地开花。也不急，一次只开一两朵，一瓣一瓣，慢慢开，总要等到五六天后，一朵花才全部开好，每瓣都红透了。看着它，我总觉得它像极会过日子的小主妇，节俭简朴，细水长流。

有时，我一连好些天忘了看它，再去看时，它还是那副气定神闲的样子，不紧不慢地开着它的花，一捧的肥绿，托着两三团艳红。时光在它那里，仿佛泊在老照片里的一缕月色，静谧而悠长。

霜降过几回，都有冰冻了。耐寒的菊们，也萎了精神。它却仍枝叶饱满，花开灼灼。路过的人会惊奇地说一声，瞧这海棠！肃杀清冷的日子，变得不那么难挨了。

蔷薇几度花

　　我自轻盈我自香，随性自然，不奢望，不强求。人生最好的状态，也当如此吧。

　　喜欢那丛蔷薇。

　　与我的住处隔了三四十米远，在人家的院墙上，趴着。我把它当作大自然赠予我们的花，每每在阳台上站定，目光稍一落下，便可以饱览到它：细长的枝，缠缠绕绕，分不清你我地亲密着。

　　这个时节，花开了。起先只是不起眼的一两朵，躲在绿叶间，素素妆，淡淡笑。还是被眼尖的我们发现了，我和他几乎一齐欢喜地叫起来："瞧，蔷薇开花了。"

　　之前，我们也天天看它，话题里，免不了总要说到它。——你看，蔷薇冒芽了。——你看，蔷薇的叶，铺了一墙了。我们欣赏着它的点点滴滴，日子便成了蔷薇的日子，很有希望很有盼头地朝前过着。

也顺带着打量从蔷薇花旁走过的人。有些人走得匆忙，有些人走得从容。有些人只是路过，有些人却是天天来去。想起那首经典的诗："你站在桥上看风景／看风景的人在楼上看你。"这世上，到底谁是谁的风景呢？——你是我的，我也是你的，只不自知。

看久了，有一些人，便成了老相识。譬如那个挑糖担的。

是个老人。老人着靛蓝的衣，瘦小，皮肤黑，像从旧画里走出来的人。他的糖担子，也绝对像幅旧画：担子两头各置一匾子；担头上挂副旧铜锣；老人手持一棒槌，边走边敲，当当，当当当。惹得不少路人循了声音去寻，寻见了，脸上立即浮上笑容来，"呀"一声惊呼："原来是卖灶糖的啊。"

可不是么！匾子里躺着的，正是灶糖。奶黄的，像一个大大的月亮。久远了啊，它是贫穷年代的甜。那时候，挑糖担的货郎，走村串户，诱惑着孩子们的幸福和快乐。只要一听到铜锣响，孩子们立即飞奔进家门，拿了早早备下的破烂儿出来，是些破铜烂铁、废纸旧鞋等，换得掌心一小块的灶糖。伸出舌头，小心舔，那掌上的甜，是一丝一缕把心填满的。

现在，每日午后，老人的糖担儿，都会准时从那丛蔷薇花旁经过。不少人围过去买，男的女的，老的少的，有人买的是记忆，有人买的是稀奇。——这正宗的手工灶糖，少见了。

便养成了习惯，午饭后，我必跑到阳台上去站着，一半为的是看蔷薇，一半为的是等老人的铜锣敲响。当当，当当当——好，来了！等待终于落了地。有时，我也会飞奔下楼，循着他的铜锣声追去，买上五块钱的灶糖，回来慢慢吃。

跟他聊天。"老头。"——我这样叫他，他不生气，呵呵笑。"你不要跑那么快，我们追都追不上了。"我跑过那丛蔷薇花，立定在他的糖担前，有些气喘吁吁地说。老人不紧不慢地回我："别处，也有人在等着买呢。"

祖上就是做灶糖的。这样的营生，他从十四岁做起，一做就做了五十多年。天生的残疾，断指，两只手加起来，只有四根半指头。却因灶糖成了亲，他的女人，就是因喜吃他做的灶糖，而嫁给他的。他们有个女儿，女儿不做灶糖，女儿做裁缝，女儿出嫁了。

"这灶糖啊，就快没了。"老人说，语气里倒不见得有多愁苦。

"以前怎么没见过你呢？"

"以前我在别处卖的。"

"哦，那是甜了别处的人了。"我这样一说，老人呵呵笑起来，他敲下两块灶糖给我。奶黄的月亮，缺了口。他又敲着铜锣往前去，当当，当当当。敲得人的心，蔷薇花朵般地，开了。

一日，我带了相机去拍蔷薇花。老人的糖担儿，刚好晃晃悠悠地过来了，我要求道："和这些花儿合个影吧。"老人一愣，笑看我，说："长这么大，除了拍身份照，还真没拍过照片呢。"

174

他就那么挑着糖担子，站着，他的身后，满墙的花骨朵儿在欢笑。我拍好照，给他看相机屏幕上的他和蔷薇花。他看一眼，笑。复举起手上的棒槌，当当，当当当，这样敲着，慢慢走远了。我和一墙头的蔷薇花，目送着他。我想起南朝柳恽的《咏蔷薇》来："不摇香已乱，无风花自飞。"诗里的蔷薇花，我自轻盈我自香，随性自然，不奢望，不强求。人生最好的状态，也当如此吧。

满架秋风扁豆花

大自然的美，是永恒的。

说不清是从哪天起，我回家，都要从一架扁豆花下过。

扁豆栽在一户人家的院墙边。它们缠缠绕绕地长，你中有我，我中有你。顺了院墙，爬。顺了院墙边的树，爬。顺了树枝，爬。又爬上半空中的电线上去了。电线连着路南和路北的人家，一条人行甬道的上空，就这样被扁豆们，很是诗意地搭了一个绿篷子，上有花朵，一小撮一小撮地开着。

秋渐深，别的花且开且落，扁豆花却且落且开。紫色的小花瓣，像蝶翅。无数的蝶翅，在秋风里舞蹁跹。欢天喜地。

花落，结荚，扁豆成形。五岁的侄儿，说出的话最是生动，他说那是绿月亮。看着，还真像，是一弯一弯镶了紫色边的绿月亮。我走过时，稍稍抬一抬手，就会够着路旁的那些绿月亮。想着若把它切碎了，清炒一下，和着大米饭蒸，清香会浸到每粒大米的骨头里。——这是我小时的记忆。乡村人家不把它当稀奇，煮饭时，想起扁豆来，跑出屋子，在屋前的草垛旁，或是院墙边，随便捋上一把，洗净，搁饭锅里蒸着。饭熟，扁豆也熟了。用大碗装了，放点盐，放点味精，再拌点蒜泥，滴两滴香油，那味道，只一个字，香。打嘴也不丢。

这里的扁豆，却无人采摘，一任它挂着。扁豆的主人大概是把它当风景看的。于扁豆，是福了，它可以不受打扰地自然生长，花开花落。

也终于见到扁豆的主人，一整洁干练的老妇人。下午四点钟左右的光景，太阳跑到楼那边去了，她家小院前，留一片阴。扁豆花却明媚着，天空也明媚着。她坐在院前的扁豆花旁，膝上摊一本书，她用手指点着书，一行一行读，朗朗有声。我看一眼扁豆花，看一眼她，觉得她们是浑然一体的。

此后常见到老妇人，都是那个姿势，在扁豆花旁，认真地在读一页书。视力不好了，她读得极慢。人生至此，终于可以停泊在一架扁豆花旁，与时光握手言欢，从容地过了。暗暗想，真人总是不露相的，这老妇人，说不定也是一高人呢。像郑板桥，曾流落到苏北小镇安丰，居住在大悲庵里，春吃瓢儿菜，秋吃扁豆。人见着，不过一乡间普通农人，谁知他满腹诗才？秋风渐凉，他在他居住的厢房门板上，手书浅刻了一副对联："一帘春雨瓢儿菜，满架秋风扁豆花"。几百年过去了，当年的大悲庵，早已化作尘土。但他那句"满架秋风扁豆花"，却与扁豆同在，一代又一代，不知被多少人在秋风中念起。

大自然的美，是永恒的。

清学者查学礼也写过扁豆花："碧水迢迢漾浅沙，几丛修竹野人家。最怜秋满疏篱外，带雨斜开扁豆花。"有人读出凄凉，有人读出寥落，我却读出欢喜。人生秋至，不关紧的，疏篱外，还有扁豆花，在斜风细雨中，满满地开着。生命不息。

闻　香

花品如同人品，宽容、大度、热情、善良，这些加在桂花身上，都配得。

这几天，天一擦黑，我就出门。

我要闻香去，植物们的香。

闻香，白天自然也可以，但我以为，不够味。白天的喧嚣和芜杂太多，人与植物，都有些心猿意马。到了夜晚却全然不一样了，夜幕一经四合，再多的斑斓和热闹，也都迅速消融、沉淀下去，植物们的气息，浮游上来，纯粹、洁净、甜蜜，心无旁骛。

比方说现在，夜色拌调，再蘸上夜风几缕、虫鸣几声、秋露几滴，外面的香，便越发的浓情蜜意起来。勾人魂。

这是秋天精心烹饪的一道大餐，"弹压西风擅众芳，十分秋色为伊忙"，偌大一个天地，都在喷着香、吐着甜。像刚出炉的蜂蜜糕。

对了，是桂花开了。

一出楼道口，花香就兜头兜脸地扑过来。我明明是有准备着的，还是觉得被它偷袭了，脚步欢喜得一个趔趄，哎，多好多好啊，是桂花哎。

小区里也不过植着三两棵桂花树，就香得无孔不入前赴后继的了。晚上，在小区里散步的人明显多了起来，人影绰绰。他们在花香铺满的小径上，来来回回地走，语声喁喁，搅动得花香，一波一波地流淌。我想，他们定也和我一样，闻着香的，有些贪恋。

总要忆起好几年前，也是这样的秋季，我远在秦岭深处，入住在半山腰的一幢民房里。入夜，一座山像死去般的寂静、空落，让我颇是不安，久久难以入眠。就在我辗转反侧之际，突然有花香破窗而入，甘甜黏稠，缠绵缱绻，那熟悉的气息，让我在一瞬间安了心。他乡遇故知啊，我微笑起来，深呼吸，再深呼吸，渐渐的，在花香里沉沉睡过去，一夜无梦。

晨起，我看到离屋子不远的地方，站着一棵桂花树，醇厚的绿叶间，撒落金粟点点。暗香浮动，静水流深。

"寸心原不大，容得许多香。"——这是桂花的好品德。花品如同人品，宽容、大度、热情、善良，这些加在桂花身上，都配得。

它也总要开到秋末，把秋天完美地送走，才默默退隐江湖。想想还有一些日子的桂花香可闻，我就幸福得很了。

菊有黄花

菊花最地道的颜色，是黄色。我买了一盆，黄的花瓣，黄的蕊，极尽温暖，会焐暖一个秋天的记忆和寒冷。

一场秋雨，再紧着几场秋风，菊开了。

菊在篱笆外开，这是最大众最经典的一种开法。历来入得诗的菊，都是以这般姿势开着的。一大丛一大丛的，倚着篱笆，是篱笆家养的女儿，娇俏的，又是淡定的。有过日子的逍遥。晋代陶渊明随口吟出那句"采菊东篱下"，几乎成了菊的名片。以至后来的人们，一看到篱笆，就想到菊。唐朝元稹有诗云："秋丛绕舍似陶家，遍绕篱边日渐斜。"秋水黄昏，有菊有篱笆，他触景生情地怀念起陶翁来。陶渊明大概做梦也没想到，他能被人千秋万代地记住，很大程度上，得益于他家篱笆外的那一丛菊。菊不朽，他不朽。

我所熟悉的菊，却不在篱笆外，它在河畔、沟边、田埂旁。

它有个算不得名字的名字，野菊花。像过去人家小脚的妻，没名没姓，只跟着丈夫，被人称作吴氏、张氏。天地洞开，广阔无边，野菊花们开得随意又随性。小朵的，清秀，不施粉黛。却色彩缤纷，红的黄的，白的紫的，万众一心齐心合力地盛开着。仿佛一群闹嚷嚷的小丫头，挤着挨着在看稀奇，小脸张开，兴奋着，欣喜着。对世界，是初相见的懵懂和憧憬。

乡人们见多了这样的花，不以为意。他们在秋天的原野上收获，播种，埋下来年的期盼。菊们兀自开放，兀自欢笑，与乡人们各不相扰。蓝天白云，天地绵亘。小孩子们却无法视而不见，他们都有颗菊花般的心，天真烂漫。他们与菊亲密，采了它，到处乱插。

那时，家里土墙上贴一张仕女图，有女子云鬟高耸，上面横七竖八插满菊，衣袂上，亦沾着菊，极美。掐了一捧野菊花回家的姐姐，突发奇想帮我梳头，照着墙上仕女的样子。后来，我顶着满头的菊跑出去，惹得村人们围观。"看，这丫头，这丫头。"他们手指我的头，笑着啧啧叹。

现在想想，那样放纵地挥霍美，也只在那样的年纪，最有资格。

人家的屋檐下，也长菊。盛开时，一丛鹅黄，另一丛还是鹅黄。老人们心细，摘了它们晒，做菊花枕。我家里曾有过一只这样的枕头，父亲枕着。父亲有偏头痛，枕了它能安睡。我在暗地里羡慕过，曾决心自己给自己做一只那样的枕头。然来年菊花开时，却贪玩，忘掉这事。

年少时，总是少有耐性的，于不知不觉中，遗失掉许多好光阴。

周日逛街，秋风已凉，街道上落满梧桐叶，路边却一片绚烂。是菊花，摆在那里卖。泥盆子装着，一只盆子里只开一两朵花，花开得肥肥的，一副丰衣足食的好模样。颜色也多，姹紫嫣红，千娇百媚。却还是喜黄色。《礼记》中有"季秋之月，菊有黄花"的记载，可见得，菊花最地道的颜色，是黄色。

我买了一盆，黄的花瓣，黄的蕊，极尽温暖，会焐暖一个秋天的记忆和寒冷。

菊　事

清寒疏离的日子，因菊，变得脉脉温情。

去冬，我把一盆开过花的菊，随手丢弃在屋旁，连同装它的瓦盆。

屋旁有巴掌大的空地，没人理它，它便自作主张地在里面长婆婆纳，长狗尾巴草，长车前子，长蒲公英，还长荠菜。我挑过一回荠菜，满像那回事的，把一份野趣挑进篮子里。后来，这一小撮荠菜，被我切碎了，烙进糯米饼里。饼烙得点点金黄，配了糯米的糯白，配了荠菜的嫩绿，不用吃，光看看，就很享受了。咬一口，鲜透牙。很是感动了一回，有泥土的地方，总会生长着我的故乡。

现在，这块地里，多出一大丛的菊来。是被我丢弃的那一盆。谁想到呢，它的花萎了，叶萎了，心竟是活的。它搂着这颗心，落地生根，不声不响地，勤勤勉勉地生长。最终，它不单自己活了下来，还子孙满堂的样子。——去冬不过一小瓦盆的花，今秋已繁衍成一大丛了。它让我想到柳暗花明，想到天无绝人之路，想到苦尽甘来，只要心没有死，总有出头之日的。

风一场，雨一场，秋季翻过，已是冬了，它还没开够，朵朵灿烂。满世界的萧条，唯它，一簇新亮，是李商隐诗里的"融融冶冶黄"，是童年乡下屋檐下的那抹明黄，打老远就看得见。路过的人，有的站着远远瞅。有的看不过瘾，走近了细细瞧。一律的惊叹，好漂亮的花！它倒是沉得住气，面对众人的赞赏，不动声色、不慌不忙地，只管把好颜色往外掏。一瓣金黄，再一瓣，还是金黄。如历尽世事的女子，参透人生无常，倒让自己有了一份坚守，那就是，守住自己，守住心。所以，冷落也好，繁华亦罢，它都能安然相待，不急不躁。

孤寡老人程爹，在小区的小径旁长菊。小径旁的空地，原是狭长的一小块，小区人家装修房子，把一些碎砖碎玻璃倒在里面。路过的人都小心不去碰触，以免被玻璃划伤了。连调皮的小猫，也绕着那块地走。老人清理掉碎砖碎玻璃，在里面长青菜和菊。几棵青菜，几朵菊花。再几棵青菜，几朵菊花。绿配紫，绿配红，绿配白，绿配黄，小块的地，让人看过去，竟有花园般的感觉。

这些天，老人除了吃饭睡觉，几乎都围着他的菊在转。我上班时看见他，下班时还看见他，背着双手，很有成就感地在小径上漫步，来来回回。一旁，他的菊，如同被惯坏的孩子，正满地打着滚，撒泼似的，把些紫的、红的、白的、黄的颜色，泼洒得四处飞溅。哪一朵，都是硕大丰腴的，都上得了美人头。

天冷，菊越发的艳丽，直艳到人的心里去。小区的人，每日里行色匆匆，虽是久住，彼此却毫不关己地陌生着。而今，因了这些菊，一个个舒缓了脚步，脸上僵硬的线条，渐渐柔软起来。话搭话地闲聊几句，说着花真好看之类的。或者不聊，仅仅站着，看一眼菊，相互笑笑，自有一份亲切，入了心头。再遇见，便是老相识了。清寒疏离的日子，因菊，变得脉脉温情。

木芙蓉

你实在不知它后面还会冒出多少的花苞苞来。一个花苞苞就是一朵惊喜呀。

小区门口的小公园里，不知从何时起，植了一大片的木芙蓉。平日里，它不显山不露水，默默地抽枝，默默地长叶。枝也普通，叶也普通，不识它的人，多半会把它当作野蒿子。

秋渐深，别的花草摇落，它却层出不穷地开起花来，在满目萧索之中，捧出朵朵明艳。一朵一朵的红，像用上等的绢纸叠出来的，簪在枝叶间，你打老远就能望得见。夺目，太夺目了！叫人无端地高兴。

等走近了看，它纤细的枝条上，累累地鼓着的，竟都是花苞苞，家族繁盛、人丁兴旺的样子，你实在不知它后面还会冒出多少的花苞苞来。一个花苞苞就是一朵惊喜呀。你想到小时候看魔术表演，那个嘴里会喷火的中年男人，突然从怀里往外掏东西，他掏出一把的红绸子、一把的绿绸子。在大家的惊呼声中，他抖一抖手，再掏，又是一把的红绸子、一把的绿绸子。他掏啊掏啊，越掏越快，红绸子绿绸子便泉水样的，不断地冒出来，似乎怎么扯也扯不尽。

它就是花中的魔术师啊！

我早也从那里走过，晚也从那里走过，花都好好在着的。我觉得活着的幸福，莫过于有这样的花在开着，有明亮的眼睛在看着。这样的岁月，真真是顶叫人欢喜的。

小时的乡下，也长它，和野葵、木槿们在一起。却不知它叫木芙蓉。我奶奶唤它，饼子花。是说它花朵的样子，大，且扁扁的，像她烙的南瓜饼。我们便也跟着唤，饼子花。一唤好些年，没觉得有什么不妥。它也从没反对过，总是浅浅笑着，撑着嫣红的脸蛋，在日益清寒的秋风里。

每日黄昏，我们放学归家，远远看见茅草屋旁那一朵朵嫣红，脚步就不由得会加快，心里面快乐起来，哦，快到家了，可以捧上热热的粥喝了，可以钻进温暖的被窝了。秋风渐紧，夕阳彤红。

是在一些年后，我在前人的诗里面突然遇到它，才吓了一惊，原来，它竟有个动听的名字，叫木芙蓉。是开在岸上的荷。前人的诗里，对它，多的是赞誉："小池南畔木芙蓉，雨后霜前着意红。犹胜无言旧桃李，一生开落任东风。"它不声不响的，竟把春天里沸腾的一场花事，给比下去了。

我采一枝木芙蓉，想带回家去插。花在我手里，却一下子蔫了。决绝的，不留余地的。如世间刚烈的好女子，为着做人的原则和道义，宁为玉碎，不为瓦全。不阿谀奉承，不委曲求全，柔弱的身子里，有大丈夫气概。这样的好女子，常被人称作女中豪杰，使人敬重且仰视。

我再没有动过采摘它的念头。

现在，霜降已至。它的枝叶，亦开始发黄、枯萎，花却仍在很锦绣地开着。一朵接着一朵，不慌不忙，恬静安然，叫人感动。

它还有个名字，叫拒霜花。我觉得，很贴切。

银杏黄

　　怎么能够不欢欣呢？我等它等了那么久，也就要去赴约了。

一

　　终于等来了露白风清。

　　我身体内隐蔽的一种渴望，按捺不住就要跳出来。我显得无端的高兴，看见什么都想笑，一颗心变得那么柔软，想对整个世界温柔。

　　怎么能够不欢欣呢？我等它等了那么久，也就要去赴约了。它更像是我一个人的秘密，是大自然郑重地交给我的秘密。

　　这时节，大自然的面孔最是纷繁，一方面现出它的薄凉沧桑，一方面又端出它的丰饶美艳，你实在被它弄迷糊了。爱，还是不爱，有时真是个问题。

却不能不惊艳。比方说，你走着走着，突然逢到一地的菊花。大朵的，或是小朵的，哪一朵不是极尽欢颜，热情奔放得能把你燃烧了？你看着它，像被狐妖媚惑住，迈不了脚了，甘愿醉倒在温柔乡。

再比方说，你正在路边某个小亭子里小歇，鼻子里忽然塞满香甜，浓烈得你无力抵抗。你只能任由它牵着引着，一路寻到跟前去，细密的金黄的小花，多像害羞的小姑娘的眼。你明知道是它在调皮、在逗引，仍像发现新大陆似的，慨叹一声，哦，桂花开了哎。

三五文朋好友有空便相约，赏桂去吧。很有点古代文人的遗韵呢。有朋友会泡功夫茶，青花瓷的小杯，单单摆着，就叫人心动。更何况他说，要在山上的桂花树下，温上一壶。风吹桂花落，是不是也有几朵跳到青花瓷的小杯里？那样的景象，不能想，一想就痴了。

我要赴的，却是与一场叶子的约会。

二

我翻书，想找出一篇写它的，少。"停车坐爱枫林晚，霜叶红于二月花"。——是写枫的。"一重山，两重山，山远天高烟水寒，相思枫叶丹"。——还是写枫的。

它明明有着与枫同等的灿烂与火热，为什么就被忽略掉了？它真有点怀才不遇。

命运却又是仁慈的，同样赋予它空气、阳光、水、天空和大地。

我不知道它是不是也这么想的。每年再相见，它都很守约地扛着一树的黄，像扛着一树的黄花朵，神采奕奕。零星的，或成片的，一律都黄得透透的，每片叶子，都成了精。把周遭的空气，染得黄黄的。把半边天空，染得黄黄的。华丽着，高贵着。薄凉的风，因它，也有了暖意。

它的出色，也终于被人赏识，近一些年来，越来越多的城，在路边栽了它，当风景。

我去无锡，顺道去惠山赏枫，没想到，也与它相逢。它站在一堆火红的枫里面，好像刚刚梳洗完毕，浑身上下披挂一新，满头满身的艳黄跳跃出来，又活泼，又明媚，竟把枫给比下去了。

原来，它也在这里！我望了它笑，想对它说很多话，又觉得哪一句都是多余。

有新人来拍婚纱照。在满山的红里面，他们极聪慧地单单挑出它来，倚了一树的"黄花朵"，笑得恩爱甜蜜、地老天荒。

我退到边上，远远看，为它欣慰。它的身上，染上爱情色了，从此，它将穿行于凡俗的每一个日子，见证每一个烟火人生。

三

念及它，也总是要想到一个老人。

老人在上海。我只是在报纸上偶遇他，在一则新闻下面的图片里。

图片上，老人在绘蝶。他的手底下，聚集着彩色蝴蝶一只只，花团锦簇，姿态万千。

那原不过是些落叶——它的叶。老人一片一片捡起，用笔轻轻点染，就成就了它的另一场绚丽。

生命到底还有多少种活法？这永远是个未知数。正是这样的未知，才造就了生命的神秘与多彩，才有了敬畏、善待与向往。

亦收到一个女孩寄来的信。信里，女孩很用心地放了两枚它的叶。可能是放置时间久了，叶子变得又干燥又薄透，颜色却未曾褪去一点点，仍是最初的艳。我不想用金黄来说它，我以为俗了，它就是它的本色。——我叫它，银杏黄。

女孩说，她最喜欢收藏银杏的叶子，每年，她都会捡拾很多，夹满书本。

女孩的身世，颇惹人怜惜。三岁那年，母亲离家出走，从此再没回过家。父亲因这样的打击，患了精神分裂症。小小的她，学会了照顾父亲、照顾自己。一路的艰辛，不与人说，人前欢笑，却在人后黯淡。一天，她偶与我的文字相遇，凉的心，一点一点被暖起来。她说，梅子姐，你的存在就是一道光，你温暖了我，我也会用这束光温暖身边的人。尽管是小小的力量。谢谢你，也谢谢我自己。我们都要好好的。

我把那两片银杏黄，粘到了我书房的墙上。我什么时候看过去，它们都像花瓣一样盛开着。又像蝴蝶一样，张着翅膀，就要飞了。

才有梅花便不同

梅有的，就是这样的与众不同啊！一地清月，满室幽香。

趁着天黑，去邻家院子边，折一枝梅回来。这有偷的意思了。——我是，实在架不住它的香。

它香得委实撩人。晚饭后散步，隔着老远，它的香就远远追过来，像撒娇的小女儿，甜腻腻地缠着你，让你架不住心软。我向东走，它追到东边。我向西走，它追到西边。我向南走，它追到南边。我向北走，它追到北边。黑天里看不见，但我知道它在那里，它就在那里，在邻家的院子里。一棵，只一棵。

白天，我在二楼。西窗口。我的目光稍稍向下倾斜，就可以看到它。邻家的院子，终日里铁栅栏圈着，有些冰冷。有了一树的梅，竟是不一样了。连同邻家那个不苟言笑的男人，他在梅树下进进出出，望上去，竟也有了几分亲切。一树细密的黄花朵，不急不徐地开着，隔了距离看，像镶了一树的黄宝石。枝枝条条，四下里漫开去，它是想把它的欢颜与馨香，送到更远的地方去。一家有花百家香。花比人慷慨，从不吝啬它的香。

梅是大众情人，人见人爱，这在花里面少见。梅的本事，是一般的花学不来的。谁能在冰天雪地里，捧出一颗芬芳的心？谁能在满目的衰败与枯黄之中，抖搂出鲜艳？只有梅了。它从冬到春，在季节最为苍白最为寂寥的时候，它含苞，它绽放。它是冬天里的安慰，它是春天里的温暖。

喜欢关于梅的一则韵事。相传宋武帝的女儿寿阳公主，某天午睡，独卧于自己寝宫的檐下。旁有一树梅，其时花开正盛。风吹，有花落于公主额上，留下一朵黄色印记，拂之不去。宫人们惊奇地发现，公主因这朵黄色印记，变得更加娇媚动人了。从此，宫人们争相效仿，采得梅花，贴于额前，此为梅花妆。——原来，古代女子的对镜贴花黄，竟是与梅花分不开的。

我对着镜子，摘一朵梅，玩笑般地贴在额前。想我的前身，当也是一个女子吧，她摘过梅花么？她对镜贴过花黄么？想起前日里，去城南见一个朋友。暖暖的天，暖暖的阳光，空气中，有了春的味道。突然闻到一阵幽香，不用寻，我知道，那是梅了。果真的，街边公园里，有梅一棵，裸露的枝条上，爬满小花朵，它们甜蜜着一张张小脸儿，笑逐颜开。有老妇人，在树旁转，她抬眼，四下里看，趁人不备，折下一枝，笑吟吟地，往怀里兜。她那略带天真的样子，让我微笑起来，人生至老，若还能保持着这样一颗喜爱的心，当是十分十分可爱且甜蜜的吧。

亦想起北魏的陆凯。那样一个大男人，居然浪漫到把一枝梅花，装在信封里，寄给好朋友范晔，并赋诗一首："折梅逢驿使，寄与陇头人。江南无所有，聊赠一枝春。"他把他的春天，送给了朋友。做这样的人的朋友，实在是件幸运且幸福的事。

我折回的梅，被我插在书房的笔筒里。简陋的笔筒，因了一枝梅，变得活泼起来俏丽起来。南宋杜耒写梅："寒夜客来茶当酒，竹炉汤沸火初红。寻常一样窗前月，才有梅花便不同。"诗里不见一字对梅的赞美，却把梅的风骨全写尽了。梅有什么？梅有的，就是这样的与众不同啊！一地清月，满室幽香。那样一个寻常之夜，因窗前一树的梅，诗人的人生，活出了不寻常。

第六辑
风过林梢

露天舞台，一盏汽油灯悬着，照着她唇红齿白一张粉嫩的脸，她像开得满满的一枝芍药花。

蓝色的蓝

生命本是如此珍贵，当爱惜。

她报出她的姓时，我们都讶异极了。"蓝，蓝色的蓝。"她笑着说，红唇鲜艳。继而介绍她的名，居然单单一个字，蓝。她的名字，蓝蓝。那会儿，我们正站在蓝蓝的湖边，蓝蓝的天空倒映在湖中，如一大块蓝玉。她的名字，应和了眼前景，如此诗意，真是让人妒忌得很。

我们一行人游西藏，她是半道上加进来的。之前，她一个人已游完拉萨，还在一家医院里，做了一天的义工。"也没做什么啦，就是帮人家拿拿接接的。"她满不在意地大笑起来，灿若一朵木棉花。五十多岁的人，看上去不过四十出头，靓丽明艳。小导游喊同团稍上年纪的女人"阿姨"，却叫她，蓝蓝姐。她乐得眉毛眼睛都在笑。

我们都羡慕她的明媚和精神气。几天的西藏行走，我们早已疲惫不堪，高原反应也还在折磨着，一个个看上去灰头土脸的，她却饱满得枝叶葱茏。"你真不简单。"我们由衷地夸。她听了，哈哈大笑，开心极了。

她爱笑，热情，说话幽默。一团的人，分别来自不同地方，彼此间有戒备，一路上都是各走各的，少有言语。她的到来，恰如煦风吹过湖面，泛起浪花朵朵。众人受她感染，都变得活泼起来亲切起来，有说有笑的。原来，都不是冷漠的人哪。

很快的，她跟全团的人混熟了。这个头疼，她给止疼药。那个腹泻，她给止泻药。有人削水果，不小心被刀划破了手，她伸手到口袋里一掏，就掏出几枚创可贴来。仿佛她会变魔术。大家对她敬佩和感激得不得了，她却轻描淡写地说："这没什么，我只不过多备了点常用药。"

西藏地广路遥，从一个景点到另一个景点，往往相距一两千里，要翻越许多座山，涉渡许多条河。天未亮，我们就摸黑上路，所有人都睡眼惺忪，根本来不及收拾自己，只把自己囫囵塞进车子了事。她却披挂完整，眼影、眉线、口红，样样不缺，妆容精致，光彩灼灼，跟画里的人似的。我们忍不住看她一眼，再看一眼，心里生出无限的感喟与感动来。

知道她的故事，是在纳木错。

面对变幻无穷风光诡异的圣湖，她孩子一样地欢呼奔跑，然后，双膝突然跪下，泪流满面。我们都吓一跳，正愣怔着不知怎么办才好时，听到她喃喃地说："感谢上帝，我来了。"

原来，她身患绝症已两年。医生宣判的那会儿，她只感到天崩地塌。她在意过很多，得失名利，都曾是她生命的主题曲。她玩命地去争，甚至因此忽略了家庭，让自己憔悴不堪。当她知道自己的日子，只剩下短短三个月时，曾经双手紧握着的那一些，都成浮云了，她只要自己能活。

她开始重新打理自己的生活。养花种草。出门旅游。还常常跑去做义工。生命变得充盈起来，每天清晨睁开眼，看到窗外的一缕阳光，她的心里总会腾起一阵欢喜，"感谢上帝，我又拥有一天！"她把每一天，都当作是崭新的，是重生。所以，心中时时充满感激。她活过了医生断定的三个月。活过了一年。活过了两年。还将活下去。

我们听得涟漪四起。生命本是如此珍贵，当爱惜。我们不再说话，一起看湖。眼睛里，一片一片的蓝，相互辉映交融。那是湖的蓝。天的蓝。广阔无垠。

白日光

一塘的红莲，如期盛开，开得红粉乱溅，朵朵摇香。

那个时候，我是寂寞的吧，四五岁的年纪，身边没一个同龄的玩伴。

午后的村庄，天上飘着几朵慵懒的云。路边草丛中，野花朵黄一朵白一朵地开着。鸡和狗们，漫不经心地走在土路上。风轻轻吹过一片绿的田野。绿的田野上，遥遥地，移动着一些黑的点子白的点子，那是在地里劳作的大人们。我绕着村庄转一圈，实在没事可干，就又转到池塘边的瞎奶奶家了。

全村只瞎奶奶家门前有口池塘。我知道，那里面有鱼有虾，还长莲和菱。六七月莲开，水波轻晃，朵朵摇香。九十月菱角成熟，有人路过，用锄头一蓬一蓬地够上岸来，边摘边吃。而到了腊月脚下，塘边围满了人，人们脸上蒸腾着一团喜气，他们到塘子里取鱼取虾。白花花的鱼，在岸上泥地里跳，闪耀着碎银一样的光芒。

但我从来不敢跑近那池塘，村子里的其他孩子也都不敢。因为大人们说，塘子里有老鬼，专门吃小孩。瞎奶奶也这么说，她每次"见"到我，都要再三叮嘱我，不要到塘子里去玩水啊，那里面有老鬼，闻见小孩子的肉香，就要吃的。我谨记着，我自然是怕老鬼吃我的，我更想得到她的奖励。只要我答没去玩水，瞎奶奶准会奖励我一块薄荷糖。那个年代，一块简朴的薄荷糖，对一个小孩子来说，也是无上的向往和甜。

我小心地绕过那池塘。池塘边的泡桐树上，开了一树一树紫色的花，像倒挂着无数把紫色的小伞。花喜鹊站在上面蹦跳，抖落了一瓣一瓣的花，树下面，便落一层浅紫，细细碎碎的。我很想过去捡一串花来玩，但想到瞎奶奶的薄荷糖，便打消了这个念头。我边走边痴痴看，就到了瞎奶奶家门口了。说来也真是奇怪，瞎奶奶的眼睛虽看不见了，但每次我来，她准知道。那会儿，她抬起头，混浊的没有一丝光亮的眼睛，对着我的方向问，是志煜家的二丫头梅吧？

我答应一声，叫，瞎奶奶。她欢喜地应，哎。放下针线活，伸手招我过去，摸我的脸，问，梅，有没有去塘子里玩水？我答，没。瞎奶奶高兴了，夸我，梅真乖。记住，千万不要去塘子里玩水啊，塘子里有老鬼，专门吃小孩子的，瞎奶奶说。我答，唔，我记住了。瞎奶奶便到她怀里摸索，抖抖颤颤一阵后，方掏出一块方格子手帕，左一层右一层地揭开，我看到里面躺着的薄荷糖。来，给梅吃，梅不要去塘子里玩水啊，瞎奶奶不放心地关照。糖有些黏乎乎的，乳色的小蛾子似的，我一口含到嘴里，直把小小的心都浸甜了。我含糊着应，哦。

糖吃完，瞎奶奶让我帮她穿针线。这活儿我乐意干，我的眼睛亮着呢，只一下，就把线穿过针孔了。瞎奶奶接过针线去，"望"着我，慈祥地笑，瘦小的脸，像一枚皱褶的核桃。她突然落花般地叹息一声，若是我的锁儿还在，他也该成婚了，养的孩子，也该你这般大了。这些话我可听不懂，我定定地看着她，她脸上每一道皱纹里，仿佛都有粼粼的波在荡，竟是说不出的悲伤。

她这么对着我"望"一会儿，复低下头去，一针一线纳她的鞋底，坐在一圈白日光里。时光静极了，梧桐树的影子在矮墙上晃，连同那些紫色的花的影子。矮墙头上，晒着她做好的布鞋，一双双，黑面子，白底子，那么大。我看着瞎奶奶的小脚，有些疑惑地问，瞎奶奶，这是给谁做的鞋啊？瞎奶奶答，是给锁儿他爹做的啊。锁儿，那是谁呢？锁儿他爹又是谁？我怎么从没见过。我怔一怔，突然从池塘边的泡桐树上，传来喜鹊的叫声，喳喳，喳喳，高亢的一两声，打破一个天地的静。瞎奶奶停了针线活，侧耳听，脸上慢慢浮上笑来，说，喜鹊叫，客人到，家里要来客喽。我不信，喜鹊每天都在叫，我却从来没有见过她家来客人。瞎奶奶却说，谁说没有？梅就是我家的客人啊。

我把她说的话告诉祖母，祖母唉地叹一口气，瞎奶奶是个可怜的人哪。

她有过一个完整的家，男人壮实，儿子可爱，一家人在一起，只想把凡俗的日子安稳地过下来。然战乱与饥荒来袭，寻常的日子竟过不下去了，家里渐渐揭不开锅。男人跟她商量，要置副货郎担，去外讨生活，等换得铜板来，给她和儿子好日子过。好歹要保住我们李家的这个根啊！男人看一眼扯着她的衣角、饿得面黄肌瘦的儿子说。她点点头，开始没日没夜地给男人赶做布鞋。一共做了四双，她想着，春天一双，夏天一双，秋天一双，冬天一双，等四双鞋都磨破了，男人也该回了。为这，她把自己的嫁衣都给拆了，一块块布，纳到了男人的脚底下。

男人揣上她做的布鞋，上路了。走前，男人向她保证，少则半年，多则一年，他一定会回来。然而，春去春又回，男人却没有回。他们唯一的儿子锁儿，在又一年的六月天，掉进家门口的池塘里淹死了，死时，手里紧紧攥着一枝红莲。她懊恼得肝肠寸断，她怎么就不知道塘子里好看的红莲会吃人呢？她怎么就没留意到儿子会被红莲牵着，一步一步走下水里去？

彼时，她还年轻着，容貌也好，完全可以再嫁个壮实的庄户人，倚靠着那个人，求个今生安稳。也真的有几个壮实的庄户人看上她，许她好日子，要娶她过门。她却不，她说对不起男人，她把他李家的根弄没了，她要等他回。

一日一日，一年一年，她为男人做着布鞋，从青丝，到白头。漫长的等待，加上内心悔恨的煎熬，她不断地流泪，眼睛渐渐不行了，最后终导致全看不见了。

　　我念小学后，极少再去瞎奶奶家。偶尔路过，还见她坐在矮墙下，坐在一圈白日光里，永远那样的姿态：低着头，一针一线地纳着鞋底。她的白发上，落着白日光的影子，白淹没在白里面，那么分明，又是模糊的。看过去，她竟像是裹在一团雾里，不很真切。池塘边的泡桐树上，花喜鹊还站在上面喳喳喳。远处的田野里，传来人们劳作的号子声，嗨哟，嗨嗨哟。——太平盛世，热火朝天。她锁儿的爹，始终没回。

　　我小学毕业那年五月，一个中年人寻寻问问，一路摸到我们村庄。他向村人们打听，崔曼丽还活着吗？她的家在哪里？村人们一头雾水。但不一会儿，有人醒悟过来，说，怕是瞎奶奶吧。上了年纪的人恍然大悟，回忆，瞎奶奶好像是姓崔的。

　　一村人跟着去看热闹。中年人才提到李怀远，瞎奶奶就浑身颤抖不止，浑浊的眼里，缓缓滚下两行泪，她哆嗦着嘴唇问，怀远在哪里？我对不起他，我把他李家的根弄丢了。中年人一把抱住了她，眼含热泪地叫，大妈，我可找到你了！

　　当年，她的男人李怀远，挑着货郎担，一路南下。很快赚得一些铜板，以为三两个月就能回的，却在半路上不幸染上风寒，一病不起。一对老夫妇救了他。老夫妇膝下只有一个姑娘，正当青春，对他照应十分细致，端饭端水伺候月余，他的

208

身体才得以慢慢好转。为了报恩，他留了下来，娶了那姑娘，开始了另一番生活。他对老家的女人一直心怀愧疚，她做的布鞋，有两双他没穿完，他珍宝一样收藏着，任何人动不得。逢年过节，他都要拿出来看看。当他病重，得知自己将不久于人世，他把儿子叫到了跟前，嘱咐儿子，无论如何，一定要找到她。

听的人唏嘘不已。瞎奶奶却只是笑着，她使劲地眨着一双空洞的眼，对着眼前的中年人"看"啊"看"。你真的是怀远的儿子？她问。得到中年人肯定的答复，她喜不自禁，颤抖着伸出手来，一遍一遍摸中年人的脸，笑说一声，他还有个根在，好！笑着笑着，眼睛就闭上了，整个人软塌塌倒下去，没了气息。

那年六月，瞎奶奶家门前的池塘里，一塘的红莲，如期盛开，开得红粉乱溅，朵朵摇香。

如果蚕豆会说话

九十二颗蚕豆，九十二种想念。如果蚕豆会说话，它一定会对她说，我爱你。

二十一岁，如花绽放的年纪，她被遣送到遥远的乡下去改造。不过一瞬间，她就从一个幸福的女孩子，变成了人所不齿的"资产阶级小姐"。那个年代有那个年代的荒唐，而这样的荒唐，几乎改变了她的一生。

父亲被批斗至死。母亲伤心之余，选择跳楼，结束了自己的生命。这个世上，再没有疼爱的手，可以抚过她遍布伤痕的天空。她蜗居在乡下一间漏雨的小屋里，出工，收工，如同木偶一般。

最怕的是田间休息的时候，集体的大喇叭里播放着革命歌曲，"革命群众"围坐一堆，开始对她进行批判。

她低着头，站着。衣服不敢再穿整洁的，她和他们一样，穿带补丁的。发也不再留长的，她忍痛割爱，剪了。她甚至有意站毒日头下晒着，她要晒黑她白皙的皮肤。她努力把自己打造成贫下中农中的一员。一个女孩子的花季，不再明艳。

那一天，歇晌，脸上长着两颗肉痣的队长突然心血来潮，把大家召集起来，说革命出现了新动向。所谓的新动向，不过是她的短发上，别了一只红色的发卡。那是母亲留给她的唯一遗物。

队长粗暴地让人从她的发上，强取下发卡。她第一次反抗，泪流满面地争夺。那一刻，她像一只孤单的雁。

这个时候，突然从人群中跳出一个身影来，他不管不顾地冲上前去，从队长手里抢过发卡，交到她手里。一边用手臂护着她，一边对着周围的人愤怒地"哇哇"叫着。

所有的喧闹，一下子静下来，大家面面相觑。一会儿之后，又都宽容地笑了，没有人跟他计较。一个可怜的哑巴，从小被遗弃在村口，是吃百家饭长大的，长到三十岁了，还是孑然一身。谁都把他当作可怜的人。

队长也不跟他计较，挥挥手，让人群散了。他望望她，打着手势，意思是叫她安心，不要怕，以后有他保护她。她看不懂，但眼底的泪，却一滴一滴滚下来，珍珠似的，砸在脚下的黄土里。

他看着泪流不止的她，手足无措。忽然从口袋里，掏出一把炒蚕豆来，塞到她手里。这是他为她炒的。不过几小把，他一直揣在口袋里，想送她，却望而却步。她是他心中的神，如何敢轻易接近？这会儿，他终于可以亲手把蚕豆交给她了，他满足地搓着手"嘿嘿"笑了。

她第一次抬眼打量他。长脸，小眼睛，脸上布满岁月的风霜。这是一个有些丑丑的男人，可她眼前，却看到一扇温暖的窗打开了。是久居阴霾里，突见阳光的那种暖。

从此，他像守护神似的跟着她，再没人找她的麻烦，因为他会为她去拼命。谁愿意得罪一个可怜的哑巴呢？谁也不愿意的。她的世界，变得宁静起来。她甚至，可以写写日记、看看书。重的活，有他帮着做。漏雨的屋，亦有他帮着补。有了他，她不再惧怕夜的黑。

他对她的好，所有人都明白，她亦明白。却从不曾考虑过要嫁给他。这怎么可能呢？她虽身陷泥淖，心底的那一份高傲却从不曾丢。她相信，总有一天，她会重新飞走。

邻居阿婶想做好事，某一日，突然拉住收工回家的她，说："不如就做了他的媳妇吧，以后也有个知冷知热疼你的人。"她愣住。转身看他，他拼命摇头，脸涨得通红。

这之后，他看见她，远远就避开走。她明白他的好意，是不想让她难做。这反倒让她改变了心意，邻居阿婶再撮合这桩亲事时，她点头答应了。是想着委屈的吧，在嫁他的前一天，她跑到没人的地方，大哭一场。

他们的婚姻，开始在无声里铺排开来，柴米油盐，一屋子的烟火熏着。他不让她干一点点重活，甚至她换下的内衣，都是他抢了洗，她在烟火的日子里，渐渐白胖。

这是幸福吧？有时她想。眼睛眺望着遥远的南方，那里，是她成长的地方。如果生活里没有变故，那么她现在，一定坐在钢琴旁，弹着乐曲唱着歌。或者，在某个公园里，悠闲地散着步。她摊开双手，望见修长的手指上，结着一个一个的茧。不再有指望，那么，就这么过着吧。

他们一直没有孩子。但这不妨碍他对她的好，晴天为她挡太阳，阴天为她遮风雨。村人们感叹，这个哑巴，真会疼人。她听到，心念一转，有泪，点点滴滴，洇湿心头。这辈子，别无他求了。

生活是波平浪静的一幅画，如果后来她的姨妈不出现，这幅画会永远悬在他们的日子里。她的姨妈，那个从小去了法国，而后留在了法国的女人，结过婚，离了，如今孤身一人。老来想有个依靠，于是想到她，辗转打听到，希望她能过去，承欢左右。

这个时候，她还不算老，四十岁不到呢。她还可以继续她年轻时的梦想，比如弹琴，或绘画。她在这两方面都有相当的天赋。

姨妈却不愿意接受他。照姨妈的看法，一个一贫如洗的哑巴，她跟了他十来年，也算对得起他了。他亦是不肯离开故土。

她只身去了法国。在法国，她常伴着咖啡度夕阳，生活优雅娴静。这些，是她梦里盼过多少次的生活啊，现在，都来了，却空落。那一片天空下，少了一个人的呼吸，终究有些荒凉。一个月，两个月……她好不容易挨过一季，她对姨妈说，她该走了。

再多的华丽，亦留不住她。

她回家的时候，他并不知晓，却早早等在村口。她一进村，就看到他瘦瘦的身影，没在黄昏里，仿佛涂了一层金粉。或许是感应吧，她想。

其实，哪里是感应？从她走后，每天的黄昏，他都到路口来等她。

没有热烈的拥抱，没有缠绵的牵手，他们只是互相看了看，眼睛里，有溪水流过。他接过她手里的大包小包，让她空着手跟在后面走。到家，他把她按到椅子上，望着她笑，忽然就去搬出一个铁罐来，那是她平常用来放些零碎小物件的。他在她面前，陡地扳倒铁罐，哗啦啦，一地的蚕豆，蹦跳开来。

他一颗一颗数给她看，每数一颗，就抬头对她笑一下。他数了很久很久，一共是九十二颗蚕豆，她在心里默念着这个数字。九十二，正好是她离家的天数。

没有人懂。唯有她懂，那一颗一颗的蚕豆，是他想她的心。九十二颗蚕豆，九十二种想念。如果蚕豆会说话，它一定会对她说，我爱你。那是他用一生凝聚起来的语言。

九十二颗蚕豆，从此，成了她最最宝贵的珍藏。

老裁缝

　　屋檐下的大缸里，不再长太阳花，而是长了一缸的葱，在春风里，很有风情地绿着。

　　老裁缝是上海人，下放到我们苏北乡下来时，不过四十出头的年纪。我没亲眼见到老裁缝从上海来，我有记忆的时候，老裁缝已在村子里住很久了。久得像我每天爬过的木头桥。木头桥搭在一条小河上面，东西流向的小河，把一个村庄，分成了河北与河南。

　　老裁缝的家，住在河北，我得爬过小桥去。他的家门口，总是扫得很干净，地上连一片草叶儿也没有。屋檐下，放一口废弃的水缸，缸里面，种着太阳花。一年四季，那些花仿佛都在开着，红红黄黄白白的，满满一大缸的颜色。这在上个世纪七十年代的乡下，很特别了。这种特别，在我们小孩眼里看来，很神秘。

我们常聚在他的家门口跳格子（一种孩子玩的游戏），不时探头探脑往他屋内瞧。瞧见的景，永远是那样的：他系着蓝布围裙，脖子上晾根皮尺，坐在矮凳上，低头在缝衣裳。身影很清瘦。他旁边的案板上，放着剪刀、粉饼、直尺、裁剪好的布料、零碎的布头。阳光照着檐下的水缸，一缸的颜色，满得要流溢出来。时光好像被老裁缝的针线，缝住了似的，温柔地静止着。老裁缝偶尔从那静止里，抬了头看看我们，目光缥缈。我们"咦呀"一声惊叫，小鸡样的，快速地散开去。

听大人们说过他的故事，原本有妻有儿的，却突然犯了事，坐了两年牢。妻子带着儿子，重嫁人了。他从牢里出来后，家回不去了，被遣送到这苏北乡下来。

我们怕他，怕得没来由的。我们不敢踏进他的屋子一步。但也有例外，一是大人领我们去裁衣。二是大人吩咐我们送东西给他。

腊月脚下，村人们得了空闲，各家的大人，找了零碎的票子，给孩子们扯上几尺棉布，做过年的新衣裳。老裁缝的小屋里，终日便挤满了人。大家热热闹闹地闲唠着，老裁缝静静听，并不插话。他不紧不慢地帮我们量尺寸，手指凉凉地滑过我们的脖颈。很异样的感觉。

有人跟他开玩笑，学了他的口吻，问，阿拉要做媒啊？他淡淡地回，阿拉不要。低了头，拿了粉饼在布料上做记号，嚓嚓，嚓嚓，布料上现出一道道粉色的线。空气中，弥漫着棉布的味道。

一些天后，衣裳做出来了。大人们捧手上感叹，到底是裁缝做的，就是好。他们所说的好，是指他做工的精致，哪怕是小孩的衣，连一个扣眼，他也绝不马虎着做。经他的手做出来的衣，有款有型，即使水洗过，也不变形。

夏秋季节，乡下瓜果蔬菜多。草垛上趴着大南瓜。矮树枝上，缠着一串一串紫扁豆。茅屋后，挂满丝瓜。大人们随手摘一只南瓜，扯一把扁豆，再摘几根丝瓜，放到篮子里，着我们给老裁缝送去。老裁缝接过东西，必一边往我们的空篮子里，放上几颗水果糖。一边伸手摸了我们的头，嘱咐，回去替我谢谢你们家大人，他们太客气了。一口的上海腔，很惹听。

老裁缝后来收了个女徒弟，一患小儿麻痹症的姑娘，外村人。这事很是让村人们喧哗了一阵子，因为老裁缝向来不收徒弟的，何况是个女徒弟，何况还拄着拐杖。但那姑娘很固执，天天守在老裁缝家门口。老裁缝破了规矩，答应了。

从此，我们看到的景，变了，老裁缝还系着蓝布围裙，脖子上晾根皮尺，但他的身边，多出一团亮丽，如檐下缸里的太阳花。那朵花，眉眼盈盈，唤他师傅，和他相挨着，穿针引线。他们偶尔低低说着什么，发出笑声来，他的笑声，她的笑声。一团的温馨。我们都有些惊讶，原来，老裁缝是会笑的。

上海来人找老裁缝，是秋末的事。那个时候，天空高远得一望无际。棉田里，尚有些迟开的棉花，零零碎碎地开着，一朵一朵的白，点缀在一片褐色之上。来人很年轻，他穿过一片棉田，很客气地寻问老裁缝的家，声音极像老裁缝。村人们望着他的背影，很有预见地说，这肯定是老裁缝的儿子，老裁缝怕是要回上海了。

老裁缝却没走。只是比往常更沉默了，他依旧坐在矮凳上缝衣裳，系着蓝布围裙，脖子上晾根皮尺。他的女徒弟，守在一边，也沉默地干着活儿。时光宁静，却在那宁静里，让人望出忧愁来，总感觉着有什么事要发生。

到底出事了，问题出在他的女徒弟身上。姑娘回家，对父母说出一句石破天惊的话来，她爱老裁缝，她要嫁给老裁缝。结果，老裁缝的家，被愤怒的姑娘家人，砸了个稀巴烂。姑娘很快嫁了出去，听说出嫁时，哭声震天。

老裁缝在村里待不下去了，他于一个清晨，离开了村子。早起的人，看见他一个人沿着棉田小路，向着远处，越走越远。有人说他回了上海。有人说他去了南方。也有人说他跳了江。

当一个冬天过去，天开始晴暖了，土地开始苏醒了，村人们开始忙春耕。老裁缝住过的地方，一对老夫妻搬了进去。屋檐下的水缸里，不再长太阳花，而是长了一缸的葱，在春风里，很有风情地绿着。

彼岸种下的盅

世上少见这种花，花与叶两不相见。花开，叶在彼岸。叶来，花在彼岸。一点不拖泥带水，决绝得叫人心疼。

我画了一枝彼岸花。用大红和深红的色彩涂抹，描着描着，手怯。纸上的色彩，太鲜艳了，血一般的。

世上少见这种花，花与叶两不相见。花开，叶在彼岸。叶来，花在彼岸。一点不拖泥带水，决绝得叫人心疼。偏又血脉相连，枝枝蔓蔓上，都是对方的气息。那一个的在，是了然于心的。却注定了今生无缘，来世无分，只能一任思念，雕砌着日日夜夜。

这世上，原还有一种情在，未曾相遇，便早已错过。

命运就是这样的蹉跎。是年少时的那个故事，记不得是谁讲的了。或许是我爷爷，或许是我父亲。说是一年轻男子，收听广播时，爱上了广播里的一个声音。每日晚上，那声音会准时响起，先是开场白：各位听众，晚上好。女声，甜美，清脆，如百灵鸟。这声音有时会讲一两个小故事。有时会讲读一两篇小通讯。有时会播报几则时事。不管她讲什么，在年轻男子听来，都是极好的。他爱上了。

他去找她，不得见。给她写信，写了很多。终一天，她回复了，竟是妙龄女郎一个。他真是欢喜啊。他们约好见面。见面那天，他早早去，却听说，她犯了错，被押解到某地劳教去了。他辗转追到某地，她却又被遣送至他乡。从此，音信杳无。他一辈子未曾娶妻，只等着那熟悉的声音再次响起。到死，他也没有等到。

故事真是悲，听得年少的心里，忧伤四起。茅屋檐下，彼岸花正不息地开。

那时不识此花，纤弱的。夏雨初息，水滴花开，一瓣瓣细长卷曲，红得触目。周遭顿时失色，只那一枝枝红，激荡在似乎空无一物的背景中。祖母叫它龙爪花。我想不明白，它与龙有什么关联。也只把好奇装在肚子里，看见它，也只远远看着。我们掐桃花，掐大丽花，掐菊花，掐一切看得见的花，却从未曾掐下它来玩。——小孩子是顶懂敬畏的，太美的事物里，藏着神圣，亵渎不得。

民间又一说，叫它蛇花。

那年，在无锡。惠山上漫走，满山都开着这样的花。石头旁，小径边，或是一堆的杂草中。它是当野花来开着的，没有一点点骄傲。然独特的气质，即便山野，也遮掩不了。那朵朵的艳红，把一座山，映得水灵而妩媚。喜欢，实在喜欢。我就掐一枝，拿手上拍照。

旁边走过三五个妇人，是老姐妹相聚着爬山的吧。她们对着我，叽叽咕咕说着什么，神情甚是着急。我听不懂，只能猜，以为她们指责我乱掐花草。于是很是羞愧，手上抓着那朵花，扔也不是，不扔也不是。又想狡辩，啊，它是从岩石下面开出来的一朵，是杂草堆里的，是野花儿。

一中年男人走过，看到我们大眼瞪小眼的样，赶紧帮着翻译，告诉我，她们说，你手上的蛇花是有毒的，赶紧扔了吧。

回家查资料，果然。中医典籍上叫它石蒜，如此记载：红花石蒜鳞茎性温，味辛、苦，有毒，入药有催吐、祛痰、消肿、止痛、解毒之效。但如误食，可能会导致中毒，轻者呕吐、腹泻，重者可能会导致中枢神经系统麻痹，有生命危险。

这让我想起"红颜祸水"之说。君王亡国，也怨了红颜。可是，有谁想过，祸水原不在红颜，而是绊惹她的那些个啊。如这彼岸花，它在它的世界里妖娆，关卿何事？你偏要惹它，只能中了它的蛊。——它就是这样的轻侮不得。这骨子里的凛冽，倒让我敬佩了。

它还有个极禅意的名字，叫曼珠沙华。是佛经中描绘的天界之花，说见之者可断离恶业。

棉花的花

我的眼前晃过那一望无际的棉花的花，露水很重的清晨，花红，花白，娇嫩得仿佛一个眼神也能融化了它们。

纸糊的窗子上，泊着微茫的晨曦，早起的祖母，站在我们床头叫："起床啦，起床啦，趁着露凉去捉虫子。"

这是记忆里的七月天。

七月的夜露重，棉花的花，沾露即开。那时棉田多，很有些一望无际的。花便开得一望无际了。花红，花白，一朵朵，娇艳柔嫩，饱蘸露水，一往情深的样子。我是喜欢那些花的，常停在棉田边，痴看。但旁的人，却是视而不见的。他们在棉田里，埋头捉虫子。虫子是栖在棉花的花里面的棉铃虫，有着带斑纹的翅膀，食棉花的花、茎、叶，害处大呢。这种虫子夜伏昼出，清晨的时候，它们多半还在酣睡中，敛了翅，伏在花中间，一动不动，一逮一个准。有点任人宰割。

我也去捉虫子。那时不过五六岁，人还没有一株棉花高，却好动。小姑姑和姐姐去捉虫子，很神气地捧着一只玻璃瓶。我也要，于是也捧着一只玻璃瓶。

可是，我常忘了捉虫子，我喜欢待在棉田边，看那些盛开的花。空气中，满是露珠的味道，甜蜜清凉。花也有些甜蜜清凉的。后来太阳出来，棉花的花，一朵一朵合上，一夜的惊心动魄，华丽盛放，再不留痕迹。满田望去，只剩棉花叶子的绿，绿得密不透风。

捉虫子的人，陆续从棉田里走出来。人都被露水打湿，清新着，是水灵灵的人儿了。走在最后的，是一男一女，年轻的。男人叫红兵，女人叫小玲。

每天清早起来去捉虫子，我们以为很早了，却远远看见他们已在棉田中央，两人紧挨着。红兵白衬衫，小玲红衬衫，一白一红。是棉田里花开的颜色，鲜鲜活活跳跃着，很好看。

后来村子里风言，说红兵和小玲好上了。说的人脸上现出神秘的样子，说曾看到他们一起钻草堆。母亲就叹，小玲这丫头不要命了，怎么可以跟红兵好呢？

家寒的人家，却传说曾是富甲一方的大地主，有地千顷，用人无数。在那个年代，自然要被批被斗。红兵的父亲不堪批斗之苦，上吊自杀。只剩一个母亲，整日低眉顺眼地做人。小玲的家境却要好得多，是响当当的贫下中农不说，还有个哥哥，在外做官。

小玲的家人，得知他们好上了，很震怒。把小玲吊起来打，饿饭，关黑房子……这都是我听来的。那时村子里的人，见面就是谈这事，小着声，生怕惊动了什么似的。这让这件事本身，带了诡秘的色彩。

再见到红兵和小玲，是在棉花地里。那时，七月还没到头呢，棉花的花，还是夜里开、白天合。晨曦初放的时候，我们还是早早地去捉棉铃虫。我还是喜欢看那些棉花的花，花红，花白，朵朵娇艳。那日，我正站在地中央，呆呆对着一株棉花看，就看到棉花旁的条沟上，坐着红兵和小玲，浓密的棉叶遮住他们，他们是两个隐蔽的人儿。他们肩偎着肩，整个世界很静。小玲突然看到我，很努力地冲我笑了笑。

刹那间，有种悲凉，袭上我小小的身子。我赶紧跑了。红的花，白的花，满天地无边无际地开着。

不久之后，棉花不再开花了，棉花结桃了。九月里，棉桃绽开，整个世界，成柔软的雪白的海洋。小玲出嫁了。

这是很匆匆的事情。男人是邻村的，老实，木讷，长相不好看。第一天来相亲，第二天就定下日子，一星期后就办了婚事。没有吹吹打打，一切都是悄没声息地。

据说小玲出嫁前哭闹得很厉害，还用玻璃瓶砸破自己的头。这也只是据说。她嫁出去之后，很少看见她。大家起初还议论着，说她命不好。渐渐的，淡了。很快，雪白的棉花，被拾上田岸。很快，地里的草也枯了，天空渐渐显出灰白，高不可攀的样子。冬天来了。

那是 1977 年的冬天，好像特别特别冷，冰凌在屋檐下挂有几尺长，太阳出来了也不融化。这个时候，小玲突然回村了，怀里抱着一个用红毛毯裹着的婴儿，是个女孩。女孩的脸型长得像红兵。特别是那小嘴，简直一个模子刻出来的，村人们背地里都这样说。

红兵自小玲回村来，就一直窝在自家的屋子里，把一些有用没用的农具找出来，修理。一屋的乒乒乓乓。

这以后，几成规律，只要小玲一回村，红兵的屋子里，准会传出乒乒乓乓的声音，经久持续。他们几乎从未碰过面。

却还是有意外。那时地里的棉花又开花了，夜里开，白天合。小玲不知怎的一人回了村，在村口拐角处，碰到红兵。他们面对面站着，站了很久，一句话也没说。后来一个往东，一个往西，各走各的了。村人们眼睁睁瞧见，他们就这样分开了，一句话也没有地分开了。

红兵后来一直未娶。前些日子我回老家，跟母亲聊天时，聊到红兵。我说他也老了吧？母亲说，可不是，背都驼了。我的眼前晃过那一望无际的棉花的花，露水很重的清晨，花红，花白，娇嫩得仿佛一个眼神也能融化了它们。母亲说，他还是一个人过哪，不过，小玲的大丫头认他做爹了，常过来看他，还给他织了一件红毛衣。

青花瓷

我们成了，隔着烟雨的人，永远留在十八岁的记忆里。

初见青花瓷，是在米心的家里。

米心是我的同桌。她的名字，我相信，独一无二。至少在我们那个小镇上。

小镇很古，古得很上年纪——千年的白果树可以作证。白果树长在进镇的路口上，粗壮魁梧，守护神似的。有一年，突降大雷阵雨，白果树遭了雷劈，从中一劈两半。镇上人都以为它活不了了，它却依然绿顶如盖。镇上人以为神，不知谁先去烧香参拜的，后来，那里成了香火旺盛的地方。米心的奶奶，逢初一和月半，必沐身净手，持了香去。

小巷深处有人家。小镇多的是小巷，狭窄的一条条，幽深幽深的。巷道都是由长条细砖铺成，细砖的砖缝里，爬满绒毛似的青苔。米心的高跟鞋走在上面，笃笃笃，笃笃笃。空谷回音。惹得小镇上的人，都站在院门口看她。她昂着头，目不斜视，只管一路往前走。

那个时候，我们都是十七八岁的年纪，高中快毕业了。米心的个子，蹿长到一米七，她又爱穿紧身裤和高跟鞋，看上去，更是亭亭玉立，一棵挺拔的小白杨似的。加上她天生的卷发，还有白果似的小脸蛋，更透着一股说不出来的气质。在一群女生里，极惹眼，骄傲的凤凰似的。女生们都有些敌视她，她也不待见她们，彼此的关系，很僵化。

但米心却对我好。天天背着粉红的小书包来上学，书包上，挂着一只玩具米老鼠。书包里，放的却不是书，而是带给我吃的小吃——雪白的米糕，或者，嫩黄的桂花饼。都是包装得很精致的。米心说，他买的。我知道她说的他，是她的爸爸。他人远在上海，极少回来，却源源不断地托人带了东西给米心。吃的，穿的，用的，都是极高档的。

米心很少叫他爸爸。提及他，都是皱皱眉头，用"他"代替了。有一次，米心趴在教室的窗台上，看着教室外一树的泡桐花，终于说出一个秘密，"我上小学的时候，他在上海又娶了女人，不要我妈了，我妈想不开，上吊自杀了。"米心说这些话时，脸上的表情，幽深得像那条砖铺的小巷。一阵风来，紫色的泡桐花，纷纷落。如下花瓣雨。我想起米心的高跟鞋，走在小巷里，笃笃笃，笃笃笃。空谷回音，原都是孤寂。

米心带我去她家，窄小的天井里，长一盆火红的山茶花。

米心的奶奶，坐在天井里，拿一块洁白的纱布，擦一只青花瓷瓶。瓶身上，绘一枝缠枝莲，莲瓣卷曲，像藏了无限心事。四周安静，山茶花开得火红。莲的心事，被握在米心奶奶的手里。一切，古老得有些遥远，遥远得让我不敢近前。米心的奶奶抬头看我们一眼，问一声："回来啦？"再无多话，只轻轻擦着她怀里的那只青花瓷瓶。

后来，在米心的家里，我还看见青花瓷的盖碗，上面的图案，也是绘的缠枝莲。米心说："那原是一套的，还有笔筒啊啥的，是我爷爷留下来的。"

我见过米心的爷爷，黑白的人，立在相框里。眉宇间有股英气，还很年轻的样子。却因一场意外，早早离开人世。至于那场意外是什么，米心的奶奶，从不说。她孤身一人，带了米心的父亲——当时只有五岁的儿子，从江南来到苏北这个小镇——米心爷爷的家乡，定居下来，陪伴她的，就是那一套青花瓷。

米心猜测，"我奶奶，是很爱我爷爷的吧。我爷爷，也一定很喜欢我奶奶的。他们多好啊。"米心说着说着，很忧伤。她双臂环绕自己，把头埋在里面，久久没有动弹。我想起米心奶奶的青花瓷，上面一枝缠枝莲，花瓣卷曲，像疼痛的心。那会儿的米心，真像青花瓷上一枝缠枝莲。

米心恋爱了，爱上了一个，有家的男人。她说那个男人对她好，发誓会永远爱她。她给他写情书，挑粉红的信纸，上面洒满香水。那是高三下学期的事了。那时候，我们快高考了，米心却整天丢了魂似的，试卷发下来，她笔握在手上半天，上面居然没有落下一个字。

米心割了腕，是在要进考场的时候。米心的奶奶，闻到血腥味，才发现米心割腕了，她手里正擦着的青花瓷瓶，"啪"的一下，掉地上，碎了。

米心的爸爸回来，坚决要带米心去上海。米心来跟我告别，我看到她的手腕上，卧一条很深刻的伤痕，像青花瓷上的一瓣莲。米心晃着手腕对我笑着说："其实，我不爱他，我爱的，是我自己。"

十八岁的米心，笑得很沧桑。小镇上，街道两边的紫薇花，开得云蒸霞蔚。

从此，再没见过米心，没听到米心的任何消息。我们成了，隔着烟雨的人，永远留在十八岁的记忆里。

不久前，我回我们一起待过的小镇去，原先的老巷道，已拆除得差不多了。早已不见了米心的奶奶，连同她的青花瓷。

黑白世界里的纯情时光

一旁的油菜花，开得噼里啪啦，满世界的流金溢彩。

这是几十年前的旧事了。

那个时候，他二十六七岁，是老街上唯一一家电影院的放映员。也送电影下乡，一辆破旧的自行车，载着放映的全部家当——放映机、喇叭、白幕布、胶片。当他的身影离村庄还隔着老远，眼尖的孩子率先看见了，他们一路欢叫："放电影的来喽——放电影的来喽——"是的，他们称他，放电影的。原先安静如水的村庄，像谁在池心里投了一把石子，一下子水花四溅。很快，他的周围围满了人，男的，女的，老的，少的。一张张脸上，都蓄着笑，满满地朝向他。仿佛他会变魔术，哪里的口袋一经打开，他们的幸福和快乐，全都跑出来了。

她也是盼他来的。村庄偏僻，土地贫瘠。四季的风瘦瘦的，甚至连黄昏，也是瘦瘦的。有什么可盼可等的呢？一场黑白电

230

影，无疑是心头最充盈的欢乐。那个时候，她二十一二岁，村里的一枝花。媒人不停地在她家门前穿梭，却没有她看上的人。

直到遇见他。他干净明亮的脸，与乡下那些黝黑的人，是多么不同。他还有好听的嗓音，如溪水叮咚。白幕布升起来，他对着喇叭调试音响，四野里回荡着他亲切的声音，"观众朋友们，今晚放映故事片《地道战》。"黄昏的金粉，把他的声音染得金光灿烂。她把那声音裹裹好，放在心的深深处。

星光下，黑压压的人群。屏幕上，黑白的人，黑白的景，随着南来北往的风，晃动着。片子翻来覆去就那几部，可村人们看不厌，这个村看了，还要跟到别村去看。一部片子，往往会看上十来遍，看得每句台词都会背了，还意犹未尽地围住他问："什么时候再来呀？"

她也到处跟他后面去看电影，从这个村，到那个村。几十里的坑洼小路走下来，不觉苦。一天夜深，电影散场了，月光如练，她等在月光下。人群渐渐散去，她听见自己的心，敲起了小鼓。终于等来他，他好奇地问："电影结束了，你怎么还不回家？"她什么话也不说，塞他一双绣花鞋垫。鞋垫上有双盛开的并蒂莲，是她一针一线，就着白月光绣的。她转身跑开，听到他在身后追着问："哎，你哪个村的？叫什么名字？"她回头，速速地答："榆树村的，我叫菊香。"

第二天，榆树村的孩子，意外地发现他到了村口。他们欢呼雀跃着一路奔去，"放电影的又来喽！放电影的又来喽！"她正在地里割猪草，听到孩子们的欢呼，整个人过了电似的，呆掉了，只管站着傻傻地笑。他找个借口，让村人领着来找她。田间地头边，他轻轻唤她："菊香。"掏出一方新买的手绢，塞给她。她咬着嘴唇笑，轻轻叫他："卫华。"那是她捂在胸口的名字。其时，满田的油菜花，噼里啪啦开着，如同他们一颗爱的心。整个世界，流金溢彩。

他们偷偷约会过几次。他问她，"为什么喜欢我呢？"她低头浅笑，"我喜欢看你放的电影。"他执了她的手，热切地说："那我放一辈子的电影给你看。"这便是承诺了。她的幸福，像撒落的满天星斗，颗颗都是璀璨。

他被卷入一场政治运动中，是一些天后的事。他的外公在国外。那个年代，只要一沾上国外，命运就要被改写。因外公的牵连，他丢了工作，被押送到一家劳改农场去。他与她，音信隔绝。

她等不来他。到乡下放电影的，已换了他人，是一满脸络腮胡子的中年男人。她好不容易找到机会，拖住那人问，他呢？那人严肃地告诉她，他犯事了，最好离他远点儿。她不信，那么干净明亮的一个人，怎么会犯事呢？她跑去找他，跋涉数百里，也没能见上一面。这个时候，说媒的又上门来，对方是邻村书记的儿子。父母欢喜得很，以为高攀了，赶紧张罗着给她订婚。过些日子，又张罗着结婚，强逼她嫁过去。

新婚前夜，她用一根绳子拴住脖子，被人发现时，胸口只

232

剩一口余气。她的世界，从此一片混沌。她的灵动不再，整天蓬头垢面地，站在村口拍手唱歌。村里的孩子，和着声一齐叫："呆子！呆子！"她不知道恼，反而笑嘻嘻地看着那些孩子，跟着他们一起叫："呆子！呆子！"一派天真。

几年后，他被释放出来，回来找她。村口遇见，她的样子，让他泪落。他唤："菊香。"她傻笑地望着他，继续拍手唱她的歌。她已不认识他了。

他提出要带她走。她的家人满口答应，他们早已厌倦了她。走时，以为她会哭闹的，却没有，她很听话地任他牵着手，离开了生她养她的村庄。

他守着她，再没离开过。她在日子里渐渐白胖，虽还混沌着，但眉梢间，却多了安稳与安详。又几年，电影院改制，他作为老职工，可以争取到一些补贴。但那些补贴他没要，他提出的唯一要求是，放映机归他。谁会稀罕那台老掉牙的放映机呢？他如愿以偿。

他搬回放映机，找回一些老片子，天天放给她看。家里的白水泥墙上，晃动着黑白的人、黑白的景。她安静地看着，眼光渐渐变得柔和。一天，她看着看着，突然喃喃一声："卫华。"他听到了，喜极而泣。这么多年，他等的，就是她一句唤。如当初相遇在田间地头上，她咬着嘴唇笑，轻轻叫："卫华。"一旁的油菜花，开得噼里啪啦，满世界的流金溢彩。

风过林梢

露天舞台，一盏汽油灯悬着，照着她唇红齿白一张粉嫩的脸，她像开得满满的一枝芍药花。

赫奶奶走了。

这消息让我发了好一阵子的呆。我离开赫奶奶所在的那个小镇，十多年了吧。十年的时光，足以让一个人老去。

我认识赫奶奶的时候，她不过五六十岁。又黑又细的眉毛，弯弯的，像用墨线弹过。配了一对黑珍珠似的眼，望向人的时候，水波潋滟着，孩子般的清澈。她个头中等，身材是恰到好处的丰满。走起路来，像踩着一段舒缓有致的曲子，不疾不徐，有着极美的韵致。想她年轻的时候，一定是个美人。

果真是。

年轻时，她是地方文工团里最红的角儿，舞台上的光芒，盖过天上最亮的星。十八九岁，她甩着粉红的绸帕子唱：

234

风过林梢呀风过林梢，在哪棵树的心底里，留下痕印。我倚门张望呀张望着，郎的身影，何时再经过我门前？

——嗓音清脆甜润，风吹小铃铛般的。露天舞台，一盏汽油灯悬着，照着她唇红齿白一张粉嫩的脸，她像开得满满的一枝芍药花。台下人山人海，脚踩着脚，有时还争吵着要动手，都为要挤到台前去看她。

赫奶奶兴致好的时候，会跟人说一点儿当年事，断断续续的。她嘴角含笑，慢条斯理轻声讲着，讲着讲着，突然顿住，说，不提了，不提了，这些陈年烂谷子，提起要让人笑话的。彼时，赫奶奶在一家单位食堂烧饭。我刚出大学校门不久，分配到那个小镇工作，孤身一人，一日三餐，都在那家单位代伙。见面的次数多了，也就熟稔了。她总是很尊敬地称我丁老师。我脸嫩着，实在不好意思让一个年长者这么叫我，就悄悄跟她商量，赫奶奶，还是叫我名字吧，可好？她却看着我，极认真地说，那哪能呢，不能坏了规矩，你是老师，就是老师。

也认识了她的老伴。大家有时叫他赫爹，多数时候却直呼他，赫老头。

第一次见到赫爹，我很替赫奶奶惋惜，她怎么嫁了这么一个男人！

235

赫爹长得丑，真丑。瘦弱，矮小，局促狭窄的脸上，布满麻子。偏偏眼睛又小，让你实在分不清，他看你的时候，是睁着眼睛呢，还是闭着眼睛呢。

赫奶奶洞悉我的心思，她瞟一眼在忙碌的赫爹，很平静地解释道，别看我家老头子长得丑，人可好着呢，是这个世上少有的好人。

每天清晨，赫爹必早早来到单位，替赫奶奶生好烧饭的炉子，烧好单位一天要用的开水，熬好粥。并把单位门前的场地，打扫得干干净净。人若问，赫老头，你家赫奶奶呢？他必宠溺地笑，说，她要睡觉的，我让她多睡一会儿。

赫爹的"早市"忙活妥当了，赫奶奶才梳洗一新地姗姗而来。碗筷摆上桌，食堂里，也就陆陆续续坐着吃早饭的人了。赫奶奶也坐在其中，细嚼慢咽地吃早饭。赫爹却仍在忙着，为中午的饭菜做准备，一边等着我们吃好了，他好刷锅洗碗。大家若叫，赫老头，你也过来一起吃早饭啊。他会受宠若惊地笑，连连摆手，不了，不了，你们吃吧，我一会儿回家去吃。

回家吃什么呢？是茶泡饭就咸菜。他一天三顿，从不讲究。但对赫奶奶，却像供着一尊佛似的，零食给预备着，饼干、糖果、瓜子，和应季的水果，从不间断。单位给赫奶奶配了一间休息室，我有时过去玩，赫奶奶会搬出一桌的零食来，招待我。全是我家老头子买的，她说。

他们的家住在小镇附近，有农田好几亩，都是赫爹种着。

赫爹专辟了地，种赫奶奶喜欢吃的瓜果菜蔬。遇到时新的菜蔬，也给单位食堂免费送一些，蚕豆上市了送蚕豆，番茄上市了送番茄。大家吃着鲜活的菜蔬，不免对赫爹说些感谢的话。赫爹就变得异常慌乱，连连摆手，不谢，不谢，自己种的，不值钱的。赫奶奶不无得意地对人说，我家老头子种田可是一把好手，长的蔬菜啊庄稼啊，都比邻居家的要好。

姚爹突然出现了。姚爹长相斯文，衣着整洁，皮肤白皙，身板儿笔直笔直的。乍一见，像浸润在中草药中多年的老中医，仙风仙骨的。

起初我以为他是赫奶奶的亲戚，像赫奶奶那样标致的人，有这样的亲戚，也是不足为怪的。但后来，三天两头会见着他。他来，大家都很客气地叫他姚爹，很熟悉的样子。他蹲在屋檐下，帮赫奶奶择菜，一边跟赫奶奶说着话，轻声慢语的。若是碰上赫爹来，彼此都会很热络地打招呼，一团和气。

也就听人隐约提起，说他是赫奶奶年轻时的相好。

曾同在一个文工团待着，赫奶奶是台柱子，他是管乐器的，拉得一手好二胡。还兼着写剧本、作曲和排戏，是有名的才子。他写一折《风过林梢》的戏，是歌唱婚姻自由的。那时刚解放，宣扬男女平等，恋爱自己做主。这出戏，很合时宜。赫奶奶是主演，很快引起轰动，一天一场地演，有时还要加演。

两个年轻人日日见着，生了情合了意。也未曾有过承诺，未曾有过誓言，但就是很愿意在一起。有时，他们头挨头地，

研究台词唱腔。有时，也没什么事，只偶尔说上一两句无关紧
要的话，彼此看着，笑笑，也是好的。看见他们的人，都觉得
他们很般配，私下里想着，这两个人要是能够结婚，真像云朵
配上云朵、花儿配上花儿呢！

赫奶奶的父母，却突然来到文工团，强行把赫奶奶带回家。
他们早已把她暗许了姓赫的一户人家，是早年受过赫家恩惠
的。一贫如洗的岁月里，他们夫妇领着幼儿逃荒，差点饿死在
荒郊野外，是赫家的一升荞麦，救了他们全家性命。赫家当时
有子女六个，最小的赫爹，三四岁了，丑丑的一个小孩，拖着
两行鼻涕望着他们。赫奶奶的母亲刚好有孕在身，就指着腹中
胎儿，对赫家说，他日，若生了姑娘，就给你们家这个老幺做
媳妇儿。

赫奶奶从小也是耳闻过的，只不当真。但她的父母却认了
真，耳里听到一些风言风语，着了急，就商量着让赫家来带
人。赫奶奶哭过、闹过、绝食过，但她母亲的性子比她更强，
一把菜刀架在自己的脖子上，对赫奶奶说，姑娘，你这条命，
也是赫家给的，你要是让我们做背信弃义的事，我就立刻死在
你跟前。

赫奶奶哭哭啼啼地嫁了。赫爹像捡到珍宝似的，小心轻放
着。日子久了，赫奶奶委屈的心，渐渐平复。

姚爹在赫奶奶嫁人后，颓废了好长一段时间，他二胡不拉
了，剧本不写了，曲子不编了。一年后，他也离开了文工团，

到一所偏远的乡村小学，做了名音乐老师。

他与赫奶奶再次相逢，是他被批斗得最为惨烈的时候。因有个舅舅在海外，他成了走资派。又因他是个搞音乐的，说他宣扬靡靡之音，罪名更大。他天天挨批，头发被剃光了，肋骨被打断了，躺在黑屋子里，一心求死。赫奶奶来了，带着她做的糯米点心，那是他爱吃的。见了她，他仿佛在寒冬里，望见了春天的一抹柳枝绿。

他没有再寻死，咬着牙撑一撑，那段岁月，也就过去了。春和景明时，他搬到了赫奶奶所在的这个镇子，与赫奶奶一家，往来频繁。赫奶奶的孩子，都尊称他，姚叔。

却一直未曾婚娶。赫奶奶热心地帮他穿针引线过，他也对一个离异的女同事有过好感，两人相处过一段日子，后来却不了了之。从此，他再不提婚姻之事。他种花养草，写写曲子，拉拉二胡。闲时就跑过来看看赫奶奶，青天白日，光明磊落。小镇人起初对他们还有闲言，但他们的坦然，倒容不得别人再说什么了。大家暗地里都说赫奶奶有福气，两个男人都对她这么死心塌地。

我离开小镇的那年冬天，赫爹突发脑溢血而亡。大家都心照不宣地想，姚爹终于守得云开月明时，这下子，赫奶奶肯定要和他在一起了。赫奶奶的儿孙们，也都有这个意思，极力撮合他们。

赫奶奶却摇头，坚决地说不，她说她不能对不起老头子，他做了一辈子老实人，对她好了一辈子。

赫爹走后，赫奶奶辞去了食堂烧饭的差事，一下子老了许多，老是丢东忘西，记不住事情。姚爹天天去陪她，买了零食带过去，饼干、糖果、瓜子，和应季的水果。赫奶奶吃着零食，吃着吃着，会错把姚爹喊成赫爹。

赫奶奶的葬礼上，姚爹拉了当年的曲子《风过林梢》。这是赫奶奶临终时要求的。姚爹拉着拉着，一滴泪，很亮的，滑落在二胡的弦上。

花样年华

以为已遗忘掉的，却不料，轻轻一触，往昔便如杨絮纷飞，漫山遍野都是。

这个故事，是我七十岁的老父亲讲给我听的。

故事的主人公，是我父亲小学时的同学。他们多年不遇了，某天，这个老同学突然找了来。两个须发皆白的老人，在秋日的黄昏下，执手相看，无语凝噎。岁月的风，呼啦啦吹过去，就是一辈子。

他来，是要跟我父亲讲一个天大的秘密。他怀揣着这个秘密，日夜煎熬。这个秘密，不可以对妻讲，不可以对儿女讲，不可以对亲戚朋友讲。唯一能告诉的，只有我父亲这个老同学了。

我父亲搬出家里唯一一瓶陈年老酒，着我母亲炒了一碟花生米和一碟鸡蛋，他们就着黄昏的影子，一杯一杯饮。夕照的金粉，洒了一桌。我父亲的老同学，缓缓开始了他的叙述。

四十多年前，他还是个身材挺拔的年轻人，额角光滑，眼神熠熠。那时，他在一所中学任代课教师，课上得极有特色，深得学生们热爱。

亦早早结了婚，奉的是父母之命、媒妁之言。女人是邻村的，大字不识一个，性格木讷，但长得腰宽臀肥。父母极中意，认为这样的媳妇干活是一把好手，会生孩子，能旺夫。他是孝子，父母满意，他便满意。

婚后，他与女人交流不多，平常吃住在学校，只周末才回家。回家了，也多半无话。他忙他的，备课，改作业。女人忙女人的，家里鸡鸭猪羊一大堆，田里的庄稼活也多。女人是能干的，把家里家外收拾得妥妥帖帖。他对这样的日子，没有什么可嫌弃的，直到他陷入到一个女学生的爱情中。

女学生是别班的，十九岁，个子高挑，性格活泼，能歌善舞。学校元旦文艺演出，他和她分别是男女主持。她伶俐的口才、洒脱的台风，让他印象深刻。他翩翩的风采、磁性的嗓音，让她着迷。那之后，他们渐渐走近了。说不清是什么感觉，见到她，他是欢喜的，仿佛暮色苍苍之中，一轮明月突然升起，把心头照得华美透亮。她更是欢喜的，看见他，一个世界都是金光闪闪的。她悄悄给他织围巾和手套，从家里做了雪菜烧小鱼带给他。课余时间，他们一起畅谈古今中外名著，一起弹琴唱歌。花样年华，周遭的每一寸空气，都是香甜的。

他们爱了。在女学生毕业的时候，他犹豫再三，回去跟女人提出离婚。女人低头切猪草，静静听，一句话也没说。却在他回学校之后，用一根绳子结果了自己的性命。

晴天里一声霹雳，就这样轰隆隆炸下来，他的生活，从此无法复原。女学生悄然远走，像一粒尘，掉进沙砾中，转瞬间消失得无影无踪。他背负着"陈世美"的骂名，默默独自生活了十年后，才又重新娶妻。妻是外乡人，忠厚老实，不介意他的过往。就冲着这一点，他对妻是终身感激的。

很快，他有了儿子。隔两年，又有了女儿。儿子渐渐大了。女儿渐渐大了。小家屋檐下，他勤勤恳恳生活着。年轻时那场痛彻心扉的爱情，早已模糊成一团烟雾。偶尔飘过来，他会怔上一怔，像想别人的事。那个女学生的面容，他亦记不起了。

他做梦也没想过他们会重逢。当年，她与他分手时，已怀上他的孩子，她没告诉他。一个人远走他乡，生下儿子。因心里念着他，她一直没结婚，历尽千辛万苦，独自抚养大了儿子。儿子很争气，一路读书读到博士，漂洋过海去了美国创业，自己开一家公司，生意做得如火如荼。

她把一切对儿子和盘托出，携了儿子来寻他。老街上，竟与在购物的他不期而遇。隔着人群，她一眼认出他，走到他跟前，颤抖着问，你认得我吗？他傻愣愣地看着眼前这个华贵的妇人，摇摇头。

她的泪，落下来，纷乱如雨。她只说一句，你还记得当年的那个女学生吗？再说不出第二句话来。他只听到哪里"啪啦"一声，记忆哗啦啦倾倒下来，瞬息间把他淹没。以为已遗忘掉的，却不料，轻轻一触，往昔便如杨絮纷飞，漫山遍野都是。

她说，等了一辈子，只求晚年能够在一起，哪怕不要名分，就砌一幢房，傍着他住，日日看见，便是心安。或者，他们一起去美国，和儿子在一起。他的心被铰成一块一块，他多想说，好，我不会再让你等了。却不能。他有妻在家，他不能丢下。

她怅然离去。离去后不久，美国的儿子来电，说她走了。来见他时，她已身患绝症。死前绝食，说生的无趣。却一再关照儿子，要每月记得给他寄钱用。

他躲到没人处，痛哭一场，曾经的花样年华，都当是一场梦。回家，妻端水上前，惊问，你的眼睛怎么红了？他答非所问，环顾左右，说，饭熟了吧？我们吃饭吧。

你在，世界就在

你要一直一直好好的啊。因为你在，他的世界就在。

乡间的土路，有些坑坑洼洼。偶有车路过，扬起一地的尘。
路两边，不时可见梧桐树，顶着一头紫色的花。农田里，一片
繁茂。油菜花还在一心一意开着。麦子快灌浆了。

这是丰县的乡下，一个叫首羡的小镇。村庄低矮，房子
三三两两，挤在一块儿，平房占大多数，红瓦盖顶，相互偎
依。从一条巷道进去，野草野花，在两旁的院墙边茂密。人家
的草垛子上，竟也趴着开好的小野花，撑着黄艳艳的小脸蛋，
笑盈盈的。

不见多少人，青壮年都外出打工去了，村庄静悄悄的。几
个妇人，在自家院落里洗洗涮涮，一些碧绿的菜蔬晾在砖堆
上。想来是大葱吧。这里，家家都长大葱的，是家庭收入很大
的一笔。

外人来，狗最先发现。家家都有狗，叫得兴奋。里面一声断喝，那狗委屈地"呜呜"两声，自觉没趣，摇摇尾巴，退一边去了。院门口探出头来，端着一张朴实憨厚的脸，冲着你，很不好意思地笑着，仿佛不是你惊扰了他，而是他惊扰了你。

孙厚民就是这样笑着迎出门来的。

初见他，我有点惊讶。是惊讶他脸上的那种淡定和平和。怎么会呢？来之前，我是做好心理准备，准备看一张饱经沧桑的脸的。二十多年来，它被岁月的苦难泡着，被不幸日日纠缠着，怎么说，也该是黯淡的辛苦色，苍老着，愁怨着。我甚至想好一些话来安慰，诸如，一切都会好起来的，活着就是最大的好之类的。

他伸手来握，手很有力。他笑着把我们往院子里让，嘴里说着，请家里坐，家里坐。

小院子不见特别，是乡下那种常见的小院落。泥地清扫得很干净，院子里有树，有花，有菜蔬，还有狗。他的女人"坐"在屋子前晒太阳。前阵子刚下过雨，现在出太阳了，他就抱她出来晒晒太阳。

女人短发，黑里面隐约有了点点的白。也快五十的人了。太阳光碎碎地铺在她脸上，小鱼般地跳跃着，一起跳跃着的，还有她的笑。那笑，很暖，很干净。女人的穿着亦是整齐干净的，若不是她像摆放的家什般的，"坐"那里一动不动，我还真不拿她当病人。她笑着说，坐啊，坐啊，你们请家里坐啊。说时也只嘴在动，她整个的身子，除了头能左右稍稍转动外，别的，都像被螺丝钉给固定住了。

两间小屋，算是正屋。家具简陋，桌椅和床铺，外加一张破旧的沙发。小屋的墙上，糊满年画，和孩子念书时得的奖状，花花绿绿着。孩子也只念完初中，就外出打工去了。我家这个样子，他哪能再念书呢，没钱供呢。孩子也懂事，不想念了的，孙厚民说。愧疚和心疼，让这个男人，第一次收敛起笑容，现出难过的样子。

吃饭的碗里盛着白开水，他拿这个招待我们。你们喝水呀，喝水呀。——他有些羞赧。女人替他把话说了，女人说，到我们家都没好东西招待你们。

二十多年里，他们没添过一件新衣，没添过一件新家具。家里的吃喝全系在几分地上，种点粮食，种点葱，种点蒜。——他也只能间或去地里转转。离开女人的时间，绝对不能长，女人实在保护不了自己。连家里养的羊都可以欺负她，拿她的手指当奶嘴啃，啃得血淋淋的。她疼，却动弹不了，只能任由小羊啃。

说起这个，孙厚民心疼得眉头紧皱，再不敢离她左右。世界就剩下小院落那么大，就剩下她。每隔两小时，他要帮她改变一下姿势，不然她会生疮的。冬天要抱她出来晒太阳，夏天要替她把扇子。一日三餐，餐餐要喂。自她患病后，他从未睡过一个整夜觉，每隔两小时就会醒过来，像上了发条的闹钟，多年来已成习惯了。

苦吗？这么问他时，他低头，只是笑。——若说不苦，还真有点假。半夜三更，他也曾泪洒枕头。可有什么办法呢？老天爷给他设了这么大一道坎，他也只能尽力迈过去。——还是庆幸了，这算不上最坏的结局，毕竟人还在。她在，世界就在。

说起从前的相识相知，他笑，她也笑。那是映在他们心头的明艳，照耀着他们一路前行。二十多年前，他高中毕业，学得电焊手艺，人又生得挺拔俊朗，是乡下后生里很出色的一个了。她也不差，姑娘里头的一枝花，人又勤快。媒人牵头，他们只一照面，就都入了彼此的眼，很快喜结连理。日子虽清苦，但两个年轻人的憧憬很丰满，他在外打工赚钱，她在家侍弄庄稼鸡羊，不愁不富起来。到时盖幢漂亮的房子，养个胖胖的娃，多美好啊！

这年年底，娃也真的来了。伴随着娃来的，却是女人的全身疼痛和瘫痪。他倾家荡产，还借了不少外债，带她走南闯北去看医生。什么民间偏方都试过。还曾学会打针，给她一打，就是三年。然最终医学上却给她判了无期，这种十几万分之一的颈肌萎缩症，至今尚无方子可寻。

认命吧。——孙厚民认了。那时他多年轻哪，才三十岁不到，狠狠心，一出门不回头，这苦难也就避开去了，他可以重辟他的好天地。可是，良心不安哪，一日夫妻百日恩啊，她已经是他的亲人了，他不能撒手不管。

这一管，就交出了一辈子。

问他，这是爱情的力量吗？这个朴实的汉子笑着连连摆手，谈不上，谈不上，只要看到她好好地在着呢，就觉得很好了。

女人跟着笑。他们都羞谈爱情。女人说，哎呀，我总是做着那样的梦，梦见我能跑能跳了。——她多想报答他，换了她来伺候他。

他把她从太阳底下抱回来，放到沙发上，给她搁好手脚，垫好靠背、枕头，打趣她，你还想跑哪里去啊。

看着他们，我眼睛微湿。我很想对他表达一下我的感动，想对他说伟大啊崇高啊什么的。结果，我什么也没说。我只是伸手抚抚女人的头，在心里默默祝福了她，你要一直一直好好的啊。因为你在，他的世界就在。

第七辑
当华美的叶片落尽

当华美的叶片落尽，生命
的脉络才历历可见。

向着美好奔跑

生活或许是困苦的、艰涩的，但心，仍然可以向着美好跑去。

阳光的影子，拓印在窗帘上，似抽象画。鸟的叫声，没在那些影子里。有的叫得短促，唧唧、唧唧，像婴儿的梦呓。有的叫得张扬，嘈嘈、嘈嘈，如吹号手在吹号子。

我忍不住跑过去看。窗台上的鸟，"轰"的一声飞走，落到旁边人家的屋顶上，叽叽喳喳。独有一只鸟，并不理睬左右的声响，兀自站在一棵矮小的银杏树上，对着天空，旁若无人地拉长音调，唱它的歌。一会儿轻柔，一会儿高亢，自娱自乐得不行。

鸟也有鸟的快乐，如人。各各安好。

也便看到了隔壁小屋的那个男人，他正站在银杏树旁。——我不怎么看得见他。大多数时候，他小屋的门，都落着锁，阒然无声。

搬来小区的最初，我很好奇于这幢小屋，它的前面是别墅，它的后面是别墅，它的左面是别墅，它的右面还是别墅。这幢三间平房的小屋，淹没在别墅群里，活像小矮人进了巨人国。

也极破旧。墙上刷的白石灰已斑驳得很，一块一块，裸露出里面灰色的墙面。远望去，像一堆空洞的眼睛，又像一堆张开的喑哑的嘴。屋顶上，绿苔与野草纠缠。有一棵野草长得特别茂盛，茎叶青绿，在那里盘踞了好几年的样子。有时，黑夜里望过去，我老疑心那是一只大鸟，蹲在那儿。孤单着，独自犹疑着，不知飞往何处去。他的小屋，没有灯光。

隐约听小区人讲过，他的父母先后患重病去世，欠下巨额债务，家里能变卖的东西，都变卖了。妻子耐不住清贫，跟他离了婚，并带走他们唯一的女儿。他成天在外打工，积攒着每一分钱，想尽早还清债务，接回女儿。

他的小屋旁，有巴掌大一块地，他不在的日子，里面长满野藤野草。现在，他不知从哪儿弄来一把锄头和铁锹，一上午都在那块地里忙碌，直到把那块地平整得如一张女人洗净的脸，散发出清洁的光。

他后来在那上面布种子，用竹子搭架子。是长黄瓜还是丝瓜还是扁豆？这样的猜想，让我欢喜。无论哪一种，我知道，不久之后，都将有满架的花，在清风里笑微微。那我将很有福气了，日日有满架的花可赏，且免费的。多好。

男人做完这一切，拍拍双手，把沾在手上的泥土拍落。太阳升高了，照得他额上的汗珠粒粒闪光。他搭的架子，一格一格，在他跟前，如听话的孩子，整齐地排列着，仿佛就听到种子破土的声音。男人退后几步，欣赏。再跨前两步，欣赏。那是他的杰作，他为之得意，脸上渐渐浮上笑来。那笑，漫开去，漫开去，融入阳光里。最后，分不清哪是他的笑，哪是阳光了。

生活或许是困苦的、艰涩的，但心，仍然可以向着美好跑去。如这个男人，在困厄中，整出了一地的希望。——一粒种子，就是一蓬的花、一蓬的果、一蓬的幸福和美好。

当华美的叶片落尽

当华美的叶片落尽，生命的脉络才历历可见。

今冬南方的第一场雪，来得毫无预兆，突如其来。

之前，也不过是稍稍落了点雨，刮了点风，降了点温。人们在羊毛衫外面，套件厚外套，也就能抵御这样的冷了。——真正的冬天，尚隔着一段距离。

谁知，就下雪了呢！

真正叫人一点准备也没有。情绪根本来不及调动，就那么瞠目结舌地看着雪，迅速地落下，落在同样手足无措的房屋和树木顶上，敷一层薄薄的白。

这场雪，来得快，去得也快，前后只持续了两三个小时。待你反应过来，想再好好看看它，它早已消失殆尽。眼前的房屋还是那样的房屋，树木还是那样的树木，人还是那样的人，一切似乎未曾改变。可是，却因这一场雪，心情到底有些不一样了，愕然、惊喜、惆怅、伤感、追忆、怀念……诸般滋味，混杂在一起，也不大说得清了。

生命中，总有些什么，是这么的突如其来。

就像，它的突然别离。

也还记得，与远在河北的它，初次相遇。那时，我还年轻着，写着一些小文字，也只写给自己看。偶尔的，会投稿，只投给本省的《扬子晚报》副刊。一天，一位文学上的前辈指点我，说我的文字，很适合它的随笔版。

我于是专门去了一趟图书馆，"拜访"它。其时，它像个憨厚的乡下少年，蹲在一堆花花绿绿的报刊中，不炫目，不耀眼，却眉眼干净，叫人顿生好感。从此，与它结缘。

那会儿，稿子还都是靠手写。每次给它投稿，我都是一笔一画，认真地在稿纸上誊清。然后，跑去邮局，伏在邮局高高的柜台上，在信封上郑重地写下它的名字和地址。因它在，河北石家庄那个地方，与我，不再陌生。从它那里吹过来的风，都是带着好意的。

很自然的，与它的责编李晓娜，也就相识了，并成了神交。我们间或有书信邮件往来，简短的一些问候，她说她的石家庄，我说我的江苏。话也无须多，彼此的心意，都懂的。我们想象着对方所在的地方，想象着对方走着什么样的路、看着怎样的天空。我们中间隔着的山山水水，也似乎都变得有情有义起来。

我从没想过，有一天，它会突如其来地转身、远走，再不相见。

我的情绪，一度被它的突然别离，染上悲伤色了。没有别的法子可解，在下过第一场雪的静夜里，我读诗。读到聂鲁达的，他也在说别离：

在双唇与声音之间的某些事物逝去

鸟的双翼的某些事物，痛苦与遗忘的某些事物

如同网无法握住水一样

当华美的叶片落尽

生命的脉络才历历可见

生命中的逝去和别离，原是生命的常态。这世上，水在流，云在走，哪有什么会一直待在原地等你。花开有度，聚散有时。也许，我们都该庆幸，在生命中遇到彼此，相互取过暖，相互照亮过，我们的生命，才变得脉络分明。

人生原不必过分贪求一生，能够共走一程，已是天大的缘分，足以值得感激的了。

灵魂在高处

尽管我们有时身处劣势，但灵魂仍可以向着高处奔去，活出属于我们自己的庄严和优雅。

每逢逛超市，我总要先奔着一叠碟子去，看看货架上有没有上新款，看看有没有我一见倾心的。

我站在一叠碟子跟前，像突然间闯入一座大花园的蝴蝶。满园的花开灼灼，这朵丰腴，那朵明艳，再一朵巧笑嫣然，可怜的蝴蝶，彻彻底底被快乐冲昏了头，不知先落在哪一朵上才好。

这么多的碟子，这么的多！千娇百媚，风情万种。每一次，我都要自己跟自己做斗争，不买了吧，不买了吧，家里的柜子里，实在装太多了。但最终，我都不能把持住自己，管不住的，没用的。我像个沉溺于爱情中的小女孩，但凡有一点点关于他不好的话，是半句也听不进去的。不单单听不进去，还偏要拗着来。你们不肯我跟他好？我偏要跟他好，天崩地陷刀山火海，我都愿意。他醒着是好，睡着是好，坐着是好，站着是好，即便坏起来，也还是好，全世界，只他一个好。

是啊，只有它，独一无二。亲爱的碟子，我的爱！我要带它回家。

我如愿以偿。

我找洁净的布，把碟子擦洗得干干净净。我在里面装上我爱的小吃，葡萄、大枣，或是饼干、蛋糕。我坐在桌边，看一眼书，看一眼它。碟子真像是盛开在桌上的花朵啊，甜美，可人。装在里面的寻常小吃，也跟着变得灵动起来，都长着一对丹凤眼似的，冲我含情脉脉。简朴的日子，因了一只碟子，竟华丽丽得很了。一同华丽起来的，还有我的心。我觉得，没有比这更好的日子了。

很自然的，我又想到我的祖母。过去年代，大家都穷，我们家孩子多，尤其穷。一日三餐，简陋得不能再简陋，天天喝着稀稀的山芋粥，喝得人没了精神。祖母隔三岔五的，便变着花样，做点美食安慰我们，炸山芋条，或煎山芋饼。山芋条和山芋饼，都拿漂亮的碟子装了。那几只碟子，是青花瓷的，上面盘着靛蓝的花。花瓣儿瘦瘦的、长长的，是恨不得伸到碟子外头来的。那是祖母当年的陪嫁。祖母一直小心收藏着，过些日子，就让它们出来派派用场。这时候，我们就变得欢乐无比，吃着用碟子装着的普通食物，生活有了不一样的滋味。那是苦寒里的暖、长夜里的光。

　　就像我在一摆水果摊卖水果的女人唇上，看到一抹红。那显然是精心涂上去的口红，在她粗糙的脸上，那么耀眼闪烁。周围的混杂和乱哄哄，也湮没不了那种美丽。它让我每想起一回，就感动一回。尽管我们有时身处劣势，但灵魂仍可以向着高处奔去，活出属于我们自己的庄严和优雅。

贺卡里的宛转流年

时光是只橹摇的船，咿咿呀呀的，这边还没在意，它已摇过一片水域去了。

第一张贺卡，是送给我的语文老师的。

那时，我在乡下中学读初中，语文老师是新分配来的大学生，说一口流利的普通话，弹一手好钢琴，朗诵的声音像电台播音员，他很快赢得了我们所有学生的喜欢。新年了，我很想送他一件特别的礼物，然乡下孩子，穷，有什么可送的呢？刚好我的一个同学在城里的舅舅，给我的同学寄来一张贺卡。那是我第一次见到贺卡，浅白的底子上，飘着一盏盏红灯笼，真别致啊。

当时，贺卡只在城里有，乡下没得买。我挖空心思说服父亲陪我进城，手里紧紧攥着平时积攒下来的碎币。城里的五光十色是来不及看的，一头奔了贺卡去，细细挑，慢慢选。最后选中一张，画面上，一个小女孩半蹲着，在吹蒲公英，她身后的草地，碧绿青翠，一望无际。我只觉得美，只觉得它很配我的老师。回家，我在上面工工整整地写下一行字："敬爱的老师，喜欢您！祝您新年快乐！"想了想，最终没署名。想我的老师到现在，也不知道是谁送他那张贺卡的吧。年少时喜欢一个人，很圣洁，把他当作心中的神。

高中时，有同学在一张贺卡上写了一阕词："谁翻乐府凄凉曲，风也萧萧，雨也萧萧，瘦尽灯花又一宵。"只看一眼，心肺便被贯穿，我后来才知那是纳兰性德的词。同学把这张贺卡当作新年礼物送我，他说："不久的将来，我们都老了。"我听了，心里划过一道深深的波，每滴每滴，都是疼痛的惆怅，一瞬间，仿佛老了去。现在回头看，有的，只是微笑与感动。青春无敌，哪怕是忧伤，哪怕是疼痛。

读大学时，我曾寄过贺卡给我的父亲。在贺卡上，我很是郑重地写下"父亲大人"这几个字。贺卡飞到我在的那个小村庄，引起不小的轰动。乡人们哪见过这个呀，且称自己的父亲为父亲大人。我父亲从村部取回贺卡，一路之上，不断有人索要了看，他们一脸羡慕地对我父亲说："你家丫头出息了。"这让我的父亲非常得意，那张贺卡，父亲一直收藏着。我现在每次回家，他都要说起，脸上的表情很沉醉很生动。这让我很怀念那时的自己，那么单纯懵懂地对待这个世界，一往无前。

时光是只摇橹的船，咿咿呀呀的，这边还没在意，它已摇过一片水域去了。很快，我大学毕业了，工作了。头几年，真是热闹，同学之间书信往来不断，过年时，贺卡更是少不了的，我会收到一堆，也会寄出一堆。去买贺卡，慎重得不得了，一定挑了晴天丽日去，一家店一家店去淘，一张一张地精挑细选，在脑子里回想同学的模样，和他们的糗事，一个人，偷偷笑。

贺卡买回来，先自个儿欣赏了。然后净手，开写。在夜晚，在灯下，是最好的。那时，一个天地都是宁静的，思绪可以放牧得很远。白天就在脑中构思好的一些话，掏出来，左斟酌、右思量，这才在贺卡上写下。贺卡寄出了，一颗心，也随之放飞了，那种喜悦与真诚的祝福，无与伦比。

后来，成家了，渐渐被红尘俗事淹没，再没了那颗欢愉和跳跃的心。同学之间的联系，越来越稀疏，直至无。

也会在新年里，收到贺卡，是我的学生或读者寄来的。贺卡一律的喜气洋洋、花团锦簇，大好的年华，开在上面。我对着它们看，心中轻轻淌过一条岁月的河。谁还在贺卡里巧笑倩兮？一地落叶黄，宛转流年，流年宛转。

牛皮纸包着的月饼

我们的心，开始生了翅膀，朝着一个日子飞翔。

朋友去北京，给我带回两盒包装精美的月饼。红漆木盒装着，华丽、雍容。

揭开盒盖，不多的几只月饼，躺在质地柔软的丝绒上，是皇家女儿，金枝玉叶着。

洗净了手，和家人带着虔诚的心，切了一只月饼来尝。为此，我还特地拿出宝贝样收藏着的印花水晶盘，把月饼摆成菊的模样。一家人欢欢喜喜拿了吃，鱼翅做的馅，味道怪异，家人都只吃了一口，就放下了。我坚持吃两块，但终究，也受不了那份怪异。余下的，狠狠心，丢进垃圾筒。丢的时候，我祖母似的念叨，作孽啊作孽啊。

便格外怀念起小时的月饼来。是些小作坊做的，用桂花或松仁做馅，外面的面粉，层层起酥，洇着金黄的油。看着就让

265

人垂涎欲滴。

在中秋前一个星期，村部的唯一一家小商店，就把月饼买回来了。散装的，搁在一个大缸里。我们放学时从商店门口过，可以闻得见空气里的月饼味，香甜香甜的，很浓。探头去看，总看到面皮白白的店主，在用牛皮纸包装月饼，五个一包，十个一包。他动作舒缓，在那时的我们眼里，那动作无疑是美的，充满甜蜜的味道。我们的心，开始生了翅膀，朝着一个日子飞翔。

终于等到中秋这一天了。起早祖父就答应了的，晚上，每人可以分到一个月饼。那一天，我们再没了心思做其他的事，只盼着月亮快快升起来。等月亮真的升起来了，我们不赏月，眼睛都聚到门口的小路上。祖父出现了，手里提着用牛皮纸包着的月饼，隔了老远，我们都能闻到月饼的味道。兄妹几个，跑过去迎接，在他身边跳。祖父说，小店里挤满了人，好不容易才买到月饼。语气里有得意，仿佛他做了一件很了不得的事。

煤油灯下，祖父小心地揭开一层一层的牛皮纸，我们得到了向往中的月饼，用小手托着，日子幸福得能滴出蜜来。母亲在一边教育我们，好东西要留着慢慢吃。于是我们把月饼分成一点一点的碎屑，舔着吃。总能把一个月饼吃到第二天，甚至第三天。

大人们也一人一个月饼，但他们多半舍不得吃，藏着，只等我们嘴馋了时，分了去吃。但生活的琐碎和忙碌，会让他们忘掉藏月饼这件事。我祖母有一次藏了一个月饼，等她记起时，月饼上面已长了很长的毛了，不得不扔掉，一家人为此痛心了好多天。

祖母也曾把月饼分送给邻家两个孩子，那两个孩子跟着寡母过活，自是没钱买月饼。中秋时，别人家欢歌笑语，他们家却冷冷清清的。祖母说，可怜啊。遂踮着小脚，给他们送了月饼去。回家来安慰我们，让别人吃掉，比自己吃掉好。那时年幼，不明白这句话，现在想想，祖母说的是帮人的快乐啊。如今那两个孩子早已长大，都出息了，一个在南京，一个在杭州。我祖母在世的时候，他们每年回来，都会去看看她。他们说，忘不了小时候用牛皮纸包着的月饼。

感恩的心

原来，这世上，有一种感恩，叫好好活着。

那是微雨的八月天，我从天目湖归来。一车的人，倦倦的，不是去时的兴致了。去时都带着满头满脑的新鲜，那时，天目湖还是未相识。归来时，已是旧相知了。

车上的电台里，不停地放着歌。有我会唱的，也有不会唱的，也便可有可无地听着。窗外的雨，细细的。我看着窗外，思绪陷入一方空白里。是万紫千红开遍后的那种空白，苍茫、辽阔，热闹散尽。有安稳的静。

换歌了。苍郁的女声。凝重的旋律。铺天盖地而来，无法抵御。仿佛云端里突然落下一场雪，白而厚的。又好似，一场秋风瑟瑟后，茅屋里，有炭炉燃着，红红的火星子，在扑扑跳跃。心，刹那间被一种巨大掩埋。这种巨大是什么呢？是雪的白，是炭火的红，是母亲烙的玉米饼的热，是久违朋友遥遥的一声问候：你好吗？

我好吗？——我，很好的。这样答着，就有感动的泪，欲流下。这世上，因关爱而生暖，因暖而生感激，因感激而生感恩，这才有了生生不息的美好和存在。

急急地探寻这首歌的歌名，用心记下，竟是一首《感恩的心》。回家，不及整顿旅途的劳累，就上网搜索了这歌，一遍一遍地播放。"我来自偶然，像一颗尘土，有谁看出我的脆弱？我来自何方，我情归何处，谁在下一刻呼唤我……"曲调温婉、凄美，却又透出一股子的力量，是绵软的蒲丝里，藏了坚韧。

歌里的故事，让人唏嘘：

天生失语的小女孩，与年轻的妈妈相依为命。年轻的妈妈每天辛苦地外出找工作，回家时，总会给她捎上一块绵软的年糕，那是小女孩最爱吃的。这块小小的年糕，成了小女孩一天中最快乐的等待。

一个大雨天，出了门的妈妈，却再也没回来。小女孩等啊等啊，盼啊盼啊，雨越下越大，夜越来越深，妈妈还是没有回来。小女孩就沿着妈妈外出的路，去找。半路上，她发现妈妈躺在路边。她以为妈妈睡着了。她把妈妈的头，抱起来，枕到自己的腿上，想让妈妈睡得舒服一点。但她忽然看到，妈妈的眼睛，是睁着的，一动不动。她意识到，她亲爱的妈妈，可能已经死了。她使劲拉着妈妈的手摇晃，试图唤醒妈妈，却不能够。妈妈的手里，还紧紧攥着一块她爱吃的年糕。

小女孩哭了很久很久。她知道，妈妈走了，这世上，只剩她一个人了，她要勇敢起来，让妈妈放心。于是，小女孩站起来，站在妈妈跟前，用手语，一遍一遍告诉妈妈："感恩的心，感谢有你，伴我一生，让我有勇气做我自己……感恩的心，感谢命运，花开花落，我一样会珍惜……"泪水和雨水混合在一起，从小女孩小小的却写满坚强的脸上滑过，她就这样站在雨中，不停地"说"着"说"着，直到妈妈安详地闭上眼睛。

　　这世上，有一种感恩，叫好好活着。你给了我生命，给了我阳光雨露，而我，能给你什么呢？在我要给你的时候，或许你已悄然离去，我唯有，好好活着。

　　有时，勇敢而坚强地活着，就是对爱你的人，最大的报答。

留　香

有客来，她微笑着招待，不言不语，却在举手投足间，给人以微风轻拂湖面的感觉。

知道一种叫留香的米糕，缘于我的一个学生。学生到我这里来上写作课，每周一次，在周日下午。

周日这天，午饭的饭碗一搁，我的学生就从家里出发了。她手上抱一个纸袋，里面放着笔和纸，慢慢走，一边走，一边四处闲看。她要穿过两条巷道，一条颇现代，两旁开着这个吧那个吧，大白天也是彩灯灼灼的。一条却很古旧，像洗旧的蓝衫子，两边少有楼房，都是过去的老式平房，大门朝着街道开着。一些人家因地制宜，开起小店，卖些花花草草，做些小吃食。祖传秘方的小吃，大抵都藏在这条巷道里。

我那个学生顶喜欢从那条古旧的巷道过。她每次来，兴奋地跟我说："老师，从那里走真享受啊，鼻子里闻到的，都是香哩，花草的香，食物的香。"

高三学生，学业过重，像载重的骆驼似的，平日里少有机会放松。她借着学写作的名头，到我这里来，其实，也就是给自己偷得半天闲。我很高兴给她提供了这样的机会。常常我们不谈写作，一人一把椅子，搬去阳台上，对坐着，聊些好像与写作无关的话题。比如，在那条古旧的巷道里，她会遇到哪些好玩的人。

说起这个，我的学生健谈得不得了。她会一一向我介绍，卖花的，卖烧饼的，做鱼汤面的，卖馒头的。有个卖水果的老头，整天唱喏般地招徕顾客，"又大又红的枣子哟，不甜不要钱咪。"隔天换成："又大又香的香蕉哟，不香不要钱咪。"我的学生学着老头的腔调，笑得不行。

生活是庸常的，却也是有趣的，这正是生活的迷人之处。我也跟着笑，鼓励她把这些写下来。某天，我的学生一见到我，就迫不及待告诉我："老师，那里新开了一家米糕店，叫留香。名字好好听啊，糕也好好吃耶。"

"你吃过？"我对美食，向来难抵诱惑。

"嗯，好吃极了。老师，下次来我带给你吃。"我的学生大方地承诺。她突然笑起来，不可抑制的。我说笑什么呢？她说："老师，那个做糕的女的，长得很像你。"

这不单单让我觉得有趣，更好奇了，是恨不得立刻奔过去看一看。我很想知道，能取出"留香"这个诗意绵长名字的女子，是不是真的跟我很相像。改天，没等我的学生带糕给我吃，我就寻了去。不大的门面，整洁着，上书"留香"两字。大门两侧，各在墙上吊一盆绿萝，绿的茎蔓，长长垂挂下来。进门去，藤桌藤椅，玄米茶在杯子里浅淡着，客人可随取随喝。这不像是米糕店，倒像是喝咖啡的。清新雅致的风格，很让我喜欢。

也终于见着做米糕的女子。初见她，我暗自笑了，我的学生太高抬我了，这个女子比我要年轻得多，漂亮得多。她看上去不过二十五六岁，有着一张蜜桃似的脸。一件简单的粉色卫衣套着，清秀干净。有客来，她微笑着招待，不言不语，却在举手投足间，给人以微风轻拂湖面的感觉。

客多。只一会儿，她的几大蒸笼米糕就见了底。我在边上，好不容易"抢"到两只，顾不得烫，咬一口，暄软香甜，真真是好吃。跟她讲："你怎么会做出这么好吃的米糕呢？"她也只是微笑，不说话，笑得天晴日暖。

再去，意外得知，她原来，竟是个失聪的。四岁那年，一场高烧，导致她再也听不见了。父亲因她的失聪，最后和她母亲离了婚。成长的路上，她遍尝艰辛，失望过，甚至绝望过。所幸后来遇到一卖米糕的老人，传她手艺，她便自己开了这个小店，取名留香，是为感激老人，要留住这生命的芬芳。

把她的故事说给我的学生听。我的学生动容，半晌没言语。这年高考，我的学生语文得了高分，被一所很不错的高校录取了。据她说，写作文时，她写了这个做米糕的女子。

风居住的街道

　　人的一生中，走不丢的，唯有青春年少。

　　《风居住的街道》是由日本钢琴家矶村由纪子，和二胡演奏家坂下正夫共同演绎的一首曲子。整首曲子以钢琴作底子，二胡跳跃其上。它们似一对恋人，在音符之上，互诉衷肠。钢琴轻轻呢喃，如梦似幻；二胡热烈唱和，高山流水。二者完美地交融在一起，两两相望，地老天荒。

　　每隔一段日子不听，我会很想它，直至重新找了它来听，一颗心，才安定下来。这很像一个人嗜上某种美味，一些日子不吃，就想得心慌。我以为，美味慰藉味蕾，好的音乐，则慰藉灵魂。

　　第一次听它，是在办公室，一女孩的手机铃声设的它。那日，我在办公室里，正给桌上的一盆蟹爪兰浇水，女孩的手机突然响起来，这首曲子，一下子冒冒失失地撞进我的耳里来。

我当即愣住，持水杯的手，停在半空中。我仿佛闻到老家的气息：村庄。田野。烟雨朦胧。小家屋檐下，雨滴在唱歌。滴答，滴答，滑落在搁在檐下的一只瓮上，滑落在长在檐下的一丛大丽花上。邻家少年撑伞而过，布衣青衫，笑容浅淡。五月的槐花，将空气染得蜜甜蜜甜的。

是暗暗喜欢着的。大人们之间开过这样的玩笑，让你家的梅丫头做我家的媳妇吧。母亲笑答一声，好啊。我在一边听着，信以为真。再遇到少年，眼神刚刚碰触到，我便羞涩地跑开了。风吹着少年的头发和衣衫，他的样子真好看。少年后来去了南方，我也离开家乡。经年后，再想起，少年的模样，已不记得了，然风吹过的年少时光，却成了岁月里，最柔软的温暖。

问那个女孩，这是首什么曲子？

女孩告诉我，它有个好听的名字，叫《风居住的街道》。女孩说，初听时，想哭。结果，真的痛哭了一场。

理解她。谁的往昔里，没有一个风居住的街道？她亦有。当年，她与他坐前后桌，在一个教室读书。窗外的桐花，一树一树地开。他在一张小纸条上写：喜欢我吗？我很喜欢你！她回他一个笑脸，算作默认。扭头望向窗外，风从街道那边吹过来，青春年少，花影飘摇。

我记住了乐曲名，回家开了电脑搜索。我下载了它，一遍一遍听。钢琴和二胡，交相辉映。风到底吹过谁的街道？城南旧事，纷至沓来。

我想起一个老先生。老先生八十岁了，在他生日那天，他执意要去一个小镇看看。孩提时，他曾从家里坐船，越过宽阔的水域，到达那个小镇去上学。六七十年过去了，他越来越想念当年的街道，路上铺着碎砖，银杏树东边一棵、西边一棵。他有个同学，绰号叫癞子，因为那个同学头上生很多癞疮。癞子跟他最要好，把母亲烙的玉米饼，偷拿出来，带给他吃。和他一起爬上银杏树，坐在树上，垂下双腿，在空中摇晃。

老先生如愿到达那个小镇。当年的小镇，已彻底变了模样。老先生寻不到他的学校，寻不到他的街道，寻不到他的银杏树。却一遍一遍告诉身边的人，这里，曾是一座山墙，我和癞子在上面画过画。这里，就是当年长银杏树的地方，我和癞子曾坐在上面学过鸟叫……往昔对他来说，隔得遥远，却从不曾走丢。

人的一生中，走不丢的，唯有青春年少。

一窗清响

只要你心怀希望，一盆的葱绿，很快会让它重新变得生机
起来蓬勃起来。

闲时，读杨万里的诗，读到一句"芭蕉分绿上窗纱"，我
很是喜欢。季节是初夏吧，小门小户的人家，不金碧，亦不辉
煌。可是院子里，却栽种着数棵绿芭蕉。是男主人栽的，还是
女主人栽的？无论是他们中的哪一个，都定有颗爱植物的心。
凡尘俗世，因拥有这样的心而美好。

芭蕉一年一年长高，"扶疏似树""高舒垂荫"，一到夏天，
碧绿蓊郁得尤甚。那些绿，垂到什么地方去了？人还没留意
呢，它们倒静悄悄地，爬上了窗纱。窗里的人呢？那被芭蕉映
得绿莹莹的人呢？午后，他们是在梦里小睡，还是在围桌话家
常？一窗清响，日子静好。

我在如此走神的当儿，眼光又不由分说地落到楼后人家的

窗上。我的书房，正对着这户人家。我在书房里看书或写字，一抬头，就能瞥见他们家的窗。天蓝色的窗帘，半拉半开。窗口有时会搁一盆绿，是茑萝，或是吊兰。有时会搁一盆花，是杜鹃，或是海棠。青青绿绿，红红白白。大捧的阳光，在窗户上面肆意攀爬。现世安稳。

我熟悉这家人，男人，女人，还有一个小女儿。前几年，男人闹过离婚，外头有了人。离婚闹了好长一段时间，男人日日不归，连小女儿也不肯要了的。那段日子，他们家的窗帘，总是拉得紧紧的，窗台上，落满尘。有时，黑漆漆的夜里，我听到窗帘后传出嘤嘤哭泣，那是女人隐忍的哭。在静夜里，格外分明，听得人心酸。后来，男人出车祸，死里逃生，为他落泪的，是女人，不是情人。守在他床边的，也是女人，不是情人。男人身体康复后，再没提过离婚。

早起时，我去屋后跑步，遇到男人。一夜的风吹，金针似的杉树叶，铺了一地。男人拿着扫帚在认真扫。看到我，他抬头笑一笑，点点头，算作招呼。一边冲屋内叫："凤玲，快去看看锅上的汤熬好了没有，别把水熬干了！"屋内迅捷传出女人的应答："知道了知道了。"声音是清澈的、欢快的。让人想象着，她走路的姿势，一定如一只羚羊一样敏捷和快乐。我打心眼里替女人高兴，风雨过后是彩虹，她等来她的彩虹了。

我外出几天，回来，习惯性地抬头望他们家的窗，突然发现那个窗口，新添了两样东西：一只风铃，一盆葱。风铃是悬挂在窗户上的。冬日的暖阳，打在风铃银色的贝壳上，熠熠发光，仿若珠宝。风吹，银色的贝壳，晃晃悠悠，不时发出叮叮当当的脆响，宛如幸福在鸣唱。

葱呢？真绿！我想起绿油油这个词。也只有这个词能配它，那些绿，是恨不得一滴一滴淌下来的。它们是冬天里的春天。长葱的盆，却是只豁了口的破瓷盆。用旧了吧？女人舍不得扔，在里面栽了葱。葱在女人的眷顾下，一日一日葱茏，旧瓷盆焕发出另一种光彩，素朴而雅致，让人觉得，它天生就是配葱的。

这很像我们的人生，少有绝对完美的，它可能就是一只豁了口的瓷盆，望得见岁月的憔悴与伤口。然而，又有什么关系呢？只要你心怀希望，一盆的葱绿，很快会让它重新变得生机起来蓬勃起来。

老 兵

他们热切地奔向他们的第二故乡去，那里，他们风华正茂，健步如飞，一地的水萝卜，蓬勃招展。

他们是些老兵，上个世纪五六十年代的兵。

一、二、三、四、五，他们并排站立，红衣鹤发，对着我们的镜头笑。笑得阳光飞溅。他们的背后，树木铺排，色彩斑斓，秋景迷人。

那会儿，我和那人正徜徉在海边的林子里，看秋。为防沙固堤，海边植有上千顷林木，种类繁多，倒成了一处赏景的极好去处。林中幽静，偶有树叶摇落，"啪、啪"的一两声，清脆的。如小孩子在梦中磨牙。星星点点的小野菊，开在树下。他们的车忽然至，停在路边，四下里张望。犹豫再三，他们中一人走向我们，向我们打探路，说他们迷路了。

五十多年不见，这儿的变化太大了，都不认识了。他们笑

280

着摇头说。

他们中年长的，八十四岁了。最小的，也已七十有九。

当年，却血气方刚着呢。年轻的武警，来此戍守边防。每日晨起，他们唱着军歌出操野练，沿着海堤长跑，健步如飞。闲时养猪，拓荒种菜。种出的水萝卜，有成人的胳膊粗。当地的渔民惊奇，偷偷拔了带回家。孩子们更是天天光顾，拔上几个，赶紧跑。躲到一垛草垛子后，用衣袖擦擦，就啃上了。咯吱咯吱，像幸福的小老鼠。

他们也只睁只眼闭只眼的，由着孩子们把这儿当快乐王国。偶尔的，他们也佯装跟后面追，看孩子们一溜烟地奔跑，像一阵风似的。他们乐得哈哈大笑。

每隔半个月，营地里都要组织放一场电影。露天里，白布幕早早挂起来了，引得周围的孩子们，在营地前探头探脑。晚上，电影刚开场，孩子们就成群结队地来了。一个个猫着腰，轻手轻脚的，想避开他们的耳目。他们其实早就看见了，只装作没看见，憋住笑，在暗地里观察着那些孩子，看他们小猴子样的，翻过围墙，进到营地来。虽说他们有纪律，不准外人随便踏入营地，可是，那些孩子算外人么？单调孤寂的日子，因那些孩子的渗入，溅起朵朵活泼的水花。

——好像全都是这些芝麻蒜皮的小事儿，没什么可圈可点的，可是，却在他们的记忆里发着酵，散发出水萝卜一样的清香。暖着。恋着。那是他们的青春和热血啊！这里，是他们生命中的第二故乡，是灵魂无法割舍的怀想。

也只是一转身，五十多年就过去了。几百里的距离，不算太远，却遥遥地隔开了他们与它的关联。而今，他们年纪越大，越难抑制想见的渴望。前些日子，几个老战友在电话里一合计，决定重返"故里"。于是，相约着来了。

有生之年，我们就是想再来走一走、看一看啊。他们说。

谁知就迷了路呢！当年闭着眼睛也能走回的边防站，怎么找也找不见了。他们孩子般的，眯着眼，不好意思地笑。

我们动容。主动给他们拍了几张合影。并细心画了路线图给他们，哪里有什么建筑，都给一一标着。他们再三道谢，突然立正，齐刷刷给我们敬了一个军礼。然后一个搀扶着一个，上了车。他们热切地奔向他们的第二故乡去，那里，他们风华正茂，健步如飞，一地的水萝卜，蓬勃招展。

风会记得一朵花的香

一个人的存在，到底对谁很重要？这世上，总有一些人记得你，就像风会记得一朵花的香。凡来尘往，莫不如此。

一

没事的时候，我喜欢伏在三楼的阳台上，往下看。

那儿，几间平房，坐西朝东，原先是某家单位做仓库用的。房很旧了，屋顶有几处破败得很，像一件破棉袄，露出里面的絮。"絮"是褐色的木片子，下雨的天，我总担心它会不会漏雨。

房子周围长了五棵紫薇。花开时节，我留意过，一树花白，两树花红，两树花紫。把几间平房，衬得水粉水粉的。常有一只野鹦鹉，在花树间跳来跳去，变换着嗓音唱歌。

房前，码着一堆的砖，不知做什么用的。砖堆上，很少有空落落的时候，上面或晒着鞋，或晾着衣物什么的。最常见的，是两双绒拖鞋，一双蓝，一双红，它们相偎在砖堆上，孵太阳。像夫，与妇。

也真的是一对夫妇住着，男的是一家公司的门卫，女的是街道清洁工。他们早出晚归，从未与我照过面，但我听见过他们的说话声，在夜晚，喁喁的，像虫鸣。我从夜晚的阳台上望下去，望见屋子里的灯光，和在灯光里走动的两个人影。世界美好得让人心里长出水草来。

某天，我突然发现砖堆上空着，不见了蓝的拖鞋红的拖鞋，砖堆一下子变得异常冷清与寂寥。他们外出了？还是生病了？我有些心神不宁。

重"见"他们，是在几天后的午后。我在阳台上晾衣裳，随意往楼下看了看，看到砖堆上，赫然躺着一蓝一红两双绒拖鞋，在太阳下，相偎着，仿佛它们从来不曾离开过。那一刻，我的心里腾出欢喜来：感谢天！他们还都好好地在着。

二

做宫廷桂花糕的老人，天天停在一条路边。他的背后，是一堵废弃的围墙，但这不妨碍桂花糕的香。他跟前的铁皮箱子上，叠放着五六个小蒸笼，什么时候见着，都有袅袅的香雾，在上面缠着绕着，那是蒸熟的桂花糕好闻的味道。

老人瘦小，永远一身藏青的衣、藏青的围裙。雪白的米粉，被他装进一个小小的木器具里，上面点缀桂花三两点，放进蒸笼里，不过眨眼间，一块桂花糕就成了。

停在他那儿，买了几块尝。热乎乎的甜，软乎乎的香，忍不住夸他，你做的桂花糕，真的很好吃。他笑得十分十分开心，他说，他做桂花糕，已好些年了。

我问，祖上就做吗？

他答，祖上就做的。

我提出要跟他学做，他一口答应，好。

于是我笑，他笑，都不当真。却喜欢这样的对话，轻松、愉快，人与人，不疏离。

再路过，我会冲着他的桂花糕摊子笑笑，他有时会看见，有时正忙，看不见。看见了，也只当我是陌生的，回我一个浅浅的笑。——来往顾客太多，他不记得我了。但我知道，我已忘不掉桂花糕的香，许多小城人，也都忘不掉。

现在，每每看到老人在那里，心里便很安然。像小时去亲戚家，拐过一个巷道，望见麻子师傅的烧饼炉，心就开始雀跃，哦，他在呢，他在呢。

麻子师傅的烧饼炉，是当年老街的一个标志。它和老街一起，成为一代人的记忆。

三

卖杂粮饼的女人，每到黄昏时，会把摊子摆到我们学校门口。两块钱的杂粮饼，现在涨到三块了，味道很好，有时我也会去买上一个。

时间久了，我们相熟了。遇到时，会微笑、点头，算作招呼。偶尔，也有简短的对话，她知道我是老师，会问一句，老师，下课了？我答应一声，问她，冷吗？她笑着回我，不冷。

我们的交往，也仅仅限于此。淡淡的，像路边随便相遇到的一段寻常。

我出去开笔会，一走半个多月。回来后，正常上班、下班，没觉得有什么不同。

女人的摊子，还摆在学校门口，上面撑起一个大雨篷，挡风的。学生们还未放学，女人便闲着，双手插在红围裙兜里，在看街景。当看到我时，女人的眼里跳出惊喜来，女人说，老师，好长时间没看到你了。

当下愣住，一个人的存在，到底对谁很重要？这世上，总有一些人记得你，就像风会记得一朵花的香。凡来尘往，莫不如此。

第八辑
花都开好了

你看，花都开好了。冰天雪地里，红艳艳的一大簇，直艳到人的心里面。

逢 简

逢简逢简，相逢简单，人生实在没有比这样的相逢更叫人欢喜的了。

逢简是一个小村庄，地处岭南，这奇特的地名，原是由两个姓氏演化而来，一姓逄，一姓简，后人笔误，把"逄"写成"逢"，久而久之，也就成了逢简。我倒极赞这样的笔误，逢简逢简，相逢简单，人生实在没有比这样的相逢更叫人欢喜的了。

逢简多水，以水开路，人家多逐水而居。河岸密布果木，芒果、龙眼、人参、番石榴、杨桃、香蕉，多不胜数，果实就那么累累缀着，也无人采摘，只当风景来赏。不期然的，你还能相遇到一棵大榕树或是鱼尾葵，枝干蓬勃得像一幢房，不用说，那都有上百年的历史了。三角梅热火朝天开着，也不知从哪朝哪代起，它们就那么开着，一小朵一小朵的粉，群集在一起，成惊心动魄，倒影在水里，像一群彩色的小鱼在游。尽管是深冬，一棵金桂也还在开着花，细碎浓甜的香，播撒在陈年的瓦楞间、河埠头。正暗自惊奇，陪同我的当地朋友瞥一眼它，很淡定地告诉我："这是康熙皇帝当年御赐的。"

我还没回过神来，转身，看到一座桥，他说："是宋代的呢。"再一座，弯曲如弓，三孔倒映着水波，绿树繁花的影子，在里面自在摇曳。他说："这也是宋代的呢。"还有蒙康熙首肯，仿皇家花园里的金鳌桥而建的金鳌玉蛛桥。还有安郡王亲赐的"半天朱霞"匾额。在逢简，你若要寻古，那实在多了去了，那么多的祠堂、老屋、寺庙和石碑，哪一个上面，不承载着那个叫作"历史"的词？你随便一低头，脚底下踩着的石板，上面竟隐约刻着字，也是好几百年前的旧物了。村人们只当它是寻常，踩着它下河，踩着它迎来送往，一代一代地繁衍生息，原本就是你中有我、我中有你，彼此消融在一起，这或许才是世界本来的样子。

那么多的河埠头，大的，小的，有石阶一级一级下到水面的，有单单一块大石头翘立的。翻开往昔，哪一页不写着丰饶？兴盛于明末清初的桑基鱼塘，给逢简带来繁荣，低洼处挖泥成塘，养鱼。泥堆塘边植桑，养蚕。塘泥护桑，蚕沙喂鱼，一时间这里蚕肥鱼美，墟市发达，商贾云集，一船一船的丝绸运出去，再换回一船一船的黄金。

时光的小船却悠然从容，我看着它慢慢划过去，载着一船欢笑的人，脑子里忽然蹦出《诗经》中的句子来，"溯游从之，宛在水中央。"这个被水环绕着的小村庄，多像住在《诗经》里，素朴洁净，又是灵动飘逸的。"若是你端午来，这河里可热闹了，全是赛龙舟的。"朋友说。朋友本是外乡人，二十多年前来到这里，从此再没挪过窝，他爱上了这里的一草一木、一水一桥。闲时，他随便在哪座古桥上坐坐，听历史的风吹过耳际，看夕阳斜斜地移过古屋祠堂去，只觉得心际辽阔，如打马飞过旷野。

　　"别看它只是一个小村子，可出过不少人才呢。"朋友如数家珍，"这里曾出过冯氏一门八秀才，梁家三兄弟同是翰林，还出过不少的举人和进士，那些石桥、祠堂、牌楼，都是当年这些人建的。"我听得震惊不已，扭头去看逢简人，却看不出他们有多骄傲，风照旧在吹，水照旧在流，他们忙着把半头烤熟的猪，搬到门外的托盘上。猪头上系着红纸，是祭祀用的，这家人可能要办什么喜事了。一个很老的阿婆，从一幢老房子里走出来，我上前打招呼，她听不懂我的话，我也听不懂她的，我们互相咿咿呀呀半天。朋友站在旁边笑看我们，末了，他翻译给我听，说："阿婆问你吃了没有。"我"扑哧"笑起来，凡俗的日子，真的与别的无关，吃才是顶顶重要的。这倒应和了逢简的名，简单就是幸福，简单就是快乐。

人间的羊卓

我们各自上路，萍水相逢，却有了共同的思念，这片湖，
这片蓝，将几回回梦里相见？

从拉萨去往日喀则，是往后藏而去，沿途的色彩，比起前
藏来说，稍稍逊色了些。然处在八月好时节，也是黄是黄、绿
是绿的。山大抵都是光秃秃的，寸草不生，山脚下却黄绿铺
陈。绿的是青稞，刚刚抽穗。黄的是油菜花，刚刚怒放。没有
整齐划一的，都是顺势而长，反倒有种自由散漫的美，看得人
心猿意马。

沿途要翻越海拔5030米的甘巴拉山口。不知是不是心理作
用，一听到高海拔，我的头就开始山呼海啸起来，得用手指头
紧紧按住两边的太阳穴，眼睛却不肯闭上，窗外的景，我不想
错过一点点。

山脚下走着藏家女人，牵着小孩。她走过一片菜花地，背

上的背篓里，塞满青色的草，她走，草也走，一颠一颠的。她是要回家去喂养牛羊吗？我的思绪跟了她好远。哪里的俗世都是一样的，活着，烟火着。

经过无数的急转弯，我们的车，沿山梁盘旋，一路有惊无险。从甘巴拉山口下来，远远就望见了一枚蓝，像块蓝宝石似的，镶嵌在喜马拉雅群山之中。又似一根蓝色绸带，系在山腰间。小闫宣布，羊卓雍错到了。

羊卓雍错，在藏语里是"碧玉湖""天鹅池"的意思。它是西藏的三大圣湖之一，是喜马拉雅山北麓最大的内陆湖。因汊口较多，像珊瑚枝一样，藏人又称它为"上面的珊瑚湖"。

一车人激动起来，啊啊啊大叫，手舞足蹈，恨不得立即跳下车去。司机见多这样的场景，他笑了，慢条斯理说，别急，车可以停到湖边去的。

真的靠近了。眼睛和心，立即被蓝填满。那是怎样的一汪一汪蓝啊，比天空的蓝更深隧，比大海的蓝更醇厚，蓝得一心一意，蓝得彻彻底底。仿佛蓝缎子似的，在阳光下抖开，风华绝代。又如凝脂，蓝的凝脂，细腻圆润。我的耳边响起当地民歌：天上的仙境，人间的羊卓。天上的繁星，湖畔的牛羊。

湖这面有高高的草甸，碧绿的草，密密匝匝。湖对面有像版画似的山，山脚下绕着绿的青稞黄的菜花。天空蔚蓝，白云几朵，与蓝的湖相互辉映，摄人魂魄。我的高原反应激烈，呼吸渐感困难，但我还是坚持下了车，手脚并用爬上湖边的草甸。

草甸上，一群忘乎所以的游客，在清冷的风中载歌载舞。然歌声也只响亮了一会儿，便停息下来，高原氧气不足，实在不宜大声。那么，就静静的吧，我坐在草甸上，面对着温润如玉的湖，有一刻，我不能相信自己，真的就来到了这个地方。是我吗？是我吗？我这么问自己。浩渺的宇宙中，我也是一个存在，如这片海拔高4441米的湖。我为这个存在，感动得双眼蓄满泪。

我的身旁，出现了两个十八九岁的男孩，他们戴着头盔，腿上绑着护膝，脸庞黝黑，风尘仆仆。他们先是怔怔地望着这片湖，而后，双膝突然跪下，对着这片湖，哭了。

我从交谈中得知，这两个孩子是武汉某大学一年级学生，对西藏一直很神往。暑假前，同宿舍五六个人一合计，决定骑车进藏。途中，有四个同学先后撤退，剩下他们两个。为了省钱，他们没住过一天旅舍，没进过一次饭店，困了，就睡在随身带的睡袋里，饿了，就吃一些饼干或是方便面。也曾想过放弃，但却心有不甘，神圣的土地就在前方，他们一定要踏上它，也算完成人生的一次挑战。最后，在历经一个月零六天之后，他们终于到达拉萨，到达这里。

我祝福了他们。我想，他们吃得了这样的苦，将来的人生，还有什么坎不能迈过去呢？

风凉，湖边不能久待，短暂的会晤，我们不得不离开。我们各自上路，萍水相逢，却有了共同的思念，这片湖，这片蓝，将几回回梦里相见？

　　同行中有人叹，真想在这湖边搭一座小木屋，日日与这美丽的湖相伴。立即有人接话了，这么高的海拔，你待一会儿可以，待上十天八天的，怕是小命早没了。我在一旁听得高兴，这真是好，它美得高不可攀，这才保持了它的本真。如佛祖流下的一滴泪，永远纯洁晶莹在那里。

花都开好了

你看，花都开好了。冰天雪地里，红艳艳的一大簇，直艳到人的心里面。

记忆里，乡村多花，四季不息。而夏季，简直就是花的盛季，随便一抬眼，就能看到一串艳红，或一串粉白，趴在草丛中笑。

凤仙花是不消说的，家家有。那是女孩子的花。女孩子们用它来染红指甲。花都开好的时候，最是热闹，星星点点，像绿色的叶间，落满粉色的蝶，它们就要振翅飞了呀。猫在花丛中追着小虫子跑，母亲经过花丛旁，会不经意地笑一笑。时光便靓丽得花一样的。

最为奇怪的是这样一种花，只在傍晚太阳落山时才开。花长在厨房门口，一大蓬的，长得特别茂密。傍晚时分，花开好了，浅粉的一朵朵，像小喇叭，欢欢喜喜的。祖母瞟一眼花说，该煮晚饭了，遂折身到厨房里。不一会儿，屋角上方，炊烟就会飘起来。狗开始撒着欢往家跑，那后面，一定有荷着锄的父母亲，披着淡淡夜色。我们早早把四方桌在院子里摆上了，地面上洒了井水（消暑热的），一家人最快乐的时光就要来了。花在开。这样的花，开好的时候，充满阖家团聚的温馨。花名更是耐人咀嚼，祖母叫它晚婆娘花。是一个喜眉喜眼守着家的女子呀，等候着晚归的家人。天不老，地不老，情不老，永永远远。

喜欢过一首低吟浅唱的歌，是唱兰花草的，原是胡适作的一首诗。歌中的意境美得令人心碎："我从山中来 / 带着兰花草 / 种在小园中 / 希望花开早。"一定是一个美丽清纯的乡村少女，一天，她去山中，偶遇兰花草，把它带回家，悉心种在自家的小园里，从此种下念想。她一日跑去看三回，看得所有的花都开过了，"兰花却依然 / 苞也无一个。"多失望多失望呀，她低眉自语，有一点点幽怨。月华如水，心中的爱恋却夜夜不相忘。是有情总被无情恼么？未必是。等到来年的春天，会有满园花簇簇的。

亦看过一个有关花的感人故事。故事讲的是一个女孩，在三岁时失了母亲。父亲不忍心让小小的她受到伤害，就骗她说，妈妈到很远很远的地方去了，等院子里的桃花开了，妈妈就回来了。女孩于是一日一日跑去看桃树，整整守候了一个冬天。次年三月，满树的桃花开了。女孩很高兴，跑去告诉父亲，爸爸，桃花都开好了，妈妈就要回来了吧？父亲笑笑说，哦，等屋后的蔷薇花开了，妈妈就回来。女孩于是又充满希望地天天跑去屋后看蔷薇。等蔷薇花都开好了，做父亲的又告诉女儿，等窗台上的海棠花开好了，妈妈就回来了。就这样，一年一年地，女孩在美丽的等待中长大，健康而活泼，身上没有一丝忧郁悲苦的影子。在十八岁生日那天，女孩深情地拥抱了父亲，俯到父亲耳边说的一句是，爸，感谢你这些年来的美丽谎言。

花继续在开，爱，绵绵不绝。

画家黄永玉曾在一篇回忆录里，提及红梅花，那是他与一陈姓先生的一段"忘年交"。当年，黄永玉还是潦倒一穷孩子，到处教书，到处投稿，但每年除夕都会赶到陈先生家去过。那时，陈先生家红的梅花开得正好。有一年，黄永玉没能如期赶去，陈先生就给他写信，在信中这样写道："花都开了，饭在等你，以为晚上那顿饭你一定赶得来，可你没有赶回来。你看，花都开了。"

你看，花都开好了。冰天雪地里，红艳艳的一大簇，直艳到人的心里面。它让我们完全有理由相信，这世界有好人，有善，有至纯至真。多美好！

锦　溪

当下，你置身于这一方水土中，心是愉悦的、轻松的、享受的，这就好了。

我原本打算去南浔的。

我在平板电脑上搜索行走线路，顺便搜索周边风景，结果，昆山的锦溪跳了出来。我承认，我在瞬间，就被"锦溪"这个名字，俘获了心。锦溪锦溪，是锦缎织成的小溪，这名字叫得真够绮丽香艳的。

它也真的与香艳有段牵连。

相传，南宋宋孝宗建都临安时，他的宠妃陈妃，偏爱锦溪山水，居于其中，不舍离去。陈妃不久芳龄早逝，孝宗大恸，把她水葬于此，并在她身畔修建莲池禅院，亲手栽下龙柏、银杏、罗汉松，佑她万古长存。能得君王如此宠爱的女子，史上怕是少有。民间有说，陈妃不同于一般的胭脂俗粉，她是女中豪杰，曾陪孝宗仗剑天涯，撑起摇摇欲坠的南宋江山。一说孝宗遇刺，她为他挡得一剑，剑伤太深，回天乏力。而我却喜欢作这样的揣测，他和她，也只是俗世里的恩爱夫妻，是眼对眼、心对心的那一个。君王爱恋，亦如民间，生生世世，唯你是我的最相思。

锦溪添了这段传奇，使得它的每一滴水，都浸染上一个女子的香。妩媚的山水，更显妩媚。在此后长达八百三十余年的时光里，锦溪曾更名"陈墓"。

我到达锦溪时，正是午饭时，家家炊烟不断，饭菜飘香。卖鱼的小摊子还守在古镇入口处，红色塑料面桶里，大大小小的河鱼，活蹦乱跳着。四面环湖的古镇，最不缺的，怕就是鱼了。一河穿街市而过，两岸碧树倒映，使得那河看上去，透透迤迤，像古代女子莲步轻移间，身后拖着的一条绿飘带。

河两岸，房屋高低错落，层层叠叠。房自然是上了年纪的房，有极富内涵的瓦当，和雕着图案的木格窗，黛瓦飞檐，哪一幢都入得了画。你若要看几百年前的旧物，甚至上千年的，根本不用寻找，随便一挑眼，就是。那扇门，那扇窗，那片瓦当，那座石桥，哪一样不承载着历史的波光涛影？一间老屋子里，有剃头老师傅，正替一老者理发。他使用的，还是老式剃刀。他一刀一刀剃着，如同在给老者按摩。座椅上的老者，很享受地闭着眼，可能睡过去了吧。一缕阳光，像绺银发似的，从沿河的窗户外飘进来，落在老师傅的手边。老师傅的动作不紧不慢，上百年的光阴，在他的手底下，似乎从未曾更改过。

打银首饰的。弹蚕丝被的。做袜底酥的。熬酱汁肉的。都是些旧时光，看着叫人怀旧又欣喜。当地有民谣："三十六座桥，七十二只窑。"唱的也都是古事了。一眼能望到头的河流上，桥竟多达三十六座，真是够铺张。河流狭窄之处，几乎能盈手相握，上面竟也架拱桥一座。一样的石阶拾级而上，石础上雕花，一点也不偷工减料。有野草攀护桥身，在上面开出点点小黄花，古意盎然。我以为，这里的桥，更多的功用，不是用来渡河，而是用来装饰的。就像独具匠心的主妇，给家人的衣服上，钉上漂亮的纽扣。

不能不提到长廊。江南的古镇，多的是长廊。而锦溪的长廊，又有着不同，它附设了美人靠。你走累了，这么倚着美人靠坐一坐，任清风随意吹吹。低头看下去，青绿的河水，涓涓不息地流着。乌篷船一只只，从你身边轻摇过去。船娘们的歌声前后相接，少有好歌喉，有的甚至唱走了调。可是，不关紧的，你听着，竟觉得悦耳得很。这就像吹在你身上的自然风，闻得见花香草香，反倒有种天然的味道。船上人望你，你也望船上人，彼此成为彼此眼中的风景。或许日后会被想起，或许想不起，这也不关紧的。不是有句话说，活在当下么。当下，你置身于这一方水土中，心是愉悦的、轻松的、享受的，这就好了。

想寻只古窑看看的，老街上是没有的，它应该在阡陌地头。窑多，烧出的砖瓦便多。锦溪的砖瓦之花样百出，堪称一绝的。有巴掌大的窗花砖。有浸润千年的墓砖。有世上罕见的琴砖。还有在窑中要烧 120 天，又在桐油中浸泡 100 天的金砖。是不是也烧瓦罐瓦盆之类的呢？我在一户人家门前，看到檐下蹲一瓦罐，瓦罐里开着粉艳艳的花。我弯下腰细看，屋主出来，她以为我在看花，告诉我："那是长寿花。"我点头，笑一笑，走开。我其实是看那瓦罐的，不知它经历几朝几代，又几个世纪的花开花落。

午饭没吃，觉得有些饿了，就近走进一家家庭小饭馆。点上几个小菜。再来一碗奥灶面吧。鱼是必吃的，淡水鱼，鲜嫩得很。时令蔬菜两道，一道炒黄花菜，一道炒菜苔。靠河放着桌椅，就坐那里好了，一边望水，一边慢慢吃，做一回千古江南人。不远处，一只黄狗站在河边，也在望水，望水里轻摇而过的船只，望得深情又专注。我笑了。想它日日望着，竟也还是没看厌。

乡下的年

看得见的甜就在那里，不急，不急。

乡下的年，是极为隆重的。

从进入腊月起，人们便开始着手为年忙活。老人们搬出老皇历，坐在太阳下，眯缝着眼睛翻，哪天宜婚嫁，哪天祭神，哪天祭祖，一点不含糊。村庄变得既庄严又神秘。

蒸笼取出来了。井水里清洗，大太阳下一溜排开了暴晒。孩子们望着蒸笼，一遍一遍问，什么时候蒸馒头啊？什么时候做年糕啊？大人答，快了，快了。这等待的过程真叫熬人。看看天，那太阳怎么还不西沉，日子怎么还不翻过一页去！灰喜鹊站在光秃秃的树上，欢天喜地叫着。喜鹊也知道要过年么？孩子们也仅仅这么想一想。那边的鞭炮在响，噼噼啪啪，噼噼啪啪，震得小麻雀们慌张地飞，眼前一片红在闪。娶新娘子呢。一溜烟跑过去。一路上，全是看热闹的人。

也终于盼到家里蒸馒头了。厨房里烟雾弥漫。门前早就摊开几张篾席，一蒸笼一蒸笼的馒头，晾在上面。孩子们跳着进进出出，敞开肚皮吃，直吃到馒头堵到嗓子眼。门前不时有人走过，一脸的笑嘻嘻。不管平日关系是亲是疏，这时候，定要被主家拖住，歇上一脚，尝一尝馒头的味道。他们站着亲密地说话，说说馒头发酵发得多好。问问年货准备得怎么样了。空气变得又酥又软，对着它轻轻咬上一口，唇齿仿佛都是香的。

河里的鱼，开始往岸上取了。一河两岸围满观看的人。鱼在河里扑腾。鱼在渔网里扑腾。鱼在岸上扑腾。翻着白身子。人们的眼光，追着鱼转，心里跳动着热腾腾的欢喜。多大的鲲子啊，往年没见过这么大的呢，人们惊奇着。——往年真没见过吗？未必。可人们就是愿意相信，今年的，就是比去年的好。

河岸上撒满被渔网带上来的冰碴碴，太阳照着，钻石一样发着光。孩子们不怕冷，抓了冰碴碴玩，衣服鞋子，都是湿的。大人们这时候最宽容了，顶多是呵斥两声，让回家换衣换鞋。却不打。腊月皇天的，不作兴打孩子的，这是乡下的规矩。孩子们逢了赦，越发的"无法无天"起来，偷了人家挂在屋檐下的年货——风干的鸡，去野地里用柴火烤了吃。被发现了，也还是得到宽容，过年么！过年就该让孩子们野野的。

家里的年货，一样一样备齐了，鸡鸭鱼肉，红枣汤圆，还有孩子们吃的糖和云片糕。糖和云片糕被大人们藏起来，不到年三十的晚上，是绝不会拿出来的。孩子们虽馋，倒也沉得住

304

气，看得见的甜就在那里，不急，不急。

掸尘是年前必做的大事。大人小孩齐动手，家里家外，屋前屋后，悉数被打扫得干干净净。甚至连墙旮旯的瓶瓶罐罐也不放过，都被擦洗得锃亮锃亮的。

多干净啊。旧年的尘埃，不带走一点点。新年是簇新簇新的，孩子们在洁净的门上贴春联，穿花洋布，吃大肥肉。这是望得见的幸福。猪啊羊啊跟着一起过年，猪圈羊圈上贴上横批：六畜兴旺。

零碎的票子已备下了，那是给卖唱的人的。年三十一过，唱道情打竹板的就要上门来了。自编自谱的曲儿，一男一女，或是一个男人，倚着门唱：东来金，西来银，主家财宝满屋堆。声音闪着金属的光芒。到那时，年的气氛，达到高潮。

蒲

有蒲熏着的童年，总有一缕清香在飘拂。

我们叫它，蒲。

蒲，蒲呀，我们这样轻轻唤。像唤自家的小姐妹。

蒲是跟苦艾长在一起的。有水的地方，几乎都能瞥见它的身影，绿身子，绿手臂，绿头发，在清风里兀自舒展，翛翛复翛翛。

它是从哪一天开始进入我们小孩的视野的？实在说不清。它跟乡下的许多植物一样，存在得那么天经地义合情合理。我们熟稔它，也是那么天经地义合情合理。就像河里本来就有鱼，空中本来就有飞鸟。它生来，就是村庄的一部分。

端午节，家里大人一声令下，去采些蒲和苦艾回来。我们领旨般地，撒了欢地直奔它而去。都知道，它在哪块水塘里长得最茂盛呢。

这是一年一年承传下来的风俗，过端午，家家门上必插上蒲与苦艾。也在蚊帐里悬挂。也在家神柜上摆着。节日的气氛，被渲染得浓烈又隆重。

苦艾味苦，苦到骨头里，是愁眉苦脸的一个人哪，终年看不见他的笑。我们采一把苦艾，手上的苦味，搓洗很久，也去不掉。我们不爱。蒲却清清爽爽的，是喜眉喜眼的女儿家，又憨厚，又天真。它在水边端然坐，青罗裙带，长发飘拂，碧水缭绕，那方水域，也都染着淡香。我们拿它绿绿的枝叶缠辫梢，每一丝头发，都变得好闻。

夏天，它抽出一枝一枝橙黄的穗，像棍子一样的，我们叫它蒲棍。采了它，晚上点燃了熏蚊子，屋子里也就散发出好闻的蒲香味，像撒了一层薄薄的香料。我们也举着它，当灯，去草丛里捉蟋蟀、捉蚂蚱。

家里也总有几样物件，与它关联着。像蒲扇。它比不得芭蕉扇，又大又笨，扇出的风也大。蒲扇是轻的、软的，它轻摇慢拢，不疾不徐，永远是那么的好脾气，适合温顺的女人和孩子用。乡下的孩子，人人都有一把自己的小蒲扇的。

还有蒲席、蒲鞋。冬天在床上垫上蒲席，又轻软，又暖和。蒲鞋则是好多贫穷人家，冰天雪地里的暖。那时也只道它寻常，不过是野生野长的野草罢了。并不过分珍惜，也没过分看重，只是日日相见的那个寻常人，在骨子里亲着、爱着，却不自知。

经年之后，我在一些书籍里遇到它，才吃惊起来，原来，它的来历，非同一般。它入得了菜，入得了酒，入得了药，还入得了爱情。它简直就是隐世高人一个。

早在《诗经》里就有："其蔌维何，维笋及蒲。"盛筵之上，蒲和笋一样，是当作佳肴被摆上桌的。春日初生，它白嫩的根和茎，是鲜蔬中的珍品。

还是在《诗经》里，它闯进一个少女的心扉，成了她辗转反侧的爱恋，"彼泽之陂，有蒲与荷。有美一人，伤如之何"，"彼泽之陂，有蒲与蕳。有美一人，硕大且卷"，"彼泽之陂，有蒲菡萏。有美一人，硕大且俨"。河畔泽地，它与荷在一起，它与兰花在一起，它与莲在一起，是那么的卓尔不群！英俊又健美的少年郎哪，怎不叫人相思！

蒲也被智慧的先民们，用来泡酒。"不效艾符趋习俗，但祈蒲酒话昇平"，唐人殷尧藩在过端午时如是祈愿。在那之前，应该早已有了这样的传统，在端午，必喝上几杯蒲酒，祈愿人世安稳太平。有些地方，更是把此酒引到婚宴上，拟出"喜酒浮香蒲酒绿，榴花艳映佩花红"这样的对联，真个是美酒飘香，花美人俏，地久天长。

蒲还是上等的药材，全草入药，曰"香蒲"。它的学名，原就叫香蒲的。花粉亦是入得药的，叫"蒲黄"。果穗茸毛入药，则叫"蒲棒"。带有部分嫩茎的根茎入药，叫"蒲蒻"。这样的药煎熬出来，怕也带着一股子香的。

小城新辟的观光带中，不知是谁的大手笔，竟辟出四五个浅塘，里面长的，全是蒲。阔别它多年，偶然遇见，我的惊喜不言而喻。我不时跑过去看它。它开花，嫩黄浅白。它抽穗，橙黄的一枝枝，像棒槌一样的，昂立，长长的碧叶衬着，实在漂亮。它还有个别名，叫水蜡烛，真正是形象极了。它是替鱼照着光明？还是替莲和菱？还是心中本就生着一枝枝光明？

　　我每回去，都见有孩子在它边上玩耍。他们攀下一枝枝水蜡烛，在风中快乐地挥舞着。我为他们感到庆幸，有蒲熏着的童年，总有一缕清香在飘拂。

瓶子里的春天

去郊外走。满田的菜花都开了，黄灿灿的，波浪翻滚着。春天以不可阻挡之势，就这么铺陈开来，轰轰烈烈成这般模样。

瓶子是蓝色玻璃的，本来有两只，五块钱一只，买的超市的。极便宜，却好看，有亭亭的腰肢，如束着裙腰的女子，款款着。一只放我办公桌上，一只放家里。放我办公桌上的那只，里面养过月季和雏菊，有一次，还养过扶郎和马蹄莲。但某天，却被一个男同事打碎了。他到我桌上去找什么，随手一带，只听"啪"一声脆响，瓶子疼痛得四分五裂。他不在意地说，碎了。我表面上也是不在意，说，碎了就碎了吧。实际上，却心疼得要命。它是廉价的，但却是我的爱，我到哪里再寻着同样的一只来？这如同世上的缘，都是众里寻它千百度的，它或许是平常平凡的那一个，但对于寻找的人来说，它是不可替代的。

310

放家里的这只，里面养过一种叫一年蓬的花。其实，说它是草更合适，它在野地里生长，开细白的带了波浪边儿的花。有些像小雏菊。但从没有人把它当花。我采一束回来，插瓶子里，瓶子立时秀丽起来。植物淡淡的香气，在我的书房里萦回。

瓶子里还养过康乃馨，是女友送的。那一日，去看女友，女友不声不响下楼，捧一束康乃馨回来，花朵儿朵朵含苞。她说，这种花，可以在瓶子里开好长一段时间的。感激她的细心与体贴，却不会说出感激的话，只管抱着花儿，对着她笑。女人间的友谊，有时更深入内心，是灵魂深处的相知相惜。

更多的时候，瓶子是空的。我不在里面养花，是因为我常忘了给花换水，把花给养死了。瓶子在某些夜晚，便寂静在我的书房里，与我对峙。我有时寂寞，有时快乐，有时傻傻地坐着冥想。而它，总是不动声色地望着我，无波无浪。却又似乎埋伏着惊涛狂澜。——这，只是我的假想。事实上，它只是一只玻璃瓶子，它里面什么也没装，除了空气，还是空气。无欲无求。

人是因为欲望而生痛苦。如果做一只空着的玻璃瓶，是不是更靠近幸福？我插一些绢花在瓶子里，以假乱真地漂亮着。于是瓶子变得花枝招展起来，变得俗世起来，再与我对峙，就有了温暖的细流，在我们中间，涓涓地流。

看来，还是俗世好，如果无欲无求，哪里还有鲜活的人生？所谓痛便快乐着，大概就是这个理。

去郊外走。满田的油菜花都开了，黄灿灿的，成波成浪，汹涌翻腾。春天以不可阻挡之势，就这么铺陈开来，轰轰烈烈成这般模样。我掐两枝菜花，带回。我把它养在蓝色玻璃瓶里，密密的细黄花，就在我的瓶子上热闹。蓝的瓶，蜜黄的花，多么般配！它让人想着春天的田野，心情成一只放飞的风筝。

　　告诉一个朋友，如果你愿意，一只普通的玻璃瓶子里，也可以盛放一个春天的。她不解。我说，掐一枝菜花插进去，就好了。

每一棵草都会开花

每棵草都有每棵草的花期，哪怕是最不起眼的牛耳朵，也会把黄的花，藏在叶间。开得细小而执着。

去乡下，跟母亲一起到地里去，惊奇地发现，一种叫牛耳朵的草，开了细小的黄花。那些小小的花，羞涩地藏在叶间，不细看，还真看不出。我说，怎么草也开花？母亲笑着扫过一眼来，淡淡说，每一棵草，都会开花的。愣住，细想，还真是这样。蒲公英开花是众所周知的，黄灿灿的，像小菊花。即便结果了，也还像花，白白的绒球球，轻轻一吹，满天飞花。狗尾巴草开的花，连缀在一起，就像一条狗尾巴，若成片，是再美不过的风景。蒿子开花，是大团大团的……就没见过不开花的草。

曾教过一个学生，很不出众的一个孩子，皮肤黑黑的，还有些耳聋。因不怎么听见声音，他总是竭力张着他的耳朵，微

313

向前伸了头，作出努力倾听的样子。这样的孩子，成绩自然好不了，所有的学科竞赛，譬如物理竞赛、化学竞赛，他都是被忽略的一个。甚至，学期大考时，他的分数，也不被计入班级总分。所有人都把他当残疾，可有，可无。

他的父亲，一个皮肤同样黝黑的中年人，常到学校来看他，站在教室外。他回头看看窗外的父亲，也不出去，只送出一个笑容。那笑容真是灿烂，盛开的野菊花般的，有大把阳光栖在里头。我很好奇他绽放出那样的笑，问他，为什么不出去跟父亲说话？他回我，爸爸知道我很努力的。我轻轻叹一口气，在心里。有些感动，又有些感伤。并不认为他，可以改变自己什么。

学期要结束的时候，学校组织学生手工竞赛，是要到省里夺奖的，这关系到学校的声誉。平素的劳技课，都被充公上了语文、数学，学生们的手工水平，实在有限，收上去的作品，很令人失望。这时，却爆出冷门，有孩子送去手工泥娃娃一组，十个。每个泥娃娃，都各具情态，或嬉笑，或遐想，或跳着，或打着滚，活泼、纯真、美好，让人惊叹。作品报上省里去，顺利夺得特等奖。全省的特等奖，只设了一名，其轰动效应，可想而知。

学校开大会表彰这个做出泥娃娃的孩子。热烈的掌声中，走上台的，竟是黑黑的他——那个耳聋的孩子。或许是第一次站到这样的台上，他神情很是局促不安，只是低了头，羞怯地笑。让他谈获奖体会，他嗫嚅半天，说，我想，只要我努力，我总会做成一件事的。刹那间，台下一片静，静得阳光掉落的声音，都能听得见。

从此面对学生，我再不敢轻易看轻他们中任何一个。他们就如同乡间的那些草们，每棵草都有每棵草的花期，哪怕是最不起眼的牛耳朵，也会把黄的花，藏在叶间。开得细小而执着。

秋　意

村庄上空秋意弥漫，一片叶子在与另一片叶子话别。一棵草在与另一棵草相约了再见。

秋天的第一滴露，是滴落在哪里的呢？

是在一片草叶儿上，一朵花的花蕊上，一棵树的梢头，还是在人家的房檐上？

天气在一滴露中凉了起来。秋意便像蜿蜒爬行的一条小蛇，顺着山坡来了。顺着田野来了。顺着沟沟渠渠来了。顺着小径大路来了。顺着人家的山墙来了。山墙上一丛爬山虎，藤蔓牵绕，情思悠长。白露过后，那上面的叶片儿开始变红，一点一点的，如莲步轻移的女子，羞答答。最终，一整片一整片的叶子都红透，一整条一整条的藤蔓都红透。白墙，红叶，大自然的搭配，如此叫人惊艳。路过的人，总要抬头看上一眼，再一眼，欢喜得很。这无意中相遇到的一场美，如馈赠。

露成趟成趟地来了。夜晚，坐在灯下看书，四周寂静。突然听到哪里的露珠，"啪哒"一下，掉落。像睡相不好的小孩，不小心在睡梦中翻下床。摔疼了，"哇"一声哭出来。做母亲的赶紧轻揽入怀，一边自责，一边轻轻抚慰。很快，哭声止息，孩子重又酣然入梦。我想，这颗露掉下来，有大地的怀抱给兜着，它亦是不怕疼的吧。

隔壁人家，年轻的母亲又哼起摇篮曲来，喁喁，喁喁。她刚生下孩子不久，小家伙爱哭，且爱在半夜哭。白天路过她家，看到她家外墙墙砖上，贴黄纸一张，上书："天皇皇，地皇皇，我家有个夜啼郎，过路君子念三遍，一觉睡到大天亮。"我笑了。那么一个书卷气极浓的小女子，竟也信这个的。或许，不是信，只是为求得心安。为了孩子，做母亲的是什么法子都要试一试的。

小母亲的歌声，在宁静的夜里，低回。如露珠一颗一颗降落，清凉的，充满深情的。我把正在看着的书，搁一旁，微笑着倾听。我的心里，荡起一圈一圈的感动，有母亲护着的孩子，是幸福的。我们也曾被母亲如此护卫着啊。

风起。秋天的风最是感情丰富。有时如一群戏闹的孩子，把花瓣啊树叶啊什么的，扯得到处都是。有时又如女人在耳语，细语切切。有时却急吼吼的，似脾气暴躁的男人，要奔到哪里去，十万火急，容不得一点阻留，一路呼啸。屋后的桐树，叶子又落下一层了吧。有夜归的人，走在上面，发出嘎嘎嘎的声音，如同谁在嚼烤得脆脆的红薯片。整个秋天，变得香喷喷起来。

想吃红薯了。电话里，父亲说，你妈真有本事，栽的山芋，结出来个个都有娃娃头那么大。我夸，真的啊？我妈太有本事了！我想象得出父亲的喜悦母亲的得意。晚年，他们相濡以沫在庄稼地里，每一棵庄稼，都是他们的孩子。

现在，乡下的稻子已收割完了，稻谷入了仓。红薯刨出来了，在屋角堆成小山。棉花亦已拾净，雪白雪白的，在人家家门口的竹席上孵太阳。该播种麦子了。村庄上空秋意弥漫，一片叶子在与另一片叶子话别。一棵草在与另一棵草相约了再见。虫子的声音，渐渐变得细小，直至，没入大地，大地一片岑静。我的父亲母亲，劳作累了，会双双坐到田埂边，守望着他们的土地。那里面，埋藏着来年的春天。

草的味道

怜爱真是一种美好的人类情感。你拥有了这种情感，你会对整个世界，都充满善意。

下班，开着电瓶车，路边的草地新割了，散发出浓郁的草香。我有种冲动，想停了车，躺倒到草地上去，在那草香里打上几个滚。

怎么形容这香呢？还真说不好。它不似花香，染了脂粉味。它又不似露珠雨水，带着清凉。对，它似乎有种成熟了的谷物的味道，小麦，或是大豆。再闻，却又不是，它香得那么独特，风霜雨露、日月星辰的精华，全在里头。你不由得张大嘴，大口大口地猛吸，五脏六腑都被它灌得醉醉的，如饮佳酿。你猛然醒悟过来，它就是草香哪，用什么也比拟不了。就像一个独特的人，你怎么看，他都与旁人不一样。他有他特有的气质，别人模仿不来。

这是秋冬的草。牛或羊，一整个冬天，都吃着这样的草。牛和羊的身上，都是草香。

春天的草，则又是另一种味道。那些嫩绿的、柔弱的，不能碰，一碰就是一汪水啊。它们多像初生婴儿柔软的发丝，和肌肤，浑身上下，散发出奶香。你走过它们身边时，你的心里，有了怜爱。

怜爱真是一种美好的人类情感。你拥有了这种情感，你会对整个世界，都充满善意。同样的，世界回报给你的，也将是美好和善良。

"青青河畔草，绵绵思远道"，我以为写的也是初春的草。这样的画卷，太容易让人沉溺。春回大地，小草甜蜜的气息，率先扑入人的鼻翼。独坐香闺中的女子，暗自吃了一惊，都春了么？推开窗户，草色入帘青。屋旁的河畔，早已是蜂蝶纷飞。突然的，她悲上心头，远行的人啊，我等你等到草都绿了，你怎么还没有归？——草最担当得起这样的爱情和思念，自然，纯真，绵绵不绝，直叫人柔肠百结。

草也最是宽容，从不计较个人得失恩怨，你踩它、割它，甚至是放火烧它，它依然生长，散发出特有的清香。雨水越多，它越长得欢。所谓水肥草美，才是大自然最好的盛况。我在呼伦贝尔大草原，见识过这种盛况。

在那里，我跟着一棵草走啊走啊，走到呼伦湖，走到贝尔湖，走到根河去。两个老牧羊女坐在草地上。一旁的牛和羊，在安详地啃着草。草地上开着或白或紫的花，东一朵西一朵的，像淘气的孩子，满地乱滚，无秩无序，却有种散漫的天真。我在草地里走，草生出牙齿来，咬我。咬我的，还有满地乱飞的蚊虫。

她们远远看着我笑，说，你应该穿长裤的呀，这儿的虫子多着呢。她们戴头巾，穿长衫长裤，脚蹬靴子，手握马鞭，坐在草地上，悠闲得像草地上开着的花。她们掐一根草，放在嘴里品咂，告诉我，我们这里的好多草，都是上等的草药呢，能治好多病的。问她们，那你们嘴里的草是啥味道呢？她们一齐笑了，答，就是草味呗，香。

她们说，野玫瑰也是一种草。马齿苋也是一种草。格桑花也是一种草。春天开花可好看了，红的，粉的，黄的，很大的一朵朵。她们这么说时，唇齿间，散发出草的香气。让我很想去拥抱她们。

我问她们可不可以拍照。她们很乐意，正正衣冠，端庄地对着我的镜头笑，笑得很像两棵草。

我的老家，也生长着众多的草。每次回家，我都会去看看它们。它们的名字，我一个也没有忘记，牛耳朵、苦艾、蒿子、茅、蒲公英、地阴草、一年蓬、乳丁草、婆婆纳……它们各有各的味道，闭起眼睛，我也能闻得出来。——故乡的味道，那是烙进一个人的骨骼里的。

我很高兴它们一直在，它们在，我的故乡便在。

新丰看花

人的眼睛里，恨不能飞出千万只的蝴蝶来，每朵花上都要去停上一停，看上一看才好。

在新丰有花之前，我是不知在离我并不遥远的地方，还有着这么一个小镇的。尽管，它曾是中华民国村镇规划第一镇。然岁月泱泱，它终淹没其中，跟苏北其他千百个乡村小镇一样，房舍简单，默默无闻。

从街头，搭眼望过去，也就能望到街尾了。然"山不在高，有仙则名。水不在深，有龙则灵"，新丰有花啊。它因有花，名声渐渐远播开去，春种郁金香，夏种荷，秋有百合。不是一朵一朵地种，而是成片成片地种，波澜壮阔地种，"地上长花，湖中生花，树上开花"，花浪簇簇，成海洋。有美名曰：荷兰花海。

我们停车，随便扯住街上一个摆摊卖水果的，相问，你们的荷兰花海在哪里？

中年男人皮肤黝黑，透着一股极地道的憨厚。他跳到路中央，热情指点，你们一直往西走，不用拐弯，看到很多的车很多的人，就到啦！

我们道了谢，顺着他手指的方向，一路开过去，果真看到很多的车、很多的人，颜色缤纷，逶逶迤迤有好几里，都是赶过来看花的。我们尚未走近，花香已率先来迎，浓烈扑鼻。说不清是什么花的香，百合有，菊花有，秋桂有，像东北的家常大菜——乱炖，好滋味一锅端了。

颜色们也都跑来约会。大红、深红、粉红、橘红、玫红、莹粉、乳白、雪白、橙黄、鹅黄、淡紫、粉紫、浅蓝……人的眼睛里，恨不能飞出千万只的蝴蝶来，每朵花上都要去停上一停，看上一看才好。哪里看得尽！坡上，坡下，湖旁，河畔，都是花呀，蜂飞蝶舞。成片的百合。成片的仙客来。成片的菊。成片的马鞭草和向日葵。远方草原上的格桑花也来做客，它们带来了它们的豪迈，红花朵黄花朵，朵朵奔放。人在其中，一时恍惚，仿佛置身于辽阔的大草原，牛羊遍地，天蓝草绿。

最有看头的，还数花海里的人，男男女女，老老少少。寻常模样，一入花海，便都给描了彩绣了边了。俏啊！洁净的俏！

一壮实的男孩子，突然闪身躲到一丛格桑花后面，一边把自己藏着，一边探头望着一处窃笑。他偷望之处，一长发女孩，正顺着一棵棵葵花走过来，边走边四下环顾，似在犹疑着——满眼都是花啊，我的那个亲爱的人呢？

男孩子也只是小藏了一下，就沉不住气了，他未等女孩走到近前，就跳了出来，冲上前去，紧紧拥抱了女孩，好似久别重逢。他低下头，用额头轻碰女孩的额头，温柔地笑问，你找不着我了吧？找不着我了吧？

我笑着轻轻走开去。想着，往后的岁月，他们若在一起久了，也许也会有小小的摩擦、磕绊，会拌嘴，会生气，然而，只要其中一个说一句，可记得那个秋日，我们一起去新丰看花？另一个的心，一定会立即柔软下来吧。这日的花事，在记忆里盛开、沸腾。和花事一同盛开和沸腾着的，还有他们的爱情，那么的干净、纯粹，散发着灵魂的香气。怎么舍得伤害和相忘！

祖母的葵花

那里，一定有一棵葵花正开，在祖母的心里面。

我总是要想到葵花，一排一排，种在小院门口。

是祖母种的。祖母侍弄土地，就像她在鞋面上绣花一样，一针下去，绿的是叶，再一针下去，黄的是花。

记忆里的黄花总也开不败。

丝瓜、黄瓜是搭在架子上长的。扁扁的绿叶在风中婆娑，那些小黄花，就开在叶间，很妖娆地笑着。南瓜多数是趴在地上长的，长长的蔓，会牵引得很远很远。像对遥远的他方怀了无限向往，蓄着劲儿要追寻了去，在一路的追寻中，绽放大朵大朵黄花。黄得很浓艳，是化不开的情。

还有一种植物，被祖母称作"乌子"的。它像爬山虎似的，顺着墙角往上爬，枝枝蔓蔓都是绿绿的，一直把整座房子包裹住了才作罢。忽一日，哗啦啦花都开了，远远看去，房子插了满头黄花呀，美得让人心醉。

最突出的，还是葵花。它们挺立着，情绪饱满，斗志昂扬，迎着太阳的方向，把头颅昂起，再昂起。小时候我曾奇怪于它怎么总迎着太阳转呢，伸了小手，拼命拉扯那大盘的花，不让它看太阳，但我手一松，它弹跳一下，头颅又昂上去了，永不可折弯的样子。

凡·高在1888年的《向日葵》里，用大把金黄来渲染葵花。画中，一朵一朵葵花，在阳光下怒放，仿佛是"背景上迸发出的燃烧的火焰"。凡·高说，那是爱的最强光。在颇多失意颇多彷徨的日子里，那大朵的葵花，给他幽暗沉郁的心，注入最后的温暖。

我的祖母不知道凡·高，不懂得爱的最强光，但她喜欢种葵花。在那些缺衣少吃的岁月里，院门前那一排排葵花，在我们心头，投下最明艳的色彩。葵花开了，就快有香香的瓜子嗑了。这是一种香香的等待，这样的等待很幸福。

葵花结籽，亦有另一种风韵。沉甸甸的，望得见日月风光在里头喧闹。这个时候，它的头颅开始低垂，有些含羞，有些深沉，但腰杆仍是挺直的。一颗一颗的瓜子，一日一日成形，饱满，吸足阳光和花香。葵花成熟起来，蜂窝一般的。祖母摘下它们，轻轻敲，一颗一颗的瓜子就落到祖母预先放好的匾子里。放在阳光下晒，会闻见花朵的香气。一颗瓜子，原来是一朵花的魂啊！

瓜子晒干，祖母会用文火炒熟，这个孩子口袋里装一把，那个孩子口袋里装一把。我们的童年就这样香香地过来了。

如今，祖母老了，老得连葵花也种不动了。老家屋前，一片空落的寂静。七月的天空下，祖母坐在老屋院门口，坐在老槐树底下，不错眼地盯着一个方向看。我想，那里，一定有一棵葵花正在开放，开在祖母的心窝里。

愿全世界的花都好好地开

丁立梅 著

作家出版社

图书在版编目（CIP）数据

愿全世界的花都好好地开：新版 / 丁立梅 著. -- 北京 : 作家出版社，2018. 11（2025. 7重印）

ISBN 978-7-5063-9925-8

Ⅰ. ①愿… Ⅱ. ①丁… Ⅲ. ①散文集-中国-当代
Ⅳ. ①I267

中国版本图书馆CIP数据核字（2018）第030783号

愿全世界的花都好好地开：新版

作　　者：丁立梅
责任编辑：省登宇
助理编辑：周李立
装帧设计：张亚群
出版发行：作家出版社有限公司
社　　址：北京农展馆南里10号　　邮　　编：100125
电话传真：86-10-65937186（发行中心及邮购部）
　　　　　86-10-65004079（总编室）
E-mail:zuojia@zuojia.net.cn
http://www.zuojiachubanshe.com（作家在线）
印　　刷：北京中科印刷有限公司
成品尺寸：142×210
字　　数：180千
印　　张：10.5
版　　次：2018年11月第1版
印　　次：2025年7月第21次印刷
ISBN 978-7-5063-9925-8
定　　价：35.00元

目录

第二辑　初心

世间坚守一段生命容易，坚守一段初心，却难。

第三辑　住在自己的美好里

世上所谓美好的事物，大抵都如此，只安静地住在自己的美好
里，这才保存了它们的本性。

第四辑　追风的女儿

月下一支清冷的百合，在乐曲声中，徐徐地开了花。

第五辑　爱如山路十八弯

山路十八弯，通向的，原来是一个叫爱的地方。

第六辑　时间无垠，万物在其中

时间无垠，万物在其中，原各有各的来处和去处，各有各的存活的本领和技能。

第七辑　人间岁月，各自喜悦

喧闹远去，唯留宁静。我以为，这样的宁静，更接近生命的本质。

序

我给这本书命名时，引起一些小争论：

你为什么要取这个名呢？是因为你很喜欢花吗？

你不觉得这个名字太直白、不吸引人吗？

有搞市场营销的朋友直截了当跟我断言：没有卖点。

可是，我还是万分执拗地认定了，就是它。

我曾经非常不喜欢一个人，这个人算是我的邻居。

那时新婚。家里那人的单位给分房，我跟着那人住。大院子里，一排青砖红瓦房，唇齿相依地紧挨着，我们住其中一间。

这个人住我们家隔壁。有女儿比我小不了几岁，大学快毕业了。女儿骨架大，脸庞子也大，算不得好看，像他。

从前他是当兵的，据说都做到正团级了。日常行事待人，就很有点跋扈。又喜喝酒，一喝醉了就骂人。三天两头的，听到他在隔壁叫骂，大嗓门撞击着薄薄的墙体，震得墙上的石灰粉，都要掉下来。

为人也小气、抠门。大院子里一孩子过生日，大伙儿凑钱去买礼物，给那孩子庆生。找来找去，却找不到他。隔一天，他回来，说是回老家了。

单位分西瓜，他第一个冲上去，在一堆瓜里面左挑右拣，几乎把每一只瓜都拿手上掂量过了，拣了两只最大的。

因工作需要，他时常出差。每每出差归来，他都要骂爹骂娘一阵子，牢骚满腹，抱怨着外面伙食的欠缺、住宿条件的简陋、工作的繁琐。

他的女儿病了，百日咳嗽。咳得山也震动水也震动的。

他们家尝试了很多治疗方法，不见好。

后来，他不知从哪里得一民间偏方，用枇杷叶煎水喝。

我们那儿没有枇杷树。

他去乡下找，装了满满一麻袋扛回来。

夏日午后，蝉在树上都困了，一院子的静悄悄。他独坐在一圈树荫下，面前一盆清水，一堆枇杷叶。他拿刷子仔细刷着每一片枇杷叶，把上面的绒毛和尘粒刷净。树的浓荫，在他身上晃动，水波一样晃动。他的身上，发出粼粼的光。

我是从那一刻起，对他生了好感。这世上，人没有绝对的好坏，再强硬的外表下，也有他柔软的一面。就像在沙砾中、残垣上、岩缝里，也有花开明艳。

每个人的心中都有一朵花。

我只愿，全世界的花都好好地开。

第一辑
幽幽七里香

这世界哪怕再叫人失望，也有一种叫美好的东西，在暗地里生长。

幽幽七里香

这世界哪怕再叫人失望，也有一种叫美好的东西，在暗地里生长。

三层小楼，粉墙黛瓦，阅览室设在二层。靠楼梯的一面墙上，满满当当的，摆的全是书。朝南的窗户外面，植着七里香。人坐在室内看书，总有花香飘进来，深深浅浅，缠绵不绝。

这是当年我念大学时，学校的阅览室。对于像我那样痴迷读书，而又无钱买书的穷学生来说，这间免费开放的阅览室，无疑是上帝恩赐的一座宝藏。在那里，我如饥似渴，阅读了大量的中外文学书籍。也是在那里，我初次接触到《诗经》，立马被那些好听的"歌谣"迷上。野外总是天高地阔的，我一会儿化身为那只在河之洲的雎鸠，一会儿又变身为采葛的女子，岁月绵远，天地皆好。

其实那时，我心卑微。我来自贫困的乡下，无家世可炫耀，又不貌美，穿衣简朴，囊中时常羞涩。在一群光华灼灼的城里同学跟前，我觉得自己真是又渺小又丑陋。

读书却使我的内心，慢慢儿的，变得丰盈。那真是一段妙不可言的光阴，每日黄昏，一下了课，我匆匆跑回宿舍，胡乱塞点食物当晚饭，就直奔阅览室而去。看管阅览室的管理员，是个三十多岁的年轻人，个高，肤黑，表情严肃。他一见我跑去，就把我看的《诗经》取出来，交我手上，把我的借书卡拿去，插到书架上。这一连串的动作，跟上了发条似的，机械连贯，滴水不漏。我起初还对他说声谢谢的，但看他反应冷淡，后来，我连"谢谢"两字也免了，只管捧了书去读。

读着读着，我贪心了，我想把它据为己有。无钱购买，我就采取了最笨的也是最原始的办法——抄写。一本《诗经》连同它的解析，我一字不落地抄着，常常抄着抄着，就忘了时间。年轻的管理员站我身边许久，我也没发觉，直到他不耐烦地伸出两指，在桌上轻叩，"该走了，要关门了。"语调冷冷的。我始才吃一惊，抬头，阅览室的人已走光，夜已深。

我不好意思地笑笑，归还了书。窗外七里香的花香，蛇样游走，带着露水的清凉。我心情愉悦，摸黑蹦跳着下楼，才走两级楼梯，身后突然传来管理员的声音："慢点走，楼梯口黑。"依旧是冷冷的语调，我却听出了温度。我站在黑地里，独自微笑很久。

那些日子，我就那样浸透在《诗经》里，忘了忧伤，忘了惆怅，忘了自卑，我蓬勃如水边的荇菜、野地里的卷耳和蔓草。也没想过自己到底为什么要迷恋，也没想过自己日后会走上写作的路，只是单纯地迷恋着、挚爱着，无关其他。

很快，我要毕业了。突然收到一份礼物，是一本《诗集传楚辞章句》，岳麓书社出版的，定价七块六毛。厚厚的一本。扉页上写着：赠给丁小姐，一个爱读书的好姑娘。下面没有落款。

我不知道是谁寄的。我猜过是阅览室那个年轻的管理员。我再去借书，探询似的看他，他却无甚异常，仍是一副冰冰冷的样子，表情严肃。我又怀疑过经常坐我旁边读书的男生和女生，或许是他，或许是她。他们却埋首在书里面，无波，亦无浪。窗外的七里香，兀自幽幽的，吐着芬芳。

我最终没有相问。这份特殊的礼物，被我带回了故乡。后来，又随我进城，摆到了我的办公桌上。我结婚后，数次搬家，东迁西走，丢了很多东西，但它却一直都在。每当我的眼光抚过它时，我知道，这世界哪怕再叫人失望，也有一种叫美好的东西，在暗地里生长。

笔　缘

做这个，得耐得住性子，还要耐得住寂寞。

我是被他店里的古朴吸引住的。

店门口，青花蓝布之上，悬一支特大号的毛笔。笔杆是用青花瓷做的。谁舍得用这笔来写字啊，得收着藏着才是。

这是边陲古镇。一街的鼎沸之中，它仿佛一座小岛，安静得不像话。

我也才从那大红大绿的热闹中走过来。看见这店，身旁的大红大绿全都走远了，喧闹声响也都走远了，人自觉静了。

怎么能不静？看他，静静的一个人，像支悬在墙上的狼毫。白衬衫，褐色皮围裙，戴一顶卡其帆布帽，安坐于店堂口，手握镊子，膝上摊一堆说不上是什么动物的毛，一根一根地拣。他每拣一根，都要对着光亮处仔细看一下，分辨出毛的成色、锋颖、粗细、直顺等等。复低头，再拣。这样的动作，他不厌其烦地做，一做十五年。

店堂狭窄，只容一人过。两边墙壁上，悬着字画。笔架上，各色各样的毛笔，或插着，或悬着，或躺着。有长有短，有粗有细，总有成百上千支吧。这些，全都出自他的手。一根毛一根毛地挑出来，然后，浸泡于水中，用牛角梳慢慢梳理，去绒、齐材子、垫胎、分头、做披毛，再结扎成毫。他说，做成一支毛笔，要一百二十道工序，每一道，都马虎不得。

从前他不是做笔的。他父亲是。他父亲的父亲也是。算是祖传了。父亲做笔，名声很大，方圆几百里，都叫得响。有个顶有名的书法家，专程跑上几百里，来买他父亲做的笔，一买几十年。书法家说，不是他父亲做的笔，那字，就不成字了，总也写不出那种味道来。

父亲临终前，难咽气，说断了祖宗手艺。他当时在一家机械厂任职，还是个副厂长呢，多少人羡慕着啊。可是，为了让父亲能闭上眼睛上路，他选择了辞职，拿起镊子和牛角梳。

这一做，就放不下了。说是热爱，莫若说是习惯了吧。每天早上醒来，他总要摸摸镊子和牛角梳，再把室内所有的笔，都数望一遍，才安心。这种感情，不能笼统地说成执着或是热爱。它是什么呢？就好比你饿了要吃饭，你渴了要喝水，你打个喷嚏会流眼泪，就这样自然而然的。哎呀，说不清啦，最后他这么说。

他辗转过不少地方，带着他的手艺。我这卖的不是笔，卖的是懂得，他强调。现在，能静下心来写字画画的人少，懂得欣赏这种手工艺的行家，更少了。他来到这边陲小镇，一年四季观光客不少，也总能碰上一两个懂笔的知己。所以，他住了下来。有个安徽的书法家，问他订制了十万块钱一支的羊毫。那得在上万只羊身上，挑出顶级中的顶级的毛，没有任何杂质，长短色泽粗细都一样。他为做这支羊毫，花费了大半年时间。

遇到懂它的人，值！他笑了。房租却越来越贵，原来的店铺有两大间呢，宽敞明亮的，好着呢。现在只剩下这么一小间了，他说。

他有两个孩子，一儿一女，都念初中了。孩子却对做笔没兴趣，有时放学回来，他让他们帮着拣拣毛，他们却弄得乱七八糟的。坐不住哇。做这个，得耐得住性子，还要耐得住寂寞。

他姓章，叫章京平。江西人。他在他做的每支笔上，都刻上了他的名字。

我不懂笔。但我还是问他买了两支，八十块钱一支。笔杆上，镶了一圈青花瓷，很典雅。我带回来，插在书房的笔筒中。外面的桂花或是梅花，开得正好的时候，我会掐一两枝回家，和这两支毛笔插在一起。

我想养一座山

有时候，你以为你已走到山穷水尽了，其实不然，奇迹就等在下一秒。

去南京参加一个会，有幸入住山中。山的名头很响，叫紫金山，又名钟山。它三峰相连，绵延三十余公里，形似巨龙腾飞，因而自古就有"钟山龙蟠，石城虎踞"之称。

会议结束得早，我有大把时间，可以把山看个究竟。为此，我特地跑去宾馆前台买一双布鞋，换掉脚上的高跟鞋。

我向着紫金山的纵深处去，也无目的地，也不担心迷路。我只管跟着一枚绿走。跟着一朵花走。跟着一只虫子走。跟着大山的气息走，那种清新、幽静又迷人的。

春末夏初，满山的绿，深深浅浅，搭配合宜。你仿佛看到，哪里有只手，正擎着一支巨大的狼毫，蘸着颜料在画，一笔下去，是浅绿加翠绿。再一笔下去，是葱绿加豆绿。间或再来一笔青绿和碧绿。人走进山里去，立即被众绿们淹没。哎呀——你一声惊叫尚未出口，你的心，已被绿沦陷。

这个时候，你愿意俯身就俯身，愿意张嘴就张嘴，愿意深嗅就深嗅。眼里嘴里鼻子里，无一处不是青嫩甜蜜的。浊气尽去，身体轻盈，自我感觉就倍儿奇异起来，觉得自己变成了一朵花、一棵草、一只小粉蝶、一枚背面好似敷着珍珠粉的绿叶子。

倒伏的已枯朽的树木，居然也披上了绿衣裳。我看到它的枝头有新芽爆出，亦有小草们在它身上，兀自茂密成片。我想起曾在某个古镇看到的一奇观，一棵遭雷劈火烧的银杏树，经年之后，在它枯死之处，竟又长出一棵蓊郁的银杏来。

生命的奇迹处处皆有。有时候，你以为你已走到山穷水尽了，其实不然，奇迹就等在下一秒。

我弯腰跟一些小野花打招呼。半坡上，它们在杂草丛中蹦蹦跳跳，浅白的一朵朵，像萝卜花，又形似七里香。真是惭愧，我叫不出它们的名。那也没关系的，我就叫它们山花吧。

有虫子劈面撞我一下，跑到我的眼睛里。是山风调皮了，还是虫子自个儿调皮了？我轻轻拂去那只小虫子，我不生气。这是它们的家和乐园，我才是个入侵者。

鸟的叫声，跟细碎的阳光似的，在树叶间跳跃，晶亮得很。小溪边，迎春花还残留着些许的黄，青枝绿叶之上，那些黄，像闪烁的眼睛。更像心，不肯轻易撤离这春天。

一座木桥，很轻巧地搭在小溪上。桥的这边是流水，桥的那边也是流水。水边迎春花们手臂相缠。一只黑色镶紫边的蝴蝶，翩然飞来，它停歇在木桥的栏杆上，不走了。它伏在栏杆上，认真地嗅和吮吸。

我看着它，"扑哧"笑了。想这蝴蝶真是傻，这硬邦邦的木头，有什么好吮吸的！

可我看着看着，就有了冲动，我想学它的样子，把脸也凑到栏杆上去闻一闻，深深的。山里的哪根木头上，不浸染着花草的香气，还有水的清冽甜美？蝴蝶才不傻呢，它知道哪里的味道最地道最纯真。

早蛙的叫声，在一丛青青的菖蒲下面。也就那么断续的一两声，像试嗓子似的。满山的绿，因这活泼的一两声，轻轻地抖了抖。天空倾下半个身子来倾听。没有谁知道，天空已偷偷用这大山的绿，洗了一把脸，望上去，又洁净又碧青。

一老人从山上下来，健步如飞。想来他常年在这山上走着，脚上的功夫了得。他走过我身边，笑笑地看我一眼，矍铄的眼神，跟蚕豆花似的。而后，远走，身影很快没到一堆绿后头，清风拂波一般。

日头还早，我倚着山，坐下来，幸福地发呆。突然的，我想养一座山，一座小小的山。有树木环绕。有溪水奔流。花草满山随意溜达，它们喜欢哪儿，就在哪儿扎根。还有数不清的虫子，自由出没，互相串门儿玩。有蝴蝶翩翩然。当然，不能离了鸟叫和蛙鸣。

我们每个人的心中，都可以养上这样一座山的吧，适时地避开车马喧闹世事纷争，还自己些许清宁明澈。

沙城的春天

沙城的春天，来得慢。江南的花早已沸沸开过，这里的树木，大多数还睡眼惺忪纹丝不动着。

我从南方，一路花红柳绿旖旎着过来，突然一脚踩到沙城的土地上，有好大一会儿，我是不大回得过神来的。

沙城，塞北的一座小镇，隶属怀来县。初见它，我的脑子里蹦出这样两句诗来：江南有桂枝，塞北无萱草。关山万里，风沙漫漫，人类的足迹，好多的，早被掩埋得深深。沙城人只知道，他们的前身，是个叫雷家堡的小村子，不过二三十户人家，过着清贫俭朴与世无争的日子。明正统十四年，明英宗御驾亲征瓦剌，兵败退至这里，被瓦剌军追上，明军全军覆没，血染沙场，史称"土木堡之战"。这之后，明政府为巩固边防，开始在这里修建城堡，起名沙堡子。后陆续建成东堡、中堡、西堡，改称沙城堡。

风大。我就没见识过春天也会刮这么大的风，吹得我脖子上的围巾都快系不住了。接待我的沙城四中的陈校长说，今天的风还小很多了呢，昨天傍晚那风刮的，人走在外面，两腿交叉打战。他说着说着，就憨笑起来。对这风，他们日日相见，早已融入生命中，包容里，竟有了宠溺的意思。

问他，这沙城，可是用沙子做成的城堡？他听了，"嗨嗨"笑起来，答，它还真离不开沙子的。盆地入口，周围皆山，风灌进来，沙子也就跟着进来了。

那你们岂不是一年四季都吃着风沙？

啊，反正是离不开沙子的。

我听着吃惊，可他的脸上，却波平浪静着。隐隐的笑意里，似有沙子粒粒，质朴得很旷古。

沙城的春天，来得慢。江南的花早已沸沸开过，这里的树木，大多数还睡眼惺忪纹丝不动着。我去街上寻春，小广场上有老年人在舞剑，红衣红裤，活力四射。有年轻妈妈推着童车，一边缓慢散步，一边教童车里的小孩子唱儿歌："小燕子，穿花衣，年年春天来这里。"我听着笑了，抬头，天空中有鸟飞过，黑色的剪影，像一枚黑花朵。

问陈校长，你们这里的春天，都长些什么？

这个憨厚的塞北男人，笑笑地看着我，坦然说，不长什么。旋即他又补充道，春天我们这里还真没啥。到夏天就好了，夏天我们有葡萄，成万亩的葡萄园。我们地处盆地，气候独特，所产的牛奶、龙眼葡萄赫赫有名。我们已有八百多年种植葡萄的历史了。我们的葡萄酒更是出名，好喝，是国家定点的高档葡萄酒生产基地。你们喝到的高档葡萄酒，十有八九，都是我们这儿生产的。

哦，我不住点头。我看到一个盎然的春天，在他脸上荡漾。

后来，我到四中讲座，见识了比春天还春天的老师和孩子。一张张葵花般的笑脸，朝着我，饱满着。我讲座完了，孩子们蜂拥上来跟我拥抱，他们说，老师，我们喜欢您，喜欢您的讲座，谢谢您！老师，您辛苦了！

我要走了，在办公楼的大厅里，正跟几个老师话别，两个小男生突然跑到我跟前，说，老师，您等等我们好吗，我们有礼物要送给您。说完，他们急急地转身就跑，一会儿之后，他们气喘吁吁站定我跟前，两张红扑扑的小脸蛋上，渗着细密的小汗珠。他们看着我，不好意思地笑，从校服口袋里，各掏出一盒鲜奶，塞我手上。

我们住在学校里，也没什么好东西送您，这个，您喝。

您一定要喝呀。他们晶亮的眼睛，盯着我，生怕我不答应。在得到我肯定会喝的许诺后，他们开心地笑了，冲我一鞠躬，谢谢老师！然后，像小燕子似的，飞走了。

这是他们第二天的早餐奶，是他们能拿得出的最珍贵的东西，他们把它送给了我。我紧紧握着那两盒鲜奶，我把沙城最好的春天，握在手里了。

看 春

　　这世上，很多时候，苦乐自知，好好活着，才是本质。

　　城里的春天，多半是零碎的，小打小闹着的，不过是人家窗台的一盆花，城边河畔的几棵柳。乡下的春天却全然不一样，乡下的春天，是极讲排场的，仿佛听到哪里"哗"一下，成桶成桶的颜料，就花花绿绿泼下来，染得满田满坡皆是。这时的乡村，成油画，是最有看头的。

　　于是去乡下看春天。

　　我们去的地方，是一个叫新曹的小镇，它有五万亩的油菜地。车子在修得平坦宽敞的乡间道上，一路奔去，奔向那油菜花深深处。以为就到尽头了，哪知车子一拐，竟又撞上一片油菜花地，又铺开一片黄色汪洋，绵绵不绝。同行中一人问，美吧？我笑笑，不语。不堪说，不堪说，只一任眼睛，掉进那汪洋里。古有女子对镜贴花黄，我想这花黄，该是油菜花的颜色才对，眉心一点艳，有惊心之感。

跟一些植物相认，不是初相识，是久别重逢。牛耳朵、刺艾、乳丁草、三叶草……这一些，我多么熟悉！乡下是草们的天堂，草们是羊的天堂。小时养羊，天天提了篮子去挑羊草。却贪玩，在草地里捉蚱蜢，或扣了篮子玩老鹰捉小鸡的游戏。等到日落西山了，才想起篮子还是空的呢，野地里，随便找几根草秆，把篮子架空，然后割一把青草，摊上面，看上去，就是满满一篮子翠绿了。回家，故意在大人面前晃一下，让他们看着，是满篮子的青草呢。却趁他们不注意，人已溜到羊圈边，把那把青草扔进去。大人问起，草呢？响亮地回，羊吃了。真是可怜了那些小羊，半夜里饿得直叫唤。

不知现在的孩子，玩不玩我们小时玩的游戏了。不知现在的羊，还会不会半夜饿得直叫唤。我看到草地上，有一群羊，正悠闲地吃着草。同去的女孩惊喜地叫，羊哦。同去的老先生神态安详，说，羊有什么看头？我听着，莞尔。

蚕豆花开了，星星点点，伴在油菜花旁，像撒下无数的小眼睛。白萝卜的花，是粉紫的，小蜜蜂们围着它嗡嗡，我好不容易等到一只停在花蕊上，给它拍了一张照。一种叫婆婆纳的草，开粉蓝的花，花细小得像米粉。我拉近镜头，拍下那粒粉蓝。再看显示屏上，分明是一朵美得让人心疼的花呵，像乖巧的小女儿。这野地里，到底还藏了多少美？无论卑微与否，它们都认真地绿着，开着花，不辜负春光。我想，这才是活的真姿态吧。

看到一丛荠菜花，细碎的翡翠色，像水仙花的颜色，清秀，温柔。我悄悄拍下它，让同行的人认，可知这是什么花？结果大家都没认出来。我有些为荠菜叫屈，它一季的美丽，到底为谁？或许，它谁都不为，它的美丽，只属于它自己。

路边看见养蜂人，正在路边忙碌。头上裹着头巾，脸上刻着岁月沧桑。这些养蜂人，据说是从闽浙那一带来，他们天南地北地追着花跑，此处花息了，又将迁徙到他方，去寻找花开。一旦成为养蜂人，四处漂泊，将贯穿他们一生。他们幸福吗？我看过商场货架上，摆放的蜂蜜，一瓶一瓶，盛满甜蜜芳香，想那里面该有多少花的魂蜂的魄，还有养蜂人的颠沛流离？这世上，很多时候，苦乐自知，好好活着，才是本质。我唯愿这个春天，他们是快乐的。

槐花深一寸

那一刻，时间停顿，风不吹，云不走，仿佛什么都想了，什么又都没有想。

槐花开的时候，我抽了空去看看。人生的旅途说长也长，说短也短，我们能相遇到的花期也有限，我不想错过每一场花开。

槐花也属乡野之花。它比桃花、梨花更与人亲，那是因为它心怀甜蜜。花开时节，空气中密布它的香甜，让你不容忽视。于是乡下孩子的乐事里，就有这么一件，爬上树去摘槐花。那也是极盛大的场景，树上开着槐花，地上掉着槐花，孩子们的脖子上、肩上落着槐花，口袋里，还塞着一串串白。随便摘取一朵，放嘴里品哑，甜哪，糖一样的甜。巧妇会做槐花饼、槐花糖，吃得人打嘴不丢。家里养的羊，那些日子也有了口福。

我来赏的这树槐花，在小城的河边。小城新辟了沿河观光带，这棵槐，被当作一景从他处移植过来。

　　傍晚时分，光的影，渐渐散去。黑暗是渐渐加深的，及至一树的白，也没在黑里头，天便完全黑下来了。这时候，赏花变得纯粹，周遭的黑暗做了底子，槐花的白，跳跃出来，是黑布上绣白花。

　　仰头望向那树白，心莫名被一种情绪填得满满的。说不清那情绪到底是什么。那一刻，时间停顿，风不吹，云不走，仿佛什么都想了，什么又都没有想。这是人生的态度，我更愿意把它理解为本能，是由不得你的。

　　微笑着，想起那首出名的山西民歌《我望槐花几时开》。歌里唱道：高高山上一树槐／手把栏杆望郎来／娘问女儿你望啥子／我望槐花几时开……盼郎来的女儿家，心焦焦却偏不承认，把相思推给无辜的槐花，哎呀呀，槐花槐花，你咋还没有开？这里的槐花，浸染上人间情思，惹人爱怜。

　　风吹，有花落下来。我捡起一朵攥手心里，清凉的感觉，在掌中弥漫。白居易写槐花："薄暮宅门前，槐花深一寸。"我以为这是花落景象。古人尚不知花可吃，或者，知可吃而不吃，是为惜花。他们任由槐花自开自落，一径落下去，在地上铺了足有一寸深的白。真是奢侈了那一方土地，埋了那么多香甜的魂。

绿

没有一种颜色，比绿更广阔更浩荡。

喜欢绿。

没有一种颜色，比绿更广阔更浩荡。

春天，花还没来，绿先远行。人们不远千里追去看草原，其实，是去看绿的。牛羊点缀在绿上。湖泊镶嵌在绿上。蒙古包像白花朵一样的，盛开在绿上。一望无际的绿。波涛翻滚的绿。让一颗奔波的心，只想欢唱，只想纵情一回。

废弃的百年院落，墙上爬满绿。地上的砖缝里渗着绿。屋顶上，绣着绿。——那真的像是绣上去的，绒绒的，在黑的瓦片上。

一只猫，跳上院墙，碰翻了一墙的绿。它在墙头上回眸，眼睛里，汪着两潭绿水。看着，竟让人忘了时间，忘了惆怅。

这世上，最是万古不朽的，是绿。

有绿环绕，生的趣味，才源源不断。

是在秦岭，大山腹部，遇见一条绿的溪流。

真真是绿透了呀，像把满山的绿草绿树，都给揉碎了，榨出汁来，倒在里面。

我惊诧得顿住脚步。想捧上那样的一捧绿，在口袋里放好。不为什么，只想随时摸摸，这生命的质地。

也终于明白，亨利八世的爱情。他偶遇一个着绿衫的姑娘，立即为之神魂颠倒。宫廷华丽，美女如云，却难忘野外的绿袖子。小绿初开，在心里种出温柔来。怎能相忘！怎么相忘！于是，一曲《绿袖子》成了经典。

这是绿的魔力。

去西藏。好山好水地看过去，最难忘的，却是纳木错。

高原之上，它不时地变幻着魔术，逗自己玩。天空是蓝的，它就是蓝的。天空是靛青的，它就是靛青的。天空是灰的，它就是灰的。

那天我去，恰好撞见一个绿的湖，碧绿的。像条绿丝带，飘拂于山峦之中。

之前，我因高原反应剧烈，头疼欲裂，寸步难行。然等我看到它的刹那，我的所有不良反应，竟神奇般地消失。我跳下车去，奔向它。那飘向天际的绿丝带，跟山峦浑然一体，跟天空浑然一体，纯净安然。你只觉得灵魂被洗濯一遍，空灵，宁静，无所欲求。

湖旁堆着不少的玛尼堆。有的高得像座小山丘。藏人绕湖一圈，祈福，放下一粒石子。再绕湖一圈，祈福，放下一粒石子。如此循环，无有止境，才形成这样的玛尼堆。而绕湖一圈，需要几十天的时间。这小山丘一样的玛尼堆，该叠加着多少双虔诚的脚印！祈求我的牛羊啊。祈求我的亲人啊。祈求这混沌的尘世啊。祈求我的来生啊。他们信奉着心中的神，欢乐、哀伤、苦难、悲怆，一切的情绪，最终，都化为平静。平静得像一抹绿，湖水一般的绿。

生命本该呈现的，就是这样的平静啊。

在一个叫华阳的山区，看山民们制作神仙豆腐。

说是豆腐，其实与豆一点关系也没有，它完完全全是由绿绿的树叶制作而成。

树的学名叫双翅六道木，山民们却唤它神仙树。过去饥荒年代，人们拿它救命，捣碎，取汁充饥。谁知那汁液竟十分的可口黏稠，绵软似豆腐。人们怀着感恩的心，当它是神仙所赐，叫它神仙豆腐。代代相传，它成了独特的民间小吃。

一对老夫妇，做这个已五十多年，靠这个养大四个儿女。如今儿女们都出息了，但老人家还是每天一大清早，走很远的路，攀上山去，采回树叶，做神仙豆腐。他们说，做习惯了，一天不做，心里就空得慌。

我看到他们，把烫煮过的绿叶子，扣进木桶里，拿木杵一上一下地杵。绿绿的汁液，很快漫出来，被过滤到另一只桶里，均匀地摊到一块大石板上。石板迅速披上了一件绸缎般的"绿袍子"，那么绿，那么滑。待冷却后，揭下那件"绿袍子"，切成手指宽的绿条条，凉拌，吃在嘴里，又滑又软，清香透了。

那一口一口的绿啊！人间美味，叫人感激。

去江南。随便一座古镇，深巷里闲遛，也总要撞见做青团子的。

那是取了青绿的艾蒿，碾碎，和了糯米粉，揉搓而成。

看做青团子，也是极有意思的。眼见着那一团一团的绿，在一双手上盘啊盘啊，就盘成了青团子，乖乖地在蒸笼里躺着，浑身绿得晶莹透亮。像颗绿宝石。蒸笼上冒出的香气，竟也是绿绿的了。

我爱看那些捏着青团子的手，苍老的，或年轻的，无一不浸染着绿。深巷幽静，我的耳畔仿佛响着一支绿的情歌，咿咿呀呀，从千年的烟雨中，一唱三叹的，穿越而来。

口　红

因为心上装着一款口红，整个人，竟不一样了。

女人想要一款口红，想好久了。

玫瑰红的。女人看见来她地摊前的女顾客唇上，抹着那种色彩的口红。女顾客的嘴唇看上去娇嫩欲滴，像两瓣玫瑰花。女人的眼光扫过去，就移不开了。

女人后来又在不同的女顾客唇上，看到了那种红，娇嫩的，鲜艳的。

女人也想这么鲜艳一回。

大半辈子过下来，女人一直生活在困苦、奔波和忙碌中。少时家贫，家里兄弟姐妹多，不用说口红，连吃穿都成问题。待到长大成人，嫁了人，男人与孩子，又成了女人的天，女人围着他们团团转，根本没有心思去妆扮。孩子稍大一些，女人和男人，双双下了岗，当务之急，是解决生存问题。口红？女人压根儿就没想过这回事。后来，男人去开出租，女人摆了地摊，卖些杂七杂八的小物件，补贴家用。

很快，女人的生日到了。男人问："想要什么？"

女人没好意思说要口红。女人怕吓着男人，摆地摊与抹口红是不搭界的。何况，她年纪已是一大把了。

女人却无法放下对那款口红的惦念。

生日那天，她终于鼓起勇气走进商场。在化妆品柜台前，她一眼就看到了那款口红。千真万确，就是它，玫瑰红的！它立在化妆品柜台的货架上，和其他口红一起，款款着，鲜艳娇嫩，等着嘴唇来与它相亲。

女人激动了，她在化妆品柜台前不停地打转，怕别人瞧见了笑话，她只能看一眼那款口红，再看一眼别的什么。卖化妆品的女孩，笑容甜甜地朝她走过来，涂得鲜红的两片小嘴唇，轻轻启开，"阿姨，您想买什么？"

女人慌了神，她伸手一指那款口红，结结巴巴说："我想……买……买这个。""是给我女儿买的。"女人撒了谎，她只有一个儿子，并无女儿。

卖化妆品的女孩善解人意地"哦"一声，取出那款口红递给女人，说："阿姨您真有眼光，这款口红是我们这儿卖得最好的了，您女儿抹上，一定会更美。"

女人讪讪笑，笑得脸红红的。

口红的价钱，远超出女人的想象，要一百多块呢。女人还是狠狠心，买下它。

女人揣着口红回到家，立马对着镜子，在唇上抹开了。镜子里她的双唇，多像两瓣盛开的玫瑰花啊。女人独自欣赏了会儿，拿纸巾，轻轻擦掉。

出门，女人继续去摆她的地摊，容光焕发的。和她相邻摆水果摊的妇人，盯着女人的脸看半天，说了句："你今天的气色真好。"

女人低头笑了。因为心上装着一款口红，整个人，竟不一样了。女人想，以后每天都这么抹两下子，美给自己看。

格桑花开的那一天

尘世里，我们需要的，有时不过是一个肩头的温暖。

在进入了无人烟的大草原深处之前，他的心，是空的。他曾无数次想过要逃离的尘世，此刻，被远远抛在身后。他留恋它吗？他不知道。

远处的雪山，白雪盈顶，像静卧着的一群羊，终年以一副姿势，静卧在那里。鸟飞不过。不倦的是风，呼啸着从山顶而来，再呼啸着而去。

他想起临行前，与妻子的那场恶吵。经济的困窘，让曾经小鸟依人的妻子，一日一日变成河东狮吼，他再感觉不到她的一丝温柔。这时刚好一个朋友到大草原深处搞建筑，问他愿不愿意一同去。他想也没想，就答应了。从此，关山路遥，抛却尘世无尽烦恼。

可是，心却堵得慌。同行的人说，到草原深处后，就真正与世隔绝了，想打电话，也没信号的。他望着银灰色的手机，一路上他一直把它揣在掌心里，揣得汗渍渍的。此刻，万言千语，突然涌上心头，他有强烈的倾诉的欲望。他把往昔的朋友在脑中筛了个遍，也找不到一个可以说话的。他亦不想把电话打给妻，想到妻的横眉怒目，他心里还有挥不去的阴影。后来，他拨了家乡的区号，随手按了几个数字键，便不期望着有谁来接听。

但电话却很顺利地接通了，是一个柔美的女声，唱歌般地问候他，你好。

他慌张得不知所措，半晌，才回一句，你好。

接下来，他也不知哪来的勇气，不管不顾对着电话自说自话，他说起一生的坎坷，他是家里长子，底下兄妹多，从小就不被父母疼爱。父母对他，极少好言好语过，唯一一次温暖，是十岁那年，他掉水里，差点淹死。那一夜，母亲把他搂在怀里睡。此后，再没有温存的记忆。十六岁，他离开家乡外出打工，省吃俭用供弟妹读书，弟妹都长大成人了，过得风风光光，却没一个念他的好。后来，他凭双手挣了一些钱，娶了妻，生了子，眼看日子向好的方向奔了，却在跟人合伙做生意中被骗，欠下几十万的债。现在，他万念俱灰了。他一生最向往的是大草原，现在，他来了，就不想回了，他要跟这里的雪山，消融在一起。

你在听吗？他说完，才发觉电话那端一直沉默着。

在呢。好听的女声，似春风，吹过他的心田。

她竟一点也没惊讶他的唐突与陌生，而是老朋友似的轻笑着说，听说大草原深处有一种很漂亮的花，叫格桑花的。

他沉重的话题里，突然的，有了花香在里头。他笑了，说，我也没见过呢，要等到明年春天才开的。

那好，明年春天，当格桑花开了的时候，你寄一束给我看看好吗？她居然提出这样的要求。

他的心，无端地暖和起来……

后来，在草原深处，无数的夜晚，当他躺在帐篷里睡不着的时候，他会想起她的笑来，那个陌生的、柔美的声音，成了他牵念的全部。他想起她要看的格桑花，他想，无论如何，他一定要好好活到明年春天，活到格桑花开的那一天，他答应过她，要给她寄格桑花。

这样的牵念，让他九死一生。一日，大雪封门，他患上了重感冒，躺在帐篷里奄奄一息。同行的人，都以为他撑不过去了。但隔日，他却坐了起来。别人都说是奇迹，只有他知道，支撑他的，是梦中的格桑花，是她。

还有一次，天晚，回归。在半路上与狼对峙。是两只狼，大概是一公一母，情侣般的。狼不过在十步之外，眼睛里幽幽的绿光，快把他淹没了。他握着拳头，想，完了。脑子中，一刹那滑过的是格桑花。他几乎要绝望了，但却强挺着，一动不动地看着狼。对峙半天，两只狼大概觉得不好玩了，居然头挨头肩并肩地转身而去。

他把这一切，都写在日记里，对着陌生的她倾诉。他不知道，在遥远的家乡，那个陌生的她，会不会偶尔想到他。这对他来说不重要了，重要的是，他答应过她，要给她寄格桑花的，他一定要做到。

好不容易，春天回到大草原。比家乡的春天要晚得多，在家乡，应该是姹紫嫣红都开遍了吧？他心里，还是有了欣喜，他看到草原上的格桑花开了，粉色的一小朵一小朵，开得极肆意极认真，整个草原因之醉了。他双眼里涌上泪来，突然地，很是思念家乡。

他采了一大把格桑花，从中挑出开得最好的几朵，装进信封里，给她寄去。随花捎去的，还有他的信。在信中，他说起在草原深处艰难的种种，而在种种艰难之中，他看到她，永远是一线光亮，如美丽的格桑花一样，在远处灿烂着，牵引着他。他说，我没有姐姐，能允许我冒昧地叫你一声姐姐好吗？姐姐，我当你是荒凉之中甘露的一滴！

她接信后，很快给他复信了。在信中，她说她很开心，上天赐她这么一个到过大草原的弟弟。她说格桑花很美，这个世界，很美的东西，还有很多很多，让人留恋。她说，事情也许并不像他想象的那么糟糕，如果在草原里待腻了，还是回家吧。

这之后，他们开始信来信往。她在他心中，成了圣洁的天使。一次，他从一个草原迁往另一个草原的途中，看到一幅奇异的景象：在林林总总的山峰中，独有一座山峰，从峰巅至峰底，都是白雪皑皑璀璨一片的，而它四周的山峰，则是灰脊光秃着。他立即想到她，对着那座山峰大喊着她的名字。没有一个人会听到他的喊叫，甚至一棵草一只鸟也不会听到。他为自己感动得泪流满面。

他把这些，告诉了她。忐忑地问，你不会笑我吧？我把你当作血缘之中的姐姐了。她感动，说，哪里会？只希望你一切好，你好，我们大家便都好。

这样的话，让他温暖，他向往着与她见面，渴盼着看到牵念中的人，到底是怎样的模样。她知道了，笑，说，想回，就回呗，尘世里，总有一处能容你的地方，何况，还有姐姐在呢！

他就真的回了。

当火车抵达家乡的小站时，他没想到的是，妻子领着儿子正守在站台上，一看到他，就泪眼婆娑地扑向他。一年多的离别，妻子最大的感慨是，一家人守在一起，才是最真切的。那一刻，他从未轻易掉的泪，掉落下来。他重新拥抱了幸福。

他知道，这一切，都是她安排的。他去见她，出乎意料的是，她竟是一个比他小好多岁的小女人。但这又有什么关系呢？在他心中，她是他永远的姐姐。他站定，按捺不住激动的心，问她，我可以拥抱一下你吗？

她点头。于是他上前，紧紧拥抱了她。所有的牵念，全部放下。他在她耳边轻声说，姐姐，谢谢你，从今后，我要自己走路了。回头，是妻子的笑靥儿子的笑靥。天高云淡。

尘世里，我们需要的，有时不过是一个肩头的温暖，在我们灰了心的时候，可以倚一倚，然后好有勇气，继续走路。

萝卜花

一根再普通不过的胡萝卜，眨眼之间，竟能开出一小朵一小朵的花来。

萝卜花是一个女人雕的，用料是胡萝卜。她把它雕成一朵一朵月季的模样，花盛开，很喜人。

女人在小城的一条小巷子里摆摊，卖小炒。女人卖的小炒只三样：土豆丝炒牛肉，土豆丝炒鸡肉，土豆丝炒猪肉。一个小气罐，一张简易的操作平台，木板做的，用来摆放锅碗盘碟，女人的小摊子就摆开了。

女人三十岁左右，个子不高，瘦瘦的，长相普通。却爱笑，什么时候见着她，都是一副笑意融融的模样，看得人心里生暖。惹眼的，还有她的衣着。整天沾着油锅的，应该很油腻才是，她却不。她的衣着极干净，外面罩着白罩衣，白得纤尘不染。衣领那儿，露出里面的一点红，是红毛衣，或红围巾的红。过一会儿，白罩衣有些脏了，她就换下来——她手边备着好几套。

让人惊奇且欢喜的是，女人每卖一份小炒，必在装给你的碗里，放上一朵她雕的萝卜花。这样才好看，女人笑着说。

不知是因为女人的干净，还是她的萝卜花，女人的摊前总围满人。五块钱一份小炒，大家都很有耐心地等着。女人不停地翻炒，装盘，放上一朵萝卜花。于是，一朵一朵的萝卜花，就开到了人家的饭桌上。

我也去买女人的小炒，去的次数多了，跟女人渐渐熟了。知道女人原先有个殷实的家，男人是搞建筑的。一次意外中，男人从尚未完工的高楼上摔下来。女人倾尽家里所有，才抢回男人的半条命。

接下来的日子怎么过？年幼的孩子，瘫痪的男人，女人得一肩扛一个。她考虑很久，决心摆摊卖小炒。有人替她担心，街上那么多家饭店和小排档，你卖小炒能卖得出去吗？女人想想，也是，总得弄点和别人不一样的东西。于是她想到了雕刻萝卜花。当她坐在桌旁，安静地雕着萝卜花时，她被自己手上的美好镇住了，一根再普通不过的胡萝卜，眨眼之间，竟能开出一小朵一小朵的花来。女人的心，充满了期待和向往。

女人的小炒摊子，很快成为小城的一道风景，一到饭时，大家不约而同相互招呼一声，去买一份萝卜花吧。也就都晃到女人的摊前来了。

一次，我开玩笑地问女人，攒很多钱了吧？女人低头笑，麻利地翻炒着一锅土豆丝炒牛肉，说，也没多少，够过日子吧。一小朵一小朵的萝卜花，很认真地开在她手边。

一些日子后，女人竟盘下一家小酒店。她把瘫痪的男人接到店里管账，她负责配菜。女人还是一如既往的，爱笑，衣着干净。在所有的菜肴里，她都爱放上一朵萝卜花。菜不但是吃的，也是用来看的呢，她笑着说。眼睛亮着。一旁的男人，气色也好，没有半点颓废的样子。

女人的酒店，慢慢地出了名。大家提起萝卜花，都知道。

相遇香格里拉

省略了握手，省略了寒暄，我们互相打量着，是萍水相逢的两个。仅仅这样。

从丽江往北，地势直往三千米以上爬升。我的头有些晕，额两边嚯嚯地跳得疼。导游洛桑说："不要紧，这是正常的高原反应，我们已进入香格里拉了。"

这就进入香格里拉了？我觉得不可思议。感觉中，它是神秘莫测的，如蒙着盖头等着掀开的新娘，一朝盖头揭开，满眼惊艳。它却平静得几乎什么表情也没有，像我们往常随意走着的一段路，就那样一条路而已。

没有激动，甚至连轻呼也不曾有。我以同样平静的表情，与香格里拉相遇。省略了握手，省略了寒暄，我们互相打量着，是萍水相逢的两个。仅仅这样。

沿途，是连绵不绝的山。天空很低，匍匐在山的上面。白的云朵，在山巅之上，不紧不慢散着步。山下有房，土黄色，如卧着的大黄狗，安静着。房上插旗，有一面旗的、两面旗的、三面旗的。一般人家插一面旗，表示信教。插三面旗的人家，地位最为尊贵，是家里出了活佛或有得道的高僧。那些旗，迎风猎猎，像夕阳下守望岁月的老人，神秘、安宁。这是很奇怪的一种感觉。

去虎跳峡。老远就听到水声咆哮，似万马奔腾。有木台阶下到峡底。曲里拐弯处，藏人小孩在摆摊，卖一些藏饰品，珠啊银的。看似不过六七岁的样子，递物数钱，却麻利得很。下到谷底，水流湍急，溅起的水花，白花朵般的，在礁石上硕大无朋地开着。有的来不及开花，干脆"唰"一下，冲过礁石去，作激流奔涌。大家忙着拍照留影，一边是自然千万年的欢唱，一边是人类匆匆的足迹。我想，能把匆匆的脚步，印入自然的千万年里，作一刻停留，也是人生一大幸事吧。

目光沿峡谷向上攀升，层峦叠嶂，有细若游丝的一道线，悬在半山腰。据说那是当年的茶马古道。康巴汉子就是沿着这条道，用马驮着茶叶和药材，去换取外面世界的布匹和盐。他们用脚，在岩石之上，踩出一条生命之路，蜿蜒于崇山峻岭中。千百年过去，那些康巴汉子，已沉睡在历史的长河里，却把一种精神留下了，和山川河流一起，成为永恒。

后来我们去草甸骑马。马是被驯服了的，它们驮着游客，慢悠悠散着步，很逍遥。十块钱可以溜一圈。有藏族小孩跑过来，抱着小羊，要求我，"阿姨，和小羊拍张合影吧，十块钱，随你怎么拍。"我抚抚他们黑黑的小脸蛋，问："怎么汉语说得这么流利呀？"他们很骄傲，说："我们老师教的，我们老师是丽江的，我们在学校学汉语。"我和他们合了影，我给他们十块钱。他们欢天喜地，一个劲儿说："谢谢阿姨。"我却有些惆怅。我站在草甸边，望远处的山、远处的房，我很想知道，那里的平静，是否也被打破。

去藏民家。旅游车一直开到藏民家门口，早有藏人在门口迎着，端着酒杯，唱着歌，给游客们献哈达。上楼，在大厅里一排一排坐下。面前的长条桌上，摆着倒好的酥油茶，还有青稞面。游客可以边喝酥油茶，边学做奶酪。藏歌唱起来，藏舞跳起来，这是表演的热闹，是上了妆的，离原汁原味远了去。但大家还是兴致颇高，一屋的人，把地板跺得"咚咚咚"的，跟着藏民们齐声说，扎西德勒！声震屋宇。

谦谦君子

我们能做的，就是记着他的好，并尽量使自己变得美好起来。

一

他躺在床上，盖一床旧的棉布花被，花被上盛开着大红的牡丹。年代久了，牡丹的大红色，已显黯淡。这让我有些恻然，他是那么一个讲究格调的人，盖这样的被子，怕是有违他的意愿。再一想，他亦是个旧式的人，遵守着旧式礼法，有谦谦君子之风。那些消失掉的古朴寻常，也许正是他所坚守的。遂稍稍心安。

房间向阳。天气晴暖，都听得见春天在窗外走动的声音了。我在来时的路上，看到一两枝小黄花，挣脱人家的铁栅栏，探出半张脸来。是早开的迎春花。野鹦鹉也出来唱歌了，还有画眉和黄鹂鸟。

春天真的来了，他却看不到这个春天了。

师母说，他已六天粒米未进。昨夜哼哼了一夜，哼得人心里揪揪的。他这里，都烂了肿了。师母抚抚腹部，轻声告诉我。

肺癌。医生曾说，他至多只能再活三个年头，他却硬撑了五个年头。精神气好的时候，他坐在阳台上，翻从前的学生录，和毕业照。也翻一些学生的来信看，看得都能倒背如流了。教室里，一届一届的学生，哪些人坐哪个位置，他都记得。

他常念叨你，常指着报纸上你的文章跟我说，那个女孩好啊，吃得了苦，从乡下步行几十里路，到街上来上学。

他说你不大爱说话，说你用功，别人在玩耍，你一个人跑去学校门口的小河边，把书读。

他托人打听过你，还一直发着狠说，要去找你。

他把你发表在报纸上的文章，都给剪下来，收着了。

你看，这里都是呢，八十多岁的师母说到这儿，拉开床边五斗橱的一个抽屉，让我看。满满一抽屉，竟都是我文章的剪报。

师母又拉开另外一些抽屉给我看，这个放着一届一届的学生录和毕业照，那个放着天南地北的学生写来的信。

他呀，把这些看得像他的命根子。师母看着躺在床上的他，泪在眼眶里打转。而他，早已陷入半昏迷。整个人看上去，像薄薄的一张纸，那么轻，那么小。

二

他教我们的时候，六十好几了。本已退休在家、安享晚年的，但因学校缺语文老师，他就又回到学校。

他见人一脸笑，没有老师的威严，一点儿也没有。没有一个学生怕他，当面背后，都称他，老头子。有时至多在老头子前面，加上他的姓，陈。陈老头子——我们这么叫。他也不恼，看见我们，依旧笑眯眯的，和蔼温润。

他家住老街上。一条青石板铺成的巷道，小蛇般的，蜿蜒在老街上。两边各站一排黛瓦房，都是木板门、木格窗。他住在其中一幢黛瓦房里，小门小户的，外表看上去，跟其他人家别无二致，内里的摆设却大不相同。有一两回，下了晚自习，我伴着住在老街上的同学回家，走过他家门口，看到有灯光映着木格窗，像水粉涸在宣纸上。我们趴在木格窗上，朝里张望，看到满屋的字画。一排书架倚墙而摆，满满当当的，全是书。灯光晕黄，他在那晕黄的灯光下，挥毫泼墨。窗台边，一只肚大颈长的白瓷花瓶，里头插菊，静静开。

他的毛笔字写得好，那时我们并不觉得。也是到多年后，听人提起，人表示敬仰，说，那个陈老先生啊，毛笔字可是当年老街上一绝的，笔力深厚浑圆，一般的书法家远远不及。

他对诗词歌赋也颇有研究，会写古诗。他有时写了，念给我们听，我们也不觉得好。也是到多年后，听人提起，人表示仰视，说，那个陈老先生啊，写得一手好的格律诗，才华非凡。

他还唱得一口京剧，铿铿锵锵，中气十足。学校搞元旦文艺会演，他上台唱，听得我们忘了他的年纪，只拿他当英俊少年郎。我们在台下，拍得巴掌红。

他的课上得不算好，话语碎碎的，往往一句话，要重三倒四讲好多遍。教案被他圈得密密麻麻，上课时，他把教案凑到鼻子底下去，与其说是"看"，莫若说是"闻"更贴切。他"闻"着一本一本的教案，讲读"予独爱莲之出淤泥而不染，濯清涟而不妖，中通外直，不蔓不枝，香远益清，亭亭净植，可远观而不可亵玩焉""三五之夜，明月半墙，桂影斑驳，风移影动，珊珊可爱"……

我们都爱上他的课，因为，不用端庄严肃，不用假装听话。我们想到什么问题，尽可以站起来问，也可以在课堂底下随便讨论。不高兴听讲了，还可以看看课外闲书。我有好多的课外书，都是在他的语文课上读完的。他不反对，甚至是支持的。要多读书啊，他拿我做榜样，鼓励全班学生读闲书。

老头子人好，这是我们的共同评价。没有人怀疑这一点。

三

他姓陈，名光明，是老街上出了名的谦谦君子。整天一件藏蓝色中山装，风衣扣子一直扣到脖子上。个子中等，清瘦着，待人接物，礼数周全。三岁小娃娃跟他说话，他也是认真庄严地听，认真庄严地回答，一双小眼睛，在玳瑁边框的镜片后，闪闪烁烁。我那时觉得，他那双眼睛特像星星。这比喻一点儿也不特别，但我心里，就是这么想着的。

他走路腰杆笔直，却又时常要弯下腰来，路上掉的纸屑、烟头、石子、碎玻璃啥的，他都一一捡起来。他走过的一路，身后必是干净的。

他爱喝茶。办公桌上，一把紫砂壶里，终日泡着茶。他有滋有味地呷上一口，在我的作文后写评语：只要持之以恒，他日必有辉煌。

他不知道，他随手写下的这句话，是闪着金光的。它照耀了我这么多年，在我想妥协的时候，在我想懈怠的时候。

偶一次，我大起胆来，跑去他家问他借书。他笑眯眯迎我进去，满架的书，任我挑。等我抱着一怀抱的书，跟他告别，他竟送我出来，一直把我送到巷子口。

他亦是不知道，他的这一举动，对我的影响多么大。乡下孩子，家境清寒，自卑是烙在骨头里的，我走路都是低着头的。他的尊重，让我有了做人的尊严华贵，我原来，也是可以昂着头走路的。

四

我受过他的恩惠，一本新华字典。

那时，我是买不起那样的"大部头"的。

他送我一本，说是奖励我的作文写得好。

我以为是真的，心安理得地收下，自个儿觉得挺自豪的。

毕业多年后，当年的同学遇到，聊起他，我始才知道，当年他的"奖励"，只是一个幌子。他通过这样的"幌子"，奖励过不少家境困难的孩子。有同学的学费是他"奖励"的；有同学的衣物是他"奖励"的；有同学的饭钱是他"奖励"的；有同学的文具用品是他"奖励"的。

他送走过四五十届学生。到底有多少学生受过他的恩惠？怕是数也数不清了。我们能做的，就是记着他的好，并尽量使自己变得美好起来。

他分散在世界各地的学生，正风尘仆仆地往他这边赶。师母红着眼睛说，谢谢你们，没有把我家老头子忘掉。这句话，勾出我的泪。我俯身叫他，陈老师，陈老师。师母也帮着叫，老头子，老头子，你知道谁来看你了吗？是你一直念叨的那个女孩呀，是丁立梅呀。

听到我的名字，他似乎有了反应，紧闭着的双眼，微微睁开一丝缝。

那一眼的光照里，有星星闪烁。

第二辑
初　心

世间坚守一段生命
容易，坚守一段初
心，却难。

补碗匠

大人们举起碗，对着亮处晃晃，不漏光，很满意。

失手打碎一只小茶壶。

小茶壶是我从地摊上淘来的，精巧玲珑，里面装桂花或是红枣煮茶，一杯刚刚好。

望着一地的碎片，我有些心疼。那人却不在意地说，打掉就打掉了呗，再重买一只吧。说完，他拿起扫帚，唰唰唰，玻璃碎片全进了垃圾袋。地板上变得干干净净，像揩掉一滴水一样轻巧。我们照旧吃饭喝茶、发呆闲话，桌上少掉一只茶壶，与我们的生活，并无半点影响。

小时候却不是这样的。小时候我们不小心打碎一只碗什么的，那是惹了大祸了。我姐有回打碎一只碗，她慌里慌张把它埋到屋后头。吃饭时，母亲找来找去，就是少一只碗。那时，家里有几口人，就配几只碗，绝对没有多余的。

小弟告密，是大姐打碎掉一只碗。

我姐吓得面色煞白，拔腿就要往外溜，被震怒的父亲一把揪住衣领，提到"毁尸"现场。破碎的碗片儿被挖了出来，我姐被打得屁股三天着不了凳子。

邻家有孩子，因打破一只碗，吓得躲到外面游荡，愣是好些天没敢回家。家人在几里外的草堆里找到他时，他已瘦得不成人形了。即便这样，回家后，他还是挨了一顿揍。

那时有补碗匠，走村串户的。补碗匠挑副担子，不慌不忙地走。担子两头，各置一只小木箱。一只箱子里放他的补碗工具，什么小锤子小钻子小镊子的；一只箱子里放补碗的材料，釉泥和各色各样的铜钉。他来到我们村，就坐到村口的一棵大榆树下，静静地等。不一会儿，他的脚跟前，就摆着不少只破碗了。

我们围住补碗匠，好奇地叽叽喳喳，完全忘了挨打那回事了。看补碗匠像裁缝似的，把碎片儿一块一块地拼接起来，拿草绳箍住，再拿小钻子钻眼儿，把铜钉嵌进去，用釉泥反复地抹。看一会儿，不耐烦了，跑开去玩。再跑回来看，他还在补。补着补着，那日头也就斜了。

大人们来取碗。破了的碗上，"缝"着细密的纹路，不仔细看，是不大看得出的。大人们举起碗，对着亮处晃晃，不漏光，很满意。他们夸赞着补碗匠高超的手艺，一边就对身旁的小孩威胁道，看下次你的手还敢不敢犯贱，再敢打破碗，就剁掉你的手。

补碗匠看着笑笑，把他的行头一一收起，不慌不忙地挑起担子，迎着夕阳走了。

我们呆立在原地，看着他渐渐走远，直到他走进夕阳里头去。唉，他是不知道，他手底下的活计，是我们小孩挨了多少的打换来的呀。

她不是一棵树

我愣在那里，为一颗小小的心里驻着的尊严。

我是在丽江古城看到那个女人的，靛蓝的大褂，靛青的裤，腰系百褶围腰，典型的纳西族装扮。女人很老了，皮肤松弛，多皱褶。她盘腿坐在一方檐下，守着一堆绣花鞋垫，对着熙来攘往的人，风吹不动。像丽江河畔的一方石，抑或檐上的一块砖，身边的一个热闹世界，都与她无关的。她的身上，充满无法言说的古朴和沧桑。

我承认，这样的沧桑，深深打动了我。我身边的游人，亦有停下来看她的，他们在她的鞋垫面前弯下腰去，看看，并不买。抬首就是一爿店，更精美的东西，里面多的是。

我举起手里的相机。飞起的檐，赭色的木门，檐下的红灯笼，还有这个老妇人，这实在是个很不错的画面。我甚至想过，如果拍摄效果好，我要把它放进我的游记里当插图。就在这时，突然从人群里冲出一个小孩儿来，小孩儿七八岁，黑，且瘦。他斜背着一个网兜兜，里面横七竖八躺着一些空饮料瓶。小孩儿几步就冲到檐下的老妇人跟前，伸出胳膊挡在前面，眼睛亮亮地对着我，口齿伶俐地说，不许拍！

我吃了一惊，没明白过来。我说怎么了？手里依然举着相机。

小孩儿一看，急了，直视着我，再次强调，不许拍！她不是一棵树！

我愣住了。这是我万万没想到的。是啊，她不是一棵树呢，我怎么可以随便拍？我放下举起相机的手，对小孩儿抱歉地笑了笑。小孩儿松了一口气，却仍盯着我，仿佛怕我偷拍。

我看他实在可爱，开玩笑地问他，那么，我可以拍你吗？

他眼睛滴溜溜地转了转，回答得倒爽快，说，可以。不过，他伸手一指老妇人脚边的五颜六色，坏坏地笑，说，你得先买一双老奶奶的鞋垫。

我问，为什么呢？

他答，因为你刚才侵犯了她，算是向她道歉。

我笑，照他说的做了。他很高兴，挺配合地让我给他拍了一张照片。我故意问他，你也不是一棵树呀，为什么让我拍？

因为你问过我可不可以呀，小家伙响亮地答。而后跑进人群里，像条小泥鳅似的，转瞬不见了踪影。

我愣在那里，为一颗小小的心里驻着的尊严。

　　这以后，我又去过很多地方，但不管到了哪里，我都不会再轻易把别人捉进我的镜头。因为，她不是一棵树，我没有权利侵犯她。

尘世里的初相见

这是尘世里的初相见，总会在我们的记忆里反复再现。

陌生的村庄，在屋门口坐着摘花生的老妇人，脚跟边蜷着一只小黑猫，屋顶上趴着开好的丝瓜花……这是一次旅途之中，无意间掠入我眼中的画面，没有什么特别的，但就是常常被我想起。那个村庄，那个老妇人，那猫那花，它们在我心里，投下异样的温暖。我确信，它们与我心底的某根脉络相通。

机场门口，一对年轻男女依依惜别，男人送女人登机。就要登机了，女人走向检票口，复又折回头，跑向男人，只是为了帮他理理乱了的衣领。这样的场景，我总在一些浅淡的午后想起，一个词，很湿润地跳出来，这个词，叫爱情。

送别的车站，一个母亲，反复叮嘱她人高马大的儿子，"到了那儿，记得打个电话回家。天好的时候，记得晒被子。"儿子被她叮嘱得烦了，一边往车上跨，一边说："知道了知道了。"

做母亲的仍不放心，伏到车窗上，继续叮嘱："到了那儿，要记得打个电话回家啊。"母爱拳拳，怀揣着这样的母爱上路，人生还有什么坎不能逾越呢？

凤凰沱江边，夏初的黄昏，空气中，飘荡着丝丝甜润的水的气息。放学归来的孩子，书包挂在岸边的树上，脱下的衣服，胡乱扔在青石板上。一个一个，跳下水，扑通扑通，搅了一河两岸的宁静。我遥问："冷吗？"他们答："不冷。"一个猛子下去，不一会儿，隔老远的水面上，冒出一个一个的小脑袋来。岸边的游客，笑看着他们。这旅途中偶然撞见的一景，谁能轻易遗忘？时光不管走多远，童年的影子，一直在，一直在的。它碰软了我们的心。

苗人寨子里，一场雨刚落过，弯弯曲曲一路延伸上去的青石板上，苔痕毕现，湿漉漉的打滑。瘦瘦的大黄狗，蹲在自家家门口。破旧的院门，灰灰的屋顶，却从里面走出一个水灵灵的小姑娘来。小姑娘赤着脚，从青石板上一路奔下去，辫梢上两朵粉红的蝴蝶结，艳红了简陋的寨子。我唤她一声，她停下脚步，转身讶异地看着我，笑一笑，复又奔下去。我很惊奇地望着她的背影，这么滑的路，她怎么不会摔倒？那次旅途中的其他，我回来后大抵都遗忘了，唯独这个小姑娘，不经意地，就会出现在我的脑海中，日子里，氤氲着别样的感动。无论生活有多灰暗，总有明亮的东西在，人生不绝望。

这是尘世里的初相见，总会在我们的记忆里反复再现。没有理由地使我们静静感念一些时光，静静地，不着一言。像老屋子里，落满尘的花瓶中，一枝芦苇沉默。阳光淡淡扫过，空气中，有微尘曼舞。这是宁静的好吧？这样的宁静，让人内心澄明。怀特说，生活的主题是，面对复杂，保持欢喜。红尘阡陌中，我们欠缺的，或许正是这样一颗欢喜的心。

做了一回小贼

物质的欢愉到底是短暂的，精神的折磨才是长久的。

三毛写过一篇文章叫《胆小鬼》，说的是她小时候偷拿母亲五块钱的事。她揣着这五块钱，像揣着一团火，烫得她一整天魂不守舍，父亲的一个眼神，母亲随意的一句话，都让她如坐针毡。她变得爱脸红、烦躁，不肯讲话，吃不下东西，像害了一场病，最终，她把这五块钱再偷偷放回去才安了心——小贼到底是不好当的。

每个小孩，都有过这样做小贼的经历。所贪的也并不多，只为喜欢的画片，只为喜欢的玩具，只为喜欢的小人书，只为向往中的那一口甜、一口香，就冒着被大人们捉住的危险，做了一回小贼。偷盗的手法又幼稚又拙劣，处处欲盖弥彰，然又折磨着小小的心，做人有了不光明。物质的欢愉到底是短暂的，精神的折磨才是长久的，这样的滋味尝过一次，便不想再尝。

在我五六岁的时候，也做过一回小贼。

想想我家那时人气该多旺啊，三间草房子，挤着大大小小十几口人，我爷爷我奶奶、我爸我妈、我姐、我大弟和我、我小娘娘、我小叔叔，还有我奶奶的养母，我们叫婆老太的，当时被接来我家养老。

后来我小弟也出生了。

婆老太八九十岁了吧。在孩子眼里，那个年纪的人，都老得非常遥远。婆老太大多数时候是躺在床上的，整个人没在一片幽暗里。那间房里搁着三张床，我、我姐和小娘娘在一张床上睡，我爷爷我奶奶带了我小叔叔在一张床上睡，婆老太一人独占一张床。靠南窗还搁一张古式书桌，木是上好的紫檀木，是我奶奶的陪嫁，上面放着木梳、铜镜、我奶奶的簪子、一盒百雀羚，外加一只陶罐。陶罐里装过炒米，过年时还装过糖果糕点。还有一口小闹钟，上面有公鸡，着红冠的鸡头，不停地啄食着，上下，上下，滴答，滴答。我生病时，躺床上无聊，就盯着桌上的那只小闹钟看，一看就是大半天，也不觉枯燥漫长。我惊奇着那只公鸡怎么总也停不下来，它着红冠的鸡头一直在啄啊啄的，不知疲倦。那时不懂，时间哪有停下来的，时间总是快马加鞭一路向前，它不等任何人。

婆老太有时叫过我和我姐去，手指着书桌底下，说那里有很多的小鱼在跳，叫我们去捉。我们就跳着笑着，说婆老太骗人。我奶奶说，婆老太老糊涂了，阎王爷快上门来叫她了。那意思我们大体上懂，是说婆老太快要死了。我们不觉得死的可怕，笑着跑进房里去，跟婆老太要求道："婆老太，你死后不要变成鬼来吓我们哦。"婆老太一口答应："乖乖，婆老太不会变成鬼来吓你们，婆老太舍不得吓你们。"我们听着，开心，忙着去告诉给奶奶听。现在想着，我婆老太面对死亡的从容，真真让我佩服，她的衰老枯萎一点不叫人悲伤，反倒喜滋滋的。一场告别也只是结束一个旅程，踏上另一个旅程，去往她该去的地方。

也就到了六月。阳光好得像透明的玻璃球，骨碌碌满世界滚着。吾村家家晒伏，把衣箱里的衣帽鞋袜、床上的被褥枕头，统统捧出来暴晒。我奶奶也把婆老太的床单被褥捧出来，门口拉上长长的晾衣绳，我奶奶抖抖被子，晾上绳去。我当时在边上玩耍，眼睛突然亮了，我看见一张绿色的票子，从被子里掉出来，掉到下面摊晒着的一堆柴草里。我奶奶浑然不觉，她继续忙着晒这晒那，一会儿屋里，一会儿屋外。我却动了心思，眼睛不时瞟向那堆柴草，我知道那是钱，我亦知道，用钱可以到村部小店里买到糖吃。

我慢慢挪到那堆柴草前，用脚踩住那张绿票子，趁我奶奶再转身进屋之际，赶紧弯腰抓起来，团在手里，塞进裤兜。却做贼心虚，看着我奶奶，脸涨得通红。幸好我奶奶在忙碌，一点也没留意我。我跑过去，讨好地帮着她拿这拿那，跟前跟后。我奶奶终嫌我碍了手脚，说："梅丫头你去外面玩吧。"我巴不得她这么说，如逢大赦，一溜烟跑了。

村部小店是公社配给的，每村配有一家。守店的店员亦是公社派下来的，吃着公粮的城里人。在吾村守店的店员姓吴，吾村人都喊他吴会计。吴会计三十多岁，中等身材，白而胖，见人一脸笑，很和气。吾村人对他敬重得很，屋前屋后的自留地里，种点瓜果蔬菜，都拣最好的给吴会计送去，我奶奶就着我送过几回扁豆和丝瓜。吴会计感激得很，在我提回的空篮子里，放上三四颗水果糖。糖被我们几个小孩分着吃了，那意外的甜，让我快乐了好一阵子。

吴会计常年住在店里，店铺不过一间，用货架隔了，里面住人，支着床铺，搁着脸盆脚盆等一应用品。外头是店面，货架上摆着杂七杂八的东西，如针头线脑、油盐酱醋、灯罩碗碟、铁皮的文具盒、色彩鲜艳的橡皮和卷刀，还有女人扎头的方巾等等。货架外头横放半人高的柜台，柜台的一角，蹲着两只大肚子的玻璃瓶，里面装着红红绿绿的水果糖，一分钱可以买两颗。吃干净了糖，那糖纸是宝贝，我们挑一张红的，对着太阳照，太阳是红的。换一张绿的，对着太阳照，太阳是绿的。也有孩子小恶作剧，拿糖纸包了虫子，或是泥块，伪装成水果糖，扔在路上，然后躲到一边，看经过的人，很高兴地捡起那颗"水果糖"。

靠店门的地方，倚墙摆着三口大缸。一缸是酱油。一缸是菜油。还有一缸，装的东西常有变化。中秋的时候，是一缸月饼。过年脚下，是一缸白糖或糖果。缸边摆着吴会计烧饭用的炊具，一汽油炉子。吴会计在上面煨肉，小蓝火一跳一跳的，肉香袅袅不断地飘出来。那时我觉得吴会计是顶富有的，拥有一屋子的甜和香，想吃白糖就吃白糖。想放多少油，就放多少油。还有肉吃。

　　话说这天晌午，我攥着那张绿票子，在金晃晃的太阳下一路小跑，跑到小店门口，手心里汗渍渍的。我一眼瞅见柜台上的玻璃瓶，里面躺着红红绿绿的水果糖，心里却慌张着，一时不敢进去，只在店门口转来转去。吴会计站在柜台里，手里在忙活着什么，他只当我是玩儿的，也不抬头，也不招呼，小孩来玩，只当小狗来串门儿。一人进来买东西，我等那人走了。再来一人，我又等那人走了。我手心里热得发烫，浑身燥热不安，瞭不见再有人来，我终鼓足勇气，走进店里去。柜台比我的人还高，我踮起脚尖，举着那张绿票子，举到柜台上，小声说："吴会计，我买糖。"吴会计探身过来，他很奇怪地看看我手里的绿票子，看看我，收下钱，从大肚子的玻璃瓶里，给我抓出几颗糖来。

　　我幸福地独享了那几颗糖，糖纸被我藏在口袋里。到底是做了贼的，我害怕被发现，磨蹭着等嘴里的糖全部消融干净，并再三用袖子擦干净嘴唇，确信闻不出糖味了，这才回家。家里一切太平，婆老太的被褥，仍晒在太阳下。一堆的柴草，仍摊在场上晒。墙头下一丛凤仙花，仍开着红的花黄的花。厨房里，我奶奶也一如寻常，把碗筷摆上了桌，一大盆玉米稀饭冒着热气。家人陆续回来，也就要午饭了。

吴会计突然来我家，着实吓了我一跳，我赶忙躲进房里。

他是午后来的。他跟我奶奶在堂屋里说话，嘀嘀咕咕一通，我奶奶千恩万谢送他出门。我从房内出来，赫然瞥见堂屋的方桌上，躺着一张绿票子。我奶奶看见我，笑了，说："死丫头，你偷拿婆老太的钱买糖吃了？你知道这是多大的钱啊，这是两块钱啊。幸好吴会计是个好人，把钱给送回来了。"我觉得羞惭，自己倒先哭起来。我奶奶不理我，把那张绿票子收起来。后来，我爸我妈回来，我奶奶把这事当作笑话，讲给我爸我妈听。我爸我妈也笑一回，亦是十分感激吴会计。

这回做小贼的经历，让我好多天不敢去村部小店，不敢看见吴会计，在他心里，我一定是个小贼，一想到这，我就羞愧难过得很。偏偏这时我奶奶着我去打酱油，我无法，大热的天，翻出一件棉袄套上，我以为，这样吴会计就认不出我来。我提着酱油壶，满头大汗走过去，一路上遇见的人都奇怪着，这么热的天，这丫头怎么穿着棉袄。我吭哧吭哧跨进店门，吴会计诧异地看着我，乐了，"梅丫头，你家大人怎么给你穿了棉袄，养痲子的啊？"

我相当惊慌，头低得没法再低，恨不得地上有个地缝可以钻进去。回家的路上，我垂头丧气、沮丧万分，我这等把自己包裹起来，吴会计都认出来了，他实在是个厉害的人。

初 心

世间坚守一段生命容易，坚守一段初心，却难。

初心是什么？

是春天的第一棵嫩芽，刚刚钻出土来；是秋天的第一滴晨露，栖落在花蕊间；是夏天的青荷，送出第一缕香；是冬天的飘雪，在大地上印上初吻。

是大敞特敞的门户，热切地拥抱一切。哪怕风雨雷电。哪怕毒蛇猛兽。

初心里，哪有什么风雨雷电呢！哪有什么毒蛇猛兽呢！是相信这个世界的所有。相信鲜花。相信彩虹。相信笑容。相信温柔。相信纯真和善良。相信承诺。哪怕是谎言，哪怕是欺骗，也是坚信不疑的。

是那样竭尽全力想对一个人好，想爱这个世界，想与之天长地久。

是看不得悲伤、眼泪和疼痛。

是没有得失恩怨。没有猜忌、不安和阴谋。

是毫不设防。

是随时随刻，准备倾囊相赠。

花好月圆。日日都是人间四月天。

羡慕小孩子。

每个小孩，都有一颗初心。

看两个陌生的小孩初相见，是颇有意思的。

根本不用大人引荐，他们早已从对方身上，嗅出同类的气味。像两只小狗相遇，就那么好奇地、专注地，打量着对方，仿佛在打量另一个自己。

然后，一个突然不好意思地跑开去，把一张小凳子搬来搬去，弄出很大的响声。甚至不顾大人的阻挠和责斥，故意把沙子撒到吃饭的碗里。其实哪里是玩，只不过用这种方式，吸引另一个注意。眼神清清楚楚地是朝着另一个的，那里面在热切地无声地说，你也来呀，你也来呀。

另一个立即读懂，欢快地跑过去，跟着玩起来。

笑是他们最好的语言。他们挨在一起，一个笑，咯咯咯。另一个笑，咯咯咯。也没什么好笑的，但他们就是望着对方，笑个不停。

他们一笑，全世界的花儿都开了。

也只一盏茶的工夫，他们俨然已成旧相识，到哪里都手牵着手的。他奔跑，她也奔跑。她跳跃，他也跳跃。她绕着一棵树转圈，他也绕着。他叫她，佳佳妹妹。她喊他，阳阳哥哥。是两支小溪流相遇，欢欢喜喜地汇聚到一起，心里倒映着一个蓝天。

告别时，已变得难分难舍，总要哭闹好久。

是真心的舍不得舍不得呀。全世界所有的玩具都拿来，也不敌眼前的这个哥哥和这个妹妹呀。

大人们只觉得好笑，以为小孩健忘着呢，对他们这小小的初心，哪会当真。只是哄骗着，明天还会再来玩的呀。

他们破涕为笑，信以为真。哪里知道，人生有些相遇，只是偶尔的路过，再回不了头的。

过了小半年，他和她，玩着玩着，忽然丢下玩具，出一回神，嘴里碎碎念道，我想佳佳妹妹了，我想阳阳哥哥了。

是一朵花和另一朵花相遇，稍稍点一点头，就有无限的好意。初心晶莹，无关江山，无关风月，只关乎一个他，只关乎一个她，只想在一起，在一起。

不忘初心。有几人能做到不忘呢？

初相见，他对她说，我会一辈子对你好。眼神清亮，誓言叮当，地老天荒。

然一辈子太长了，走着走着，也就走岔了道。他不是他了，她亦不是她。陌上相逢，只剩陌生。

林黛玉说，早知今日，何必当初。

傻姑娘她不知道的是，今日哪能和当初相比，当初捧出的是颗初心哪！是天也透亮，地也透亮。

人越长大，离初心就越远。

世间坚守一段生命容易，坚守一段初心，却难。

我们都把初心给弄丢了。

那些年，指甲花开

　　女孩子天生就有扮美的本领，即使在再贫瘠的荒芜里，她们也能无师自通，种植出美来。

　　花店里有一种花，小小的一株，高不盈尺，装在小陶罐里。陶罐拙朴小巧。花也小巧，纤纤弱弱的，从密密的叶子下，探出一点红，和一点白来。像极害羞的小丫头。捧上一罐，爱不释手地探问，这什么花呀？卖花的女人微微一笑，这指甲花呀，改良的指甲花呀。心当下一惊，仔细看去，看出似曾相识来，可不就是指甲花！

　　对这花太熟稔了，熟稔到几乎熟视无睹的地步。每年夏天，乡村人家的房前屋后，都是它，一大丛一大丛的。也没谁特意栽种过，它就那么姐妹众多。一场夏雨后，满场的姹紫嫣红，噼里啪啦燃开去的，都是它。红的，白的，紫的，黄的，极尽颜色。像谁用蜡笔，一朵一朵给涂抹过。

做女孩子的，这个时候，最开心了。因为，又可以用它染指甲了。我们采了它的叶和茎，捣碎，掺上明矾，隔置小半天，就可以敷到指甲上。一夜过后，指甲上准留下艳艳的红。由不得人不佩服，女孩子天生就有扮美的本领，即使在再贫瘠的荒芜里，她们也能无师自通，种植出美来。

是那样的夏夜，一大家子坐在家门口的场院上纳凉。风若有似无吹过，白天的暑热，渐渐消去。露珠悄悄降落。植物们的香气，浮游上来，黄豆荚、南瓜、丝瓜、豇豆，还有玉米和水稻。虫子们大着胆子在鸣唱。天上的星星，密布得像撒落的米粒。我们掐一把黄豆叶，让祖母给包红指甲。祖母总是很有耐心，她把已搅拌好的指甲花，细细地覆盖到我们的指甲上，用黄豆叶包好，外面再用茅草扎紧了。我们戴着这样的"指甲套"，十指沉沉，不好受，却都能忍着。忍一忍，美就来了。——那时我们就懂。

女孩子们聚一起，免不了要比比谁的手指甲染得更红艳。黄昏下，我们割完满满一篮子猪草，坐在沟渠边说话，把染了红指甲的手，放到水里面。红指甲在水里面显得分外妖娆。我们轻轻摆动手指头，一沟的水，便都妖娆地晃动起来。我们的心，也跟着妖娆起来。

我也曾把一朵一朵的指甲花，摘下来，用针线细细穿成花环，戴头上、戴脖子上，在乡间土路上艳艳地招摇。就有乡人停了锄望着我笑，笑容也如指甲花般的，很明艳。呀，这小丫头，是个人精，不知谁突然笑说。引起一阵和善的附和。当时我虽不知人精是什么，但隐约知道那是一句夸奖的话，小小的心立即飞扬起来。

很多年过去了，我忘了很多的人、很多的事，但乡人笑吟吟的那一句"这小丫头，是个人精"的话，我却一直记得。每每想起，就莞尔不已。

步　摇

贫瘠中的美，光芒绵长得足以覆盖我的一生。

我敲出"步摇"这两个字时，我的手底下，仿佛也在摇曳
生风。我一直一直在想，怎么会有这样的首饰呢，它居然叫
步摇。

它也只能叫步摇的。

我发现它，是在一套《汉族风俗史》里，说到唐代女子常
见的首饰时，提及步摇。原不过是钗梁上垂有小饰物的钗，古
代女子，把它插于发髻前。书中只是轻浅的两笔，淡淡带过，
在我，却念念于心。步摇，步摇，这叫法，多活泼！像调皮的
小孩子，一刻也坐不住，满室的安安稳稳中，他一颗小小的
心，早跑到屋外去了。大人稍一不留意，他已溜出屋外，在野
地里又蹦又跳。花样女子发髻上插了这样的步摇，莲步轻移，
钗随人动，该是怎样的生动！在风吹不动的日子，也会陡增几

分情趣。

祖母有钗，银的。年岁久了，色泽变得有些黯淡。祖母还是当它作宝贝，每日里细细地梳完头，把它插到脑后的发髻上。那时我年幼，是极不安分的一个人，母亲笑我身上一定是装了弹簧。然而看祖母梳头，我却能安稳地待一边，一看就是半小时。有时也会抢了她的钗，往我稀黄的头发上插。哪里插得住？祖母笑，等小丫头长大了才行的。我于是盼望长大。而长大是件多么遥远的事，那些日子，天地转得那么慢那么慢。

村里的女孩子，赶小就知道美。草地里坐着，一捧青草在膝上，用它编草戒指草项链草耳环。有一种草的汁液很黏稠，编了耳坠粘在耳上，可以挂很久不会掉下来。我们就"戴"着这样的耳坠，迎着风跑。我们跑，耳坠也跑，我们想象，那是缀着闪亮珠子的耳坠，一步三摇。日子里有满满的好，说不上的。

一段时期，女孩子们赶趟儿似的去穿耳洞。有了耳洞，长大了就可以戴真的耳坠的。我姐姐穿了，在没有耳坠可戴的年代，姐姐一直用一根红线拴着。风吹发飞，那红线隐约可见。美得惊魂。

我也要穿耳洞，是下了决心的。村东头的女人会穿，她喜欢吸水烟。女孩子们讨好地帮她装上烟叶，她点上火，深深吸一口，而后拿出一根银针来，给女孩子们穿耳洞。她捏着女孩子们的耳垂，不停地揉，嘴里说着，哎呀，这姑娘的耳朵长得真好看。突然一针下去，女孩子的眉头跳一跳，是疼的。却嬉笑着说，不疼。女人给她们的耳洞穿上红线，刚刚还寻常着的女孩子，瞬间就变得光彩照人起来。

我却犹豫着，不敢。她们劝，不疼呀，来穿呀。我还是不敢。门外风在招摇，女孩子们等不及再劝我，一个个跑进风里面，发飞起来，她们耳朵上拴着的红线，艳得夺目。

我的耳洞，最终也没有穿成。却对那样的场景，记忆深刻。贫瘠中的美，光芒绵长得足以覆盖我的一生。

喜欢过一个词：布衣荆钗。是乡野女子，粗布衣衫地穿着，却有钗配着，哪怕是荆钗。我以为，《陌上桑》里的罗敷就应是这样的打扮的，而不是文中所写的穿着华丽。她在路边采桑，发髻上的荆钗，追了她的身影而动，她一抬手一扬眉，都藏了万种风情。天生丽质难自弃，那才叫一个惊艳。

五点的黄昏，一只叫八公的狗

日子还是从前的日子，日子又不是从前的日子了。

完全是场意外，在早春，我遇见一个叫帕克的男人，和一只叫八公的狗。

起初，狗还不叫八公。它还在它的童年，在它尚未拥有一个名字的混沌童年。它不知打哪儿来，或许，它的存在，就是为了守候。它出现在火车站，出现在帕克面前，不早不晚，不偏不倚。一段尘缘，由此诞生。

小狗有一双会说话的眼睛。它抬眼望人时，那里面飘着层层雾霭。像一个童稚的孩子，轻轻张开他的眉睫，如水的眼神，懵懂，又无邪。

对，无邪！我相信帕克就是因这样的无邪，而心生怜悯，羁住前行的脚步的。其时，他正要乘火车去上班。他是一所大学的教授，人到中年，生活安定。可是，这只小狗的突然出现，打破了他的安定。

他抱起它，到处寻问，谁丢了小狗。寻问无果后，他又极力怂恿别人收养它——他要乘火车去上班，按规定，火车上是不允许带小狗的。再说，一个大男人带着小狗上班，算咋回事呢？

所有人都表示了对小狗的喜欢，但没有人愿意收养它。他与它眼神对视，他是无奈的，它是信任的，灵魂与灵魂，在那一刻达成共识：哦，就这样吧，就让我们在一起吧。——他带上了小狗。

看到这里，我还是漫不经心的。这部由莱塞·霍尔斯道姆导演的，名叫《忠犬八公的故事》的片子，是帮我调试电脑的小陈随手打开的。片子没卡住，小陈说，你的电脑没问题了，网速挺快的。我哦了声，说谢谢。我并没有打算把这部片子看下去，只当让一种声音，陪伴我。我手头在做另外的事，我把多余的报刊书籍，整理好了，放到一个纸盒箱里。我的房间，因塞满各类报刊书籍，总是显得很凌乱。在这个万物萌动的早春，我心血来潮了，想收拾一下它，让春天的气息，来充盈它。

桌上两盆水仙，花苞苞满得快撑不住了，就要开花了。我俯身过去，数了数，一盆里，有六个花苞。一盆里，有五个花苞。而这时，帕克和小狗，已坐到火车上，火车一路轰隆隆向前。画面安静，没有什么特别的。

如果说，最初帕克是因怜悯而收留了这只小狗，那么，随着他与小狗的共处，这种怜悯，已上升为怜爱了。善良与弱小相遇，哪里还有别的路可走？只能在一起，也只有在一起。他和它共食一小篮子的爆米花；他趴在地上，用嘴示范着，教它学捡球。他们的亲密无间，终于让一度对收养小狗持反对意见的妻子，也改变了初衷——她爱他，他的快乐，就是她的快乐。加上女儿的喜欢，这只流浪的小狗，正式成为他们家庭中的一员，取名八公。

日子还是从前的日子，日子又不是从前的日子了。生活中，多了许多的牵挂与惊喜，无论对于帕克来说，还是对于八公来说，相聚的日子，多么幸福。八公在与帕克的嬉戏中，逐渐长大，长成一只威武漂亮的大狗。不过在帕克面前，它还是童年时的那一只，天真无邪。它依赖帕克，简直须臾不能分离。帕克去上班，它非要跟着不可，这一跟，就跟成了小镇上一道风景。

每天早上，他们一起出发，前去小镇的火车站。一路上，他们尽情戏耍，风轻云淡。到了车站，帕克推开那扇通往火车的门，回头，跟八公挥挥手。八公默送着帕克的背影在门后消失，这才不情不愿地转身，自个儿回家。傍晚五点，它准时跑来火车站，等在站台上，接帕克下班。火车轰隆隆开过来了，门开，下车的人流里，帕克远远叫，八公！八公的狂喜，在那一刻，达到极点。它跳过去，尽情撒娇。满世界里，都跳动着他们的快乐。

这样的温情，深深打动了我。我坐下来，一心一意看他们的故事，任房间里一片狼藉。几朵水仙，终于挣脱外面裹着的一层胞衣，"啪"地绽开——花开原是有声音的。就像动物原是有感情的，谁对它好，它就对谁好，单纯、执着。

我在水仙花的花香里，继续看帕克与八公。一天天，他们持续着他们的"约定"，在车站分离又聚合。那样的风景，成了小镇车站站长、卖热狗的小贩、附近商店老板娘眼里最为寻常的景象。大家微笑着看，就像看车站旁长着的一棵树，就像看每天准时到达的火车。尘世的好，就是这样的，一点一滴，蔓延开来。

然而，有天早上，帕克去上班，八公却怎么也不肯跟他一道出门。它呜咽着，在地上打着转。帕克怅然若失地，一个人走向车站，边走边回头。在他推开通向火车的门，就要登上火车时，八公突然出现了。它嘴里叼着一个球，跑向帕克，那是帕克一直想教会它的技艺，之前，它一直没学会。这太让帕克惊喜与骄傲了。他推迟了登车，与它在车站上，玩起捡球的游戏，帕克把球扔出去，八公立即跑去把球给"捡"回来。帕克开心地对每一个路过的人说，瞧，它会捡球了！

我信，狗是有先知先觉的。小时候，我邻居家有狗，一天夜里，那狗突然哭叫不已。天明，那家的主人死了，脑溢血。这里的八公，应是早就预料到了的，这一次，将是它和帕克最后的欢聚。它调动了作为一只狗的全部智慧，想挽留住帕克，但终究，帕克是要走的，火车就要开了，他要去上班。

这一走，帕克再也没有归来，他倒在大学里的演讲台上，突发性的心肌梗塞。

他曾经待过的地方，一下子变得空空荡荡。他的妻子，因怕睹物思人，悲伤地离开了他们曾经的家。他的女儿，彼时已出嫁。她开车回来，带八公走。车子经过了那么多的路，拐过了那么多的弯，她是要让八公，把曾经的记忆，丢在身后的。

新家也温馨，八公受到最好的照顾。然八公却待不住，它的脑海里，全是火车的轰鸣声。它离开了帕克女儿的家，顺着记忆，走回它的车站，走回它与帕克"相约"的地方。在五点的黄昏，在火车就要到站的时候。

门开，门关，那里都不再有帕克。它听不到帕克熟悉的呼唤，它的眼睛里，蓄着深深的悲伤。它等在那里，等在他们相聚的老地方，它是相信他会回来的。车站的人渐渐习惯了它的等待，他们给它送吃的。偶尔也停在它身边，一起忆一忆那个叫帕克的大学教授，他的儒雅，他的谦谦风度。他们对它说，教授永远也不会回来啦。它抬眼看看，仿佛听懂了，却依然固执地趴着，守在那里。

我的泪，终于抑制不住，汹涌而出。随着年岁渐长，我们早已忘掉流泪的滋味，以为这个俗世里，再也没有让自己疼痛的人和事了。我们把这样的人生，叫作淡定和从容。而事实上，内心的柔软一直在的，它被一只叫八公的狗唤醒。

树绿了黄，黄了绿……雪落在八公身上，雨打在八公身上，一天天，一年年。它坚守在那里，等着帕克归来，在黄昏的车站。九年的时间，无有更改，直到它老死在那里。

整部片子，没有过多的曲折，不过是些小场景、小事件，人在慢慢老，狗在慢慢老，情却没有老，且永远也不会老。它就是我们的生活，是被我们忽略掉的一些感动。它让我们对眼下平淡而寻常的日子，重又充满温情的期待，并且学会在生命与生命之间，传递爱，和忠诚。

感谢八公！

淡香暖风

它们静默一会儿，所有的花朵，都跟着笑起来。

黄昏时，路过街边的小公园，见到几个大人带着孩子在玩。

一个刚学会走路的小孩，努力挣脱他小母亲的手，沿着一条石铺的小径，跌跌撞撞向前奔去。他一边奔，一边挥动着双臂，咯咯咯笑着。他笑什么呢？他的前面是路，后面是路，路上空空荡荡，并没有什么有趣的东西。小径旁，有几棵花树，在开着花。

小母亲追上他，抱他入怀。小母亲叫，哎呀，你不要再跑了嘛。小孩子不听，又挣脱开来，下到地上，跌跌撞撞跑开去。一边跑一边笑，咯咯咯咯，咯咯咯咯。

我停下来，望他。他笑什么呢？笑得人的心里面，绿草茵茵。

道旁的几棵花树，定也奇怪着吧？它们静默一会儿，所有的花朵，都跟着笑起来。

路过的风也笑起来。

夕阳也笑起来。云彩也笑起来。

整个天地，都笑起来。

我也笑起来。

如此的淡香暖风，真叫人柔软。

想起多年前，也是这样的黄昏，我倚在老街上的邮局大门口，等我爸来接。

我们从乡下来，上街一趟不容易。我爸领我去吃了一碗馄饨，他办事去了，嘱我在邮局门口等他。

我站在那里，东张西望，一会儿看看街道，一会儿看看邮局里面的人，笑嘻嘻的，莫名的高兴。

邮局的柜台后，坐着三四个办公的人，他们沉默不语地做着事。没有人来，也没有人出去，一屋的静悄悄。

一个中年男人，突然抬头看看我，再看看我，忍不住问，小姑娘，你笑什么呢？

我不答话，只管笑我自己的。

中年男人愣一愣，不由得也笑起来。他对旁边人说，这小姑娘，爱笑。大家都抬头看我，看着看着，也都笑了。

后来，中年男人从柜台后面走出来，摸了摸我的头，递给我一块奶糖，他说，好姑娘，你要一直这么笑下去啊。那时，奶糖对于乡下孩子，是稀罕物。我笑得山花烂漫的，收下，紧紧攥手心里。

我爸很快来接我了，半路上，我给他看那块奶糖。我爸很意外，问，他们为什么要给你奶糖呢？

我也不知道呀，我很开心地回。

多年后，我知道了，我的笑，给他们带去了淡香暖风。那块奶糖，是对笑的回报。

小鸟每天唱的歌都不一样

我们互不干扰。世界安好。

一

一只鸟在啄我的窗。

有时清晨，有时黄昏。有时，竟在上午八九点或下午三四点。

柔软的黄绒毛，柔软的小眼睛，还有淡黄的小嘴——一只小麻雀。它一下一下啄着我的窗，啄得兴致勃勃。窗玻璃被它当作琴弦，它用嘴在上面弹奏乐曲，"笃""笃""笃"，它完全陶醉在它的音乐里。

我在一扇窗玻璃后，看它。我陶醉在它的快乐里。

我们互不干扰。世界安好。

有一段时间，它没来，我很想念它。路上偶抬头，听到空中有鸟叫声划过，心便柔软地欢喜，忍不住这样想：是不是啄我窗子的那一只？

我的窗户很寂寞，在鸟儿远离的日子里。

二

街上有卖鸟的。绿身子，黄尾巴，眼睛像两粒小豌豆。彩笔画出来似的。

鸟在笼子里，啁啾。

我带朋友的小女儿走过。那小人儿看见鸟，眼睛都不转了，她欢叫一声："小鸟哦。"跳过去，蹲下小小的身子看鸟。鸟停止了啁啾，也看她。

它们就那样对望着，好奇地。我惊讶地发现，它们的眼神，何其相似：天真，纯净，一汪清潭。可以历数其中细沙几粒、水草几棵。

小女孩说："阿姨，小鸟在对我笑呢。"

有种语言在弥漫，在小女孩与小鸟之间。

我相信，那一定是灵魂的暗语。

三

我确信我家的屋顶上，住了一窝鸟。

深夜里，我写字倦了，喝一杯温热的白开水。四周俱静。我家屋顶上，突然传来嘈嘈切切的声音，伴着鸟的轻喃，仿佛呓语。我以为，那一定是一家子，鸟爸爸，鸟妈妈，还有鸟孩子。

我微笑着听，深夜的清凉，霎时有了温度。

我开始瞎想，它们是一窝什么样的鸟呢？是"泥融飞燕子"中的燕子么？还是"百啭千声随意移"中的画眉？或许是"两个黄鹂鸣翠柳，一行白鹭上青天"中的黄鹂和白鹭呢？简直活泼极了，翠绿、艳黄、纯白、碧蓝，怎一个惊艳了得？它们鸣唱着、欢叫着，发出天籁之声。

我没有爬上屋顶去看，它们到底是怎样的鸟。我不想知道。

它们一天一天，绵延着我的想象，日子里，便有了久久长长的味道。

四

故事是在无意中看到的。说某地有个退休老人，多少年如一日，用自己的退休金，买了鸟食，去一广场上喂鸟。

为了那些鸟，老人对自己的生活，近乎苛刻，衣服都是穿旧的，饭食都是吃最简单的，出门舍不得打车，都是步行。

鸟对老人也亲。只要老人一出现，一群鸟就飞下来，围着老人翩翩起舞、宛转鸣唱，成当地一奇观。

然流年暗换，老人一日一日老去，一天，他倒在去送鸟食的路上。

当地政府，为弘扬老人的精神，给老人塑了一铜像，安置在广场上。铜像安放那天，奇迹出现了，一群一群的鸟，飞过来，绕着老人的铜像哀鸣，久久不肯离去。

我轻易不落的泪，掉下来。鸟知道谁对它们好，鸟是感恩的。

五

有一段时间，我在植物园内住。是参加省作家读书班学习的，选的地方就是好。

两个人一间房，木头的房。房在密林深深处。推开木质窗，窗外就是树，浓密着，如烟地堆开去。

有树就有鸟。那鸟不是一只两只，而是一群一群。我们每天在鸟叫声中醒过来，在鸟叫声中洗脸、吃饭、读书、听课。在鸟叫声中散步。物欲两忘，直觉得自己做了神仙。

有女作家带了六岁的孩子来。那孩子每天大清早起床，就伏到窗台上，手握母亲的手机，对着窗外，神情专注。我问他，"干吗呢？给小鸟打电话啊？"他轻轻冲我"嘘"了声，一脸神秘地笑了。转过头去，继续专注地握着手机。后来他告诉我，他在给小鸟录音呢。"阿姨，你听你听，小鸟每天唱的歌都不一样。"他举着手机让我听，一脸的兴奋。手机里小鸟的叫声，铺天盖地灌进我的耳里来。如仙乐纷飞。

小鸟每天唱的歌都不一样，这句话，我铭记了。

孩子和秋风

孩子有本心。即便是肃杀的秋风，他们也给它镶上童话的金边，从中窥见生命的可亲和可爱。

我和几个孩子站在一片园子里，感受秋天的风。园子里长几棵高大的梧桐树，我们的脚底下，铺一层厚厚的梧桐叶。叶枯黄，脚踩在上面，嘎吱嘎吱，脆响。风还在一个劲儿地刮，吹打着树上可怜的几片叶子，那上面，就快成光秃秃的了。

我给孩子们上写作课，让孩子们描摹这秋天的风。以为他们一定会说寒冷、残酷和荒凉之类的，结果却出乎我的意料。

一个孩子说，秋天的风，像把大剪刀，它剪呀剪的，就把树上的叶子全剪光了。

我赞许了这个比喻。有二月春风似剪刀之说，秋天的风，何尝不是一把剪刀呢？只不过，它剪出来的不是花红叶绿，而是败柳残荷。

剪完了，它让阳光来住，这个孩子突然接着说一句。他仰向我的小脸，被风吹着，像只通红的小苹果。我怔住，抬头看树，那上面，果真的，爬满阳光啊，每根枝条上都是。失与得，从来都是如此均衡，树在失去叶子的同时，却承接了满树的阳光。

一个孩子说，秋天的风，像个魔术师，它会变出好多好吃的，菱角呀，花生呀，苹果呀，葡萄呀。还有桂花，可以做桂花糕。我昨天吃了桂花糕，妈妈说，是风变出来的。

我笑了。小可爱，经你这么一说，秋天的风，还真是香的。我和孩子们一起嗅，似乎就闻见了风的味道，像块蒸得热气腾腾的桂花糕。

一个孩子说，秋天的风，像个调皮的娃娃，他把树上的叶子，扯得东一片西一片的，那是在跟大树闹着玩呢。

哦，原来如此。秋天的风一路呼啸而下，原是藏着笑的，它是活泼的、热闹的，是在逗着我们玩的。孩子们伸出小手，跟风相握，他们把童年的笑声，丢在风里。

走出园子，风继续在刮。院墙边一丛黄菊花，开得肆意流畅，一朵一朵，像新剥开的橘子瓣似的，瓣瓣舒展，颜色浓烈饱满。一个孩子跳过去，弯下腰嗅，突然快乐地冲我说，老师，我知道秋天的风还像什么了。

像什么呢？我微笑地看她。她的小脸蛋，真像一朵小菊花。

秋天的风，像一个小仙女，她走到菊花旁，轻轻吹一口气，菊花就开了。这个孩子被自己的想象激动着，脸上泅着兴奋的红晕。

我简直感动了。可不是，秋天的风，多像一个小仙女啊！她走到田野边，轻轻吹一口气，满田的稻子就黄了。她走到果园边，轻轻吹一口气，满树的果实就熟了，橙黄橘绿。还有小红灯笼似的柿子。还有青中带红的大枣，和胖娃娃一样的石榴。她走到旷野边，轻轻吹一口气，一地的草便都睡去了，做着柔软的金黄的梦。小野花们还在开着，星星点点，红的、白的、紫的，朵朵灿烂。在秋风里，在越来越高远澄清的天空下。

孩子有本心。即便是肃杀的秋风，他们也给它镶上童话的金边，从中窥见生命的可亲和可爱。

寂寞的马戏

人人都投以最饱满的热情，乐，是单纯的乐、朴素的乐、全心全意的乐。

马戏团来我们村子里表演，绝对是盛事一桩。

那些年，吾村除了偶尔的露天电影做会时的唱道情、过年时的群众演出，就数马戏团最让我们期盼了。娱乐也就这么多，却一个顶一个热闹有趣。人人都投以最饱满的热情，乐，是单纯的乐、朴素的乐、全心全意的乐。不见华丽铺张，却自有它的喜悦安康。

马戏团很快在村部晒场上安营扎寨，搭了帐篷住，几十口人住在一起。说是马戏团，马其实并不多，也就一匹两匹的，拴在帐篷外。有孩子拔了一把青草去喂它们，它们爱搭理不搭理的，骄傲得很。帐篷外面，牵上了长长的晾衣绳，挂了一绳的花花绿绿。风一吹，那些花花绿绿都飘拂起来，让那一个世界看上去，仿佛是顺水漂来的仙岛。

马戏团在吾村一逗留就是四五天，天天下午有演出。周围村子的人，也都赶过来看。学校也组织学生包场。午后，路上络绎不绝的，全是人。喧喧嚷嚷着，五颜六色着，兴兴的，都是活着的趣味。

马戏团里，总有几个耍杂技的女孩，她们穿水绿的衫，水粉的裤子。或者，水粉的衫，水绿的裤子。她们跟我的年纪相差无几，脸上打着胭脂水粉，面容姣好。她们在钢丝上腾挪扭转，把身体盛放成花朵。如水中浮莲。又似牡丹朝阳，一朵两朵三朵地开。头顶是清风明朗的天，真正叫人欢喜。

众人拼命鼓掌，拍得手都红了。有人感叹着，这些小丫头真是不简单。我奶奶怜惜她们，说："这些伢儿呀，怕是骨头都练软了。"

我那时会翻筋斗，会倒立，小胳膊小腿也灵活得很。我能从我们村部晒场，一路翻着筋斗翻到家门口。看着她们，我动了小心思，我也要把骨头练软。我也要穿水粉的衫、水粉的裤，像花朵一样在钢丝上盛放。

可是，我不知道怎么样才能进马戏团。

我为这事苦恼。

我缠磨着我爸，打听马戏团的事。我爸说："这些都是穷人家的孩子，家里养不活了，从小被送进马戏团去。这些孩子，早上天不亮就要起来练功，练不好要挨师傅的打。台上十分钟，台下十年功的，他们不知吃了多少鞭子的。"

我仍坚持着，我要去马戏团。

大人们都取笑我，说我是入了魔了，没人拿我的话当真。

我独自跑过去找马戏团的人。

是曲终人尽散，晒场上残留着一地的瓜子壳子。马戏团的人在收拾道具，帐篷门口的大锅里，熬着一大锅稀饭。里面有女孩子突然掀帘出来，挂一脸泪痕。后面有声音在追着骂："叫你顶缸，你练多长时间了，怎么还学不会！跟头笨猪似的，你今天晚上觉不要睡了，什么时候把缸顶起来，什么时候睡觉！"

那女孩子看我一眼，转到帐篷后面去了。

一瘦瘦的男人，跟着走出来，长得尖嘴猴腮的，一脸的怒气冲冲，与台上的轻舞飞扬，有着极大的不同。我被吓住，只呆呆站着，一句话也说不出，一句话也不敢问。

有人在叫："开饭啦！"一把大勺子在锅里搅。里面的人陆续出来了，一人手里拿一只瓷钵子，排着队，等着打稀饭。

女孩子都卸了妆，顶着一张黄瘦的小脸，漠然着。那些艳丽娇柔呢，那些水粉青嫩呢，都去了哪里了？我失望极了，扭头就跑，跑得上气不接下气。

我再不曾提过要进马戏团的事。后来的马戏，我亦很少看了。

你再捉一只蜻蜓给我，好吗

他们还像从前一样，是三个人，亲密无间。但分明又不是了，他们都长大了。

陆小卫第一次给方可可捉蜻蜓的时候，穿淡蓝的小汗衫，吸着鼻子，鼻翼上缀满细密的小汗珠。他手举一只绿蜻蜓，半曲着腰，对因摔了一跤而坐在地上大哭的方可可，一遍一遍哄着，"可可，我捉了只蜻蜓给你玩，你不要哭了，好吗？"那一年，陆小卫8岁，方可可6岁。

6岁的蓝心，站在陆小卫的身旁。蓝心吮着小拇指，眼巴巴盯着陆小卫手上的绿蜻蜓。她很想要，但陆小卫不会给她。陆小卫说她长得丑，有时跟她生起气来，就骂她"狼外婆"。狼外婆长得很丑么？方可可不知道。方可可只知道每次陆小卫骂蓝心狼外婆时，蓝心都会大哭着跑回家。不一会儿，蓝心的妈妈，那个跛着一只脚的刘阿姨，就会一手牵着蓝心，一手托着一碟瓜子或是糖果，出来寻他们。刘阿姨不会骂他们欺负蓝心，只是好脾气地抚着陆小卫的头，给他们瓜子或糖果吃，而后关照，"小卫，你大些，是可可和蓝心的哥哥哦，要带着两个妹妹好好玩，不要吵架。"陆小卫这时，会很不好意思地低下头去，用脚使劲踢一颗石子。

刘阿姨走后，蓝心慢慢蹭到陆小卫身边，跟温顺的小猫似的。陆小卫不看她，她就伸了小手小心翼翼去拉陆小卫的衣襟，另一只小手里，一准攥着一颗包装漂亮的水果糖。那糖纸是湖蓝色的，还有一圈白镶边。是她特地省下来的。"给你。"她把水果糖递到陆小卫跟前，带着乞求的神色。陆小卫起初还装模作样嘟着嘴，但不一会儿，就撑不住糖的诱惑了，把糖接过来，说："好啦，我们一起玩啦。"蓝心便开心地笑了，一脸的山花烂漫。

陆小卫转身会和方可可分了糖吃，一人一半。湖蓝的糖纸，被两双小手递来递去。他们透过它的背面望太阳，太阳是蓝的。望飞鸟，飞鸟也是蓝的。方可可用它望陆小卫的脸，陆小卫的脸竟也是蓝的。他们快乐地惊叫。整个世界，都是蓝蓝的，一片波光潋滟。

多年之后，方可可忽然想起，那湖蓝的糖纸，像极了陆小卫给她捉的第一只蜻蜓的翅膀。她后来不哭了，她从地上爬起来，接过陆小卫给她捉的蜻蜓。她用手指头拨它鼓鼓的小眼睛，叫它唱歌。陆小卫笑了，蓝心笑了，她也笑了。

那一年，方可可、陆小卫、蓝心，一起住在一个大院里。他们青梅竹马，亲密无间。

上小学三年级的时候，方可可的家要搬到另一座小城去，那是她父亲工作的城。

那个时候，方可可和蓝心同班，好得像一对姐妹花。而陆小卫，已上小学五年级了，常常很了不起似的在她们面前背杜甫的诗词，翻来覆去只两句：感时花溅泪，恨别鸟惊心。

他有时还会和蓝心吵，吵急了还会骂蓝心狼外婆。蓝心不再哭，只是恨恨地咬着牙，瞪着眼看着陆小卫。

陆小卫却从不跟方可可吵，他还是一有好东西就想到方可可，甚至他最喜欢的一把卷笔刀，也送给了方可可。

方可可三年级学期结束时，父亲那边的房子已收拾好了，他们家真的就搬迁了。临走那天，大院里的人，都过来送行。女人们拉着方可可母亲的手，说着一些恋恋不舍的话。说着说着，就脆弱地抹起眼泪。

方可可也很难过，背着自己的小书包，跟蓝心话别。而眼睛却在人群里张望着，她在找陆小卫，而他，一直一直没有出现。

蓝心送方可可一根红丝带，要她在想她的时候，就把红丝带扎在头发上。方可可点点头答应了，回送蓝心一把卷笔刀，是陆小卫送她的。蓝心很喜欢这把小卷笔刀，她曾跟方可可说过，她最喜欢小白兔了。陆小卫送方可可的卷笔刀，造型恰恰是一只可爱的小白兔。

陆小卫这时不知打哪儿冒出来，拉起方可可的手就跑，一边跑一边回头冲方可可的母亲说："阿姨，可可跟我去一会儿就回来。"

他们一路狂奔，冲出大院，冲出小巷，就冲到了他们惯常玩耍的小河边。那里终年河水潺潺，树木葱郁。陆小卫让方可可闭起眼睛等两分钟。待她张开眼时，她看到他的手里，正举着一只绿蜻蜓。

"可可，给你，我会想你的。"说完，陆小卫转身飞跑掉了。留下方可可，望着手上的绿蜻蜓，怔怔。

方可可在新的家，很怀念原来的大院。怀念得没有办法的时候，她就给蓝心写信，在信末，她会装着轻描淡写地问一句：陆小卫怎么样了？

蓝心的信，回得总是非常及时。她在信中，会事无巨细地把陆小卫的情况通报一番。譬如他在全校大会上受到表扬。他数学竞赛又得了一等奖。他打球时扭伤了一条胳膊。他不再骂她狼外婆，而是叫她蓝心。

方可可对着满页的纸，想着陆小卫的样子。窗外偶有蜻蜓飞过，它不是陆小卫为她捉的那只，她知道。

在小学六年级的那年暑假，方可可跑回去一次。蓝心还在那个大院住着，陆小卫却不在了，他随他的家人搬到另一个小区去了。

蓝心长成漂亮的大姑娘，脑后扎着高高的马尾巴。方可可和蓝心站在街角拐弯处吃冰淇淋，谈陆小卫。蓝心说："他现在上初中了，个子很高了。"

冰淇淋吃掉后，蓝心去打了一个电话，陆小卫就来了，样子很高很瘦。他们还像从前一样，是三个人，亲密无间。但分明又不是了，他们都长大了。

他们坐在从前的小河边，除了笑，就是沉默。

陆小卫后来打破沉默，说："可可，我给你捉只蜻蜓吧。"蓝心立即热烈响应，拍着手说："好啊好啊，也给我捉一只吧。"

陆小卫就笑了，伸手拍一下蓝心的头说："你捣什么乱？"那举止，竟是亲昵的，而与方可可，却是生疏的。方可可觉得心头一暗，太阳隐到了云端里。

一会儿，陆小卫就捉到了一只蜻蜓，红色的，有着透明的翅膀。他把蜻蜓小心地放到方可可的手上，蜻蜓的翅膀颤了颤，陆小卫的手，也颤了颤。方可可抬眼看他，他穿红色 T 恤，已是翩翩一少年。

蓝心一直追随着陆小卫的脚步走。

陆小卫高中，蓝心初中。陆小卫在北方上大学，蓝心努力两年，也考上陆小卫所在的那所大学。

方可可却在南方的一所大学里，寂寂。她与他们的距离，相隔了万水千山。

元旦的时候，陆小卫寄给方可可明信片，是他亲手制作的，上面粘着蜻蜓标本。他的话不多，只简洁的几个字："可可，节日好。"

方可可不给他回寄，只托蓝心谢他。

方可可跟蓝心一直通信，也通电话。她们天南地北瞎聊一通，然后就聊陆小卫。蓝心说，他是学校的风云人物，是学生会主席，后面迷倒一帮小女生。

方可可笑得岔气，一边就在纸上写：陆小卫，陆小卫……

陆小卫在他毕业的那年夏天，突然跑到方可可的学校来看方可可。他玉树临风地站在方可可面前，方可可忍不住心跳了又跳。

方可可带他去他们学校食堂吃蚂蚁上树，还有藕粉圆子。他大口大口吃，说，再也没有吃过比这更好吃的东西了。

方可可知道，他多少有些伪装。他还像小时候那样，总是尽可能地让她高兴。

有疼痛穿心而过。但表面上，方可可却不动声色。

饭后，他们一起散步，沿着校门外的路走。走累了，他们就一起坐到路边的石阶上。

陆小卫突然问她："可可，你收到我的信了么，我托蓝心寄给你的信？那几天，我正在忙着写毕业论文，没时间跑邮局，而快件必须到邮局才能寄出，所以我托蓝心了。"

"快件？"方可可愣一愣，随即明白了，她含糊着说："早收到啦。"

陆小卫看看她，缓缓掉过头去，艰难地笑，"那么，蓝心说的都是真的了，你已经，有男朋友了？"

方可可大着声笑，说："是啊是啊。"

夕阳西沉，一点一点地，落在心底。有鸽从高空飞过。这个城市没有蜻蜓，却有鸽。它们成群成群地从城市上空飞过，银色的翅膀上，驮着碎碎的夕阳，红色的忧伤。

他们不再说话，沉默地望着路对面。对面的路边，并排长着三棵紫薇树，花开得正好，一树的灿烂。红的，紫的，细密的花，纷纷扬扬。

"像不像你、我，还有蓝心？"方可可指着紫薇树，故作轻松地问陆小卫。

陆小卫只是若有似无地"哦"了声。刹那之间，他们变成陌生。

陆小卫走后的第二天，方可可收到蓝心的信，蓝心在信上说："对不起了可可，我爱陆小卫，从小就爱。而从小，你就什么都比我强，你聪明，长得漂亮，你父母有本事。而我妈妈，却是个残疾人……"

我知道的，蓝心。方可可在心里面轻轻说。她伸手捂住眼睛，不让眼泪掉下来。

不久，陆小卫给方可可寄来最后一张他亲手制作的明信片，明信片上，照例粘着一只蜻蜓标本。薄薄的翅，透明的忧伤。他的话依然不多，只寥寥几个字。他说："可可，我和蓝心恋爱了。"

方可可回："祝福你们。"

再不联系。

再相见，已是几年之后，在陆小卫和蓝心的婚礼上。方可可喝醉了，一点也不记得当时的情形了，印象中，都是蓝心一团甜美如花的笑，雾似的缥缈。

事后，方可可听朋友说，那天，她大醉，醉酒后一直说着一句话："你再捉一只蜻蜓给我，好吗？"

朋友笑她，"瞧你醉的，像个小孩子，还要什么蜻蜓。"

后来，朋友又说，那一天，同醉的，还有新郎官。他喝着喝着，就流泪了，嘴里面也嘟嚷着什么蜻蜓蜻蜓的，没有人听得懂。

第三辑
住在自己的美好里

世上所谓美好的事物，大抵都如此，只安静地住在自己的美好里，这才保存了它们的本性。

看 花

一朵花的开放，它从来没有去征求过谁的同意。风也管不着，鸟也管不着，灵魂便自由了。

这时节，只要一有空闲，我就跑出去看花。

春天最不值钱的，就是花。

走在路上，我有君临天下的感觉，身边莺歌燕舞霓裳飘拂，后宫佳丽何止三千！人实在是有福气了，人并不知。我看路人走过花旁，一树樱花，一树桃花，还有几树海棠，那么沸沸的。他却视而不见，一径走了。我真是急，我恨不得拽住他，你看哪，你且看看哪，你就这么走了，多浪费！

也无须追到远处去，就在家门口转着吧，随便地一扭身，你也就能看到好。好是真的好。草都绿了，花都开好了，无一处不是欢欣鼓舞蓬蓬勃勃的。让你想到一个词，花样年华。季节可不正是到了它的花样年华时！

蒲公英在草地上眨巴着眼睛。这小家伙性格有点孤傲，少有成群结队的。它们撑着艳艳的小黄脸，东一朵、西一朵的，闲逛着玩儿。遇见，我也总是要向它行行注目礼。比方说，它在砖缝中。比方说，它在背阴的墙脚处。比方说，它在一截断墙上。我的内心，也总会引起一点小震动，生命的丰饶，原在生命本身，无关别的。

垂丝海棠开得顶烂漫，顶没心没肺的。春风也不过才吹了两吹，它们就跟商量好了似的，齐刷刷地冒出来，来开茶话会了。每根枝条上，都坐满了小花朵啊，手挽手、肩挨肩的，密密匝匝，盛况空前。

我走过它们身边，我老觉得它们在笑。一朵花先笑了，接着再一朵，再再一朵。然后，千朵万朵跟着笑起来，笑得花枝乱颤、云蒸霞蔚。

笑我吗？我扭头去望，不自觉的，也笑了。

油菜花开得就有些蛮不讲理了。它简直是泛滥，有一统天下的野心，成坡成岭，成海成洋。我走进一片油菜花地，老疑心耳边响着"哒哒哒"的马蹄声，它是要揭竿而起吗？

乡下的房，这个时候，是顶幸福不过的了，被它左抱右拥着，像荡在黄金波上的一艘船。有人出来，有狗出来，有鸡出来，有羊出来，那"黄金波"就跟着划过一道道细细的浪。风吹油菜花。唉唉唉，你只剩叹息的分了。

如果逢着河，如果河边刚好长着一棵野桃树，那你就等着束手就擒吧，你是注定动弹不得的了。水映着一树的花，花映着一河的水，红粉缥缈。有人在河边钓鱼，你看着那人，又欢喜又恼恨。你觉得他是在钓桃花瓣，却又搅了鱼的清梦。鱼嚼桃花影哪，自然与自然相融相生，美到地老天荒。

看到一棵梨树，开出落雪的模样。我走过去，坐在树下，奢侈地发呆。一个信息忽然过来，是远方的一个读者，她说，梅子老师，这些日子我过得很不快乐，我是一个特别在乎别人评价的人，你有过这样的烦恼吗？

我仰头望望一树的花，笑了。低头回复她，这样的烦恼，从前我也有过，现在没有了，因为，我的活，完全是我自己的事。就像一朵花的开放，它从来没有去征求过谁的同意。风也管不着，鸟也管不着，灵魂便自由了。

春在枝头已十分

纵使枯了萎了，只要一颗心，还在，一切都没有什么大不了的。

乍暖还寒，然春天，还是大踏步而来。

河边的柳们，站在细细的风里，已然新妆已毕，都风情万种地袅娜着——春在枝头已十分。

看春去呵——哪里的声音在唤。人在屋内坐着，是铁定坐不踏实的了。蠢蠢着，蠢蠢着。窗外的黄鹂，或是野鹦鹉的一声鸣啼，真正是要了人命。莫辜负了这大好春光哪，看春去呵，看春去呵。

那人说，知道吗，沿河的梅花都开好了。

那人说，知道吗，桃树的花苞苞都鼓鼓的了。

那人说，知道吗，草地的小草也都返青了，绿茸茸的。

那人说，再过几天，我们去看樱花吧。

他每日上下班，都要经过三座桥、四条街道，和两个街边小公园。沿途植满花草树木，他的眼睛，在四时季节里，从不缺少缤纷热闹。

我在他的叙述里，欢天喜地，热血沸腾。

其实，哪里用得着他叙述！我知道的，我都知道这些的。花草树木有序，到哪山唱哪山的歌，它们都明白清楚着，从不怠慢任何一步。日月天地里，它们一步一个印迹，笃实稳妥，一丝不苟，有条不紊，信念坚定，又自在淡然。人在花草树木跟前，怎样的倾倒崇敬也不为过。它们永远值得我们人类学习。

我在日历上开始涂抹，一页涂上赤橙黄绿，一页涂上红蓝青紫。去看花吧。去看草吧。去看叶吧。去看流水吧。去看青山吧。往那颜色深深处去，往那最是斑斓处去。

也去看风筝，牵着梦想和欢笑，在天上飘荡。半空中，那些纷飞的欢腾，我可不可以把它叫作幸福？它有关活着，有关成长，有关陪伴，有关呵护，有关单纯，有关期冀，有关恩爱。俗世的所求，原不过是这些。

想起新年里的一件事。大年初一，那人去所里值班，接到的第一个报警，竟是与死亡相关的。女人，吞药自杀。也才四十岁，样貌、家庭都不错，有儿念初中。然她一味苛求自己，事事都跟他人比，觉得不称心、不如意，活在自设的囚笼里。这次，儿子的期末考试考得不好，竟让她万念俱灰。遗书里她说，她活得太累了，她觉得自己这个做妈的，很失败。

我替她的孩子累得慌，这一生这一世，那孩子该背着多重的包袱成长、前行？她为什么不等一等？只要她稍稍等一等，一个春天也就来了。再厚的冰雪，也会融化。再卑微迟缓的小草，也会发芽。

　　我的阳台上，一盆枯萎掉的海棠里面，爆出了新芽。不过两三粒，紫红的，尚幼小。我不确定，那是不是海棠新爆出的芽。但我仍是很高兴。我很有把握地等着，一些日子后，它们定会捧出一盆的鲜活奔放来。

　　纵使枯了萎了，只要一颗心，还在，一切都没有什么大不了的。真的，熬过了冬，熬过了冰雪孤寒山冷水瘦，也就有了欣欣向荣。只要你肯等，只要你愿意坚守和相信，便总有一份好意来回报你。

住在自己的美好里

世上所谓美好的事物，大抵都如此，只安静地住在自己的美好里，这才保存了它们的本性。

一只鸟，蹲在楼后的杉树上。我在水池边洗碗的时候，听见它在唱歌。我在洗衣间洗衣的时候，听见它在唱歌。我泡了一杯茶，捧在手上恍惚的时候，听见它在唱歌。它唱得欢快极了，一会儿变换一种腔调，长曲更短曲。我问他，"什么鸟呢？"那人探头窗外，看一眼，说："野鹦鹉吧。"

春天，杉树的绿来得晚，其他植物早已绿得蓬勃，叶在风中招惹得春风醉。杉树们还是一副大睡未醒的样子，沉在自己的梦境里，光秃秃的枝丫上，春光了无痕。这只鸟才不管这些呢，它自管自地蹲在杉树上，把日子唱得一派明媚。偶有过路的鸟雀来，花喜鹊，或是小麻雀，它们都是耐不住寂寞的，叽叽喳喳一番，就又飞到更热闹的地方去了。唯独它，仿佛负了某项使命似的，守着这些杉树，不停地唱啊唱，一定要把杉树唤醒。

那些杉树，都有五六层楼房高，主干笔直地指向天空。据说当年栽植它们的，是一个学校的校长，他领了一批孩子来，把树苗一棵一棵栽下去。一年又一年，春去春又回，杉树长高了、长粗了。校长却老了，走了。这里的建筑拆掉一批，又重建一批，竟没有人碰过它们，它们完好无损地，生长着。

我走过那些杉树旁，会想一想那个校长的样子。我没见过他，连照片也没有。我在心里勾画着他的形象：清瘦，矍铄，戴金边眼镜，文质彬彬。过去的文人，大抵这个模样。我在碧蓝的天空下微笑，在鸟的欢叫声中微笑。一些人走远了，却把气息留下来，你自觉也好，不自觉也好，你会处处感觉到他的存在。

鸟从这棵杉树上，跳到那棵杉树上。楼后有老妇人，一边洗着一个咸菜坛子，一边仰了脸冲树顶说话，"你叫什么叫呀，乐什么呢！"鸟不理她，继续它的欢唱。老妇人再仰头看，独自笑了。

一天，我看见她在一架扁豆花下读书，书摊在膝上，她读得很吃力，用手指着书，一字一字往前挪，念念有声。那样的画面，安宁、静谧。夕阳无限好。

后来，听人在我耳边私语，说这个老妇人神经有些不正常。"不信，你走近了瞧，她的书，十有八九是倒着拿的，她根本不识字。不过，她死掉的老头子，以前倒是很有学问的人。"

听了，有些诧异。再看见她时，我不由得放缓脚步，多打量她几眼。她衣着整洁，举止安详。灰白的头发，被她编成两根小辫子，搭在肩上。她埋头做着她的事，看书，或在空地上，打理一些花草。

我蹲下去看她的花草。一排的鸢尾花，开得像紫蝴蝶。而在那一大丛鸢尾花下，我惊奇地发现了一种小野花，不过米粒大小。它们安静地盛放着，粉蓝粉蓝的，模样动人。我想起一句话来，你知道它时，它在开着花，你不知道它时，它依然开着花。

世上所谓美好的事物，大抵都如此，只安静地住在自己的美好里，这才保存了它们的本性，留住了这个世界，最原始的天真。

云水禅心

云是天上的水，水是地上的云。它们到底谁是谁呢？

好的曲子，是百听不厌的。

比如，我正在听的这首《云水禅心》。佛曲。四五年前，我初遇它，惊为天曲。魂被它一把攫住，满世界的喧哗，一下子退避数千里。

清清爽爽的古筝，配以三两声琵琶，如隔夜的雨滴，滚落在萋萋芳草上。一扇门，轻轻洞开，红尘隔在门外。人已完全做不了自己的主了，像懵懂的幼儿，一步步被它引领着，走近佛，走近禅，走近灵魂最初的地方。竹海森森，有泉水叮咚。有清风徐拂。有白云悠悠。有鸟鸣声交相呼应。鱼儿在清泉里，摇头摆尾。空气是绿色的，你甚至感觉到，有扑面而来的清洌和甜蜜。静，真静哪！这时候，你的心，化作一泓泉水流过去，化作一缕清风吹过去，化作一朵白云飘过去。不，不，还是化作一尾鱼好了，在清泉里，自由自在地游弋吧。

我的窗外，夏天的燠热一步一步逼近。今年的季节有点怪，春天久盼不至，夏天却急不可耐，一马当先，攻城略地——天气猝不及防地热起来。可隔了几年未听，这首《云水禅心》，还是一如既往的清丽。再多的烦躁，在它的轻抚下，也一一平息。

云水？这个词真是绝妙！云是天上的水，水是地上的云。它们到底谁是谁呢？一个，是另一个的影子，相互倾慕，相互辉映。

不记得在哪里看到的一句话了：云飘到哪里，人追到哪里；水流到哪里，人走到哪里。这天与地，原不是太阳的，不是月亮的，而是云的，是水的。

那一日，与几个朋友相约，去几百里外的便仓看牡丹。那里有传说中的枯枝牡丹——紫袍和赵粉，枯枝之上，绽放欢颜，花开七百四十年。驱车途中，一条河在我们一侧，一路跟随。天空晴朗，云朵洁白。突然撞见一个老渡口，有渡船停在岸边。午后清闲，老艄公独倚在船头，望天。隔岸，一个村庄像一幅水粉画，静止在那里。满坡的油菜花，还没开完，将谢未谢，把半条河给染得金黄。黛青的瓦房，散落在菜花间。

我们跳下车，奔过去。同行中，有四十大几的男人，激动得像个孩子，拿起照相机，一通猛拍，嘴里不停地嚷，多好啊，多好啊。

好什么呢？这天！这地！这云！这水！这渡口！老艄公倚在船头，气定神闲地看着我们。他是见多识广的，单等我们说，过河去。

真的过河去了。一人一元的渡船费。我们说，不贵不贵。好奇地问老艄公，你一天要渡多少人过河呢？他答，有时多，有时少。我们笑了，这话，像禅语。

船向对岸划过去，击起水花一朵朵。水里的云影，被搅碎了，又很快缝合。船一靠岸，我们立马扑进岸边那片油菜花地，走小径，过小桥。桥下忽然荡来一条小船，上面载着一些农用物品。船上有三人，两个男人，一个女人，女人头上系着花头巾。他们一门心思撑着小船，从我们跟前划过去，划过去。岸边杨柳青。

我们忘了要去的目的地，在那个小村庄里流连，心里涨满莫名的感动。人生的相遇、相见、相别，是这样的不确定，又是这样的合情合理。佛家说，云水禅心。又，云在青天水在瓶。一切的物与生命，原都以自然的面貌，各各存活在自己的岁月里。像那个老渡口，一河的水，倒映着岸边的油菜花，倒映着蓝天白云。午后的阳光，泼泼洒洒。一艘小船，从时光里，悠然撑过。

放风筝

远远近近的人，都停下来看。他们不看风筝，看放风筝的女人。

女人想放风筝。

三月天，阳光温暖得像开了花。南来的风，渐渐变得柔软，轻抚着每一个路过的人的脸，抚得人的骨头都发了酥。女人的心里，生出一根青绿的藤蔓来，朝着风里长啊长啊。这样的风，多适合放风筝啊，女人想。

是打小就有这个愿望的，要在三月的风里，尽情地放一回风筝。女人的父亲过世得早，母亲又体弱多病，她是家里长女，早早承担起养家的责任。女人清楚地记得，那个时候，也是三月天，桃花一枝一枝的，在人家屋前绽放。风轻轻拍打着村庄。弟弟妹妹们拿了破牛皮纸，糊在竹片上，制作成简易的风筝，在田埂边放飞。风筝像只大鸟，飞上天了，弟弟妹妹们快乐的叫声，震天震地。女人也只是远远瞟一眼，羊还在等着吃草呢，母亲的药还在等着煎，地里的庄稼活，还有一堆，她哪有那份闲情逸致呢?

也终于等到弟弟妹妹们长大，女人这才卸下肩上的担子。这时候，女人也到了谈婚论嫁的年龄。她收拾一番，把自己嫁了。所嫁之人也不富裕，常年在外打工，她守着家，操持着家务和农活。曾经放风筝的愿望，就这样，被丢进了岁月的深深处。

不久，女儿出生了，女人的全部心思，放到了女儿身上。转眼间，又是三月天，女儿会跑会跳了，男人给女儿买回一只蝴蝶大风筝，丝绢做的呢，花花绿绿的。女人盯着风筝看，看着看着，眼光就潮湿了。多漂亮的风筝啊，女人伸出手来，把风筝摸了又摸。

男人根本没留意女人的眼光，男人说，我陪孩子去放风筝，你把我包里的脏衣服洗一下。男人带回的脏衣服有一大包，搁在水池边。女人抚风筝的手，就缩了回去。女人答应一声，转身拿了澡盆，泡上脏衣服。

女人蹲在水池边，心不在焉地洗着男人的衣服。肥皂的泡沫，浸到她的眼睛里，女人抬手抹了抹，眼泪就跟着下来了。女人觉得委屈，却又不知道委屈什么。她抬头，看见女儿在田埂边拍手跳，看见男人手里的"花蝴蝶"，飞上天了，越飞越高，越飞越高。女人就又笑起来，只要女儿快乐，就好。

女儿大了，外出读书，后留在城里，有了自己的天地。男人也不用再外出打工了，他回到家里，陪女人种地，养些鸡鸭鹅的。家里虽仍不富裕，但吃穿不愁了。女人突然松懈下来，在大把的时间里发呆，曾经以为湮灭掉的愿望，开始在她心里泛着泡泡儿，让她不得安神。

又是三月天，女人忽然对男人说，我想放风筝。

放风筝？男人笑了，以为女人在开玩笑。都五十来岁的人了，怎么想玩小孩子玩的玩意儿？这不让人笑话么！男人就说，好端端的，放什么风筝呢。

女人执拗地说，我就是想放风筝。

男人看看女人，再看看女人，女人的神情，不像是开玩笑的。男人心里"咯噔"了一下，男人依稀记起以前女人看风筝的样子，目光湿湿的。是他疏忽了，女人原来有着这样的风筝情结。

男人跑去买了一只蝴蝶大风筝，丝绢做的，花花绿绿的。女人牵着"花蝴蝶"，在田埂边放。"花蝴蝶"飞上天了，女人的心，跟着飞上天。能这么放一回风筝，我这辈子没白活。女人笑了，她轻轻地对站在一旁的男人说。

远远近近的人，都停下来看。他们不看风筝，看放风筝的女人。四野安静，头上已霜花点点的女人，是很惹眼的一道风景。

家常的同里

没有人介意这样的河，没有人介意这样的水，要的，只是这样一个悠闲的日子，承载难得的清静和喜悦。

同里的河，都是顺着房子走的。或者反过来了，房子是顺着河走的。岸边人家，几乎家家都设有客栈，写着客栈大名的布幡飘在半空中，红的、黄的、蓝的，街道上空，便弥漫着千年古镇特有的气息。真的走进去了，却是一副现代市井的模样。家家都会做糕点，热腾腾的青团子、芡实糕、桂花糕、花生糕、萝卜饼，还有一团甜蜜的绕绕糖。游人少有敌得住诱惑的，停下，买上几块，边走边吃，无拘无束，像童年回归。

家家门前，都傍河摆着藤编桌椅，上有凉棚撑着，茶壶一把，茶杯几只。你若走累了，就坐下来喝口茶吧。不喝也没关系的，就坐坐吧，坐到天晚了也没人赶你走。一直急不可耐的时光，在这里，缓慢下来，像一方暖阳，泊在那里。真好，不用急着赶路，也没有未完的事在催着，这会儿，你属于你自己，一颗心完完全全放下来，像那房檐下蹲着的一只发呆的小白猫。

发呆？确是如此。河里不时有游舫摇过，那上面就坐着几个发呆的人，脸上有阳光的影子在跳跃。河不宽阔，河水也不够清澈，甚至有点浑浊。岸边的倒影，在水中模糊成一团色彩，仿佛有人随意泼上了一大桶颜料。却没有人介意这样的河，没有人介意这样的水，要的，只是这样一个悠闲的日子，承载难得的清静和喜悦。

当地妇人埋首在膝上的筛子里，在剥一些小圆果子。白的肉出来了，小米粒似的。我站边上饶有兴趣地看大半天。她由着我看，至多笑笑，复低头剥。我终于忍不住相问，你剥的是什么呢？妇人笑答，芡实啊。见我发愣，她说，就是鸡头米啊，可以做糕点，也可以熬汤煮粥喝，养脾脏呢。要不要来点？她问我。我笑着摇摇头。满街的芡实糕，原来是这个做的啊。

游人们这里探头看看，那里探头看看。看什么呢？红灯笼下的人家，一律有着深深的天井。一个天井就是一个或几个故事，几世人的悲欢离合，都化作一院的香。是桂花。每家院子里，似乎都栽有一棵。十月，它的香已浓到极处，满街流淌。游人们奢侈了，踩着这样的香，去看退思园。去访崇本堂和嘉荫堂。在三桥那里等着看抬新娘子。

同里的三桥，几乎成了同里的象征。三桥分别是太平桥、吉利桥、长庆桥，呈"品"字形跨于三河交汇处。当地习俗，逢家里婚嫁喜庆，是必走三桥的。做新娘子的这个时候最神气了，被人用大红轿子抬着过三桥，边上有人口中长长念，太平吉利长庆！探问当地人，这风俗起于何年何代呢？都笑着摇头说不知。祖上就是这样的啊，他们平静地说。祖上到底有多久？随便一座桥，都沐过上千年的风雨——这一些，在一路奔来的外地人眼里，都是惊叹，同里人却早已把它化作淡然。有什么可惊可叹的呢，他们日日与之相伴，成为家常。

天光暗下来，游人渐散，同里回归宁静。我回入住的客栈，那是幢老宅院。走过一段狭窄且幽暗的通道，方可进入天井。二层小木楼，木格窗，古朴朴的，很久远的样子。我坐在天井里，我的背后，是一些肆意疯长的花花草草。一只猫蹲在一口瓮旁，静静看我一会儿，跳过窗台去。我跟主人王阿姨聊天，我说你们同里出过很多名人啊，你家祖上是做什么的？王阿姨低头笑，说，小老百姓呢。她提一壶茶，给我面前的杯子斟满，问我，明早想喝粥吗？我煮粥给你喝。

我笑了。这才是好。小老百姓的日子，本是现世的，当下那一茶一饭的温暖，才是顶重要的。

有鸟在，春天会回来的

我喜欢这样的告别，让人记住的不是衰落与悲伤，而是华丽与欢喜。

去一个叫台南的地方采风，那儿有温泉，传说是董永、七仙女待过的地方。

想爱情真是一件奇妙的东西，它让七仙女连神仙都不做了，偷偷下凡来。上无片瓦、下无寸土亦是不在意的，只要一个董郎在，便是她的全世界。

我们的车子，经过一些田野、一些小河、一些村庄。季节已是深秋，满眼的草枯叶黄，好光景走到头的样子。你心甘情愿也好，你不情不愿也罢，时光是容不得人有半点迟疑的。草要枯的时候，自然会枯。叶要落的时候，自然要落。

气温一跌再跌，快冬了吧。一方阳光，水印子似的，泊在一片树林上。这是我们的目的地。我们下车，走进那片树林。

密林深深处，有房，有温泉。我们不急着过去，而是停下来，看那些树。

是些银杏树。这个时节的银杏树，可以用壮观来形容。别的树的韶华光阴，都是叶绿蓬勃时。独独银杏树不同，它的最美时光，是在它转身与你告别时。它把每一片叶子，都认真地给刷上金黄，远观去，像撑着一树一树的黄花朵。

我喜欢这样的告别，让人记住的不是衰落与悲伤，而是华丽与欢喜。

一地的落叶，像一地的黄蝴蝶。脚轻轻踩上去，有沙沙沙的回应，是叶子在歌唱。同行中有人对着一地的落叶感叹，落叶是美的。他这话一点不特别，然放在彼时彼刻，竟相当妥帖。风吹，树上的叶子，前赴后继地纷纷飘落，像下着一场叶子雨，流金溢彩，美得惊心动魄。

我想起朋友来。若不是生病了，这样的小聚，他必定不会缺席。想曾经，他是那么精力充沛的一个人，待人热忱，做事认真，才华横溢。一帮人聚，他每每总是焦点，大口吃肉，大碗喝酒，涉论话题，纵横古今。谁知道他竟患上肝癌，且是晚期！电话里，他倒反过来安慰我，我没事的，我只是来鬼门关门前看一看，还是会回去的。到时，我们还一起喝酒，一起话古今。

我笑着应，好，我等你。但我清楚地知道，这是不可能的了。他再也看不到这样的秋天，看不到这样一场美丽的"叶子雨"。

"昨日繁阴在，莺声树树春。"我摊开手掌，一缕阳光，跌入我的掌中。我突然为这缕普普通通的阳光感动了。回忆总叫人无限怅惘，逝去的永远追不回。可是，我还拥有当下啊，当此时，我在，树在，落叶在，鸟在，阳光在，世界在……怎不叫人感激！

活着，就好。活着，就好啊！

一群鸟雀，慌不迭，忙乱乱的，飞过我们的头顶。似一群莽撞的孩童，在野地里滚着、爬着，稚语一片。一人停下脚步，侧耳，说，听，这鸟叫啊。他神情专注，仿若初见。

我们都跟着停下来，微笑着，倾听。没有人再说话，只有那一树一树的鸟叫声，灌进耳里来。

我想，有鸟在，春天会回来的。

女人和花

花的开放，原本是件极自然的事。可贵的是，有的花却能在苦涩里，迸出生命的热情和喜悦来。

女人开了一家花店。

花店在偏巷里，门面不大，十来平方的样子。门口的空地上，挤满花草，都是寻常的一些花。其中，大丽花居多。一盆挨一盆，万分热烈地开着。

我路过，停住，看那些大丽花。它们或大红，或玫粉，一律的色彩浓郁，拼了命地往那色泽的幽深里钻。我爱这些花，从小就爱。每一朵花上，都住着我的童年。童年的茅屋檐下，大门两侧，一侧长着菊，一侧长着它。

它的根，像极了红薯。我小时候疑心过它能吃，偷偷挖出它的根，放嘴里嚼。苦，苦透了。开出的花，却又丰腴又富丽，喜洋洋的，让人瞧不出一丝苦涩来。

我想买两盆带回去。

女人听到动静，从店里走出来。大妹子，你看花呢！大嗓门嘎嘣嘎嘣的，吓我一跳。

我定睛看女人，有点惊讶。她长得实在够"魁梧"的，胖墩墩的身子，胖乎乎的脸。红黑的两颊上，爬满太阳斑。这样一个人，似乎与花花草草沾不上一点边。

这些都是你种的花？我有些怀疑地问。

当然，我喜欢花。女人爽朗地一笑，大妹子，你看上什么，就挑什么，都是我自个儿长的，不会算贵了给你的。

我家里种了好几亩地的花呢，女人弯腰整理花草。

她的男人突然从店里出来，呼哧呼哧，喘着粗气。男人看上去瘦瘦的，半边脸歪着，身子也歪着。男人好不容易站稳身子，嘴里含混地说着什么。女人赶紧走过去，搀扶住他，笑着说，你怎么又出来了？你安心躺着嘛，我不会走远的。

女人送男人进店内。花的深深处，搭着一张简易的床。

女人再出来时，我已选好两盆大丽花，一盆大红的，一盆玫红的。

女人看着花笑了，大妹子，你真会挑，这花一点不娇气，好长呢。

我笑笑，没说话，心里在惊讶着她的男人。

女人不在意，往屋里看了看，蹲下身子，给我的花重新装盆培土。

他呀，跟个孩子似的，一眼看不到我，就怕我跟人跑掉。哈哈，她大笑，大妹子，你看就长我这模样的，又老又丑，谁还会要我呀，他不抛弃我就是我的造化了。

他吧，原先身体壮实着呢，比我还壮实呢，扛一二百斤的水泥袋子走路，腿都不抖一下。你看不出吧？女人自顾自说着。说到这儿，又突然乐了，兀自呵呵地笑起来。

我们一起去过很多地方打工，上海啦，武汉啦，最远的我们还到过深圳呢。攒了些钱，家里也盖上楼房，空调冰箱一应齐全。这日子过的，我做梦都要笑醒了。

他倒跟我开起玩笑来，中风了，赖在床上不肯起来，躺了好几年呢。

我把房子卖啦，给他治病。他还舍不得，老念叨那房子。我觉得吧，人比房子重要，人没了，啥都没了。房子没了，还能重挣回来。

我也没别的本事，就是打小就喜欢些花花草草的，盘算着，开了这家花店，也方便照顾他。

你看，他现在好多了，能撑着站起来，也能走上几步路了。我相信再调理过一两年，他会完全康复的。说话之间，女人已帮我换好花盆，重新培好土、洒好水。刚喷过水的两盆大丽花，看上去更艳丽了。女人笑着拍拍手上的泥，直起身来，说，大妹子，你以后需要花，就到我家来吧，我肯定会算便宜给你。

女人的身上，摇动着花的影子，女人看上去，也像一朵花了。我一时间不知说什么才好，只不住点头。我想，花的开放，原本是件极自然的事。可贵的是，有的花却能在苦涩里，迸出生命的热情和喜悦来。如这个女人，让我敬重。

看　云

地上有花，总不会辜负眼睛。天上有云，也总不会让眼睛失望。

我的 QQ 签名一直是：抬头看天，低头见花。

地上有花，总不会辜负眼睛。天上有云，也总不会让眼睛失望。

比如，那样一个夏日的黄昏，我下班回家，走在紫薇花夹道的路上，偶一抬头，我被天上的云吓住了。

怎么来形容那些云呢？像鱼？是的，很像。是一群又一群白的鱼，在空中游弋着，你都能看见它们身上的鱼鳞，反射着光亮。湛蓝的天幕，做了海洋。

又像千万只绵羊，挤着拥着。去找绿草地呀，去找羊妈妈呀。你甚至听到它们咩咩咩的叫唤声。

又像是瀑布，跌落在礁石上，溅起大朵大朵雪白的浪花。

你仿佛听到哗啦啦的水声，自高空流淌下来，脑海中忽的跳出李白的那句"君不见黄河之水天上来"。谁说地上的水，不是天上的云变的呢？

这个时候，天空中除了云，还是云。雪一样的云。盐一样的云。棉絮一样的云。白莲花一样的云。

忽然，一朵云跑起来。两朵云跑起来。三朵云跑起来。无数朵云跑起来。它们一直跑向天边去。天边出现了奇异的变化，夕阳像块糖似的，整个的，融化了。蜜汁一点一点渗透进那些云朵里。云朵幻变出千万朵瑰丽的花，开啊，开啊，开啊，直开到夜幕四合。白天和夜晚的交接，原是如此辉煌。

再比如，秋高气爽的天，你走在路上，无论什么时候抬头，都能看见云，成群结队的。它们一会儿羽化成衣，飘飘拂拂。一会儿又激荡成沙滩，上面的粒粒脚窝，都看得清晰。而大地之上，栾树已红成一片了，如待嫁的新娘。我总觉得这个时候，天与地在秘商着一件什么大事。是什么呢？午后，我在东亭北路上走着，路两边全是火红的栾树，我看到天上一团云，白色的大鸟似的，飘着飘着，眼看着就要掉下来。

邂逅红叶谷

它们把一场生离死别，演绎得华丽出彩，叫人忘了悲伤，只有欢喜。

济南有条河叫锦绣川。锦绣川南部的大山里，有谷名曰：红叶谷。

我是路过。听人说，近处有个红叶谷。当下心动。寻常见着一树两树的红叶，都足够让我欣喜了，何况那满山红叶铺成的山谷！去看，当然去！

已是晚秋，秋意浓厚，叶枯草衰，少见鲜艳。山路弯弯曲曲、曲曲弯弯。车子顺着山坡忽上忽下，如坐过山车，叫人提着一颗心。偶见一户两户的山里人家，散落在山坳。青砖青瓦的小房，简朴着。我在心里犯着嘀咕，这谷外，也未免太寻常了。视线却忽然开朗，一片宽阔地带展现眼前，彩旗飘飘，车马喧腾——红叶谷到了。

登石级，入谷里，人仿佛一下子掉进了传说中的阿里巴巴的山洞，一洞全是金光闪闪的宝藏哪！眼观处，每一棵黄栌，都是披红挂金的。它们悄悄的，不胜喜悦的，商量着一件什么秘密事，满头满身，都泛着兴奋的潮红。

人顺着谷中小径走，头顶上是绚烂，身侧是绚烂，脚底下是绚烂。拐角处撞上的，还是绚烂。再普通的一个人，也变得绚烂起来。像梦，似幻，天上人间。

山坡上上下下。黄栌们跟着上上下下。红叶们，便也跟着上上下下。一簇簇盛开。一片片铺开。像红盖头——山坡就要出嫁了。场面真是浩大，"红地毯"铺着，"红被子"卷着，"红灯笼"悬着，"红烛"燃着——喜事临门，满山谷的红艳艳，红透了的红。近处，远处，都是华丽到不能再华丽，富贵到不能再富贵。你手中相机的镜头，根本无须挑角度，闭着眼睛随便拍吧，定格下来的画面，也是夺目的、独一无二的。

山泉汇聚，蓄成湖，叫绚秋湖。湖边山坡倒映。红流淌到湖里面了。金黄流淌到湖里面了。间或的，一撮两撮的松绿，或是竹绿，也流淌到湖里面了。水成彩色的水了。有白鹅凫在这样彩色的水里面发呆，秋意如此浓酽，想它们也是醉了。人站在湖边，只剩下惊叹的分了，美，真美啊！瑶池仙境，莫过如此。

雾起。山谷隐映在雾里面。那些红，便在雾中浮浮沉沉，如红色的小金鱼在游。一簇簇。一团团。又如红色的轻舟荡过。我蓦地想起白居易《长恨歌》里的诗句："西宫南内多秋草，落叶满阶红不扫。"一场君王之爱，也敌不过生死别离，人走后，只剩凄清荒凉。可分明情未断、思未了，她还在他的眷恋里。红不扫，红不扫！他日日见着，满阶红叶，哪一片不是旧日情思？上天入地，见它如见卿卿。

突然间，我读懂了那些黄栌，它们原是用红叶来寄情的啊。别离只是暂时的，活才是永恒的。所以，它们把一场生离死别，演绎得华丽出彩，叫人忘了悲伤，只有欢喜。

在菊边

没有一朵菊是愁苦烦闷的，那是因为，菊的心里，住着芬芳。

一

新搬进的房，可以接纳大捧的阳光。

阳台上有。房间里有。转一圈，看到吃饭的餐厅里，居然也有一束阳光，像朵花似的，绒绒的，开在我的餐桌上。那是后面人家的窗玻璃反射过来的。

我坐进书房里写字，阳光悄悄跟进来，趴在我的脚面上。像只听话的猫。它不言不语。我也不言不语。有时，心灵的懂得与相知，语言便成了多余。

我写一会儿字，看一下它。再写一会儿字，再看一下它。我觉得它笑了，我便也笑了。

我很享受这种寂然的欢喜。

二

去看最深的秋。再不看，又得等一年了。人生经得起几番秋去秋来？所以，不等。

穿一件新买的红格子外套。很乡村的味道。这种味道，最适合我。不饰不装，如庄稼。

好吧，来世，就让我做一棵庄稼吧，小麦，或是水稻。我将在黑色的泥土里，由一粒小小的种子，成长为丰收的金黄。

这样的生命，真的很丰富。

秋在那里。

在滩涂上。在林子里。

万亩银杏，寂然在风里。

一树一树累累的果，像镶了一树金黄的珠子。谁知道它内里的香软？

没人采摘，任由那些果实一径落下。地上果实和落叶，缠绵在一起。生生世世的样子。

我倚着银杏树拍照。每一棵银杏树，都是看客。我试图端出我最美的样子，给它看。我笑得真心实意。我笑得欢畅开怀。我笑得无忧无虑。

风有些大，却不感到冷。怎么会冷呢？这么多银杏树，等我在这里啊。我从这棵，跑向那棵，再跑向另一棵，再再另一棵。我们相视，没有一句话。

要语言做什么呢？有这颗滚烫的心，就够了。

我捡拾了很多的银杏果。吾乡人又称它白果的。我觉得白果这叫法好，白白的果子，又直白又形象。它内里的核晒干了，的确白净得很。从前我奶奶形容小脸的女孩长得好看，她总会这么说，哎呀，那孩子生得多好，长了一张白果脸呀。

现在，把它用水泡软，去外皮，用纸包上，放微波炉里转上一两分钟，便是香软的小吃食了。

我提着一袋的银杏果，像提着这个秋天最华美的馈赠。我要一天吃上几颗。从今往后，我的每一个日子，都将是香软的了。

三

怎么也没想到会遇到那些菊。那真是意外的惊喜。

我只是偶然路过。

菊开在林子里，开在一棵一棵的白杨下面。

不是一朵。不是两朵。不是三朵。而是一地，一地，再一地。朗朗的，望不到尽头。

我左右环顾，寻找主人。

哪里有？漫长的海堤，少有人烟。连过路客也很少。

它是寂寞开无主。

可是，这有什么要紧？花开与不开，完全是花的事。

我看了这朵看那朵。颜色也就黄，和白。素洁的，却又是绚丽的。你开你的，我开我的，不吵不闹，一律顶着一张笑脸。

曾听过一首《在梅边》的歌。歌词写得乱七八糟，却有一句记在心上：在梅边落花似雪纷纷绵绵谁人怜。

那么，在菊边呢？在菊边，眼眼都是绚丽的欢喜。

低头轻嗅，有浅香钻入肺腑。没有一朵菊是愁苦烦闷的，那是因为，菊的心里，住着芬芳。

阳光的味道

阳光是有味道的，那是童心的味道，是这个世界最本真的味道。

这是初冬。天气尚未冷得彻底，风吹过来，甚至还是和煦的。从七楼望下去，还见一些绿色，夹杂在明黄、深黄、金黄、紫红、橙红、褐粉里，那是银杏、梧桐、桂树、枫树，还有一些白杨和杉树。秋冬转换之际，原是用色彩迎来送往的，斑斓得落不下一丝惆怅。霜叶红于二月花呢，哪一季都有自己的好。这就像我们人生，童年有童年的天真，少年有少年的飞扬，青年有青年的朝气蓬勃，中年有中年的稳健成熟，老年有老年的宽容慈祥，每一个年龄段，都有自己的风和日丽。

阳光在高处，像一群小鸟，飞过来，扑下来，落在七楼的阳台上，觅食一般的。有什么可觅呢？我和写作班的孩子们，在阳台上嬉戏。八九岁的小人儿，青嫩的肌肤，散发出茉莉花般的清甜味。我看到阳光爬上孩子们的脸蛋，爬上孩子们的眉睫，爬到孩子们乌黑的发上。孩子们向日葵一样的，朵朵饱满。阳光要觅的，可是这人世间最初的味道？清新的，纯粹的，未染杂尘。

仿佛就听到阳光的声音。是一群闹嚷嚷的小雀，挤着拥着，要往屋子里钻。也真的钻进来了，从敞开的大门外，从半开的窗户间。装空调的墙壁上，有绿豆粒大的缝隙，阳光居然也从那里挤了进来。屋子靠窗的桌子上，茶几上摊开的一本书上，一角的地板上，就有了它跳动的影子。阳光的影子有些像小鱼，尾巴灵活。或者说，阳光就是天空中游动的鱼。

这么一想，再抬头看天空，就觉得有无数的小鱼在游。这些小鱼游下来，把这尘世每一丝被遗漏的缝隙填满，再多的冷和寂寞，也被焐暖了。我想起那年在一旅游地，邂逅一景点，叫一米阳光。游人众，都是冲着那一米阳光去的。幽深的山洞里，光明是隔绝在外的，只能摸索着前行。这个踩了那个的脚后跟，那个撞了这个的肩，时不时还有峭壁碰了头，大家发出惊叫声。突然，眼前一亮，一缕光亮，从头顶悬下，如桑蚕丝般的，抖动着，那是阳光。仰头看，洞顶，在石头与石头之间，天然留有米粒大的缝隙，阳光从那里溜下来。一行人噤了声，只呆呆望着那一米阳光，它是黑里的亮，是寒里的暖，只要你肯给它留一丝缝隙，它就灿烂给你看。

孩子们在阳光下欢闹，孩子们说，老师，我们在泡阳光澡呢。我一怔，多么形象！阳光被他们扑腾得四处飞溢，像搅碎了一浴盆的水。这"水"，顺着阳台，一路淌下去、淌下去，淌到楼下人家的花被子上，淌到楼下行人的身上。其实，这"水"，早就在空中流淌着，高处有，低处有，满世界都是阳光的海。

孩子们伸出手，左抓一把，右抓一把，仿佛就把阳光抓住了。他们使劲嗅，突然对我说，老师，阳光是有味道的。我微笑着问，什么味道呢？孩子们争相回答。一个说，巧克力的味道。一个说，橘子的味道。一个说，菊花茶的味道。一个说，爆米花的味道。一个说，牛奶的味道……

是的是的，小可爱们，阳光是有味道的，那是童心的味道，是这个世界最本真的味道。

一日崇明

这时的天空和大江，正相互走动，云走到江里，水走到天上。

想去崇明岛看看，也便去了。

不识路，绕过许多的弯。却不怕迷路，因为正好可以四处闲看。秋深时哪里的风景，都是一抓一大把。譬如乡村，田野里的水稻收割后，地里留一地金黄的茬茬，像铺着金黄的毯子。柿子树上的柿子，农人们懒得摘，一任它挂着。满树的叶落尽，只剩红彤彤的果子，远观去，一树的红宝石似的，特别入得画。野菊花们东一簇西一簇的，扎着堆儿，似在窃窃私语。遇到一片茅花地，雪一样的白。风吹过，所有的茅花，都跳起舞来，像下着一场鹅毛雪。

我们到达崇明岛时，天色已晚。夕阳正拖着橘色的长尾巴，从一些树梢上滑过。在通往崇明县城所在地城桥镇的路上，偶有车辆驶过，划破一岛的宁静。路两边全是密密的林子，不见人家。夕阳的尾巴，也终于消失在西边天的江里面，路边的林子，变得高大起来，神秘不可测，跟一座座小山似的，与黑夜融为一体。

事实上，崇明岛没有山。它是长江的入海口，被誉为"长江门户、东海瀛洲"，一面环海，三面环江。岛上植物密布，品种数不胜数。整个崇明岛，就是一座巨大的天然氧吧。

夜晚的城桥镇，也是灯火明亮的。街道两旁少有高层建筑，路上的行人不多，三三两两。摆夜摊的，在晚上八九点才出来，卖些衣物小挂件之类的。我们从街南转到街北，从街东转到街西，恍惚走进江南随便一座小镇。

住江边小屋。夜里下起雨，雨急风狂。江水奔涌的声音，历历在耳，咆哮着，仿佛要把整个小岛给掀了。掀却是掀不掉的，小岛历经一千三百多年，是个老人了，泥沙堆积，根基牢固，是目前世界上最大的沙岛。

睡在床上，听窗外雨打风吹、江水奔腾，感觉自己像睡在一艘小船上。可不是，崇明岛就是泊在江里的一艘船啊。思绪不免漫天游走，最初的最初，是哪个渔民，在江里打鱼，来此歇脚，搭棚居住？他爱上这片岛屿，随后把心爱的女人也带来了，燃起第一缕人间烟火，从此，他们在岛上生儿育女，荒岛变成烟火凡尘。

早起，风有点飕飕的冷。昨夜一场风雨，似乎把秋给送走了。问旅店老板娘，崇明哪里好玩？老板娘大概极少遇到这么个无厘头的问题，想半天才说，好玩的地方啊，你们去江边看看吧。

去江边。风大。路边的风车转得呼啦啦，犹如驶过大型货车，害得我不时回头，怕有车过。哪里有？整个崇明岛，还安睡在梦里面。路的一侧植有一排排银杏，和柏树。木芙蓉一丛一丛，花已开过，余下一两点红，惊艳得很。

日出。眼见着鲜红的太阳，从江里腾跃出来，整个江面霎时被映照得波光流转，一片绯红。天空也是一片绯红，大江似的，波光流转。初升的太阳，在它们中间铺了一条霞光道，分不清谁是谁了。我信，这时的天空和大江，正相互走动，云走到江里，水走到天上。

太阳渐渐升高，天回到天上，江回到江上，崇明岛开始人声沸腾。江边陆陆续续有了游玩的人。当地做小生意的居民，一下子冒出那么多，卖毛脚蟹的，卖小鱼的，更多的是卖崇明的小吃——崇明糕和米团子的。刚出蒸笼的崇明糕，洁白暄软，诱惑着人的味蕾。

崇明糕的历史可谓源远流长。崇明的俗语里就有：自有崇明在宋朝，同龄就是崇明糕。糕的主要成分是糯米，里面掺和了大米，再加核桃、芝麻、桂花等，做成不同口味的，糯软，香甜。每一个到崇明的人，没有不品品崇明糕的。在崇明的大街小巷都有卖，八月十五的月亮似的，一斤一只，或是二斤一只。在一家店里，我还见到五斤一只的。

午饭后我们回头时，我买了不少的崇明糕，沉沉地提在手上，带回家送人。吃是其次的，分享才是最重要的。这是崇明的特色点心崇明糕啊，我这么介绍。一日崇明，就裹在这香甜糯软的糕点里了。

第四辑
追风的女儿

月下一支清冷的百合，在乐曲声中，徐徐地开了花。

一树一树梨花开

只有记取了死亡，才真正懂得，活着，是一件多么幸运与幸福的事。

多年以前，在那个春风拂拂的季节里，在一树一树梨花开得正灿烂的时候，我们第一次触摸着了死亡。那年我们都是十七岁，梨花一样的年龄，梨花一样的烂漫着。

被死亡召去的，是个和我们一起吃着饭上着课的女孩子。女孩子姓宋，人长得纤弱细巧，犹如宋词里那个弹箜篌的。平时成绩不好也不坏，与同学的关系不疏也不密。

是在一个阳光融融的春日上午，她没来上课。平时有同学偶尔缺半天一天课的，这挺正常，所以老师没在意，我们也没在意，上课、下课，嬉戏打闹，一如往常。但到了午后，有消息突然传来，说她死了，死在去医院的路上。是突发性的脑溢血。

教室里的空气，刹那间凝固成稠状物，密密地压迫着我们的呼吸。所有正在热闹着的语言、动作，都雷击般地僵住了，严严地罩向我们的，不知是悲、是痛，还是悲痛的麻木。更多的是不可思议——怎么死亡会离我们这么近？

别班的同学，结队在我们教室门口探头探脑，那个女孩子的死，使我们全班同学成了他们的同情对象。我们惶恐得不知所措。平日里的吵吵闹闹，在死亡面前显得多么无足轻重。我们年轻的眼睛互相对望着，互相抚慰着。只要好好活着，一切的一切，我们原都可以不计较，原都可以原谅的啊。

死亡拉近了我们，我们团团围坐在一起，小心翼翼地轻抚着有关那个女孩子的记忆：我们知道了下雨天，她会把伞借给别人；知道了她常常把好吃的东西，带给同宿舍的人；知道了她曾把身上的毛线衣脱下来，给患感冒的同学穿；知道了她的资料书总与他人共享；知道了她很少跟别人生气，多数时候都是微笑着的……回忆至此，我们很有些恼恨自己了，怎么没早一点儿发现她的好呢？我们应该早早地和她成为好朋友，分享生活中的喜怒哀乐的啊。我们第一次触摸到了死亡时，也第一次懂得了什么叫珍惜。

后来不知谁提议，我们全班同学一齐去送她。她家住在梨园边上，她的棺材，摆放在梨花深深处。因当时殡葬改革刚刚兴起，按规定，她也必须实行火化。她的家人不舍得让她化成灰，偷偷把她用棺材装了，藏到梨园里。

我们有些浩荡的队伍，像搞地下工作似的，在一树一树的梨花底下穿行。一枝枝累累的花朵，碰着了我们的头、我们的身子。这样的举动，减缓了我们的悲痛，以至于我们见到她时，都异常冷静。我们抬头望天，望不到天，只见到一树一树的梨花。在梨花堆起的"天空"下，她很安宁地躺着，熟睡一般的。梨花映白了她的脸，她看上去，很美。我们挨个儿走过去，跟她告别，满眼都是雪白的梨花。恍惚间，我们都忘了落泪。

　　后来，我们走出梨园，她的父母在旁人的搀扶下，佝偻着身子，哭哑着嗓子，向我们一一道谢。那飘忽在一片雪白之上的无助，那锥心刺骨的痛楚，震撼了我们年轻的心。事后，我们空前团结起来，争相去做她父母的孩子。每个星期日，我们都结伴去她家，陪她的父母聊天，帮她的父母做家务，风雨无阻。这样一直延续到我们高中毕业。

　　多年以后，我们早已各奔东西，不知故土的那片梨园还在不在了。若在，那一树一树的梨花，一定还如当年一般灿烂着吧？连同那些纯洁着的心灵。记忆里最深刻最永久的一页，是关于死亡的。只有记取了死亡，才真正懂得，活着，是一件多么幸运与幸福的事。

相见欢

青春的回眸里，怎么能少了一朵花的香呢？

花，真大，硕大。白缎子扎出来似的。人普遍称之广玉兰。它其实还有个别名，叫荷花玉兰。这叫法才真叫体己，把它的清新脱尘，活脱脱给叫出来了。它是开在树上的荷花。

一排，一排，路两侧，高大的树上，栖落着这样的花朵。密集的绿叶之中，它的白，愈发显得醇厚、浓郁，质感嫩滑，跟新鲜的奶油似的，让人有咬上一口的欲望。

五六月的天，小城的荷花玉兰，不吵不闹地开了，一朵接着一朵，总要开到七八月。花香顺着风飘，清清淡淡，清清淡淡。是出浴后的女子，怀着体香。因为多，人多视而不见，他们日日袭着花香走，却不知道感激谁。

花不在意。无人留意它，还有鸟儿呢。我看见一只翠鸟，飞进花树中，在绿叶白花间，蹦蹦跳跳，幸福地鸣叫。纵使没有鸟儿光顾，也还有蝴蝶呢，还有蜜蜂呢。哪怕只为一缕拂过的轻风，它的开放，也有了意义。

与它，不是初相识，而是再相逢。是十八九岁的年纪吧，我远在外地的一座城读书。校园里走着，不经意就能撞见这样一棵树，高大，枝繁叶茂。没课的时候，我喜欢躲在二楼的阅览室看书，拣了窗口坐。窗外，一棵荷花玉兰，枝叶蓬勃得都俯到窗台上来了。什么时候看着，它都是满树的绿油油，春光永驻的样子。

最喜花开时分。是鼻子先知道的。一缕一缕的香，从窗外飘进来，在薄薄的空气中浮动，空气变得酥软。抬头，与花朵打个照面，心里的欢喜，一蓬一蓬地开了。

陌生的男孩女孩搭讪，是从这花开始的。

咦，花开了？那一天，终日在一张台子后坐着、负责登记各类报刊的男孩，突然站到女孩跟前来，顺着女孩的目光，看向窗外的荷花玉兰说。

是啊，花开了，女孩答。低头，眼光落在书上面，有些慌乱。

我看你每次来，都借阅诗歌一类的书，你很爱诗？男孩问。

女孩的心跳得缤纷，原来，他一直注意她的。女孩惊喜地说，你也爱诗？

男孩点点头，不好意思地说，我有时，也胡乱涂一些的。

男孩是阅览室的收发员，来自偏僻乡下，家穷，母亲多病，他早早辍学。因了一远房表亲的关系（他的表亲在这所学校任职），他得以在此谋得一临时差事。

女孩不介意这些，她和他交流各自写的诗。薄薄的黄昏，暗香浮动。

也有过一两回漫步，两个人，在旁人诧异的目光中，沿着一排一排的荷花玉兰走。没话找话的时候，他，或者她会说，看，花又开了好几朵了。

于是，都仰头看花。男孩忽然说，真羡慕你们这些大学生啊。又忽然认真地看着女孩说，谢谢你，你没有看不起我。

女孩的心里，又甜蜜又悲伤，竟是说不出的。

也就要毕业了。女孩去找男孩道别，才得知，男孩早已辞去工作，走了。女孩看到男孩留下的诗：你有你的路要走 / 我有我的路要走 / 感谢相遇的刹那 / 你的温暖 / 陪我走过孤独。

经年之后，我每遇到荷花玉兰，就会想起这些来。男孩的样子早已模糊，却清晰地记得那一朵一朵的花，在我青春的枝头，黯然绽放。

我现在任教的校园里，也植有大棵的荷花玉兰。午后清淡的闲暇里，几个孩子嬉闹着过来了，他们额上淡黄的绒毛下，望得见青嫩的血管在搏动。他们从一排花树下过，并不抬头看花。我忍不住喊住他们：

看，那些花。

花？哪里有？他们看看我，茫然四顾，终于在头顶上发现了大朵的荷花玉兰。他们惊叫起来，这么大的花啊！

青春的回眸里，怎么能少了一朵花的香呢？我笑笑走开去，任他们在花树下，叽叽喳喳。

在博鳌

人世间最深的情、最真的爱，莫过于勿忘和记得啊。

在博鳌，是适合过过慢生活的。

不大的一个小镇，主街道只一条。路两边遍植行道树，那是海南最具特色，也是最为普遍的树——椰子树。人从树下走，担心着树上累累的椰子，会不会突然掉下一只来，砸着了头。又猜测着，谁去摘那些椰子呢。那么多！

椰子树掩映下的房，高不过两三层，涂抹着大把艳丽的颜色，蓝，或黄，或红。门前或是窗下，都有花攀爬着在开。花在那里最不稀奇了，气温适宜，一年四季常开不息，朵朵奔放，色彩浓烈。三角梅多得像野地里的蒲公英。

色彩？对，一踏入博鳌，你就像走进一幅色彩浓郁的油画里，如海底世界的斑斓，炫丽得让你眼花。海风吹在身上，都跟带着油彩似的。外地人初来乍到，满是好奇，想着那些风情的房子里，到底有些什么样的风情呢。探头去看，不过是开着小饭店，或是卖着贝壳、珍珠类的工艺品，或是家庭客栈，或就是一杂货铺子。你所知道的日常零碎，店里面都有。椰子成堆儿垒在店门口。你渴吗？渴了就坐下来吧，劈上一只，捧手上慢慢喝。

老板娘会陪着你坐，笑眯眯地问你从哪里来。你要问的话，比她的多得多，比如这个小镇为什么叫博鳌。她会告诉你，鳌是一种神龙，且给你说上一段相关的传说。还辅之以别的传说，像女娲补天时，投下的圣公石，正好落在万泉河的出海口处，世世代代护佑着博鳌人。你后来查资料得知，"鳌"，是代表各种鱼类，跟"博"连在一起，是指鱼多鱼肥的意思。当年，这里最早的居民——疍家人，行走于水上，许下这美好的愿望，繁衍生息。

你觉得那老板娘可爱，她对于传说，那么深信不疑，且引以为豪。因为爱，才有自豪吧，这种情感，你也有过。你后来又跑去问她买一只椰子，五块钱。你坐在她的店门口，听她告诉你，现在来博鳌定居的外地人很多。这里冬天不冷的，气候好着呢，适合人居住，她说。又告诉你，哪里好玩，哪里有好吃的。她说了很多，你也记不住，只是笑笑，点头。

你其实不想去哪里玩，那些新开辟的旅游景点，人太多了，你对它们兴趣不高。连博鳌论坛会址你都没有去看。你很愿意就这样捧着一只椰子，让自己还原成庸常，与时光对坐。你不急着赶路，它也不急着要走，就这样，都慢下来了，椰子汁的天然奶香，在你的舌尖上打着滚。

喝饱了，沿着主街道闲步。主街道不长，一呼一吸之间，也就走到头了。主街道上有一家老房子，用斑驳的石块做着外墙。从外围看，老房子很像一艘小木船的船舱，也不知是哪一年的。裸露的台阶上，陈列着一些小花盆。墙角边，也有一大捧的花在开。红花朵，和黄花朵，一律地撑着笑，叫不上名字。老房子里的陈设，相当古董了，甚至有过去的留声机和老唱片。你要上一杯"歌碧"，慢慢啜。歌碧是当年南洋的老华侨们带来的，说白了，就是咖啡，有加奶的，和不加奶的。经当地人一演绎，变得风情得不得了。倚墙摆着老钢琴。旧的实木桌上，搁着从前的琉璃台灯。你坐在那里，似乎也成了一个古旧的人了。

街道的尽头，是南海。海浪拍击，日夜不停息。你很容易就想起那句话，子在川上曰，逝者如斯夫。那里，三江交汇的自然风光，是很值得一看的。三江分别是万泉河、九曲江和龙滚河，在亮如银箔子的日光下，江水河水，还真是分不清了。一条狭长的沙洲"玉带滩"，把万泉河和南海隔开，一边是风平浪静的万泉河，一边是烟波浩渺的南海。一如娴静女子，一似鲁莽大汉，相互交映，实属奇观。

如果你还想寻点静，就去"海的故事"里坐坐好了。那些像小孩子用蜡笔画出来的院子和房子，傍海而居，拙朴生动，稚趣十足。你人尚未踏进小院子，一抬头，看见门楣上书俩字：勿忘。心里动一动。进来，扭转身，看到反面书的竟是：记得。人世间最深的情、最真的爱，莫过于勿忘和记得啊。

　　你要杯白开水，或劈开一只椰子，坐在屋内，或坐在屋外，都行。眼中的一切，都是斑驳得恰到好处的。海风吹来，拂动起挂在屋旁的破渔网，你仿佛也就要出海去了。

追风的女儿

月下一支清冷的百合，在乐曲声中，徐徐地开了花。

《追风的女儿》是陈悦经典的箫笛之作。第一次听到它时，我信了一句话，音乐，会在一瞬间洞开人的灵魂。何况是用箫吹奏的呢？

在所有的乐器中，我一直对箫怀有敬畏。我以为箫是最具灵性的，它与露珠、与风霜、与星辰、与月光、与山谷、与河流连得很近。这首《追风的女儿》恰恰如此，它把日月星辰、山川河流、风霜雨露统统糅合在一起了，天衣无缝。

整首曲子听上去，不像是吹出来的，像是从灵魂深处长出来的。曲径通幽处，月下的藤蔓，伸了长长的触须，向着夜色渺茫处攀去。灵魂这时便像蜿蜒的小蛇，顺着月光的藤蔓，朝着更渺茫的夜空里爬行。那里有什么呢？莽莽苍苍，苍苍莽莽，流不尽的心事，泊不完的思念！

应该是在满月的夜晚，应该是在高高的山巅上，应该是这样一个女子——一袭白衣，长发飘飘，手执一管长箫，幽幽地吹。月下一支清冷的百合，在乐曲声中，徐徐地开了花。风悄悄吹起，月色泠泠而下。她的发飞起来、飞起来，乐曲滑翔，像纤手在寒冬里滑过青瓷。痛也是说不清的，悲也是说不清的，只觉得沁凉入骨。

　　她或许就是《诗经》里那个站成蒹葭的女子，永远的在水一方，却与爱情隔水相望。她或许就是《汉乐府》里那个被前夫所弃的女人，在前夫另结新欢了，她还跪着长问，新人复如何？心里是一千个一万个放不下哪。夜凉如水时，谁见她独自泪洒枕巾？她或许就是宋词里那个独上高楼的女子，望不尽天涯路，此情无计可消除，才下眉头，却上心头。

　　乐曲继续滑翔，风继续在吹。我怀疑，千百年来，那风就从没停过。因此追风的女儿，便从远古，一路追了过来，她们涉水而来，踏露而来，为爱百转千回。纵使被伤得千疮百孔，也在所不惜。

　　原来，这才是女人的死穴，一旦爱上，就再难放下。正如高胜美在另一首《追风的女儿》中所唱的："风来云也到，雨也落了。云一被风拥抱，就哭了。再也忘不了，你对我的好，被你骗到连天荒也老……"

　　其实，什么都明白的，曾经的好，早已风吹云散，天荒也老。却还是要去追，用尽毕生的热情。即使追成望夫岩，千年固守在山巅上眺望，也还是要追。所以有女子抱守着一句承诺，孤单终老一生。

所以，骄傲如才女张爱玲，在爱上胡兰成后，也不惜低下她高傲的头，倾尽小女子的温柔。最是心痛她说的那句话："见了他，她变得很低很低，低到尘埃里，但她心里是欢喜的，从尘埃里开出花来。"

多傻啊！低到尘埃里，连自己也做不成了。聪明如她，亦逃不过，做一个追风的女儿。

或许这世上，正因了这样的女子，才有了久久长长。因为爱过，所以无悔。

谁碰疼了她的忧伤

青山环抱中，她身后的寨子，美得像上帝遗落的一个梦。

那是个几乎与世隔绝的小山寨。大山深深处，一群苗族人，他们住黄泥抹墙的房，吃自家种的苞谷和红薯，穿自家织的土布衣裳。有儿自小会山歌，有女从小会刺绣。如此生生不息，与大山相融相生。

一行人坐了车去。当地导游再三强调，这个寨子，近年来才逐步与外界沟通的，很多方面还很原始，甚至野蛮。她叫我们无论言，还是行，都不要犯了苗人的忌讳。特别关照，不能给苗人小孩子东西，哪怕一元钱。苗人讲究自食其力，你给他们家小孩子东西，他们非但不感激，还会很生气，认为你教坏他们小孩子，让小孩子有了不劳而获的念想。

山，重重叠叠，杂草遍生。我们沿着山脚下走了大半天的路，一路磕磕绊绊，走得脚酸腿胀。最后，坐船越过一片湖，顺着长满绿苔的青石板，小心地爬上去，这才到了苗人的寨子。

一截矮墙上，传来童稚的歌声，是改版的《小城故事》："苗寨故事多，充满喜和乐，若是你到苗寨来，收获特别多。"我们都被这歌声逗乐了。有人紧走两步路，跑上去问："谁教你的？"那猴子一样灵敏的男孩子，一个翻身跳下矮墙，说："老师教的。"转身一溜烟跑了。

整个苗寨，静。只有一幢幢灰不溜秋的房，参差错开，一律的黄泥抹墙、黑瓦顶。房与房相接处，是青石板路，曲曲弯弯，蜿蜒如蛇游。缝隙处，绿草肆意疯长。导游说，白天到苗寨，是难得见到大人的，大人们都到地里干活去了，他们每天早出晚归，一天只吃两顿饭——早饭和晚饭。

果真的，转遍整个寨子，看到的，只有孩子，和狗。那些孩子，三四岁到七八岁不等。可能是近年来见到的外人多了，那些孩子并不怕生，环绕在我们身边，亦能听懂一些我们的普通话。给他们拍照，他们会摆出造型来，而后轰笑着跑过来，看相机屏幕上自己的样子，说出"漂亮"这个词。

唯有一个小女孩，远远落在一群孩子后。她一直不笑，神情忧郁，看上去顶多五六岁。导游却告诉我："不对，她十岁了。"这让我惊讶。我走过去，跟她搭话，我问："你衣裳上绣的花真好看，谁绣的？"她声音沉稳地答："我绣的。"我夸她："你真有本事，都会绣花了。"她说："我八岁就会刺绣了。"我

163

提出要给她拍照，她想了想，问："可以带上我的妹妹吗？"原来，她留在家里，是为了照应两个年幼的妹妹。她一手搀一个妹妹，对着我的镜头站着。她的身后，是灰不溜秋的房，重重叠叠。不远处，青山苍翠。

照片拍得不错。我让她看，我问："漂亮吗？"她淡淡扫一眼，说："漂亮。"脸上依旧没有笑容。后来，我走到哪里，她便跟到哪里，也不说话，如一朵静静开着的小野花。我问："你为什么不说话呢？"她不答，伸过手来摸我的衣裳，突然冒出一句："你们那儿长黄瓜吗？"我愣住，一时不知怎么回答她。她倒不在意，兀自往下说："我们这里长好多呢，可好吃了。"我认真打量她。她的眼睛避开我，望向大山外，两汪深潭水，映着几多迷惑：大山外，到底是怎样一个世界？它带给她五光十色的冲击，让她明显地有了不安。我突然明白了她的忧郁所在。

我问她："上学吗？"她摇摇头，说："只念到二年级。"又补充："我们这儿只念到三年级的，再念书，就要到山外的镇上去，我没去过。"

我不敢再问什么。如果不是我们的闯入，她或许还是安静快乐的一个人，安命于大山深处的自给自足，长大了嫁一个阿哥，戴满头银饰，做人家的媳妇。我对她抱歉地笑笑，想送她一件礼物，但想起苗人的忌讳，忍忍，作罢。

我们离开苗寨时，一群孩子跟着，一直跟到寨子外。小女孩也跟着，神情忧郁，眼睛里，汪着两汪深潭水。我们走了好远，回过头去，依稀看见寨子口，一个小小的身影，还站在那里，蓝衣蓝裤，像一朵静静开着的小野花。青山环抱中，她身后的寨子，美得像上帝遗落的一个梦。

认取辛夷花

寻常岁月，就这样旖旎生动起来。

少时读《红楼梦》，是读得一知半解着的，里面的好多情节，读过也就读过了，多半记不住。然独独对第四十回中描写的"软烟罗"，记得牢靠。软烟罗，软烟罗，单单念着这几个字，就叫人浮想联翩了。何况它的颜色又各各艳丽着，一样雨过天晴，一样秋香色，一样松绿的，一样银红的。那银红的，贾母命人给黛玉做窗纱。

真奢侈！

我不知道，若是拿这样的软烟罗，给我家的窗子糊上，人睡在里面，会是什么样的好滋味。

我家的窗，只留着一个窗洞，是从来不糊窗纱的。窗帘也没有。冬天天冷了，风刮进来，大人们拿一把稻草塞塞完事。其他的季节，也只用块破塑料纸蒙着。风一吹，哗啦啦作响。

我读初中，有同学不经我允许，跑去我家找我。我生气得很，觉得羞耻。我羞耻着让他望见了我家的贫寒——哦，窗洞竟是用稻草塞着的。

那时去老街，我最流连的，是那些有着粉色窗帘的窗。清晨，穿着碎花睡衣的小街女子，蓬松着头，睡眼惺忪，从有着那样窗帘的房子里走出来，款款的，去上公共厕所，我亦觉得美好。因有了那一挂窗帘，她们整个的人，都是轻逸优雅的。

我软磨硬泡着我奶奶。给我们的房间挂上一幅窗帘吧，我求我奶奶。我奶奶想起来，当年新房上梁时，有用剩下的红棉布绿棉布。红棉布给我做了件小褂子，早穿旧了。绿棉布一直收着。她被我缠得没法，翻箱倒柜，把绿棉布给找出来，用几股棉线穿住一边，也就在房间的窗上挂上了。

晚上，我躺在床上，世界被挡在窗帘外。我望着这幅绿窗帘，迟迟不肯睡，看灯光在它身上描出橘色的影子，有着一屋子的好，心里真是高兴。

再去学校，我有了足够的资本邀请我的同学去我家玩。我说："就是有绿布窗帘的那一家啊。"怕他们记不住，再三重复，一定记住啊，是绿布窗帘哦。

一些年后，我读袁宏道的《横塘渡》：

横塘渡，临水步。

郎西来，妾东去。

妾非倡家女，红楼大姓妇。

吹花误唾郎，感郎千金顾。

妾家住虹桥，朱门十字路。

认取辛夷花，莫过杨梅树。

我读着读着，就笑起来。诗里的女孩子实在是俏皮有趣的，还兼着有些显摆。红楼大姓妇——那是很有点钱的呀。门口栽的花树也极显品味，是芳香优雅的辛夷花，也就是紫玉兰。横塘偶遇，她相遇到意中人。临别之际，她约他去她家拜访，把她的骄傲给端出来，她说，我家就是家门口栽着辛夷花的那一家啊，你千万莫要走错了呀。

寻常岁月，就这样旖旎生动起来。

月下我的影子，像头年轻的小鹿

黑夜使得一切变得纯粹，滤去了浮华，还原了本真。

懒得脱下珊瑚绒的睡衣，我就穿着它，出门去跑步。

每晚，我都要出门小跑一会儿，这成了我一天中最享受的时光。

夜色是最好的遮挡，没人觉得我怪异。我可以跳着走，蹲着走，倒着走，傍着走。我也可以踩着舞步，手舞足蹈，哼着唱着。同样的，没人觉得我怪异。

这个时候，便是真正自由的一个人了。万千世界，都是我的。

一路的花香、草香、树叶香，浓的，淡的，深的，浅的，缠缠绕绕。我闻闻这朵花，认认那棵草。黑夜里，它们的面容看不真切，视觉便退居一旁，味觉开始上位。闻闻吧，闻闻就知道了。这就有了再相识的欢喜。

露珠的清澈，让人忍不住想尝上一口。风也是带着好意的，吹过来，拂过去，跟逗你玩儿似的。黑夜使得一切变得纯粹，滤去了浮华，还原了本真。它使我想起"沉淀"这个词。黑夜是最经得起沉淀的。

拾荒的老人，单独一间小棚子，搭建在路边。应该属违章建筑吧，愣是没有人来把它拆除掉。一个月，两个月，半年，一年，它都在。晚上，老人在门前拉只大灯泡，足足有二百瓦，亮闪闪的，把门前的一截路，都给照亮。老人在灯下分拣荒货。夏天的时候，是打着赤膊的。一旁的随身听里，放着河北梆子，或是陕西秦腔，一律的高嗓门，铿铿铿，锵锵锵。对老人这种重口味，我起初真是好奇得很，他是真心喜欢呢，还是借此消除寂寞？后来听多了，我竟也喜欢上那唱腔，有种让人的每个毛孔，都舒展开来的畅意。

我真愿意他一直就这么住下去。我跑步的这条路上，因了他的存在，而生出鲜活的味道。

其实，每次出门前，我也纠结着来的。我家那人不喜动弹，他总是半歪在沙发上，手里随便翻本书，或是拿着电视遥控器，随便调台。他蛊惑我，说，今晚你就不跑了吧，休息一晚，陪我看看电视多好。

——我也想那么干。人都是有惰性的，人都是喜舒适的。但最终，我还是说服自己出了门。多少天的坚持，我不想在这一天出现断裂，那会让我觉得遗憾。

人的行为，往往就在这一念之间。你抬脚迈出了第一步，你也就战胜了你自己，成全了你自己。就像我每每出门之后，都会觉得庆幸，我让一天又以完满告终。要不然，我将错过这一晚的花香草香，错过这一晚的露珠夜色，错过这一晚的河北梆子和秦腔。

月亮是什么时候撑在半空中的？它像一个人，早早地等候在那里。

我不时抬头看看它，觉得它也在看我。

月亮走，我也走。

天空像一口井，水波不现，月亮是浮在水上的一朵白莲花。

又觉得它更像一匹白丝绒，月亮是托在它上面的一块打磨光滑的玉，圆润，质地醇厚。

《诗经》里有赞美诗：月出皎兮，佼人僚兮。说是赞美月下美人，我觉得更像是在赞美月亮。月的皎洁，才衬出美人之纯。天空干净，大地才会干净。

我在月下小跑。路上也有三两个锻炼的人，有的被我赶上了，有的赶上了我。我们不说话，只相互打量一眼，笑笑，继续跑着自己的。

后来，曲终人散，只剩下我，还在跑。和我一起跑着的，还有风，还有一个世界的花香草香。

月下我的影子，看上去比我年轻。它像一头年轻的小鹿，欢跳着一路向前。

我们曾在青春的路上相逢

年少时再多的疼痛，都云淡风轻了。

大眼睛，双眼皮，一笑嘴边现出两个深深的酒窝，那是蕾。她家住老街上，那儿，清一色的粉墙黛瓦房，一幢连着一幢。细砖铺成的巷道，一直延伸到深深处。人家的天井里，探出半枝或一枝花来，蔷薇或是凌霄，点缀着巷道的上空，巷道便很是风情起来。

初夏的天，太阳还没有完全没下去，老街上的居民，就早早地洗好澡，穿洗得发白的睡裤，搬把躺椅躺到院门前，慢慢地摇着一把蒲扇。那时，我的父母亲，多半还在地里面。玉米要追肥了。棉花要掐枝了。水稻该插秧了。——这些农活，我都懂。

蕾不懂。蕾是城里的孩子。城里的孩子不知道水稻与大米的关系，不知道花生是结在地底下的。蕾跟我去乡下，看见一只大母鸡，她惊叫着扑过去。对我能叫出很多野花野草的名字，她报以惊奇。我的村人们都停下钉耙锄头看蕾，蕾长得好看是一方面，还有一方面，是蕾身上的城市味——整日不经风吹，不被日晒，面皮捂得白白的。又衣着时髦，手指甲干净。乡下的孩子有几个皮肤不是黝黑黝黑的？指甲里积满了厚厚的垢。我的村人们啧啧叹，这就是城里的孩子啊。

这让我自卑。我很少再带蕾去我的乡下了，尽管后来她一再要求再去。那个时候，我们一起念高中。两层的教学楼，红砖，红瓦，窗外长高大的泡桐树。蕾爱玩，不爱读书，她常旷了课，和几个男生去看电影。偶尔也拉我一起去，我去过一次，不再去了。在一帮衣着鲜亮的城里孩子中间，我是卑微的小草一棵，实在有些格格不入。

蕾谈恋爱了，这是学校严令禁止的。班主任在课堂上旁敲侧击，予以警告。大家心照不宣地看着蕾笑。蕾脸上飞起一片红霞，她用钢笔重重敲打着桌子，以示对班主任的不满。课桌上，一本作业本的下面，压着男孩子写给她的情书。

蕾后来被班主任抓了个现行，她和一男孩子手牵手在逛街，样子亲密。班主任去蕾的家告了一状。蕾的母亲来到学校，在蕾的面前声泪俱下，要蕾交出跟她谈恋爱的那个男孩子。我们看着蕾的母亲，异常吃惊，她太苍老了，满脸皱褶，完全不像蕾的母亲，倒像是蕾的祖母。

蕾清寒不堪的家境，裸露到众人跟前。蕾的母亲，是在四十多岁改嫁之后生下蕾的，所嫁之人，是个瘫子。蕾的上面，还有三个哥哥、两个姐姐。大哥是个傻子。二姐跟人跑了。蕾的母亲在街上摆摊摊煎饼，维持一家人的生计。

大家看蕾的眼神，就有了异样。蕾变得沉默了，常常的，她的眼睛盯着窗外，一看就是大半天。窗外的桐花，开过又落了，我们要高考了。

蕾没考上，她早早进了一家纱厂做女工。我去外地念大学，渐渐与她失了联系。多年后的一天，突然接到蕾的电话，蕾在电话里问，知道我是谁吗？我脱口而出，你是蕾。曾经的青春岁月，一直都在记忆里深藏着。

我们聊起往昔，两层的教学楼，门前长泡桐树。我在那些往昔里，哽咽。那时，一帮同学在聊将来的职业，一男同学突然指着我说，你当厨娘最合适了。那之前，学校组织我们看过一部外国电影，里面有厨娘，胖，且笨。大家看着我，都哄笑起来。那些笑声，如同锋利的刀子，刀刀刺在我心上，以至于好长一段时间，我都忧郁且激愤着。

高中同学聚会，我遇到了当年的那个男生，他全然不记得说我做厨娘的事了，而是满脸惊喜地叫道，是你啊！有遇见的欢喜。

年少时再多的疼痛，都云淡风轻了。唯有感激，感激上苍，让我们曾在青春的路上相逢，照见彼此的悲喜。

174

自是花中第一流

等走过青春的浮躁、虚荣和执拗，岁月慢慢沉淀下来，渐渐明白了，占有未必就是拥有。

这几天晚上，我颇喜欢到一条路边去坐坐。

也是偶然的发现，某天，打那儿过，鼻子里送进来一缕香，浓甜的，缠绵不绝。我知道，是桂花。心里一阵欢喜，每年桂花的盛开，总是鼻子先知道。

我装着这样的欢喜回家。一到晚上，想散步了，脚步不由自主往那条路奔去，我要去相会桂花。

白天的桂花，自然也是香的。但我觉得，有黑夜做底子，那香气，才会格外纯粹，是白天的芜杂所不能比肩的。就像现在，路两边静了，秋虫在哪里的草丛里唧唧，叫得轻柔又温软。绿化带里栽着的树木们，这个时候，不分你高我低了，它们浑然一体，都是一团暗墨的影，亲热的一家子。星稀月朗，黛青色的天幕，辽阔窅茫，好像是为了呼应这样的宁静。桂花们开始轮番登台。我可以想象到它们的样子，一个个撑着金黄的小伞，踮着小脚尖，鼓着小嘴，使劲地吹着香。或是，挥舞着金黄的衣袖，洒下一片又一片的香。远处人家的房子、灯光，近处的路，路上偶尔走过的行人，还有路旁的花草树木们，都沉没下去，迷醉了一般。桂花的香气浮上来，像水漫过来，天地之间，只剩它的香在游走。

张开嘴，轻轻咬上一口，那香，仿佛就钻进嘴里了。这个时候的空气像米糕，糯软的。又像酒，香醇的。桂花是酿酒的第一高手。想起李清照写的桂花："何须浅碧轻红色，自是花中第一流。"莞尔。想来她是极爱桂花的，比别的花要甚。我不独独爱桂花，也爱荷花、菊花、梅花、兰花等等。这世上，总有些好花，让人一见欢喜。如同这世上总有些好人，在支撑着这个世界的美好，让人心念转动、眼睛濡湿。

大自然让人恋恋的，是有这些好花在。人世间让人恋恋的，是有那些好人在。

就这样坐着，一个人，坐到双肩渐湿，夜露降了。露蘸着桂花的香桂花的甜，露便也是香的便也是甜的。那么，我是扛着一肩的香和甜了。这么想着，我又笑了。也不知是哪里栽着的桂花树，我不去找，那根本不关紧，我只要闻着它的香。我来，它在。我不来，它也在，这就很好了。年轻时做过那样的傻事，喜欢的花，总想办法连枝剪下，插到家里的花瓶里，独自欣赏，以为那是爱它。等走过青春的浮躁、虚荣和执拗，岁月慢慢沉淀下来，渐渐明白了，占有未必就是拥有。有时，还不如放手，让它归于自然，各有各的路好走。

突然想起看过的一款美食，叫法直白得很，叫桂花藕粉羹。白瓷碗装着，琥珀色的藕粉羹之上，点缀着一小撮金黄的桂花。乍见之下，欢喜得很，金黄配了琥珀色，真是极尽温婉，想着入口一定极香甜柔滑，暖心又暖胃。很想尝试一下了。在这个星稀月朗的晚上，做上一碗桂花藕粉羹，慢慢喝下，当是件十分幸福的事。

满山坡的野玫瑰

因为热爱，才有满足。因为满足，才有幸福。

秋降落在根河那块神奇的土地上时，再少有花开了。只有一种叫马铃兰的，似乎不大愿意受季节的管束，她们戴着紫色的头巾，摇着一串紫色的铃铛，兀自在草地上跑着跳着，笑得叮叮当当。你远远走过，就能望见她们，觉得根河的美，她们占着一席。

草都黄了。分成两截儿，下面是浅黄，上面是深黄，错落有致地铺在山坡上。仿佛谁吃着饼干，不小心落下了一地的饼干屑子。

蚊虫多得能用手捧。可怜我穿条七分裤，裸露的小腿和脚脖子，成了蚊虫们争先叮咬的对象。我一边扑打着，还是执意往草地深深处去。上坡。下坡。视野突然开阔——我已站在根河湿地边缘。

山峦环抱。山脚下是巨大的根河河谷。绿洲和小岛密布，根河畅游其中，如银蛇盘旋，圈出一眼一眼的牛轭湖，大珠小珠落玉盘。湖边矮树灌木丛生，一蓬蓬，一堆堆，轻舟一般，载绿而过。

静默。除了静默，我不知道还能以什么方式，来消受这样的大美？

两个年老的牧羊女，端坐在山坡上，手执牧鞭，望着前方，神情怡然。不远处，她们的牛和羊在吃着草。

那么多的蚊虫，她们竟安之若素。

两只长得一模一样的狗，看见生人，很不满地高叫起来。我怕狗，停住脚步，怔怔着，思虑着假如狗扑过来，我是选择逃跑，还是原地不动。牧羊女忙喝住狗，冲我笑道，别怕，它们不咬人的。狗真的听话地住了口，并冲我友好地摇摇尾巴，跑来嗅我手里抓着的伞和小包。

山坡上，长着一丛一丛灌木，上面挂满红宝石一样的红果子。我忍不住摘一把，问牧羊女，这是什么？她们齐声答，野玫瑰呀。

春天开花的时候，可漂亮了，粉粉的，又大又肥，她们比画着。我被她们的形容逗乐了，想象着春天的根河，满山坡都是又大又肥的野玫瑰。牛淹没其中，羊淹没其中，狗淹没其中，还有她们，也淹没其中。

在呼伦湖那儿，我曾遇到一个牧民，他赶着一群马走。我觉得他威武。他却挥挥牧鞭，冲我苦笑了，道出心声，做牧民很苦的，成天跟蚊虫打交道，日晒雨淋的。那些你们看上去很漂亮的蒙古包，里面其实又潮又湿。十个牧民九个都害着关节炎哪。我们的孩子都不肯放牧了，都到海拉尔打工去了。

红花绿草的背后，原有着自个儿才知晓的辛酸。

两个牧羊女的脸上，却波平浪静着。她们指着我手里的红果子，笑着说，这个，可以泡茶喝的呀。我们这山上，好多的草，都可以泡茶喝，可以治百病呢，比药好。

我"哦"一声，有些释然了。她们热爱着这片土地，这很重要。因为热爱，才有满足。因为满足，才有幸福。她们在她们的世界里与世无争，享用着满山坡的野玫瑰——这也算是生活给予她们的福报吧。

穿过我的黑发你的手

我花苞苞一样的心，在那个初冬，幽幽地，一点一点绽开。

初冬的小镇，阳光长了细绒毛

窄小的街道。青石板铺就的路。初冬的小镇，阳光长了细绒毛，淡淡地，飘在空中，落在人家的房屋顶上。

街两边，是那种入得水墨画的房。青砖黛瓦。木板门。早上一扇门一扇门移开来，晚上一扇门一扇门插上去。这是古镇，有六七百年的历史呢。里面的居民，骨子里，都透着古。他们开爿小店，做着小生意。门前一把旧藤椅，常有老妇人或是老先生在上面躺着，夏纳凉，冬取阳。他们看街景，一年四季地看。街景有什么可看的呢？无非是看路过的人，东家的故事，西家的故事，他们知道得很多。日子悠闲。

那个初冬，我披着一身阳光的细绒毛，怀里抱着几册课本，走在青石板上。十六岁，我在镇上中学念高中。我穿棉布的衣、棉布的鞋，头发扎成一束马尾巴。我看见陌生人会脸红。喜欢坐在教室窗前发呆。喜欢看窗外树上的鸟。我交了一些笔友，在遥远的他方。我们常有书信往来，谈一些所谓的人生理想。其实，那个时候，我哪里懂得什么人生理想，我的理想，乱七八糟。我甚至想过，不读书了，去跟镇上一瘸腿女人后面学裁缝。

做剃头匠的父亲责骂我，没出息！他扫起地上一圈一圈的黑发，把它们装进角落里的麻袋里，说，以后考不上大学，你就只能干这个。他的生意，总是做得不咸不淡。常对我们说的是，养活你们容易吗？

我埋下头来读书，心里有莫名的忧伤。我给远方的笔友写信，给他们描绘古老的镇，窗外总是开着一些紫薇花，永远的一树粉红，或一树浅白。我说我期盼着到远方去。笔友回信，对我所在的古镇，充满向往。这让我感到没劲，有不被理解的怅惘。

我在这样的怅惘里，走过那条每天必走三个来回的街道。午后，小街静静的，只有阳光飞落的声音，轻得像叹息。我是在偶然间一抬头，望见彭成飞的。那时，他正站在一家店门前，对着对街的房屋顶看。细长的眉毛，细长的个子，白色的风衣。他的肩上，落满了阳光的细绒毛。他的身边，有两个工

182

人模样的人，正在拆卸门板。

他的目光，是突然收回的，突然落在我的身上，只淡淡扫了一眼，仿若蜻蜓的翅，掠过水面，复又飞上半空去了。可我的心里，却涟漪暗起。我的脸红了，像被人偷窥了秘密似的，我匆匆越过他身边，逃也似的走远。

那天夜里，我做了一个梦，梦见郊外，开满蒲公英。阳光浅淡，一朵一朵盛开在空中，像开好的蒲公英。彭成飞站在一片蒲公英的花丛中，冲我笑，叫着我的小名：小蕊，小蕊。

我花苞苞一样的心，在那个初冬，幽幽地，一点一点绽开。

这个外省来的青年，仿佛从天而降

小镇终日无新闻。所以，一点的小事，都可能成为新闻。

何况是关于彭成飞的呢？这个外省来的青年，仿佛从天而降。他整日一袭白衣的打扮；他细长的眉毛；他像糯米一样的口音；他大刀阔斧改装了他姑姑的老房子，把它装修得像个水晶球……这一切，无不成了小镇人茶余饭后的谈资。

我的父亲，阴沉着一张脸，坐在理发店里。自从彭成飞到来后，他理发店的生意，越发地凋落下来。来理发的，只剩下一些老主顾，年轻一代的，都被彭成飞吸引去了。彭成飞在小镇上开了首家发廊，彩色的字打出的广告语，牵人魂魄——美丽，从头开始。

小镇上的女孩，开始蝶恋花似的，往彭成飞那儿飞，她们恨不得一天一个发型。她们兴奋地讨论着彭成飞的种种，艺校毕业的呢，声音多绵软啊，眼睛多好看啊，手指抚在发上，多温柔啊……更让她们兴奋的是，他还不曾谈对象。有女孩开始为他失眠。

我每天，都从彭成飞的发廊门口过。我用七步走过去，再用七步走过来，七步的距离，我走过他门前。

彭成飞在忙碌，他微侧着脸，细长的眉毛，飞着，脸上在笑。他给顾客做头发，十指修长，洁净得很好看。他的姑姑——一个上了年纪的老妇人，偶尔在店里坐。他就一边帮客人做头发，一边跟她说话。他的声音，听上去，真软，软得让人想伸手握住。

有时，店里面会传出音乐声，流水一样地流出来。一段时期，他喜欢放萨克斯的《回家》，千转万回。我听得每个音符都会哼了，彭成飞对我，却还是陌生着。他不知道，他的门前，每日里走着一个女孩，那个女孩花苞苞一样的心，虔诚地朝向他，一点一点，幽幽绽放。

我从没踏进彭成飞的发廊一步。十六岁的这个初冬，我开始学会伪装，每次路过他门口，我都装作若无其事地走着自己的路。一步，一步，一直走完七步。我脑后的马尾巴，一蹦一跳。

我要穿着小红靴，从白雪地里，走向他

同桌阿水，拨弄着一头细碎的黄发，问我她理什么样的发型才好看时，季节已到深冬了。

我陪着阿水去理发。我知道阿水，其实是想去看彭成飞。

彭成飞看看阿水，看看我，问，你们两个都理发吗？

阿水拼命点头，复又摇头，她慌张得全晕了头了，眼睛只顾盯着彭成飞看，一句话也说不出。

我脸红红地说，我不理发，她理。

彭成飞细细的眉毛向上飞起来，他笑了。他问，你们还是学生吧？又对着我看，说，你的头发发质很好，如果理个碎发，会很好看的。

阿水扯我的衣襟，那么，小蕊，你也理吧？

我回，不。彭成飞就又笑了，他让阿水坐到理发椅上，他修长的指，轻轻抚过她的发。阿水仰了头问，我理什么发型好看呢？彭成飞说，你放心，我会让你满意的。阿水听了，就很乖巧地笑。

彭成飞一边帮阿水理发，一边跟阿水聊天。阿水竹筒倒豆子似的，恨不得把所有的都告诉彭成飞。她说她十六岁了，过了年就十七岁了。她说她和我同桌，读高一。她说她叫林阿

水，我叫秦蕊。阿水说到我的名字时，彭成飞抬头看了我一眼，冲我笑了一下，说，很好听的名字啊。

又聊到功课念得怎么样。阿水不好意思地说，我们都念得一般般啦。彭成飞哦了声，说，要好好念书呀，争取考个好大学呀。

我转过脸去，看墙上的画。画只一幅，白雪的大地上，一穿红靴的女子，披一头浓密的黑发，黑发瀑布一样地，倾泻。白与红与黑，色彩对比强烈，美得惊心动魄。

阿水的发理好了，可爱的童花头。相貌平平的阿水，看上去，漂亮极了。彭成飞看着镜子里的阿水，问阿水，满意吗？阿水迭声答，满意满意。

回去的路上，阿水兴奋得呱呱呱，每句话里，蹦出的都是彭成飞。我听得漫不经心，我想的是，我要留长发，我要攒钱买一双小红靴。我要穿着小红靴，从白雪地里，走向他。

穿过我的黑发你的手

一年的时间，我的发，已长至腰部。黑而亮，瀑布般的。

父亲看不惯我的长头发。他的剪刀，几次要落到我的发上，都被我拼死护住。

我把长发，细心地编成两条小辫子。我只想，为一个人抖落。

186

我还穿棉布的衣、棉布的鞋，走在窄窄的街道上，走过彭成飞的发廊前。一步，一步，走过去七步，走过来，依然七步。七步的距离里，我装作若无其事，心却渴盼得憔悴，我多想他能朝外望一眼，望见走过他门前的那个女孩，花苞苞一样的心，虔诚地朝着他，幽幽地，一点一点绽放。

然他一次也没有看过我，哪怕蜻蜓点水式的也没有。

这期间，我又陪阿水去过两次彭成飞的发廊。彭成飞每次都陌生地看着我们，笑问，你们两个都理发吗？

阿水叫，我是阿水啊，上次到你这儿来理过发的。

彭成飞就低了头想，嘴里疑惑，阿水？

阿水又拖过我去，这是秦蕊啊，上次也是我们两个一起来的。

彭成飞"哦"一声，扫我一眼，笑，你这名字很好听。

我脸红了，掉头去看墙上画。那幅画还在，穿小红靴的女人，站在雪地里，一头的黑发如瀑。

理完发出来，阿水表现得很伤心，阿水说，人家一点也记不住咱们。

那个冬天奇冷，却不下雪。

寒假很快到来。雪终于在小镇上空飘得像模像样了，只一盏茶的工夫，外面的世界，已一片银白。我拿出新买的小红靴，穿上。正在炉上煮萝卜汤的母亲，抬头看我一眼，说，不是要留着过年穿的吗？我撒谎，张老师约我去她家呢。我说的张老师，母亲知道，就住在小镇上。母亲没再说什么，我很顺利地出了门。

我出门的第一件事，就是解散了我的两条小辫子，我的黑发，如瀑地披下来。我走在雪地里，脚上的小红靴，像两朵开放的花。有路人说，这姑娘的红靴子，多漂亮啊。我笑，心里说，这可是我积攒了一年多的零花钱买的呢。

我一步一步，走向彭成飞。像雪地里的一只红狐狸。

我远远看到的却是，彭成飞和一个眉眼盈盈的女孩子，正在发廊门前堆雪人。

我还是，走了过去，径直走到彭成飞跟前，我说，我要理发。

彭成飞讶异地看着我，说，好。他转身关照那个女孩，新雅，等我一下，我一会儿就好的。女孩子点头，冲我笑，说，这么长的头发，怎么舍得剪掉？

彭成飞这才注意地看了看我，犹豫地站住问，这么长的头发，你舍得剪掉吗？

我坐到理发椅上，我说，给我理个碎发吧。彭成飞说，好。他修长的指，终于落到我的发上面，指尖微凉，穿过我黑黑的发。

我的发，一绺一绺，委身地上。我听见彭成飞在笑问，你叫什么名字？

我答，秦蕊。

属于我的如花年华，才刚刚开始

新年过后，我十八岁了，我开始用功读书。父亲喜得不住唠叨，小蕊，你如果考上大学，家里就是砸锅卖铁，也让你去念。父亲的理发生意，越发的萧条了，他不得不做点其他生意，摆小摊儿，卖臭豆腐。

彭成飞依然是小镇的一道风景，他恋爱了，他快结婚了。他的姑姑无儿无女，祖上的家产，悉数给了他。

我每天还从彭成飞门前过，七步走过来，七步走过去。我的心，疼着，却坚韧着，我要做优秀的女孩，优秀得让彭成飞，某一天会后悔，后悔他当初错失了我。

我如愿地考上了大学。

这个时候，彭成飞却宣布结婚。发廊门口，挂上了大红的灯笼，贴着大红的喜字。

小镇上的紫薇树，又开一树一树的花，开得密密匝匝。数不清的疼痛的心事。我整天歪在家里的旧沙发上看书，父亲都看不下去了，父亲说，小蕊，你咋不出去找同学玩玩？我答，我喜欢待家里。

我离开小镇，是在九月的一个清晨，彭成飞发廊的门，还未开。我轻轻走过他门前，我的身后，是帮我拖着行李的父亲，父亲说，小蕊，在外要好好照顾自己呀，陌生人跟你说话，你不要搭腔。

我回头，拥抱了父亲。

小镇渐渐地，落在我的身后。彭成飞渐渐地，离我远了。

大学里，我快忘了彭成飞时，突然于一群男生中，听到一口糯米腔，我的心，很疼地跳了一下，我想起说一口糯米腔的彭成飞。宿舍的灯下，我给他写了生平第一封也是最后一封信，我说，彭成飞，我曾虔诚地喜欢过你。你的手，曾穿过我长长的黑发。

我没有署名，也没有落地址。那是我青涩年代的一个秘密，它抵达了它该抵达的地方。我突然轻松起来，我笑着答应了一个男孩的约会。属于我的如花年华，才刚刚开始。

第五辑
爱如山路十八弯

山路十八弯，通向的，原来是一个叫爱的地方。

爱与哀愁

世上的道理，原都是这么简单，无论是爱物，还是爱人，都要有所节制。

我养过两条小金鱼，一红一白，像两朵小花，在水里开。

为这两条小金鱼，我特地买了一只漂亮的鱼缸。还不辞十来里，去城郊的河里，捞得鲜嫩的水草几根，放进鱼缸里。

专买的鱼食，搁在随手可取的地方。一有闲暇，我就伏在鱼缸前，一边给它们喂食，一边不错眼地看它们。它们的红身子白身子，穿行于绿绿的水草间，如善舞的伶人，长袖飘飘，煞是动人。

某天清晨，我起床去看它们，却发现它们翻着肚皮，死了。鱼缸静穆，水草静穆。我难过了很久。朋友得知，笑我，"它们是被你的爱害死的。"原来，给鱼喂食不能太勤，太勤了，会撑死它们。怅然。从此，不再养鱼。

我亦养过一盆名贵的花，叫剑兰。花朵橘红，叶柄如剑。装它的盆子也好看，奶白的底子上，拓印一朵秀气的兰花。一眼看中，目光再难他移。兴冲冲把它捧回家，当珍宝似的呵护着，日日勤浇水。不几日，花竟萎了，先是花苞儿未开先谢，后是叶片儿一点一点发黄、卷起，直至整棵植株腐烂掉。伤心不已，不明白，我这么爱它啊！还是朋友一语道破天机，"你浇水浇得太勤了，花给淹死了。"

　　自此，我亦不再养花。自知自己是个无法把握爱的尺度的人，爱有几分，哀愁就有几分。如同年轻时的一场爱恋。

　　那时，我满心里装着那个人。吃饭时，想他爱吃的。买衣时，想他爱穿的。天冷了，怕他冻着。下雨了，怕他淋着。路上偶尔看到一朵花开，也想着他，恨不得采了带给他。相处的过程，却不全是欢愉，他常常眉头紧锁，充满忧伤地望着我。那么近，又那么远，仿佛隔着山隔着水。我心里有不好的预感，只以为自己做得不够好，所以，更加倍对他好。到最后，他还是提出分手，分手的理由竟是，你太好了，我怕辜负。

　　爱一个人，原是爱到七分就够了，还有三分要留着爱自己。爱太满了，对他而言不是幸福，而是负担。这是经年之后，我才明白的道理。

　　我想起一个母亲。她结婚好几年，却一直没怀上。后来，她多方求医，终得一子。对那孩子自是宠爱有加，真正是含在嘴里怕化了，捧在手上怕跌了。就这样，那孩子一路被宠溺着

194

长大，二十大几的人了，还是衣来伸手、饭来张口，整天不学无术。一不高兴，就对他母亲非骂即打。一天，他又伸手找母亲要钱，母亲没给，他动了怒，竟勒令母亲跪在地板上，一跪大半夜。一贯木讷的父亲，被激怒了，终于忍无可忍，趁儿子熟睡，一锤砸死儿子。警务室里，他的母亲哭得肝肠寸断，语无伦次说："作孽啊，作孽啊。"

为她痛惜，一个原本天真如雪的孩子，毁了。还有她，和她忠厚的男人，这辈子的伤痛，谁能疗治？

世上的道理，原都是这么简单，无论是爱物，还是爱人，都要有所节制。月满则亏，水满则溢，有时，太多的爱不是爱，而是巨大的伤害。

幸福的石榴

失去的已失去了，再伤心也挽回不了，还不如收起伤心，重新来过。

傍晚下班，天突然下起雨来。秋天的雨，一下起来就没完没了。我站在雨里打车，车极难打，从我跟前过去了一辆接一辆，里面全载着人。

好不容易等到一辆空车驶过来，我几乎一路小跑着冲过去。司机摇下车窗，一张中年男人的脸探出来，看着我，问，去哪里？我说了地址。他为难起来，说，不顺道啊。我急了，我说我给双倍的钱。他还在为难，说，不是钱不钱的问题。但看我被雨淋着，他似乎动了恻隐的心，打开车门，让我上了车。

我甫一坐稳，就有些歉疚地问他，你要接人？

他笑笑摇摇头，啊，不，我是要收工回家。你要去的地方，与我家的方向刚好相反，我送你的话，来回得开很长的路呢。

我纳闷了，你每天都是这么早就收工吗？这下雨天，生意多好啊。

是啊，一到下雨天，我们多赚个几百块不成问题的。但我今天答应了我老婆和女儿，一定赶在六点之前回家的。

今天是我女儿生日，五岁生日。我女儿已经五岁喽，他告诉我。粗线条的五官，变得柔软起来。他开始滔滔不绝地跟我说起她的女儿，五岁的小人，会唱好多儿歌，会背好多首唐诗，还会画画儿。还会跟他甜言蜜语，说长大了要赚钱给他用。

呵呵，他笑。浑身洋溢着那种叫幸福的东西。

也只是寻常之家，老婆在一家玩具厂打工，手巧，家里的零碎，都拾掇成女儿的玩具了。这让他很是自豪。我女儿的玩具，从来不用花钱买，他说。老婆又做得一手好饭菜，每天不管他多晚回家，总有一桌热热的饭菜在等着他。

你说人这一生求个啥呀，不就是求个温暖相守嘛。他的话，让我心头微微发热。

也有过坎坷与磨难，儿子都长到十岁了，一次车祸，却要了儿子的命。他和老婆两个人，沉沦了两年多。那段日子，他们啥事也做不成，光顾着痛苦了。后来他想，一辈子还长，不能总活在阴影里，那太亏了，失去的已失去了，再伤心也挽回不了，还不如收起伤心，重新来过。

不久，他们有了小女儿，一个家，又完整了。

就现在这样，我已经很满足了，他说。

车子这时驶过一个广场。广场边上，一溜排开的雨篷下，摆着水果摊。他突然摇下车窗，看了看，回头问我，我可以停一下车吗？我想下去买点水果。

我说当然可以。他很高兴地谢了我，下车去了。不一会儿，他举着两个胖乎乎的石榴回来，笑着问我，你见过这么大的石榴吗？

两只石榴，像两个笑哈哈的胖娃娃，真的是又大又可爱。我表示了惊奇。他很开心，把两只石榴小心地搁车座旁，说，我也是第一次看见这么大的石榴呢，我老婆和女儿见到了，一定欢喜。

我笑了。我仿佛看到这样一幅和美图：橘色的灯光。热热的饭菜。两只胖乎乎的石榴。围桌而坐的三张笑脸，花朵一样盛开着。一个家不大富，亦不大贵，可是，安乐、温馨、祥和。

后来，我经常会想起那样的画面，想起那两只幸福的石榴。很多寻常的日子，也就有了不一样的温度。

爱，是等不得的

只不过一日之隔，他的爱，就再也送不出去了。

他是母亲一手带大的。

他的母亲与别人的母亲不太一样。他的母亲因患侏儒症，身材异常矮小。

他的父亲——一个老实巴交的泥瓦匠，家徒四壁，等到40岁才娶了他母亲。一年后，他出生了，白白胖胖，像一轮满月，把父母卑微的心，照得亮堂堂的。父母的日子，因他的到来，有了奔头。

他6岁那年，父亲去帮邻居家盖房，从房梁上摔下来，掉下的一根横梁，刚好砸到父亲身上。那时，他正在不远处的土路上，逗着一只蟋蟀玩。从此，他没了父亲。

矮小的母亲，一个人拉扯着他，吃尽苦头。夜幕四合，母亲还未归。一大清早，母亲就背着一背篓的绣花鞋垫，去集市上卖。那些鞋垫，是母亲坐在灯下，一针一线绣的。母亲靠卖鞋垫贴补家用。他坐在门前的矮凳上数星星，等母亲。矮小的母亲是他的天。他对母亲说："等我长大了，我一定报答你。"

母亲笑了，笑出泪来，问他："怎么报答呢？"他说："我给你买一屋子的好东西吃，我给你买一屋子的好衣裳穿。"母亲把他搂到怀里，搂得紧紧的，母亲说："吃的妈不要，穿的妈也不要，等你长大了，带妈坐一回飞机吧。"

乡野广阔，狗尾巴草和车前子长满沟渠，母亲在割草。他欢快地喊："妈妈，我比你高了！"是的，他才八九岁的人，个头已超过矮小的母亲了。头顶上突然响起飞机的声音，母亲抬起头看，他也抬起头看。空中的飞机有点像他见过的花喜鹊。"花喜鹊"飞远了，看不见了，母亲这才收回目光。母亲说："这都是有本事的人坐的。有本事的人坐了飞机，到很远的地方去。"他问："很远的地方是什么样的？"母亲也没去过很远的地方，母亲就想象，"有很多很多的高楼，高楼里的桌子、椅子，都漂亮得不得了。"他郑重地向母亲承诺："以后我要做有本事的人，带你坐飞机，到很远的地方去看高楼。"

他一天天长大，一路念书，把书念到城里，真的成了有本事的人。他住进了母亲曾描绘过的高楼里，高楼里有漂亮的桌子、椅子。他也常常乘像花喜鹊一样的飞机，南来北往。母亲对他崇拜不已，母亲问："你真的坐飞机了？"他淡淡地说："嗯。""坐飞机像不像坐船，会不会晕？"母亲充满好奇。

他觉得母亲好笑。一低头，他瞥见母亲头上的白发，一撮一撮的。永远像儿童一般矮小的母亲，原来也会老的。他的心一软，说："妈，等我有空了，我带你去坐飞机。"母亲低头笑，笑得很不好意思，"不坐不坐，我都这么老了，坐飞机干什么啊？"他蹲下身子看母亲，认真地说："我一定带你去坐。"母亲没再说什么，但神情，很喜悦。

他也终于抽出空来，订好机票，打电话告诉母亲，要带她去坐飞机。母亲激动得逢人便告："我儿要带我去坐飞机了。"她还特地扯了布，做了一身新衣裳。

他回去接母亲，半路上突然接到上司的电话。上司说公司来了一个重要客户，问他是否有空陪着一起吃饭。他只犹豫了几秒钟，就回："没问题。"他想，飞机票可以重签，母亲晚一天出行也无妨。

然而这天晚上，母亲却意外摔倒了。摔倒之后，母亲还神志清醒，跟一旁的人说："我儿要带我去坐飞机呢。"可渐渐地，就不行了。第二天凌晨，母亲没等到他赶到，咽下最后一口气。

他跪到母亲跟前，恸哭不已。只不过一日之隔，他的爱，就再也送不出去了。

吊在井桶里的苹果

　　每次回家，跟母亲有唠不完的家长里短，一些私密的话，也只愿跟母亲说。跟父亲，三言两语就冷了场。

　　有一句话讲，女儿是父亲前世的情人。说的是做女儿的，特别亲父亲。而做父亲的，特别疼女儿。那讲的应该是女儿家小时候的事。

　　我小时候，也亲父亲。不但亲，还瞎崇拜，把父亲当作举世无双的英雄一样崇拜着。那个时候的口头禅是，我爸怎样怎样。因拥有了那个爸，仿佛就拥了全世界。

　　母亲还曾嫉妒过我对父亲的那种亲。有一件事我印象深刻，那天，下雨，一家人坐着。父亲在修整二胡，母亲在纳鞋底，一家人闲闲地说着话，就聊到我长大后的事。母亲问，你以后长大了、有钱了，买好东西给谁吃？我几乎不假思索脱口而出，给爸吃。母亲又问，那妈妈呢？我指着在一旁玩耍的小弟弟对母亲说，让弟弟给你买去。哪知小弟弟是跟着我走的，也嚷着说要买给父亲吃。母亲的脸就挂不住了，叨叨地说些气话，继而竟抹起泪来，说白养了我这个女儿。父亲在一边讪讪笑，说小孩子懂个啥。语气里，却透着说不出的得意。

待得我真的长大了，却与父亲疏远了去。每次回家，跟母亲有唠不完的家长里短，一些私密的话，也只愿跟母亲说。跟父亲，三言两语就冷了场。他不善于表达，我亦不耐烦去问，有什么事情，问问母亲就可以了。

也有礼物带回，却少有父亲的。都是买给母亲的，好看的衣裳、鞋袜和首饰。感觉上，父亲是不要装扮的，成天一身灰色或白色的衬衫，蓝色的裤子。偶尔有那么一次，我的学校里开运动会，每个老师发一件白色 T 恤。因我极少穿 T 恤，就挑一件男款的，本想给家里那个人穿的，但那个人嫌大，也不喜欢那质地。回老家时，我就顺手把它塞进包里面，带给父亲。

我永远忘不了父亲接衣时的惊喜，那是猝然间遭遇的意外，他脸上先是惊愕，继而拿衣的手开始颤抖，不知怎样摆弄了才好。呵呵呵傻乐半天，才平静下来，问，怎么想到给爸买衣裳的？

原来父亲一直是落寞的啊，我却忽略他太久太久。

这之后，父亲的话明显多起来。他乐呵呵的，穿着我带给他的那件 T 恤，在村子乱晃，给这个看，给那个看。他也三天两头打了电话给我，闲闲地说些话，在要挂电话前，好像是漫不经意地说上这么一句，你有空的话，就回家看看啊。我也就漫不经意地应上一句，好啊。却未曾真的实施过。

暑假快到了，我又接到父亲的电话，父亲在电话里很兴奋地说，家里的苹果树结很多苹果了，你最喜欢吃苹果的，回家吃吧，保你吃个够。我当时正接了一批杂志约稿在手上写，心不在焉地回他，好啊，有空我会回去的。父亲"哦"一声，兴奋的语调立即低了下去，父亲说，那，你记得早点回来啊。我"嗯啊"地答应着，把电话挂了。

一晃半个月过去了，我完全忘了答应父亲回家的事。深夜，姐姐突然有电话至，闲聊两句，姐姐忽然问，爸说你回家的，你怎么一直没回来？我问，家里有什么事吗？姐姐说，也没什么事，就是爸一直在等你回家吃苹果的。

我在电话里就笑了，我说爸也真是的，街上不是有苹果卖吗？一箱苹果也不过几十块。姐姐说，那不一样，爸特地挑了几十个大苹果，留给你，怕坏掉，就用井桶吊着，天天放井里面给凉着呢。

心被什么猛地撞击了一把，我只重复地说，爸也真是的，爸也真是的。就再也说不出其他的话来。一个夜，都因那吊在井桶里的苹果，而变得湿润了起来。

老了说爱你

寻常日子，聚少离多，心里面有牵挂，见了面，却没有过多的温情。

婆婆是公公用独轮车娶回家的。

我见过那架独轮车，放在堆杂物的屋子里，灰头灰脸，埋在一堆杂物中。公公几次要把它劈了当柴火烧，都被婆婆拦下了。婆婆如花的年华，刻在上头，哪一次回忆起来，不是唏嘘半天的？

是父母之命、媒妁之言，两个不曾见过面的青年男女，定下亲事。迎娶日那天，公公推着独轮车，来接婆婆。婆婆大哭着不肯上独轮车，她设想过婚礼的种种，却没想到，原来是这样的简陋与不堪。一路之上，独轮车吱吱呀呀，婆婆的一颗心，被碾得七零八落。

穷家里，家徒四壁。新媳妇第一顿饭就犯了愁，拿碗去米缸里舀米，米缸里空空如也。她只好提着篮子去野地里挖野菜，才出门，眼里的一泡泪，落得缤纷。可嫁鸡随鸡、嫁狗随狗，这日子，总得过下去。

很快有了孩子，一个接一个。五个孩子，一字排开，五张小嘴，朝着婆婆要饭吃。上个世纪六十年代，地里面长出的杂草，远比庄稼多。公公说，还是我出外找生路吧。哪里找？海里面找。家的东边，就是大海，海里面有鱼有虾。公公跟了一帮渔民上船，东漂西泊，历尽风浪。这一漂泊，就漂泊了大半辈子。

一个家，全靠婆婆支撑了。她推着独轮车，带上两个最小的孩子，去荒地里割草挣口粮。心里记挂着海上作业的公公，一听到海里面死了人，那心，就提到嗓子眼上。人疯了般地跑。跑哪里去呢？不知道。只知道东边是大海，就往海边跑。半路上，遇到公公回归，公公骂，你慌什么慌？婆婆腿一软，跪倒在地，哭叫一声，吓死我了。

寻常日子，聚少离多，心里面有牵挂，见了面，却没有过多的温情。都是不善言语表达的人，又都是急性子，这一个的心思，那一个不明白。那一个的心思，这一个糊涂着。所以见了面，两人常常三句话不投扣，就吵得鸡飞狗跳的。吵得最厉害的时候，闹过离婚。

不知不觉，儿女们都大了。不知不觉，当年坐着独轮车出嫁的婆婆，已银丝满头。五十多年的婚姻，半辈子的聚散离合，到这时，归于宁静。老了的两个人，谁也离不开谁了，一个才出门不久，另一个就满屋子找。常看到这样的景象：两个鬓发皆白的老人，一前一后走在大街上，一般是公公走在前面，婆婆在后面跟着。阳光静静洒落在他们中间，小鱼般地跳跃着。

两个人亦有着说不完的话，躺着说，坐着说，走着说，甚至在饭桌上，也还在说。说的无非是街头巷尾一些芝麻蒜皮的小事儿，昨天说过的，今天他们还拿出来说，百说不厌。一次，说话之间，公公夹了一筷子菜放到婆婆碗里，是婆婆爱吃的炒鸡蛋。婆婆先是一愣，脸继而红了，她不好意思地左右看看我们，佯嗔道，谁要你搛啊？但筷子却早已将那菜夹起，送到嘴里。嘴边的皱纹，跟着水波样地漾开来。

傍晚没事的时候，他们一前一后倚到阳台上看天，一看大半天。天有什么可看的呢？这让我奇怪。我撞了去，听到婆婆轻声在说，起风了。公公轻声应道，是啊，起风了。婆婆接着说，你听，那风吹的。我好笑地循了婆婆所说的方向去看，并没有看到起风的迹象。但公公却接了婆婆的话说，是啊，那风吹的。两个人脸上，都挂着一团的笑。

过量的爱

世上之事，原都存着两极，物极必反。对爱来说，亦如此。

朋友的儿子染上毒瘾，先是偷偷吸，把开得好好的一家私营超市，吸光了。后来，明目张胆地吸，伸手问朋友要钱，一次又一次。不给钱就在家里发脾气、砸东西，最后甚至发展到动刀子……一贯处事不惊的朋友，在我面前号啕大哭，他说，我恨不得与他同归于尽。

我的眼前，浮现出他儿子小时候的样子：圆嘟嘟的小脸蛋，饱满得像颗蜜桃。大眼睛，双眼皮，睫毛长而卷曲。见到他的人，没有不伸手摸摸他的，都觉得这孩子长得实在太可爱太漂亮了。

也聪明，三岁就能对着电视屏幕，把一首流行歌曲，一字不落地踩着节拍唱下来。唐诗教上两遍，他就能背下来。手上成天不离一根小棍子，模仿着电视剧里的大侠们，嘴里呼呼有声地舞动着。

那时候，我和朋友一家同在一个大院子住。朋友是做生意的，那会儿生意刚起步，四处举债，日子过得很有些拮据。然朋友从没亏待过这个儿子，衣帽鞋袜都买名牌的，玩具也是儿子想要就给买的。牛奶鸡蛋等营养品，没一样落下。用朋友的话说，一生就这么一个小子，要富养。

夏天的晚上，我们一起坐在大院子里纳凉，朋友的儿子舞着他的小棍子，追扑流萤，像只活泼的追风的小猫。我们远远看着这孩子，预言着他的将来。将来，这孩子说不定能成为大明星呢，演电影，拍广告，出唱片，人气高得不行。朋友不屑，说，我才不要他做明星，我要他做大老板、开大公司。我们就开玩笑说，真是的呢，那他后面还不迷倒一帮女孩子。

几年后，我离开大院子，调到别的地方工作，与朋友一家断了联系。再见面，已是十多年后，当年的小小孩，已长成俊美青年。路却走得一波三折，对读书不上心，初中没毕业，就闹着回家了。这时，朋友的生意，已做得风生水起。儿子不喜读书，他默认了，想着凭他赚下的千万家私，让儿子将来衣食无忧，总是绰绰有余的。他这一放任，儿子便像脱了缰绳的野马，任由着自己的性子，一路横冲直撞了起来，成天跟一帮社会小混混混到一起。

十八岁的成人礼，这孩子得到一辆跑车和一幢别墅，从此，他更是挥金如土，常出入高档酒楼和浴城。朋友有了隐隐的担忧，出资给儿子开了一家大型超市，交给儿子打理。想着儿子有事可做，总不至于去走歪路。可脱缰久了的野马，哪里拉得回头？儿子最终走上吸毒之路，好好的一个人，弄得人不像人鬼不像鬼了。

世上之事，原都存着两极，物极必反。对爱来说，亦如此。爱过量了，不是爱，而是毒。

布列瑟农的忧伤

但愿所有的灵魂，不再流浪。

这些天，我一直在听《布列瑟农》，马修·连恩演唱的。

这是一首关于家园关于流浪的歌。它的背景是：1992 年，加拿大某些地方政府施行了一项名为"驯鹿增量"的计划，为达到目的，必须大量捕杀狼群。布列瑟农，那个安静的小村庄，那个生长着温暖记忆的地方，顷刻间泊满离别的忧伤。

一定是秋冬季节。远山，树木，人家的房屋，应该还有尖顶的教堂。其时，夕阳正落，阳光的影子，一点一点斜了。薄雾罩下来。星星们开始亮了。清风吹来晚钟的声音。落叶的味道，寂寥而温暖。流浪的生命——人，或者狼，此刻，就站在那片温暖的天空下，那片它们热爱的土地上，做深情回眸："我站在布列瑟农的夜色里 / 满天的星星在天上闪耀 / 远在布雷纳的你 / 是不是也能看到它们的眼睛……"

整首《布列瑟农》，曲调深沉，有着厚重的忧伤，像刚刚落下一场浓烈的雾。又像深秋里飘过一场雨，一日一日下着，让人望不到头。别了，亲爱的家园。别了，我的爱。"流云从我的身边飘飞而去／那一轮月亮正在升起／所有的星星我都留在身后／如钻石般点缀你的夜空。"马修·连恩忧郁的嗓音，舒缓而低沉，把这首曲子演绎得湿漉漉的。

不忍看那个回眸：光秃的树丫，我爱你。沉默的山冈，我爱你。尖顶的教堂，我爱你。哪怕是人家屋顶上的一缕炊烟，也爱，也爱的。迟缓的脚步，该迈向何处？

一个听过这首歌的女孩告诉我，她现在最怕听到火车声，一听到火车声，就想起这首《布列瑟农》来，就想落泪。她落泪，是因为爱着的人，坐了火车去远方。她在等他回家。

并不替这个女孩感到悲伤。有爱守着，她的那个人，想来不会迷路。怕只怕，一别之后，从此魂断梦也断。就像布列瑟农天空下那群流浪的狼。

我想起一个朋友来，朋友因做生意亏了，远到大西北去挣钱。走的时候，是怀了绝望的心的——亲情淡泊，友情疏离，家乡再没有温暖可依。他几乎是以一种逃离的姿势离开的。但在那个大草原深处，在那些月色浓酽得能让人醉倒的夜晚，他辗转反侧地遥想的，还是家乡。一日，他终忍不住想念，在静夜里，给我打来了电话。一分钟，十块钱，他亦是不在意。他说，他要听听我的声音，听听故土的声音。原来，千万遍阳关走尽，最思念的，还是那个家园。无论对于人来说，还是对于狼来说，家园，才是灵魂最后皈依的地方。

但愿我们都能回到自己梦中的布列瑟农。但愿所有的灵魂，不再流浪。

和父亲合影

我与他，就这么，在岁月里疏离着。

父亲在 32 岁上，照过一张小照。在上海城隍庙照的。二寸，黑白的。父亲当时是送姐姐去上海看腿的。6 岁的姐姐，腿被滚水严重烫伤，整日整夜地哭。父亲的心被折磨得七零八落。在姐姐的腿伤稍稍好转了之后，从不迷信的父亲，竟跑去城隍庙，想给姐姐买一个护身符。

父亲最终在城隍庙买没买到护身符，我不得而知。但父亲却留下一张小照，是那些年里，他唯一拍过的照片。

小照被带回来，村里人听闻（那时拍照还是稀罕事），都聚到我家，一屋子的人争相传看，都说到底是大上海啊，拍的照片就是好。照片上的父亲，气宇轩昂，脸上虽挂着淡的忧伤，却挡不住风华正茂的英气。多年之后，我再看父亲那张小照，发现年轻的父亲，长得特像电影演员赵丹。而这时的父亲，正倚在家里的沙发上打瞌睡，衰老得似一口老钟。

记忆中的父亲，是没这么老的，是永远的 32 岁的风流倜傥。在一大帮大字不识一个的乡人们里头，父亲很有些鹤立鸡群的样子。他不但断文识字，吹拉弹唱，也是无所不会。那时，我们兄妹几个，喜欢围了父亲转，看风吹过父亲挺拔的身影。喜欢听父亲拉二胡、吹口琴、哼《拔根芦柴花》的小调。喜欢看父亲挥毫泼墨，村子里家家户户的门上，贴的都是父亲手书的对联。这样的父亲，在我们的眼里，是举世无双的。

我上学了，成绩不错。父亲跟人说，只这个女儿，是他的翻版。但父亲从未指导过我学习。只一次，我伏在小凳子上，用红红绿绿的粉笔画人，把人涂得五颜六色。父亲走过来，俯下身子看我画人，看了一会儿，他握住我的手，替我帮人加上耳朵。又揩掉那些五颜六色，给人穿上中山装，浅褐色的。我对着看，竟发觉画中人，有些像镜框中小照上的父亲了。我又是惊异又是自豪，我爸原来还会画照片上的人呀。

我渐渐长大，对父亲的崇拜渐渐少了去，直至无。我眼中的父亲，与其他庸常的父亲没什么两样，他抽难闻的水烟。爱吃大葱和大蒜。手指甲里淤着黑泥，他用那样的手，把玉米饼掰开，一块一块送到嘴里去。及至我工作了，父亲来城里看我，当着一帮我的同事，把大厦的"厦"读成夏天的"夏"，我羞红了脸纠正。父亲讪讪笑，再读，还是读成"夏"。我只有默默摇头。

父亲老了，很多的病缠上身。最严重的是脊椎病，发作时，压迫得他双腿不能走路。这时的父亲，无助得像个小孩，被我接进城里来看病，完全听任我的"摆布"，神情落寞。

我也不曾介意。那日，我和几个朋友外出游玩归来，心情大好。我翻看着相机里的照片，随口对坐在沙发上眯着眼打盹的父亲说，爸，我们俩好像还没拍过合照呢，要不，来一张？父亲一下子睁开眼，脸上呈现出惊喜，他不相信地问我，就我们两个拍？我说，啊，就我们两个。父亲突然羞涩起来，他问，你不嫌爸爸老吧？

我像被什么猛击了一下。我嫌过他老吗？貌似没有。可事实上，我是在嫌弃。我不耐烦听他说话。我极少再坐到他身边，握握他的手。我不知他又添了几道皱纹，白了几根头发。我与他，就这么，在岁月里疏离着。

父亲没有一点怪我的意思，他很高兴能和我合影，他说，一定要把照片带回家，给村子里的人看看。他很仔细地理好头发，理顺衣衫，靠到我的身边来，对着相机镜头，认真地摆好姿势。我搂着父亲的肩，我说，爸，来，一二三，我们一齐笑。

合影我洗了两张，一张给了父亲，一张留给我自己。所有见过这张照片的人都说，你和你爸长得太像了，笑得一模一样。

爱，踩着云朵来

因为她是母亲，所以，她的爱能踩着云朵来。

父亲说，你妈现在不中用了，在家门口都会迷路。母亲小声争辩道，是夜里黑，看不见嘛。

母亲去亲戚家做客，当夜搭了顺路车回来，车子停在离家半里路的河对岸，过了新修的桥，就到家了。可她却愣是找不着回家的路，稀里糊涂踏上了相反的路，越走离家越远，幸好遇到晚归的同村人，把她送回家。

母亲老了，这是不争的事实，她再也没有从前的利索和能干了。我看着母亲，百感交集，想起了多年前与她相关的一件事。

那年，我在外地上大学，第一次离家上百里，想家想得厉害，便写了一封家书。字里行间，都是浓稠的想念。母亲不识字，让父亲念给她听。她听完信，竟一刻也坐不住了，她决心坐车去学校看我。

那之前，母亲是从未出过远门的，大半辈子只圈在她那一亩三分地里。可她决心已下，任谁也阻拦不了。她去地里拔了我爱吃的萝卜，烙了我爱吃的糯米饼，用雪菜烧了小鱼……临了，母亲又去问邻居大婶借了做客的衣——一件鲜艳的碎花绿外套。母亲考虑得很周到，她不想让在大学里念书的女儿丢脸。

左挎右掮的，母亲上路了。那时去我的学校，需要在中途转两次车。到了终点站还要走上十来里的路。我入学报到时，是父亲一路陪着的。我跟着父亲上车下车，穿街过巷，直转得我头晕，根本分不清东南西北，记不住来时路。

然而我大字不识一个的母亲，却准确无误地摸到我的学校。我清楚地记得，那是秋末的一天，黄昏降临了。风起，校园里的梧桐树，落下大片大片金黄的叶。最后一批雏菊，在秋风里，掏出最后一把热情，黄的脸蛋红的脸蛋，笑得满是皱褶。我在教室里看完书，正收拾东西准备回宿舍，一扭头，竟发现母亲站在窗外，冲着我笑。我以为是眼花了，揉揉眼，千真万确是母亲啊！她穿着鲜艳的碎花绿外套，头上扎着方格子三角巾。三角巾被风撩起，像只纸鸢。黄昏的余晖，在母亲身上镀一层橘粉，闪闪发光。她像是踩着云朵而来。

那日，我们的宿舍，过节一般的。女生们个个都有口福了，她们咬着我母亲带来的大萝卜，吃着小鱼，还有糯米饼，不住地说，阿姨，好吃，太好吃了。我母亲不大听得懂她们说的话，只拘谨地坐着，拘谨地笑着。那会儿，一定有风吹过一片庄稼地，母亲淳朴安然得犹如一棵庄稼。

至于一路之上，她是如何上车下车，又是如何七弯八拐，到达我们学校的，后来，又是如何在偌大的校园里，在那么多的教室中，一下子找到我的，这成了一个谜。

我曾问过母亲，母亲始终笑而不答。现在我想，这些问题根本无须答案，因为她是母亲，所以，她的爱能踩着云朵来。

《诗经》里的那些情事

那只叫相思的鸟儿，已找不到栖落的枝了。

单相思

"关关雎鸠，在河之洲。窈窕淑女，君子好逑。"这是我从小就会背的诗句，那时背得摇头晃脑，因它的朗朗上口。幼小的心，不懂，却觉得美。有大人开玩笑，这丫头聪明，都会背《诗经》了，做我家的媳妇儿好不好？我仰头脆脆地应，好。哪里知道，自己所背诵的诗里面，是一段刻骨的相思呢。

那应是一处天好地好人好的地方，雨水充足，物草丰美。天高云淡，雎鸠一唱一和地在河两岸叫着，叫得人的心，像吸足了水分的青草啊，轻轻一掐，就是满把的柔情。年轻男子，相遇到美丽的姑娘了。姑娘在干吗呢？姑娘正在河中央的陆地上采荇菜呢。隔着半条水域望过去，可以望见姑娘可爱的手臂，不停地左右舞动着，美丽的腰肢，也跟着扭动。年轻男子再也放不下这个姑娘了，"寤寐求之""寤寐思服"，白天夜里都在想着她啊。他辗转反侧地叹：悠哉悠哉。

我每每读到这里，都要笑出泪来。我想象着那样的夜晚：天黑得很深很深，星星在天上眨眼睛，四周俱寂。远远的，雎鸠的鸣叫传过来，搅得男子的心，更是如擂小鼓。他睡不着，他辗转反侧地长吁短叹，悠哉悠哉。意思是，想啊想啊想啊……长夜难度。他一定想得形削骨瘦的。那个被他相思的少女，多么幸福！

他后来，有没有娶到她？那好像不重要了，重要的是，《关雎》中，他留给我们的相思形象，足足打动了人类几千年。

《泽陂》中的小青年就更有意思了。应该是初夏的天，新蒲长出嫩叶来，池塘里的荷也婷婷。小青年在池塘边偶然碰见一位姑娘，姑娘长得真是高大健美啊，"有美一人，硕大且卷"，小青年只一眼，就再难相忘。于是相思了，而且不是一般的相思，"寤寐无为，涕泗滂沱"。你看你看，他无论醒着还是睡着，眼前都是姑娘的影子啊，他不知怎么办才好，伤心得一把鼻涕一把眼泪的。

现代人却难以怀上这样的单相思了，爱上谁，电话邮件短消息，轮番轰炸。恋情来得迅速，去得也迅速。今日结束，明日又重新披挂上阵。那只叫相思的鸟儿，已找不到栖落的枝了。让人惆怅，让人备怀念，《诗经》中的那些傻男人们，他们纯洁如白月光的单相思，成了温润心灵的一块琥珀。

热　恋

"青青子衿，悠悠我心。"这是《子衿》中守在城门楼下的女子，对爱的表白。意思是，你青色的衣领子，也绵绵地牵系着我的心啊。原来，爱上一个人，连他穿的衣，连他佩的饰物，都要爱的。她约了相爱的男子，到城门楼下相会。是约在月上柳梢头么？天还未黑呢，她可能就梳洗打扮好了，早早来到约会的地方。男子哪里知道她这么早就来了呢，自然没来，她于是焦急徘徊地等，一边想念着，一边跺着脚埋怨着："纵我不往，子宁不嗣音？"纵使我不去找你，你也该主动点儿呀，哪怕捎个口信给我也好啊。热恋中的人儿，一分一秒的分离，也觉漫长。所以她挑兮达兮，一日不见，如三月兮。让我们也跟着她着急，替她伸长了脖子眺望，那个穿青衣的男子，来了没？

《褰裳》中的小女子，就爱得更为火辣了，如一锅四川麻辣汤，轻抿一口，那热辣，就直逼人的心窝窝。她把约会的地点，放在一条河边，她站在河这边等着，不知什么缘故，约会中的男子，迟迟没来。河水缓缓地流着，她一边眺望着河水，一边在心里发着狠："子不我思，岂无他人？狂童之狂也且！"
那意思是，本姑娘漂亮着呢，你不爱我想念我，难道就没有他
人么？爱我的人排着队候着呢，你这个大傻瓜！每读至此，我
都忍不住大笑，这实在是个泼辣可爱的姑娘，如一朵野玫瑰，
一朝绽开，那芳香就不管不顾地倾溢出来。

《采葛》则把热恋中的这种等待推向极致，通篇全是一个人
的自言自语，却千转万回，缠绵宛转。"彼采葛兮。一日不见，
如三月兮！"她与他，因什么原因，而有了短暂别离？不得而
知，只知道姑娘在等他，看到葛草要想到他，看到萧草要想到
他，看到艾草，还是要想到他，从一日不见如三月兮，到如三
秋兮，再到如三岁兮，那分分秒秒的时间，多么让人难挨！心
爱的人，你什么时候才能来？

热恋中的人，一个世界都可以不要的，眼里心里全是你，
纵使你普通得如一株芨芨草，在他（她）的眼里，你也是九天
的仙女、骑着白马而来的王子。

我们都曾做过这样的仙女、这样的王子。它使我们在回味
人生的时候，有别样的甜蜜和幸福。

等　爱

梅艳芳唱的《女人花》，我怕听。她唱得实在太哀婉悱恻，

应了她的人生。像秋夜里的一滴露，"啪嗒"一声，滴落在心头，内心顿时一片荒凉。是啊，花开不多时，堪折直须折，女人如花花似梦。

几千年前，有个少女，在《诗经》里，也是这般唱着的。这个少女唱的不是花，她唱的是梅子："摽有梅，其实七分。求我庶士，迨其吉兮。"这个时候，她还青春年少，她提着筐子，徜徉在梅树旁，树上的梅子，已黄熟了，在纷纷落。地上三分，树上七分。少女望着梅树上的梅子，联想到她自己，青春也是那梅子啊，眨眼间，就熟了，就掉了，她却还没有意中人。她有些害羞地唱，喜欢我的小伙子啊，你快趁着青春好时光来找我呀。可是，爱她的人，却没有来。树上的梅子眼看着掉到只剩三分了，她焦急地唱，求我庶士，迨其今兮。也就是说，喜欢我的小伙子啊，你不要再等了，你今天就来吧。满树的梅子，终于落尽，她的青春也快要过去了，她还是没等来爱她的人。她无奈地唱，求我庶士，迨其谓之。她不再幻想谈一场缠缠绵绵的恋爱了，来不及了，来不及了，如果有小伙子现在喜欢她，就可以直接订下婚约把她娶回家的。

通篇《摽有梅》，不着悲凉，却字字凉透。等爱的心，看不见被谁伤了，却被伤得千疮百孔。

我认识一好女子，三十多了还未嫁。当初也曾有男孩，死心塌地地爱过她，她没有接受，她想等等再说。这一等，就等到花瓣凋落。我对她说，找个好人嫁了吧。她一脸无奈地看着我，说，我也想啊，可是，到哪里去找呢？

替她感伤。好男人早在青春的路上，被人劫持了。尘世的缘分，原都是一场花开，花期过了，花事也就尽了。

盼　归

很早就知道"首如飞蓬"这个成语，但不知道，首如飞蓬竟是出自《诗经》中的。当有一天，我翻到诗经中《伯兮》这一篇，我的眼睛在首如飞蓬上停住了，我实在吃惊于首如飞蓬的背景，竟是一个女人盼丈夫归的。"自伯之东，首如飞蓬。岂无膏沐，谁适为容"，女人的丈夫，从军远征去了，女人想他，想得无心打扮，致使头发如风吹乱的枯草一样堆在头上。不是没有很好的润发油啊，只是我打扮了给谁看呢？长期的思念，使她心头郁结满了忧伤。这样深刻的想念，实在让人动容！

我想起一个妇人来，妇人的丈夫，早年去台湾，一直未归，留妇人孤身一人。妇人终年一件蓝布褂，头发乱草堆似的堆在头上，脸色灰暗，不言不语地走路、干活。小孩们背后都叫她疯婆子。这样一个疯婆子，某一天，却突然打扮得光艳照人，大红的线衣穿在身上。已灰白了的发，被挽得纹丝不乱。原来，她去台湾的丈夫回来看她了，她为他，梳妆打扮。大家叹，她原来也是这么好看的啊。一周之后，她丈夫却归台，在那里，他早已另娶了太太。妇人什么话也没说，折叠起大红的线衣，换上她的蓝布褂，重又陷入一个人的"首如飞蓬"里。

这样的盼归，在另一篇《风雨》中，终于有了完满结局。"风雨凄凄，鸡鸣喈喈"，外面风大雨大，鸡们在不安地鸣叫，女人的丈夫，出门未归。他出外多久了？或许十天，或许半个月。女人不眠，为他提着一颗心，这么大的风，这么大的雨，亲爱的人啊，你是否被风吹着了，被雨淋着了？女人因此想得害了病。就在这时，奇迹出现了，女人的丈夫竟冒着风雨突然归来。那巨大的惊喜，哪里能形容呢？女人只呆呆地看着他，说一句："既见君子，云胡不夷！"哦，亲爱的，你回来了，我也就心安了。当确信眼前的这个人，真的就是她亲爱的丈夫啊，女人抚摸着丈夫的脸，终于喜极而泣，"既见君子，云胡不喜！"纵使外面天崩地陷，又何妨呢？你回来了，一切便好了。

世间的恩爱，原都是这个样子的，几千年来，都是这个样子的，那就是，亲爱的，只要你平安着，我也就开心了。

爱未央

他嘟嘟哝哝地说，今天是菊香生日呢，我答应过她。

陈四爹最近迷上藏钱，像乌鸦迷上发光的东西。

是儿媳妇肖英最先发现的。

肖英记得买菜时多下一些零钱，随手搁客厅茶几上。她转身去厨房，不过择了一把菜、洗了两只碗，转身，钱就不见了。

没有人来过，除了公公陈四爹在。

陈四爹却没事人似的，在自己的房间里，数着一堆红红绿绿的小球玩。

自从患上老年痴呆症后，他的智商一下子退回到幼儿期，爱耍小脾气，爱玩五颜六色的玩具。

肖英看看陈四爹，当时没说什么，但心里存了疑惑。她后来做了个试验，故意在客厅的茶几上放上十块钱。她躲到一边去，不一会儿，她看到她的公公陈四爹，从房间里慢慢磨蹭着出来。当他瞥见茶几上的钱时，眼睛里立即大放光芒，左右迅速看看，一把抓起钱，揣到怀里去了。

肖英就有些不高兴了，她走了过去，问陈四爹，爸，您拿钱了？

陈四爹紧紧捂住胸口，瞪着她，答，我没有。

可我明明看见您拿钱了。肖英生气地说着，就要来掰他的手，爸，家里不缺您吃的，不缺您穿的，您说您要钱做什么？

陈四爹不肯松手，孩子似的放声大哭起来，一边哭一边说，我没有拿钱，我没有拿钱。

儿子陈程回家，看到这一幕，劝肖英，你跟爸较什么真？他都八十多岁的人了，拿就拿了吧，反正他也花不出去。

肖英气鼓鼓地说，怨不得家里老丢钱，还不知他藏了多少钱呢。

自此后，肖英存了心眼，把钱看管得很紧。陈四爹找不到钱了，表现得很失落。他在家里来来回回地打转，到处翻找，家里的角角落落，都被他翻了个遍。偶尔在哪个抽屉里，捡到一枚两枚硬币，他欢喜不迭，赶紧往怀里藏。

家人对他哭笑不得，把他的行为归结为，是老年痴呆的一种。

他后来发展到，逢人便伸出手来，讨钱。给我钱——他眼睛直盯着来人，很执拗地说。

大家开他玩笑，四爹爹，您要钱买糖吃啊？

他偏着须发皆白的脑袋，想一想，摇摇头，认真地说，不，我要买金戒指。

您买金戒指给谁戴呀？

给新娘子，给新娘子。他口齿不清地说。

给新娘子？大家哄笑一通，都以为他老糊涂了。

陈四爹的突然失踪，让儿子陈程着实急出了一身冷汗。那天，起先是没有一点征兆的，早饭时，陈四爹还好好的，喝掉一碗粥，吃掉半块馒头。饭后，他回房，继续玩他的彩球。陈程去老年活动中心下棋，肖英去菜场买菜。

等肖英买菜回来，家里的大门洞开，公公陈四爹不见了。

街坊四邻都被发动起来寻找，折腾大半天，仍是无头无绪。后不知谁突然想起来，说，老爷子不会真的跑去买什么金戒指吧？

街上卖金戒指的就那么两家，一家百货商场，一家国货商厦。众人分头去找，果真，在国货商厦一楼的黄金柜台旁，找到陈四爹。柜台的营业员一见找去的人，长舒一口气，说，你们总算找来了，这个老爹爹难缠呢，他非要用这么点钱，买一枚这么大的金戒指不可。

众人看过去，柜台上，摊着一堆零碎，不过百十块。陈四爹指着那些钱，固执地说，我有钱，我要买金戒指。

陈程走过去，不好意思地跟营业员打招呼，他指指自己的脑袋，悄声说，对不起啊，给您添麻烦了，我爸这里不行了。营业员恍然大悟"哦"一声，她同情地看看陈四爹，无声地笑了。

陈程转身，有些恼火地拖住陈四爹，爸，您别闹了，咱回家吧。

陈四爹茫然地望着陈程，望着望着，哭了，他嘟嘟哝哝地说，今天是菊香生日呢，我答应过她，要给她买金戒指的呢。

众人听着，心头一震。菊香，陈程的母亲，陈四爹的老伴，故去已十年。

咫尺天涯，木偶不说话

白日光照得着两个人。风不吹，云不走，天地绵亘。

"她"叫红衣。

"他"叫蓝衣。

他们从"出生"起，就同进同出，同卧同眠。简陋的舞台上，"她"披大红斗篷，葱白水袖里，一双小手轻轻弹拨着琴弦。阁楼上锁愁思，千娇百媚的小姐，想化作一只鸟飞。"他"呢，一袭蓝衫，手里一把折扇，轻摇慢捻，玉树临风，是赴京赶考的书生。湖畔相遇，花园私会，缘定终身。秋水长天，却不得不离别。"她"盼"他"归，等瘦了月亮。"他"金榜题名，锦衣华服回来娶"她"，有情人终成眷属。观众们长舒一口气。剧终。"她"与"他"，携手来谢幕，鞠一个躬，再鞠一个躬。舞台下掌声与笑声，同时响起来，哗啦啦，哗啦啦。

那时，"她"与"他"，每天都要演出两三场，在县剧场。

木椅子坐上去咯吱吱，头顶上的灯光昏黄黯淡。绛红的金丝绒的幕布徐徐拉开，舞台上亮堂堂的。戏就要开场了。小小县城，娱乐活动也就这么一点儿，大家都爱看木偶戏。工厂包场，学校包场，单位包场。乡下人进城来，也都来赶趟热闹。剧场门口卖廉价的橘子水，还有爆米花。有时也有红红绿绿的气球卖。进场的孩子，一人手里拿一只，高兴得不得了。

幕后，是她与他。一个剧团待着，他们配合默契，天衣无缝。她负责红衣，她是"她"的血液。他负责蓝衣，他是"他"的灵魂。全凭着他们一双灵巧的手，牵拉弹转，演绎人间万般情爱，千转万回。一场演出下来，他们的手臂酸得发麻，心却欢喜得开着花。木盒子里，她先放进红衣，他把蓝衣跟着放进去，让"他们"并排躺着。他在"他们"脸上轻抚一下，再轻抚一下。她在一边看着笑，他抬头，回她一个笑，默契得无须多说一句话。

彼时，年华正好。她人长得靓丽，歌唱得不俗，在剧团被称作金嗓子。他亦才华横溢，胡琴拉得出色，木偶戏的背景音乐，都是他创作的。让人遗憾的是，他生来是哑巴。他丰富的语言，都给了胡琴，给了他的手。他的手，白皙修长，注定是拉胡琴和演木偶戏的。她的目光，常停留在他那双手上，在心里面暗暗叹，好美的一双手啊。

在一起演出久了，不知不觉情愫暗生。他每天提前上班，给她泡好菊花茶，等着她。小朵的杭白菊，浮在水面上，浅香绵远，是她喜欢的。她端起喝，水温刚刚好。她常不吃早饭就来上班，他给她准备好包子，有时会换成烧饼。与剧场隔了两条街道，有一家周二烧饼店，做的烧饼很好吃。他早早去排队，买了，里面用一张牛皮纸包了，牛皮纸外面，再包上毛巾。她吃到时，烧饼还是热乎乎的，像刚出炉的样子。

她给他做布鞋。从未动过针线的人，硬是在短短的一周内，给他纳出一双千层底的布鞋来。布鞋做成了，她的手指，也变得伤痕密布——都是针戳的。

这样的爱，却不被俗世所容，流言蜚语能淹死人，都说好好一个女孩子，怎么爱上一个哑巴呢，两人之间的关系肯定不正常。她的家里，反对得尤为激烈。母亲甚至以死来要挟她。最终，她妥协了，被迫匆匆嫁给一个烧锅炉的工人。

日子却不幸福。锅炉工人高马大，脾气暴躁。贪酒杯，酒一喝多了就打她。她不反抗，默默忍受着。上班前，她对着一面铜镜理一理散了的发，把脸上青肿的地方，拿胶布贴了。出门有人问及，她淡淡一笑，说，不小心磕破皮了。贴的次数多了，大家都隐约知道内情，再看她，眼神里充满同情。她笑笑，装作不知。台上红衣对着蓝衣唱：相公啊，我等你，山无棱，江水为竭。冬雷震震，夏雨雪，天地合，乃敢与君绝。她的眼眶里，慢慢溢出泪，牵拉的手，上上下下，左左右右。心在那一条条细线上，滑翔宕荡，疼得慌。

他见不得她脸上贴着胶布。每看到，浑身的肌肉会痉挛。

他烦躁不安地在后台转啊转，指指自己的脸，再指指她的脸，意思是问，疼吗？她笑着摇摇头。等到舞台布置好了，回头却不见了他的人影。去寻，却发现他在剧场后的小院子里，正对着院中的一棵树擂拳头，边擂边哭。她站在两米外，心里的琴弦，被弹拨得咚咚咚。耳畔响起红衣的那句台词：冬雷震震，夏雨雪，天地合，乃敢与君绝。

白日光照得着两个人。风不吹，云不走，天地绵亘。

不是没有女孩喜欢他。有个圆脸女孩，一笑，嘴两边现出两个浅浅的酒窝。那女孩常来看戏，看完不走，跑后台来看他们收拾道具。她很中意那个女孩，认为很配他。有意撮合，女孩早就愿意，说喜欢听他拉胡琴。他却不愿意。她急，问，这么好的女孩你不要，你要什么样的？他看着她，定定地。她脸红了，低头，佯装没懂，嘴里说，我再不管你的事了。

以为白日光永远照着，只要幕布拉开，红衣与蓝衣，就永远在台上，演绎着他们的爱情。然而某天，剧场却冷清了，无人再来看木偶戏。出门，城中高楼，一日多于一日。灯红酒绿的繁华，早已把曾经的"才子"与"佳人"淹没了。剧场经营不下去了，先是把朝街的门面租出去，卖杂货卖时装。他们进剧场，要从后门走。偶尔有一两所小学校，来包木偶戏给孩子们看。孩子们看得索然无趣，他们更愿意看动画片。

剧场就这样，冷清了。后来，剧场转承给他人。剧团也维持不下去了，解散了。解散那天，他执意要演最后一场木偶戏。那是唯一一场没有观众的演出，他与她，却演得非常投入，牵拉弹转，分毫不差。台上红衣唱：冬雷震震，夏雨雪，天地合，乃敢与君绝。她和他的泪，终于滚滚而下。此一别，便是天涯。

她回了家。彼时，她的男人也失了业，整日窝在十来平方米的老式平房里，喝酒浇愁。不得已，她走上街头，在街上摆起小摊，做蒸饺卖。曾经的金嗓子，再也不唱歌了，只高声叫卖，蒸饺蒸饺，五毛钱一只！

他背着他的胡琴，带着红衣蓝衣，做了流浪艺人。偶尔他回来，在街对面望她。阳光打在她的蒸饺摊子上，她在风中凌乱了发。他怅怅望着，中间隔着一条街道。咫尺天涯。

改天，他把挣来的钱，全部交给熟人，托他们每天去买她的蒸饺。他舍不得她整天站在街头，风吹日晒的。就有一些日子，她的生意，特别的顺，总能早早收摊回家。——他能帮她的，也只有这么多。

入冬了。这一年的冬天，雪一场接一场地下，冷。她抗不住冷，晚上，在室内生了炭炉子取暖。男人照例地喝闷酒，喝完躺倒就睡。她拥在被窝里织毛线，是外贸加工的。冬天，她靠这个来养家糊口。不一会儿，她也昏昏沉沉睡去了。

早起的邻居来敲门，她在床上昏迷已多时。送医院，男人没抢救过来，死了。她比男人好一些，心跳一直在。经过两天两夜的抢救，她活过来了。人却痴呆了，形同植物人。

起初，还有些亲朋来看看她，在她床前，叫着她的名字。她呆呆地看着某处，脸上无有表情，不悲不喜。——她不认识任何人了。大家看着她，唏嘘一回，各自散去，照旧过各自的日子。

没有人肯接纳她，都当她是累赘。她只好回到八十多岁的老母亲那里。老母亲哪里能照顾得了她？整日里，对着她垂泪。

他突然来了，风尘仆仆。不过五十岁出头，脸上身上，早已爬满岁月的沧桑。他对她的老母亲"说"，把她交给我吧，我会照顾好她的。

她的哥哥们得知，求之不得，让他快快把她带走。他走上前，帮她梳理好蓬乱的头发，给她换上他给她买的新衣裳，温柔地对她"说"，我们回家吧。三十年的等待，他终于可以在光天化日之下，牵起她的手。

他再没离开过她。他给她拉胡琴，都是她曾经喜欢听的曲子。小木桌上，他给她演木偶戏，他的手，已不复当年灵活，但牵拉弹转中，还是当年好时光：

悠扬的胡琴声响起，厚重的丝绒幕布缓缓掀开，红衣披着大红斗篷，蓝衣一袭蓝衫，湖畔相遇，花园私会，眉眼盈盈。锦瑟年华，一段情缘，唱尽前世今生。

爱如山路十八弯

山路十八弯，通向的，原来是一个叫爱的地方。

她一直比较倔强。倔强，是她用来对付父亲的。她的父亲，是个军人，军人的作风，让他脸上的威严总是多于温和。

小时候，她曾试图用她的优秀瓦解父亲脸上的威严，她努力做着好孩子，礼貌懂事、勤奋好学。当她把一张一张的奖状，捧至父亲跟前时，她难掩内心的激动，脸上有飞扬的得意。然而父亲只是淡淡看一眼，说，还得继续努力。

如此的不在意，深深刺痛了她。她甚至怀疑自己不是父亲亲生的。她跑去问母亲，母亲笑了，摸着她的头说，怎么会呢？生你的时候，你爸一高兴，从不喝酒的人，喝掉半斤二锅头呢。

哪里肯信？回头看父亲，父亲不动声色在翻一份报，怎么看怎么不像一个爱她的人。

这以后，她总跟父亲对着干，惹得父亲对她频频发火。她不吭声，倔强地看着父亲，最终，是父亲先叹一口气，转身而去，步履蹒跚。母亲曾苦着脸劝，你们父女两个，是前世的冤家么？她想，或许是吧。

高中分文理科时，父亲建议她学文，那是她的特长。她偏偏选了学理。大学填报志愿时，父亲要她填报师范专业，照父亲的想法，女孩子做老师，是最理想的职业了，既稳妥又安全。她偏不，而是填了建筑专业。气得父亲干瞪眼。

大学毕业那年，她有心回到父母所在的城市工作。但看父亲的表情，好像没有要她留下的意思。她一气之下，跑到千山万水外去了。

一个人在外打拼，难。举目的陌生，更是让她，多了几层寒冷。好在不久后她遇到好人，在公司看大门的张伯，亲人般的，对她和颜悦色、关怀备至。下雨天张伯会给她送伞；天冷了张伯送她一双棉手套；家里做了什么好吃的，张伯会用半旧的饭盒装着，给她带了来。她好奇地问张伯，您怎么对我这么好？张伯笑笑说，你像我女儿啊，我也有个你这么大的女儿，在外地呢。那一刻，她想到父亲，心突然疼疼地跳了跳。

母亲不时会给她寄些东西来，吃的穿的用的，都有。父亲却不曾有只言片语来。她由此更坚定了，父亲，是不爱她的。她对自己说，不要去想他。

那日，张伯过生日，喊她去他家吃饭。在张伯家，她受到张伯老两口热情的款待。她陪他们一起包饺子，热热乎乎像一家人。吃饭时，张伯一高兴，多喝了二两酒。喝多了的张伯，大着舌头对她说，丫头，你有一个好爸爸啊，他左一个电话、右一个电话来，拜托我要好好照顾你，说你性格犟，怕你吃亏哪。什么时候他来看你了，我一定要和他喝两盅。

她的吃惊无以复加。她问张伯，您怎么认识我爸的？张伯摇摇头呵呵乐了，说，我不认识你爸，我们只是电话联系。一个真相，让她的心，顷刻间翻江倒海起来。张伯，是父亲战友的朋友的朋友。父亲托了战友，跟战友的朋友联系上，再跟张伯联系上。

山路十八弯，通向的，原来是一个叫爱的地方。

等你80年

　　人生至老，剩下的唯一财富，便是回忆。

　　80年前，艾德青春，姑娘年少，一朝相遇，情窦初开，满世界的阳光灿若春花。

　　他们无法自拔地爱上了。他们避开家里人，偷偷约会在枣椰树下。偷偷远足去沙漠深深处。明月照她回，她频频回首道："你一定要等着我啊。"他答："好的，我会等着你。"誓言是那般美好，他将为夫，她将做妻，将来的将来，他们还要生一群可爱的孩子。

　　然世事难料，等她长到可以谈婚论嫁的年纪，现实却给他们当头一棒，按当地风俗，姑娘必须嫁部族内的堂兄弟或表兄弟。天昏沉沉黑下去，明媚不再。一对恋人，最终被迫劳燕分飞。

　　姑娘不得不另嫁了，艾德也另娶了别的女人为妻。两个相爱的人，从此远隔天涯。

一年又一年过去了。沙漠的风，吹老了太阳，吹老了月亮，吹老了绿洲上的枣椰树。艾德和姑娘，也在各自的人生里，把日子守成暮色。艾德先后结过两次婚，儿女满堂。姑娘先后结过六次婚，不曾生育。

人生至老，剩下的唯一财富，便是回忆。对于年老的艾德来说，回忆成了他不可或缺的温暖。这一年，艾德97岁了，第二任妻子亦已故去。暮色苍苍里，艾德独坐着，一遍一遍抚摩记忆。风吹起他身上袍子一角，旧事前尘，涌上心头。尘封80年的恋情，就在这时突然破茧而出，鲜亮如初。他心跳如鼓，阅尽人世沧桑，到头来，不能忘怀的，还是那年那月那人。那时候，年轻的枣椰树一排排站立在绿洲上，枝叶婆娑，天空明净得像一件簇新的白袍子。

他再也坐不住了，走出家门，去寻找80年前心爱的姑娘。不知他经历了怎样的千辛万苦，姑娘最终竟被他找到了。当然，眼前的姑娘，亦是步履蹒跚的老妪。那有什么要紧？在艾德眼里，她还是明媚动人的那一个。他迫不及待地向她求婚了。这时，也已是单身的她，毫不犹豫地答应了他的请求。

80年的等待，终于修成了正果，他成了她的夫，她做了他的妻。

第六辑
时间无垠，万物在其中

时间无垠，万物在
其中，原各有各的
来处和去处，各有
各的存活的本领和
技能。

任性的水仙

花骨朵是什么时候打的？那完全是在你的眼皮子底下，偷偷进行着的，你竟说不清。

每年冬天，我都会去街上，买上一两盆的水仙回来长，这几成惯例。

倘若哪一年忘了买，心里会极不踏实，总觉得家里少了点什么。即便是到了年脚下，也还是要专门跑出去一趟买。满街的水仙都长高了，都打花苞苞了，有好多的都盛开了。花贩会数着花朵卖。看，这棵上有五朵花苞，这棵上有六朵花苞。你真会挑，这么多花苞苞啊，搁家里，开起来多香哪。一朵三块钱，三五一十五，三六一十八，啊，算便宜点给你吧，两棵你就给三十块钱好了。花贩舌灿若莲。

我持着花，犹豫着，都长这么高了！都长这么高了！心里惋惜着。

我其实，更想买到水仙花球，回来慢慢长。

水仙花球很像一个谜。不，不，它就是一个谜。你根本不知道它紧裹着的小身体内，到底藏着几朵花的梦。你把它养在一杯水里。装它的容器是不择的，用碗，用纸杯，用罐头瓶子，它都能很快驻扎下来，随遇而安，苦乐自知。

然后，你基本上不用管它了，任它自个儿倒腾着去吧。记起它的时候，就去看看它，你也总能碰到小欢喜。昨天看时，它冒出两颗小芽芽了。今天再去看时，它已抽长出枝叶。枝叶也就开始疯了般地长，越长越密，越长越肥，越长越高。它走过它的童年、少年，直奔着花样年华而去。

花骨朵是什么时候打的？那完全是在你的眼皮子底下，偷偷进行着的，你竟说不清。等你发现时，肥绿的枝叶下，翡翠珠儿似的花苞苞，已在一眨一眨地看着你。这也没什么可遗憾的，唯有这说不清，才叫人惊喜吧。是不请不约的意外相遇。

到这个时候，我以为，水仙已度过它最好的前半生。接下来，毫无悬念可言了，每朵花苞苞，都会怒放，都会香得透心透肺、淋漓尽致。

它香起来的时候，我就有些忧愁了，是美人迟暮，想留也留不住。好在还有来年可等，来年，它又是好花一朵朵，开遍寻常百姓家。

以前我在乡下小镇生活，认识一个老中医，他特爱长水仙。每年冬天，他家堂屋的条几上，一溜排开的，全是水仙花，足足有十多盆。他的水仙长得特别，像专门挑拣过似的，有型有款，不高不矮，不胖不瘦。葱绿的枝叶，托起小花三五朵，幽幽吐香，脉脉含情，真正是当得了诗里面夸的"凌波仙子生尘袜，水上轻盈步微月"。

问他讨过经验。他说，水要适度，阳光要适度，营养要适度。这"适度"，不是人人都能掌控的。我家的水仙，也便还是由着它的性子长了，乱蓬蓬的一堆叶，乱蓬蓬的一团香，失了仙气，倒像一率真任性的乡下"疯丫头"。这样也好，它保持了它最原始的本真。

在心上，铺一片沃土

你看你看，有时出生并不重要。重要的是，你将以什么样的姿势盛开。

菜 心

吃青菜，看到裹得紧紧的菜心。我突发奇想，留下菜心。

手头有圆溜溜一只小红瓷瓶，里面原先插了一根绿萝长着的。绿萝却越长越瘦，我把它移到土里去，瓶子便空了。我在里面长菜心。

餐桌上搁着。红配绿，是从前乡下朴实的女儿家，顶个红盖头，就做新嫁娘了，幸福洋溢在她的脸上。好看。我吃饭时，拿它"下饭"，寻常的饭菜，也吃得更有味了。

没事时，我爱端详它。它在生长。先是裹着菜心的小菜叶，慢慢儿的，变肥变大。过两天，那菜心里，抽出菜薹来。

它开始忙碌起来，像蜘蛛织网般的，在那菜薹上，绕着圈地镶珠儿，一刻不停。

它镶啊镶啊，一粒缀着一粒，密密的。起初不过芝麻粒大小，我须得凑近了，眯着眼，仔细瞅，方能看得清。——它的眼神儿真好使啊！它的手，也真是巧啊！

终于，菜薹上缀满了淡绿的小珠儿。我知道，那每一粒小珠儿里，都藏着一朵黄艳艳的欢喜。

"小珠儿"一个赛一个地比赛着长，跟吹着泡泡似的。我眼见着它们鼓起来、鼓起来，里面藏着的黄艳艳，就要淌出来了！它让自己凤冠霞帔起来。

夜里，在我睡着的时候，这颗菜心，已悄悄的、彻底的、欢天喜地的，盛开了。

早起的餐桌上，我有了一瓶的菜花黄。

菜花贱

那人对我说，菜花贱。

是因为多。是因为不择地。是因为它不会隐藏自己一点点。

三四月的天，出门去，随便一搭眼，都能看到它的影。人家的花坛里，有那么几棵，也是开得轰轰烈烈的，丰腴得不得了。

它太把自己当主角了。让你有小小的不服，它怎么可以这么抢风头呢！

它还就是抢了。你认为它是平民小丫头，它却拿自己当公主。我看到一垃圾堆旁，也有一枝油菜花，风姿绰约地在开。

你若移步到郊外，那才见识到它的不可一世呢。人家的屋，被它拥着抱着。屋旁的路，也被它拥着抱着，一直蔓延到河边去了。河水里倒映着一地的黄，黄透了。天空也被染黄了呀。河里的鱼和水草，也被染黄了呀。你整个的人，也被染黄了呀。

美。真美。太美了。美得一塌糊涂。——你在它的丰腴里沦陷，实在找不出多余的词来形容它，你也只能重三倒四地这么说。

贱命如它，终于让你刮目相看。

你看你看，有时出生并不重要。重要的是，你将以什么样的姿势盛开。

还是向一棵油菜花学习吧，只管走着自己的路，在心上，铺一片沃土，盛开出属于自己的丰饶来。

且吟春踪

心，在乐曲的潺湲里，慢慢靠近禅，无求无欲。

一直很喜欢古筝，觉得这种乐器真是奇特，轻轻一拨，就有空山路远的感觉。更何况，它配了优美的音乐来弹呢？那简直，是在人的心上装了弦，每弹拨一下，心，就跟着婉转一回。完全的不由自主。

听《且吟春踪》时，我就是这样的不能自抑。这是初春，阳光晒得人想打瞌睡。街上有了卖花的人，是一种九叶菊，满天星一样的小花儿，缀满泥盆。下面的叶，都看不见了，只看到那锦帕一样的一团碎花。卖花人不叫卖，只管笑吟吟立在一盆一盆的花儿边，看南来北往的人。脸上有春光荡漾。

我笑看着这一切。远方的朋友突然打来电话，他说，春天呢。我笑回，是的，春天呢。他说，给你首有关春的乐曲听。于是，他发来这首《且吟春踪》。在我打开之前，他介绍，这是一首佛乐。

打开的手，就有些迟疑。因为佛乐在我的感觉里，不好听，是重重复复念着南无阿弥陀佛的，念得人的心，很苍老。朋友却强调，这首不一样，绝对不一样，它把古筝的清丽幽远和佛的禅意完美结合在一起了。

我将信将疑地打开，立时就被吸引住了。空灵的音乐，加上古筝的绝响，恰似一股清泉，曲折而下，渐渐淹没了我的人，淹没了我的屋子。又似旷野里一捧夜色，把人温柔地沦陷，是地老天荒哪。有一刹那，我不能言语，世上怎会有如此美妙的音乐？它美得让人想落泪。

整首曲子，舒缓潺湲，纤尘不染。是在那高高的山上，流云和青山嬉戏，风吹来花的香。是在那古刹之中，檐角挂着小铃铛，一下一下地，发出清脆的丁零声。有鸟飞过屋顶，成双成对。落光叶的树上，开始长毛毛了，枝条舒展、柔软。远处人家，有鸡在草丛中觅食。蜜蜂该出来了吧？种子在地里欢唱。阳光，如佛光一样的，剔透耀眼。

乐曲不疾不徐，轻轻流淌。似清风，翻开一页一页的书，一页有流水叮咚，一页有窗前好春色。佛前的青莲，在轻弹慢拨之中开了花。那些长夜的祷求，为的什么呢？六根未净，苦海无边，但，终有一天，心，会净化得一尘不染。再厚的重帷，亦挡不住春光。

忽然想起有一年在无锡的锡山，在山上的凉亭里，看到有女子着古装，低眉敛目，在那儿絮絮弹。弹的就是古筝，叮叮咚咚。她的背后，一抹青山，静谧而安详，仿佛永生永世。那景，美得像梦，让人瞬即忘了，山脚下，原还有个尘世的。

亦想起，英国诗人兰德写的诗来，"我和谁也不争，和谁争我都不屑；我爱大自然，其次就是艺术；我双手烤着，生命之火取暖；火萎了，我也准备走了。"人世中的纷争，原是轻若烟尘的。能够永恒的，只有山川河流、日月星辉。

乐曲继续舒扬，阳光正好。空气中，满是春天的味道，清新、恬淡。心，在乐曲的潺湲里，慢慢靠近禅，无求无欲。屋后累积了一冬的冰，开始消融了，听见草长的声音。亦听见，绿们正整装待发，只待一夜春风起，便染它个江山绿透。

谷 雨

美味与舌头的相遇，也是要看缘分的。不早不晚为最好。

谷雨是雅着的。

是手摇折扇、拈花一笑的翩翩公子，腹有诗书，眉目朗朗。雨来，轻敲他的窗。他呼三五好友，于后花园的亭中闲坐，听雨品茗，吟出"壶中春色自不老，小白浅红蒙短墙"之类的诗句，当是十分的应景。

值此时，雨水渐渐旺盛起来，有时昼夜不息。滴答，滴答，如弹六弦琴。

"雨生百谷"——万物也都按照它们应有的样子在生长。花开到深处了。叶绿到深处了。满世界的珠翠瑶红。时光的脚步，变得优雅起来，不紧不慢。

真是极适合品茗的。

何况，又有着唇齿留香的谷雨茶！

这个时候，茶园的茶叶，最是鲜嫩时。芽叶们吸足雨水，色泽浅翠，肥硕柔软，香气袭人。在茶园遍布的南方，也就有了谷雨摘茶的习俗。此茶被称为谷雨茶。因一部《茶疏》而闻名于世的明代学者许次纾，就十分推崇谷雨茶，他在《茶疏》中写道："清明太早，立夏太迟，谷雨前后，其时适中。"

美味与舌头的相遇，也是要看缘分的。不早不晚为最好。

有南方朋友给我寄来谷雨茶，言说是他亲手摘的，亲手炒的。茶有个可爱的名字，雀舌。是一芽两嫩叶的，形如雀之舌。我是个不懂茶的人，平素也不大喝茶，品不出好歹来。至多是泡点枸杞红枣什么的，渴了，咕咚一下入喉。我怕这么好的茶叶，被我糟蹋了，有暴殄天物之嫌，遂转手送给一个爱喝茶的人。那人虽是个小小门卫，但无茶不欢。每每见他，总捧着一壶茶，在慢慢品。笑眉笑眼的，极满足极陶醉的样。

他有各式各样的茶具，都是他淘来的。他给我展示过，摆了一桌子。他说不同的茶，要用不同的壶来泡，才入各自的味。我不懂这个，但，被他感动。我觉得那是一种极好的生活态度，有着饱满的热爱在里头。我送他茶叶，他感激不已。舍不得喝太多，一次只抓一小撮，能品上一整天。遇到我，总要提及。好茶啊，好茶！他说。我很开心，茶遇到懂它的人，是茶的福。想来送我茶叶的朋友也不会怪我的。

谷雨也宜赏花。

赏的自然是谷雨花。

它还另有个响当当的名字，牡丹。都说它是花中之王，富贵雍容，可谁知它也是高处不胜寒呢。传说被武则天贬去洛阳，它甫一盛开，百花黯淡。"唯有牡丹真国色，花开时节动京城"，于是，一拨又一拨的人，不顾车马劳顿，追去洛阳赏它。却都在距离外，谁也走不近它，它只落得个睥睨群芳的清高之名。

人赋予它谷雨花的称呼，则含了亲昵，含了爱怜。给它摘去了那些累赘的凤冠霞帔，还它贴身体己的布衣荆钗，让它接上地气，变得家常。——它原不过是朵女儿花。

我祖父就种过牡丹。他说芍药配牡丹。他在我们的草屋子门前种，两株芍药，两株牡丹。谷雨前后，它们都开出碗口大的花，红艳艳的。村人们得闲了，就到我们家屋前来转转，眼睛溜上两眼花，并无过多惊喜，至多说一句，这花开得好啊。再没别的话。转过身，他们唠起农事来。"谷雨前，好种棉。"唔，要给棉花播种了。

花在他们身后，就那么，很自在地开着。一两只蝴蝶，或是野蜂，在花间轻轻鸣唱。

漫游桂子山

岁月再多的惊涛骇浪，最后，终将被生所取代。

南京六合有山，名曰：桂子山。高 52.6 米，方圆 0.2 平方公里。六合朋友谦虚地说，只是个小土丘啊。

我信以为真，漫不经意地走向它，打算浮光掠影地看一看就走。

它果真的小，状若盆景。站山脚下，你只需稍稍抬一抬头，就能把它尽收眼底。一块标志碑竖在它的入口处，上书"江苏六合国家地质公园"字样，是国土资源部于 2005 年 9 月 19 日立的。我瞟一眼，亦不曾介意，只管把它当作一座小山丘来看。

并无其他游人，除了我和那人，还有六合的一个朋友。一捡拾垃圾的老者，走过我们身边，不错眼地盯着我们看。待走很远了，仍回过头来看。看什么呢？好奇怪。"平时，不大有人来的，他是欢喜有人来了。"六合的朋友笑着说。

小小的一座山，竟也是绿径通幽，杂树生花。一条砖铺小道，毫无悬念地往山顶而去，人走上去，并不感到一点点登山的吃劲。满山爬满绿草繁花，你尽可以一边走，一边尽情看，无须留意脚下，脚下平坦得很呢。

大蓟开得像家养的。紫色的，胖乎乎的，丰衣足食着。我跳入草丛中，盯着它们看，知是旧时相识，却愣是想不起它们乡下的小名叫什么了。人到底是肉身凡胎，有些记忆，是会随细胞的消亡而消亡的。所以，人与人相交，也要记得常联系啊，莫相忘。

对野蔷薇却是脱口就叫出名来的。太熟悉了，小时乡下，油菜花、桃花、梨花都开过了，它还在开，小朵小朵的白，开在沟边渠边，一大丛一大丛的，像雪落，简直有些没完没了的意思。甜香。甜香得惹蜂惹蝶，也惹小孩子。浑身却长满了刺，守护着它小小的尊严。我们小孩子偏要去招惹它，忍着被刺伤的痛，掐一捧回家，搁在水碗里养。夜里睡醒，手指头隐隐针戳般的疼，屋里头，却弥满了它的甜香。我们在被窝里，满意地笑了，为这甜香，疼一疼，也是值得的。

眼前的野蔷薇，多得像是特地栽种的。一丛雪白，又一丛雪白，跳跃在满山的青翠之中，山因它变得秀美婀娜。我对身边的六合朋友说，你们这桂子山真是好，有这么多的野蔷薇啊。朋友笑笑，说，后面还有"石柱林"可看的。

并没有过分在意她的话，想石柱林我倒是见过一些的，无非是些岩浆喷发形成的石柱子罢了。我眼睛仍盯着那些野蔷薇看，一边看一边走，也就绕到了山的另一侧。一个废弃的采石场，突然横亘在跟前，砂石遍地，杂草暗生。我踏进去，抬头，迎面一壁"大森林"，把我吓了一大惊，只诧愣愣看着它，心里泛起波涛来。我很为自己的无知羞愧了，这桂子山哪里是小家碧玉，它的精妙和威武，全在这里啊！厚重？壮观？雄伟？奇异？这些词用在它身上，统统不为过。

它是隐士高人一个，有着世界罕见的"石柱林"。一千万年前，这里火山爆发，玄武岩浆喷到地面，冷却后，形成了形态各异的六棱形、五棱形等"柱状节理"。这些奇特的石柱子，树一样的，一棵挨着一棵，一棵叠着一棵，排列有序，密密相契，壁立千仞。六合的朋友介绍道，这里的石柱子，多达五万多根呢。我不语，只默默仰视那些棵"石树"，始才真正领会了，什么叫鬼斧神工。

有人形容这场面，说像"万箭齐发射苍穹，利剑出鞘映碧空"，完完全全一副英雄豪杰模样。也曾有过战争，血流成浆，上千人的性命，丢在这里。我还是不语，白日光落在它上头，粼粼，粼粼。风吹过，有小沙粒飞起，是亿万年前的那一颗么！石柱之上，爬生着杂草和灌木。有小树，兀自撑着瘦长的枝干。碧绿的枝叶，在空中努力张开，蓬勃舒展，像手臂。冷峻的石柱子，因了这些杂草、灌木和小树，有了温度和温情。

我在心里默默向这些生命致敬。这才是真的力量——生的力量，所向披靡，无往而不胜。岁月再多的惊涛骇浪，最后，终将被生所取代。

艾草香

有时，保持个性，坚守自己，方能脱颖而出。

对艾草，是老相识了。

乡村的沟沟渠渠里，一是艾草多，一是芦苇多。它们在那里熙熙攘攘，自枯自荣，世世代代。除了偶尔飞过的鸟雀，平时大概再没有谁会惦念它们。但乡人们都知道，它们在呢，就在那片沟渠里，枕着风，傍着水，枝繁叶茂，不离不舍。一到端午，家家户户门窗上都插上了艾草，满村荡着艾草香。

羊却不爱吃，猪也不爱吃，大概都是嫌它气味的霸道。它是草里的另类，做不到清淡，从根到茎，从茎到叶，气味浓烈得汹涌澎湃，有种豁出去的决绝。采艾的手，清水里洗过好多遍了，那艾草的味道，还久久逗留在手上，不肯散去。苦中带香，香中带苦，你根本分不清到底是苦多一些，还是香多一些。苦乐年华，它一肩扛了。

所以，它独特，在传统的民俗里，万古长存。早在《诗经》年代，就有了"彼采艾兮"的吟唱。说是唱爱情呢，我却觉得是唱它。它被人们赋予了神圣，用以寄托愁思，聊解忧伤。

南朝梁宗懔的《荆楚岁时记》中也曾有记载："五月五日采艾为人，悬门户上，以禳毒气。"说的是端午节这天，人们争相采艾，扎成人的模样，悬挂于大门之上，以消除毒气灾殃。不过是普通植物，却担当起驱毒辟邪的重任，这是艾草的本事了。有时，保持个性，坚守自己，方能脱颖而出。在这一点上，我们人类，得像一棵艾草学习。

可能是小时的记忆作怪，多少年来，我一直以为艾草只在水边生长——这是我的孤陋了。福建有文友说，他们家乡的山上，漫山遍野，都长着艾草。人们也食它，三月里，艾草正鲜嫩，采了它，拌上糯米粉，包上芝麻、白糖作馅，蒸熟，即成艾糍粑。咬上一口，香软甘甜，鲜美无比。这吃法让我惊异，有尝试的欲望。想着，等来年吧，等三月天，一定去采了艾草回来吃。

小区里，爱种花的陈爹，在他的小花圃里，种上了艾。六月的天空下，一丛红粉之中，它遗世独立的样子，让人一眼认出，这不是艾草么！

陈爹笑，眼光缓缓地落在它上面，说，是啊，是艾草啊。

种这个做什么呢？问的人显然有些好奇了。

陈爹不急着作答，他弯腰，眯着眼睛笑，伸手拨弄一下那些艾。他说，可以驱虫的。你看，它旁边的花长得多好，不怕虫叮。

哦——围观的人一声惊呼，恍然大悟，原来，它做了护花使者。

陈爹种的艾草，现在正插在我家的门上。不多，一棵，茎与叶几乎同色，灰白里，浸染了淡淡的绿。香味很地道，开门关门的当儿，它总是扑鼻而至，浓烈、纯粹。这是陈爹送的。他爬了很高的楼梯，一家一家分送，他说，要过端午节了，弄棵艾你们插插。

我不时地望望、闻闻，心里有欢喜。端午的粽子我早已不爱吃了，然过节的气氛，却一点没削减，因了这一棵温暖的艾。

素心如简

素心如简，他的笑脸，她的笑脸，让一屋子的简陋，变得璀璨华贵。

有好多年了，我一直居住在郊区，虽然离上班的地方远了些，但我喜欢那里的清幽。树木夹道，花草的香气，总是不分季节地在空气中缠绵。我喜欢沿着屋后的小道，漫无目的地走，走着走着，就走到人家的农田边上去了。我可以看看豌豆开花，青菜展开肥绿的叶，瓜藤上挂着绿宝石一样的果。

我也顶喜欢到一家厂房的门口去，那里新开了一家小店，卖面条，也卖米和菜油。有时懒了，不想做饭了，我就去买上一块钱的面条回来下。

小店实在袖珍，是厂房斜搭出来的一块廊棚，周围用砖砌了墙。原先大概是作收藏杂物之用，十来平米的样子，租金应该不贵。

开店的是一对夫妇，三十来岁的年纪，貌相普通，但看起来却清清爽爽。无论什么时候遇到，都能望见他们脸上的笑，憨憨的，亮亮的，让人觉得又亲切、又舒服。

夫妻二人配合默契，一个和面，一个必持了水瓢添水。一个称秤，一个则收钱。也没见孩子，倒见着流浪猫几只，在他们的店门口撒欢。他们用小花碗给小猫们喂食。有人拿起那花碗端详，可惜道："这么漂亮的碗啊。"他们只是笑笑，照旧拿小花碗给猫喂食。

当黄昏的金线，一丝一丝拉开，他们的小店就打烊了。人问："不做生意了？"他们笑答："不做了，要跳舞去。"都换上了鲜艳的衣裳，男人开电瓶车，女人在后面坐着，一溜烟往市区的广场去了。那里，每日里都有一群人，在黄昏时分起舞。

有时也见他们在店门口跳。旁有巴掌大的空地，上面种着葱，长着蒜。绿油油的，很招人。流浪猫三四只，黑花白黄，绒球球似的，在葱里面打闹翻滚。男人教女人走舞步，一二三四，一二三四。路过的人停下，看着，笑。惊讶的有，更多的，却是羡慕。大有大幸福，小有小幸福，能这样与幸福握手拥抱的，能有几人？

一次，我去买面条。女人正在包藕饼，洁白嫩润的藕片，云朵样堆在手边。她放下手上的活，冲我笑，"来啦？"麻利地给我称上一块钱的面条。我说："包藕饼呢。"

她说："啊，对，我叫它素心饼呢。"

"为什么叫素心饼？"我好奇，这名儿太让人心动。

"我随便取的，你看，藕的这一个一个小孔，像不像心？"
她拿起一片藕让我看，她脸上有孩子般的天真。屋外的天光，
在藕孔里浮游，那些小孔，看上去，真的像一颗颗透明的心。

她装藕饼的盘子亦好看，白瓷的，上面盘着蓝色的碎花。
她见我盯着她的盘子看，遂笑着告诉我，那是她挑的，她就喜
欢漂亮的碗啊碟子的。"我家里那个人也喜欢。"她补充道。

我第一次认真打量他们的小屋。一条粉色的布帘子搭着，
里面做了他们的起居室。面粉袋和米袋整齐地码在墙边。一个
灶头的小煤气灶，挨门口放着。切面条的案板占去了屋内大半
个地方，局促到转身也难。但装幸福，足够了。

男人去酒店送面条回来了。油锅里的油温升起来，翠绿的
葱花撒下去，爆出香。男人探头进来，说："好香。"女人抬头
冲男人笑，应道："饭就快好了。"

我提着面条跟他们告别，心变得快乐轻盈。我踩着林荫道
上树的影子，向着我的小家走去，觉得这活着的有意思。素心
如简，他的笑脸，她的笑脸，让一屋子的简陋，变得璀璨华贵。

小　满

大自然这本书，哪一页都是生动着的，内容丰富多彩着的。

突然地，想起槐花。这时节，槐花应该正当时。

顺便地，想起其他的花来。

从我所在的教学楼的三层，或是四层。朝北的窗户，往下俯瞰，是小城居民的老房子。一律的平房。房前都长着高高的泡桐树。四月里，泡桐开花，累累一树紫色的花，柔媚得不成样了。我上课的间隙，总自觉不自觉把眼光扫过去，为它欢喜得心疼。它就那么开着，那么开着啊，撑着一树紫色的"铃铛"。风摇，"铃铛"似乎叮当有声，声声都是在唤：春且留住。春且留住。

春到底留不住的，谷雨过了，立夏又至。却不让人过分伤感，因为大自然这本书，哪一页都是生动着的，内容丰富多彩着的。这一页翻过去，又有着崭新的一页开始了。

小满也就来了。

怎么来说小满呢？古籍解释："物至于此小得盈满。"这个时候的乡下，"麦穗初齐稚子娇，桑叶正肥蚕食饱"。青蚕豆也大量上市了，成了寻常百姓家餐桌上的主打菜。蒜薹烧青蚕豆是好吃的。雪菜烧青蚕豆是好吃的。油焖着，也是好吃的。哪怕就清水里煮煮，稍稍搁点盐和酱，也是好吃的。乡下孩子的零食，就有了水煮蚕豆。家里的老祖母是慈祥的，她忙里偷闲，用棉线把粒粒青蚕豆给穿起来，做成蚕豆项链。煮粥时，丢进粥锅里。粥熟，蚕豆项链也熟了。捞出来，放冷水里浸一浸，挂到孩子的脖子上。这孩子就幸福得直冒泡泡了，他（她）显摆地满村子跑，一边跑，一边摘着吃。想吃哪颗，就吃哪颗。满嘴的蚕豆香。

值此时，山河庄严，好风好水，日月安稳。一切的物事，都有着小小的富足丰盈。

这时的小满，多像是婚姻里的小女人，脸庞圆润，性情温和。她的样貌算不得很美，但耐看。她养鸡几只，养鸭几只，还养几只羊。也养猫和狗。她在屋前种花，屋后种菜。她出门，狗跟着。她回家，猫迎着。篮子里有青青的草在颠着，羊看见了高兴得冲她"咩咩"叫。篮子里也放菜蔬，青青的韭和豆荚，那是一家人的甜和香。她围着锅台转，一日三餐的家常里，注入了她的柔情她的蜜意。男人吃得饱饱的。孩子吃得饱饱的。她在一边笑眉笑眼地看着，很有成就感。

是的是的，她一生没有大的追求，欲望也只有这么多：粮仓里有余粮；屋檐下有鸡鸭在叫唤；孩子健康着；男人平安着；一家人和和美美的。小日子里，就有了满满的小幸福、小富足。外面再多的富贵繁华，她都不稀罕了。

小满即安。她懂。

我也懂。我在小满前后，守着阳台上几盆绣球花，等着它们开花。它们攥着无数的小拳头，正做着香艳的梦。心里的秘密，却经不住小满的召唤，一点一点，偷跑出来。那些粉红的，或是粉白的。

有一两只蝴蝶，也不时来光顾。一只黑底子红斑点的。一只蓝底子黑斑点的。花就要开了，就要开了。

对我来说，日子里有花可看，有蝴蝶可等，都堪称，小美好了。

挂在墙上的蒲扇

曾经一个个摇着蒲扇的人，都跟着岁月远去了。

逛街，偶见一地摊，摆在护城河畔，卖些杂七杂八的物什，有针头线脑、鞋垫淘米篮子啥的。在地摊一角，竟横七竖八摆了些蒲扇卖，扇面上烫了画，小巧盈手，更像工艺品。

这是走了样的蒲扇，但到底是蒲扇，心底泛起久别重逢的欢喜。我停下来买一把。那人问，买了做什么？我答，回去挂墙上。

记忆里，没有蒲扇的夏天，哪里叫夏天？

小时候，夏天纳凉的唯一工具，是蒲扇。哪家少得了它？卖蒲扇的男人，担着一担子的蒲扇，到乡下来。他手里擎把大蒲扇，大烈日下，边扇风边挡太阳。主妇们围拢过去挑，七嘴八舌。其实有什么可挑的？都是一样的，簇新簇新的。新做的蒲扇，面容洁净，笋白着。闻闻，有股麦秸的味道。

买回的蒲扇，主妇们都用布条，把边子重走上一遍。镶了边的蒲扇，有些沉，扇的风，不爽快。但耐用啊，即使天天摇，一个夏天也摇不坏，可以留着，待下一年夏天再用。

晚上，村人们三五个聚一起，在空地上纳凉。人人手里一把蒲扇，不紧不慢地摇，摇出了不少的俚语笑话。孩子们是绝没有耐心摇蒲扇的，他们呼朋引伴，一窝蜂地钻草堆、蹲草丛，玩得汗流浃背。总有母亲，捉了自家的孩子，用蒲扇在他（她）屁股上敲两下，怒斥：你能不能安神点？瞧瞧，刚洗完澡的，身上又淌湿了！

理她呢。撇撇嘴，嬉皮笑脸，"哧溜"一下，如小泥鳅似的滑开去。草丛里的热闹，永远吸引着孩子。萤火虫装了大半瓶。真可怜了那些小虫子，它们若不是那么招摇，何至于落下被囚禁的命运？到最后，如何安置"囚犯"，孩子们已不理会了，瓶子多半随手扔了。第二天晚上，另找了空瓶子来，再捉。夏夜的天空下，萤火虫永远多得像天上的星星。

玩累了，一个个躺到自家搭在门前的门板上，安静下来。夜渐渐深了，四周的声音，渐渐隐伏于夜的深处。这个时候，稻花的清香，随风飘来，一阵一阵。有鸡在梦中打鸣。天上的星星，繁密得像撒落的米粒。

祖母摇着蒲扇讲故事，重重复复讲的都是小媳妇遇到恶婆婆了。她摇着摇着，速度慢下来，嘴里的呢喃，终至消失。鼾声起。我们抬眼看她，她坐在椅子上，头垂着，嘴巴微张。握蒲扇的手，也垂着。我们扯拉她手里的扇子，祖母惊醒，用扇柄轻敲我们的手，笑说，调皮啊。复又摇起来……

这样的景，再无处可寻。曾经一个个摇着蒲扇的人，都跟着岁月远去了。我的外婆走了，我的祖母走了。而我每次回乡下，母亲都要告诉我，哪个我熟悉的乡亲，也走了。偌大的乡下，再不见了蒲扇的影子。家家都装电扇了，甚至蚊帐里，也挂上一台。仿佛这承载了三千多年历史的蒲扇，从不曾来过。

我把新买的蒲扇挂上墙。我指着它，告诉邻家三岁小儿，我说这叫蒲扇，是用来扇风的。

华丽缘

你能经受住苦难的磨炼，你终将找到，生活赐予你的华美。

觉得那树真叫华丽，秋的帷幕一经拉开，它就满树挂上了红灯笼，在越来越高远的天空下，光彩照人着。

路旁，它站着，一棵，一棵。春天，它新冒出的嫩叶，不是柔软的绿，而是别样的红——这也被我们忽略了，以为那不过是普通的红叶树罢了。夏天，它的叶，走了从俗的路，变绿了，与其他植物浑然一体，这更容易让我们忽略了。虽然，它金色的小花，一簇一簇开了。可是，那么细小，米粉一样的，与满树的绿叶，相融在一起，不显山不露水的，谁留意？风吹，金色的小花落了一地。我们走过，望着地上铺得密密的小花，也仅仅是惊讶了一下，这是什么花呀？却根本没打算去相识相知。路过的风景太多，它也只是寻常。

直到，有那么一天，我骑着单车，慢慢地，从一座桥上下

272

来。桥头的景致，日日相似。桥那头，蹲着一个爆米花的男人，总见他披一件旧的军大衣，头上戴一顶旧军帽。一旁的收音机里，铿铿锵锵的锣鼓声，喧喧嚷嚷——他在听京剧。他的脚跟前，一副铁架支撑着，下有一簇小火，烘烤着上面的黑色小滚筒，滚筒里装着玉米粒。有时，他身边围满人，大家都在等新爆出的玉米花。有时，他身边没人，他就独自摇着那只黑色小滚筒，一边咿咿呀呀跟着收音机里唱，好不自在。每望见他，我的心里，总会腾出说不出的欢喜来，他在，那个桥头，便有了温度。桥这头，卖鞋垫和小物什的妇人，守着她的鞋垫摊子，轻掸着上面的尘。那动作真是优雅至极，她却不知。她只管笑微微地，轻轻掸着，一边拿眼睛看着路过的人。然后，我的眼睛，就看到了那些"花"，三瓣儿抱成一朵，小红灯笼似的。朵朵相连，簇拥成一个大花球。远观，绿叶之上，大捧的红花球，夺目得竟不似真的。它们在半空中盛开着，累累的，一树，又一树，一直延伸到路的尽头去了。

我当即被它惊得目瞪口呆，它怎么可以如此华丽！这个时候，我尚不知它有个很端庄的名字，叫栾树，又名灯笼树的。我亦不知那些夺目的花朵，其实不是花朵，而是它结的果。果里还藏着另一个乾坤，几粒黑得透亮的种子，躺在里面，形似佛珠。也真有人拿它制作佛珠，故寺院中多栽种此树。这些，都是我后来询问了很多人、查阅了相关资料才得知的。这期间，它并不因我的不知道，而懈怠一点点，它殷勤地、蓬勃地结着它的果，从浅黄，到金黄，慢慢至微红，再到深红。直至一树一树，都燃烧起来了，在秋意渐深的天空下，绚烂。

我想起我教过的一个女学生。女学生家境清寒，父亲在乡下务农，忠厚木讷。母亲是个聋哑人。她本人长相极其普通，穿着简朴，成绩一般，平时寡言少语。这样的女孩子，前途极易被人预测——至多上个三流大学，或者，高中毕业后回乡下去，早早地嫁人，走父亲的路。然而最后，她却让所有人大吃一惊，她竟考上了一所知名的美术学院。当有人向她探询考上的秘密时，她淡淡说了句，我已默默练了七年的绘画。

佛说，世上的苦难里，原都藏着珍珠。你能经受住苦难的磨炼，你终将找到，生活赐予你的华美。这就像栾树，在经历了漫长的沉寂之后，它终于，迎来了属于它的华丽。

只要听着，就好了

茫茫的大森林里，只有静。偶尔的一两声鸟啼，仿佛响在梦境。

九月的莫尔道嘎，层林渐染，一片绚烂。据说再过几天，就要下雪了。少游人。

我一路看过去，看山，看树，看石头。茫茫的大森林里，只有静。偶尔的一两声鸟啼，仿佛响在梦境。

我在半山腰的一块大石头上，坐下来歇息。

一老妇人突然走过来，挨着我坐下。一手提一只桦树皮编的篮子，一手拎一只红塑料桶。我看一眼，篮子里装的是松子。红塑料桶中，装的是小红果子。——她是来卖山货的。

我扭头冲她笑笑。她也冲我笑笑。满脸的褶皱抖抖索索，像山风拂过林梢。

我等着她开口。以为她定要向我推销她的山货的，却没有。

她沉默着，我便也沉默着。我们一起看山。一阵风过，桦树的叶子大片大片飘落下来，簌簌作响。有一两枚落在我的膝上，像大蝴蝶。

我捡起来，拿手上把玩。她转头看着我，忽然说，我们这大山里好东西多着呢。不等我开口，她接着说下去，我们这大山里，长杜香和红豆，树上还结松子。

咴，这是红豆，她指指身边红塑料桶中的红果子。好吃呢，她抓一把，就要塞我手上，请我品尝。

我谢了她的好意。

她又一指桦树皮篮子，这是松子，我炒的，香着呢。她同样抓一把，要塞我手上。

我不知所措。

一下雪，这里就看不见人啦，一个人也看不见，雪把山全封起来啦。

鹿也看不见啦，熊也看不见啦。

真的有鹿吗？真的有熊吗？我惊奇。

哦，什么也看不见啦，我就在家里烤烤火。成天的，就是烤烤火。她好像没听到我的问话，自顾自地说下去。

我想出门看看我的亮娃子，也不行啦，出不去啦，雪把路全封住啦。

一到下雪天，我就怕他冷呵。他一个人住在这山上，该多冷啊。

我一头雾水，接不了她的话，只静静看着她。

姑娘，你是哪里人呀？她突然停顿了一下，偏过头来问我。

江苏。我答。

江苏啊，江苏是个好地方啊。她的眼睛，看着前方眯起来，眯成一条缝。山峦叠嶂，外面的世界，隔得很遥远。

我的亮娃子到过北京呢。

姑娘，你去过北京没有？她问。却并不需要我的回答，她顾自喃喃，北京好啊，北京热闹啊，晚上到处都挂着灯，我的亮娃子说，等他挣到钱了，就带我去看看。

哎呀，我可不去，那么远，我跑不动喽。

那么多的车啊，跑得比人快啊，我的亮娃子也跑不过车。

我的亮娃子也就回来了，他再也不出远门了，他永远住在这山上啦。十二年啦，十二年喽。

我似乎感觉到了什么，我不说话，只静静听她说。有时，只要听着，就好了。

哦，快下雪了，一下雪，雪就把山全封住了。

鹿也看不见啦，熊也看不见啦，一个人也看不见啦。

我就在家烤烤火，烤着烤着，雪也就化了。

她说到这儿，独自微笑起来。然后，拎起她的桦树皮篮子和红塑料桶，蹒跚着下山。走两步，她忽然折回头，很认真地对我说，姑娘，你是个好人，我会记住你的。

老画室

你若不走近门，门不会为你打开。而那种叫幸福的东西，往往就守候在门外。

我在宾馆等车。

约好上午十点的车，来送我离开丰县，此次的丰县之行，算是告一段落。残联的负责人突然托人约见我，问，能不能见一见刘社会？

刘社会是他们树立的典型。四岁时因患小儿麻痹症，导致左下肢残疾，走路极不利索。正是这样一个人，却两次奋不顾身，跳下冰水里去救人性命。

这种事迹——多少有些宣传的味道，不喜，我当即拒绝。却被他们送来的画册吸引，里面夹了数张画作，印成明信片大小。上面有树有花，有河流有草地，也有村庄和孩子。都以明黄色作底子，看上去又温暖又静好。

那种温暖打动了我，我问，谁画的？

答，就是这个刘社会啊，他经营着一家老画室的。

我要去看！我几乎不假思索。会不会因此延误了火车，都不去管了的。

于是，我见到了老画室。

乍见之下，实在意外，是因为，它太袖珍了。它的左边是家杂货铺，右边是家修理铺，店铺都很大。它挤在中间，委实瘦弱，面积绝不会超过十个平米。

老画室的主人——刘社会，打老远就迎上来。这是个五十岁上下的男人，他穿一件普通得不能再普通的酱黄色外套，头大，身子小，其貌不扬。他冲着我笑，有些拘谨。若不是陪同的人介绍，我很难把他跟艺术扯上边。

老画室里却乾坤大。墙上挂满画作。地上堆着画作。椅子上架着画作。有他画的，有他的弟子们画的。都是温暖系的，大自然、村庄、孩子，那是他们取之不竭的源。他说，我喜欢画这些，我喜欢那种宁静和美好。

已是桃李遍天下了。弟子们都出息得很，全国知名的美术院校，几乎都有他弟子的身影。他先后培养出八九十个美术高才生。——说起这个，他脸上有骄傲色，笑个不停，是欣慰，也是幸福。

曾经，却是在不幸里跌打滚爬着的。四岁时的那场灾难，注定了他一辈子与残疾为伍。他受过多少的冷落欺凌，只他知道。——这些，都可以忽略不计了。最大的打击，是他高考那年，他考上了南京师范大学，满心欢喜地等着通知书入学，却因他是残疾，体检不合格，而被拒之门外。

那时，一个清贫的农家子弟，最大的希望和出路，就是上大学。这条路，对他来说，却完完全全给堵死了。老家的那几间土屋接纳了他，他守在那里，用手里的画笔疗伤。他画啊画啊，画出了一个"老画室"。县城一隅，这么不起眼的一小块地方，放他的艺术梦，足够了。

越来越多的人，知道了老画室，知道了他。不断有孩子被送来，跟他后面学画画。他自定一条规定，残疾孩子一律免费。

他的爱情，也因此降临。

女孩是他的学生，仰慕着他的才华，敬佩着他的为人，一日一日，情愫暗生。女孩在他的悉心栽培下，考入苏州美院，学成，没留在那座粉艳艳的城，而是回到了清贫的他的身边，与他携手。他们拥有了两个漂亮的女儿，一家四口，其乐融融。老画室里挂着他画的小女儿像，白衣红裙的少女，像蓓蕾初放。他自豪地介绍，这是我小女儿，今年读初中二年级了。

这个生在刘邦故里、叫刘社会的男人，有着不服输不认命的个性，他凭借自身的奋斗和努力，活出了属于他的精彩人生。他让我想起一句很哲理的话，你若不走近门，门不会为你打开。

而那种叫幸福的东西，往往就守候在门外。

时间无垠，万物在其中

时间无垠，万物在其中，原各有各的来处和去处，各有各的存活的本领和技能。

一

雨后，我去离家不远的植物园散步。栀子花开了，浓烈的香，把一方空气，调拌得醇厚黏稠，却不叫人不愉快。天空干净，大地水灵灵的，我袭一身花香走着，觉得这样的日子，都是恩赐。

一只蜘蛛忙得很。它把家安在栀子树上，在一花朵与另一花朵之间来回穿梭——它在忙着织它的网。

一阵风来，叶子上托着的小雨滴，纷纷滑落，很轻易就把它的网给弄破了。蜘蛛显然愣了一愣，它顿住，惊诧地望着破了的网，有些无可奈何，又有些伤心。但很快的，它又重整旗鼓，忙着穿梭起来，继续织它的网。

我散一圈步回头，它的网，已织得差不多了，在湿润的天光里，闪着银光。跟一幅精湛的绣品似的，针脚密布匀称，丝丝入扣。怕是再高超的绣娘，也要自叹弗如了。

我为一只小蜘蛛的执着和本事，倾倒。

也是这样的雨后，我在家旁的小路上，偶遇到一只小鸟。仅仅一只。它有着黑褐色的小身子，颈项处，缀着一小撮蓝，头上却奇怪地长着角。雨后寂静，路上行人稀少。鸟似乎很享受这样的寂静，它不蹦跳了，它散起步来。那真是散步，绅士一样的。我停在不远处，傻傻看它。它那煞有介事的模样，让我觉得，它头上的角，不是角，而是隆重戴着的王冠。它是它自己的王。

它叫什么名字？从哪里来，又要去往哪里？

鸟根本不在意我的疑问，它也没打算要告诉我。它继续散着它的步，不紧不慢，缓步而行。许久之后，它才"呼"的一声，飞到近旁的一棵树上。

六月，栾树的花，正细密地开。

二

　　收拾书桌，看到一只小瓢虫，伏在我的书桌上，不过绿豆大小。

　　门窗密封，它是怎么进到我的屋子里的？它又在我的屋子里待多久了？都吃了些什么，又睡在哪里？——这些，我都一无所知。

　　它大概觉得屋子里不好玩了，努力挣扎着要飞出去。它从我的书桌上，爬上了我的窗，爬到窗户的缝隙里，在那里瞎折腾，晕头转向，跌跌撞撞。我也不去管它，自去做我的事。我一边做事，一边有些不怀好意地想着，小东西，你怕是白费力气了，那么严密的窗户，你是注定要失败的。等我做完手头的事，再去看，那里早已没了小瓢虫的身影——它终于飞出去了。

　　想起小时，家里老母鸡孵小鸡，我日日跑去看。到小鸡要挣破蛋壳时，我最激动。都看见小鸡的头了。都看见小鸡的身子了。都看见小鸡的脚了。小鸡在蛋壳里乱踢腾，很挣扎的样子，我忍不住伸手想戳破蛋壳去帮它。祖母严厉制止，不要动它，等它要出来时，它自己会跑出来的。我吃完午饭，小鸡果真自己出来了，站在竹匾子里，兴奋地东张西望着，抖着它一身柔软的小绒毛。

时间无垠，万物在其中，原各有各的来处和去处，各有各的存活的本领和技能。

第七辑
人间岁月，各自喜悦

喧闹远去，唯留宁静。我以为，这样的宁静，更接近生命的本质。

打　春

　　花朵以花朵的样子绽放，青草以青草的样子碧绿。春天不负众望，就这样，被打来了。

　　不知是不是古人的性子比今人的急，春天还离得老远，冬天的冰寒还在，他们就张罗着迎春了。怎么迎？早早用桑木做了牛的骨架，冬至节后，取土覆盖其上，塑成泥牛。立春这天，众人皆盛装而出，载歌载舞，用彩鞭鞭打塑好的泥牛，祈求一年风调雨顺、五谷丰登。礼毕，抢得泥牛碎片归家，视为吉祥。

　　起初，这也仅仅是皇室行为。每逢这天，皇帝亲自出马，主持这场仪式。史书有记载，泥塑的春牛"从午门中门入，至乾清门、慈宁门恭进，内监各接奏，礼毕皆退"。那场景，浩大隆重，庄严神圣。后来，这种仪式流传至民间，成为全民运动，代代相传，谓之，打春。

这里的"打"字，极有意思，透着欢腾，透着喜庆。在过去很多年代里，农事其实就是牛事。没有牛耕地，哪来的土地松软、五谷丰登？而一冬的歇息，农人们早就急不可耐了，他们日日与土地亲，哪里经得起一冬的闲置？骨头都歇得疼的。我的母亲就是这样的，带她来城里过两天舒坦日子，她浑身不对劲，软绵绵的，仿佛生了病。放她一回乡下，她啥事也没有了，精神抖擞，眉开眼笑，地里的活儿多得数不尽，她哪里有空闲生病？照我母亲的话说，劳动惯了，歇不下来的。

牛呢？整个冬天，它都卧在牛屋里享福，长膘了，身子骨也懒了。这个时候，需要敲打敲打它，给它提个醒，伙计，是时候了，该活动活动筋骨，下田春耕了。一年之计在于春，春的劳作，至此，轰轰烈烈拉开了帷幕。

其实，在彩鞭挥打中，不单单透着欢腾，还透着亲昵。哪里是真打？而是轻轻拍打，带着疼惜，带着宽容。像唤一个贪睡的孩子，你看，厨房里有那么多好吃的，外面有那么多好玩的。吃？不，不，这还不足以吸引孩子，玩才是顶重要的。风起了。风暖了。屋外的鸟叫声多起来，风筝可以飞上天了。孩子睁开睡得惺忪的眼，窗外的热闹，招惹得孩子心里痒，孩子一跃而起。

我以为，春天一定也是这么一跃而起的。它从沉睡的土地上，从沉睡的河流上，从沉睡的枝头上，从万物沉睡的眉睫上，一跃而起。哎呀，一拍打，浑身都是劲，它伸胳膊踢腿，

288

满世界地撒着欢。

　　乡下有谚语："打了春，赤脚奔。"好长时间里，我不能明白这句谚语，打了春，天也还寒着，甚至还会飘过几场雪，哪里能赤脚奔跑？现在想着，那其实是人的心里怀的一种期盼，是恨不得立即轻舞飞扬，在裸露的枝头上，长出翠绿的梦想。有期盼，这人生活着才有奔头。

　　现在，农人们的农具擦得锃亮。河流解冻的声音，如同歌唱。紧接着，虫子醒了。紧接着，万物萌芽。紧接着，花朵以花朵的样子绽放，青草以青草的样子碧绿。春天不负众望，就这样，被打来了。

簪菜花

春行到此处，该绿的叶都绿了，该开的花都开了。

清明是春天的一道分水岭，春行到此处，该绿的叶都绿了，该开的花都开了。随便一搭眼望过去，褐色的大地上，到处簪满黄花绿草。难怪古人把清明节又叫作踏青节。春光撩人哪，此时不踏青，更待何时？

宋吴惟信在《苏堤清明即事》中写道："梨花风起正清明，游子寻春半出城。日暮笙歌收拾去，万株杨柳属流莺。"瞧瞧，这等踏青，何等浪漫！将近半城的人，于清明这天倾巢而出。放眼处，梨花飘白，杨柳依依。人们三五成群，笙歌飞扬，一直玩到日暮才尽兴而归。而在张择端的风俗画《清明上河图》里，清明又是另一番喧闹景象：汴河沿岸，房屋齐整，树木参天，男男女女云集，有坐了船来的，有乘了马车来的，摩肩接踵，挤挤挨挨。踏青的盛况，可见一斑。

我的乡下，不踏青。乡人们日日与大地相伴，早已融入彼此的生命中，无须多出这一章节。但在清明这天祭祀的风俗，却被沿袭下来，一代一代。他们称清明节为鬼节，说这一天，被阎王爷拘禁着的大鬼小鬼都出来放风了。于是家家烧纸钱，户户祭祖先。菜花地里的土坟，早几天前就被装扮一新，新培了土，坟上插满大大小小的红纸幡白纸幡。在成波成浪的菜花映衬下，那些红纸幡白纸幡，很像纷飞的红蝴蝶白蝴蝶。我们小孩子，平日里闻鬼即怕，这时却都忘了怕了，远远望着那些坟，觉得无限神秘。

清明这天，祖母捉住到处乱跑的我们，把我们一个一个揪到堂屋中央，让我们对着家盛柜磕头。家盛柜上，摆有祖宗的牌位，上面立着我们未曾谋面过的老爹老太。供品都是家常小菜，碗里的饭，堆得尖尖的，上面插着筷子。一旁燃着香与烛火，气氛庄严。祖母说，好好给祖宗亡人磕头，祖宗亡人会保佑你们平安的。

头磕完，没我们的事了，我们撒腿跑出去，折杨柳，掐菜花。底下有一个重大活动，那就是簪菜花。女孩子头发长，花好簪，随便掐两朵，簪在辫梢上，或是发里面。男孩子多是短发，花簪不住。他们想了主意，先用杨柳编成花环，把菜花一朵一朵簪在上面，然后戴在头上，就是灿烂的花冠了。

大人们此时都是宽容的，由了我们一朵菜花一朵菜花地糟蹋去，因为清明这天就该簪菜花。有歌谣是这样唱的："清明不戴菜花，死了变黄瓜。"至于菜花与黄瓜，到底有没有关联，不管的。我们头上簪满菜花，在乡间土路上又蹦又跳地唱。一场沉重的纪念，愣是被我们演绎成无尽的快乐。

　　成年后，我曾翻阅大量资料，想找出清明节簪菜花的由来，无果。我也曾就此问过老一辈的人。老一辈的人呵呵乐了，说，祖上就是这样流传下来的啊。

　　多好的流传！我想，怀念本是一种温暖行为，而非冰凉与凄清。当菜花簪满头，它昭示的是：我会记住那些逝去的爱，我将心怀美好地活着。

红绸伞

　　一辈子只忠诚于一件事，相伴成老友，相伴成生命，也是一种了不得的坚守吧。

　　用了没多久的一把红绸伞，坏了，一支骨架断裂。

　　这把红绸伞，是去秋在西湖边上买的。卖伞的女子很温润，她说，纯手工制作的呢。你看，这上面的一圈花，是一针一线绣上去的呀！

　　我对纯手工制作的东西，向来难抵诱惑，那上面，浸染着手底的情意和温暖。买，自然买。

　　我其实，还暗暗有着另一层欢喜——西湖是因一把小伞而天长地久的。当年的白蛇，修炼成人形后，是撑着这把小伞，相遇到她的爱情的。带着甜蜜，带着无限向往，痴情的白蛇，一头坠进红尘里。

　　可是，再好的爱情，跌落到红尘中，也会被慢慢磨去光泽。

都说许仙是因耳朵根子软，上了法海的当，才导致白蛇最后被压雷峰塔下。我以为，真相不是这样的。真相是，一日一日，她在他身侧，早已褪去神仙的光环，变成俗世里的庸常。他日益淡了爱的心，也有了磕绊与不相让。这个时候，若不是法海，是别个什么人，对他说上三两句似是而非的话，针对他的娘子。他面上或许也争辩，但心里，是留着暗影的——他已不全信她。哪像热恋的当初，他宁肯背叛全世界，也要与她好。好是样样都好，是十全十美，没有半点质疑的，怎会相信她是蛇变的！又怎会被法海骗去金山寺！

他终究，不过是凡俗中一个极凡俗的男人罢了，自私，懦弱，没有担当。她的情，托付错了人。断桥相遇，可怜她还一声断肠，相公啊！千年的红伞还在，不知多少男人，为之羞愧脸红呢。

停箸，与那人玩笑，我说，若我是白蛇变的。

那人断喝一声，吃你的饭吧，你满脑子都在瞎想什么呢！一只鸡腿，随即到了我碗里，他用它，来塞我的嘴。

不知为什么，要感动。我傻傻地看着眼前这个人，有了要与他山盟海誓的冲动。我说，下辈子，下下辈子，再下下辈子，你也要记得来找我啊。

我会撑着一把红绸伞的。

我满大街去找修伞的。

记忆里，修伞的师傅是背着工具下乡的。还有修碗的，磨剪刀的，挑货郎担的，拍照的，弹棉花的，放电影的，爆米花的……

偏僻乡野，因这些人的到来，总能引起一阵轰动。节日般的喧腾。

他们打哪儿来的呢？这是我小时候顶好奇的事。在我的眼里，他们好像是庄稼，就那么从远处的田埂边冒了出来，棵棵饱满葱茏。田埂的尽头，连着别的村庄。别的村庄外，还是村庄。

喜欢，真喜欢呀。觉得田埂尽头，肯定有口大魔术袋，总能从里面变出一些新的人来。

修伞的师傅一来，家家都找出笨笨的油纸伞。这把骨架断了，那把油纸破了。有的伞都破旧得不成样了，跟一堆烂树皮似的。那家人，居然也抱着它，让修伞师傅修。

修伞师傅是个着蓝衫的中年男人，他总是好脾气地笑笑，说，放下吧。

他在村口的一棵大槐树下坐定，取出工具。他的脚跟边，很快堆满了受伤的伞。旁边围一圈人，一边谈笑，一边看他做活。

到太阳落山，家家户户都能拿回修好的伞了。修伞师傅擂擂酸疼的腰，站起来，笑笑的，额发上落着夕照的金粉。

我们小孩争着去打伞。祖母不让，祖母骂，好好的天，打什么伞！她小心收叠起那把油纸伞。

我开始盼下雨，好撑着这把修好的伞，在雨中走。

我在一条旧的小巷子里，终于找到修伞的。

一个腿脚不便的老人，他还兼修锁和鞋子之类的。大多数时候，他少有活干，也只是拨弄着几双捡来的破球鞋，给这双鞋添上一行针脚，给那双鞋打上一块补丁。打发时光罢了。

是打小就吃这碗饭的，这一吃，就是五十多年。

丢不开了，一天不出来摆摊儿，心里就空得慌，老人絮絮叨叨地告诉我。

这已不单纯是一门手艺了。这俨然成了老人生命的一部分，就跟老人身上的一根肋骨似的。

一辈子只忠诚于一件事，相伴成老友，相伴成生命，也是一种了不得的坚守吧。我看着老人，心生敬意。

老人对我的到来，很是欢喜和感激，忙不迭地摊开工具。他说，现在的人啊，早已不在乎这个了，坏了，就扔掉，重买一把新的。

是啊，谁还会捧一把破伞，满大街找着修呢。

生命中，总有一些要消失，总有一些要重新开始。我们能做的，也只是坚守着自己的坚守。能坚守多久，就坚守多久。

老人慢慢修。我慢慢等。路过的人，都在那里停一停，看看我们。像看风景。

这是这个世间，最后的风景了。

午时安昌

有坚守在，一些传统才不会走丢。

是在去沈园的路上，偶然听到摇橹的船夫，在跟游客闲聊，安昌啊，那可是我们绍兴最地道的古镇了。仅这一句，便勾起我无限向往，我问，安昌在哪？船夫答，就在这附近啊，坐公交车十分钟就到了。心一喜，匆匆游完沈园，马不停蹄奔着安昌而去。

午时的安昌，有着喧闹中的宁静，像一扁舟，泊在那儿。风走，云走，它不走。它就在那里，承载着日月星辉，绵延千年。

一条河，当街横卧，街景便在这条河里铺陈：连成一片的翻轩骑楼。灰扑扑的廊棚。一盏一盏的红灯笼。最惹眼的，莫过于那廊下横梁上，晾着的一串串腊肠，黑里透亮，酱色浓郁。远观去，像垂着一幅幅黑色门帘似的。

走进去，内里乾坤大。青石板铺就的街道，一路延伸。这家酒楼，挨着那家作坊。胖胖的酒瓮蹲着，卖的是绍兴特产——黄酒。卖霉干菜的多，几乎家家门口，都搁着几大袋子霉干菜。老茶馆安在，桌椅都上了年纪了，几个当地老人在里面喝茶，眼睛闲闲地望向门外。门外的河里，偶有一两只乌篷船经过。摇橹的汉子不用手摇，用脚踩，他踩着那只乌篷船，轻盈盈的，向着一条拱桥去了。

听不到任何买卖的吆喝声，你只管一样一样地看吧，他们忙活着他们的，做酱鸭，灌香肠，扯白糖……凡尘俗世，食是天。抬头，视线里忽然撞进一个老人来，老人戴毡帽，着长衫，长髯飘飘，气定神闲地独坐在屋门口呷酒，面前两碟小菜。他的头顶上方，悬一酒幡，上书：宝麟酒家。我探头进去，屋内狭窄且破旧，全无酒楼四壁亮堂的景象。正疑惑着，老人突然开口了，眼光灼灼地看着我们问，要吃饭喔？只有我这里才能做出正宗的绍兴小吃来的。我们还未及答话，他又说下去，你们如果想要了解绍兴的风土人情，我这里都有，也只有我这里收藏得最全了。我笑了，他骄傲得跟块活化石似的，怕也是安昌"特产"呢。后来得知，他果真是安昌"特产"，是安昌的"名片"，名叫沈宝麟，对安昌的历史，如数家珍，上过好几回电视的。

逢到一箍桶铺。铺里除了老师傅外，还有个二十来岁的年轻人。他们曲着腰、埋着头，拿锤子不停地凿着桶盘的毛坯。

298

门口摆着一只只做好的木桶，大大小小，桶身锃亮。婚嫁老习俗流传多久了？说不清的。祖上的祖上，就是这么做的，姑娘出嫁，嫁妆里，少不了几只木桶，其中至关重要的，是子孙桶。这桶，既要做得结实，又要做得漂亮，人家是要当传家宝，传给子孙后代的。我们站着看了很久，他们一直没抬头，专注地在桶盘上打磨，直磨得木头如同玉石般光洁——他们把箍桶的活儿，当作艺术在做。忽然感动了，有坚守在，一些传统才不会走丢。

扯白糖算得上是安昌一绝，三里长街上，扯白糖的大师比比皆是。七十五岁的老人陈师傅，在家门口扯白糖，瘦削的一个人，竟把白糖扯出丈把长，跟舞台上的优伶甩水袖似的。我们看呆了，夸他，您真了不得。他笑，这没什么，我打小就会扯的。我扯的白糖好吃，绵，劲道，老人夸他的白糖。这么夸糖的真够新鲜，我们乐得掏钱买他的扯白糖。买一袋，再买一袋，绵白绵白的，捧在怀里，把一份悠远古老的甜蜜，也一同揣进怀里面。

遇到一年轻女人，独自背着包在逛，这儿摸摸，那儿碰碰，很贪恋的样子。在一座石桥上，她拿了相机，请我们帮她拍张照片。她倚着桥栏，笑得很好看。她的背后，是高低错落的骑楼。屋顶上，黛青的小瓦，井然有序地排列着。阳光泊在瓦楞上，鱼鳞似的跳跃着。檐下成串的腊肠，油黑饱满，把纯朴的古风，扯得悠长悠长的。

姚二烧饼

尘世的寻常里，有香，有静，有稳妥，有相守。

早上起来，突然想吃烧饼了，姚二烧饼。

姚二烧饼出名，小城里，好多人都知道。那是伴着一代人成长的。有孩子长大了，去外地工作，回忆家乡的味道，少不了要说说姚二烧饼。"想吃啊。"他们说。半夜里爬上微博发图，画饼充馋。

是条很古旧的居民巷子。小城里，原来有好多这样的老巷道，都铲除掉重建了，唯独这条巷道，还保留着。两边的房，高不过两层，大多数是平房。一家挨一家，密密匝匝。这家炒菜那家香，那家说话这家应，真个是和睦又亲厚。我从那里走过，常恍惚着，以为掉进了旧时光。

姚二烧饼店就在这条老巷子里。很小的门面，墙体灰不溜秋的。屋上的瓦，也是灰不溜秋的。门口搭一遮雨棚，烧饼炉子就摆在那雨棚下。等烧饼的间隙，人站在店门口往里看，里面幽深幽深的，跟口老井似的。有一对眼珠子，突然蓝莹莹地看过来，是只大白猫。都十多岁了，老了。它蜷缩在一张凳子上，如老僧打坐般的，看门口的人，眼神儿透亮透亮的。一张案板，从门口一直延伸到里面。姚二夫妇和面做饼，都在这上面。上面有时还搁着大把大把的葱，肥肥的，绿绿的。

人贪恋那口旧旧的味道。纯手工的，手工擀皮子，手工剁馅，手工贴炉，任炉火慢慢烤着，烤得两面焦黄。烧饼刚出炉时，一股子麦子和芝麻的浓香，不由分说钻进你的五脏肺腑，热烈得有点火辣辣的。为了那口香，他们的烧饼店门口，便常站着不少在等烧饼出炉的人，等多久都愿意。

等的人有时跟姚二夫妇搭话，"姚二，你家生意真好啊。"姚二的女人听了这话，冲说话的人笑一笑，手里的活，没有慢下一点点。姚二则抬一抬眼皮，回道："还凑合吧，承蒙大家关照。"手里的活，也不见慢下一点点。

夫妇二人，都四五十岁了。长相颇相似，胖胖的，敦厚着的。是日子过得很四平八稳的模样。姚二是从 16 岁起，就在这儿摆上了烧饼炉子，之后，一直没挪过地。他结婚后，女人加入进来。夫妇二人起早带晚，做的烧饼，还是不够卖。

有人建议他们，找两个帮手，把店铺再扩一扩。姚二慢言慢语回，不用了，就这样蛮好。

的确，就这样蛮好。好多人都习惯了"就这样"。走过路过，看到他们夫妇，一个在案板上擀皮子，一个在包馅儿，也听不见他们言语什么，大白猫独自蜷在一旁打瞌睡。始觉尘世的寻常里，有香，有静，有稳妥，有相守。没有人介意那店铺的窄小，介意那墙壁和屋上瓦的灰不溜秋，几天不吃姚二烧饼，就很有些想了。

如我这般，一大清早起来，穿过大半个小城，奔了去买。然不过两个星期未见，那黑不溜秋的木门上，已贴上通告一张：姚二烧饼，从今天开始谢幕。谢谢大家多年来的关照。姚二。下面签着年月日。

旁有邻人，看着发呆的我说："每天都有不少人来跑空弯子。唉，关了，不做了，大前天就关了。"我怅惘伫立良久，方才慢慢走回。半路上不住回头，为什么就关了呢，为什么呢？

过几天，不死心，我复跑去看。那里的门面，已全被推翻掉，在重新翻盖和装修。据说要开一家化妆品店了。

心态和情绪

生活的质量有时不仅取决于生命的长度，更取决于生命的厚度。

我们谈论到死亡。

很清晰地谈，很正儿八经地谈，在饭桌上。

他浅斟一小杯酒，端起，又放下。他说，如果——如果现在突然宣布我将死了，我真的会非常难受，难以接受。

我微笑地看着他，想这么一个遇事从不慌乱的男人，说起死亡来，也有了惧色。

话题是因他的姐姐而起。他姐姐患甲亢引起的淋巴癌，已动过一次手术。不过才一年工夫，动过手术的地方，又重新长出瘤来。

医生说，扩散了，没治了。

我姐怕是难逃这一劫了，他说。

窗外是初夏最好的天。气温恰到好处，阳光还不算烈，风吹得轻软。间或有鸟的啁啾，清脆着，宛转着，花瓣一样的，撒落下来。

花总是在前赴后继地开。

榆叶梅开过了，蔷薇开了。蔷薇花开过了，橘子花又开了。小区里，种上了两棵橘子树，树虽还是小棵，花却开得一点不含糊。我是第一次见到橘子花，很是欣喜了一番的。后来我发现，欣喜的远不止我一个，我看到几个带孩子的老妇人，也弯腰屈膝在两棵橘子树前，一脸欢喜地打量着那些小花。那些白白的、秀气的一朵朵，像极了白蔷薇。

橘子花开过了，紧接着石榴花登场了。石榴花一开，就是满树的喜庆。像一个个红衣红裙的小姑娘，俏立在翠绿的枝叶间，真正是惊艳得不得了。

世上真的有太多的盛开，等着我们去看。有太多未见的相遇，等着我们去相见。

可是，死亡——那个看不见的魔，却不知什么时候，会从什么地方窜出来，生生隔断了一切的念、一切的想、一切的眷恋和不舍。我们没有办法，我们只有听任它的摆布。

他说，我还有很多计划要去实施，比方说，我还要开车带你走天下。

我扭头看一看门口，我想象着死亡或许就站在那里。我笑了——它若真的来，我不会冲它发火、对它抱怨。因为，它选择走进哪一家，选择走近哪一个人，总有着它的理由。

他喝下一口酒，疑惑地看我一眼，你笑什么？我们在谈论很严肃的话题的。

我吃一口炒香菇，嗯，味道真不错。我说，命运无论赐予悲，还是喜，我们除了接受，也只有接受。你哭破嗓子，也不能改变一点点。可是，接受与接受又有着区别，一是沉痛地接受，一是笑纳。沉痛地接受，就等于是把自己直接打进地狱，是你自己亲手打的哦。死亡的阴影，无时无刻不笼罩在你头上，你寝食难安，你泡在恐惧和悲苦里。你本来可以再活个三五年的，然因你的沉痛，也许不消半个月，你就归了天。

如果你是满不在乎地笑纳，该吃去吃，该玩去玩，该睡觉时睡觉，该乐活时乐活。那就完全不同了，死亡也会拿你没办法，它只能安静地等着你，看你丰富多彩地，把余下的每一天，都过得像一辈子。

生活的质量有时不仅取决于生命的长度，更取决于生命的厚度。

所以，你姐当下要做的事，不是哭天抹地、忧郁悲伤，而是把她舍不得花的钱拿出来，多出去走走，把她未来得及看到的好，一一看到。把她未来得及品尝到的美食，一一品尝。多买几件好衣服，把自己打扮得漂漂亮亮的。也多去跳舞的人群中，伸伸胳膊踢踢腿。

我相信，这样做，一定会延长你姐的生命的。或许，还会有奇迹发生呢。

　　他听完，大笑。说，对，心态和情绪最重要。杀死一个人的，往往不是病，而是心态和情绪。

要相爱，请在当下

要相爱，请在当下。当下，你看得见我，我看得见你。你的好，我全部知道。

多年前，我在我的一个高中女同学的毕业纪念册上，一笔一画写下这样的临别赠言：但愿人长久，千里勿相忘。想那时，七月当头，教室窗外，紫桐花落过，巴掌大的叶，布满树梢，阔而肥大。阳光从树叶间，漏下点点滴滴，在教室的窗台上，晃晃悠悠。离别在即，青嫩的心里，定有离愁激荡，于是眼眸对着眼眸，认认真真地相约着，不相忘，不相忘。

多年后，她念初中的小女儿，成了我的热心读者。一天，那小姑娘偶翻她妈妈的毕业纪念册，看到我的名字和我手书的赠言，惊喜之下，发信息给我：梅子阿姨，你还记得有个叫倪素萍的人吗？

谁？这是我的第一反应。小姑娘随后发来我的临别赠言：

但愿人长久，千里勿相忘。我极其陌生地看着，脑子里千遍过万遍筛，昔日的树影花影，重叠在一起，哪里分得清哪张脸与哪张脸？甚至，连名姓也很陌生了。——当初的信誓旦旦，原是不算数的。

同样的年华，有过喜欢的男孩子，许诺过将来。将来，等我们大学毕业了，等我们工作了，一定要一起去海南看海。那时，有歌流行，歌中有两句唱词：请到天涯海角来，这里四季花常开。我们一边哼唱着，一边向往着。彼时的心里，最大的甜蜜与幸福，莫过于海边相守。

后来，我们真的毕业了，我们真的工作了，誓言却被丢进风里面。起初还偶尔想上一想，再然后，生活的千锤百炼，早把当初的誓言，锤打成另一副模样了。偶一次，我翻到当年的日记本，上面白纸黑字写着呢，刻骨铭心还在，却像看别人的故事了。笑一笑，轻轻合上，依然塞到抽屉的一角去，让它积尘。那个男孩子的面容，我早已记不起了。

想来，在青春的岁月里，我们曾许下过太多承诺，任它们星星一般的，在青春的天幕上跳跃、闪亮。一腔的热情，只管如花一样，拼命盛放。以为山高着，水长着，地老天荒，我们，永远是不变的那一个。哪里知道，花有期，人会老。

也曾心心念念着要去一些地方：庐山、西双版纳、新疆、印度……每一处，都镶着金光。家里那人答应我，等将来，等我们赚了足够多的钱，我们就背起背包出发，一个月跑一个地方。以前我会为这样的承诺兴奋不已，现在，我不了。人生充满太多的不定数，那个遥远的将来，我能等到吗？退一步吧，纵使我等到了，只怕到那时，老胳膊老腿的，我也早已爬不动山、涉不了河了。

可爱的闺蜜在云南。秋日的一个午后，她路过一家慢递吧。古朴的墙，古朴的门楣，古朴的桌椅，一下子吸引了她。她趴在雕着花的藤桌上，提笔给我写了一封信，边写边乐。投递日期：十五年后。我好奇地问，你在上面写了些什么呢？她神秘一笑，说，到时你就知道了。

天，我得等十五年！十五年？多长啊。花开，花谢，一季，又一季。到那时，于薄凉的秋风里，突然收到一封来自十五年前的信，我不知道，我该用什么心态去承受。欢喜抑或是有的，只是，更多的感觉，应该像做梦。过去再多再好的岁月，也与我无关了。

是的，要相爱，请在当下。当下，你看得见我，我看得见你。你的好，我全部知道，并且，我会沐浴着它的恩泽，愉快地度过这眼下时光。

仲秋小令

圆圆的月，升上中天，清辉得有点像，青衫年少的时光。

天气凉了。

是从一缕风开始凉的。是从一滴露开始凉的。

太阳渐渐南移。正午的时候，太阳从南边的窗口，探进屋内来，在一盆绿萝上逗留。绿萝不解风情，它不分季节地兀自绿着。

桂花的香气在深处。在一个幽深的庭院里，或是，在一排粗壮高大的银杏树后面。自然的生命，各以各的本事存活。譬如这桂花吧，容貌实在算不得出色，细密密的，碎粉儿似的，极易被人忽略。它许是知道自己的平淡，于是蓄了劲的，另辟路径，把一颗心都染香了，让你想不记住它也难。

银杏的叶，偏偏像花朵。一树的叶，远观去，不得了了，像开了一树金黄的花，把半角天空，都染得金黄。它是历经大富大贵的女子，活到七老八十了，还端着骨子里的优雅——纵使转身，亦是华丽的。仲秋的天，因它，平增一份明艳。

人家的扁豆花，这个时候开得最好了。我上班的路上，有户人家，在屋旁长了扁豆。那蓬扁豆很有能耐地，顺着墙根，爬上墙，爬上屋顶，最后，竟一占天下。屋顶上的青瓦看不见了，全被它的枝叶藤蔓，覆盖得严严实实。紫色的小花，一串一串，糖葫芦似的，在屋顶上笑得甜蜜。小屋成了扁豆花的小屋。我路过，忍不住看上一眼。走远了，再掉过头去，补上一眼。那会儿，我总要惊奇于一粒种子的神奇，它当初，不过是一粒小小的种子。

路边梧桐树上的叶，开始掉落。一片，一片，像安静的鸟——秋叶静美。有小女孩在树下捡梧桐叶，捡一片，拿手上端详。再捡一片，拿手上端详。后来，她举着梧桐叶，跳着奔向不远处的她的小母亲。那位年轻的妈妈，正被一个熟人拽住在说话。小女孩叫，妈妈妈妈。年轻的妈妈答应着，赶紧回头，对小女孩俯下身去，一脸的温柔。小女孩举着她捡到的梧桐叶问妈妈，妈妈，这像不像小扇子？

我为之暗暗叫绝。再也找不到比这更可爱的比喻了，满地的梧桐叶，原是满地的小扇子啊。孩子的眼睛里，住着童话。

屋旁的陈奶奶，在一个旧瓷盆里捣鼓。黄昏，在她身上拉上一条一条的金丝银线，她雍容得让我发愣。我问，陈奶奶你做什么呢？她说，种点葱呢。我的眼前，就有了一瓷盆的青葱，嫩得掐得出水来的葱啊。有满盆的葱绿，在秋风里荡漾，又何惧凋落？生命的承接，总是你来我往，无有间断。

月，也就圆了。

圆圆的月，升上中天，清辉得有点像，青衫年少的时光。惹得人对着它，多发了几回呆。夜露重了，回房睡吧。白日里晒过太阳的被子，轻软得像一个梦，我把自己裹进去，舒舒服服地叹上一口气。

夜里，忽然醒来。哪里的蝉，叫声切切，声音叠着声音，好像在说，我要走了，我要走了。告别的场景，竟不是惆怅的，而是热闹的。是一场盛宴后，相约了再见。

有缘的，总会再见的。

种 爱

原来，生命完全可以以另一种方式，重新存活的，就像他种的一院子的花。

认识陈家老四，缘于我婆婆。

婆婆来我家小住，不过才两天，她就跟小区的人，混熟了。我下班回家，陈家老四正站在我家院门口，跟婆婆热络地说着话。看到我，他腼腆地笑一笑，"下班啦？"我礼貌地点点头说："是啊。"他看上去，年龄不比我小。

他走后，我问婆婆："这谁啊？"婆婆说："陈家老四啊。"

陈家老四是家里最小的孩子，父亲过世早，上有两个哥哥，一个姐姐，都已另立门户。他们与他感情一般，与母亲感情也一般，平常不怎么往来。只他和寡母，守着祖上传下的三间平房度日。

也没正式工作，蹬着辆破三轮，上街帮人拉货。婆婆怕跑菜市场，有时会托他带一点蔬菜回。他每次都会准时送过来。看得出，那些蔬菜，已被他重新打理过，整整齐齐干干净净的。婆婆削个水果给他吃，他推托一会儿，接下水果，憨憨地笑。路上再遇到我，他没头没脑说一句："你婆婆是个好人。"

却得了绝症，肝癌。穷，医院是去不得的，只在家里吃点药，等死。精气神儿好的时候，他会撑着出来走走，身旁跟着他的白发老母亲。小区的人，远远望见他，都避开走，生怕他传染了什么。他坐在我家的小院子里，苦笑着说："我这病，不传染的。"我们点头说："是的，不传染的。"他得到安慰似的，长舒一口气，眼睛里，蒙上一层水雾，感激地冲我们笑。

一天，他跑来跟我婆婆说："阿姨，我怕是快死了，我的肝上，积了很多水。"

我婆婆说："别瞎说，你还小呢，有得活呢。"

他笑了，说："阿姨，你别骗我，我知道我活不长的。只是扔下我妈一个人，不知她以后怎么过。"

我们都有些黯然。春天的气息，正在蓬勃。空气中，满布着新生命的奶香，叶在长，花在开。而他，却像秋天树上挂着的一枚叶，一阵风来，眼看着它就要坠下来、坠下来。

我去上班，他在半路上拦下我。那个时候，他已瘦得不成样了，脸色蜡黄蜡黄的。他腼腆地冲我笑，"老师，你可以帮我一个忙么？"我说："当然可以。"他听了很高兴，说他想在小院子里种些花。"你能帮我找些花的种子么？"他用期盼的眼神看着我。见我狐疑地盯着他，他补充道："在家闲着也无聊，想找点事做。"

我跑了一些花店，找到许多花的种子带回来，太阳花，凤仙花，虞美人，喇叭花，一串红……他小心地伸手接着，像对待小小的婴儿，眼睛里，有欢喜的波在荡。

这以后，难得见到他。婆婆说："陈家老四中了邪了，筷子都拿不动的人，却偏要在院子里种花，天天在院子里折腾，哪个劝了也不听。"

我笑笑，我的眼前，浮现出他捧着花的种子的样子。真希望他能像那些花儿一样，生命有个重新开始的机会。

一晃，春天要过去了。某天，大清早的，买菜回来的婆婆，突然哑着声说："陈家老四死了。"

像空谷里一声绝响，让人怅怅的。我买了花圈送去，第一次踏进他家小院，以为定是灰暗与冷清的，却不，一院子的姹紫嫣红迎接了我。那些花，开得热情奔放，仿佛落了一院子的小粉蝶。他白发的老母亲，站在花旁，拉着我的手，含泪带笑地说："这些，都是我家老四种的。"

我一时感动无言，不觉悲哀，只觉美好。原来，生命完全可以以另一种方式，重新存活的，就像他种的一院子的花。而他白发的老母亲，有了花的陪伴，日子亦不会太凄凉。

从　前

　　我们原都是从从前走过来的，慢慢地，又成为从前。

一

　　你肯定也听过这样一个故事：从前有座山，山里有个庙，庙里有个老和尚，给小和尚讲故事，讲的什么呢？讲的是，从前有座山……如此循环往复，无有尽头。要是你不想停下，这个故事，便永远停不下来。

　　白日光长长的，讲故事的人，白发如霜。他盘腿坐在院门前，眯着眼逗我们。他只讲一遍，我们就会了，于是把它当歌谣唱，土路上纷飞的，都是这样的音符：从前有座山，山里有个庙，庙里有个老和尚，给小和尚讲故事……

　　那时只道寻常，山在，庙在，老和尚在，小和尚在，永永远远，都是那般模样。如檐前开得好好的一蓬大丽花，花艳丽得快撑不住颜色了；如门前的大槐树上，蹲着的那个喜鹊窝，一只花喜鹊盘踞在上面唱着歌。

还有，毛小牛的芦笛声，呜呜呜，呜呜呜。只要张开耳朵，就能听到他在吹。

他说，那是远方汽笛的声音。

毛小牛是我的玩伴，头上生许多癞疮，小伙伴们都叫他癞头。他却偏偏生一双巧手，会做芦笛，会用小草编蚱蜢。他走到哪里，芦笛会吹到哪里。

现在再听这个故事，别有一番滋味在心头。岁月，原是由许许多多的从前组成的，山是有从前的，庙是有从前的，老和尚是有从前的，小和尚亦早已成了从前的从前。毛小牛在 25 岁上溺水而亡，彻底地成了，从前的人了。

二

夜是有声音的。

夏夜的声音，尤其丰富。

选一处草地坐下。露珠在轻轻落，偶尔会听到"啪"的一声，那是它不小心，打翻了某片树叶了。虫鸣于周边响起，唧唧，啾啾，吱吱。还有植物们的声音，它们亲昵得很，一直在耳语。紫薇和梧桐，云松和翠竹，绵延在一起，夜色里，分不清谁是谁。

真静。思绪和着夜色，漫过记忆。想起老祖母了，那时她还不算老，真的不算老。她能拎得动几十斤的草篮子，碎步细密；她能把一群调皮的鸡，撵得满院子飞；她能洗一大盆的衣裳，满满晾一绳。

一样的夏夜。祖母手里摇着蒲扇，摇着摇着就停下了。她定定望着某处，喃喃说："从前，你太婆可疼我呢，这样的夏天，她给我煮绿豆汤喝。我的皮肤，白得透亮，出门去，人家都打听，这是谁家的女娃啊，这么漂亮。"

怔一怔，地上的一片月光，随着树影晃了晃，很不真切。暗地想，祖母哪里有从前呢，祖母本来就是祖母的。风吹着虫鸣声，让人心痒。坐不住的，一溜烟跑去玩——祖母的从前，到底与我不相干的。

玩一圈回来，却发现祖母，还独自坐着在发愣，她沉在她的从前里。

而我现在，沉在我的从前里。

我们原都是从从前走过来的，慢慢地，又成为从前。这便是，人生。

三

心血来潮地想去看荷。这念头一经产生，就势不可当。

我所在的小城，也仅限在公园有。一方池子里，植了数十株。一俟夏天，圆润碧绿的荷叶，铺满整个池子。数枝荷，婷婷于绿叶之上，有含苞的，有已然绽放的。这是一种清清爽爽的美，不芜杂，不喧闹，正如乐府诗《青阳渡》中所描写："青荷盖绿水，芙蓉披红鲜。下有并根藕，上有并头莲。"

再去公园，却没看到荷，原先的几十株，不知去了哪里，一池的水在寂寞。问及，人都摇头说不知。我把公园里有水的地方都寻遍，也未寻到。

有人提议，隔壁的水乡应该有。于是马不停蹄赶了去，一去百十里，只为看荷。

果真有，路边，荷成亩成亩地长。花却开过了，莲蓬已成形。雨忽然来，大而狂，无法下车细看，只隔着一扇车窗，与它对望。雨雾起，它望不真切我，我望不真切它。但知道，都在呢，心安了。

想起白衣年代，青春无敌，那人举一枝荷，说送我。送就送呗，乡下的池塘里，那么多的荷，实在算不得什么。随手接过来，后来是丢了，还是用清水养了，不记得了。

却在经年之后，追着寻着去看荷。人有时，寻找的，不过是记忆里的从前。当年不曾以为意的，日后却念念不忘，只是因为啊，从前的青春年少，我们再也回不去了。

四

在老家，遇到一乡亲。

乡亲很老了，背驼腰弓，我叫不出他的名字。我以前应该叫得出他的名字的。

他笑微微看我，说："你小时候很聪明的，五个小孩数竹竿，就你数得最快。"

数竹竿？这个细节，我是彻底忘了的。

从前的痕迹，以为风吹云散，却不料，一点两点的，不是存活在那个人那里，就是存活在这个人这里。只要轻轻一拨拉，它就哗啦啦奔涌出来，如涨潮的水。你突然想起村东头的瞎眼老太，用断指绕线；你突然想起一个叫红旗的光棍汉，一边插秧一边唱：我爷爷是个老红军；拖着鼻涕的少年玩伴，一个一个出来了；你甚至想起邻家的那只花母鸡，还有黑狗。

所有的记忆，此时汇聚到一个地方，那个地方，是从前。从前的人，从前的事，从前的碧空蓝天，有人叫它，灵魂的故乡。

冬天的树

　　别再去问活着的意义，一生的所经所历，便是答案。

　　在冬天，我常常不由自主地会为一棵树停下脚步，一棵掉光叶的树。

　　那棵树，或许是棵银杏。或许是棵刺槐。或许是棵苦楝树。或许是棵桑。它们一律的面容安详，简洁清爽，不卑不亢，不瞒不藏，坦露出它们的所有。没有了葱郁，没有了喧哗，没有了繁花灼灼、果实丰登。可是，却端然庄严得叫你生了敬畏和敬重。

　　偶尔的鸟雀，会停歇在它裸露的枝条上，把那当作椅子、凳子，坐上面梳理毛发、晒晒太阳。它也总是慈祥地接纳。

　　风霜来，它接纳。

　　雨雪来，它接纳。

　　岁月再多的涛光波影，也难得撼动它了。它在光阴里，端坐。鼻对口,眼对心,如"打禅七"的禅僧。

智利诗人聂鲁达说,当华美的叶片落尽,生命的脉络才历历可见。一棵冬天的树,很好地诠释了这句诗。

它让我总是想到那次偶遇:

是在南国小镇。年老的阿婆,发髻整齐,穿着香云纱的衫裤,端坐在弄堂口。风吹过去,吹得她的衫裤沙沙作响。人走过去,花红柳绿地摇曳生姿。她只端坐不动,与世界安然相对,榆树皮似的脸上,不见喜悲。

年轻时的故事,却是百转千回层层叠叠。家穷,兄妹多。那年,她不过才十一二岁,就南下南洋打工。所得薪金,悉数寄往家里。一段日子的苦撑苦熬,兄妹们终于长大成人。她从南洋返回后,自梳头发,成了一个立誓终身不嫁的自梳女。

那个年代,女性的地位低下卑微。走出家门的女性,独立意识开始苏醒,不甘心嫁到婆家,受虐待受欺侮。于是,她们像已婚妇女那样,在乡党的见证下,自行盘起头发,以示独守终身,这就成了自梳女。做了自梳女的女子,若中途变节,是要受到重罚的。轻则会遭到酷刑毒打,重则会被装入猪笼投河溺死。死后,其父母还不得为其收尸葬殓。

可是,爱情的到来,犹如春芽要钻出土来,四月的枝头花要绽放,哪里压得住!她爱了。

被吊打,被火烙,还差点被沉了河,她依然矢志不渝,只愿和心爱的人能生相随、死相伴。

她最终被乡党逐出家园。爱的那个人，却始乱终弃。她当时已怀有身孕，一个人流落他乡，养蚕种桑，独自把孩子抚养长大。

她拥有一手传统的好手艺，织得香云纱。九十多岁了，自己身上的衣，还是自己亲手织布、亲手漂染、亲手缝制。

人把她的一生当传奇，对她的往昔追问不休。她只淡淡笑着，不言不语，风云不惊。

是啊，还有什么可惊的呢！就像一棵冬天的树，已历经春的萌动、夏的繁茂、秋的斑斓，生命的脉络，已然描摹清晰。别再去问活着的意义，一生的所经所历，便是答案。

这个冬天，我陪朋友逛我们的小城泰山寺。寺庙跟前，我看到一棵苦楝树，撑着一树线条般的枝枝丫丫，斑驳着日影天光。如一尊佛，练达清朗。我们一时仰望无语。且住，且住，这岁月的根深流长。

人间岁月，各自喜悦

喧闹远去，唯留宁静。我以为，这样的宁静，更接近生命的本质。

一月，我去北京开会。相遇到北京第一场雪，小，米粉似的，薄薄敷了一层在地上。晚上，我踩着这样的薄雪，一个人逛北京城。在街头遇到卖烤山芋的，让我恍惚半天，以为是在我的小城。我买一只，焙着手，站在风里跟烤山芋的老人说话。老人是河北的，来北京十多年了。老伴也来了。儿子也来了。我问，北京好，还是老家好？老人望了我笑，说，老家当然好啊。不过这里也好的，一家人都在这里，过了一会儿，他又说道。我微笑起来，一家人在一起，再艰辛的岁月，也是温暖的。

二月，我在家养病。时光奢侈得不像话了，我可以长时间打量一株植物，譬如，花架上的水仙。我看着它抽叶，看着它打花苞苞，看着它盛开，捧出一颗鹅黄的、香喷喷的心。"仙风道骨今谁有？淡扫蛾眉簪一枝"，我喜欢这两句。水仙配了美人，再恰当不过了。

还有桌上的风信子，一团雪白，一团淡紫。我盯着它们看，觉得热闹。花开如同市井，也各有各的欢腾喜悦。

三月，我的身体渐渐康复。蛰居多日，我出门去，有点像春天破土而出的虫，望见什么都是新奇的。我走过一座桥，被河里的阳光牵住了脚步。我就从没见过那么好看的阳光，它们在水面上跳着舞，群舞。白衣白裙上，缀满银珠儿。跳得满世界都开了花。桥那头的街道边，烧饼炉子还在那里。摊烧饼的女人，把一把把做馅用的嫩葱晾在匾子里。那会儿空闲着，她站在那里望街，围裙上沾着白面粉。阔别很久，这个尘世还是一如既往的活色生香，让人心安。

四月，我跑去看山看水。水是溪口的剡溪。水清得像孩子眼里的晶莹，我恨不得下去捧了喝。当地人却不在意，弯腰在河里洗涮，不惊不乍，从容自得，惹得我频频回头看。山叫雁荡山，有东南第一山的美誉。白天看。晚上看。任凭你想象去吧，像鸟、像鹰、像虎、像骆驼、像睡美人、像牧童。山只不语，以它的姿势，俯瞰众生，千年万年。

我还跑去洛阳看牡丹。繁华已过，只留余韵。人都替我遗憾，花都谢了呀，你来晚了呀。我倒不觉得可惜，仍是一个园一个园兴味十足地看过去，绿叶铺陈，偶见牡丹花一朵两朵，也都是开尽了的模样。喧闹远去，唯留宁静。我以为，这样的宁静，更接近生命的本质。大浪淘尽，岁月安稳。

六月，我驱车百十里去看荷。邻县乡下，大大小小的水塘里，全是荷。白的面若凝脂，红的红粉乱扑。每年，我都不曾错过它的华丽出演。我想，人生要的就是不辜负，不辜负这双眼睛，不辜负这一塘一塘的荷，不辜负这当下的好时光。

八月，我一路向西，去往向往中的西藏。在西藏，我遇到不少叩长头进藏的藏民，他们风餐露宿，一路艰辛，只为拜见心中的佛。大太阳下，他们风尘仆仆，脸上却无一例外的，有着让人敬畏的坦然和从容。信仰让人强大，这是西藏教给我的。

十月，我领着家里两个老人，在西子湖畔住了几天。满街飘着桂花香，满湖飘着桂花香，我总忍不住张嘴对着空气咬上一口，再一口。夜晚，我独自去钱塘江畔漫步。看一星点的航标，在黑里闪。江水一会儿湍急，一会儿舒缓。这岸笑语喧哗，对岸灯火辉煌。尘世万千，各自欢喜。

十一月，我去了崇明岛。江中小岛，四野苍翠。原是江边人家打鱼歇脚之处，后却繁衍出一个一个的集镇。我在一个叫城桥的小镇住下，听一夜风吹雨打，江水咆哮，担心着岛会沉没。早起，却风平浪静，卖崇明糕和毛脚蟹的当地人，提篮推车鱼贯而出。岛上渐渐盛满热闹繁华。我穿行在那样的热闹繁华里，体味着活着的美好。

当岁末临近，我安安静静等着，等着旧年翻过去，新年走过来。凡尘俗世里，我一直是一粒认真行走的尘，无所遗憾，内心安稳。

326

花未央，人未老

丁立梅 著

作家出版社

图书在版编目（CIP）数据

花未央，人未老：新版 / 丁立梅 著. -- 北京 ：作家出版社，2018.11（2025.7重印）

ISBN 978-7-5063-9927-2

Ⅰ. ①花… Ⅱ. ①丁… Ⅲ. ①散文集– 中国 – 当代 Ⅳ. ①I267

中国版本图书馆CIP数据核字（2018）第030780号

花未央，人未老：新版

作　　者：丁立梅
责任编辑：省登宇
助理编辑：周李立
装帧设计：张亚群
出版发行：作家出版社有限公司
社　　址：北京农展馆南里10号　　邮　　编：100125
电话传真：86-10-65937186（发行中心及邮购部）
　　　　　86-10-65004079（总编室）
E-mail:zuojia@zuojia.net.cn
http://www.zuojiachubanshe.com（作家在线）
印　　刷：北京中科印刷有限公司
成品尺寸：142×210
字　　数：180千
印　　张：10.5
版　　次：2018年11月第1版
印　　次：2025年7月第21次印刷
ISBN 978-7-5063-9927-2
定　　价：35.00元

目录

第一辑　光阴如绣，蔓草生香

时光大度而宽容，足够一个小生命，编织出属于它自己的梦。

第二辑　买得一枝花欲放

哪怕你口袋里穷得只剩下一文钱，你也要花半文钱去买枝花，芬芳你自己。

第三辑　森林笔记

生活的简练也来自内心的真诚。你过着怎样的生活，有时，取决于你的内心。

第四辑　天上有云姓白

天上每天都有白云飘过，不知有没有一朵云上有他。

第五辑　昨日重现

有一刻，总有那么一刻，我们的心，别无所求，纯净得如同婴儿。

第六辑　你在，就心安

亲爱的人，你必得在我眼睛看到的地方，在我耳朵听到的地方，在我手能抚到的地方，好好存活着。

第七辑　风知道

没有谁的记忆，比风的记忆更长久。我们以为许多的经过，经过就经过了，了无痕迹。其实，风都给细细收着呢。

序

我和那人，静静地站在一座桥上。

桥下是河。河不宽阔，因久未浚通，整条河便显得很有些野性十足的了。

河边多杂草。白茅、蒿子、艾、狗尾巴草、野豌豆、看麦娘，总有不下几十种的。它们相融相生，不吵不闹，和睦亲厚。

这里远离闹市。天是它们的天，地是它们的地，河水为邻，清风做伴，它们心思单纯，日子简单。

这才有了动人的天真。

是的，天真。每一棵草，都是天真的。它们只认真地做着它们的草，不慕热闹，不慕荣光，随遇即安，自成风景。

那人忽然笑起来，说，我知道你在看什么。

我也笑了，说，我也知道你在看什么。

婚姻多年，我们对彼此太了解了。我在看河岸边的花。他在看水，猜测着水里面会有什么样的鱼。

一定有鱼的，他说。

我微笑，眼光一直盯着那些花。

花在杂草丛中。我是第一眼就看到了的，并在心里面准确地叫出它们的名字。两三串红。四五朵紫。还有两簇浅淡的粉。红的是红蓼。紫的是野牵牛。粉的是一年蓬。

没有一朵花不是美的。

它们的容颜是美的。它们的姿态是美的。它们安静的微笑，也是美的。我以为，人类一切的美，都源于花朵。它们是诗和画。是音乐和舞蹈。是艺术中的艺术。它们是真性情真热爱。

想起呼伦贝尔大草原上的野玫瑰。它们点缀着山坡，点缀着河谷，点缀着草原，点缀着草原人的梦境。年老的牧羊女，安静地坐在山坡上。她用手比画着给我看，春天，这满山坡都开着野玫瑰呀，又大又香，可好看了！

她说着说着，笑起来，又满足又安然。

我为她那句"可好看了"动容。视觉带来的愉悦，有时超过一切。而花朵，是视觉最大的福祉。

亦想起布达拉宫山顶的平台上，大朵大朵艳艳的大丽花，沸沸地开成一片。着喇嘛红僧衣的僧侣们，走过那些花旁，衣映着花朵，花朵映着衣，让人只觉得眼前都是光明灿烂。那画面，实在美极了。佛的世界，也离不开花的。一花一菩提。

武汉的木兰山上，我气喘吁吁登上山顶，被石缝里的一朵小野菊，摄去了魂。它从石缝里，挣扎着挺起大半个身子，撑起黄艳艳的一张小脸蛋，微笑着向我致意。那会儿，我想到悲剧的美。可是，又不是这样的，对于那朵小野菊来说，这根本无悲可言。活着，能盛开，就是圆满，就是快乐。

杭州的山沟沟里，满目是秋的衰败，一撮红，现身在悬崖峭壁之上。是些盛开的野杜鹃。清冷的山谷，立时有了温度。那日，我在悬崖下站了很久，仰望着那撮红，直到脖子酸。

是的，随便走到哪里去，我首先寻找的，必是花。遇见，必止步，细细端详，静静欢喜。

有花在开，这个世界，就仍有美好在。

几千里的奔波，我只是来看花的。

花未央，人未老。如此，甚好。

第一辑
光阴如绣，蔓草生香

时光大度而宽容，足够一
个小生命，编织出属于它
自己的梦。

光阴如绣，蔓草生香

时光大度而宽容，足够一个小生命，编织出属于它自己的梦。

一

买来的生姜，忘了吃它，它兀自在塑料袋子里，长出芽来。哦，不，不对，那不是芽了，它有枝有叶，绿意盈盈，简直就是一株植物的模样了。

我把它移到花盆里，对它说，亲爱的姜，你长吧，按你自己的心意，长成你想要的样子。

我听见它的欢笑。

是的，生命中，能按自己的心意生长，是件多么愉快的事！

同样这样长着的，还有红薯。还有绿豆。还有葱。

亦是忘了吃它们。它们就悄悄地退到一边，发芽，抽茎，长叶，端出一捧的绿来给我看。

时光大度而宽容，足够一个小生命，编织出属于它自己的梦。

二

早起，去看昨天开着的那朵扶桑。只一朵红，缀在我的窗台上，明艳得像红唇。楼下走过的人，抬头，都能看得见。

他们问，什么花啊，那么红！

我欢喜地答，扶桑啊。

现在，它已萎了。

生命的灿烂也只是一日工夫。但我知道，灿烂不在时间的长短。我已记住了它的模样。昨天的风也记住了。云也记住了。鸟也记住了。

昨天的云，落满窗。一只鸟儿，停在我的花旁，啁啾了大半天。

三

紫薇的花开得茂盛极了。小城的路边都是，或红或紫，或蓝或白。一撮一撮，拼尽颜色，不藏不掖，有着傻傻的热情。

看着它们，本是清素的心，也变得灼热起来，想笑，想爱，想对这个世界好。

还有木芙蓉和木槿，也是赶着趟儿地开。

还有合欢。已是秋了，它们居然还在开着花，柔情不减。

我在合欢树下走。我踮着脚尖，朝它们的花朵伸出鼻子去。旁边有人不解，看我。我说，香。那人也把鼻子凑过去，脸上有了笑意。

合欢的香，是小儿女的体香，那种浅淡的甜。让人的心发软。

还有一种树的叶子也极好闻，像薄荷。我每每走过它身边，都会去摘上两片叶子，放口袋里。

四

喜欢在黄昏时，出门去。

这个时候，万物都着上了温柔色，无一不是好的。

天上的云，开始手忙脚乱地换装，在太阳离去夜幕降临前，它们总要来一场大型演出。赤橙黄绿青蓝紫——云的演出服，可真是多得数不清。

换好装的云，疯跑起来。不过眨眼工夫，它们就都汇聚到天边。天边的色彩变得繁复起来，斑驳得如同堆满了油画。又是奢华的、变幻莫测的。云的舞姿，实在太出神入化，曼妙得叫夕阳都融化了。

人不知道，他是多么有福分，每天都能欣赏到这样一场隆重的演出，且是免费的！人总是急急地往前赶、往前赶，硬生生错过了多少这样绚烂的黄昏。

我不急。我遇见了，必停下脚步，把它们看个够。

生命中的遇见，如此有限，这个黄昏走了，也便永远走了，不可再相见。然浮世的追逐，却是无限的，得失名利，哪有尽头？用有限，去换无限，那是顶不划算的事。我不愿意。

我愿意把我生命的三分之一匀出来，交给光阴，只为听听风吹，看看花开。只为在这样的黄昏底下，携一袖清风，看看云的演出。

五

想在白云垛上种点什么。

那真是一垛一垛的白云垛，它们一个挨着一个，随意而又散漫地席蓝天而坐。像丰收过后，晒场上蹲着的棉花垛。又像小时的我们，托着下巴，在田埂上坐着，等着谁给讲故事。

谁给它们讲故事呢？又会讲一个怎样的故事呢？

——我多想知道。

是不是关于小花和小蚂蚁的？是不是关于青草和羊群的？是不是关于溪水和小鱼的？

　　我想在那白云垛上，种上草。嫩绿的、翠绿的、青绿的、碧绿的草，配上这样的白，多么相称。风撑着青草的长篙，以云为舟，自由来去。真个是光阴如绣，蔓草生香。

一棵树，一个人

他不知道，所谓的尽头，其实就在他的脚下，只要他肯慢下来，他就能够抵达。

从前人家，孩子刚出生，会在院子里栽一棵树。

树一天天长高，孩子一天天长大。

树长高了，它的根会在院子里越扎越深，枝叶蓬勃得遮挡住半个院落，再大的风也吹不走它——除非人为的砍伐挖掘。

孩子长大了，心却生出翅膀来，在小小的院子里待不住了，总是想尽办法挣脱着往外飞。也就飞了。飞得离故土越来越远，有的千山万水，有的漂洋过海。

最后，守着故土的，只有树。

某天，你意外撞见一间祖屋，你推开吱吱呀呀乱叫着的门，蛛网遍布杂草丛生的院子里，看不到人了，只看到树。

树站在那里，枝干上布满岁月的苔痕，顶一头蓊郁苍翠，不言不语。

叶落过几世了？风吹走几世了？人又换过几代了？

你不知道。树都知道。树却不说。

人活不过一棵树，这是真的。人也犟不过一棵树去，这也是真的。树的每根筋骨里，都写着执着和坚韧，几十年、上百年，甚至上千年如一日，默默地守着一个地方。今生今世，山河岁月，它只做一件事，那就是，专心致志地爱着脚下的那片土地。无论贫瘠荒凉，无论天地轮转，都不改初心。

人呢？人的杂念太多，欲求太多。人的心，是缺着一个口的，再多的东西，也填不满它。这很像贪婪的孩子，得了一颗糖果，他要一罐。得了一罐，他又要一篮子了。人很少会说，够吃了，就好了。够穿了，就好了。够住了，就好了。一切刚刚好，这就很好了。人难得安静地待在一个地方，难得守着一树一屋，相伴终老。人总爱焦急，十分十分的焦急，说，不，不行，我还要争取更多的。不，不行，我还要争取更好的。于是，爱情里，难得忠贞，因为总有更好的在引诱着。物质名利里，难得满足，因为总有更多的在招着手。

人是傻了，总不肯放过自己，患得患失，又容易得陇望蜀，这山望了那山高。也就注定了一辈子不得安宁，马不停蹄，朝前奔啊奔啊。可是，前方的前头还有前方，这山过了还有那山。人感慨，世界太大了，唉，何时是尽头。他不知道，所谓的尽头，其实就在他的脚下，只要他肯慢下来，他就能够抵达。

人的智慧，终究比不过一棵树。一棵树从来不犯糊涂，它知道什么该拥有，什么该放弃，它貌似只站在原地守候，却把根扎得牢牢的、深深的，远方尽收眼底，看个通明。人呢？人一刻不停地奔走在路上，一路的风景，来不及细看，到最后，往往忘了为何出发，又忘了要去往何方，他只是惯性地朝前奔着、奔着，停不下来、停不下来了。也只有等到年老体衰，再也奔不动的时候，人回过头去，望来时路，才惊觉发现，这一路的奔波，他把生命中最宝贵的东西，早就给丢光了。最初的纯与真，那些有爱、有美好、有相守、有诺言、闪着金色光芒的时光，都给丢了啊！人这时才后悔莫及，孩子般地哭起来，说，我要回家，回家。

回家？回哪个家？大浪淘沙，剩下的吉光片羽，原不过是故乡那个小小的院落，和院子里的一棵树啊。那是灵魂生长的地方。

我有远房伯父，早年出外经商，商海里浮浮沉沉，终在南方的一座城里，打下一片江山。亲戚中传说他有资产过亿。他成了我们这个家族里，神一样的人物，提到他，都是金碧辉煌的。七十多岁的人了，还战斗在商海第一线。却突发重病，倒下。弥留之际，念叨着要回故里，要回他家的老院子。最终，却未能如愿，抱憾而去。据说死时，他眼角不停地淌出泪来，帮着擦掉，又有新的流出来。众人都说，那是不甘心哪，他想回老家呢。

　　他家的老院子早就不在了。院子里从前栽着的一棵柿子树，却留了下来。百十岁了，每年还挂一树的果，累累的。左右邻人去采摘，吃了后，都说，特别的甜。

在梅边

春天的第一张笑脸，是端给梅的。

赏春，是要从赏梅开始的。

春天的第一张笑脸，是端给梅的。

蜡梅不算，蜡梅是寒冬的客人。"知访寒梅过野塘"，说的
是腊梅，又名蜡梅。《本草纲目》里有详解：

  蜡梅，释名黄梅花，此物非梅类，因其与梅同时，
香又相近，色似蜜蜡，故得此名。

春天认定的梅，是指春梅。

立春之后，我就似乎闻到空气中有梅香了。近些年，小城
重视起绿化建设来，移来不少的梅，东一株西一株地栽着。河
边有。路边有。公园里有。我居住的小区里也有。两三株红

梅，点缀在微微起伏的草地上。陪伴着它们的，还有金桂、紫薇和栾树。

我在七楼上俯瞰下面的草地，看到一星点一星点的红，俏立在瘦瘦的枝头上，如彩笔轻点了那么一两下。那人站我身后，一探头，说，是梅花。我微笑，没吱声。——我当然知道是梅花。

天仍是寒，我也还穿着冬天的衣裳。一不小心，竟惹上感冒了，咳嗽，低热，头微晕。——多怨这反复无常的春，忽冷忽热的，也没个准。

如恋爱中的女人，她的心思你猜不透。

春天也在谈一场恋爱的。

一样的曲折迂回，患得患失，傻傻地天真着，也不过是要藏起它那颗想爱的心。然到底是藏不住的，一点一点，被这大自然识破。虫子们醒了。草绿起来。花开起来。它的爱，终要尘埃落定。那时，方得花红柳绿，人间四月天。是大团圆的美满结局。

可我不想等。我说，我想去南京看梅了。

那人不假思索，答应，好。

知我者，莫如他。他知道，每年这时节，我都要去赴一场春天的约会。婚姻一路，他不曾给我带来荣华富贵，却带给我现世的安稳和懂得。这是多少女人终其一生，求之不得的。

今生得他，幸焉。

南京的梅花谷，是梅的天下。

那里几乎汇聚了梅家族所有的亲人。

名字也大多婉转清扬着，比如宫粉。比如美人。比如骨里红。还有胭脂、照水和玉蝶。还有名叫别角晚水的，据说全国独此一株。是红楼中的黛玉吧？曲高和寡，临水照花，她输掉了前世尘缘，却守住了她的心。

晴天，特别特别的晴。天就蓝得很，蓝得像干净的湖，车马喧嚣都落不进一点点。真正是谷里一个世界，谷外一个世界。我赶早了，满谷的梅花，尚未完全开放，一粒一粒的花苞苞，鼓着小嘴儿，缀满枝枝丫丫。像彩色的小珍珠，可穿成手链，戴小女孩的腕上。

我穿过一树又一树梅，实在欢喜。我以为这是极好的，花要半开着，欲拒还迎，又含蓄又矜持，不一览无余，才最有看头。俗世里，一览无余的生活，会让人乏味，甚至绝望。你总要留点私密，留点向往，留点期待。没有期待的人生，算什么呢！花亦如此，花也有它的私密。

一群老美人，从我身边风一样刮过去。她们穿红着绿，系花丝巾戴红帽子。我目测了一下，她们的平均年龄应在六十以上了。前面有一人在探路，兴奋地惊叫，快来呀，这里呀，这里呀，这里开了一树啦！

哦，来了来了！她们连声应着，奔了过去。把满山谷的花香，都搅动得荡漾起来。她们是街坊多年？是同学多年？还是同事多年？我在心里猜测着，莫名地感动。人生的路上，能有幸相遇，且一路同行至此，真是莫大的造化。

一壶春水漫桃花

花仍在，人却非。世间的缘分，原是这样的可遇不可求。

三月里桃花开。所以一进三月，我嘴里就一直念念着，看桃花去吧，看桃花去吧。

哪里看去？自然是乡下。乡下的桃花，是追着春风开的。那会儿，桃树上的叶还未长全呢，花朵儿却迫不及待地，一朵挨着一朵开了。呼啦啦，是一树花满头。小脸儿粉粉的，红晕浸染。如情窦初开的女子。

树不是特意栽种，像风丢过来的种子，河边或屋后，就那么随意地长着一两棵。普通得不能再普通。却不防，一朝花开，惹来满场惊艳：呀，原来不是乡下小姑娘啊，是仙子落凡尘的。

记忆里，有桃花点点，在小院里，还有屋后。花开得好的时候，褐黑的茅草屋，也被映得水粉水粉的，有了许多妩媚在里头。只是那时年少，玩性大，飞奔的脚步，哪肯停下来好好欣赏桃花？根本不知道花什么时候开的，又什么时候落了，就那样辜负了大好春光。现在想想，那时丢掉的何止是大好春光？总以为有挥霍不尽的好光阴，哪知青春变白首，也不过是一下子的事。

读大学时，许多女生曾结伴去看桃花，浩浩荡荡。郊外有桃园，花盛开的时候，是浅粉的海洋。一车子全是女生，叽叽喳喳着。等到跳进那花的海洋里，全都变成一朵朵桃花了。粉色的心，唯春风怜惜。

在花树下欢跳着东奔西跑，不期然的，遇到本班一个男生。那男生的目光一直尾随着一个女生，痴痴的。他是爱她的。他看她的目光，就有了千朵万朵桃花在漾。她却毫不知觉，只管在一树一树的花下穿行、欢叫。我在一旁看得感动，暗恋原是这般花影飘摇，迷离生动。我替那个女生急，我在心里叫，你快回头看看他呀、看看他呀。多年后得知，他并不曾携她的手。毕业后，他们各奔东西，他有了他的日子，她有了她的岁月。

唐朝崔护有首很著名的诗："去年今日此门中，人面桃花相映红。人面不知何处去，桃花依旧笑春风。"诗人以桃花作了整首诗的底子，像白的宣纸上，泼了一团水粉，热闹着，又寂寞着。真叫人惆怅不已。花仍在，人却非。世间的缘分，原是这样的可遇不可求。

却记着那年那日，那人送我一枝桃花。桃花开在乡下的河边，他有事路过，禁不住那一树粉红的诱惑，趁人不备，去树上攀下一枝。百十里的路，他宝贝样的带给我，眼里汪着一整个春天。我于一刹那间爱上，从此义无反顾。那个春天，我的书桌上，有了一壶春水漫桃花。

这是他给予我的最浪漫的事。偶尔说起，我们已不泛当年青春的心里，会蒙上一层迷醉。一枝桃花的感动，竟是终身的，谁能想到呢？

故乡的原风景

除了泥土，还有什么，可以让我们如此亲近？

《故乡的原风景》一曲，是日本陶笛家宗次郎创作的。我是一听倾心，再听倾肺，是倾心倾肺了。

其实，令我惊异的不仅是乐曲本身，还有，演奏乐曲所使用的乐器——陶笛。这是一种极古老的乐器，大约公元前 2000 年，在南美洲就有了黏土烧制的器具，可以吹奏简单乐曲，被认为是最早的陶笛。十六世纪流传到欧洲，不断得到改造，由一孔发展到多孔，音域随之增加，吹出的声音，更是清丽婉转。上个世纪二三十年代，一个叫明田川孝的日本年轻人，在德国第一眼见到陶笛，立即被它迷住了。他对这种乐器进行加工，制作出十二孔日本陶笛，风靡日本。随着陶笛在日本的风靡，日本出现了许多陶笛演奏家，宗次郎就是其中杰出的一个。

跟明田川孝一样，宗次郎也是第一眼见到陶笛，就被迷住的。后来，他干脆自己盖窑，亲自烧柴，制作属于他自己的陶笛。当我听着《故乡的原风景》时，我总是不可遏制地想，这是泥土在欢唱呢。那些沉默的泥土，那些厚重的泥土，在懂他的人手里，变成亲爱的陶笛。一个孔，两个孔，三个孔，四个孔……孔里面，灌着风声、草声、流水声、鸟鸣声……这是故乡啊，是魂也牵梦也萦的故乡，是根子里的血与水。他给它生命，它给他灵魂，那是怎样一种交融！

我以为，真的没有乐器可以替代了陶笛，来演奏这首《故乡的原风景》的。在远离故乡的天空下，我静静坐在台阶上听，一片落叶，从不远处的树上掉下来。天空明净，明净成一片原野，秋天的。原野上，小野菊们开着黄的花、白的花、紫的花。弯弯曲曲的田埂边，长着狗尾巴草和车前子。河边的芦苇，已渐显出霜落的颜色。有水鸟，"扑"的从中飞出来，在半空中划过一道美丽的弧线。风吹得沙沙沙的。人家的炊烟，在屋顶缭绕。间或有狗叫鸡鸣。还有羊的"咩咩咩"，叫得一往情深、柔情似水。

如果是在月夜，你会听到很多梦呓的声音：草的、虫的、树的、鸟的、房子的……它们安睡在亲切的土地上，安睡在陶笛之上。孩子依偎在母亲怀里，睡得香甜。月光在窗外落，像雪，晶莹的，花朵般的。世界是这样的宁静，宁静得仿若人生初相见。初相见是什么？你的纯真，我的懵懂。如婴儿初看世界，一片澄清。

一个中年朋友，跟我描绘他记忆里的故乡，他肯定地说，那是一种声音，黄昏的声音。那个时候，他在乡下务农，挑河挖沟，割麦插秧，什么活都干。每日黄昏，他从地里扛着农具往家走，晚霞烧红天边，村庄上空，雾霭渐渐重了。这时，他就会听到一种声音，在耳边流淌，欢快的，欢快得无以复加。他的心，慢慢溢满一种欢愉，无法言说的。"你说，黄昏到底会发出什么样的声音呢？"多年后，他在远离故土的城里，在一家装潢不错的酒店的餐桌上，说起故乡的黄昏，他的眼里，蓄满温情。

　　我以为，那一定是泥土的声音，那些饱吸阳光与汗水的泥土，那些开着花长着草的泥土，那些长出粮食长出希望的泥土……除了泥土，还有什么，可以让我们如此亲近？

满架蔷薇一院香

彼时彼刻，花开着，太阳好着，人安康着，心里有安然的满足。

迷恋蔷薇，是从迷恋它的名字开始的。

乡野里多花，从春到秋，烂漫地开。很多是没有名的，乡人们统称它们为野花。蔷薇却不同，它有很好听的名字，祖母叫它野蔷薇。野蔷薇呀，祖母瞟一眼花，语调轻轻柔柔。臂弯处挎着的篮子里，有青草绿意荡漾。

野蔷薇一丛一丛，长在沟渠旁。花细白，极香。香里，又溢着甜。是蜂蜜的味道。茎却多刺，是不可侵犯的尖锐。人从它旁边过，极易被它的刺划伤肌肤。我却顾不得这些，常忍了被刺伤的痛，攀了花枝带回家，放到喝水的杯里养着。

一屋的香铺开来，款款地。人在屋子里走，一呼一吸间，都缠绕了花香。年少的时光，就这样被浸得香香的。成年后，我偶在一行文字里，看到这样一句："吸进的是鲜花，吐出的是芬芳。"心念一转，原来，一呼一吸是这么的好，活着是这么的好，我不由得想起遥远的野蔷薇，想念它们长在沟渠旁的模样。

后来我读《红楼梦》，最不能忘一个片段，是一个叫龄官的丫头，于五月的蔷薇花架下，一遍一遍用金簪在地上划"蔷"字。在那里，爱情是一簇蔷薇花开，却藏了刺。但有谁会介意那些刺呢？血痕里，有向往的天长地久。想来世间的爱情，大抵都要如此披荆斩棘，甜蜜的花，是诱惑人心的猖。为了它，可以没有日月轮转，可以没有天地万物。就像那个龄官，雨淋透了纱衣也不自知。

对龄官，我始终怀了怜惜。女孩过分的痴，一般难成善果。这是尘世的无情。然又有它的好，它是枝头一朵蔷薇，在风里兀自妖娆。滚滚红尘里，能有这般爱的执着，是幸运，它让人的心，在静夜里，会暖一下，再暖一下。

唐人高骈有首写蔷薇的诗，我极喜欢。"绿树阴浓夏日长，楼台倒影入池塘。水晶帘动微风起，满架蔷薇一院香。"天热起来了，风吹帘动，一切昏昏欲睡，却有满架的蔷薇，独自欢笑。眉眼里，流转着无限风情。哪里经得起风吹啊？轻轻一流转，散开，是香。再轻轻一流转，散开，还是香。一院的香。

我居住的小城，蔷薇花多。午后时分，路上行人稀少，带着一份慵懒。蔷薇从一堵墙内探出身子来，柔软的枝条上，缀满一朵一朵细小的花，花粉红，细皮嫩肉的模样。彼时彼刻，花开着，太阳好着，人安康着，心里有安然的满足。

我有好友，远在黑龙江。她喜欢画画，她在画里面画蔷薇，一簇又一簇，却说，可惜，只见过照片上的蔷薇。

忍不住笑，竟有这样的喜欢，不曾谋面却念念于心。我对她说，等我有空了，我会掐一朵蔷薇给你寄过去。

虞美人

生命的高贵与卑微，本是相对的。

初识它，是在一册诗书里。原是坊间小曲，被人吟唱。后被文人推崇，成词牌名，按韵填词，名扬天下。从远唐，一路逶迤而来，一唱三叹，缠绵旖旎。我仿佛瞥见，大幅的屏风，上面栖息着大朵的花，牡丹，或是芍药。屏风后，美人如水，怀抱琵琶，浅吟低唱着——虞美人。她葱白的手指，轻拢慢捻，一曲更一曲。月升了，夕阳斜了，美人的发，渐渐白了。

女人的年华，原是经不起寂寞弹唱的，弹着弹着，也便老了。

后来，我识得一种花，叶普通，茎普通，花却浓烈得让人惊异。血红，红得似天边燃烧的霞。单瓣，薄薄的，如绫如绸。它们在一条公路边盛开，万众一心。公路边还长了低矮的冬青树，里面夹杂着几株狗尾巴草。让人一喜，分明就是曾经的熟识啊！我停在那儿，等车。车迟迟不来。

那是异乡。我因了几株狗尾巴草，不觉异乡的陌生与疏离。又因了一朵一朵殷红的花，不觉等待的焦急与漫长。我的眼光，久久停在那些殷红上，它们腰身纤细，脸庞秀丽，薄薄的花瓣，仿佛无法承载内心的情感，无风亦战栗。很像古时女子，羞涩见人，莲步轻移。

询问一当地路人："请问，这是什么花？"路人瞥一眼，说："虞美人啊。"许是见多了这样的花，他不觉惊异，回答完我的话，继续走他的路。他完全不知，他的一句"虞美人啊"，在我心中，激起怎样的狂澜。看着眼前的花，想着它的名，远古的曲子，不由分说地，在我耳畔轻轻弹响——是李后主的"春花秋月何时了，往事知多少"；是周邦彦的"柳花吹雪燕飞忙。生怕扁舟归去，断人肠"；是纳兰性德的"残灯风灭炉烟冷，相伴唯孤影"；是苏东坡的"夜阑风静欲归时，唯有一江明月碧琉璃"。

人生最难消受的，是别离。是虞姬且歌且舞，泣别项羽。这个楚霸王最爱的女人，当年风光时，她与他，应是人成对、影成双。垓下一战，楚霸王大势尽去，弱女子失去保护她的翼。男人的成败，在很多时候，左右着女人的命运。她拔剑一刎，都说为痴情。其实，有什么退路呢？她只能，也只能，以命相送。传说，她身下的血，开成花，花艳如血。人们唤它，虞美人。

真实的情形却是另一番的，此花原不过田间杂草，野蒿子

026

一样的，贱生贱长，不为人注目。然它，不甘沉沦，明明是草的命，却做着花的梦。不舍不弃，默默积蓄，终于于某天，疼痛绽放。红的、白的、粉的，铺成一片，瓣瓣艳丽，如云锦落凡尘。人们的惊异可想而知，它不再被当作杂草，而是被当作花，请进了花圃里。有人叫它丽春花。有人叫它锦被花。还有人亲切地称它，蝴蝶满园春。——春天，竟离不开它了。

生命的高贵与卑微，本是相对的。纵使不幸卑微成一株杂草，通过自己的努力，也可以让命运改道，活出另一番景象。

听 荷

而我们，终归要回到那热闹中去，内心却泊着一汪恬淡的水，有墨色的荷，在暗暗喷着香。

去听荷吧，选一个月夜。月亮还不那么丰满，它还处在它的童年，像一瓣细小的白菊，飘在天上，朦胧着。这个时候，最好。

荷开得刚刚好。是满塘开着的。月色清浅，满塘的荷，是墨色染成的一朵朵，与田田的叶，融为一体。与青碧的水，融为一体。与整个整个的夜色，融为一体。天空与大地，从没这么亲密过吧，你是我，我也是你。

塘——城里少见了。这口塘因小城大面积搞绿化，策划者中不知是谁拥有一颗诗意的心，在绿化带中，给挖出来的。周围遍植垂柳，塘里养荷。离塘不远的是桃园。再过去一些，是梨园。接着是桂花园、蜡梅园。这里便成了小城绝美的去处，

028

春有桃花梨花，夏有荷花，秋有桂花，冬有蜡梅，季季有花，日日有好。

盛夏里，塘里的荷自然唱了主角，在层层涌现叠起的绿中间，荷一朵一朵，悄然盛开，如一阕阕小令。哪里能瞒得住风的耳朵？十里八里之外，风都能听到荷轻轻绽放的声音。风跑过来，拂过一朵一朵的花，把荷的清香，洒得四下飞溅。人闻到，一个愣神，啊，荷花开了。平淡的日子里，陡添一重欢喜，看荷去吧。

人家院子里有缸，缸里种荷。那荷也是顶守时的，六月的风一吹，它就开始踮起脚尖，一点一点，从浓密的叶间，探出一张张粉脸，顾盼生姿。荷的主人与人闲话，总似不经意添上一句，我家的荷开了。也引了三朋四友，以赏荷的名义，来家里小酌几杯。俗世的庸常里，就有了几分小雅。

——这样看荷，自是热闹的。而月夜听荷，则是另一番情趣。在塘边，随便挑一块草地，坐下。周遭静，纯粹的静。各种声息，浮游上来，像小花猫的脚尖，于午夜时分，轻轻踩过屋上的瓦片。那是露珠滑落的声音，草叶舒展的声音，风在轻喃的声音，虫在欢唱的声音，荷在绽放的声音。满塘墨色的荷的影，你映着我的，我映着你的。你想起古人写它，"水面清圆，一一风荷举"，又或是，"满塘素红碧，风起玉珠落"，哪里又能描尽它的丰姿？你想用千万个好来夸它，一时又无从说起。

荷在轻轻吐香，你甚至听到它们的心跳。开尽的正在话别，下一场花开再相见。含苞的"啪"一声怒放，花蕊间，盛满思念的味道。待到白天，晴空暖日，人看到一塘的荷，仿佛从未曾少过哪一朵，谁知它们，早已在暗夜里完成了交接。

心中突然涌起感动，满满的。掉头看身边那个人，夜色里看不清他的样子，可是，他的呼吸就在耳边。岁月里还要什么山盟与海誓？能陪你来听这场荷，已经足够了。你伸手握他的手，什么话也不用说。懂的，都懂的。

远远的灯光，辉煌得像满天星斗，那里，有家。这里，荷与月色尽享安宁，仿佛尘世尽头。而我们，终归要回到那热闹中去，内心却泊着一汪恬淡的水，有墨色的荷，在暗暗喷着香。以后再以后的日子，即便走过了千重山万重水，也一定记得这样一个月夜，我们一起来听荷。

月　季

后来，我长大，离开故土，在异地他乡安营扎寨，故乡隔得远远的。月季却仍待在老地方，一年又一年。

花里面，月季的名字，是比较土的一个。它的花期极长，除了隆冬，几乎月月开花，季季芳香，干脆就叫了月季。这好比乡下人家，生的孩子多，跟丝瓜藤上结着的丝瓜般的，一个挨一个，也就不那么"重视"了。孩子哇哇啼哭着出来，又是一丫头片子。做娘的虚弱地说："给娃儿取个名吧。"做爹的瞟一眼，顺嘴丢出个名儿来，就叫小草吧。叫菊花吧。叫叶子吧。

命贱吧？是的，有点。家徒四壁，从小缺衣少食，泥地里滚着爬着，被风吹着揉着，被太阳烤着晒着，皮肤粗糙黝黑。可是，却特别皮实，连小感冒小头疼的也极少。这样的孩子，容易成长，且长大后，经得起岁月磨难，纵使遇到再大的坎，她也能咬咬牙跨过去，心怀感恩，尽力吐露出生命的芬芳。

月季如人，也是这般的命贱，却顽强。那时，放学的路上，要经过一苗圃，里面长满花草。常有花探出墙头，逗引着我，冲我妖娆地笑。于是有那么一天，我趁人不备，很不女生地翻越墙头，爬过围墙去。好大的地方啊，足足有好几亩地。叫不出名字的花真多，但一眼认得月季的，颜色极是出色，单单红色，就有若干种：大红、粉红、橘红、绛红、玫瑰红……我很奢侈地左挑右选，俨然花的主人。我最后挑了一棵粉红的，挑了一棵鹅黄的，连根拔起，塞书包里带回家去。花枝上多刺，刺大且硬，我的手，被刺破好几处，当时是顾不得的。

到家的第一件事，就是整地、挖坑、栽花。地是不紧张的，屋门口随便挑块空地儿就成。我挑了正对着大门的那块，拔掉里面长得好好的两棵茄子。祖父在一边看见了，说："春天栽花才能活的。"我不信，我说秋天也能活的。

月季栽好，才觉出手疼，疼得钻心。晚上母亲回家，拿缝衣针，就着煤油灯，从我手指上挑去三四根刺。母亲边挑边责骂："怎么这么野，丫头没个丫头样子。"母亲也心疼被我拔掉的茄子。我抿着嘴笑，不回嘴。我想着门前的灿烂，偷乐，啊，一棵粉红，一棵鹅黄，真开心哪。

月季却萎了，好像很不满意我替它挪了地方。有大人给我出主意，说用河里的淤泥护着它，它就能成活。我赶紧跑去河里，挖了满满一脸盆河泥。隔天看它，它真的活过来了，花朵儿开得喜盈盈的。就这样，它在我家屋前定居下来，边开边谢，边谢边开。

后来，我长大，离开故土，在异地他乡安营扎寨，故乡隔得远远的。月季却仍待在老地方，一年又一年。

回老家，父亲或母亲，总要指着门前的月季对我说："看，你小时栽的月季。"这是我和父母间保留的对话。我鼻子就有些酸酸的了，我说："它咋还开这么多花呢。"

它的花，一点不见老，还是一团粉红、一团鹅黄，豆蔻年华。

胭　脂

断壁残垣处，它开得勃勃生机，喜庆热闹，全然不理会周遭一片瓦砾倾轧。

突然听到"胭脂"这个名，我的心里，陡地吃了一惊。

是唤一个湿软的女子，她有着细长的眉毛、细长的眼睛，生在江南烟雨的小巷里，暗香浮动，摇曳生姿。又或是，古有女子，对镜理红妆，是"谁堪览明镜，持许照红妆"，是"玉面耶溪女，青娥红粉妆"——这里的"红"，就是胭脂。素手纤纤，在胭脂盒内蘸取一点，拍在腮上，女子的脸，立即艳若桃花。

彼时，夕照满天，我正弯腰，在细细打量一丛花。那是块拆迁地，断壁残垣处，它开得勃勃生机，喜庆热闹，全然不理会周遭一片瓦砾倾轧。紫红的一朵朵，昂昂然，艳，鲜嫩，有股不屈不挠的架势。在我，是旧相识。只是没想到，暌别多年，竟会在城市的一隅与它不期而遇。

一遛狗的老先生路过，以为我不识此花，随口告诉我，这是胭脂啊。因他这一说，我认定他是个文化人。我用微笑向他致意，颔首谢过，却在心里面翻江倒海。

它居然有这么个香艳的名字！

童年的乡下，家家都有这么一大丛胭脂的，长在厨房门口。仿佛它生来就派长在那儿，是乡村应有的模样。像屋后面有河，弯弯的田埂边开野花。像屋顶上歇着无数的雀，牛羊的叫声，此起彼伏。

它在傍晚开，早上合，和月亮一起盛放，和星星们一起旖旎，它是夜的精灵。当然，我的乡亲们远没这么抒情，在他们眼里，天地万物，原都是该派的样子，是命里注定的。鱼在河里游，鸟在天上飞，没什么可奇怪的。家家做晚饭不看钟点，只要瞟一眼厨房门口的花就是了。哦，晚婆娘花开了，该做晚饭了，他们自言自语。

对，他们叫它，晚婆娘花。是勤恳持家的小主妇，夜幕降临了，还不肯歇息，纳鞋打粮，为一家人的生计打拼，直到月亮累弯了腰，花儿也要睡了。

断指七爷的家门口，也长着这么一大蓬胭脂花。七爷的断指，说是打仗时打掉的。激战中，他用手去挡子弹，子弹一下子削去了他四根手指。

我们小孩子好奇，问他，七爷，你真打过仗？

七爷从鼻孔里"哧"出一声，不搭理我们，自去喝他的老酒。一桌一椅，一人一壶，斟满一个夕阳。鸟雀声稠密，一旁的胭脂花，开得沸沸扬扬。

我们傻傻看着，被眼前景怔得无话可说。这时，突然听到七爷幽幽吐出一句，喊，我跨过鸭绿江时，你们这些小毛头还不知在哪片草叶上飘哪。

我们不懂什么鸭绿江，但从他的神态上，肯定了他果真是打过仗的，心里便把他当英雄崇拜。村里人也都这么崇拜着，对他尊重有加。他无后，孤身一人，住两间茅棚，极少种地，家里却从不缺吃的。谁家新打了粮，有了时令蔬菜，都给他送。我受母亲委托，曾给他送过扁豆。这任务让我觉得光荣，小篮子提着，全是新摘下来的扁豆，散发出一缕一缕清香的味道。他收下扁豆，叫我好姑娘，在空篮子里放上两块糖，说，替我谢谢你妈妈。他这么一说，我真是高兴得不得了。有糖吃自然高兴，还有他谦和的语气，也让我莫名开心。

一年一年的，村庄见老了，七爷却不见老。前几年我回乡遇见，他还是那般样子，八九十岁的人了，耳不聋，眼不花，一顿饭还能喝掉半斤酒。全村人都把他当老佛爷了，家家有事，他都是座上客。

他的房子村人们给新修了，小瓦盖顶，门窗结实。只遗憾着，门前不见了胭脂花。

薄荷，薄荷

而它，姿态优雅地站立其中，恬淡地注视着，仿佛在看一群活泼的孩子。

不知它打哪儿来，最初的记忆里，就有它。屋后吧，凤仙花开得呼啦啦、呼啦啦，而它，姿态优雅地站立其中，恬淡地注视着，仿佛在看一群活泼的孩子，以一颗包容欣赏的心，由着它们热闹去。

最是奇怪大人们，咋就知道屋后有薄荷呢？他们是从来不看那些凤仙花的，但他们就是知道，哪里有凤仙花，哪里有薄荷。在他们眼里心里，每种植物的生长，都是天经地义的事，值不得大惊小怪，如同日升月落。他们吩咐一声："去，到屋后掐几片薄荷叶子来。"那是因为孩子们身上生痱子了，奇痒无比。孩子们得令，"嗖"一声飞奔过去，胡乱掐上一把来，满指满掌，皆是薄荷香啊。他们拿它冲了热水，给孩子们泡澡，孩子们的身上，散发出经久的薄荷清凉。还真是神奇的，只要洗上两次薄荷浴，孩子们身上的痱子就不痒了，不知不觉，消失了。

也有用薄荷泡茶喝的。不用多，沸水里丢下两片叶子足矣。我的父亲有个白瓷大茶缸，他每天早上外出干活，都泡上一大茶缸薄荷茶——凉着。暑热里归家，来不及脱了草帽，就奔向它，抱着它咕咚咕咚大灌一气，满足地长叹一声："真过瘾啊。"秋深时节，薄荷也凋零，那个茶缸没有薄荷可泡了，我们拿了它去清洗，手指上缠绕的，竟都是薄荷的味道。长长久久。

看过一个有关薄荷的神话：希腊冥王哈得斯爱上了善良的精灵曼茜，冥王的妻子佩瑟芬妮知道后，妒火中胸。她念魔咒把曼茜变成了一株小草，长在路边任人践踏，以为从此拔去了眼中钉。让佩瑟芬妮怎么也没想到的是，曼茜变成的小草，身上竟散发出一股奇异的清香，赢得越来越多的人的喜爱，人们亲切地唤她，薄荷，薄荷。

喜欢这个故事，有德之人，必有神灵护佑，纵使她变成一株不起眼的小草。而薄荷的花语，恰恰是"有德之人"。从它的茎，到叶，到花，无一处不是清香与清凉的，可食，可入药。用薄荷做成的糖果与食品，多不胜数。最地道的，要数薄荷糖，过去贫穷年代，唯有它，可以与穷人相依为命。薄纸袋里，一装十粒，一毛钱就能买一袋。劳作疲惫的时候，拣一粒放嘴里，从嘴到心，立即被清凉填满。我的祖父祖母喜欢吃，我的父亲母亲喜欢吃，我们，也喜欢。

离故乡远了，以为离薄荷也远了。却于某一日，在我家花坛里，那开得满满的红的、黄的美人蕉中，发现了一抹不一样的绿，凑近了看，竟是一株薄荷。或许是风吹过来的，或许是鸟衔过来的，或许是泥土本身带来的……它来了。我很吝啬地掐一片叶，置在枕边，于是清凉满枕。我多日的失眠，竟不治而愈。

染教世界都香

甜美的东西，是要珍惜着的，是要慢慢消化着的。

秋风吹了几吹，桂花也就开了。

每年，她都是如此守时。不管你有没有在等，不管你有没有把她放在心上，她都会来，只为赴她自己的约。

她来，是高调着的，霸气着的。是锣鼓齐鸣着的，沸沸扬扬着的。她就是她的小宇宙。

没有人会嫌恶了她的高调。谁会呢！人家的底气在那儿摆着呢，不过一两枝花开，就能"染教世界都香"。

香是香得风也打着转转，醉醺醺不知往哪儿吹。我和那人，沿一条河边大道，慢慢走。桂花的香和甜，在身边缠绕不休。我们走到东，她跟到东。我们走到西，她跟到西。我们走到一座桥上去，她竟也跟到桥上去。像个懵懂可爱的孩童，抓一支蘸满香料的笔，逮到什么涂什么，想涂抹出一个她的世界来。

你拿她是一丁点办法也没有的。也只好纵容着她，宠溺着她，任她爬到你的身上，乱涂乱画。哪一笔里，不是香和甜哪！是初入尘世的天真和好。

夜色被桂花香浸着泡着，越发醇厚。河里偶有船只驶过，呜呜响着。船头的灯，如萤火。我微笑地看着它驶过我的身侧。它是否载了一船的桂花香而去？辛苦的奔波里，拌了这样的花香，也算是慰藉是奖赏了。

虫鸣声变得轻柔，不知它们躲在哪一棵树的后面。它们喝喝着，很懂事的，生怕惊扰了什么。没到月半，月亮还不是很圆满，却更显得静美。像开到一半的白莲花，浮在靛青色的夜幕上。有人从身边走过，他们携来一阵香风，又携走一阵香风。我和那人，有一句没一句地说着些话。一切都好到不能再好，天地是。万物是。人是。情绪像鼓胀起来的风帆，意气风发，只想破浪劈涛，朝着远方航行去。

这样的时光，真真叫人舍不得。像小时候品尝那难得的一块麦芽糖，或是月饼，小心地捧在掌心里，傻傻地笑着、看着，快乐在心里冒着泡泡，舍不得动口去咬它。怕一下口，就把它给咬没了。

想来小时也就知道，甜美的东西，是要珍惜着的，是要慢慢消化着的。不然，就是莫大的辜负。

那人对着夜空，深深呼吸一口，再深深呼吸一口，叹道，真好啊。

是啊，真好啊。一年有这样一场桂花开，人生里，也就多出许多的不舍来。纵使遇着这样的不顺、那样的艰难，仍有这般的好时光，它不会负你。活着，也便值了！

鸟窝·菊花

只要每天能看到太阳升起，日子里就有快乐。

有两样东西，无论在什么地方看见，我的心里总会腾起细波来，碎碎的。似轻风拂过，每道褶皱里都是柔软与温情。这两样东西，一是鸟窝，一是菊花。

鸟窝筑在高高的树上，树是刺槐树，或苦楝树。乡村里，家家房前屋后，都有几棵几人合抱才抱得过来的刺槐和苦楝，也不知它们到底生长了多少年，它们应该比村庄还要老。春生家的白眉毛老爷爷说，他小时候，就在这样的树上掏鸟窝的。

鸟窝都是喜鹊们筑的。乡村多喜鹊，在人家房屋顶上喳喳喳叫，在田野上空喳喳喳叫。这种鸟，天生的憨厚，只要一扯开嗓子，就欢快得很，仿佛从不知忧愁。它们筑的窝，大的有面盆那么大，托在高高的枝丫上。窝筑得简陋，枯树枝乱七八糟搭在一起。它们是憨夫憨妇过日子，搭了窝棚住，也能将就着，只要每天能看到太阳升起，日子里就有快乐。

天气开始转凉的时候，村庄的鸟儿，都远飞到温暖的他乡去了，只剩麻雀和喜鹊。麻雀四处流浪着，飞到哪儿住哪儿，柴火里，竹林里，芦苇丛里……得过且过着。只有喜鹊，还守着它们的窝，一板一眼地过着日子。

风一阵紧似一阵，刺槐树上的叶掉了。苦楝树上的叶掉了。直到一个村庄的树叶，都掉得差不多了。天空开始变得又高又远，村庄呈苍茫色。光秃的枝丫上，喜鹊的窝有些孤零零的，是最后守着的一片叶，守着树。秋深得很彻底了。

这时，却有另外的艳丽色彩跳出来。那是屋檐下的一丛菊，并不曾留意，它们是什么时候开始生长的。从冒芽、长叶，到打花苞儿，它们都是默默的。一朝花绽开，就映亮了一个庄子。每家的茅草房都变得黄灿灿的。邻家女子，这时节有人来相亲，没有胭脂水粉好打扮，就掐一朵黄菊花，插到发里面。见了人，温柔地低了头，羞涩地笑，寻常女子，竟变得那么动人起来。

李清照有词，"人比黄花瘦"。词里的黄花，是指菊么？我却不认同的。菊哪里瘦了？我记忆里的菊，是一大朵一大朵怒放着的，有着丰腴的美。"满城尽带黄金甲"这句好，把菊的声势写出来了。而当一个村庄的菊都盛开时，是"满村尽带黄金甲"了。你远远归来，旅途劳顿，望见村庄，这时，跳入你眼里的有两样东西：一是高高的树上，大大的鸟窝；一是一片金黄的菊。寒潮欲来了，风卷着灰灰的云，可是，你的心里是暖的，你会想着温暖的炉子，冒着热气的玉米粥，还有拌了两滴麻油的咸菜，倚门而望的亲人。

有家可归，有人在等，是幸福的。这种幸福的味道，经年之后，还能咂摸出那层浓烈。对故乡的感情，原是深入到骨子里的。

我在另一个秋天，去拜访一个朋友。朋友住在一个小镇上，房前有树，房后也有树。我惊喜地看到，朋友家房前的树上，竟有两个大大的鸟窝。屋檐下，一丛黄菊花，盛开得正好。我脱口对朋友说，我喜欢你这里，很喜欢。

来年的春天，朋友到我居住的小城，遇到我，我尚未开口，他就说："你放心，那鸟窝还在，那菊花也还在，到秋天就会开花。"

发上风流

南唐的烟雨,就这么漫过来、漫过来,她们是她,她是她们。青山永在,绿水长流。

初次结识发绣,是在十五年前。过生日,好友小源送我一件绣品做礼物。是幅白雪红梅图。收到时,我眼睛一热,觉得好友懂我。因自己名字中带个"梅"字,我对梅花有着偏爱。但彼时,我尚不知它的不寻常,以为只是一件普通的苏绣罢了。小源告诉我,这是我们东台的发绣,是用头发绣出来的哎。

发绣?我狠狠震了一下。定睛细细看,才品出它的不一般。尺寸丝绢之上,雪花晶莹,带着初入尘世的纯和真。红梅初绽,不过一两枝,疏淡着,随意着。却在那漫不经心中,散发出活生生的幽香来。每一粒花骨朵,都是那么逼真、鲜活,又各具情态。似红楼中的女儿家,有着黛玉的柔怯、宝钗的温厚、湘云的豪放、妙玉的孤傲、宝琴的率真。我惊讶于头上之细发，居然可以在小小的绣针之下，数尽风流。

我恶补了有关"发绣"的一段知识：它源于南唐，兴盛于宋，到元、明两代，都有了长足的发展。明代夏明远的发绣《黄鹤楼》《滕王阁》，被世人称为侔于鬼工。然到清末民初，由于战乱频繁，这一传统的手工艺，受到冲击，几近灭绝。

上个世纪六七十年代，一场史无前例的浩劫，大批苏南人被下放到东台来。这其中，不乏艺人、画师和绣女。他们的融入，使得早就式微的东台发绣，又重新焕发出生机，且很快茁壮成长、蓊郁蓬勃起来。从单面绣，发展到双面绣、双面异色绣，针法的采用也灵活多变，参针、套针、虚针、乱针、扣针、网针、平针、刁针、纳针等不一而足，各有千秋。先后绣制出《清明上河图》《姑苏繁华图》《金刚般若波罗蜜经》《长江三峡全景图》《八十七神仙图》等一大批发绣长卷，轰动五湖四海。

张爱玲在她的《倾城之恋》中，描写了一对男女范柳原和白流苏，一个玩世不恭，一个步步为营，两个没有真心的人，却因一场战争，而真正走到一起，相互扶持相互取暖。一个香港城的沦陷，成全了一段俗世的爱情。一个国家的劫难，竟成全了东台发绣这门古老的手艺。

这之后，留了意，在台城的大街小巷转着，不经意的，就能与发绣邂逅。作坊和店铺，有大有小，混迹于市井之中，似乎并无特色。可当你轻轻推门进去，你的呼吸，会立马变得急促。那里，全是头发的世界啊，是另一个山高水阔、跌宕起伏的人生，有着地老天荒的况味。

也曾拔脚去寻从前的梦。西溪古镇，几年前我去时，还见到一排从前的房子，房檐低低，光线幽暗。人们在里面过着从前的日子，烟火自知。还有老澡堂，墙上钉一块木板，上面用粉笔写着"两元一个澡"之类的。我以为换成"二文"更有老味道的。遗留下来的庵有不少，都是黄泥抹墙。门前舟楫往来的宽阔河道，已淤成小河，河旁杂树生花。我一家一家，探头去看，很想探知，南唐的烟雨飘拂下，是哪个女子，率先动了这七巧玲珑的心思，剪下秀发一根根，然后，素手拈针，一针一发，绣下她的情、她的意、她的念、她的想？她当不知，她绣下的，是一段绝唱，是经久不衰，是永恒。

关于它的起源，一说是因当时西溪礼佛成风，佛教信女为对菩萨表诚意，剃下自己的头发，绣成菩萨像膜拜。一说是东台女子，对来此经商的外乡男子动了心，剪下视若生命的秀发，当窗理丝绢。缜密的心思，全凝聚到她的针下、她的发上。我更愿意相信后一种。这世间，唯情才叫人欲罢不能赴汤蹈火。生命有涯，而情无涯。

也曾去参观一个小绣坊。竹影飘摇，妙龄的绣女们，埋首在她们的绣品上。她们的手底下，头发正慢慢长出草来，开出花来，荡漾出山水长空来。灯光桨影，飞鸟虫鱼，楼台亭榭，

无一不是情深义重。是昆曲中的杜丽娘，一举手、一投足，都
风情万种。南唐的烟雨，就这么漫过来、漫过来，她们是她，
她是她们。青山永在，绿水长流。

第二辑
买得一枝花欲放

哪怕你口袋里穷得只剩下
一文钱，你也要花半文钱
去买枝花，芬芳你自己。

买得一枝花欲放

拥有了那样一颗芬芳的心，再糟糕的人生，也会安然走过来的吧。

六七月的天，在街上走，常常能碰见卖栀子花的。

乡下妇人，篾篮子提着，里面躺着一朵一朵的稠白。为保新鲜，每朵花上，都刚喷了水。绿枝横陈，花朵雀跃其上，水灵鲜活，仿佛就要从篮子里蹦出来，由不得你不心动。

每遇见，我心里总是一喜。我喜欢这卖花的妇人，我想象着她的家，几间简单的小瓦房，房前长一两棵栀子。她养鸡养羊，种着一地的庄稼，日子里，有着辛苦劳碌。可是，却有花在房前，不息地开着。

每日里，她走过花树旁，总要停上一停、看上一看。哦，这一朵开了。哦，那一朵也开了。笑容慢慢爬上她的脸，微风拂过，她的心里，装满香香的高兴。终于，满树的花都开得差不多了，她一枝一枝，细心地剪下来，提到街上来卖。她不是卖花，她是卖香、卖欢喜。

我买一枝栀子带回，放水碗里，或插玻璃瓶子里，清水供养着，就好了。过后，我忙着我的事去，把花的事给彻底忘了。却在不经意一抬头的刹那，有花香扑过来，猛地亲我一口。我一愣神，笑了，记起自己买过栀子的。

有一回，我放水碗里的栀子，沸沸开过一阵后，萎了，我扔掉它，忘了倒水碗中的水，那水碗就一直搁在那儿。那之后，我每回进厨房，总会闻见一阵花香。我奇怪着，哪里来的花香？四处去找，最后发现了，原来是从那只水碗中散发出来的。花虽离去，水却还痴痴保留着花的体香。这个发现，让我惊喜了好久。

初夏，去广东，在一个小城逗留。小城看上去很旧、很凌乱，我在街上走着，想着尽早把事情办完才好。这时候，一乡下农人，担着一担的荷和莲蓬，晃晃悠悠地迎面走过来。他走过一棵木棉树，再走过一墙的爬山虎，阳光的碎影，映在他身上，映在那些花朵上，波光粼粼的。那画面，让我倾倒。我瞬间对那个小城，无比好感起来。

我问那个农人买了一枝荷。他说，插水里面，能开好长时间呢。黑瘦的脸上，笑露出两排洁白的牙。我点头，微笑。后来，我擎着这枝荷去赶火车，几千里路带回，它居然还是鲜活的。我把它插书桌上的玻璃瓶子里，它开了半月有余，也

054

才谢了。

去福建，拥挤的街头，嘈杂的闹市口，热气蒸腾。有山里汉子倚一堵墙而坐，他的跟前，搁着一只红塑料桶，桶里面插满了野姜花，朵朵含苞欲放。卖花的汉子说，山上的，刚采的。一街的腾腾热气，就那样迅速散去，眼前只剩下那一朵一朵的野姜花，带着山野清凉的气息。一衣着简朴的青年人，路过，在花的跟前停下来，他低头看着那些花，犹豫了一会儿，买了一束，捧在胸前。那一刻，卖花的，买花的，俱美好。

曾在一本书里，看到过一句话，记在心上了：哪怕你口袋里穷得只剩下一文钱，你也要花半文钱去买枝花，芬芳你自己。我想，拥有了那样一颗芬芳的心，再糟糕的人生，也会安然走过来的吧。

幸运的你啊

很多时候，幸运不在于你有没有得到，而在于，你有没有失去。

你说你是个很不走运的人。出生于偏僻乡村，无家世可拼，无权势可倚，一个人，赤手空拳打天下，处处低人一等。多年拼搏，终于挤进城里来，也不过是觅得一份寻常工作，娶了个寻常的妻，生了个寻常的孩子，一家人挤在不足五十平的蜗居里。

你说这世界，处处都写着"不平"二字。你厌倦了你所做的工作，清水养鱼，再努力也升不了职发不了财。你看不惯太多的人、太多的事，它们偏偏如蝇虫相随。你抱怨生不逢时，没有慧眼识英才。你甚至对你居住的小区，也一日一日看不入眼，生了嫌弃的心。老式住宅楼，多的是底层平民，看上去，都是一副灰不溜秋的样子。你说，就像一群鸦，你也是其中一只。总之，你的日子里，有着太多的不如意。

你让我想起我的两个同事来。他们也曾如你一样，抱怨着这不公那不公的，好像全世界都欠着他们。直到有一天，单位例行体检，一同事被检查出肺部有暗影一团。医生断定，癌。那同事当即瘫倒，面色煞白，整个人感觉都不好了。他再也吃不下饭、睡不着觉，看上去就是一晚期癌症病人状。他揪住每一个前去看他的人，气若游丝地说，怎么偏偏是我得这种病？

　　后来他被送去外地大医院复查。复查结果，只是肺部感染，不是癌。那同事得知结果，狂喜得像中了头彩，他对着医生恨不得磕头，泪流满面地一个劲说谢谢。出得医院大门，他看天天也好，看地地也好。身旁走过的陌生人，也都是好的。街旁的花草树木，也都是好的。这世上，竟没有一样在他的眼里不是好的了。他说，算是死过一回的人了，总算明白了，世上太多事都不值得计较，能好好地活着，就是顶幸运的一件事了。

　　我的另一同事，双休日约了几家人一起出外游玩。路线早就选好了，酒店也都在网上预订了。然就在他收拾行李准备出门时，突然接到老家电话，说他老父亲在干农活时，摔断了腿。他真是恼火得很，不停地埋怨着老父亲，怎么早不摔断腿晚不摔断腿的，偏偏选他要出行的时候。但也没别的法子可想，只得取消行程，匆忙回家。

　　傍晚，他在老家，有消息忽然至，说出游的另几家，路上遭遇车祸，伤亡惨重。我这个同事当即吓出一身冷汗，呆立在原地，半晌没说出话来。事后，他越想越后怕，紧紧抱着他的老父亲，做梦般的，一遍一遍地说，我没出门，真是万幸哪！

你瞧，幸运其实一直都在的。很多时候，幸运不在于你有没有得到，而在于，你有没有失去。你守住了健康、平安和喜悦，你是幸运的；你晚上归家，家人一个都不缺，都好好地在着呢，你能陪着他们，享受着家常菜的馨香，你是幸运的；窗外风狂雨骤，你的蜗居虽不大，但足够你躲避风雨，你是幸运的；每日清晨，阳光重又爬上你的窗，你又拥有了新的一天，你是幸运的；黄昏时，你穿行于俗世的庸常里，路边花开灼灼，瓦肆之中，寻常烟火蒸腾，那一刻，你在。你说，你还要怎样的幸运？

一生只忠诚于一件事

他把一份卑微的职业，做成崇高和传奇。

知道那个叫米索，又名侯赛因·哈撒尼的人，是在一份晚报上。狭长的一角，有篇特稿，报道的是他。寥寥数笔，却用了很长的标题——《萨拉热窝一擦鞋匠辞世，众多市民自发聚集致敬》。

我剪下了那篇特稿，收藏了。

他出生于波黑，一个普通的平民之家。父亲是个擦鞋匠，凭着这份手艺，养活全家。21 岁时，米索接过父亲的擦鞋摊，成为萨拉热窝街头一名年轻的擦鞋匠。

不难勾画出这个时候米索的样子：高高的个头，白净的皮肤，有着黑色的或淡黄的微卷的发。深凹进去的大眼睛，炯炯的。浑身蓬勃着年轻人特有的朝气，像只拔节而长的笋。萨拉热窝人亲热地称他，米索小伙子。

每日里，他晨起摆摊，暮降返家，风雨无阻。所做的事，单调得近乎机械，就是埋头擦鞋。他却深深热爱着，近乎虔诚地对待着手底下的每双鞋。他一边擦鞋，兴许还一边哼着歌。他做着一个快乐的擦鞋匠。看到他，人们再多的愁苦，也消减许多。

　　一年过去了，他在街头擦鞋。再一年过去了，他还在街头擦鞋。再再一年过去，他仍在街头擦鞋。渐渐地，他擦成萨拉热窝街头的一个标志、一道风景。人们出门，总习惯性地先去找寻他的身影。哦，哦，米索在呢，人们的心，会因他而雀跃一下。天地立即安稳下来。

　　日转星移，寒暑更替，许多个年头，不知不觉过去了，他由年轻的米索小伙子，变成了人们口中的米索大叔。

　　1992 年，同属于南斯拉夫人的三个民族，就波黑的前途和领土划分等问题，发动了大规模的内战，造成几十万人死亡，史称波黑战争。这次战争中，萨拉热窝被炮火围攻四年，城里居民四处逃亡，六十开外的米索，却没有离开过一步，他冒着炮火，照旧晨起摆摊，暮降返家。他在街头的身影，成了人们眼中的一面旗帜和幸运符。惊慌悲痛的人们，只要一看到亲爱的米索大叔，情绪立即得到宽慰，重新燃起生活的信心和勇气。"只要他不走，我们就知道即使今天天塌了，我们明天还会活得好好的。"人们说。

　　他活了下来，和他的萨拉热窝一起。他继续做着他的擦鞋匠，晨起摆摊，暮降返家。外面是天晴日丽也好，风雨琳琅也罢，他的江山不改。他把一份卑微的职业，做成崇高和传奇。

2009 年，米索荣获政府表彰，获赠一套房和一大笔退休金。他对着媒体镜头，极为平淡地表达了自己的心声："很多人问我为什么要坚持这一行？我认为这份工作已经融入我的血液中，我会一直擦到生命尽头。"

他做到了。83 岁这年，他走完了他擦鞋匠的一生。他的遗像，被摆放在萨拉热窝街头，供人瞻仰。人们还在他的遗像旁，放置了一双干净的皮鞋。

一生只忠诚于一件事，世界之大，能有几人？

花池里的草

这世上，谁能说就比谁更优越呢？你有你的盛开，他有他的繁华。

我在院门前的花池里长花。

花不长，草长。还不止一种草，多种，叫得出名叫不出名的，它们齐齐跑来我的花池里相会。嫩绿的，浅绿的，绛红的，米黄的，不一而足。真让我吃惊！原来，草也可以这般姹紫嫣红、这般有华彩的。这很像一个不起眼的人，你以为他是庸常的、无足轻重的、可以忽略不计的，你瞧他不起。等某天，你意外走近了看，他也有妻有子，勤勉努力，妻子爱他，孩子爱他，他在他的日子里，活得富足安康。

这世上，谁能说就比谁更优越呢？你有你的盛开，他有他的繁华。

草继续生长，一天一蓬勃。我由起初的赏花，变成了赏草，时不时站花池跟前看看它们，意外捡得一颗欢喜心。感谢草！它们不因我的疏忽和轻慢，而轻视自己一点点，它们寸土必争争取着活的权利，且尽可能地让自己，活出色彩来。

人却说草贱。人这是妒忌呢，妒忌他们活不过草。"野火烧不尽，春风吹又生"，这是草。"一番桃李花开尽，唯有青青草色齐"，这又是草。草的生命真是顽强得天下无双、无可匹敌，它吃得了苦，受得了折磨，风来雨来，霜来雪来，甚至药除火烧，它都扛得住，把脚跟立得稳稳的。大凡有泥土的地方，就有草的身影。人争了一辈子的江山，其实都是草的。草是真名士自风流。

晋人陶渊明写它："芳草鲜美，落英缤纷。"陶公用"鲜美"二字来说草，算是说了句良心话——草是能吃的。羊吃牛吃猪吃马吃，荒年时代，人也吃。它救过多少条命，饱过多少人的胃？没人想过。

草还能治百病。一部洋洋大观的中医古典著作《神农本草经》，几乎就是草给撑起来的。我的乡亲们不看本草经，但人人都握着一套老经验，被刀割伤了拿什么草止血，闹肚子了吃什么草可以减缓，他们都知道，路边随便揪上一把带回家就是了。

想起唐人刘禹锡的草："苔痕上阶绿，草色入帘青。"真是诗情画意得不行。乡野偏僻，小小陋室，因草的到访，千古流芳。他的《陋室铭》中，我最喜的就是这一捧草色。那是生的趣味，又简朴，又清丽，绵长悠远。

清代袁枚笔下的草，则充满童真。"儿童不知春，问草何故绿。"春天来了，草长莺飞。初入尘世的孩子，睁大眼睛，好奇地打量着门外新冒出的绿茸茸的小草，他们不明白，绿怎么从泥里面长出来了？他们的稚言稚语，有着嫩草般的鲜嫩和芬芳。

　　那些草，是不是我眼前的这一些？它们朝着更蓬勃里长，满满一花池了。路过我家门前的人，三番五次好心提醒我，"看，你家花池里的草，都长这么高了，快拔掉啊。"我笑笑，不置可否。心里说的是，我是养着一花池的鲜美、草药、诗意和童真呢，这天赐的欢喜，我怎么舍得拔！我还等着它们开花的。

不要让心长出皱纹

人活的，原不是年纪，而是心态。只要心态不老，你就永远不会老。

一帮中年人聚会，一女人盯着我细看，冷不丁来了句，你脸上怎么还没长皱纹？

去理发店。帮我洗头发的小女孩的手，鲜嫩得跟青葱似的。她在我头上弹啊弹啊，弹着弹着，突然顿了手，甜甜地问，阿姨，你的头发怎么这么黑，一根白的也没有？

跟陌生朋友见面，他们总要疑惑地，对着我上上下下，打量了又打量，问，你儿子果真那么大了吗？你看上去不像啊。

像？什么才叫像？就像小时写作文，写到母亲，必是皱纹密布的一张脸。黑发里，必是霜花点点。必是背驼腰弓，沧桑得不得了。必得有一点老态，才叫正常。仿佛到了一定年纪，非得烙上这个年纪的印记不可。涂红指甲，不可以！穿花裙子，不可以！你因一件好玩的事，忘情地跳着笑着，不可以！你还拥有好奇、激动、热血，不可以！

街上的喧腾热闹，都不带你玩了。新奇新鲜的玩意儿，都没你的份了。衣服也只能挑黑蓝紫的，质不必高，能遮身就行。出门不必装扮，因为没人注目到你身上。时尚的话题，你没一句插得上。你一边待着去吧，别碍手碍脚的，最好自个儿识趣地，搬把椅子，去太阳下打打盹。或养只小猫小狗，打发时光。你慢慢、慢慢地退到角落里去，没有人留意你的喜怒和欢悲，你被世界遗忘，你渐渐的，也被自己遗忘。

这叫什么逻辑！

我偏不！我想唱的时候，我就大声唱。我爱跳的时候，我仍忘情地跳，只要我还能跳得动。我还是爱囤积发圈、胸针、手链、挂件诸如此类的小物件。我还是好探险，喜欢跑到幽深的更幽深的地方去，因意外发现一棵开满花的老树，而万分惊喜地欢叫。对了，我还买了一堆气球放家里，没事时，吹着玩。

我堂哥，五十好几的人了，头顶已秃过半，眼角皱纹堆积。我们虽不常见面，但每次见面，我都喜欢跟他粘一起，因为他好玩。有一次，我在房间做事，他在客厅，我突然听到客厅里传来他的哈哈大笑。跑去看，他正在看动画片，动画片里，一只小老鼠把一只猫捉弄得狼狈不堪。我堂哥指着动画片叫我看，笑得上气不接下气，他说，你看，你看，你看那只小老鼠！那一刻，他可爱得让我想拥抱他。

人活的，原不是年纪，而是心态。只要心态不老，你就永远不会老。

记得我在念大学时，一老太太教我们历史。我们一帮青春娃，开始都很排斥她。等听她上了几节课后，我们却一下子都狂热地爱上她。她喜穿水粉的衫子，又描眉，又画唇，真是好看。上课时，她的肢体语言十分丰富，讲起历史典故来，眉飞色舞，引人入胜。课后，我们围住她聊天，她教我们怎么打蝴蝶结，告诉我们去哪条老街，可以淘到好看的包和鞋子。春天，她和我们一起外出踏青，在闹市口，她买一艳丽的鸡毛掸子扛着。桃红鹅黄的鸡毛，插在一根长长的竹竿上，她扛着这团艳丽，在人群里走，实在招摇。我们虽不明所以，然跟着她的这团艳丽走，满心里，竟都是说不出的快乐和好玩。等走过闹市区，她这才对我们悄语，我买这个，是想扑蝴蝶来的。

好多年过去了，每每想起她，人群中的那团艳丽，和她一脸的小天真小狡黠，我都不由得从内心底，散发出欢笑来。

我知道，有一天，我的脸上，也会长出皱纹。我的头发，也会渐渐变白。我也终将老去——时光，这把镂刻岁月的刀，我也控制不了。但我，大可以让心，不长出皱纹。像我的大学历史老师那样，永葆着一颗童心，去好奇，去发现，去欢喜，去开怀。这对自己来说，是有福的，对身边的人、对这个世界，亦是有福的。多一份童趣，少一份怨憎和暮气，多好玩啊。

一只猫的智慧

这世上，所有的生命，原都各有各的生存智慧和本领。

朵朵是我捡回的一只猫。

许是有着流浪的经历，它很少有安分的时候。把它留在屋子里，它是不大待得住的，除非它饿了，跑回来讨吃的。

好在我有自己的院落，大门整天洞开着，很方便朵朵的自由出入。院落外面，是一大块空地。空地上，东家种点瓜，西家种点菜，还有人在里面长花。花是海棠，一年里，大部分时间，海棠都在开着花。红艳艳的，浮霞一般。

朵朵很喜欢这块地，它把它当乐园。它在里面打滚。它在里面奔跑。它跟花捉迷藏。它跟草捉迷藏。它也逗着一些小虫子玩，捉起，再放。再捉，再放。一玩就是大半天。在一只猫的眼睛里，这个世界，都是好玩的吧。

我有时会站在院门口看它玩。它顺着竹竿爬，爬，一直爬到竹竿顶端，跟一茎丝瓜藤比赛着跑。它扑到海棠花上，摇落了海棠花几瓣，它抓住那几瓣海棠，愣是玩了半晌。地里一棵普通得不能再普通的一年蓬，朵朵围着它，竟也玩出百般的趣味来。风吹，一年蓬的草尖尖轻轻摆动，可把朵朵兴奋坏了。它紧张地盯着那摆动的草尖尖，埋下半截身子，蓄势待发。突然，它箭一般地射出它的身子，扑过去，跳上跳下。像骁勇的士兵，独闯沙场。真是羡慕它啊，人的心，早就失了这样的活泼天真，老到得很世故，倒是无趣得很了。

夏天，我在屋门外另加了一道纱门，挡蚊虫苍蝇。这多出的一道门，给朵朵带来极大困扰。一道门挡着，它要么进不来，要么出不去。它抗议，喵呜喵呜叫唤，使劲叫唤，以吸引楼上我的注意。我听到了，会下楼来替它开门，放它进来，或放它出去。有时我听不到它叫，或者听到了，我正忙着，就不去搭理它。它很郁闷地独坐在门前，透过纱门，盯着外面的世界。几片落叶，掉进院中来，在院子里的大理石地面上翻卷，朵朵望着很着急。这时我若开门，它准会一跃而起，弹跳出去，搂着地上的落叶打滚，头都来不及抬的。

某天，我出门散步，忘了把朵朵放出来。等我散步归来，竟看到朵朵在院门口的那片空地里，正追扑着一只小虫子，玩得不亦乐乎。我惊奇不已，屋门完好无损地关着，它是怎么出来的？

留心观察它，很快被我发现了玄机。原来，它的小脑袋里，不知什么时候已琢磨出开门的小点子。它对着关紧的纱门，退后几步，埋下半截身子，像跳高运动员一样，来一段助跑，等跑至门边，整个身子猛地一跃，两前爪向前，扑到纱门上，门就被推开了。

它跑出去，还不忘回头，得意地冲我"喵呜"一声。

这世上，所有的生命，原都各有各的生存智慧和本领。一只猫的智慧，该是轻轻盛放的一朵花、绿绿的一株草、一只飞翔的小虫子、一阵淡拂的清风——是灵魂的自由。

没有谁在原地等你

请不要怀疑当初的誓言，每一段感情，原都是真的。

半夜三更，你跑来对我哭诉他的变心，首如飞蓬。你说当初他苦苦追你时，信誓旦旦，许诺过一生一世。婚姻十年，你付出太多，你甘愿放弃一切，做着全职太太，为他洗手做羹汤，为他生儿育女。他现在事业有成了，拣着高枝飞，竟要抛下你这个糟糠之妻。

当初的誓言都是假的！假的！他就是个陈世美！你恨恨。

我看着你，委实吃惊。记忆中的你，粉衣白裙，款款走在三月的花树下。你念过不错的大学，弹得一手好古筝，还会画些小画，虽不是光芒万丈，但也是灿若明珠一颗。

而现在，你发胖的身体，随意套在一件家居服里。你满脸都是怨怼和愤恨，你已跌落尘埃，成了一颗玻璃珠。

你还弹古筝吗？我问。

你愣一愣，不解地看着我，啊一声，说，早就不弹那个了，手指都僵硬了。

哦。我为你可惜。

我想讲一个小故事给你听。

多年前，我还是个小姑娘的时候，特别馋柿子。

对，就是那种软软的红红的，西红柿一般大小的，普通得不能再普通的水果。现在的农民种植多了，坡上地里，成片的。秋天的时候，柿子多得挂树上无人问津，只一任它挂着，小红灯笼似的，成风景。

那时候却稀罕。我读书的小学边上，住一户人家，院子里长一棵很粗大的柿子树。十月的天，一树的柿子，黄澄澄的。那家人把柿子一只一只采下来，用洋石灰焐着。不消半天，那柿子就熟得红艳艳亮透透的。透过外面一层薄薄的皮，望见里面甜蜜的果肉在流淌。手上有零钱的孩子，下了课一路奔过去买。他们回教室时，吃得手上嘴上，都是红艳艳的汁液。我表面上装着不屑，心里却渴望得要死，眼睛的余光，扫到那红红的汁液，它的甜蜜，在我心里汇成小溪流，不息地流啊流啊。我以为，世上最好吃的东西，非柿子莫属。

后来，我终得闲钱一枚。午饭也顾不上吃了，我紧攥着那一枚硬币，迫不及待就往有柿子树的那户人家跑。当时，那家人正围坐桌旁吃午饭，他们奇怪地看着我，问，你做什么呢？我手里举着那枚硬币，我不好意思说是买柿子的，只嗫嚅着，低头踢脚下的土。那家妇人看看我手里的钱，似乎明白了，她说，家里没柿子了。我一惊，抬头看她，她的神情，没有一丝说笑的意思。我的心，一下子掉进冰窟窿里，委屈得快要哭了。我忤在那里，走也不是，不走也不是。妇人看看我，忽然叹口气，起身去了里屋，出来时，手上已托着一只红彤彤的柿子了。"这是留给我家大丫吃的，就剩这最后一个了，算了，给你吧。"她接过我手里的钱。

我不记得是怎么把那只柿子吃下去的。我只记得，那日的天空，有着不一般的蓝。校门口的小河边，开满了黄黄白白的野菊花，好看得要命。我快乐得一下午都想歌唱。

多年后，成筐又大又红的柿子放我跟前，我连碰都不想碰了，我早已不喜吃它。

是我变心了吗？从前对它深刻的眷恋，都是假的吗？不，不，柿子还是从前的柿子，而我，早已走过万水千山，见识过太多比柿子更好吃的水果。我的味蕾，已变得很挑剔。

所以，请不要怀疑当初的誓言，每一段感情，原都是真的。只不过，时过境迁，他已走过十万八千里，而你，还待在原地。

洗手做羹汤

我以为，再多家常的细节，也敌不过这个"洗手做羹汤"的。

读唐诗，读到王建的"三日入厨下，洗手做羹汤。未谙姑食性，先遣小姑尝"，爱极。特喜欢"洗手做羹汤"那句，很活泼，充满生活气息。是女子葱白如玉的手么？浸在一盆清水里。女子弯弯的眉梢上，一定含了羞。心却是忐忑着的，实在怕做不好汤。菜在案板上躺着——是剥光皮的芋头，或是，一堆切好的山药，可以做甜汤。女子的发挽上去，收起女孩子的俏皮，从此，做了人家的媳妇。

我以为，再多家常的细节，也敌不过这个"洗手做羹汤"的。这是怎样的一种可亲与可爱？一个女子，她肯为你跳进厨房做羹汤。当汤在锅里"噗噗"地响着，厨房里弥漫着食物好闻的味道，你远远归来，一脚踏进家门，就被浓浓的食物香气给抱着了。你的心里，会绵延出怎样的满足与幸福来？家常安康的日子，原是这一鼎一镬滋润出来的。

记忆里，我的祖母，会做好喝的鸭羹汤。这汤其实与鸭子一点关系也没有，完完全全是芋头做出来的。那时日子清贫，吃不到鸭，但芋头却是不紧张的，屋后的地里，长很多。刨出来，剥下外面一层黑乎乎的皮毛，就露出里面雪白的身子。祖母的切功很了得，她会把它切成大小均匀的疙瘩，一粒一粒，放锅里烧。汤烧得十分的黏稠，我的祖父爱吃。每到饭时，他总是吩咐祖母，做一碗鸭羹汤吧。

那时，我喜欢在一边看祖母做羹汤，一招一式里，都是暖和香。切刀在案板上叮叮咚咚，灶膛里的火苗烧得旺旺的，空气中，飘着葱花的香，日子真是又踏实又温暖。

如今，可喝的汤太多了，鸭羹汤倒是不常见，它更多的是在怀念中。偶尔我想起，会到菜市场上去寻了芋头回来，学着祖母的样子做。但过后手却瘙痒得不行，像有千万只虫子在皮肤里面爬。原来，芋头皮是极易使人皮肤过敏的。想祖母做了一辈子的鸭羹汤，却从未曾听她喊过手痒，那里面，该有多么深厚的爱的支撑！

我想到女友尹娜。尹娜原是个相当前卫的姑娘，她讨厌被束缚，她讨厌传统婚姻，讨厌做烟熏火燎的主妇。曾当众宣布：一、永不结婚；二、永不进厨房。一个人过多自由自在啊，她说。于是天马行空，满世界游走，活得潇潇洒洒。她的新居里也有厨房，厨房里的厨具，一直都是簇新簇新的。她笑言，摆设而已。某一日，我去看她，却看到她正挽着袖，异常努力地在对付着一条大鱼。问她，干吗呢？她说，煎鱼汤啊。脸上的表情，竟镇静从容得很。

原来，她爱了，她爱的那人，上夜班，熬夜呢，她要煎鱼汤给他喝。鱼汤，大补，她这样跟我解释。说着说着，竟幸福地笑起来，完完全全忘记了，她曾经发过的誓言。

因为爱你，才会为你洗手做羹汤。这就是凡俗的爱情，家常的，充满烟火气的。

棉被里的日子

　　这是俗世，阳光照着，日子在棉被里安好。

　　太阳照着，很好的晴天。这是深秋的天，有太阳的时候，天高云淡的，适合踩着落叶走，亦适合晒被子。

　　说起晒被子，小时的阳光，便穿云破雾而来。那个时候，人单纯得像玻璃娃娃，阳光照在身上，会发出晶莹的光。母亲把棉被，一条一条展在太阳下晒。母亲算不上是一个美丽的女人，她瘦，且黑，也没有飘逸的长头发。可晒被子的母亲，浑身像罩着七彩呢，一举手，一投足，都显得动人。

　　棉被的被面上，印着硕大的花，花瓣儿开得恨不得掉下来。我认不得那些花，可看着喜欢。也有喜鹊站在花枝上，尾巴拖得长长的。被面的底色，大红或大绿，耀眼得很。阳光掉在上面，"嘭"地开了花。我把小脸埋在被子里，不肯抬起来。被子软软的，阳光软软的，像母亲的手掌心。母亲叫："丫头，汗会蹭上去的呀。"不听。母亲也不当真，任由我去。有时头埋在被子上，埋着埋着，就睡着了。四野静静的。

那时乡村人家嫁女儿，嫁妆里最出彩的，要数棉被了。红红绿绿簇拥着，六条或八条，极霸气地耀人的眼。乡人们围着看，对着被子评头论足，说厚了薄了或是多了少了。整个喜气洋洋全在棉被里藏。

我结婚时，已流行丝绵被。薄薄的，轻软。母亲却说："哪里有棉花的暖和？"执意给我缝新棉被。八床新被，四条大红，四条水绿，是我见惯的那种被面，上面开着大团的花，牡丹或芍药。也有喜鹊朝阳，拖着漂亮的长尾巴。被子艳艳地放在装嫁妆的卡车上，一路吸了很多眼光，听得路人说："瞧，那些被子。"心里得意，我是被宠爱的女儿呢。这些被子，我一直盖到现在。

天好的时候，我会把它们捧到阳光下，像我母亲那样，把它们一一展开来，晒。被面上大团的花，就在阳光下盛开了，开得欢天喜地。朋友有次来我家，看到我晒的被子，惊讶得两眼瞪得溜圆，叫道，好乡气！我笑着不理她，乡气里缠着我小时的好，她哪里懂得。

天阴过几天，突然放晴。母亲来电话，说："天好起来了，多晒晒被子啊。"母亲总是操着这份心，怕我不会过日子。她哪里知道，一个女人一旦走进婚姻，会无师自通学会做很多事，譬如，天好的时候，洗被子晒被子缝被子。

现在，我的大花被就在阳台上晾着。卖大米的从楼下一路叫过去。邻里的声音高高低低传过来。这是俗世，阳光照着，日子在棉被里安好。

活着的真姿态

我看见了活着的真姿态，那里面有努力，有坚守，有感恩，有知足，有坦然，还有一种，叫爱的东西。

秋天，街旁出现了山东那对卖炒货的老夫妇的身影。

他们身后的小棚屋，已关了一个夏天了。

我欢喜地跑过去。

每年秋天，我们都要这么欢喜地相见。

老夫妇俩看见跑过去的我，远远就叫起来，会员卡，会员卡。一个夏天不见，他们见到我，也是格外的亲。

关于这会员卡的叫法，是有来头的。我起初经常跑去问他们买瓜子，去的次数多了，就跟他们开玩笑，我说，快给我办会员卡，下次我再来买，要打折哦。从此，他们就叫我会员卡了。

老头儿说话不多，只是沉默着做事。他在一口大锅里翻炒着花生、瓜子等炒货，袖子卷得高高的，胳膊上暴出的青筋，跟小蚯蚓似的。虽说现在都有机器炒了，滚筒一转，眨眼工夫就炒好了，可他们还是坚持用这种传统的炒法。这样炒出来的才香，他们固执地说。

我信。这么信着的人还真不少，到他们炒货摊买炒货的，回头客多。即便他们比别家卖的要贵上一两块钱，也没人介意。手工的么！那是留着人的体温和情意的。

老妇人有一只眼睛装的是义眼，看人时，那只眼球瞪着，一动不动。

我上街，如果有空闲，爱跑去他们摊子上，帮他们卖卖瓜子，跟他们聊聊天。有一次，聊着聊着，也就聊到老妇人的这只眼睛。

哎呀，那是跑路跑快了磕的，磕的嘛。她说起这只眼睛来，是笑着的。好似小孩子做了一件错事，不好意思得很，曾经的痛楚，并不装在心上。

当年，因家里生活艰难，他们拖儿带女，跑到这异乡来卖炒货糊口。这一出来，就是四十来年。那时，他们的娃，不过才板凳高。

现在，我的孙子都快娶媳妇了。老妇人一边比画着，一边说，心满意足的。老头儿偶尔抬头看她一眼，笑笑的。

我儿子在无锡买了房，我女婿在扬州买了房，干的也是我们这行。

我侄子也干这一行，一家老小也都跟出来了。

他们也都买了房，小日子过得很不错哟。

老妇人絮絮地说到这儿，目光求证般地看着老头儿。老头儿就冲我点点头，证明她所言不虚。依然笑笑的。

我看着他们脸上的皱纹头上的白发，心里发热。尘世万千中，他们毫不起眼，卑微如尘，可是，却又坚韧如树。他们硬是凭着手里的一把铲子，一铲子一铲子养大儿女，把小小的炒货，做成家族事业。

我看一眼他们身后居住的小棚屋。那是一幢住家小楼旁边斜搭出来的两小间，石棉瓦盖顶，简陋得很。楼主人原先大概是用来放放杂物的，租给了他们。他们要在里面待一整个秋天，再一整个冬天，一直到明年夏天。夏天，炒货生意清淡，他们是要回老家去的，他们想家。

问他们，你们为什么不在这里买套房？买个小套也好，住着也舒服。

老妇人笑了，说，我们这样住着挺好，多年了，习惯了。

见我仍盯着她在看，她局促起来，说，我们是想回老家的。等再干不动这个了，我们是要回去的。

这里不好吗？你们在这里不是待了好多年吗？我问。

好，样样都好，比我们老家好。但我们还是要回老家的，麻雀还有个窝呢，我们的窝在老家，老妇人说。

反正，我们这把老骨头，是要埋在老家的，老头儿这时不紧不慢插上一句。

老妇人赞许地冲他看过去。他们对望一眼，一齐笑起来。

有顾客来买瓜子，他们招呼去了，一个称秤，一个收钱，配合默契。

我站在一边笑着看，看了一会儿，跟他们告别。他们愉快地冲我招手，会员卡，明天再来玩啊。我答应一声，心里高兴。我看见了活着的真姿态，那里面有努力，有坚守，有感恩，有知足，有坦然，还有一种，叫爱的东西。

第三辑
森林笔记

生活的简练也来自内心的
真诚。你过着怎样的生活,
有时,取决于你的内心。

我的"瓦尔登湖"

我徜徉在那些杉树林里。枝叶筛下点点日光，水波一般，而我，是水里面快乐游弋的一条鱼。

十多年前，跟那人回他的老家，偶经过海边森林，我被那无边无际的林木，惊着了。杉树、杨树、银杏，不一而足，都是成片成林地长着的。还有大片大片的竹海。那之前，我一直以为森林离我远着的，它应该远在某座大山里，远在西双版纳那样的地方。

后来得知，这个森林，是上个世纪六十年代，下放来此的上海、苏州、无锡的知青们，开垦荒地，一锹一土给挖出来的。每一棵树、每一片叶子里，都有着从前的青春热血，和一些说不清道不明的情绪。它是属于记忆的。

从此，心里有了记挂。每隔些日子，烦躁了，郁闷了，空落了，我会对那人说，去看看森林吧。于是我们一路向着海边去，百十里的车程，也便到了。

我徜徉在那些杉树林里。枝叶筛下点点日光，水波一般，而我，是水里面快乐游弋的一条鱼。或者，穿梭在绿得像绿水晶一般的竹林里。我被绿染得青翠通透，我是绿莹莹的一个人了。那会儿，我总疑心我是到达了某个海底。

有一次，我们还意外撞到一块野葵地。无数朵野葵花，寂静无人地开着。白色的飞鸟出没其间。旁有小河静静卧着，河水缓缓流淌。河面上，野鸭几只，凫游着，亦是静静的。

还撞到一间小茅屋，在竹林的顶端。是守林人的。他在屋门前，刨着一小段木块，说是要做个灯笼。一人，一狗，几只鸡。有扁豆花兀自在茅屋顶上，开得静悄悄的。那样的静好，是前世今生，是地久天长。它让我生了贪恋，要是能住在那里就好了。当这种欲望越来越强烈时，我开始着手实现它。

我搁下手头在做的事。我不带电脑，只带着一颗心，和一本书，奔了森林去。书是木心的。木心说，文字的简练来自内心的真诚。"我十二万分地爱你"，就不如"我爱你"。多么简单有趣的一个人！我想说的是，生活的简练也来自内心的真诚。你过着怎样的生活，有时，取决于你的内心。舍弃一些繁复与牵绊，其实并不难，难的是，你有没有真心想舍弃。

梭罗因厌倦城市的混沌污浊，一口气跑到远离尘烟的瓦尔登湖，在湖畔筑小屋独居，一住就是两年多。在那两年多的时间里，他和湖水、森林对话；和飞鸟、虫子交朋友；观看小蚂蚁们打架；晨迎朝霞起，暮送夕阳归。并在他的小木屋四周，开荒种地，自给自足。完全回归到大自然，成为大自然之子。

每个人的心中，都有一个"瓦尔登湖"的。

我的"瓦尔登湖"，就是那个海边森林。它在我的东台。它在黄海之滨。

杉树光阴

翻阅一个大森林，就像翻阅一本心仪已久的书，是不舍得一下子就翻完的。

诚诚说，放心，老师，您若不叫我，我绝不会去打搅您的。

我刚到大森林，诚诚就闻讯迎了过来。他是森林里的工作人员之一，年轻帅气的一个大男孩。大学毕业没多久，他就来到大森林。他说很久以前就读我的书，真心喜欢着。

您想吃什么，可以提前告诉我，我会让食堂给您备着。我们这里全是绿色食品，林下鸡蛋，林下蔬菜，林下鱼，保证您喜欢，诚诚热情地说。

一个大森林，捧出的每样吃食，都带着树叶和青草的味道。不用吃，光是想一想，也叫人满心喜悦。

我拥抱了可爱的大男孩，感谢他的好心和善解人意。

在客房里放下行李，简单地收拾了一下，我便出门去看森林了。

翻阅一个大森林，就像翻阅一本心仪已久的书，是不舍得一下子就翻完的。读两页，就要珍惜地搁下，掩卷沉思，微笑，赞叹，让文字一个一个，在心里面开花。那种幸福滋味，是一点一滴，渗透进每一丝的呼吸与记忆里的。只宜独享。

现在，我面对我的大森林我的"瓦尔登湖"，我屏声静气，小心地翻开它的扉页。一个杉树林，迎面而来。

对杉树，我实在有着好感。它算得上是草木王国里的"老祖宗"了，早在恐龙统治着陆地的白垩纪，就出现了。那时，人类还完全没有影儿的。

也是打小就认识它。小时候，我爸在屋旁栽杉树。栽一行，再栽一行。我和我姐，提着小水桶，跟后边兴奋地帮着浇水。我爸说，丫头们，这是给你们做嫁妆的。

哦？我们惊奇地看着那些小树苗，眼前晃动着大红的木箱子和大红的木桶，那是嫁妆红。村子里人家的姑娘出嫁，都要陪上这样的嫁妆的，一派的喜气洋洋，一派的花开明媚。我们挺高兴的，高兴得有些发癫。想到有一天，自己居然也可以拥有那些大红的木箱子和大红的木桶，做人真的是华贵和有意思得不得了。

杉树长得快，也不过几年工夫，就蹿到比我家的屋顶还要高了，枝干挺拔，叶片秀气。我和我姐常跑去看，抱抱它们，看它们又长粗了多少。想着那些大红的木箱子和大红的木桶，心里欢喜着。

后来，我渐渐长大，出外求学，留在家里的时间，真是少之又少。接着是工作，离家越来越远，家终于成了故乡。少年时的那些承诺、那些欢喜，渐至被遗忘。等到某天，我想起老家的那些杉树来，已不见了它们。那里，栽着一些桑树，枝叶阔大，肥头肥脑的。我妈开始养蚕。

老家的旧屋也翻新过几回，又新砌了房。我爸说，房上的木料，用的就是那些杉树。这个时候，我和我姐，早已在婚姻里安稳。我们都没要那些老式的陪嫁物。偶尔我们回老家，站在屋角，会遥想一下当年光阴，那些属于我们的水杉光阴。很有些怀念。

杉树的性子刚直，倔，宁折不弯。个个都不甘落后，拼着力气向上、向上、向上。上面是光，是暖，是灿烂，是辽阔。杉树的心里，一定清楚着自己要什么。哪怕是一棵看上去还很幼年的杉树，细胳膊细腿的，它也一样地踮着脚尖，拼命地向上、向上，朝着阳光的那一头，一心一意，目标坚定。

面对一棵杉树，人容易心生惭愧。人往往目标太多，又太容易中途放弃，这山望了那山高，得了千个盼万个，于是，总在稀里糊涂地痛苦着，稀里糊涂地被一些额外的欲望支使着，纠缠不清，生生负累。

在杉树的眼里，人是好笑的吧？

我缓缓走在这片杉树林里。我成了一棵会行走的杉树。我和时光，都慢下来了。

　　有好一会儿，听不到声响，一点儿也听不到。没有鸟叫，没有虫鸣。它们也怕惊扰了这份宁静吧。这是十月，风，还有太阳，还有夜晚的露珠、星星和月亮，或许还有飞鸟，还有虫子，它们你一笔我一画的，在这些杉树的身上，描上了秋的影子。不算深，亦不算浅，是恰到好处的斑斓。

　　天光敞亮、透明。白日光幻化成无数条调皮的小鱼儿，在那些枝叶间，在林中空地上，在空地上的那些野花野草身上，蹦蹦跳跳。它们银色的影子，滑过我的发、我的眉、我的肩、我的衣袖。待我想捉住它们时，它们又从我的脚跟边溜走。

　　突然，风起。哗哗哗，哗哗哗，所有的杉树叶，一齐欢唱起来。整个杉树林顿时山呼海啸，万马奔腾。看上去那么柔软的叶子，力量竟如此巨大！

　　随便一处，都可以坐下来，地上不脏的。铺着落叶的地毯，哪里会脏？我倚着一棵树，顺势坐下来，闭起眼，听树们说话。风轻时，它们的说话声也轻，有些窃窃私语的意思。像谁的手指，滑过琵琶，轻轻弹拨着。风大时，它们欢腾起来，竹板敲起来，胡琴拉起来，还有胡芦笙，还有架子鼓，还有萨克斯。好了，一首它们自编自导的交响乐，就这么热热闹闹地上演了。惊涛骇浪，仍又不失华丽浪漫。

　　它们这是为谁演奏呢？为我吗？我听着听着，独自笑了。

洁净的光芒

大凡天真着的事物，都有着这般魔力。

梭罗说，每一个早晨，都是一个愉快的邀请，使得我的生活跟大自然自己同样的简单。

想着他这句话的时候，我赶紧起床，换上轻便的衣装，出门。我不想辜负了森林的早晨，那愉快的邀请。

清晨的林中，没有风。所有的树木，都安静着。连小小一片树叶子，都不擅自舞动。

静的力量，有时比喧哗更显巨大，明明济济一堂，却似乎空旷无一物。

这样的静，很合我心意。我本就是个不爱说话的人，在能沉默的时候，我坚决不会开口。我以为，人生的很多好光阴，是被淹没在废话里了。很可惜的。

我在林中走着。我尽量放轻脚步。我怕惊扰了那些树们，我也怕惊扰了我自己。

树们安静的样子，让我想去一一拥抱它们。灵魂简单清洁的模样，就是这般的吧，只认真地做着一棵树，按着一棵树的样子生长。

还有，那些鸟们。

我也怕惊扰了它们的歌声。鸟的歌声，有着穿透人心的宁静。大凡天真着的事物，都有着这般魔力。鸟是天真的。

森林是鸟的天堂。这个黄海森林亦不例外。在这里，鸟的种类，多达二百四十种。

大白天里，却难得见到它们的身影。它们或许是在森林更深处。又或许飞去更远方。往东，就是一望无际的滩涂和大海。天高任鸟飞。对鸟们来说，飞翔是它们一生为之奋斗不懈的事。

清晨，这些鸟们刚刚睡醒，尚未出门。它们用歌声开始它们新的一天。唧唧唧，啾啾啾，稚语欢笑，响成一片，树顶上仿佛开着幼稚园。我能想象，它们一边梳洗着羽毛，一边歌唱。一边吃着早点，一边歌唱。它们对着清新的万物歌唱。对着薄薄的晨雾歌唱。没有一只鸟儿，不是属于歌的。

它们又似在热烈讨论着，今天要飞往哪里去，沿途会遇见什么样的新鲜事。——它们会遇见什么新鲜事呢？会看到一朵蒲公英，在小河边静悄悄地开了；会遇到牛，在树林里安详地吃着草；会看到彩色的蜘蛛，在一座桥的桥栏上织网，一丛小野菊，伏在桥的那头凝望；会看到滩涂上盐蒿的脖子，被秋给染红了；还会遇到赶海的人，他们背着背篓，走向海里去，背影越来越小、越来越小，最后，小到成了一只只鸟。海天一色。

太阳出来了，从森林的东方，从海的那一边。瞬间，一个天地，仿佛启开了无数瓶香槟酒，橘色的泡沫四处飞溅。庆贺吧，庆贺吧，新的一天开始启航了！这时候，每一棵树看上去，都有着洁净的光芒。像极一个精神明亮的人。

糊涂的美丽

　　它们你中有我，我中有你，不问来处，不想去处。就这样，待在一起，待成神话。

　　在桂花的身边，人的大脑，容易迟钝。

　　想什么呢？什么也想不了。

　　那么香！香也罢了，偏还浸着甜。是活泼的少女身上，散发的那种鲜活甜蜜的朝气。

　　怎么办呢？

　　没办法的。只能沉溺，心甘情愿的。

　　我骑着诚诚提供给我的单车，那车真是轻便好骑得很。我从森林接待中心的客房那里出发，客房边上，就栽着几棵桂花树。花累累地开着，香甜的气息，一波复一波。我从旁边经过，它们慷慨地赠我一车的香。

　　我驮着一车的桂花香，穿行于杉树林和杨树林中。上午的森林里，起了风，一阵一阵的，树叶便跟着一声高一声低地应和着。一会儿吟哦，作诗一般的。一会儿长啸，豪气冲天。一会儿又变成淑女，素手弄琴。一会儿化身为壮士，敲着竹板，唱着大江东去，大江东去。

十月的天，有了寒。轻寒。这样的寒，让人的神经变得格外敏感，一点点暖，一点点亮，一点点声响，都能在心中铺出一片温柔来。何况，还有缠绵不休的桂花香。

是森林管理者的用心了，他们在森林里，也栽了些桂花树。不多，只在每条小径的拐角处，栽上一两棵。也只要那样的一两棵，够了。多了，就泛滥了。泛滥了，就流俗了。流俗了，就少了它应有的动人了。赏心只需两三枝。这两三枝，足以供养一颗心了。

我被桂花香迎着，觉得尊贵。我停车，在它的身边待上一待，也不知要跟它说些啥。只微笑着，望着那一树细密的金黄。

没有人。多好。没有人。早晨那些欢叫的鸟们，此刻，也不知去了哪里。偶尔一两声虫鸣，像呓语，响在林子更深处。天地间，只剩下静。除了风偶尔路过。

我在小径旁的一条长凳上坐下。一圈儿的阳光，泊在那儿，泄泄融融。我坐在那圈阳光里。不用急着去哪里，也没有什么人催着我走，也不要去想森林外的事。我做什么，或不做什么，完全听凭自己做主。

还是要想到梭罗，那个可爱的美国人，他住在他的瓦尔登湖，幸福满满地说，我浏览一切风景，像个皇帝，谁也不能否认我拥有这一切的权利。

这会儿，跟他一样，我也像个皇帝。

一只小虫子飞来，歇在我的衣袖上。它把我当作一棵草，还是一朵花了？我没有惊动它，任它歇着。我的身前身后，小野花们黄一朵紫一朵的，肆意无序地开着。它们好似来此游玩的仙童，在偌大的森林里，甩开脚丫奔跑。一只蝴蝶，橘黄的，艳艳的，和一朵蒲公英亲吻了许久。野葡萄的花，细碎得像小米粒，结出的果子，却有着透明的紫，跟小紫玉似的。能吃，我小时候吃过。我跑过去摘下几颗，放嘴里，酸酸的，童年的滋味。几只蜜蜂也不知打哪儿来，它们忙得很，一会儿去问候小野菊，一会儿又来敲野葡萄的门。桂花的甜香，飘拂过来。

我不知拿什么来形容眼前的事物，只觉得眼前样样都好。包括我这个人，亦是好得不能再好。我想对它们说，我们就这么好下去吧，好到地老天荒。

翻开木心的书。木心在聊希腊神话，他说希腊神话有种糊涂的美丽。

我突然为我眼前的事物，找到最好的注脚。原来这一切，都有种糊涂的美丽啊！它们你中有我，我中有你，不问来处，不想去处。就这样，待在一起，待成神话。

水里面的黄昏

天地万物，最慷慨莫过于夕阳，每一次告别，它总要把最后一丝光最后一份暖，留给这世界。

我遇到了黄昏，一个水里面的黄昏。

那会儿，我已穿过一个杉树林，又穿过一个杨树林，到了一片竹林里。

竹林傍着一条河。河呈东西走向，一条南北支流，在这里汇合，它们亲密地搂抱成一个较大的河湾。河湾边多苇和茅，也有树。苇花褐黄，茅花雪白，前者慈眉善目，后者娴静温婉，都是好人家的模样。树们长得茂密，像河湾天然的屏障。有一两棵看上去特别高大，如站在城墙上的卫士，长矛长戟地武装着。它们在那儿好些年了吧？秋风吹过几回，树上的叶落去不少，枝条看上去却并不萧条，反倒有疏朗之意。似乎作画时，有意的留白。

我采了一把小野花。还摘了几颗野草莓。几个妇人在竹林里挖野蒜。野蒜味儿重，风轻轻一吹，就浓浓烈烈地铺洒开来。

我走过去，站边上看，我说，这是野蒜呀。她们笑回，是啊，这是野蒜呀。

回家炖肉吃呀，她们互相说笑。

好些年没见过的野味了。小时候，去荒地里割猪草，挖一把野蒜带回。我奶奶洗洗切切，跟小鱼一起，放饭锅上蒸。那就是我们无限向往的美味了。野蒜炒鸡蛋也好吃。野蒜炖咸肉，更是美味中的美味。只是那个年代，咸肉很少见，偶尔吃上一次，会快乐很多天。

回忆里，最刻骨铭心的事，竟都是关乎吃的。想想，既心酸，又感动。活着最真实最生动的地方，原是在这低低的烟火中的。

我看了会儿妇人们挖野蒜，又观看了一只蜘蛛织网。我一直微笑着，我体会到一种发自内心的幸福。就像梭罗说的，每个毛孔都浸润着喜悦。

然后，一个黄昏向我走来。

起初也不曾有多介意，黄昏么，哪一天都有的。我照旧散我的步，看夕阳忙着在竹林里穿针引线，给竹们穿上金缕衣。天地万物，最慷慨莫过于夕阳，每一次告别，它总要把最后一丝光最后一份暖，留给这世界。

我走到了河边。我不经意地往河里看去，我惊得差点跳起来！一河的颜料，一河的斑斓！一河的！黄昏走到了水里面。

水燃烧起来了！火红的晚霞，在水里面跳舞。仿佛无数条红鲤鱼在游，它们摇头摆尾着，活蹦乱跳着，欢欣鼓舞着。简直，疯了！

乐什么呢！

乐着的不仅仅是它们，还有河岸边的草木。草木们都披上了霓裳，光华灼灼，一齐朝着水里面走来，来跟黄昏相会。天地间，好似走着一支迎新队伍，浩浩荡荡。是诗经年代的那场贵族婚礼么？"之子于归，百两御之"，场面可真够气派够奢华的。终于，草木们与黄昏在水里面相会了。大红灯笼挂起来，锣鼓喧天，鞭炮齐鸣，一场盛大的婚礼，热热闹闹地在水里面举行了！

这个时候，我，一个偶然路过的过客，除了热泪盈眶，实在没有别的事好做。

到古镇去看古

人类的承接，原是错综纠缠的脉络，树根似的，盘结而下，与坚实的大地紧紧相连。

古镇真的很古，始建于唐开元元年，且有个让人浮想联翩的旧名——东淘。东临大海，大浪淘金——金是没有的，却有盐，至清嘉庆年间，这里已有灶户19694家、灶丁48413名。傍镇有南北贯通的串场河，河面上整天船只穿梭、舟帆楫影。去时运盐，回时黄石板压舱。一日一日，那带回的黄石板，竟在镇上铺出一条七里长街。

有街，人烟必旺。于是，一家一家的店铺林立起来，连成一片，连成黛青的丛林。飞起的檐上，乌青的瓦当，展翅的燕似的，息在上头。上面刻着"福、禄、寿、喜、财"等吉祥的字样。做买卖的乡下人，肩上担一副担子，担子上搁着乡下的土特产。有时他会带了小儿来看稀奇，手里牵着，走上街头。

那小人儿哪里见过这等热闹和繁华？脚步迈不动了，眼睛不够转了，隔着行人缝隙，指指店铺里那花花绿绿的糖人要买，指指冒着热气的肉包子要吃。乡下人节俭，也不富裕，哪能都满足了？被做父亲的呵斥着一路走去。也有耍杂耍的，沿街的铜锣敲得"当、当、当"，找一块空地，一圈的人，立马围了去。

这是当年的尘世喧闹，如春天的金盏花开，瓣瓣都是金黄的灿烂。历史翻转过一页，再一页，千年时光，也是悠悠过。我在一个冬日的黄昏，走进古镇，一个人。街上有另一番尘世的热闹，现世的。商店的音响里，放着流行歌曲——《遇见你是我的缘》。卖水果的摊儿，恨不得摆到街中央，橙黄的是桔和橘，青中带红的是苹果。我绕过那水果摊，去寻七里长街。问街上走着的一个人，知道七里长街吗？他纳闷地看着我，笑问，哪里有？

亦笑。真的呢，历史已走了这么久这么远，好多的痕迹，早已被风吹雨打去，哪里可寻？但到底还是留了痕迹。黛青的房，在小巷里；明清时的建筑呢，门板已风化成紫黑，门板上的铜锁扣，锈迹深重。轻抚，感觉手底下，有历史的风，猎猎吹过。我与谁的手印重叠了？谁又曾在这个门里，笑望月升日落？不可知了。抬头，那乌青的屋脊上，长一蓬狗尾巴草，在这个冬日的黄昏里，它们很深沉地沉默着，仿佛也是一段历史。

小巷静。有的房内还住着人。有的房内，已不住人了。房都是几进几出的，好内容全在深深处，一家老小的饮食起居都在里头。有花草长得茂盛。庭院深深深几许。天色渐暗，老房子里的光线，便彻底地暗下来。探头过去，需要静等几分钟，方能隐约看见屋内的人和物什。有剃头师傅，还使着老式的剃须刀，不紧不慢地在给一个顾客剃头发。剃头师傅很老了，顾客亦很老了，他们的身影，隐在一段幽暗里，是一段旧时光。没有什么声音可以打扰他们，他们在旧时光里，安详。

再有一间房，房内摆满布鞋，一个老人，正抽拉着鞋线——他在做布鞋。我想起那些年月，母亲坐在煤油灯下纳鞋底，白棉线抽得"哧、哧、哧"的，冬天的深夜，因此有了温度。沿着黄石板铺成的街道，慢慢走，我想，这上面，不知走过多少双布鞋呢，不知走过多少母亲的牵挂和疼爱。富商也好，盐民也罢，总有一个母亲，在为他祈愿，岁岁平安。这样一想，再古老的历史，不过是母亲的历史。

真的就见到一个母亲，很老的母亲了，百岁老人呢。七十多岁的儿子，守着她，在老房子里过。我进去，老人拄着拐，站门边，笑吟吟看我。她的儿子是她最好的讲解员，讲她这么大年纪，还穿针走线，吃饭穿衣，都是自己打理。还说一事，说她自从嫁过来，一直义务清扫周围的街道，前两年还清扫呢。儿子说时，做母亲的一直侧耳倾听着，很放心很满意的样子。上帝厚待仁厚之人，这个老人，就是最好的见证。我转头，看到几盆植物，在小院子里，绿得欣欣向荣。

保存完好的鲍氏大楼是必去看一看的。建于清代的鲍氏大楼，一律的徽式建筑。这里曾经车如流水马如龙，是占地三千多平方米的钱庄，房屋一直延伸到串场河边。每间房的设计都独具匠心，连支撑柱子的石础，也马虎不得，上面精雕细琢着一些动物，或花卉。鲍家有后人，守着一间房。是个很精神的老阿婆，围着家常的围裙在做家务。见到有人来，笑着搭话，伸手一指案桌上一个相框，里面一男子风度翩翩。那是我男人，她说。

我笑。无端地想起一首词来：雕栏玉砌应犹在，只是朱颜改。出门来，院子里静。照墙站成暗哑的暮色风景，下面爬满岁月暗生的绿苔，不见了曾经的车水马龙。有人在照墙上探了头看我，忽又隐到后面去了。四周真静啊。

沿着麻石板铺成的小甬道，一路西行，搭眼望去，就是串场河了。当年河水涟涟，波光桨影，现而今，河已塌陷，水也很浅了。这个季节，荒草和芦苇，都顶着一身的枯黄，让人心里顿起凄凉之感。无论岁月曾经如何繁华，谁能拽住岁月的衣襟呢？我们能做的，一是怀念，二是珍惜。

还有汪氏建筑群，还有吴氏家祠，还有万氏古宅、郝氏古宅，还有朱家大院、曹家大院，还有钱维翔故居、袁承业故居……

九坝十三巷七十二个半寺庙，到底是怎样的鼎盛？

那里，盐民哲学家王艮在漫步，平民诗人吴嘉纪在徜徉。

风从南边吹过来，又从北边吹过去。扬州八怪之一的郑板桥，对着秋风吟出"一庭春雨瓢儿菜，满架秋风扁豆花"，现世安稳的模样。只是他住过的大悲庵呢？不见了。那里长一棵苦楝树，有鸟从光秃的枝头飞过，一路高叫着飞到别处去了。

人类的承接，原是错综纠缠的脉络，树根似的，盘结而下，与坚实的大地紧紧相连。当我们触摸到那个源头时，我们懂得了，历史的另一个名字，叫厚重。我们唯有尊重和敬畏。

佛不语

佛不语，它坐在高高的山巅之上，一日一日，守望着红尘万丈。

去威海，是要去赤山看看佛的。

它原是住在赤山红门洞里的山神，被称作赤山明神。赤山因它成为东方神山，名扬天下。传说其法力无边，福佑大千，功德无量。在日本、韩国也备受推崇，那儿的许多寺院里，至今仍供奉着它。佛不分国界，佛光普照。

赤山山势起伏，壁立千仞。旁有大海缠绵悱恻，海水湛蓝。阳光下，海水闪着绸缎似的光泽。佛坐在高高的山巅之上，坐南朝北，面向大海，目光平和，稳重厚笃。它的左手随意搭放着，右手臂提起在胸前，手掌向下。如慈母在照看孩子。哪里的佛，都是这样的，身上罩着母性的光芒。世上母亲，原都是佛。

我们一路行去，阳光透明，反倒蒸腾起一片雾霭，如轻纱缥缈。赤山便笼在这样的轻纱里，梵宇僧楼，婉约其间。不时相遇到绿树红花，人一样的顾盼生姿。你停下，与一棵树，或是一朵花对视久了，不由得笑了。到底是神山啊，那树那花，仿佛就要开口说话。

大佛高达58.8米。人站在下面，小如蚂蚁。我们这群"蚂蚁"仰望着慈眉善目的大佛，心像被什么点化了似的，一时安静无语。对佛，你可以不信，但不可不敬，这也是对他人信仰的尊重。

年轻的导游小姐考我们，你们知道佛的右手掌为什么向下吗？大家说出的答案五花八门。最有趣的一个答案是，佛要伸手拿东西吃。这是烟火凡尘里的佛。大家都笑起来。

真正的答案却是，海上多风浪，佛掌向下，是为了抚平海上风浪，让出海的渔民和过往的商贾船只能安全上岸。所以，当地人逢年过节，或是出海远航，都要到佛前拜一拜的，求健康求平安。

同行中一大男人突然问，灵吗？导游小姐回眸一笑，说，当然灵，只要你心诚。

男人立即面对佛像，双手合掌，目光低垂，如此长达五分钟之久。等他拜佛完毕，大家取笑他，你也信这个？他笑了笑，没说什么。后来才听他说起，他的妻子生病不断，他拜，求的是心安。同行中一女孩，一路上，很少说话，心中似有悲痛无法化解。当我们踏上 108 级台阶，抵达佛殿，看到她正低眉敛目，跪伏在佛前。我们没有打扰她，默默绕开去，在殿外等。

许久之后，她出来，脸上现出笑容，人也变得活泼起来，主动跟我们提出，要和我们合影留念。她心中的结，一定对佛讲了。佛不会背叛，不会泄密，佛是最好的听众。

我们下山去，相遇到另外几拨人上山，他们亦是来看佛的。佛不语，它坐在高高的山巅之上，一日一日，守望着红尘万丈。你来，或者不来，它就在那里。大爱无言，大音希声，这是佛的力量。

千　灯

天下本一家，我只愿这世道，不要再有烽火残杀，永永远远地太平下去。

到江南，若逢着下雨，是最好不过的了。

江南的景致，宜雨中赏，尤其那些年代久远的古镇。

去昆山的千灯，就赶了这样的巧。一路上，雨欲下不下，天空的一张脸，憋得青紫。到了千灯，那雨，终于一滴一滴迸了出来，很快的，织成一幅一幅的雨帘，轻飘慢拂。

烟雨中的千灯，淡墨晕染，边角泛白，建筑的走笔隐隐约约，犹如梦境。人走进去，便是走进一幅古画中了。

入口相迎的，是千灯极具特色的一拱一梁组合的双桥，一曰恒升桥，一曰方泾桥。这样的桥，在千灯，还留存有五六座，都是明清时候的老建筑了。它们安静地，俯卧于一条南北贯穿的河流——千灯浦之上。千灯古街，就是以这条浦为主要经脉的。粉墙黛瓦，也多半倚着这条浦顺序排开，高低错落，倒影绰绰，古韵盎然。

外来的游人，对这些古桥古建筑，都不甚稀罕了，江南随便一座古镇，这些元素都少不了的。他们急急去寻的，是那千盏灯笼齐放的壮观。千灯么，顾名思义，该是火树银花的。

千灯人听到，乐不可支。这是他们的小浪漫小伎俩，骗了不少人的。——千灯，原名千墩，不过一土墩而已。据汉书《吴越春秋》和宋《玉峰记》中所记载，吴地有三江，其吴淞江畔有土墩999个，到千灯这里，刚好是第1000个，故称"千墩"。

"土墩"里，却孕育出低吟浅唱的清雅和婉约来。丝竹悠远，那个生于元末明初叫顾坚的男子，宽袖大袍，迎风昂立，他的歌喉甫一展开，就醉了江南烟雨。这南曲之奥，被后人称作最早的"昆曲"。六百多年后，人们把一顶"昆曲鼻祖"的帽子送给他。

到这时，他该是欣慰的吧。半世坎坷，双目失明，沦为算命先生。好在有曲有赋相伴，人生的凄风苦雨，总算得到一些温度和安慰。他所著《风月散人乐府》《陶真野集》曾行于世，被世人喜爱，后散佚。然经他演绎的"昆山腔"，终重见天日，再多的历史风尘，也难掩它的清丽婉转。

千灯的老街不大，也就一河一街、一庙一塔。河不必细说了，就是千灯浦。街是石板街，亦是明清时的。一块块石板保存完好，全长约莫三里多，一只蜈蚣似的趴着，描摹出老街特有的韵味和古朴。

庙是延福禅寺，有着一千五百多年历史了。曾经规模宏伟、香火鼎盛，单单禅房就有 1008 间，僧人八百名，清朝时毁于战火。现在见到的延福禅寺，是修复重建的。塔叫秦峰塔，是延福禅寺最重要的一部分。塔高 38.7 米，亭亭玉立，仪态万千，故又被称作"美人塔"。风动，塔檐下的铜铃，齐齐鸣响，浸润着雨的空灵。悠悠千年，在这叮叮当当的鸣响声中，也便过来了。

还是去走走石板街吧。因是寻常日，街上不见游人几个。两侧的店铺，都显得很安静，青团子和芡实糕，兀自冒着热气。有古井清冽，细雨飘得稠稠密密。一抬头，不知不觉，竟走到顾炎武先生的纪念馆了。这个热血的人，当年一句"天下兴亡，匹夫有责"，惊醒了多少沉睡的灵魂。天下本一家，我只愿这世道，不要再有烽火残杀，永永远远地太平下去。

出得先生的纪念馆的门来，我撑着伞，正对着石板街发呆。一女孩突然走到我身边，掏出记者证，言说是某报记者，在做一个有关江南古镇的专题采访。她问我，你觉得千灯古镇与别的江南古镇可有什么不同？

我的眼光，落在石板街旁的黛瓦房上。一字排开的瓦当，上面有隐约花纹。可是风穿牡丹？瓦当下，一千灯人在冒着热气的青团子后面，闲闲散散地看着我们。我笑了，转身对那个女孩说，你听，这雨打瓦当。

相遇冰峪沟

且化作那湖中一滴水，且化作那山上一抹红，且化作那山峰上的一朵云……怎样，都是好的。

冰峪沟位于大连庄河北部山区，内有众多沟谷，群山一蓬一蓬，散落其间，玲珑秀美。英纳河、小峡河两条河流，穿梭其中，如玉带飘拂。山枕着水，水绕着山，形影相随，不离不弃，勾画出一幅幅妙不可言的天然画卷。人称"辽南小桂林"。

我去时不是节假日，游人不多，山谷，静。水流声，风吹声，鸟鸣声，游人的轻语声，便格外分明。谷里树木繁茂，多古树，树们沿谷底一路攀升。野花遍地。开得最为热烈的，当数小野菊了。星星点点，红红白白，有趴在裸露的岩石上的，有夹杂在荒芜的草丛里的。石因它们变得秀美，草因它们变得多情。同行中有女子，忍不住俯身去采那些花，很快手里便有了一捧。花开在她胸前，她的人，明媚得沾了仙气。男同胞们见状，纷纷加入进去，在草丛里摘花。"这朵好！""那朵也好！"——他们开心地叫。

不时有小松鼠从林子里跑出来，小尾巴翘得高高的。看见游人，不惧怕，而是好奇地张望一通，复又遁入林子里。

我看天。天在山峰上，与山峰嬉戏。不遥远，仿佛只要我登上山顶，便可以抚摸到。我看山，山把眼睛塞得满满的，色彩斑驳。

湖水汤汤，倒映着两岸山峦，山在水里走，水在山中行。人最是有福的了，既在水里走，又在山中行。左岸的山，笔直向上，裸露的岩石，有着赭红或赭黄的皮肤，斑斓如油画。右岸的山，披了一身红叶做的衣裳，活泼俏丽，华美风情。往后看，是山。往前看，还是山。峭壁秀绝，鬼斧神工。时有一抹艳红跳入眼睛，是野杜鹃吧？是波斯菊吧？山峰无一例外的，都是青得泛黛的。彼时，只觉得身体轻盈，风一样的，飘上去，飘上去。好，且化作那湖中一滴水，且化作那山上一抹红，且化作那山峰上的一朵云……怎样，都是好的。只求与这大自然，融为一体。

著名的仙人洞，位于龙华山天台峰的悬崖下。通往仙人洞的路叫"梯子岭"。从远处看，"梯子岭"曲曲弯弯，游蛇一般蜿蜒而上。到底有多少级呢？有说八百的，有说六百的。当地人的歌谣唱得极有意思："上山八百八，进庙就能发。下山六百六，进庙就长寿。"

有洞必有传说。传说曾有一位叫宏真的高僧，在这里修炼成仙。洞府很大，洞中有洞，里面建有庙宇，始建于明朝。庙中供奉的分别是释迦牟尼佛、宝幢佛、弥勒尊佛，两侧为十八罗汉。右侧，是一幢木结构的二层楼，为"玉皇阁"和"三官殿"，供的是道家尊奉的神仙。在这里，道僧合一，门派不同，却又是殊途同归的，那就是：积德从善。红尘万丈，人心所向，莫不如此。

　　一道士从庙里走出，玄衣玄鞋，长发及肩，很有点仙风道骨的味道。问他，"从这里可以攀到山顶吗？"他笑而不答，走到悬崖边，靠近栏杆向下望。我们亦跟过去，向下望。数座山峰，尽收眼底，远远近近，美不胜收。原来，我们已临近山顶而不自知。

跟着一棵草走

我见到草的另一番模样，洗尽铅华，慈祥亲厚。

八月下旬去呼伦贝尔，已算不上好时节了。这个时候，大草原的风开始寒了，水开始瘦了，草场被收割了，花们也都凋谢得差不多了。对草原来说，水肥草美的好日子，似乎已翻过一页去。

但我还是决定前往。

到达海拉尔时，上午九点。天下着小雨。冷。很秋深的样子。接站的司机小张说，再过个十天半月，我们这里都该下雪了。一下雪，就得封路了。

打个寒战。把行李箱里为数不多的厚衣裳，全都翻了出来，披挂在身，还是冷得慌。不管了，咱走吧，去草原吧，我要看草去。

我们的车子，像尾鱼似的，很快滑进了草原的草波浪之中。

来这儿之前，有句歌词在我脑中反复回荡："天边有一个辽阔的大草原。"唱的就是呼伦贝尔。在我，天真地以为，再辽阔的草原，也不过是多一些草地罢了。等我真的置身其中，我才知它的辽阔，远不是几顶蒙古包、几片草地、几群牛羊。一个数字足以说明，它的总面积竟达到一亿四千九百万亩。境内山峦起伏，河流纵横，湖泊星罗棋布，被人称为"北国碧玉"。

雨，不知何时已停。或许是被风吹走了。是被云吹走了。是被草吹走了。草？是的，这里是草的天下，草的王国。碱草、针茅、苜蓿……一百二十多种牧草，在这里相融共生。它们排列有序，或无序，紧密地团结着，一路向前，开天辟地，纵横千里。间或有紫的花黄的花，跳跃其间。我们看了这棵看那棵，看得眼睛疲倦。揉揉，再看。这个时候，好词好句已不顶用，只能重复地说："好美啊。"司机小张的眼睛却不看草地，他以为没看头了，他说："七月里来，那才叫漂亮呢，草长得好高，比人还高，牛羊都没在里头。花多不胜数，到处都开着大朵的红花白花的。"我听了笑笑，并不遗憾，我见到草的另一番模样，洗尽铅华，慈祥亲厚。

收割好的草们，被卷成了一个一个的草卷，匍匐在草地上。等完全晾干了，牧人们会把它们拖回家去。漫长的冬天，它们将把碧绿的梦，一口一口，喂进马牛羊的胃中。现在，远远望过去，它们更像一头一头的奶牛，和一只一只的肥羊，蹲在那儿。天空阔大无边。生命阔大无边。人呢？人成了误入草原的一只蚂蚁，那么渺小。

我们的车子，跟着一棵草走，从上午，走到下午，再走到黄昏。一棵草还在前面引路，它要走到哪里去呢？山坡柔软。湖泊明亮。它是要走到天上去吧？草和天相接的地方，草就是云，云就是草。

天上的"草"，被风吹动得跑起来，一棵草跑向另一棵草。密集茂盛。在它们之间，偶尔现出一眼的蓝天来，如一眼的湖，蓝得纯粹、醇厚。天空和大地，是分不清了，天也是地，地也是天，这才叫天地一体，洪荒混沌呢。

遇到不少的羊群、牛群、马群。也不见牧人。不顾冷风吹，我下车去，追着一群羊跑，想跟它们亲近一下。羊大概不喜陌生人，一见到我们，拼命跑。牛倒是安静得很，远远瞅着我们，比草原还沉默。

我踩着草，想把自己走成呼伦贝尔大草原的一棵草。草在我的脚下，起伏。却不是温柔的，而是尖锐的长着牙齿的，蚊虫肆虐。怨不得到过这里的人都说，进草原，一定要带上清凉油和红花油，草原上的草会咬人呢，蚊虫也多。我却不以为意，结果什么也没带。我在草地上走了不过十来米远，脚脖子已被草割得生疼，蚊虫在我裸露的皮肤上，留下不少的明目张胆的记号。

原来，做一个牧人，远不是挥挥马鞭子那么轻松美好。

遇到一个牧人，年轻的。他脚蹬马靴，头戴头盔，身穿棉大衣，全副武装，正吆喝着一群马，把它们赶到另外一块草地去。我拦住他说话，我说这儿不是有草可吃么，为什么要赶它们走？他看我一眼，说："不能都啃光了，要留着一些，来年才会长得好。"马群停在另一块草地上，并不吃草，而是以相同的姿势，雕塑一样站立在寒风中，一动不动。问他："马为什么这样？"他答："马冷。"他掏出手机玩。草原上没有信号，上不了网，这不要紧，他可以玩玩游戏。他说冬天没事干，就在家喂喂马。他说再过两年，他也不喂马了，他要去城里，他哥他姐都到城里去了。

我想要去一家真正的蒙古包，喝一碗真正的奶茶，却未能如愿。蒙古包自然是有的，撑着洁白的毯房，跟一朵一朵的大蘑菇似的，开在草原上。但那都是为接待游客而搭建的，跟戏服似的，是表演。游客们在那里吃吃饭、骑骑马，纯粹的玩耍。从前的游牧民族，都不住蒙古包了，他们有了固定的住所，砖墙砖瓦地砌了房。他们的后代，能进城的，也都进城了，跑去海拉尔，或是额尔古纳，在那里买房。游牧生活对于年轻人而言，早已渐行渐远，成为古话。

我听到寂寞，"轰"的一声，在草原的骨头里弹响。

一路向北

很多时候，我们为了外界的一点点诱惑，而丢失掉一颗骄傲的心。

冬阳。芦苇荡。丹顶鹤。柔软的黄，纯净的白，构成的图画让我心动。这是今冬翻报时我看到的一幅新闻照片。

也便寻去了。大风的天，寒冷无孔不入，但还是执意要去。不认识路，只知道鹤在北边，在一个叫射阳的地方，离我居住的城市有二三百里。于是一路向北，一路向北。

报上说，今年来此度冬的鹤，多达千只。一路上，想象成繁花盛开，千只鹤，齐齐划过天际时，该是怎样的一种壮观？

对鹤，不陌生。小时候的印象中，就储存了鹤的。那是家里土墙上的一幅画，画里面，青山绿水，云雾缭绕，一群鹤在云雾里翩翩飞舞，如仙子。祖父爱张贴这样的画，每年年底，他都要郑重其事地去逛集市，有两样东西他必买，一是老皇历本，二是《仙鹤图》。他用新的，换了墙上旧的。鹤便年复一年的，在我家的土墙上舞蹈。鲜亮着，生动着。让小小的茅草房，充满祥和和安宁。

滩涂上，一丛丛芦苇在风里摇曳，像伸长的手臂，在召唤，在等待。阳光点点筛落，四顾苍茫，辽辽阔阔，有出世的萧索。想起《诗经》里的句子：鹤鸣于九皋，声闻于野。侧耳听，却听不到鹤鸣。同行的人笑，"鹤不是一般的鸟呢，哪能轻易让你听到它叫？"

笑着往芦苇深深处寻去，希望能寻到它们的影子，哪怕一只也好。不时有白色的水鸟从芦苇荡深处飞出来，欢快地飞上天空，很美，我以为那是白鹭。也有一些灰色的鸟，咕咕叫着，在低空飞旋。我说不上它们的名字。

只是不见鹤。

一个来此看过鹤的朋友告诉我，大白天是很难看到鹤的，它们一般都警觉得很，都把自己藏得深深的，藏在远离人烟的地方。

他说起那次看鹤的经历。他陪上海来的两个朋友，当晚进驻滩涂，睡在滩涂上养鱼人的窝棚子里，冷得要命。但为了看鹤，忍着。半夜三点，他们爬起来，守在窝棚留有的洞隙处，向外张望，不敢弄出一点点响动。就那样，虔诚地等待日出，等待鹤的出现。

"差点没被冻死啊。"他笑。

我问："最后看到鹤了没？"

他说："看到了啊。"

我又问："很美？"

他回："是啊，很美。"

叹一口气，是放下心来的满足。鹤们真的像修炼得道的高人呢，仙风道骨，远离尘嚣。费尽周折，也只能远远一观。美好原在距离外，鹤懂。它们清静出尘，方留住了它们永远的神秘和美。

半路折回，在滩涂边的养鹤场，看到了人工驯养的鹤。纤细的长足，洁白的羽毛，墨黑的翅翼，配上一块鲜艳夺目的红色肉冠，使它们看上去气度不凡。琥珀色的眼睛里，漾起一片宁静的湖水——温柔、善良、从容，还有，说不出的宽容与博大。

对它们招招手，它们信步而行，不疾不徐，是回应么？儿子最兴奋，喂它们面包吃。回来的路上，儿子说："鹤很骄傲。"我问为什么这么说。儿子回答说："它们老是站得高高的看我们。"

是了是了，这才是鹤，纵使被圈养了，那优雅也不肯丢。这让我们人类很惭愧，很多时候，我们为了外界的一点点诱惑，而丢失掉一颗骄傲的心。

第四辑
天上有云姓白

天上每天都有白云飘过，
不知有没有一朵云上有他。

远方的远

　　路边，开着一朵一朵小花，花瓣儿像极微笑的眼睛，一路笑向天边去了。

　　男人患了肝癌，晚期。行将就木。

　　守在一边的小女儿，六岁，对死亡懵懵懂懂。她害怕地问男人，"爸爸，你要死了吗？"

　　男人伸手抚了抚小女儿的脸，笑着摇摇头，"不，爸爸是要到很远很远的地方去。"

　　"很远很远的地方在哪儿？"小女儿问。

　　男人于是让朋友把他和小女儿带到野外，那里，有一片原野，和低矮的山坡。春天了，草长莺飞，阳光的羽毛，轻轻飘落。一条长满小草和开满野花的小路，弯弯曲曲，伸向远方。一群又一群的小粉蝶，在花草间嬉戏。远方，天与山齐。男人指着远方告诉小女儿，"那里，是远方的远，爸爸要到那儿去。

爸爸的爸爸，也就是你爷爷，一个人在那儿寂寞了，想爸爸了，所以，爸爸决定去看他。等你长大了，爸爸想你了，你也会走这么远，去看爸爸的。"

"那我就坐飞机去。"小女儿说。想了想，她又说，"要不，我坐飞船去。飞船快吧爸爸？"

男人笑了，男人说："飞船很快很快。可是宝宝，你坐上飞船，你就看不到这些漂亮的小花了。还是慢慢走过去好，你一边走，还可以一边和蝴蝶们玩呀。"

小女儿觉得这个主意不错，她甚至想好，要做个大花环带给爸爸。"只是，你会认出我吗？"小女儿不放心地问。

男人说："到那时，我就问路过的风儿，你们见过我的小女儿吗？我就问路边的小花，你们见过我的小女儿吗？它们会问我，你小女儿长什么样儿呀。我就说，哦，我小女儿有大大的眼睛、小小的嘴，长得像个小公主。她戴着一个美丽的花环，她总是甜甜地笑着，笑起来可漂亮啦。于是风儿和小花都会争着告诉我，呀，我们见过的呀。它们会把我带到你身边，一指你，说，就是她呀。我就认出是你了。"

小女儿开心地笑了。

男人接着说："所以，爸爸走后，宝宝要快乐哦，要笑。不然，那些风儿，那些花儿，会不认得你。"

小女儿点头答应了，很认真地和男人勾了勾小指头。

不久，男人走了。小女儿很思念他，她在纸上画了一幅画：

无边的原野，低矮的山坡，弯弯的小路。路边，开着一朵一朵小花，花瓣儿像极微笑的眼睛，一路笑向天边去了。小女儿不悲伤，她知道，那里，就是远方的远，是爸爸在的地方。有一天，他们会在那里相聚，到那时，她一定要告诉爸爸，她一直一直过得很快乐。

如果可以这样爱你

如果可以这样爱你，妈妈，让我做一回母亲，你做女儿，让我的付出天经地义，而你，可以坦然地接受。

母亲坐在黄昏的阳台上，在给我折叠晾干的衣裳。她是来我这里看病的，看手。她那双操劳一生的手，因患类风湿性关节炎，现已严重变形。

自从来城里，母亲一直表现得惶恐不安，她觉得她给我添麻烦了。那日，母亲帮我收拾房间，无意中碰翻一只水晶花瓶。我回家，母亲正守着一堆碎片独自垂泪，她自责地说："我老得不中用了，连帮你打扫一下房间的事都做不好。"我突然想起多年前，我还是个小女孩时，打碎家里唯一值钱的东西——一只暖水瓶，我并不知害怕，告诉母亲，是风吹倒的。母亲把我上上下下检查了一遍，看我伤了没有，而后揪着我的鼻子，说："还哄妈妈，哪里是风，是你这个小淘气。"我笑了，母亲也笑了。现在，我真的想让母亲这样告诉我，啊，是风吹倒的。尽管我一再安慰她没事的没事的，母亲还是为此自责了好些天。

看病时，母亲反复问医生的一句话是，她的手会不会废掉。医生严肃地说："说不准啊。"母亲就有些凄凄然，她望着她的那双手，喃喃语："怎么办呢？梅啊，妈妈的手废了，怕是以后不能再给你种瓜吃了。"我从小就喜欢吃地里长的瓜啊果的，母亲每年都会给我种许多。我无语。

带母亲上街，给母亲买这个，母亲摇摇头，说不要。给母亲买那个，母亲又摇摇头，说不要。母亲是怕我花钱。我硬是给她买了一套衣服，母亲宝贝似的捧着，感激地问："要很多钱吧？"我想起小时，我看中什么，总闹着母亲给我买，从不曾考虑过，母亲是否有钱，我要得那么心安理得。母亲现在却把我的给予，当作是恩赐。

街边一家商场在搞促销，搭了台子又唱又跳的，我站着看了会儿。一回头，不见了母亲。我慌了，大字不识一个的母亲，如果离开我，她将多么慌张！我不住地叫着"妈"，却见母亲站在不远处的一棵梧桐树下，正东张西望着。看见我，她一脸惭愧，说："妈眼神不好，怎么就找不到你了，你不会怪妈妈吧？"

突然泪涌眼眶。我上前牵了母亲的手，像多年前，她牵着我的手一样，我不会再松开母亲的手。大街如潮的人群里，我们只是一对很寻常的母女。

如果可以这样爱你，妈妈，让我做一回母亲，你做女儿，让我的付出天经地义，而你，可以坦然地接受。

小武的刺青

他虽然没跟我保证过什么，但我知道，那刺青，让他真的长大了。

我且叫他小武吧。

他其实不姓武。不过，他好像挺喜欢"武"这个字的。在他的桌子上刻着。在他的衣服上印着。在他的手腕上文着。

是的，他刺了青。

我的同事们提到他，都说，那个刺了青的家伙。

不要怪我的同事们气量小，用这种语气说一个学生。而的的确确是，他"伤"他们太深。大凡跟他打过交道的，无一不败下阵来。以至在高二分班时，同事们都事先跟学校提出申请，"刺了青的家伙"在的班，坚决不教！

说起来，他也没做过多大的坏事儿，但，就是他那一副桀骜不驯的样子，很让我的同事们抓狂。女同事罗做过他的班主任，罗一提到他，就浑身打战。这孩子，太不上道道了！
罗说。

他不止一次在课堂上惹得罗下不了台。罗找他谈话，他要
么呈 45 度角仰望天空，管你说什么，他就是一言不发。要么，
他会突然冒出一句半句，气得你半死。罗不过才四十来岁，就
被他一口一个老太太地叫着。老太太，您别动怒，动怒会伤肝
的，您知道吗？或者是，老太太，您本来就不好看，这一动
怒，脸上的皱纹就更多更深了。

男同事秦提起他，也是一头怒火。在秦的课上，他只有两
件事做，要么睡觉，要么捣蛋。秦实在看不下去了，当众批评
了他两句。他不紧不慢对秦说，老师，您也是响当当的本科毕
业生吧？您瞧您现在，一个月才拿了个两三千块，不够人家一
顿饭钱。您还好意思叫我们考什么大学，是想让我们都沦为您
这样的？

秦那天回到办公室，气得把教科书摔在办公桌上，叫嚷着，
不干了不干了，这讨饭的活再也不干了！可是，等上课铃声一
响，秦还是赶紧夹起教科书，上课去了。

小武的家庭背景，也让同事们头疼。他念小学时，他妈死
了，死于自杀。他爸是生意人，常年不在家，他是跟着奶奶长
大的。学校开家长会，他爸从来没有出席过。

同事们把小武当球似的，踢来踢去，最后，我的班，收下
了小武。

小武不知从哪里得了消息，他在楼梯拐角处，与我"偶遇"。他睥睨着我，问，听说我们将合作？

我淡定地看看他，我说，是啊，还请大侠多多关照啊。

他对我的回答，显然有些意外，咧嘴一乐。

我的眼光溜到他手腕上的那个"武"字，我说，这个字，还可以文得更好看些，应该文成草书的。我一本正经。

他狠狠愣在那里，完全不知我是啥意思。

最初的两堂课，小武还算安静，他除了偶尔故意趴在桌上睡睡觉外，没做出什么大动作。我也不去理他。他看我对他睡觉没什么反应，到底耐不住了，开始在课桌上敲出声响。不时来上一两下，当当，当当当。他敲的时候，我就停下来等他，全班学生也都转头看他。他挑衅道，看什么看！老子脸上有字啊？

全班学生就都看向我。我笑笑，好了，小武同学腕上有字，脸上是没字的，我们继续上课吧，老师刚才讲到什么地方来的？

学生们一齐大声回答，声音把他给淹没了。

小武在作业本子里写，你是我见过的最厉害的老师，佩服！

我回他，谢谢夸奖。你也不赖。

我知道，他会来找我的。

他果真来找我。我削了一只苹果给他，我说，这是山东大沙河产的苹果，特甜的。

你听说过大沙河吗？那儿曾经无风三尺沙的。不过，就是那沙质土壤，特别易于果树生长哎，结出的苹果又甜又多汁。

什么土壤会长出什么东西来的。这就好比我们人吧，各人都有各人的长处的。我装着漫不经心地说。

小武捧着苹果，傻傻地看着我，半天才说，老师，你真有意思。

隔日，晚归。等我走出办公楼，才看到，下雨了。我没带伞。小武不知从哪里冒出来了，他手里擎着把雨伞，他说，老师，我送送你。

我说，好啊。

他举着伞，站我身边，个头比我高很多。我抬头看看他，我说，哎，你都比老师高出这么多哎，我都要仰视你了。

他"扑哧"笑了。

一路上，他老老实实告诉我，老师，我就是不喜欢学习，听不进去。反正我爸说过，以后跟他去做生意。

我点头，表示理解。我说不喜欢学习就不学吧。但，坐在教室里，别人是一天，你也是一天，总得做点有意思的事，才对得起自己的一天是不？喜欢听的课，你就听一点，不喜欢听的课，你可以看点有意思的书。多读点书，你会成为一个不一样的生意人的，因为，你有一肚子的书撑着啊。那叫儒商哎。

小武再次"扑哧"笑了。

后来的小武，让同事们惊讶。他找从前的老师，一一打招呼，说以前都是他不懂事，多有得罪。这孩子，怎么跟换了一个人似的？同事们问我。

我也看到小武的变化了。他把刺了青的手腕处，用布条缠上。他虽然没跟我保证过什么，但我知道，那刺青，让他真的长大了。

母　亲

　　夕照铺天，劳作一生的母亲，亦如那摇摇欲坠的夕阳，伴
着我的父亲，守在那个叫勤丰的小村庄。

　　母亲出身贫寒农家，兄妹五个，母亲排行老二。少时没少
吃过苦，五六岁就扛着小锄头下地，帮大人干活。青黄不接的
日子，她啃过树皮，食过草根。七八岁的时候，大病一场，无
钱医治，躺在床上好几个月，差点丢了小小性命。母亲忆起过
去，却平和得很。她天性里有认命的成分，既然老天爷这么安
排了，自有老天爷的道理，做牛也好，做马也罢，受着吧。

　　母亲嫁给父亲，是从一个贫寒跳进另一个贫寒里。父亲是
家里长子，下面还有三个弟弟、三个妹妹。母亲嫁过来那年，
父亲最小的弟弟才四岁，成日粘在母亲身后，吵着要吃的。父
亲最小的妹妹，那时尚在襁褓中。

　　父亲长年跟着工程队外出，一大家子的吃喝拉撒，落在母

亲肩上。母亲没别的法子，只有拼命干活。那时按劳力记工分，母亲挣的工分，总是全队最高的。而工分的多少，直接关系到口粮的多少。我小时的印象里，母亲走路像风。她风一样地奔来奔去，肩上扛着农具，肘弯里挎着草篮。母亲吃饭也像风，捧起碗来呼呼呼，几碗稀饭迅速下肚，她抹一抹嘴，转身又去了地里。

祖母和母亲的关系却不好，一个屋檐下住着，剑拔弩张的，两个人能一隔好多天不搭话，见面跟仇人似的。祖母是好人，母亲是好人，但好人与好人在一起，未必就能合得来。祖母长相俊美，出身大家，早年读过私塾，骨子里留着大家的优雅。她不事农活，女红却好得不得了，她给我们兄妹几个裁剪衣裳，一针一线缝上，穿出去别人都要围观。她还喜绣花，她在衣襟上绣，在枕头上绣，在鞋头上绣，坐在低矮的茅屋檐下。低矮的茅屋檐，因有祖母在，而变得闪闪发光。她还擅长做美食，让人吃厌的南瓜和山芋，她能变出花样做出南瓜饼和山芋羹。这样的祖母，赢得我们孩子的喜欢。

母亲不同，母亲瘦、黑，皮肤粗糙。祖母在背后说，你妈身上的皮，黑得掉碳里也摸不到。那时听着，竟非常认同，一句反驳的话也没有。现在想想，母亲整天被风吹被日晒的，皮肤怎能不粗糙？不懂事的我，竟嫌弃过她的"丑"。我三姑好看，我希望三姑做我的母亲。那时我念小学了，下大雨的天，母亲夹了伞，去接我。我看见黝黑的母亲，赶紧往人群里躲，不让母亲瞧见。我希望送伞来的是三姑，那么光滑圆润的一个人，多么让我的同学羡慕。我甚至问过三姑，你为什么不做我的妈妈呢？年少的虚荣，到底伤了母亲没有，我不知道。成年后，一次跟母亲在一起，我想起这事来，心被揪痛。我转身抱住母亲，母亲受惊了，她显得手足无措，不住地问我，怎么了？哪里不舒服？我轻轻说，妈，没事，我只想抱抱你。母亲局促地笑，一动也不敢动，任由我抱着。

母亲极少做饭做菜，家里的烧煮，都是祖母。母亲的天地不在锅台上，而在地里面。一年三百六十五天，除了大年初一，她几乎天天伏在地里面。风霜雪雨把母亲历练得坚硬无比，母亲难得有柔软的时候。她脾气暴躁，哪里不顺眼了，立时谩骂起来。祖母私下嘀咕，你妈做十件好事，被她一骂，都一笔勾销了。母亲对我们的管束，往往是暴打。我们兄妹几个没少挨过她的打骂。那时，我们心里怨怨的，对母亲又恨又怕。我们吃着祖母做的饭菜，心是向着祖母的。一旦母亲跟祖母闹矛盾了，我们齐齐站出来，反对母亲，说母亲不好。母亲抹着泪骂我们是叛徒。我们并不因此难过，反而有种得意，让母亲伤心的得意。想想那时我们多么残忍。现在，母亲统统把这些都忘了，她时时幸福地跟人讲，她生了几个好儿女。

母亲的针线活也粗糙，她为我们的衣裳打的补丁，总要受到祖母的揶揄，看看，你妈做的针脚这么大，像趴着几条蚯蚓了。我们也有了爱美的心，拒绝再穿那样的补丁衣裳。往往招来母亲的痛打，最后是不得不屈服了，心里对母亲的恨意，便又加深一层。冬天的深夜，煤油灯昏黄的影子里，母亲的影子在晃悠，母亲在纳鞋底。全家十来口人的鞋，都是母亲做。她一下一下，哧溜哧溜地抽着鞋线，让人看着又单调又疲惫。我们很快睡去，也不知母亲什么时候睡的，没人去关心这个问题。第二天，母亲照旧风一样地奔到地里去。

我们兄妹几个并不让母亲省心。姐姐在六岁时，贪玩，爬到集体煮猪食的大锅里，被滚水严重烫伤。母亲为这，不知哭掉多少眼泪。弟弟五岁时，因生病送去医务室打针，谁知那赤脚医生的打针水平不高，一针下去，弟弟便站不起来了。母亲哭得断肠。所幸后来弟弟的腿医好了。我亦是大病几场，出天花时，昏迷七天七夜。母亲衣不解带守在一边，我病好了，母亲却倒下去昏睡了两天。现在想想，桩桩件件，都浸透着母亲厚重黏稠的爱啊。当时却惘然，不知一颗做母亲的心，为我们碎了又碎。

母亲不识字，对识字的人怀着崇敬。当年，贫农身份的她，义无反顾嫁给我的地主父亲，原因就是我父亲识文断字。母亲在让我们读书的问题上，从来立场坚定，不管家里多么困难，一定要让我们把书念下去。农忙时节，星期天在家，我们怕去地里帮忙，就伪装成看书，捧本厚厚的小说看。那厚厚的书，让母亲敬畏，母亲看一眼，自去地里忙活。邻居们奇怪，怎不叫你的孩子们来？母亲笑笑说，他们在看书呢。全村人家，纵容着那么大的孩子在家看闲书的，怕只有我母亲了。

我念高中的时候，因病荒废半年学业在家。无事在村子里晃悠，村里一妇人见到我，上下打量我一番，相当不解地对我母亲说，你家二丫头这么大了，还让她念什么书啊。她家有儿子与我同龄，早早退学在家学了木匠。母亲没好气地回她，我高兴让她念到什么时候就念到什么时候，念到老我也养着她。妇人讨了个没趣，好长时间看见我母亲都不说话。我今天能识得这么多字，还能写文章出书，都拜我母亲所赐。

祖母到得晚年，母亲也渐渐衰老，斗争了一辈子的两个女人，达成和解。她们互相关心互相牵挂，我给母亲买了好吃的，母亲会问一句，给你奶奶买了没有？我给祖母做件衣裳，祖母会叮嘱，给你妈做件吧，她苦了一辈子。祖母八十二岁上患了癌，是母亲送去医院开了刀，侍奉在左右，使祖母在病后又得以活了六个年头。那期间，母亲学会做菜，换着花样给祖母烧好吃的。母亲说，谁都有老的时候啊。母亲的心，到底是柔软的。祖母在临终前，由衷地感激母亲，对我们说，要好好孝顺你妈。只这一句，让一边听着的母亲，泪水长流。

母亲爱过美吧？这事，从前我从未想过，母亲一年四季都穿灰灰的衣裳。等我们长大了，她又捡起我们不穿的穿。我搬家，要扔掉一批不穿的衣，母亲拦下了，统统打包回家。一天，我回去，看到母亲上身穿着我的大红外套，下身穿我一条牛仔裤，这样混搭着，浑然不觉尴尬，还兀自兴高采烈地对我说，都是好好的衣裳，一点都不破。我懒得去纠正她，想着，既然她高兴这么穿，就让她穿好了。然而，有一天，母亲支支吾吾半天，提出要我买条裙子给她。我一惊，细细回想，作为女人的母亲，一辈子竟从未穿过裙子。

我给母亲买回一条靛蓝的裙子。母亲看着裙子的眼神，像初恋女子看着情人的眼神。但那条裙子却从未见母亲穿过。问母亲，怎么不穿呢？母亲说，邻居看见了会笑话的，哪有干活穿裙子的。见我现出不高兴的样子，母亲赶紧说，我晚上穿的，在房间里穿。我鼻子一酸，差点泪落。灯光灿灿，一个人的房间里，母亲穿上向往了一生的裙子，独自华丽。

母亲也爱手镯。那种玉的，淡绿的。母亲跟我逛商场时看到，眼睛盯着，半天没动弹。改天，我买一只玉镯，想给母亲一个惊喜。母亲伸手轻轻抚，说不出的欢喜。可惜母亲的手，因长期艰辛劳作，变形得厉害，骨骼突出，那种手镯，怎么套也套不进去。母亲却还是很欢喜，她说，我也有玉镯了。

母亲名字叫卢惠芬，一个极普通又极贤惠的名字。像极母亲的人。还是我父亲总结得好，父亲说，你妈是我们家的功臣。我们兄妹几个，无一人不认同。夕照铺天，劳作一生的母亲，亦如那摇摇欲坠的夕阳，伴着我的父亲，守在那个叫勤丰的小村庄。我只愿天地长久，母亲长久。

传　奇

　　我不知道我为什么要跑，似乎那颗快乐与骄傲的心，唯有奔跑，才能盛放。

　　我的整个少年时代，都被一个叫卜子的堂哥激励着。那个时候，村庄闭塞得有些孤寂，土地清瘦，四季的风，空落落地吹着，可因为有那个堂哥卜子在，一切便都明丽起来。父亲和母亲，抱着这样的念想，有朝一日，他们的孩子，也会成为卜子一样的人。那是黑里头的亮，再清寒苦贫的日子，也有了奔头。

　　闲暇时，父亲总要给我们讲讲卜子。他深吸一口水烟，目光迷离地朝着南方，那是卜子所在的方向。他说，卜子啊。我们就聚精会神起来。在一边纳鞋底的母亲，也竖起耳朵，手上的动作明显放慢了。门外，槐树上小雀们的叫声，也似乎放轻了许多。

父亲爱讲卜子小时候的糗事。这让我们有种错觉，卜子是与父亲无比亲近的。有了这层亲密关系，陌生且遥远的卜子，便跟我们也亲近起来，他是我们的荣耀和骄傲。有一件事父亲讲过不下二十遍，说卜子五六岁时，到舅舅家做客，大人们不拿小孩当回事，不让他上座席，让他蹲灶角边吃。他竟掉头就走，回去发狠说，再不去这个舅舅家了。后来，果真有好多年都不肯去舅舅家，舅舅再怎么哄也不肯去。那么小的人，就那么有骨气，父亲赞许地点点头。母亲在一旁开口了，要不是那么有骨气，他哪里会过上现在的好日子。

堂哥卜子的好日子，被众多亲戚津津乐道着，在我们贫瘠的想象里，是锦绣无端的。怎么说呢，就像土布与绸缎的区别。就像清汤寡水与美味佳肴的区别。堂哥卜子早已成为我们这个家族的传奇。原先也是一普通农家青年，高中毕业后，在村里做代课老师，娶得村里支部书记的女儿为妻。书记女儿却嫌他难看（据说卜子长得丑），不拿他当人，总瞧他不起，给他气受，甚至红杏出墙。他一气之下，离了婚，南下求学，历尽辛苦，最后，考上名牌大学。毕业后，他被分配到南方，事业做得风生水起。吃穿不愁自不必说，还娶了个年轻貌美的广东姑娘，住着大洋房。在我们尚不知荔枝为何物时，他家的荔枝成篮成篮放在家里吃不掉。

然不知什么原因，堂哥卜子自打去了南方，就再没回来过。每年春节，都要谣传一阵他要回来的消息，各家早早做好接待的准备，主妇们更是使出看家本领准备菜肴，最后，却全都落了空。我盼望见到堂哥卜子的心情，格外强烈，在兄妹几个中，就数我成绩最好。父亲说，我极有可能踏上卜子的脚印。卜子成了我的一面旗帜、一个标杆。我却从没见过堂哥卜子，我的兄妹，也都没见过。连我的父亲，说起卜子的样子来，也是模糊不清的。父亲讪讪笑，说，他小时候的样子我是记得的，眼睛小小的，很神气。

这让我疑惑不已，堂哥卜子与我的父亲到底有多亲？我是搞了好久才搞明白，原来这个堂哥，并不是我真正意义上的堂哥，他是一个远房伯伯的儿子。这个远房伯伯，平日与远亲们少有往来，但因他家出了一个卜子，原先少走动的，这才相互走动起来。这种情形有点滑稽，我们已熟稔卜子到骨头里，日日念着盼着，他却连我们是谁都不知道。他根本就不认识我们。

失望是有的，但转而又高兴了，因为父亲说，卜子的家族观念特别强。例证是，某某本家的孩子，去投奔他了，他给那孩子安排工作了。这让我们听着很安心。

我初中毕业那年，堂哥卜子终于决定起程回乡。消息早些天就在亲戚中传播，后来，得到证实，说堂哥卜子携妻挈女已在归途中。一路之上，不断有朋友拦下他，热情款待，一两天的行程，硬是走了一个多星期。众人快乐且仰慕地叹息一声，哎，卜子啊。便有亲戚天天去车站接，终于在某一天的一缕黄昏中，把卜子接回。

　　家家都兴师动众宴请卜子。我家也打扫干净庭院，办好酒菜，专等着迎接卜子的到来。父亲一早就骑车上路了，到几十里外的卜子家去，隆重地邀请他。我们眼巴巴等了一天，等回父亲，父亲却失望地说，卜子太忙了，家家都请，有时忙不过来，一天要吃六顿呢。父亲带回来一袋话梅、一袋椰子糖，还有一盒酥饼，说是卜子给我们兄妹几个的礼物。我们就着昏黄的灯光，翻看着卜子给的礼物，听父亲讲在卜子家的见闻，他家门前花团锦簇、人来人往，无一刻不是热闹的。

　　卜子最终没来我家。他送的话梅我吃了两颗，酸得掉牙，但还是欢喜的，这是堂哥卜子给的呀，是来自大城市的。那是我第一次吃话梅。

　　我念高中时，参加一次大型作文竞赛得了奖，父亲怂恿我给堂哥卜子写封信，向他汇报这件喜事。父亲说，在我们这个大家族里，也只有你以后能跟卜子平起平坐了。父亲的话，让我觉得神圣。我铺开信纸给堂哥卜子写信，我抬首写：尊敬的卜子哥哥。打下无数的草稿后，总算写成。给全家人念了两遍，大家都说好，我这才郑重地把信寄出。

　　期待堂哥卜子回信的日子，是忐忑着的。每次走过收发室门口，看见收发室里那个胖阿姨，我总心跳如鼓，我觉得，她掌控着堂哥卜子的信。我有些讨好地冲她笑，叫她阿姨。终于有一天，在我再次对着她笑，叫她阿姨时，她从一堆信中，抽出一封，对我扬扬，说，是你的吧？我一眼瞥见信封上赫然印着南方某大单位的地址，呼吸变得急促。胖阿姨也瞟一眼信封，随口问了句，你家什么人在那边？我匆匆答，我哥。抓起信就跑。我不知道我为什么要跑，似乎那颗快乐与骄傲的心，唯有奔跑，才能盛放。

堂哥卜子的回信，成了全家人的幸福，大家有事没事就着我拿出来念。在信里，卜子夸我真是了不得。他说我一定能考上好大学，为我们这个家族争光。父亲到处传播这事，弄得亲戚们看我的眼神，也充满了艳羡，仿佛我已经出息起来。这无形中给了我巨大压力，我拼了命地学习，朝着堂哥卜子指引的方向，快马加鞭。

我成功了。收到大学录取通知书的那会儿，我恨不得立即飞到南方去，让堂哥卜子看看我的通知书。我决心去看他。父亲十分支持，自打我考上后，父亲整天神采飞扬，走哪里胸脯都挺得高高的。我家也出人了！父亲处处显摆。去，去让卜子看看，父亲说。

我背上家里的土特产，坐了一天一夜的长途车，终于抵达堂哥卜子所在的城。不知是不是天色渐暗的缘故，出现在我眼前的城，并非想象中的华丽丽，而是灰灰的。连路旁开着的美人蕉，也色彩浅淡。堂哥卜子站在一根路灯的柱子下，对我伸出手，客气地说，是妹妹吧？我站在向晚的风里，傻愣愣看着他，我不能相信，我眼前的这个人，就是我念了这么多年的堂

148

哥卜子。他怎么会是卜子呢？他秃着头，瘦削削的脸上，爬着横一道竖一道的皱纹，穿一件皱巴巴的白衬衫。

他提起我的行李，拦了辆出租车。我木偶一般跟着他，穿街过巷，最后，走到一个老住宅区。三楼，楼道阴暗，我走得磕磕绊绊。他不时回头关照我，妹妹，小心啊。我马上要换大房子了，这里暂时住着，他解释道。

我点头，答一声，哦。鼻子却酸酸的。他家两室一厅的房，因我的到来，显得有些拥挤了。他把女儿的房间腾出来给我住，念初中的女儿和他们挤一间。堂嫂的表情淡淡的，和我打了一声招呼，她就把自己关到房里去了。

堂哥执意带我去饭店吃饭。街边小饭店，堂哥点了三五个菜，要了一瓶酒。他不停地招呼我吃菜，起初也还清醒着，但喝着喝着，就喝多了。他的话跟着多起来，说起这么多年他一人在外，老家人都以为他做了大官、发了大财，凡是跟他家沾点边的，都想奔着他来。妹妹，你知道吗？我也不过是个小小的办事员，混了几十年，才混个科级，能办什么事？求人半天，才把一个远房表弟安排进了一家单位做保安。他说他最怕回老家，那是伤筋动骨的事，千里迢迢回去，事先要准备一大堆礼物，哪一家亲戚都要照顾到。他说他也只拿着一份工资，却要养活一家人。堂嫂一直没工作。女儿的教育费用又高，每周上一次钢琴课，就得花掉近小半个月的工资。

那天堂哥卜子还说了些什么，我记不清了，只记得，他眼泪糊了一脸。第二天酒醒了，他看见我很不好意思，悄悄问我，我没乱说什么吧？我说没有。他跑出去买几只芒果回来，他说，这是南方水果，你一定没吃过。我自然没吃过。他女儿回来看见芒果，想吃，他用眼神狠狠制止住了。后来，我在厨房门口，听到他在厨房内对女儿说，那是给你姑姑吃的，她没吃过这种水果。我的眼泪差点掉下来。

他挽留我多住几日，说假都请好了，准备陪我四处逛逛。我谎称家里有事，不肯多住。他无法，只得送我去车站。在等车的间隙，他跑去买了好多袋话梅和椰子糖，让我带回老家，给各家亲戚送去。车还没来，我们站着，一时都无话。他突然说一句，告诉家里人，我这里一切都好。我狠狠点头。

我从南方回，提着一袋一袋的话梅和椰子糖。亲戚们都很好奇我的南方之行，他们吃着椰子糖，扯着我非让我讲讲卜子不可。他们问我，卜子是不是住着大洋房？是不是开着小车？是不是水果成篮成篮放在家里吃不掉？我说，哦，是啊是啊。亲戚们便快乐且满足地叹，哎，卜子啊。

天上有云姓白

　　天上每天都有白云飘过，不知有没有一朵云上有他。

　　他不是我们的正式老师，不过是个高中毕业生。

　　那时，我们初中快毕业了，教我们的英语老师突然生了病，没有老师能顶上这个缺，于是他来了，跛着一条腿。

　　据说他是校长的亲戚。不然凭他一个高中毕业生，怎么能来代我们的课？他来代课总有好处的，有不菲的代课费。这是消息灵通的同学说的。

　　他第一天来给我们上课，在我们的灼灼目光中，他一跛一跛的，费了好大的劲，才迈上讲台。有学生在底下终于憋不住，"扑"一声笑出来。这一笑，让他"腾"地红了脸，他窘迫得不敢直视我们，低着头，对着讲台上一摞作业本，半天才憋出一句话来："同学们好，天上有云姓白，我的名字叫白云。"

　　自此后，有学生远远看见他，就"白云""白云"地叫开了。等他答应一声，回转过身来，殷殷地问："什么事啊？"那叫着的学生会"啊"一声，抬头指着天说："我看天上的白云呢。"他并不恼，呵呵笑一声，也陪着那个同学仰头看天。

他的课备得极认真，书上密密麻麻全是红笔注的补充。只是那时我们不懂事，并不知他的努力和辛劳，私下里是有些瞧他不起的，认为他不过是个代课的。所以上课总不好好上，不时打岔，跟他耍贫嘴，甚至有同学在底下吹口哨。每每这时，他总是涨红了脸，站在讲台前，一动不动地看着我们。等我们闹够了，他可怜巴巴地问："现在我们开始上课好吗？"然后弯腰跟我们连连道歉："对不起，对不起，都怪我课讲得不好，让你们没兴趣听。"教室里突然安静下来，窗外有风吹过。那一瞬，我们有些无地自容，再上课，都听话起来、乖巧起来。他很高兴，课上完了，他说："我要奖励你们。"我们都以为他是说着玩的，再来上课，却见他提来一袋子糖——他自个儿掏钱买的，给我们一人发两块。

他喜欢扎在学生堆里聊天。有学生好奇地问："你的腿咋的啦？"他并不避讳，也不生气，自自然然地说："小儿麻痹症落下的。"又说起他很想读大学，但家里穷，弟妹多，上大学成了遥不可及的梦想。"所以呀，你们要珍惜呀，珍惜这样的好时光。"他变得像长者。

一个月后，我们的英语老师病好了来上班，他得走了。这时，班上发生了一件大事，一个成绩很好的女生，父亲突然暴病身亡，女生的家一下子塌了，女生提出退学。他知道后，很着急，跛着一条腿，走了十来里的乡间路，到女生家里去。女生的寡母领着五个孩子，齐齐跪倒在他跟前。他的心一下子揪紧了，他说："我会帮你们的。"他掏出身上所有钱，又许诺，女生以后上学的钱，他会帮衬着。"一定要让她读高中、读大学，她有这个潜力。"他再三恳求，直到女生的母亲答应为止。

我们毕业前夕，他到学校来看我们，来看那个女生。他瘦了，精神却出奇的好。他说："你们要好好读书啊，我很想你们。"这一句话，惹哭了我们许多人。

在我高中快毕业的时候，却听说他染上白血病，不久便走了。当年他教的学生，因分散在四面八方，竟没有一人能见上面。他资助过的那个女生，一说起他，就哭得不能自已。

很多年过去了，当年的同学每遇见，必谈到他。末了大家会叹一声："他是个好人哪。"天上每天都有白云飘过，不知有没有一朵云上有他。

口　音

　　一个人，无论走多远，最感亲切的，是家乡话。最不能忘记的，亦是家乡话。

　　朋友家的孩子，被送去英国念书，电话里，他不是抱怨居住饮食的不习惯，而是抱怨说话的不习惯。他用一口流利的方言跟他母亲说话，他说，妈妈呀，这儿没人跟我说家乡话，可把我憋坏啦。

　　一个人，无论走多远，最感亲切的，是家乡话。最不能忘记的，亦是家乡话。

　　独自去云南旅行，满耳听到的，全是外地口音，孤独感油然而生，仿佛突然掉落到一座孤岛上，尽管到处花香鸟语，却隔着烟水茫茫。想家的感觉，很强烈。后来，去一家卖银饰的店转悠，店主殷殷向我推荐各种银饰，手镯项链戒指，不一而足。还有一种挂脖子上的饰物，上面雕着硕大的水莲花，花半

154

开，美到极致。爱不释手，想买。同一辆旅行车上下来的广东人，在我身后拉我衣角，悄声说，假的，过不了多久，就会变黑的。我犹豫，说，可是，它这么好看。店主在一边听着，突然惊喜地叫起来，您是江苏人吧？我诧异，反问他，你怎么知道我是江苏人？

您的口音啊，他乐，说，我也是江苏的，常熟的。

常熟那地方我熟悉，一年里，总有好几次路过那地方。我在省作家班读书时，就有同学也是常熟的。于是我们一个柜台内，一个柜台外，很起劲地说起江苏来。不断有顾客来，店主亦是顾不上的。遥远的云南，一下子变得亲切起来，临了，我不单买了他的那朵水莲花，还另买了许多银镯，带回家送人。

回来，家里人都笑我，你上当了。因为那些银饰，有些真的变黑了。心里却没有一点点的悔，遥远的云南，相遇到家乡口音的快乐，长存在记忆中。

父亲有堂哥，在外颠沛流离若干年，后来把家安在重庆，与家乡隔着千重山万重水。娶妻重庆人，说一口重庆话。生子生女，也是一口重庆话。唯他，半生不熟的重庆话里，夹着浓浓的家乡口音，半个多世纪过去了，他依然操一口家乡口音。七十岁上，他回来探亲，从小一起玩儿的伙伴，也都老了。两句话没聊完，他已泪流满面，他说，我终于听到家乡话了。半个多世纪路迢迢，乡音未改，所有的念想，都有了寄存的地方。

读唐人乐府《长干行》，无端端喜欢极了。读，再读。眼前波光粼粼，展开一片辽辽的水域，碧波上，舟来帆往，真是热闹的。诗里的女子出现了，她正在一扁舟上沉思呢，家乡隔在千山万水外。耳边忽然飘过熟悉的乡音，从另一条船上。她意外的欢喜，是满满的，简直等不及一点一点往外溢，而是烟花般的，"嘭"一声炸开来。她跳出去张口就问："君家何处住？妾住在横塘。停船暂借问，或恐是同乡。"这样的萍水相逢，因口音的相似，竟是毫不设防的。不知诗里的女子和男子，最后结局如何，我很希望男未娶、女未嫁，他们可以成就一段美满姻缘。

成年后，我出外工作，在一座城待久了，以为城市会把我蜕化成一个城里人，却因几声蛙叫、几点鸟鸣，曾经的日子便排山倒海在记忆里翻腾。而当某一天，被某一个陌生人揪住惊喜地问，您是不是某个地方的人？怔住，微笑，陌生瞬间成熟识。那一口跑哪儿也丢不了的口音，一下子把故乡，拉得很近很近。

那个被你伤得最深的人

这世上，被你伤得最深的那个人，往往是最爱你的那个人。

见过一个父亲的泪。他蹲在一堵高墙外，头上霜花点点，满身疲惫的风尘。他先是呆呆地望着街角一处，后来，他双手捂住脸，呜咽起来。双肩剧烈耸动，单薄的身影，看上去，像极秋深时，枝头挂着的一枚叶子，欲落不落。眼泪从他指缝处，漫溢出来，成小溪流。午后的阳光，照在上面，反射着晶莹的光，亮闪闪的惨痛，无遮无挡。高墙内，是看守所。他20岁的儿子，因跟人合伙抢劫，被关在了里面。

见过一个母亲的泪。车站，她来追她执意要远走的女儿。女儿打扮得时髦入时，长靴子短裙子，嘴唇抹得鲜艳欲滴。她却头发蓬松，衣着黯淡。她不住地恳求着女儿："乖乖，妈妈求你了，你不要走啊……"女儿根本不耐烦听，一直别过头去不看她，回她的话，恶狠狠的，"你烦什么烦，我的事不要你管！"

女儿等的车，很快来了，女儿甩开母亲试图牵拉的手，跳上车去。这个母亲急得直拍车窗，口里叫着女儿的小名，"兰儿，兰儿，你不要走，你不要走。"惹得旁人纷纷侧目。车到底，还是开走了，做女儿的，连头都不曾回一下。她站在人来人往的车站，呆呆望着女儿远去的方向，蓝天白云都是痛啊。泪水从她脸上，成串成串落下。

见过一个丈夫的泪。他寻找离家出走的老婆，持了老婆的照片，站在路口，拖住每个过路的人，问："你见过这个人吗？她是我老婆，我在找她。"问得嘴唇皲裂。一年之中，他走遍大半个中国，老婆的音信还是杳无。他把寻人信息发到他能发到的每个角落，拜托好心的人帮他留意。半夜三更，只要电话一响，他立马就奔过去看。一次，他得了消息，说某个大山沟里，一户人家买来的媳妇，很像他的老婆。他一路风餐露宿地寻过去，半路上体力不支，差点一脚摔下山崖。

后来的后来，老婆还真的被他寻着了。其时，她已再度嫁人，养得珠圆玉润，坚决不肯跟他回家。五大三粗一男人，没法子可想了，蹲在马路边，哭得号啕。

见过一个妻子的泪。丈夫背着她，挪用公款给同学做生意，结果同学生意失败，公款还不上了。丈夫害怕之下，选择了逃离，于一个清晨，撇下她，一去不返。她天天盼，日日等，夜夜泪湿枕巾，希望某天，丈夫突然归来，那将是多大的惊喜啊。

　　她鼓足勇气上了电视里的情感现场。面对着无数的观众，她潸然泪下，好几次语不成调，眉目间全是伤悲。她对着摄像镜头，呼唤着她的丈夫："我求你了亲爱的，你快回来吧，哪怕是坐牢，我陪你一起坐。欠下的债务，我和你一起还。我们的日子还长着，你怎么忍心丢下我，一个人躲得远远的……"

　　这世上，被你伤得最深的那个人，往往是最爱你的那个人，你伤他（她）总是易如反掌，因为他（她）对你毫不设防。而在被你伤害之后，他（她）只会哭泣，从不知道反抗。

老枣树

外面再多的繁华旖旎，也不及家里一颗枣子的好。

老家的院子一角，一直长着一棵枣树。枣树枝叶蓬勃时，能遮住半幢房子。屋内的光线因它的分割，显得明明暗暗。我妈做针线，看不清针脚了，她会抬头看一眼窗外的枣树，自言自语道，枣树遮住光了。但从不曾想过动它，就这么让它任性地长着。

这棵枣树，到底活了多大年纪了，我爷爷在世时，也说不清。我爸更是说不清了，我爸说，打小，家门口就长着的。他们兄妹六七个，都是吃着这棵枣树上的枣长大的。

枣树原在爷爷的老家待着的。爷爷成年后，分家产，这棵枣树，也成了家产的一部分，被分给了爷爷。

爷爷带着这棵枣树，到百十里外的荒地里安了家。三间茅草屋搭起，这棵枣树，被植在了茅草屋前，成了我们家的标志。它结果时，累累一树，方圆一二十里的人都知道。

到我记事时，这棵枣树，已被人称为老枣树了。我小时候，走丢过，站在大路上直着嗓子哭。人问，孩子，你家住哪里呀？我抽抽泣泣答，我家房子前长棵老枣树。人便一拍巴掌，恍然大悟，哦，是丁志煜家的啊。因了这棵老枣树，我被顺利送回家。

我10岁那年，我家搬迁到河对岸去。我奶奶不舍得这棵老枣树，执意也要把它搬走。我爸请了人来搬它，人一锹下去，损伤它不少的根。我奶奶心疼得不得了，拿些碎布头包住它的根。它被栽到了新家的院子一角，大家都说，怕是难成活的。但最终，它却活过来了，抽枝、长叶、开花、结果，从不怠慢任何一步。

这棵枣树上的枣子，甜了我们兄妹几个的童年、少年，成了我们心目中家庭中的一员。我们去外地念书，给家里人写信，在最后，也总要问候一下老枣树，老枣树还好吧？

我爸认真回，好着呢，开一树花了。或者回，又结好多枣子了。

枣子总能留到我们寒假归来时吃。我奶奶拣大个的，一颗一颗洗净了、晒干了，装在陶罐里。枣子红红的，一口一个甜。我们吃着，觉得安稳快乐，外面再多的繁华旖旎，也不及家里一颗枣子的好。奔波在外的心，终落到实处。

后来，我们兄妹几个，一个个离家了，有了自己的小窝。

然每到枣子成熟的时候，我们都不约而同回老家去，屋前屋后转转，看看老枣树，摘下一颗一颗的甜。一家老小，围桌而坐，一个都不少，其乐融融。有老枣树在，时光好像还是从前的样子。

随着我奶奶和爷爷的相继过世，老枣树也一年不如一年了。先是枝条枯萎，继而，树干腐朽，脆弱不堪。起初，还有少量枝条硬撑着，在春天爆出新绿，在夏初开出花，在秋天果子成熟。到最后，它实在撑不住了，一树的衰败喑哑。

终有一天，等我们兄妹几个都在家，我爸跟我们商量，把老枣树砍了吧?

哦? 我们都很意外。看看老枣树，它缩在院子一角，像衰老干瘪着的一个人，怕是连吹过的一缕轻风也扛不住了吧。我们相互看一眼，说，好啊，那就……砍了吧。

再回老家去，我在院子里转着转着，意外发现，在原先老枣树生长的地方，竟冒出一棵小枣树来，探头探脑着，顶一身翠翠的嫩叶子，在阳光下笑意婆娑。

天　水

孩子不懂这些，他们总要经历很多岁月之后，才会变得从容。

连续的雨天，叶子在风雨中打着旋，不堪重力般的，一头栽到地面上。行人都瑟缩在雨披里，嘴里嚷着，好冷。是冷，一路下班归来，手脚冰凉。眼看着天黑了，雨却仍没有停下的意思。

厚棉被捧出来了。取暖器也搬出来了。插上电，不一会儿，芯片就红红的了。一居室，开始被熏得暖暖的。风在窗外，雨在窗外，夜在窗外。急雨敲屋、敲窗，它们进不来，我有安心的感觉。

想起一首诗里写的："绿蚁新醅酒，红泥小火炉。"真是诱人得很。新酿的米酒，在小火炉上温着。这也罢了，偏偏一绿一红，这样的色彩，诱惑着我的想象。一定是新米酿的酒吧？

上面泛着绿莹莹的光。小火炉是红泥抹上，抑或是炭火烧红的，反正是泛着温暖的红色。被冻僵的四肢，在瞬间活泛起来。这样一个雨夜，我渴望也有这样一炉火燃着，有这样的酒温着，虽然我不会喝酒，大概也难以抗拒这样的温暖，会饮上一杯。醉了又何妨？风声雨声在屋外，我可以守着一屋的暖。还求什么呢？

那人躺在床上傻笑，说："真好。"那人不是个诗情画意的人，有时甚至是严肃的，却在这雨夜里，变得像个孩子，欢欢喜喜把被子裹在身上，叹着气叫："真幸福啊。"幸福什么呢？外面是惊天动地一个天地，雨狂风狂。室内却有一屋的温馨。这样的温馨，需要好好享受才不致浪费。

"你听，你听。"那人让我听雨敲在琉璃瓦上的声音。"像不像打夯？"他比喻。我说，打夯是什么？他说，就是人家砌房子时，用石头夯实地基，那时，很多男人一齐用力，"嗨哟"一下，把石头结结实实夯下去，发出"咚"的一声，再提起，再"嗨哟"一声夯下去。就这样一下一下的。

我笑。一群男人，赤着膊夯地基的样子就在眼前晃。他们口里哼着号子，一声一声，可不正像这急雨乱敲么。房子是砌给人住的呢，一点马虎不得，地基夯得越实越好。盖房子的主家，白面馒头蒸在一边，候着他们。夯累了，一个个坐下来，大口吞馒头，一边开着荤荤的玩笑，劳作的生活，就这样过出快乐的味道来。

164

再听，这急雨又像一群心慌慌的孩子，赶着去邻村看一场戏。戏早就开场了呀，他们却因什么事耽搁，去晚了。一碗热粥在大人的"威逼"下慌慌喝下，从喉咙一路烫下去，直烫到心口，也管不得的。碗搁下时，人早已跑到门外去了。一路小跑，脚步纷乱，边跑还边叫，等等我呀。其实，哪里用得着这么的急，那些戏，总是那村演了再到这村演，日后有得看的。上了年纪的人，在路上走得不慌不忙，一边走一边对着那些孩子慌慌的背影说，心慌吃不得热粥哟。是不相干的一句话，却有老人的老经验在里头。孩子不懂这些，他们总要经历很多岁月之后，才会变得从容。

雨仍在下着。一个夜，静了。老家的屋檐下，少了等雨的盆吧？那时，老家还都是茅草房，再急的雨，打在茅草上，也变得温柔，是沙沙沙的。仿佛有无数只手，抚在人的心上。祖母总喜欢放只盆在屋檐下等雨，那些浸过茅草的雨，顺着屋檐落到盆里，褐色的红。祖母说那是天水。"甜呀。"祖母说。让它沉淀了，烧茶喝，或是煮粥吃。

我有没有吃过"天水"烧的茶或煮的粥呢？我不记得了。想来总是有的。小时候的需求简单，有茶喝有粥吃就好了。祖母会让我们吃出花样来，譬如用这"天水"烧茶煮粥，还是原来的锅碗，里面盛的东西，却变得美好起来香起来。

问那人："你知道天水吗？"

那人奇怪，"什么天水？"

我独自微笑。在一屋的雨声里，想天水和我的祖母。它们在这个世上真实存在过，又一同消失在时空里，成了浩渺中的永恒。

一个人的碧海蓝天

尘缘相误，流年偷换，谁是谁的劫？

不是所有的相遇，都能相悦欢喜、温柔善待。亦不是所有的牵手，都能笑看东风、相伴到老。

他是大观园里的贾宝玉，她是温柔贤淑的薛宝钗。虽是金玉良缘，可到底，她不是他前世的一滴泪。

这年，他18岁。她15岁。

两个新式的人，举行了一场轰轰烈烈的新式婚礼，却是在两个家庭包办的前提下。

婚礼的豪华，轰动一方。徐家摆下喜宴数百桌，前来贺喜的人，络绎不绝。张家的陪嫁绵延数十里，其中有许多家具都是特地去欧洲选购的，一火车皮也装不下。

当碛石的人们，还在津津乐道徐家婚礼的奢华、新娶少奶奶嫁妆的丰厚，羡慕着这场强强联手的婚姻时，婚姻中的他和她，却早已撤下华丽丽的道具，成了熟悉的陌生人。

他不待见她，从知道要娶她的那一刻起。不管这个"她"是张幼仪，还是别的谁，哪怕就是林徽因，他也不会认同"她"。只道"她"是封建礼教下的一个包袱，接受新式教育的他，骨子里反感着这场包办婚姻。他以为，他自由的心，从此被套上枷锁。

父亲的意志，他却无法违拗。他只得违心娶了她，早早地把她打进"冷宫"，由不得她一句辩解。

在她，多么冤枉。本也是金枝玉叶，有着显赫的家世。祖父是前清知县；父亲是富甲一方的商人；二哥张君劢是颇有影响的政治家和哲学家；四哥张嘉璈是金融界和政界名流。

从小，她备受父母及兄长的宠。三岁时裹足，因不忍她疼痛，兄长做主，扔了她的裹脚布。她便很幸运地，拥有了一双天足。然日后，这双天足并没有给她带来婚姻幸福，她不无伤感地说，对于我丈夫来说，我两只脚可以说是缠过的，因为他认为我思想守旧，又没有读过什么书。

出嫁前，她过着无忧无虑的少女生活，就读于苏州第二女子师范学校。在那里，她接受着先进教育，成绩优异。只是尚未毕业，就被家人接回家，突塞一个夫婿给她。

无法揣测她当时的心理，惶恐？害羞？期盼？惴惴？15岁的小姑娘，对着一张照片看啊看，直到把那个眉清目秀的人，印到心坎上。从此，他是她的郎。

他也看过她的照片，一句乡下土包子，从此给她定了形。无论她是何等端庄贤淑，何等聪明能干，她都入不了他的眼。任她再多努力，也敲不开，他用漠视竖起的那道门。

人都说，孩子是婚姻的纽带。有了孩子，再冷漠的婚姻，也会泛出水花来。

张幼仪盼着他们能有个孩子。

在婚后第三年，她如愿以偿，为徐家诞下一男婴。举家欢庆。

徐志摩是顶喜欢小孩的，那些日子，他脸上有了笑纹。对自己这个儿子，每每有些贪恋地看着，给他取小名阿欢。

阿欢周岁那天，徐家自是一番隆重庆贺。根据风俗，小孩子过周要"抓阄"，家人便在小阿欢面前摆了量尺、小算盘、铜钱和一支毛笔。小阿欢一把抓起父亲用过的毛笔。祖父一见，乐不可支，连连道，我们家孙子将来要用铁笔！遂给孙子取名叫积锴，希望他将来能走从政入仕之路。

这时的徐志摩，已远涉重洋，到美国留学去了。与家人也常有书信往来，念及阿欢种种，对其母却只字不提。

张幼仪那颗想靠近的心，又被拒在他漠视的门外，山重水复。她在徐志摩面前，越发的沉默寡言，生怕说错了话，惹他不开心。

1920 年夏，徐志摩为要投到偶像罗素门下读书，弃唾手可得的博士衔，一意孤行地跑到英国去了。

他的举动，让父亲徐申如十分震惊，坐立不安。原指望他学成归来，能借助张家的势力，走上仕途，有一番作为。现在，这个儿子却如脱缰的野马，追着罗素去了。徐申如始觉得，他已无法掌控这个儿子了，儿大不由爹。

在这种情形下，送媳妇出国伴读，成了上上策。有媳妇在儿子身边，儿子的行为举止有个牵绊，不至于胡来。而且媳妇是能干的，说不定能拉回他这匹脱缰的野马。且徐申如也想让儿子尽尽为人夫的义务，好使他快点成熟起来。

张家人自然十分赞同徐家的想法，小夫妻长期分居，会感情疏离，这对张家女儿来说，不是好事。于是，由张幼仪的二哥张君劢写信给徐志摩。

徐志摩是十分尊重张君劢的，接信后，他极度不情愿地同意张幼仪来英。

这年秋天，一直有着众多佣人伺候着的张家小姐、徐家少奶奶张幼仪，只身带着行李，来到了除丈夫外举目无亲的英国，从此，事无巨细，她要用柔弱的肩扛起。在她，竟是无惧的，久别胜新婚，她满怀着一腔的思念和期盼。

迎接她的，却是徐志摩的厌烦和冷漠。这兜头兜脸的一瓢冷水，让她从头凉到脚。晚年的她回忆起当时这个场面，还忍不住唏嘘：

我斜倚着尾甲板，不耐烦地等着上岸，然后看到徐志摩站在东张西望的人群里。就在这时候，我的心凉了一大截。他穿着一件瘦长的黑色毛大衣，脖子上围了条白丝巾。虽然我从没看过他穿西装的样子。可是我晓得那是他。他的态度我一眼就看得出来，不会搞错的，因为他是那堆接船的人当中唯一露出不想到那儿表情的人。

　　早年间看过一部电影，片名和情节全忘了，唯记得里面一个女人，泪湿衫巾，边哭边说，他纵使是一块石头，这么多年，我也该焐热他了。

　　那时应该是同情她的。即便铁石心肠，在一叠温柔面前，也应融化成水。事实上，这只是人们的一厢情愿，心都不在那上面了，再多的温柔相待，又有什么用？

　　徐志摩接来张幼仪，在英国的乡下沙士镇租了两室一厅安顿下来。

　　两人的身体距离近了，心的距离，却还遥遥。徐志摩虽一日三餐在家吃，却极少说话，对饭菜的好坏，从不作任何评价。让一旁的张幼仪，心伤了又伤。要知道，为使饭菜合口，她想尽办法，尝试过多遍，却得不到丈夫一句表扬，哪怕是批评也好啊。

　　她无法把自己的想法告诉徐志摩，她一开口，他必说她，你懂什么？你能说什么？他的鄙视，让她极度自卑，她多想也多读点书、学点英文，成为一个饱学的人。

夫妻五六年，在她记忆里留存的温暖片刻，仅有那么可怜的两次：

一次，他带她去康桥看赛舟。河里百舟争流，徐志摩和一些外国洋女人甩着帽子尖叫，她却无端地脸红了，只拘谨地看着。

一次，他带她去看范伦铁诺的电影。她回忆：

> 本来我们打算去看一部卓别林的电影，可是在半路上遇到徐志摩一个朋友，他说他觉得范伦铁诺的电影比较好看，徐志摩就说，哦，好吧！于是我们掉头往反方向走。徐志摩一向是这么快活又随和，他是个文人兼梦想家，而我却完全相反。我们本来要去看卓别林电影，结果去了别的地方，这件事，让我并不舒服。当范伦铁诺出现在银幕上的时候，徐志摩和他朋友都跟着观众一起鼓掌，而我只是把手搁在大腿上坐在漆黑之中。

这样的一同外出，并没有使他们距离拉近，反而更衬出他们性格的差异。他是一抹向阳的光，活活泼泼。她却是一杯安静的水，沉稳得近乎木讷。

家里的气氛始终沉闷。无数次的清晨，她倚着客厅那扇大大的落地窗，望着屋旁一条灰沙的小路。天边是雾茫茫的，风中传来教堂晓钟和缓的清音，当，当，当，把人的心都敲碎了。女人的直觉告诉她，她的丈夫，这么一早匆匆出去，一定在外面有了人，他将要娶个二太太了。

她不断安慰自己：我替他生了儿子，又服侍过他父母，我永远都是原配夫人。

她已经作好接纳二太太的准备。

事情发展的结果，远比张幼仪预料的可怕，徐志摩真的有了心上爱，且坚决地提出离婚。

古有休妻之说。但大张旗鼓提出离婚的，绝无仅有。

张幼仪一下子傻了，惊慌失措得无以复加。当时，她已有两个月身孕，徐志摩并不怜惜，反而一句，把孩子打掉。张幼仪害怕，说，我听说因为有人打胎死掉的。徐志摩冷漠地接口道，还有人因为火车事故死掉的呢，难道人家就不坐火车了吗？

之后便是长时间的冷战。对张幼仪来说，那些天，无疑是在烈火中煎熬。她找不到一个可以哭诉的人，心整天被吊在半空中，不知底下的深渊，到底有多深。

一星期后，徐志摩不辞而别，把张幼仪一个人扔在沙士镇。张幼仪成了一把"秋天的扇子"，被遗忘在密封的匣子里。

1922 年 2 月，张幼仪在德国生下次子彼得。她与徐志摩的婚姻，也走到了终点。徐志摩不顾父母的强烈反对，写信给她，正式提出离婚：

> 故转夜为日，转地狱为天堂，直指股间事矣……真生命必自奋斗自求得来，真幸福亦必自奋斗自求得来，真恋爱亦必自奋斗自求得来！彼此前途无限……彼此有改良社会之心，彼此有造福人类之心，其先自做榜样，勇决智断，彼此尊重人格，自由离婚，止绝痛苦，始兆幸福，皆在此矣。

他不爱她，他爱的是"西服"，是西式和现代。说到底，是性灵自由的解放。如他心中的女神林徽因。她却仍爱他，迈着他以为的"小脚"，守着她的传统。离婚在他是挣脱，在她是放手。

我有点邪恶地作这样的揣想：若张幼仪也能作河东狮吼，对徐志摩据理力争，如江冬秀之于胡适，泼辣勇猛，纳小都不允许，何况离婚。那么，结局会如何？徐志摩怕是很难做到全身而退，毫发未伤。又或者，经此一折腾，我们大诗人的性灵里，冒出这样的念头，原来身边妻是这等可爱的女人。他舍不得放手了，他开始爱了。

然张幼仪就是张幼仪，表面看似懦弱，骨子里却自尊自强。

现在，提心吊胆的日子终于到了头，她反倒什么也不怕了。三月，德国柏林，由吴金熊、金岳霖等人公证，张幼仪在离婚协议书上签上了自己的名字。

三个月后，徐志摩写了首《笑解烦恼结——送幼仪》的诗，和他的离婚通告一起刊出，在整个社会上引起哗然，他勇猛迎上，纵使肝脑涂地，亦在所不惜。在他，终向封建包办响亮地说了声，不！激情何等洋溢，此后山高水远，他自会如一只自由的鸟儿，去奋飞：

　　这烦恼结，是谁家扭得水尖儿难透？
　　这千缕万缕烦恼结，是谁家忍心机织？

　　这结里多少泪痕血迹，应化沉碧！
　　忠孝节义——
　　咳，忠孝节义谢你维系
　　四千年史髏不绝，
　　却不过把人道灵魂磨成粉屑，
　　黄海不潮，昆仑叹息，
　　四万万生灵，心死神灭，中原鬼泣！
　　咳，忠孝节义！

　　东方晓，到底明复出，

如今这盘糊涂账，

如何清结？

莫焦急，万事在人为，只消耐心，

共解烦恼结。

虽严密，是结，总有丝缕可觅，

莫怨手指儿酸，眼珠儿倦，

可不是抬头已见，快努力！

如何！毕竟解散，烦恼难结，烦恼苦结。

来，如今放开容颜喜笑，握手相劳；

此去清风白日，自由道风景好，

听身后一片声欢，争道解散了结儿，

消除了烦恼！

他又说，解除辱没人格的婚姻，是逃灵魂的命。

他跟了他的性灵走，却没有顾及到把一个弱女子抛下，她背着被丈夫遗弃的名，还要独自抚养幼子，该如何承受？

1931 年 12 月，林徽因在《悼志摩》中，对她眼中的徐志摩作了一番深情追忆：

志摩是个很古怪的人，浪漫固然，但他人格里最

精华的却是他对人的同情、和蔼，和优容；没有一个
人他对他不和蔼，没有一种人，他不能优容，没有一
种的情感，他绝对地不能表同情。

林徽因其实错了，她说漏了一个人，这个人便是被她间接
伤害过的张幼仪。徐志摩的同情、和蔼与优容，独独没有对张
幼仪。他对她始终冷漠，最后决绝到近乎残忍，这是他人性的
欠缺。纵是才子，也有普通人的弱点，对近在咫尺的爱和好，
视而不见。亦或许，在不知不觉中，他已把张幼仪当作家人中
的一个，家人是用来伤害的，外人才是用来尊重和爱的。

林徽因是心知肚明的，不管她有多么无辜，徐志摩是因她
的出现，才动了离婚的念头。当然，没有她，或许还有李徽因
王徽因的出现，就像后来出现的陆小曼。徐志摩也许还会提出
离婚，但结局会大不相同。

林徽因背负着这份歉疚，无处安放。在徐志摩死后近二十
年，她约见了张幼仪。张幼仪带着儿子和孙子跑去，那时，她
躺在医院的病床上，生命的灯盏，已极微弱。

那是两个女人今生唯一一次见面，她们相对着，都没说话。
事后张幼仪说，我不晓得她想看什么，也许是看我人长得丑又
不会笑。

我以为这是张幼仪说的气话，她怎么会不懂她？她是一眼
就看穿林徽因内心的挣扎与苦楚。一生一世，在林徽因灵魂

的高处，一直站着徐志摩，无人可替代，他们是心灵相好的两个。

当一个人被逼到走投无路时，只有两个选择，一是自我毁灭，一是重新来过。

张幼仪初听到徐志摩尖叫着对她说，他要离婚。她的眼前一片黑，夜晚冰凉的风，仿佛涌进了她的肺。她想到了死，一头撞死在阳台上，或是栽进池塘里淹死，或是关上所有窗户，扭开瓦斯。但后来她记起《教经》上的第一个孝道基本守则：身体发肤，受之父母，不敢毁伤，孝之始也。她打消了死的念头。

深渊到底有多深，也是望得见的了，最坏的结局，不过是离婚。她反倒坦然起来，一个人带了孩子彼得，在德国生活，努力学习德文，并进了裴斯塔洛齐学院，专攻幼儿教育，开始了一个全新的自己。

隔了距离，徐志摩对她反而敬重起来，他们常有书信往来，谈论小彼得的种种，譬如他对音乐的热衷，几乎是从褴褛里起。

1925 年，他们可爱的小彼得，却死于腹膜炎。一周后，徐志摩赶到，那是他们离婚后第一次见面，相对无言，泪眼婆娑。后来，张幼仪领他一一看彼得的遗物，睡的床铺，喜欢的小提琴，日常把弄的小车、小马、小鹅、小琴、小书等玩具，穿过的衣、褂、鞋、帽。徐志摩发了痴般地看，心痉挛成一团。对被他抛弃的妻，又多了一层敬重和理解——没有他的日子，她把孩子照料得如此的好。

他后来在《我的彼得》中这般写道：

> 彼得，可爱的小彼得，我"算是"你的父亲，但想起我做父亲的往迹，我心头便涌起了不少的感想；我的话你是永远听不着了，但我想借这悼念你的机会，稍稍疏泄我的积愫，在这不自然的世界上，与我境遇相似或更不如的当不在少数，因此我想说的话或许还有人听，或许有人同情。就是你妈，彼得，她也何尝有一天接近过快乐与幸福，但她在她同样不幸的境遇中证明她的智断、她的忍耐，尤其是她的勇敢与胆量；所以至少她，我敢相信，可以懂得我话里意味的深浅，也只有她，我敢说，最有资格指证或诠释——在她有机会时——我的情感的真际。

其时，名媛陆小曼，占领了他的整个心田，他陷进又一场爱恋中，天翻地覆。饶是如此，他给陆小曼写信，还是忍不住赞叹他的前妻：

> C（张幼仪）是个有志气有胆量的女子……她现在

真是"什么都不怕"。

要想真正赢得他人的尊重，只有自己的自立自强。道理虽很浅显，但现实世界里，在黯然消退后，又华丽再现的能有几人？

破茧方能成蝶。张幼仪做到了。她做德文老师；她经营云裳服装公司，担任总经理；她接办女子商业储蓄银行，成为副总裁。她从低眉顺眼的小媳妇，蜕变成有主见、有主张且相当主动的"三主"女强人，在男人涉足的金融界，她做得有声有色，大获成功。与张幼仪照过面的梁实秋，如此评价她：

> 她是极有风度的一位少妇，朴实而干练，给人极好的印象。

和徐志摩的离婚，使她脱胎换骨。晚年她回忆自己的一生，说出这样的感想：

> 在去德国之前，我什么都怕，在德国之后，我无所畏惧。

徐志摩对她的"残忍"，从另一个层面上来讲，或许是慈悲。他不爱她，却没有像林长民一样，另娶新人进门，让她穿着婚姻的外衣，守在被遗弃的"冷宫"里，日日看着他和新人欢笑恩爱。这好比凌迟，刀刀见血。

他无情地推她出门，外面天也高、地也阔，她别无牵绊，有她的人生路好走。她成了后来的女强人张幼仪，从狭小的天空，走到外面的广阔天地里，都是托他的福。

他飞机失事，她着儿子阿欢去山东给他收尸，有条不紊地为他操办了整个丧事。她提笔书写的挽联是：

万里快鹏飞，独憾翳云遂失路；一朝惊鹤化，我怜弱息去招魂。

爱，或者恨，都不重要了。生，她不能守在身边，死了，却可以去招回他的魂。他终究，还是回到她身边。

她后来帮着徐家打理产业，为"公公"养老送终，接济潦倒的陆小曼，让人敬仰。53岁那年，她遇到了属于自己的另一半，忐忑地写信给儿子阿欢，征求儿子的意见。儿子如此回复：

母职已尽，母心宜慰，谁慰母氏？谁伴母氏？母如得人，儿请父事。

她于是有了自己的避风港。

晚年，面对晚辈的一再追问，她说出令人心疼的一段话：

　　你总是问我，我爱不爱徐志摩。你晓得，我没办
法回答这个问题。我对这问题很迷惑，因为每个人总
是告诉我，我为徐志摩做了这么多事，我一定是爱他
的。可是，我没办法说什么叫爱，我这辈子从没跟什
么人说过"我爱你"。如果照顾徐志摩和他家人叫作爱
的话，那我大概爱他吧。在他一生当中遇到的几个女
人里面，说不定我最爱他。

　　尘缘相误，流年偷换，谁是谁的劫？——这也不重要了。
重要的是，她没有成怨妇，一辈子活在仇恨和抱怨里，暗无天
日。她选择放下，用宽容和爱，重新铺写自己的碧海蓝天。她
不但成全了徐志摩，也成全了她自己，幸幸福福活到 88 岁，无
疾而终。

第五辑
昨日重现

有一刻，总有那么一刻，
我们的心，别无所求，纯
净得如同婴儿。

教学楼的东侧，有河，南北走向。河边树木森森。春天，一两树桃花，傍河而开。一枝枝艳粉的花，探到水里面。我会在那里流连忘返，想着醉倚桃红，亦是人间一大乐事。

紧接着，樱桃花该开了。结香该开了。凌霄花该开了。荷花玉兰该开了。七里香该开了。翠竹浓荫，我在楼上上课，稍一低头，便会闻到一阵一阵的花香。是荷花玉兰，或是七里香的。我和孩子们在花香里读书，书上的每个字，都是香的了。

秋天的校园，也是好看的。沿河的法国梧桐，叶片儿慢慢染上淡黄、金黄、褐黄，斑驳得像油画。花坛里的小雏菊们，争先恐后挤挤挨挨地开了花，粉紫、深红、橘黄、莹白，颜色缤纷，总要开到初冬才作罢。

艺术楼墙上的爬山虎，叶片儿也渐渐变红了。在白的瓷砖上，尤为耀眼。一面墙上镶着那样的一两棵，美好得像宋词。

桂花隆重登场了。这花甫一盛开，就是满校园沸腾。香哪，香得四处乱窜。那些日子，我们走路都是一步一香的。上课也是。看书也是。我每在黑板上写一个字，每翻一页书，每说一句话，都有香气缠绕不休。

冬天，有蜡梅花开。那一年大雪，我在教室里上课，腊梅花的香钻进鼻子里来，逗引得人心旌摇荡。哪里还上得下去课呢！我对孩子们说，不上课了，我们去雪地里玩吧。我就真的领着他们去雪地里玩了。我一边找寻着雪中的蜡梅，一边看孩子们在雪地里奔跑，他们欢笑的样子，像雪，散发出晶莹的光芒。

　　写到这里，一个词突然漫上心头，那个词，叫怀念。

　　是啊，真怀念啊。

老学生

他说，一定要给老师送上一袋子他亲手种的大米。

四十五年前，他新婚。乡下草棚两间，傍河而搭。屋旁一棵刺槐树，粗壮高大。那是祖上留给他的财产，伴过好几代人了。

他在树下置石桌石凳。人多时凳子不够，就拿几张苇席摊地上，众人席地而坐。

那时，他家里的人真是多。大锅煮粥，满满一大锅，一圈下来，就见底了。他新婚的妻子手忙脚乱，刷锅烧火，再重新煮上一大锅。

业余时间，他挖空心思，尽想着怎么弄到吃的。门口的自留地里，都种上了蔬菜。巴掌大一点地方，也舍不得浪费。青菜都长到屋檐下、门槛前了。他后来还发明，在屋顶上长菜。一把种子撒上去，过几日，那茅屋顶上，居然也是嫩绿一片。——青菜也可顶粮食，好度饥荒。

其时，他三十出头，任代课教师。乡下贫穷，十二三岁的孩子，是要当劳力帮家里干活的，哪里有闲工夫上学？再说，也没那个闲钱。他一家一家去游说，说到最后，他拍胸脯保证，不要学费，一日三餐他包了。

冲着那口吃的，不少孩子奔了去，跟着他识字念书。一到饭时，浩荡着去他家吃饭。这么吃着，再大的家业也抵不住啊，何况，他也不富裕。他变卖了家里能变卖的东西，最后，连父亲留给他的一块珍贵的怀表，也给卖了。

好在乡下人实诚，看着他那么撑着，心里感动，偷偷相帮。早上开门，他常在家门口发现一袋子山芋，或是一篮子蔬菜。有时，甚至还会有小半袋子的大米。

一个叫永的男孩子，长得精瘦，体弱。记忆力却惊人，又好学。他诵过一两遍的东西，这孩子就能一字不差地给吟诵出来。他偏爱这孩子，给他开小灶，熬大米粥喝。那会儿，他的妻子正有孕在身，这对他来说，不容易。三十大几的人，终于能抱上孩子了。家里特地养了两只生蛋的鸡，本是要给妻子加点营养的，可最后，鸡蛋却多半进了永的肚子了。

我是在四十五年后，遇见他的。彼时，一二十个老学生，正把更老的他，簇拥在中间。——他们在隆重聚会。当一个老学生，扛着一袋子东北大米到达时，聚会被推向高潮。

扛大米的老学生自我介绍，老师，我是永啊。他打量老学生半天，"哦"一声，是你啊，都长变样了，变得这么壮实。

四十五年前，他只是出于自然本心，害怕知识被荒废，害怕那些乡下孩子被荒废。过后，也没大记心上。可在老学生那里，却一直难以忘怀他的好。恢复高考制度后，这些老学生，是第一批考上大学的。永更是其中的佼佼者，名校毕业后，经一番打拼，现在已拥有一家几千人的大公司。

一年前，永得知这次聚会，立即放下手头繁杂事务，跑去乡下，辟了一块地，留着种水稻。从下种子，到插秧，到灌溉，到除草，都是他亲自上。他说，一定要给老师送上一袋子他亲手种的大米。

老学生们激动地叫嚷，今天沾老师的光，我们就吃这新大米煮的饭。

饭很快煮出来，粒粒圆润透亮，似白珍珠。他吃了满满一大碗米饭，笑着说，这是他吃过的最好吃的大米饭。笑着笑着，眼睛湿了。

我与青春再见时

青春原是一场花开，欢乐或疼痛，都是岁月的赠予。

十六七岁的年纪，是迫不及待要远走高飞的。像一朵花苞苞，就要开了，就要开了，却总也不见开。光阴是缓慢的，缓慢得像教学楼后矮冬青树下，一只慢爬的蜗牛。早上走过时，看它在爬。中午去看，它还在爬，总也爬不到树枝上去。

心是忧伤的。对着一枚叶，看着看着，也会落下泪来。清晨醒来，宿舍还是那个宿舍，教室还是那个教室，操场还是那个操场。教学楼前，一排法国梧桐树，撑着肥圆的叶，不知疲倦地绿着。校园的围墙上，爬满小朵的红，和黄，是些野喇叭花，无比寂静地开着。围墙外，传来敲铁皮的声音。那是不远处的一家小店铺，专卖各种铁桶。赤膊的中年男人成日举着铁锤，敲啊敲，声音单调又寂寥。

我时常望着教室的窗外，发呆，天上飘着淡的蓝，或淡的

192

白。风吹得若有似无。我希望着人生这惨淡的一页，能速速翻过去。是的，惨淡。那个时候，我进城念高中，穿着母亲纳的布鞋，背着母亲用格子头巾缝的书包，皮肤黝黑，沉默寡言，跟野地里的芨芨草似的，又卑微又渺小。城里的孩子多么不同，他们住黛瓦粉墙的四合院。他们穿时髦鲜艳的衣，从青石板铺就的小巷子里，呼啸而出。他们漂亮白净、神采飞扬，不识四时农作物，叫我们乡下来的孩子：泥腿子。

我的神经时时绷着、敏感着，怕被伤了，偏偏时时被伤着。他们一个不屑的眼神、一句轻视的话语，都足以让我手脚冰凉。我变得越发的沉默，低着头走路，低着头做事，恨不得能把头埋到泥地里去。

也总是要上他的课。彼时，他四五十岁，挺拔壮实。肤黑，黑得跟漆刷过似的。据说曾去西藏支教过几年。记得他初来上课时，刚一张口，全班都愣住了，他的声音与他的外表，实在不相称，他的声音尖，且细，跟女人似的。几秒钟后，全班哄堂大笑。城里的孩子尤其笑得厉害，他们兴奋地拍着桌子，哗啦啦，哗啦啦。他在前面怒，眼睛逡巡一遍教室，揪出后排一个张嘴在笑的男生，厉声道，你们这些乡下来的，太没教养了！

虽然他不是针对我，但这句话，却刺一样的，扎进我的心里面，再难拔去。再上他的课，我从不抬头听讲，兀自做自己的事。他上了一些课后，也终于发现我的"另类"，在课堂上当众点名批评，说出的话，如同蹦出的石子儿似的，咯得人生疼。我越发的不喜欢他了。

他后来不再过问我，甚至连作业都不批改我的。一次，他在班上闲话考大学的事，大家踊跃说着理想中的职业。有城里同学看我一眼，大笑着说，她将来适合去做厨师。一帮同学附和着笑。我看到他的眼光不经意地掠过我，又越过去，什么话也没说，一任课堂上笑声泛滥。

是从那一刻起，我在心里发着誓，我一定要考上，给看不起我的人狠狠一击，特别是他。凌晨三四点，我一个人就悄悄起了床，到教室里点灯读书。如此的日复一日，结果，高考时我考了高分，他任教的一门，我考了年级第一名。

多年后，高中同学聚会，请来当年的老师，其中有他。他早已不复当年的挺拔，身子佝偻，双鬓染霜，苍老得厉害。这让我意外，想来他也不过六十来岁，何以会如此衰老？他在一帮同学的簇拥下，站到我跟前。同学让他猜，老师，她是哪个？他看定我，笑着摇摇头。同学提醒他，老师，她是当年我们班作文写得最好的那个，叫丁立梅啊。他看着我，还是抱歉地摇摇头，眼神天真。

有同学悄悄对我耳语，老师失忆了。我一惊，突然想落泪。多年来，我极少回顾青春，以为那是我人生里的一道暗疮。可现在，我却多么愿意走回去，他还在讲台上挺拔着，我还在讲台下稚嫩着。教学楼前的梧桐树上，还有雀儿在跳得欢。

青春原是一场花开，欢乐或疼痛，都是岁月的赠予。因为经历了，我们才得以成熟，所以，感谢。我上前挽起他，我说，老师，我们合个影吧。相机上，我的笑容，映着他的笑容，当年的天空，铺排在身后。

水烟袋里的流年

那样的时光，真是静和悠长。

每次回老家，我都要翻箱倒柜一通，寻些旧物件。

从前穿过的小衣裳小鞋子，习过字的练习本，画过画的纸，翻到了，我都如获至宝。——我曾穿着这些小衣裳小鞋子，在村庄的矮墙边跳绳；或在宛如水蛇般的田埂道上，追着鸟雀奔跑；我曾趴在小屋的煤油灯下，一笔一画，学写自己的姓名；我曾照着土墙上贴的仕女图，画古代女子，步摇乱插……生命的轨迹，清清楚楚地，都印在这些旧物件上的。唏嘘之余，只剩感恩，这些时光，我都曾一一走过。人生真正的拥有，是经历。

这一次，我翻到了水烟袋。

是的，一管水烟袋。白铜的，沉甸甸的。盛水斗的一面镂刻着梅花，一面镂刻着菊花。历经经年，上面的梅和菊，依然盛开盈盈。烟管上，竟也盘着些枝蔓和小花，很有雅趣。这是祖父的水烟袋。祖父是个风雅之人，一生不事农活，花鸟虫鱼倒是养了不少。

水烟袋被搁在了旧橱柜里，上面叠着一床旧棉被。我捧它在手，陈年的烟叶气味，扑鼻而来。那里面混杂着祖父的气味，父亲的气味，村人张木匠、王大个、李会计等人的气味。

一场突如其来的雨，让在我家附近地里劳作的村人，都跑进我家避雨。他们赤着脚，裤腿卷得高高的，一二三四五，或坐或蹲，很快把我家小屋挤满了。祖父或父亲，会装上水烟袋，招待他们。水烟袋从这个人手里，递到那个人手里。他们话语很少，只埋头咕噜咕噜吸食，半眯着眼。一圈递下来，那雨，竟是止了。他们拍拍手，站起身来，笑一笑，心满意足地走了。

或是夏夜纳凉，他们三三两两地来，坐在我家屋门口。水烟袋照例从这个人手里，递到那个人手里。暗影里，有一星点红，在他们的鼻翼处跳跃。烟草的味道，弥漫开来，咕噜咕噜的声音，绵长得很。他们劳累的筋骨，疲乏了的身子，又泛起活力来，他们开始谈笑起来，笑声很大。

我二姨奶奶也好吸水烟。二姨奶奶在离我家三十里外的另一个村庄。二姨爹早早故去，她膝下无子，一个人住两间草棚。这样的人，被叫作"缺后代"。听闻缺后代的人，脾气都古怪，性子要强，爱骂人。这个二姨奶奶，也被这样传说着，弄得我们小孩都怕她。虽她百般亲近我们，我们还是怕她。

她常来我家走亲戚。她来，祖母就捧了水烟袋递给她。她坐在我家桃树底下，咕噜咕噜吸。有时，花开满树。有时，有青果闪烁在青青的叶间。有时，是一树光秃秃的枝丫。那是冬天了，太阳光从树枝上筛下来，覆盖在她的身上，闪闪发光。她瘦小的身子，坐在一圈光里面，吸溜吸溜，脸色温润。旁边坐着我祖母，姊妹二人话些家常，说些她们的过去，那些我们小孩所不知道的人和事。

那样的时光，真是静和悠长。烟草叶的味道，在空中久久飘散着，闻上去，竟很香的，有野草的香气。叫人安心。

这个姨奶奶晚年光景有些凄凉，一个人悄没声息地在床上过去了。床旁边，搁着她的水烟袋，里面还装着未抽完的烟丝。

我跟父亲要了这管水烟袋。我把它带回城里，摆在我的书架上。它与我的书架，竟十分熨帖，很古朴悠远。

闲花落地听无声

细雨湿衣看不见，闲花落地听无声。有多少的青春，就这样，悄悄过去了。

黄昏。桐花在教室外静静开着，像顶着一树紫色的小花伞。偶有风吹过，花落下，悄无声息。几个女生，伏在走廊外的栏杆上，目光似乎漫不经心，看天，看地，看桐花。其实，哪里是在看别的，都在看郑如萍。

教学楼前的空地上，郑如萍和一帮男生在打羽毛球。夕照的金粉，落她一身。她穿着绿衣裳，系着绿丝巾，是粉绿的一个人。她不停地跳着、叫着、笑着，像朵盛开的绿蘑菇。

美，是公认的美。走到哪里，都牵动着大家的目光。女生们假装不屑，却忍不住偷偷打量她，看她的装扮，也悄悄买了绿丝巾来系。男生们毫不掩饰他们的喜欢，曾有别班男生，结伴到我们教室门口，大叫："郑如萍，郑如萍！"郑如萍抬头冲他们笑，眉毛弯弯，嘴唇边，现出两个深深的酒窝。

"贱。"女生们莫名其妙地恨着她，在嘴里悄骂一声。她听到了，转过头来看看，依然笑着，很不在意的样子。

却不爱学习。物理课上，她把书竖起来，小圆镜子放在书里面。镜子里晃动着她的脸，一朵水粉的花。她对着镜子里的自己笑。物理老师终于忍无可忍，摔了她的镜子。隔天，她又带一面小圆镜子来。

也折纸船玩。折纸船的纸，都是男生们写给她的情书。她收到的情书，成扎。她一一叠成纸船，收藏了。对追求她的男生，不说好，也不说不好。常有男生因她打架，她知道了，笑笑，不发一言。

老师们对她很不喜欢。全校大会上，校长拿她当反面教材，说某些学生早恋，再这样下去，学校要严肃处理的。大家偷眼看她，她面上全无羞愧之色，仰着脸听，微微笑着。放学后，照例和男生们打成一片，一起打羽毛球，一起骑着单车，穿过整条街道。风吹起她的长发，吹起她的衣袂，她看上去，像只扑着翅奋飞的小鸟。

高三时，终于有一个男生，因她打了一架，受伤住院。这事闹得全校沸沸扬扬。她的父母被找了来。当着围观的众多师生的面，她人高马大的父亲，狠狠揥了她两巴掌，骂她丢人现眼。她仰着头争辩："我没叫他们打！我根本不知道他们打架！"她的母亲听了这话，撇了撇薄薄的嘴唇，脸上现出嘲弄之色，说："苍蝇不叮无缝的蛋，你整天打扮得像个妖精似的，招人呢。"

我们听了都有些诧异，这哪里是一个母亲说的话。有知情的同学小声说："她不是她的亲妈，是后妈。"

这消息令我们震惊。再看郑如萍，只见她低着头，轻咬着嘴唇，眼泪一滴一滴滚下来。阳光下，她的眼泪，那么晶莹，水晶一样的，晃得人疼。这是我们第一次看见她哭。却没有人去安慰她，潜意识里，都觉得她是咎由自取。

郑如萍被留校察看。班主任把她的位子，调到教室最后排的角落里，与其他同学，隔着两张学桌的距离，一座孤岛似的。她被孤立了。有时，我们的眼光无意间扫过去，看见她沉默地看着窗外。窗外的桐树上，聚集着许多小麻雀，叽叽喳喳欢叫着，总是很快乐的样子。天空碧蓝碧蓝的，阳光一泻千里。

季节转过一个秋，转过一个冬，春天来了，满世界的花红柳绿，我们却无暇顾及。高考进入倒计时，我们的头，整天埋在一堆练习里，像鸵鸟把头埋进沙堆里。郑如萍有时来上课，有时不来，大家都不在意。

某一天，突然传出一个震惊的消息：郑如萍跟一个流浪歌手私奔了。班主任撤掉了郑如萍的课桌，这个消息，得到证实。

我们这才惊觉，真的好长时间没有看到郑如萍了。再抬头，教室外的桐花，不知什么时候开过，又落了，满树撑着手掌大的绿叶子，蓬蓬勃勃。教学楼前的空地上，再没有了绿蘑菇似的郑如萍，没有了她飞扬的笑。我们的心，莫名地有些失落。空气很沉闷，在沉闷中，我们迎来了高考。

十来年后，我们这一届天各一方的高中同学，回母校聚会。我们在校园里四处走，寻找当年的足迹。有老同学在操场边的一棵法国梧桐树上，找到他当年刻上去的字，刻着的竟是：郑如萍，我喜欢你。我们一齐哄笑起来，"呀，没想到，当年那么老实的你，也爱过郑如萍呀。"笑过后，我们长久地沉默下来。

"其实，当年我们都不懂郑如萍，她的青春，很寂寞。"一个同学突然说。

我们抬头看天，天空仿佛还是当年的样子，碧蓝碧蓝的，阳光一泻千里。但到底不同了，我们的眉梢间，已爬上岁月的皱纹。细雨湿衣看不见，闲花落地听无声。有多少的青春，就这样，悄悄过去了。

我曾如此纯美地开过花

我望见了我柔软的青春，不后悔，不遗憾，因为我曾如此纯美地开过花，对岁月，我充满感恩。

那年，我高考失利，托了关系，辗转到邻县一所中学去复读。那所中学在城里。乡下孩子，脚上穿着母亲纳的粗布鞋，身上穿着母亲缝的粗布衣，走进城里，心里是藏着很多自卑的。我除了用功读书外，再没有什么可依托的，总是独来独往。

学校周围，住一些人家。小门小院，家家门前长花长草，还长一些泡桐树。树高大得很，枝叶儿密密地掩了人家的房。四五月的时候，泡桐树开花，看不见叶，只有一枝一枝淡紫的花，环绕在房子上方，像给房子戴上了花冠。我喜欢在清晨，捧了书，跑到那些树下读。那个时候，我也成了大自然中的一个，忘了乡下孩子的自卑，我变得很快乐。

那一天，我照例捧了书去读，突然遇见那个男孩。我起初并没有看到他，我正埋首在我的书里面，是他差点撞到了我。我抬头，尴尬地"啊"了声。他吃一惊，转过脸来，我看到霞光在他脸上，镀一层橘色光芒，他望上去，真是花朵一般清洁着的一个人。

　　他不好意思冲我笑了，点点头，又继续他的运动。一袭白衣，黑发飞扬。

　　这以后，我在清晨读书时，总会遇见他，一袭白衣，迎着朝阳跑过来，身上有泡桐花的影子在晃。他跑过我身边，会放慢脚步，对我微笑着点点头。我装作不在意地回他一个笑，心里头，却有头小鹿在跳。

　　后来在学校，人群里相遇，他显然认出了我。隔着一些人，他递给我一个笑，温润的，熟稔的，有某种默许似的。我的脸，无端地红了，也还他一个笑。却自始至终，我们都不曾说过一句话。

　　我的梦里，开始晃动着一个影子。很多的时候，看不真切，像远远开着的一树花，一团的白。我开始嫌自己不够漂亮，对着镜子，把清汤挂面样的头发，拨弄了又拨弄。母亲纳的布鞋，母亲缝的布衣，多么让我难堪！我变得很忧伤很忧伤。那些捉不住的忧伤，雾霭般的，渐渐飘满了我的日子。

　　泡桐花快落尽的时候，我得回我的家乡参加高考。走的那天清晨，我依然捧本书，跑去那些泡桐树下读。那个男孩，也依然来晨跑。他跑过我身边时，一如既往地放慢脚步，冲我微笑着点点头，复又渐渐加速跑远。时光仿佛永远就是那样的，浸着花香，散发着橘色的光芒。但我又清楚地知道，它不是的，它就要变成没有了。我的疼痛，一瞬间击中我。那个清晨，我流泪了。我很想很想对他说一声再见，但最终什么也没说。

我不知道那个男孩的名字，甚至都没仔细看清过他的长相，但他那一袭白衣，隔了再远的岁月，我都还记得。每年，泡桐花盛开的时候，我自然而然会想起他。我会痴痴发上一会儿愣，而后微笑起来。我望见了我柔软的青春，不后悔，不遗憾，因为我曾如此纯美地开过花，对岁月，我充满感恩。

一个电话，十个春天

　　我们都不可避免会陷入孤独，但只要人世间有爱在、有善良在、有朋友在，就会有春暖花开。

　　我是先认识他的文字，再认识他的人的。他的文字，都是有关草原有关风雪的。读他的文字，我不可抑制地在脑中勾勒这样的景象：黄昏。风。无垠的旷野。一棵树——就那么一棵树，孤零零的。风吹动它的每一片叶子，每一片叶子，都在骨头里作响。天高路远，是永不能抵达的模样……

　　后来通过一个朋友，我们真正相识了。也仅仅是在电话里。电话隔了万水千山，他的声音挟裹着风雪，挟裹着草原的莽莽苍苍，撞进我的耳里来，如暗夜里的埙。他说，谢谢你。我在电话这头就笑了，我说谢我什么呢？有什么好谢的？我只不过倾听了一下，倾听了一下而已。

　　故事谈不上有多曲折，是一个男人为了生计而奋斗的经历。他早先开过茶馆，在一个小城里混得有型有款的。但商海浮沉，人不过是其中的一叶扁舟，一个浪头打过来，也许就招架不住了。他不幸被浪击沉，被迫远走他乡，到了几千里外一个叫江仓的草原。那里，春天总是来得很晚很晚，冰凌好像永远也不会融化。一天到晚，唯有风吹过耳际，几百里了无人烟，风就那样无遮无挡地吹啊吹，吹得人的骨头里都浸满瑟瑟的孤独。

是的，是孤独。他说。无数的黑夜，他躺在帐篷里，听风吹，心里空空如荒野，苦难是深不见底的一口井，幸福离得很遥远。眼泪，不知不觉滑下来，在脸颊两侧凝结成冰。都说柔情似水，水这时却失了水的温柔。那种伤怀，是蚂蚁啃骨头般的。

那不是我的泪，他强调，真的，那不是我的，那是黑夜的眼泪，它根本不受我的控制，它落下来。说到这儿，他笑起来，苦涩地。

我静静听，我听见孤独，像一只流浪的小狗，呜咽着。人世间，最让人不能消受的，不是巨大的伤痛，而是孤独。

好在他并不颓废。他坚持写文字，白天做工，晚上写作。他至今还不会电脑，不会上网。所有的文字，都是一笔一画在纸上写成。那时，他把蜡烛插在泡沫板上，泡沫板放在他弓起的膝上。夜深，世界孤寂成一顶帐篷。蜡烛在流泪，一滴一滴，溅落到他的字上，凝固成冰冷的花朵。红的，白的，如敛翅的蝴蝶。

　　一个寻常的夜晚，我突然想起他来，想起他就拨了一个电话过去，在我，这是很轻而易举的事。他那边的反应却很强烈，是感动复感动了，连声对我道谢。他说，有朋友牵挂着，真幸福。电话搁下后不久，他发来一个信息，信息里只有八个字：一个电话，十个春天。

　　这下轮到我感动了，我不知道我轻易的一个举动，竟能送他十个春天。我立即找出电话簿，把久未通音讯的朋友，一个一个问候到了。朋友们很意外，高兴非常，我也很高兴，我们有着千言万语。空气中弥漫满了温馨，百合花一样地，幽幽吐芳。是的，一个电话，十个春天。滚滚红尘之中，我们都不可避免会陷入孤独，但只要人世间有爱在、有善良在、有朋友在，就会有春暖花开。

从未走远

有时的沧海桑田，也不过是几十年的事情，但终究，还是得到安慰。

我跟我爸说，我打算去从前的小学看一看。

那会儿，我和我爸，正坐在老家的屋门前聊天。不远处，丝瓜花趴在一垛草堆上窃笑，南瓜藤攀爬到一棵桐树上。

我爸听着一愣，笑了，你怎么突然想去看这个的？那地方，早就没啦。

我明白我爸说的"没啦"是什么意思。离家数十载，这样的"没啦"，在我的乡村，时时上演着——别离，乃至消失，人渐稀少，物已全非，都不是昔日模样了。

但我还是决定前去。

记忆里，从家到学校，是要经过两条河的。两座褐色木桥，架在其上。河岸边，人家的房，一幢挨着一幢，都是茅草屋。岸边长芦苇、垂柳，和各色各样的野花。也有一两棵野桃树，夹杂在其间。春天，野桃树撑一树粉粉的花，惹得蜂飞蝶舞。我们上学放学，总是一路走、一路玩，捉捉蝴蝶，摘摘野花，日影儿长着呢。

有时会半路遇雨。不怕。随便哪家的屋檐，都可以避雨。那家人会问，你是谁家的伢呀？我答，志煜家的。那家人就笑了，哦，原来是四队志煜家的二丫头呀。随手递过一只水萝卜来，给我吃。——乡里乡亲的，真没一个不熟悉的。

学校没有围墙，从任何一个方向，都可以畅通无阻地进入。两排青砖红瓦房，一前一后，坐北朝南，是当时村子里最气派的建筑了。周围是村庄和农田。人家养的鸡，常大模大样的，到学校的操场上来散步。猪也跟着来，羊也跟着来。猫和狗，那就更不用说了，它们时不时地，会溜进教室里听课。听得不耐烦了，尾巴一甩，走啦。

一二年级时，老师教识字的方式很有趣。上识字课，一般是不大待在教室里的。老师会领着我们去隔壁人家，拿起挂在墙上的镰刀，教我们读写"镰刀"。拿起靠在墙角落的锄头，教我们读写"锄头"。一转身，望见大门口搁着的扁担，又教我们读写"扁担"。也常把我们带去地里，读写麦子、玉米、棉花、水稻、黄豆、向日葵，如此等等。我们最初认识的字，是先从农具和庄稼开始的。

教我们的老师，也都是本村人。放学了，他们就是一地道的农民。田间地头，常常会遇见他们，担着一担的粪，裤腿卷得高高的，与旁的村人，并无两样。但因是老师，我们还是有些惧怕的，遇见了，会远远躲开去。

我们的同学，也都是打小就一起玩着的，熟悉得很。也有兄弟姐妹在一个班级读书的，也有叔叔和侄儿在一个班级读书的。那叔叔竟比侄儿还小，被侄儿欺负了，躺在地上大哭。老师见着了，训他，没羞，你还是个做叔叔的呢！

教室门前，长一棵苦楝树。春天有紫粉的小碎花，飘落一地。花落后，结累累一树果实。果实小，圆溜溜的，味苦，麻雀们饿极了也不去啄食。男孩子的口袋里却装满它，用弹弓射着玩，互相追逐着打闹。果子打在人身上挺疼的，由此常引发吵架，甚至打架事件。吵完了打完了，他们继续捡这些小果子，一起用弹弓射着玩。——年少的所谓恨，是不过夜的。

我顺着记忆，走到那里。正如我爸所言，小学的一丁点影子，都没有了。那里，已变成一片庄稼地。地里有劳作的农人，远远问我，你是来寻小学的吧？

我惊讶，问，你怎知？

哦，常有人来寻的。前几天，还有夫妻两个，带了孩子来，一家三口，站在这田边上拍了好几张照片呢。

是吗？我微笑。心里漫上一种说不清的情绪。有时的沧海桑田，也不过是几十年的事情，但终究，还是得到安慰。因为，记忆的一角，会永远留着它们的位置，让灵魂的回归，有迹可循。

一方水土养一方人

一方水土养一方人，诚然如斯。

酥儿饼

我的家乡富安人说话，带着好听的儿话音。譬如说花，我们不说"花"，而是说"花儿"。说草，我们不说"草"，而是说"草儿"。舌尖轻轻一卷，那个"儿"字，像带了尾音的哨声似的，轻轻吐出。生硬的地方方言，立马变得柔软起来。

外地人初听，不懂。譬如说酥儿饼，他们会问，哪个"酥"？哪个"儿"？其实，这饼的叫法，直白得不能再直白了，因为层层起酥，所以叫"酥饼"。但富安人说话都带着儿话音呀，酥饼就成"酥儿饼"了。

酥儿饼是富安人的传统茶点。相传，当年乾隆皇帝下江南，路过此地，品尝到这一茶点，赞不绝口。酥儿饼的名声，从此传播开去，成为富安人的骄傲。

说来也奇，这种小饼，只富安人做得，外乡人明里暗里学着做，却鲜有成功的。有的做出来形似，但味道，比起正宗的富安酥儿饼，可就差远了。所以很多外地人，想吃正宗的富安酥儿饼了，都会不远百里千里，专程跑到富安老街去。

酥儿饼并不是一年到头都有得吃的，它的供应，集中在每年春节前后，可持续到清明。就像花有花期一样，只有等到花期，你才有花可赏。这叫念想。酥儿饼也有饼期的。我想，勤劳朴实的富安人，在这小小的饼里面，一定也寄托了这样的念想。人生有所等待、有所期盼，才有意思的吧。

酥儿饼的做法，貌似不复杂，主料是面粉，揉成团后包馅。馅有咸、甜两种，咸的馅由鲜肉、葱花、盐和味精调制而成。甜的馅由赤豆沙、桂花和蔗糖调制而成。包好的面团，放到油锅里煎。煎成后的酥儿饼，像一朵朵微开的金菊，花瓣羞涩地舒展，欲开不开。从里到外，层层起酥，入口酥松香脆。

功夫是在手底下的，这揉面，这做馅料，这油温，哪一样都要拿捏到位。做饼的老师傅，揉着手上的一团面粉，抬起花白的头，冲我微微一笑。他做酥儿饼已 46 年。他祖上的祖上，就是做这个的。

粉皮汤

几乎每个老富安人，都会摊粉皮。

我小时候的印象里，祖母最拿手的菜，就是做粉皮汤。每到饭时，祖母会在一个瓷钵子里，放上一点山芋粉，用清水调匀。饭锅里的水刚好烧沸，祖母把瓷钵子放到沸水里，用手快速转动瓷钵子，转呀转呀转，山芋粉便均匀地在钵底钵沿摊开、凝固。眨眼工夫，粉皮成了。揭下来，放在案板上晾一晾。薄薄的一层，光滑、透明，照得见人影儿。祖母总是很得意地说，我摊的粉皮，像仿纸。

晾好的粉皮，被切成一片一片，和了蚕豆瓣一起煮汤。或随便抓一把咸菜放里面。烧出来的汤，白而黏稠，鲜美无比，打嘴不丢。富安人有句话来形容它，富安的粉皮赛鱼皮。一顿饭，别的菜不用做，只做这一样，就可以让你多吃上两碗饭。

成年后，我很少再回家。祖母也故去了，粉皮汤终成了记忆。有一次，我想得厉害，就买来山芋粉，自己尝试着做，循着记忆中祖母的做法。居然摊成了。薄薄的一层，光滑、透明，照得见人影儿。我想起一些旧时光来：午时的阳光，照着门前的一丛大丽花。祖母把摊好的粉皮，对着光亮处照一照，祖母的脸，在里面晃。祖母得意地说，我摊的粉皮，像仿纸。

人生中，有些影响，是根深蒂固的，是烙在骨子里的。无论你走多远、走多久，也不会丢失。

鱼汤面

鱼汤面常见，好多地方都有。但富安的鱼汤面，称得上一绝。

"绝"，首先绝在熬汤的鱼上。鱼是取的野河里的小鲫鱼。富安人认为的野河，是指少有人到过的河，它只管自在地流来流去，少喧闹，少污染，恬恬然。这样的河里，生长的鱼，也是恬恬然的，肉质格外鲜嫩。

有心的饭店老板，傍晚去野河里下网捕鱼，清水养着。凌晨三四点，起床取鱼，剖肚洗净，用猪油下锅，沸至八成。陆续放鱼入锅炸爆，起酥捞起。将炸过的鱼，连同猪骨头，加入河水慢慢熬，熬出稠汤，葱酒去腥，再用细筛过滤清汤。放入虾米少许。撒入切碎的香菜，奶油样的面汤上，便浮起一点点翠绿，格外好看。面用的是上等细面，下至八九分熟，捞起，浇上滚烫的鱼汤。这样的鱼汤面，鲜美、香醇，吃上一口，唇齿留香。食客们早就候着了，有人为吃上第一锅鱼汤面，五点多就起床来排队。

有富安人在外地，想把富安的鱼汤面，推广到外地去。他按家乡的做法做了，熬汤的鱼，也是选的野鲫鱼，却做不出家乡的味道来。后来，他托人从富安带去一桶河水，这鱼汤，才算做成了。原来，离了富安的水，那鱼汤就不是富安的鱼汤了。

一方水土养一方人，诚然如斯。

昨日重现

昨日的美好，都曾有过啊，于是人生完满起来。

第一次听到卡伦·卡朋特演唱的《昨日重现》时，我在读高中。年轻的英语老师说，给你们放首英文歌听吧。于是，我听到了卡伦·卡朋特的声音，在碎碎的夕阳里，慢慢地铺开来。如一袭华美的毯子，上面罩满高贵的忧伤。

这是一种逼人的气质。虽然彼时彼地，我根本不知道卡伦·卡朋特是何许人，根本听不懂她唱的是什么，但那声音，却势不可挡地直抵我的灵魂，光芒四射。

重听这首歌，已相隔了十来年。所谓弹指一挥间，也不过是听一首歌的距离。十来年的时间，她的声音还飘荡在那优美的旋律里，一遍一遍地唱道："听到爱情之歌，我会随之吟唱，诵记歌中的每字每句……"而听的人，却已经老了。

她的声音里有我们熟悉的味道，亲切、柔软，是小时吃过的年糕，是居家时枕惯的一方棉布枕巾。我们在红尘中走倦的心，渐渐地在那声音里安静下来，"当我还小的时候，我爱听收音机，等着那些我喜欢的歌。当它们响起，我会跟着一起唱……"你有过这样的好时光么？自然有过，所以，你把她当知己。

舒缓的曲子，醇厚的声音，又像一块方糖融入咖啡，泛起甜蜜的忧伤。幸福的感觉，大抵都有些忧伤的吧。窗外的阳光，羽毛一般，轻轻落下。一盆吊兰，在阳光下舒展。鸟的影子，掠过窗前。时光是这样的安详，所谓的地久天长就是这个样子吧？此生此世，我都在这里。此生此世，爱都守在这里。

曾看过一部老片子。片子中的男女主人公，年轻的时候相遇、热恋。他们一起去野外游玩，野菊花开满山坡。他们坐在山坡上，坐在花丛里，像花儿对着花儿。他们一起去看海，海风把她的发丝，吹扬到他的脸上，他低头凝视她，一眼的对望里，有着山盟海誓。他们一起在风中大声歌唱。一起迎着夕阳奔跑。一起弯腰逗过街角的一条狗。一起数望过满天星斗。

然而，战争爆发了，他去了前线，她留在后方，他们被迫分离。再相逢，都已是白发苍苍。背景是从前的野外，野菊花仍是满山坡地开着。他们四目相对，有泪，慢慢盈满眼眶，却都笑着。许久之后，男主人公忽然一指那些野菊花，对女主人公说："你看，野菊花们开得还是那么好。"女主人公轻轻答一声："是啊。"

远方，蓝天，野菊花……故事至此，戛然而止。我以为，再没有什么结局比这更温馨的了。所有的颠沛流离又算得了什么？你看，一切都还没变，野菊花们还在开着，还是昨日的样子，这才叫人感激不已！

陪一个老太太聊天。老太太在阳光下晒太阳，说起她年轻时的事，她核桃般褶皱的脸上，笑出一朵花来。她说："你不知道呀，我年轻时，手可巧呢，会绣花，在鞋面上绣，在衣裳上绣，在枕头被面上绣，把花都给绣活了。"她浑浊的眼睛，凝望着远方，那里面，渐渐现出绵长的光芒来。

我们不再说话，一任阳光静静地飘落。"所有美好的回忆，再现我的脑海，如此地清晰，使我伤心落泪，犹如昨日重现。"有些惆怅，惆怅得心满意足。昨日的美好，都曾有过啊，于是人生完满起来。

有一刻，总有那么一刻，我们的心，别无所求，纯净得如同婴儿。

那些远去的农具

　　黄昏，弯弯曲曲的田埂上，走着几个孩子，他们挎着竹篮，扛着草耙，小小的身子上，驮着夕阳的影子。

石磨

　　石磨，石制工具。由两扇圆石组成，一上一下放置，中有铁轴相连。在两扇圆石的接触之处，都凿有槽痕，用以磨碎谷物。

　　过去大户人家，有专门的磨坊，使了驴子拉磨。驴子被蒙上双眼，套在石磨上，活动半径只有石磨那么大。可怜的驴子绕着石磨转啊转啊，一天天，一年年，直至老死。最后，能把磨坊的地，给塌陷下去尺把深。

　　我没见过驴子。到我有记忆时，村里家家都穷，都是人拉磨。我们家也是。

晚上，刚喝过稀饭，我和姐姐浑身是劲，握了石磨的拉杆，拼命牵拉，石磨跟在后面快速转动，咯吱咯吱，咯吱咯吱。负责添料的祖母，一边手忙脚乱地给石磨添料，一边说，伢儿啊，悠着点，远路无轻担啊。

祖母的话，很快得到应验，一二十圈下来，我们已精疲力竭，牵拉的速度慢下来。稀饭不顶饿，饥饿跟着来了。夜深人静，也瞌睡。石磨"跑"不动了。

祖母给我们长精神，祖母说，磨完这桶玉米，明天给你们烙玉米饼吃。

那时，口粮实在紧，到第二天，未必真的有玉米饼吃。但我们还是被玉米饼刺激得睁大眼睛，强打起精神，又把石磨拉得飞快。

风从门缝里挤进来。桌上，煤油灯的灯芯，像一根绒草，晃啊晃的。人的影子，便在土墙上不停地跳着舞。石磨一圈复一圈地转动着，咯吱咯吱。祖母的声音，隔得遥远，祖母说，再磨两圈，明天给你们烙玉米饼吃。我们模糊地答，哦。

草耙

耙是农家必备的农具之一，用于翻地。收获地底下结果的作物，如山芋、胡萝卜等，也离不开耙。兵器中也有耙，像《西游记》中猪八戒整日里扛着的，就是耙。铁器家伙，耙齿都锃亮锃亮的，看上去就蛮吓人。

草耙温和多了。由竹制作而成，柄是竹子的，耙齿亦是竹子的。它是专门用来搂草的。

那个时候，不单粮食匮乏，草也匮乏。家家都是土灶，一口大锅，既煮人吃的，也煮猪吃的。草不够烧，便扛了草耙，到处去拾草。这活儿不重，基本上都交给孩子做。

村子里，整天便晃动着一群孩子，五六岁到十来岁不等，人人肘挎竹篮、肩扛草耙，在沟边渠边转悠，两眼紧盯着地上。地上可真叫干净，草屑儿几乎落不下一粒，全被草耙子给搂走了。我们也曾因抢一捧草而打起来，拿草耙跟草耙格斗。还好，草耙到底是温和的，再格斗，也伤不到哪儿去。

多年后，我的脑海中挥之不去的，是这样的景象：黄昏，弯弯曲曲的田埂上，走着几个孩子，他们挎着竹篮、扛着草耙，小小的身子上，驮着夕阳的影子。

碌碡

每家都有这么一个碌碡，石头的，圆柱形，粗粗的，笨笨的。两头套上套索，牛拉，后面男人挥着鞭子赶，在铺满小麦

222

或水稻的场地上，一圈一圈走。碌碡碾过的地方，麦粒或稻粒脱落下来。

村里男人比力气，打赌，谁能把碌碡举过头顶，就赢20个馒头。结果，一个叫王二愣子的光棍汉，双手捧起碌碡，在一片惊叹声中，举过头顶去。他赢了20个馒头，当场一个一个吃下去，惊呆了一场的人。好长时间，村人们的谈论里，都离不开王二愣子和20个馒头。大家都把他当作了不起的人。

六月天，队场那头老黄牛，拉着碌碡，在铺满小麦的晒场上，昏头昏脑地走。无风，阳光白花花，四野寂静，只有碌碡的声音，吱吱呀呀碾过。赶牛的鳏夫胡二，寂寞了，扯开嗓子大声吆喝老黄牛，喝！喝！阳光被他吆喝得四下飞溅，四野越发寂静。

这么些年过去，赶牛的胡二，早已故去。队场的碌碡，不知去了何处。我回老家，看到我家的碌碡，被弃于屋后，上面爬满绿苔。它的身下，却探出几朵粉红的凤仙花，在岁月的微风里，笑盈盈。

左手月饼,右手莲藕

普天下的母亲,一生的付出,等待的,不过是这一刻的回报——儿女还把她记在心上。

儿子不喜欢吃月饼,从他会吃饭起,一应的食品,五彩纷呈,哪里有月饼的位置?跟他讲我小时对月饼的向往,好不容易诱他吃一口,他无比艰难地咀嚼,而后一句:"妈妈,这月饼真难吃。"我望着精心选购的月饼,有草莓馅的,有桂花馅的,有肉松馅的……只只都精致得很,家人却不爱。其实——我也不爱吃了。

小时的记忆,却刀削斧刻般的。渴盼月饼的心,到了中秋,就成了一只振翅飞翔的鸟,满世界里飞。再穷的人家,也要买几只月饼应应节的。月饼摊在桌上的一张牛皮纸上,金黄的,层层起酥,上面点缀着五仁和桂花。一二三四五,六七八九十,我们把这个数字数了又数,希望多出一两只来。但是没有,每年都是这么多，六只月饼送外婆，四只月饼留给我们兄妹几个分了吃。

母亲把送外婆的月饼，也是数了又数，然后用牛皮纸包好。牛皮纸外面，渗出诱人的油渍，香得缠人。我们守在一边，巴巴地等着母亲一声令下："给外婆送去。"这简直是天籁啊，我们争先恐后的，提着母亲包好的月饼，还有几节莲藕，一溜烟向外婆家跑去。

这其中的好处，我们兄妹几个都心知肚明的，虽然母亲在身后追着叫："不要吃外婆的月饼啊。"嘴里答应着："哦。"心里想的却是，外婆哪会吃月饼呢，外婆说她不喜欢吃的。

矮矮的外婆，每次接了月饼，都笑眯眯挨个摸我们的头，然后闻闻月饼，给我们一人一只。我们起初佯装不肯要，但小手早已伸出去了，可爱的月饼，就躺到了我们的掌上，泛着好看的光泽。哪里能抵挡得了它的甜蜜？轻轻咬一口，再咬一口，满嘴生甜。吃得小心而奢侈。吃完，外婆再三叮嘱我们："不要告诉妈妈呀，就说外婆全收下了。"我们齐齐答应："好。"那一刻，我们爱极了矮矮的外婆。

但还是被母亲知道了，因为我们嘴上有消不去的月饼的味道。母亲说："又吃外婆的月饼了？"我们吓得不吭声。母亲沉下脸，伸出手来，要打我们，但不知怎么又在半途缩回去。她叹口气，摇摇头，"外婆老了，你们以后的日子还长着呢，会有好多的月饼吃啊。"

这话让我记了很多年，有些事情可以等，有些则不可以，比如月饼。我现在有钱了，可以成盒成盒地买，而我的外婆，却永远吃不到了。成家以后，我也给母亲送月饼，在中秋的时候。母亲或许也不爱吃月饼了，但当我左手月饼、右手莲藕归家的时候，我的母亲总会开心得像个孩子，她屋里屋外穿梭着，手忙脚乱地给我们张罗吃的，神情里，都是满足和开心，像我当年渴盼月饼时一样。想普天下的母亲，一生的付出，等待的，不过是这一刻的回报——儿女还把她记在心上。

你还记着她，这对一个母亲来说，就是大幸福了。

心上有蜻蜓翩跹

她的心上，有蜻蜓舞翩跹。夕照的金粉，铺得漫山遍野……

初冬的天，雨总是突然地落，绵绵无止境。

她在教室里望外面的天，漫天漫地的雨，远远近近地覆在眼里、覆在心上。那条通向学校的小土路，一定又是泥泞不堪了吧？她在想，放学时怎么回家。

教室门口，陆陆续续聚集了一些人，是她同学的父亲或母亲，他们擎着笨笨的油纸伞，候在教室外，探头探脑着，一边闲闲地说着话，等着接他们的孩子回家。教室里的一颗颗心，早就坐不住了，扑着翅要飞出去。老师这时大抵是宽容的，说一声，散学吧。孩子们便提前下了课。

她总是磨蹭到最后一个走。她是做过这样的梦的，梦见父亲也来接她，穿着挺括的中山装（那是他出客时穿的衣裳），擎

227

着油纸伞，在这样的下雨天。他高大的身影出现在教室窗前，灰蒙蒙的天空也会变亮。穷孩子有什么可显摆的呢？除了爱。她希望被父亲宠着爱着，希望能伏在父亲宽宽的背上，走过那条泥泞小路，走过全班同学羡慕的眼。

然而，没有，父亲从未出现在她的窗前。那个时候，父亲与母亲的关系有些僵，常年不在家。父亲去了很远很远的工程队，和一帮民工一起挑河。

她脱下布鞋，孤零零的一个人，赤着脚冒雨回家。脚底的冰凉，在经年之后回忆起来，依然钻心入骨。

父亲不得志，在他年少的时候。

算得上英俊少年郎，在学校，成绩好得全校闻名。又，吹拉弹唱，无所不会。以为定有好前程，却因家庭成分不好，所有的憧憬，都落了空。父亲被迫返回乡下，在他十六岁那年。

有过相爱的女子，那女子在方格子纸上，用铅笔一字一字写下：我喜欢你。好多年后，发黄的笔记本里，夹着这张发黄的纸片。那是父亲的笔记本。

父亲对此，缄口不提。

与母亲的婚姻，是典型的父母包办。那时，父亲已二十三岁，在当时的农村，这个年龄，已很尴尬。家穷，又加上成分不好，女孩子们总是望而却步，所以父亲一直单身着。

长相平平的母亲，愿意嫁给父亲。愿意嫁的理由只有一个，父亲识字。没念过书的母亲，对识字的人，是敬畏且崇拜着的。祖父祖母自是欢天喜地，他们倾其所有，下了聘礼，不顾父亲的反抗，强行地让父亲娶了母亲。

婚后不久，母亲有了她。而父亲亦开始了他的漂泊生涯，有家不归。

雪落得最密的那年冬天，她生一场大病。

父亲跟了一帮人去南方，做生意。他们滞留在无锡，等那边的信到，信一到，人就走远了。

雪，整日整夜地下，白了田野，白了树木，白了房屋。她躺在床上，浑身滚烫，人烧得迷糊，一个劲地叫，爸爸，爸爸。

母亲求人捎了口信去，说她病得很重，让父亲快回家。

父亲没有回。

母亲吓得抱着她痛哭，一边骂，死人哪，你怎么还不回来，孩子想你啊。印象里，母亲是个沉默温良的人，很少如此失态。

离家三十里外的集镇上，才有医院。当再没有人可等可盼时，瘦弱的母亲背起她，在雪地里艰难跋涉。大雪封路，路上几无行人。母亲深一脚浅一脚地走，一边带着哭腔不时回头叫她，小蕊，小蕊，你千万不要吓唬妈妈啊。

漫天的大雪，把母亲和她，塑成一大一小两个雪人。泪落，雪融。莹莹的一行溪流。她竭尽全力地答应着母亲，妈妈，小蕊在呢。她小小的心里，充满末世的悲凉。

医院里，点着酒精灯暖手的医生，看到她们母女两个雪人，大惊失色。他们给她检查一通后，说她患的是急性肺炎，若再晚一天，可能就没治了。

她退烧后，父亲才回来。母亲不给他开门。父亲叩着纸窗，轻轻叫她的名字，小蕊，小蕊。

父亲的声音里，有她渴盼的温暖，一声一声，像翩跹的蜻蜓，落在她的心上。是的，她总是想到蜻蜓，那个夏日黄昏，她三岁，或四岁。父亲在家，抱她坐到田埂上，拨弄着她的头发，笑望着她叫，小蕊，小蕊。蜻蜓在低空中飞着，绿翅膀绿眼睛，那么多的蜻蜓啊。父亲给她捉一只，放她小手心里，她很快乐。夕照的金粉，铺得漫山遍野……

父亲仍在轻轻叫她，小蕊，小蕊。父亲的手，轻叩着纸窗，她能想象出父亲修长手指下的温度。母亲望着窗户流泪，她看看母亲，再看看窗户，到底忍住了，没有回应父亲。

父亲在窗外，停留了很久很久。当父亲的脚步声，迟缓而滞重地离开时，她开门出去，发现窗口，放着两只橘，通体黄灿灿的。

她读初中时，父亲结束了他的漂泊生涯，回了家。

从小的疏远，让她对父亲，一直亲近不起来。她不肯叫他爸，即使要说话，也是隔着几米远的距离，喊他一声"哎"。"哎，吃饭了。""哎，老师让签字。"她这样叫。

也一直替母亲委屈着，这么多年，母亲一人支撑着一个家，任劳任怨，却没得到他半点疼爱。

母亲却是心满意足的。她与父亲，几无言语对话，却渐渐有了默契。一个做饭，一个必烧火。一个挑水，一个必浇园。是祥和的男耕女织图。

母亲在她面前替父亲说好话。母亲说起那年那场大雪，父亲原是准备坐轮船去上海的，却得到她患病的口信，他连夜往家赶。路上，用他最钟爱的口琴，换了两只橘带给她。大雪漫天，没有可搭乘的车辆，他就一路跑着。过了江，好不容易拦下一辆装煤的卡车，求了人家司机，才得允他坐到车后的煤炭上……

你爸是爱你的呀，母亲这样总结。

可她心里却一直有个结，为什么那么多年，他不归家？这个结，让她面对父亲时，充满莫名的怨恨。

父亲试图化解这怨恨，他吹笛子给她听，跟她讲他上学时的趣事儿。有事没事，他也爱搬张小凳子，坐她旁边，看她做作业，她写多久，他就看多久，还不时地夸，小蕊，你写的字真不错。他的呼吸，热热地环过她的颈。她拒绝这样的亲昵，或者不是拒绝，而是不习惯。一次，她在做作业，额前的一绺发，掉下来遮住眉，父亲很自然地伸手替她捋。当父亲的手指，碰到她的额时，父亲手指的清凉，便像小虫子似的，在她的心尖上游。她本能地挥手挡开，惊叫一声，你做什么！

父亲的手，吓得缩回去。他愣愣地看着她，脸上的表情，渐渐变得很沉很沉，像望不到头的星空。

从此，他们不再有亲昵。

父亲很客气地叫她秦晨蕊，隔着几米远的距离。

她青春恋爱时，一向温良的母亲，却反对得很厉害。因为她恋爱的对象，是个军人，千里迢遥，他们让相思，穿透无数的山、无数的水。

母亲却不能接受这样的爱。母亲对她说，你是要妈妈，还是要那个人，你只能选一个。

她要母亲，也要那个人。那些日子，她和母亲，都是在煎熬中度过，她们瘦得很厉害。

从不下厨的父亲，下了厨，变着法子给她们母女做好吃的，劝这个吃，劝那个吃。

月夜如洗，父亲在月下问她，秦晨蕊，你真的喜欢那个人？

她答，是。

父亲沉默良久，轻轻叹口气，说，真的喜欢一个人，就要好好地待他。复又替母亲说话，你妈也是好意，怕你将来结婚了，两地分居，过日子受苦。

她没有回话。她终于明白了母亲，那些年母亲一个人带着她，是如何把痛苦，深埋于心，不与外人说。

不知那晚父亲对母亲说了什么，母亲的态度变了，她最终，嫁了她喜欢的人。但她与父亲的关系，并没有因此而亲近。她还是隔着几米远的距离叫他"哎"，他亦是隔着几米远的距离，叫她秦晨蕊。

母亲中风，很突然地。

具体的情形，被父亲讲述得充满乐趣，父亲对她说，你妈在烧火做饭时，就赖在凳子上不起来了。事实是，母亲那一坐，从此再没站起来。

母亲的脾气变得空前烦躁，母亲扔了手边能扔的东西后，号啕大哭。父亲捡了被母亲扔掉的东西，重又递到母亲手边，他轻柔地唤着母亲的名字，素芬。

来，咱们再来扔，咱们手劲儿大着呢，父亲说。他像哄小孩子似的，渐渐哄得母亲安静下来。他给母亲讲故事，给母亲吹口琴。买了轮椅，推着母亲出门散步。一日一日有他相伴，母亲渐渐接受了半身不遂的事实，变得开朗。

她去看母亲。父亲正在锅上煨一锅汤，他轻轻对她"嘘"了声，说，你妈刚刚睡着了。他们轻手轻脚地绕过房间，到屋外。父亲领她去看他的菜园子，看他种的瓜果蔬菜，其时，丝瓜花黄瓜花开得灿烂，梨树上的梨子也挂果了。青皮的香瓜，一个挨一个地结在藤上……

秦晨蕊，你不要担心没有新鲜的瓜果蔬菜吃，你妈不能种了，我还能种，我会给你种着，等你回家吃。隔着几米远的距离，父亲望着一园子的瓜果蔬菜对她说。

你也不要担心你妈，有我呢，我会好好照顾她的。

初夏的风，吹得温柔。那些雨天的记忆，雪天的记忆，在岁月底处，如云雾中的山峰，隐约着，波浪起伏着。她想，那些年的父亲，心里的疼痛，是无人知悉的吧？日子更替，花开花谢，无论曾经是爱还是不爱，如今，他和母亲，已成了相濡以沫的两个。他也早已不复当年的俊朗，身上镀上另一层慈祥的光芒，让人看着柔软。

她在父亲身后轻轻唤了声，爸。父亲惊诧地回头，看着她，眼里渐渐漫上水雾。她迎着那水雾，说，爸，叫我小蕊吧。

多年前的黄昏重现眼前：父亲抱她坐在膝上，拨弄着她的头发，唤她，小蕊，小蕊。她的心上，有蜻蜓舞翩跹。夕照的金粉，铺得漫山遍野……

第六辑
你在，就心安

亲爱的人，你必得在我眼
睛看到的地方，在我耳朵
听到的地方，在我手能抚
到的地方，好好存活着。

野菊花开满河两岸

　　一河两岸的野菊花，开得如火如荼，薄凉的香气，浮游在村庄上空。

　　琪米是在野菊花开满河两岸的时候，嫁到我们村庄来的。

　　却不像一般人家办喜事，鼓乐齐鸣，鞭炮轰天。琪米的婚礼，冷冷清清，除了窗户上贴着一幅大红的喜字外，别无办喜事的迹象。琪米没穿大红袄，新郎官孙大年也没笑嘻嘻地给村人们发喜糖，而是沉着脸，"啪"的一下，把门关上。

　　看热闹的人们，无趣地正要转身离去，却听到从新房里传出琪米的哭声，嘤嘤，嘤嘤，如深秋虫鸣，凄凄切切。紧接着，"乒乓"一声，是什么东西摔地上了，伴着孙大年的大吼声，住嘴！再号丧你就给我滚回去！

　　人们愣怔在那里，望着他们家大红喜字的窗户，不明白这大喜的日子里，怎么就摔盘子摔碗的？

天也就黑了，人们摇摇头，各回各的家，关起门来睡大觉。横贯村庄的一条河，这个时候也安静了，清波不泛，河两岸的野菊花们，黄黄白白，兀自渲染。白天可不是这样，白天这条河喧闹得如同集市，一村人的吃喝洗涮，都在这条河里。男人们在河里摸鱼摸虾摸螺蛳。女人们在河里淘米洗菜汰衣裳。孩子们在河边的野菊花丛中捉蚂蚱，采菊花，在头上东一朵西一朵乱插。每年夏天，河里都要淹死一两个贪水的小孩。即便如此，人们对这条河还是深爱着的，从来不在河里乱丢垃圾，河水便总是清涟涟的，望得见水草在里面招摇。人们的房都傍河而居，河南岸与河北岸，一条木桥连着。琪米嫁过来的孙大年家，就在河南岸住，低门矮户，屋后的槐树，遮天蔽地。

这日深夜，一切都安睡了，只剩下野菊花的香气，在村庄上空浮游，还有琪米嘤嘤的哭泣。那哭声如小蛇蜿蜒，凉凉的，爬上村庄的心头。人们被搅得彻夜难眠，打定了主意，等天明了一定要去问问孙大年，这究竟是咋回事。

次日一早，新娘子琪米，已伏在屋后的河边洗衣裳，黄菊花白菊花开满她身后。人们收住脚步，站在木桥上打量她，她头发乌黑，身段苗条，面皮白净，竟是少有的标致。人们在心里替她惋惜，这么漂亮一个姑娘，怎么就嫁给了不知好歹的孙大年？

人们是不大喜欢孙大年的。人长得跟瘦猴似的不说，又不正正经经干农活，成天搬弄一堆破蜂箱，说是去放蜂，也没见他赚大钱回来。一个人守着祖上留下的三间破屋，不事庄稼，常喝闷酒，像个二流子。门前的空地上，长满荒草。

琪米的到来，让一个破破败败的家，焕然一新。人们很快发现，孙大年家屋门前的草不见了，被一行行补上绿绿的青菜秧。屋子也变亮堂了，每隔几日，就见琪米拿块抹布，里里外外在擦洗。孙大年的破衣裳也整洁了，补丁上的针脚，整整齐齐。

这样一个勤劳贤惠的好媳妇，却三天两头遭孙大年的打。人们起初都同情琪米，跑过去相劝。传闻却在这时风传开来，说琪米在家做姑娘时，有个相好的，并被搞大了肚子，好面子的父母急了，赶紧托人相亲，这才把她嫁给了无父无母的孙大年。

众人上当受骗般地"啊"一声，看向琪米的眼神，就有了轻视和不屑，她再挨打，也没人上门去劝了。四五个月后，琪米果真诞下一个足月的男婴，人们窃窃私语。那几日，孙大年的脾气大得惊人，蜂箱也不碰了，成天黑着一张脸。他不许琪米给这个孩子喂奶，他要活活饿死这个小野种。琪米哭求，换来的是一顿拳打脚踢。孩子被饿得奄奄一息，最后，邻居老太太看不过去，找了一对无儿无女的夫妻来，抱走了这个孩子。

几年后，琪米给孙大年生育了两个男孩，却没有因此改变她的处境，她还是隔三岔五的，就被孙大年找了由头痛打。村庄偏僻，整日太平，琪米的存在，无疑给安静的村庄，增添了一些小浪花。村里的女人们在河边汰洗衣裳，一边隔河笑谈，哎呀，琪米又挨孙大年打了，这次是被剥光了衣裳打的。在野菊花丛中玩耍的孩子们，听到这里会怔一怔，眼前光影斑驳，野菊花们开得星星点点。风吹着他们的小脸蛋，像吹过嫩嫩的叶片儿，温软轻柔，哪里懂得人世间还有一种东西叫疼痛？他们撒开两腿，就往琪米家跑，跑去看热闹。看到的场景往往是这样的：孙大年手执鞭子，在一旁喘着粗气。琪米则在地上蜷缩成一团，哭声嘤嘤，白得晃眼的肌肤上，有崭新的鞭痕。

琪米也曾偷偷跑去看过几回被抱走的那个孩子。孩子已长到七八岁，大概听说过一些事情，看见她，朝她轻蔑地吐着唾沫。她哭着回来，被孙大年知道了，又挨一顿打。疮痍遍布的日子里，琪米就这样早早老了，乌黑的发，染上霜花。白净的脸上，有了深刻的皱纹。她遇到人总是微低了头，话少，语调轻轻的。

这么囫囵地过了一些年，孙大年得癌症死了，琪米的两个儿子业已长大，各自成了家。却因打小受父亲的影响，对琪米这个母亲，从没正眼瞧过。

琪米剩下了一个人。剩下一个人的琪米，给自己裁剪了一件大红袄，把自己收拾得很鲜艳。她去找当年相好的那一个，年轻时的那场情事，扎根在她心里，枝叶葱茏，从来没有凋零过。

他们相见了。男人仍单身着，却不是为等她，他已另有心

240

上好。她落泪了，告诉他，他们有个儿子，早已长大成人。

男人震惊不已，提了礼物去见儿子。儿子爽快地认了他这个爹，却不认琪米这个娘。这么多年来，儿子一直记恨着琪米的"遗弃"。很快，男人搬来和儿子一起住，父子团聚。琪米还是一个人。

琪米穿着她的大红袄，在一个深夜里投了屋后的河。那会儿，一河两岸的野菊花，开得如火如荼，薄凉的香气，浮游在村庄上空。男人得知消息，慌忙赶过来，他跪在琪米的遗体前，大哭，当年那段情事，他也一直没有忘怀，只是他无法原谅她当年的"背叛"，她怎么就嫁给了别人。

男人亲自给琪米收了殓，送了葬。嘱咐儿子，等他归后，他要和她葬一起。

绿袖子

最痛的爱情，莫过于纵使相逢不相识，尘满面，鬓如霜。

《绿袖子》是一首地道的英国民谣，流传时间甚广，在伊丽莎白女王时代就被人传唱。后传说在英王亨利八世时，被重新填词，成为英国民歌的瑰宝。

我初见《绿袖子》，不是被它的旋律吸引，而是被它的名字吸引。其时，它正躺在一张 CD 上，不显山不露水的。但我还是一眼就喜欢上了，我想起一句宋词来，"玉窗掣锁香云涨，唤绿袖，低敲方响。"有无限娇俏的春光在里头。

几百年来，《绿袖子》的演绎版本多不胜数，无论用何种乐器演奏，都遮盖不了它本身逼人的气质。就像一个天生丽质的女子，穿什么，都一样光彩照人。但我，还是有偏爱的，我喜欢排箫演奏的。箫是一种有灵魂的乐器，它演奏的《绿袖子》里，飘满茉莉花香般的忧伤，像穿堂入室的风，从你的袖口里潜入，在你的每块肌肤上游走。又如绿茵如毯的原野上，徘徊着一个绿蘑菇一样的姑娘，风吹着她的绿袖，她的眼里，蓄着黄昏落日。天地是那么广阔，广阔得没有尽头，何处才是她的家？——这都是让人忧伤得不能自已的事。

音乐背后的故事，更让人惆怅。一说是一个民间水手的爱情。水手和一个喜欢穿绿袖衣裳的姑娘相爱了，每次见面，姑娘都穿着她喜欢的绿袖衣裳，像一只美丽的绿云雀。后来战争爆发，水手参战去了，姑娘日日穿着绿袖衣裳，站路口等待心上人归来，最后悲伤而死。多年的战争终于结束，满身沧桑的水手归来，却再寻不着他心爱的姑娘，他于是一遍一遍凄凄地唱："啊再见，绿袖，永别了，我向天祈祷，赐福你，因为我一生真爱你。求你再来，爱我一次。"乐曲委婉纤细，是不堪重负的荒野小草，风能读懂它心中的爱吗？最痛的爱情，莫过于纵使相逢不相识，尘满面，鬓如霜。

又一说，是国王亨利八世的爱情。这个在传说中相当暴戾的男人，却真心爱上一个民间女子，那女子穿一身绿衣裳。某天的郊外，阳光灿烂。他骑在马上，英俊威武。她披着金色长发，太阳光洒在她飘飘的绿袖上，美丽动人。只一个偶然照面，他们眼里，就烙下了对方的影。但她是知道他的，深宫大院，隔着蓬山几万重，她如何能够超越？唯有选择逃离。而他，阅尽美人无数，从没有一个女子，能像她一样，绿袖长舞，在一瞬间，住进他的心房，让他念念不忘。但斯人如梦，再也寻不到。思念迢迢复迢迢，日思夜想不得，他只得命令宫廷里的所有人都穿上绿衣裳，好解他的相思。他寂寞地低吟："唉，我的爱，你心何忍？将我无情地抛去。而我一直在深爱你，在你身边我心欢喜。绿袖子就是我的欢乐，绿袖子就是我的欣喜，绿袖子就是我金子的心，我的绿袖女郎孰能比？"曲调缠绵低沉。终其一生，他不曾得到她，一瞬的相遇，从此成了永恒。

　　或许，这才是最好的结局。有时的长相厮守，未必见得幸福。更永恒的爱情，是相见不如怀念。一曲《绿袖子》，因此生生世世，经典在一颗又一颗，易于感动的心上。

红木梳妆台

　　天地间，溢满淡淡的清香，有种明媚的好。

　　她与他相识，不知是哪一年哪一月的事了。仿佛生来就熟识，生来就是骨子里亲近的那一个人。她坐屋前做女红，他挑着泔水桶，走过院子里的一棵皂角树。五月了，皂角树上开满乳黄的小花儿，天地间，溢满淡淡的清香，有种明媚的好。她抬眉。他含笑，叫一声："小姐。"那个时候，她十四五岁的年龄吧。

　　也不过是小户人家的女儿，家里光景算不得好，她与寡母一起做女红度日。他亦是贫家少年，人却长得臂粗腰圆，很有虎相。他挨家挨户收泔水，卖给乡下人家养猪。收到她家门上，他总是尊称她一声"小姐"，彬彬有礼。

　　这样地，过了一天又一天。皂角花开过，又落了。落过，又开了。应该是又一年了吧，她还在屋前做女红，眉眼举止，盈盈又妩媚。是朵开放得正饱满的花。他亦是长大了，从皂角树下过，皂角树的花枝，都敲到他的头了。他远远看见她，挑泔水桶的脚步，会错乱得毫无步骤。却装作若无其事，依然彬彬有礼叫她一声："小姐。"她笑着点一下头，心跳如鼓。

某一日，他挑着泔水桶走，她倚门望，突然叫住他，她叫他："哎——"他立即止了脚步，回过身来，已是满身的惊喜。"小姐有事吗？"他小心地问。

她用手指缠绕着辫梢笑。她的辫子很长，漆黑油亮。那油亮的辫子，是他梦里的依托。他的脸无端地红了，却听到她轻声说："以后不要小姐小姐地叫我，我的名字叫翠英。"

他就是在那时，发现他头顶的一树皂角花，开得真好啊。

这便有了默契。再来，他远远地笑，她远远地迎。他起初"翠英"两字叫得不顺口，羞涩的小鸟似的，不肯挪出窝。后来，很顺溜了，他叫她，翠英。几乎是从胸腔里飞奔出来。多么青翠欲滴的两个字啊，仿佛满嘴含翠。他叫完，左右仓促地环顾一下，笑。她也笑。于是，空气都是甜蜜的了。

有人来向她提亲，是一富家子弟。他听说了，辗转一夜未眠。再来挑泔水，从皂角树下低头过，自始至终不肯抬头看她。她叫住他："哎——"他不回头，恢复到先前的彬彬有礼，低低问："小姐有事吗？"

她说："我没答应。"

这句话无头无尾，但他听懂了，只觉得热血一下子涌上来，心口口上就开了朵叫作幸福的花。他点点头，说："谢谢你翠英。"且说且走，一路健步如飞。他跑到一处无人的地方，站在那里，对着天空傻笑。

这夜，月色姣好，银装素裹。他在月下吹笛，笛声悠悠。她应声而出。两个人隔着轻浅的月色，对望。他说："嫁给我吧。"她没有犹豫，答应："好。但我，想要一张梳妆台。"这是她从小女孩起就有的梦。对门张太太家，有张梳妆台，紫檀木的，桌上有暗屉，拉开一个，可以放簪子。再拉开一个，可以放胭脂水粉。立在上头的镜子，锃亮。照着人影儿，水样地在里面晃。

他承诺："好，我娶你时，一定给你一张漂亮的梳妆台。"

他去了南方苦钱。走前对她说："等我三年，三年后，我带着漂亮的梳妆台回来娶你。"

三年不是飞花过，是更深漏长。这期间，媒人不断上门，统统被她回绝。寡母为此气得一病不起，她跪在母亲面前哀求："妈，我有喜欢的人。"

三年倚门望，却没望回他的身影。院子里的皂角花开了落，落了开……不知又过去了几个三年，她水嫩的容颜，渐渐望得枯竭。

有消息辗转传来，他被抓去做壮丁。他死于战乱。她是那么的悔啊，悔不该问他要梳妆台，悔不该放手让他去南方。从此青灯孤影，她把自己没入无尽的思念与悔恨中。

又是几年轮转，她住的院落，被一家医院征去，那里，很快盖起一幢医院大楼。她搬离到几条街道外。伴了多年的皂角树，从此成了梦中影。如同他。

60岁那年，她在巷口晒太阳，却听到一声轻唤："翠英。"她全身因这声唤而颤抖。这名字，从她母亲逝去后，就再没听到有人叫过她。她以为听错，侧耳再听，却是明明白白一声"翠英"。

那日的阳光花花的，她的人，亦是花花的，无数的光影摇移，哪里看得真切？可是，握手上的手，是真的。灌进耳里的声音，是真的。缠绕着她的呼吸，是真的。他回来了，隔了四十多年，他回来了，带着承诺给她的梳妆台。

那年，他出门不久，就遇上抓壮丁的。他被抓去，战场上无数次鬼门关前来来回回，他嘴里叫的，都是她的名字，那个青翠欲滴的名字啊。他幸运地活下来，后来糊里糊涂被塞上一条船。等他头脑清醒过来，人已在台湾。

在台湾，他拼命做事，积攒了一些钱，成了不大不小的老板。身边的女子走马灯似的，都欲与他共结秦晋之好，他一概婉拒，梦里只有皂角花开。

等待的心，只能迂回，他先是移民美国。大陆还是乱，"文革"了，他断断回不得的。他挑了上好的红木，给她做梳妆台。每日里刨刨凿凿，好度时光。

她早已听得泪雨纷飞。她手抚着红木梳妆台，拉开一个暗

248

屉，里面有银簪。再拉开一个暗屉，里面有胭脂水粉。是她多年前想要的样子啊。

她坐在梳妆台前，很认真地在脸上搽胭脂，搽得东一块西一块的。因为年轻时的过多穿针引线，还有，漫长日子里的泪水不断，她的眼睛，早瞎了。

"哎，好看吗？"她转头问立在身后的他。他一迭声说："好看好看，这世上，没有哪个女人，比你更好看。"她开心地笑了。他悄悄转身，抹去脸上两行泪。外面的阳光，真是灿烂，像多年前的皂角花开。

你在，就心安

人世间的爱情，莫不如此。就是亲爱的人，你必得在我眼睛看到的地方，在我耳朵听到的地方，在我手能抚到的地方，好好存活着。

祖母 86 岁的时候，耳还不背，眼也不花，还可以在屋内眯缝着眼做针线。大她两岁的祖父却不行，一步已挪不了两寸了。他总是安静地坐在院门口晒太阳，一坐就是大半天。

两个人，不过隔着一屋远的距离，祖母却每隔十来分钟，就要大声唤一声祖父。"老头子！"祖母这样唤。有时祖父听见了，会应一声"哎"。祖母笑，仍旧低了头，做她的针线活。有时祖父不应，祖母就着急，会迈着细碎的步子，走出门去看。看到祖父好好的，正坐在太阳下打着盹呢，祖母就孩子般地笑嗔："这个老头子，人家喊了也不睬。"

我笑她："你也不怕烦，老这么喊来喊去做什么？"祖母抬头看我一眼，宽容地笑，说："伢儿呀，你不懂的，知道他好好地在着呢，才心安的。"

心，在那一刻，被濡湿了，是花蕊中的一滴露。原来，幸福不过是这样的，你在，就心安。粗茶淡饭有什么要紧？年华老去有什么要紧？只要你在，幸福就在。

我想起三毛和荷西来，那对爱情神话中的人儿，曾有过让人羡慕的家居生活。那时，她在灯下写字，他在一边看书，两个人有一搭没一搭地说着话。是不是偶尔，她一抬头，叫一声："荷西。"亲爱的那个人，会缓缓回过头来，看她一眼。也没有多话，他们只温暖地交换一下眼神。然后，她继续快乐地写字，他继续迷醉地看书。但却有厚实的东西，渐渐填满了他们的心。你在，就心安的，这是人世间最最温馨的相伴。后来荷西走了，她在灯下，再也唤不回他回眸的温暖了。尘世间再美的风景，也与她无关。她的心，是空的。十年后的某天，她终追了他去。

亦曾听一个女人，讲过这样一件事，说她老公在夜里睡觉时喜欢打呼噜，那真正是地动山摇的。旁的人奇怪，那么响的呼噜，她怎么会睡得着。然她却安之若素，每夜都枕着他的呼噜声入睡，睡得安稳踏实。偶尔她老公夜里睡觉不打呼噜，她反倒不习惯了，必三番五次醒来，伸了手去摸他，摸到他正均匀地呼吸着呢，她这才放下心来，继续睡。

初听时，以为笑话。其实，不是。人世间的爱情，莫不如此。就是亲爱的人，你必得在我眼睛看到的地方，在我耳朵听到的地方，在我手能抚到的地方，好好存活着。你在，就心安的。只要你在，整个世界，就在。

桃花芳菲时

她仪态端庄，面容安详。院子里，一院的桃花，开得正芳菲。

正月十五闹花灯，年轻的三奶奶在街市上看花灯，相遇到英俊的三爹。电光火石般的，两颗年轻的心，爱了。不多久，三爹托了媒人上门。

三奶奶是三爹用大红花轿红盖头迎进门的，那时，满世界的桃花开得妖娆，三奶奶的婆婆——我们那未曾谋面过的老太，站在小院里，正仰望着一树桃花。帮佣的端着一盆莲子走过来，老太咧着嘴乐，说，好兆头，多子多孙。但三奶奶婚后，却无一子半嗣。

过年的时候，我们几个小孩子，被祖母一径领着，走上六七里的路，去给三奶奶拜年。这已是若干年后的事了。我们的老太，也早已作了古。祖母再三关照，看见三奶奶不要乱说乱动，要祝三奶奶健康长寿。

房间里的光线总是暗，有一股水烟味。黄铜的水烟台，立在床头柜上，形销骨立的样子。三奶奶盘腿坐在床上，倚着红绸缎的花被子。她是个瘦小的女人，脸隐在一圈淡淡的光里面，看不清。她朝着我们说，好孩子，谢谢你们来看奶奶。然后递过红包来，那是给我们的压岁钱。我们敛了气地候着，祖母却客气地相挡，哪能要你的钱呢？

我们被祖母轰出房去，只留她们两个说话。我们乐得出去玩，门前有河，河上结冰，冰上散落着燃尽的爆竹屑。远远看去，像散落的花瓣。我们捡了泥块打冰漂。玩得肚子饿了，才想起已到饭时，回头去找祖母，只听得三奶奶幽幽说，我可是他大红花轿红盖头娶进门来的。后面是长长久久的静穆，有叹息声，落花似的。我们倚了门，呆一呆，那大红花轿红盖头的场面，该是何等的热闹？而三奶奶，定也是个水灵灵的人吧。

从没见过三爹，他人远在上海。兵荒马乱年代，祖父的弟兄，都跑到上海去苦生活。三爹也去了，先是在上海轮船码头做苦力，后来拉黄包车，再后来，去戏园子做看门人。在那里，三爹遭逢到他生命里的一场艳遇。

爱上三爹的女人，是经常去戏园子看戏的。英俊的三爹，穿着镶白边的红礼服，站在戏园子门口迎客，惹得路过的女人，频频相望。那个女人，在数次相望后，再路过三爹身边，她把她外面穿着的大衣脱下，塞到三爹手上。给我拿着，她用不容置疑的口吻说。三爹愕然，她回眸一笑。如此三两次，便熟识了。

后来，这个女人，成了三爹在上海的太太。三爹托人捎口信给三奶奶，说，我对不起你，你另择好人家，再嫁吧。三奶奶大哭一场，却不肯离去，她把话捎去上海，我可是你大红花轿红盖头娶回家的。三爹听后，长叹一声，再无话。

家里有人去上海，回来说起三爹，多半摇头。三太太，家里人这样称三爹在上海的女人。三太太不是个善类啊，三爹在家做不了主的，大人们在一起谈论时，如是说。

三太太不喜欢这边的人过去，在小阁楼里摔盆子。三奶奶给三爹做的布鞋，也被三太太给退了回来，三太太说，侬自己穿好了。那个时候，三爹已和三太太生了两儿两女，儿女们都大了。三爹拉着去看他的家里人的手，背地里淌眼泪，说，见一回少一回哪。

也问起三奶奶，记忆里多半模糊。三爹说，她也老了吧？然后叹，我对不起她。一次，三爹瞒着三太太，塞了些钱给去看他的人，说，让她多买点吃的吧，告诉她，死了后，我一定葬在那边的。

回来的人，把三爹的话，说给三奶奶听，三奶奶抚被大恸，哭得撕心裂肺。大家都吓坏了，团团围住她，不知怎样相劝才好。三奶奶抽抽噎噎着停下来，却说，孩子们，我这是高兴哪。

三爹在 86 岁高龄上，突患一场大病，医治无效。弥留之际，家里人去看他，他问，她还好吧？再三恳求，他死了，一定要带着他的骨灰回去。平时冷面冷脸的三太太，也老了，这时仿佛看开许多，她知道，她守了一辈子的男人，只守住了他的身，却没守住他的心。她松口了，说，就依了他吧，想回去，就回去吧。

　　三爹的骨灰，被接回老家。三奶奶一早就梳洗打扮好了，稀疏的白发，捋得纹丝不乱。大红对襟袄穿着，竟是出嫁时穿的那件红衣裳。她不顾大家的劝阻，踩着碎步，跑了很远的路去迎。她抱着三爹的骨灰盒，多皱的脸上，慢慢涸上笑，笑成桃花瓣。她喃喃说，你这狠心的老头子，我可是你大红花轿红盖头娶进门来的，你却抛下我这么些年，今天，你终于回来啦。站旁边的人，无不泪落。

　　两天后，三奶奶去世了。她安静地死在床上，身上穿着那件红嫁衣，枕旁放着三爹的骨灰盒。她仪态端庄，面容安详。院子里，一院的桃花，开得正芳菲。

会说话的藏刀

她把她的情和暖，也磨进刀里面。

导游洛桑，是个迷人的康巴汉子，浓眉大眼，身材魁梧，说一口流利的普通话。他是我们游香格里拉的地陪。一上车，他就给我们来了一个九十度的大鞠躬，浑身是笑，"欢迎大家来我们香格里拉做客！你看，天多蓝，云多白！我爱我的家乡！扎西德勒！"

我们很快喜欢上这个年轻率真的康巴汉子。一路上，他一直滔滔不绝着，说当地的风土人情，讲茶马古道的故事，学藏獒叫，唱藏族小曲。他喉咙一展开，我们立即吓了一大跳，那声音简直是金属的，金光灿烂，亮闪闪一片。我们说，若是他去做歌星，保管走红，原生态嘛，现在都热衷这个。洛桑听了，很认真地回答："不，我爱我的家乡，我就愿待在这儿，哪也不去。"

我们听不懂他唱的藏语，他就用汉语字正腔圆一句一句翻译，当翻译到一句"草原上的姑娘卓玛"时，我们中有人笑，"洛桑呀，你有没有你的好姑娘？"

洛桑哈哈乐了，眼睛瞪大，一本正经答："有啊，我的好姑娘，是世上最漂亮的姑娘。"他告诉我们，他的好姑娘，也是个导游。他们带不同的旅游团，在同一片天空下转着，却难得相见。洛桑说这些时，嘴边一直飞着笑，表情柔和且安静，让人感动。我们于是都在想象他的卓玛，梳很多小辫子垂挂着，穿镶花边系绣花腰带的藏袍，有漆黑得如深潭的眸。问洛桑，"是这样吗？"洛桑频频点头，"是的是的。"

停车吃饭，一眨眼不见了洛桑。出门，却发现他蹲在人家水池边，就着一块磨刀石，正专注地磨着他佩的藏刀。问他："带藏刀干吗呢？"他解释："这是藏人服饰中的一块，藏人着装，是要佩了藏刀，才算着好装了。这是流传下来的习俗，藏人最初是用它来防身和切肉吃的。"我们要他示范一下他的刀快不快。洛桑就找了一根铁钉，削了下去。铁钉当即被削断。

即便是这样的锋利，洛桑一有空闲，还是取下他的藏刀磨。这让我们大大不解。洛桑轻轻插刀进鞘，说："我这刀是有灵气的，我把我手上的温度，磨进刀里去，它就会说话。"我们知道他是开玩笑，都跟着一乐。

车过一峡谷，洛桑看着窗外，突然变得很兴奋，洛桑问我们："可以停一下车吗？就五分钟。"我们都伸头往窗外看去，就看到与我们相向的一辆旅游车，停在路边，一些游客散在路旁，正对着峡谷拍照。大家好像明白了什么，都一齐说："我们也下去拍照吧。"洛桑一弯腰，冲我们感激地说："谢谢大家了，扎西德勒！"

洛桑是第一个跳下车的，他刚跳下车，我们就见到一个藏族姑娘，从那边车旁奔过来，黑黑的脸庞，胖乎乎的身材，穿着红底子碎花的藏袍，没系绣花腰带。这应该是洛桑的卓玛了，很一般的样子。我们一行人，都有些失望。

接下来看到的，却让我们感动无言。洛桑和姑娘面对面站着，对着傻笑。后来，她取下她的藏刀，他取下他的藏刀，他们互相交换了藏刀，伸手按按对方的刀鞘，仿佛在看，那刀是不是在对方的刀鞘里安妥了。她理理他的衣领，他拍拍她的肩，然后回头，招呼各自的游客上车。

车上，洛桑说："那是我的姑娘。"我们点头，"知道。"洛桑就笑了，问："我的姑娘漂亮吧？"我们说："是，漂亮极了。"洛桑听了，非常高兴。他告诉我们，两人长期在外带团，见面少，他们就想了这个法子，每次遇到，就交换一下藏刀，因为对方的温度，会留在刀上。

想来，她在一有空时，也一定取出藏刀，不停地磨啊磨。她把她的情和暖，也磨进刀里面。

布达拉宫里的爱情绝唱

多少人事，都被历史的风尘，淹没得严严实实，再无痕迹可寻。

1697 年的秋天，对于 14 岁的门巴族少年仓央嘉措来说，真是一个肃杀的秋天。这个秋天，他将远离他的门隅，远离他青梅竹马的仁增旺姆，到千山万水外的布达拉宫去。自从 3 岁那年，他被定为五世达赖喇嘛的转世灵童，冥冥中，他的命运，已不掌控在他的手里了。他要去走佛的路，成为西藏最高精神领袖六世达赖喇嘛。

秋叶簌簌落，像他纷乱的心。前路看不见，而身边真实的那个人，他就要与她永别了。他在树梢上，为她挂上祈求平安与福祉的经幡，他把他的魂，系在上面了。一步一回头，别了，我亲爱的山。别了，我亲爱的水。别了，我亲爱的人。美丽的姑娘仁增旺姆，眼睁睁看着她的少年一步一步走远，她多想拽住他的衣襟不放手，今生也不放手。她不要他变成佛，她不要，她要她的仓央嘉措！泪水长流中，她铭记了他临行前的一句承诺："等着我，我们会相见的。"

一年，又一年。星空下，布达拉宫红宫的屋顶平台上，已是普惠罗桑仁钦的仓央嘉措，眼光越过一座座灵塔金顶，眺望着他遥远的门隅，心中千呼万唤的，是他心爱的姑娘，"山上的草坝黄了，山下的树叶落了。杜鹃若是燕子，飞向门隅多好！"他望瘦了风，望瘦了月，望瘦了人。而隔着千重山万重水的门隅，仁增旺姆亦是日夜思念着他，她天天跑去那挂着经幡的树下，眺望着天边的布达拉宫，高山望断。求婚的接踵而至，父母威逼，舆论谴责，她统统不顾的，她要等着她的仓央嘉措，他们一定会相见的。

终于等来了仓央嘉措的召唤，那是三年后的一天，无法抑制思念之情的仓央嘉措，偷偷派亲信来到门隅，暗中约见了仁增旺姆，捎来他的口信。仁增旺姆一刻也不曾停留，行囊未来得及收拾就上路了。风餐露宿，跋山涉水，飞到她的爱人身边。

他们在布达拉宫重逢了！他是高高在上的活佛，她是万千膜拜信徒中的一个。穿过那些膜拜的头顶，他们纠缠的眼神，再也无法分离。

仁增旺姆在布达拉宫旁的玛吉阿米酒店住下来。爱情让两个人成了世上最幸福的人，他们热切盼望着夜晚来临，那是他

们的天堂。从此，仓央嘉措有了双重身份，白天，他是住在布
达拉宫里的活佛六世达赖喇嘛，坐在无畏狮子大法宝座上，威
仪天下。夜晚，他还原成俗人，甘愿被爱情灌醉。这期间，他
为他的仁增旺姆，写出大量的爱情诗：

　　　　那一刻，
　　　　我升起风马不为祈福，
　　　　只为守候你的到来。
　　　　那一日，
　　　　我垒起玛尼堆不为修德，
　　　　只为投下心湖的石子。
　　　　那一夜，
　　　　我听了一宿梵唱不为参悟，
　　　　只为寻你的一丝气息。
　　　　那一月，
　　　　我转动所有的转经筒，
　　　　不为超度只为触摸你的指尖。
　　　　那一年，
　　　　我磕长头匍匐在山路，
　　　　不为觐见只为贴着你的温暖。
　　　　那一世，
　　　　我转山转水转佛塔呀，

不为修来世只为在途中与你相遇。

那一瞬，

我飞升成仙，

不为长生只为佑你平安喜乐。

　　然他们都清楚着，这样的爱，注定没有指望。自从 3 岁那
年，他被确定为五世达赖喇嘛的转世灵童后，他就失却了作为
人的最基本的权利——追求自由和爱情。他们的相爱，无异于
赤裸着双脚，在荆棘上跳舞。

　　风雨也终于来了。当时西藏的形势相当错综复杂，宗教的、
政治的、军事的、经济的，各方面权力纷争，反对派虎视眈眈
盯着他身下的无畏狮子大法宝座。掌控了他，就等于掌控了整
个西藏。他过度的"放浪形骸"，无疑是授人以柄，铺天盖地的
流言，汹涌而来。这对苦命的恋人，已感到乌云压顶的沉重，
已嗅到不远处的血腥味。她躺在他的怀里，他搂紧她的人，不
知什么时候一松手，就再见不着了。他问她："愿否永作伴侣？"
她毫不犹豫地答："除非死别，决不生离！"

　　好了，还有什么比恋人的这句承诺，更能穿心入肺的呢？
佛亦不能够。他脱下身上的僧衣，毫不可惜地扔到辅他走上佛
路的第巴桑结嘉措的脚下。他决心放弃他的达赖喇嘛的权位，
放弃布达拉宫的辉煌，他不要做佛，他要做人，他要和他的仁
增旺姆，一起回他们的门隅，结婚，生子，过寻常的日子。

他天真了！这个时候，做不做活佛，已由不得他了。一天，他再去约会，玛吉阿米酒店里，再看不见他的仁增旺姆了。他疯了似的，对着远处的群山叫喊，他豆花似的爱人，却再没有回来。

他的心，滴着血。身边的权力之争，这时，却越演越烈。一直护着他的第巴桑结嘉措，在一次纷争中被杀。1706年，在权力之争中获胜的拉藏汗，把仓央嘉措从无畏狮子大法宝座上拉下来。康熙帝一纸诏书：执献京师。他踏上了被押解去北京的路。

1707年的冬天，仓央嘉措在青海湖畔神秘失踪。这一年，他年仅25岁。

三百多年过去了，布达拉宫门前的转经筒，转过一世再一世。多少人事，都被历史的风尘，淹没得严严实实，再无痕迹可寻。然而，仓央嘉措和他的爱情，却如漫山遍野的格桑花，世世代代，盛开在青藏高原上，盛开在人们的心里面。

浮生一梦

人生有时真的不过浮梦一场，终归于寂寂与寥寥。

看电视里的民国少爷，穿质地精良的长衫，手执一把折扇，逗鸟看戏四处游玩，后面还跟着几个小跟班的，优哉游哉着，我总忍不住想，那是不是我爷爷少年时。

我爷爷生于民国七年，在苏北一个叫丁家庄的地方。据我爸讲，当年的丁家庄，有一半田地，都是我爷爷家的。合家百十口人，住的房屋都是青砖小瓦房，有前后院落，几进几出。彼时，我祖上花开灼灼，人丁兴旺，好一个人间繁庶地。

我爷爷上有三个哥哥、四个姐姐，他是家里最小的孩子，排行老四，人称四少爷。我那未曾谋面的太奶奶，家风甚严，规矩极大，唯独对我爷爷这个老幺，宠溺得不行，请了私塾先生专门教我爷爷习字读书。我爷爷不爱，正经的书读不了几行，只管把那些野趣传闻的偷拿来读。我还记得小时他讲包青

265

天，讲隋炀帝下扬州，讲小方青会姑母，讲岳飞，讲杨家将，故事好听得很，总吸引一批孩子围着他。我爷爷也是斗蟋蟀玩纸牌扎风筝的头把好手，我奶奶说，跟她拜堂成亲那天，我爷爷还在跟人玩斗蟋蟀，家里着人找了半天，才把他找回家。我奶奶怀头胎，就要生了，我爷爷却领着一帮侄子侄女在放风筝。他扎了一架几丈长的巨型风筝，飘飘摇摇上了天，底下有成百人观看。值此时，好风好水，繁花满枝头，乱世浮沉，世事维艰，与我爷爷一点关系也没有的。

我太奶奶过世，一个大家族立马四分五散。我爷爷分得一些房屋田产，吃饭度日原是足够了，然因他太贪玩，不懂生计，很快把些房屋田产都变卖光了。他带我奶奶举家迁去荒田时，全部家产只剩下三间小瓦房。我家住了多年的茅草屋，屋上的椽子、大梁、门和木格窗，都是这三间瓦房上的。上祖留下的东西，也就这么多了。

生活变得辛苦，我爷爷跑去上海投奔他的二哥和大姐。二哥和大姐，早年在上海做事，也都把家安在上海。这个小弟弟到了，做哥的做姐的自然照顾有加，鼎力相助。二哥很快帮他谋得一轻松差事，坐办公室的，专管一支黄包车队。还给他弄到了一间房，带小阁楼的，上面住人，下面可以烧饭。我爷爷在上海安顿下来，乐不思蜀，他偶尔去办公室装模作样坐一会儿，也没什么事可做。然后就去泡戏园，他追过梅兰芳的戏，几乎场场必到。

我奶奶在家望眼欲穿，盼着他能寄点钱回家。哪里有！他自个儿玩还不够的。无奈，我奶奶带着我爸，怀里还抱着一个吃奶的幼儿，决心去上海找我爷爷。娘仨才走到半路上，路上却发生枪战，是八路军与国民党在交手。娘仨随逃难的人跑，急急慌慌中，我奶奶把抱在手里的幼儿也给弄丢了。她和我爸趴到一条渠沟里，趴了一夜，只听见子弹从耳边"嗖嗖"飞过，如爆豆子似的。好不容易枪声停了，却传来消息，去往上海的路被封了，她和我爸只得打转回来。

丢了的孩子，被好心人捡了，辗转交到我奶奶手上。只是这孩子注定命不长，回来后不久，得了天花，死了。若活着，一切顺当，如今也六七十岁了，我该叫她三娘娘。

我爸孤身一人去上海投奔我爷爷时，7岁。我爸去投奔的目的只有一个，他想念书。

我爷爷遂了我爸的愿，把我爸送进学堂。

然我爷爷一个人逍遥惯了，完全没有做父亲的意识，他有了钱，还是想去泡戏园，就去泡戏园，一泡就是一整天，全然想不到，家里还有一个小孩在等着他。我爸中午放学回来，常常锅灶是冷的，家里无一粒米，可怜的孩子饿着肚子又去上学。走过弄堂口，那里有做油饼的山东人，认得我爸，有时会好心地送我爸一只油饼吃。

我爸拖欠学校的学费。问我爷爷要钱，我爷爷总是说："等下次吧，下次发了工钱，我就给你。"然下次真的发了工钱，他首先是听戏去了，泡茶楼去了，学费依然拖欠着。每日去学校，老师见到我爸的第一桩事就是问："丁志煜，你今天学费带了吗？"我爸羞愧地摇头。老师就没好气地说："唉，站到后面去。"我爸就站到教室后面去，堂堂课都站着。

饥饿和罚站，终于把一个孩子压垮了，刚好有苏北乡下的人来上海，我爸要跟着那人回去。我爷爷不阻拦，去弄堂口买了十只油饼，让我爸揣着，就把我爸给打发走了。

我爸的学业就此中断，他在上海，只读了两年半的书。

我爸对我爷爷一直有着抱怨。"糊涂虫，糊涂了一辈子。"我爸如此评价我爷爷。

摊上这样一个诸事不问、只管玩乐的父亲，做孩子的自然很辛苦。我爸是家里长子，上面虽有两个姐姐，可作为家里最大的男丁，他六七岁就能去老街上的典当行当东西，换回大米。大凡家里跑腿的事，也都归这个六七岁的孩子管。

我爸生得聪明伶俐，他看典当行的老板，躺在摇椅上翻一本古书，心生羡慕，萌生出要读书的念头，长大了也要当典当行的老板。他怀抱着这个梦想，奔向我爷爷去，我爷爷却对他的梦想无甚兴趣，对他的读书，也无甚兴趣。因拖欠学费，我爸不得不离开上海，我爷爷也是一点愧疚也没有的。台上的红粉水绿，咿咿呀呀，那才是他全部的喜乐。

隔两年，我爷爷也回到苏北乡下来。是因为上海发生动乱，还是因为他又混不下去了，不知。上海的那个小阁楼他不要了，他身无分文地回到我奶奶身边。家里的穷困，似乎落不到他眼里一点点，他一天三顿喝着野菜稀饭，也还有闲心扎风筝，还在门口种花，种牡丹和芍药，开出一大片碗口大的红艳艳的花。

我爸十六七岁时，吾乡学校招人，我爸又去读书，是半工半读。多是二十岁上下的青年人，他们学写小楷，学珠算，学诗词音律。

我爸写得一手好小楷，中楷、大楷也都来得。从我有记忆起，腊月脚下，我家就天天人爆满，热闹得像赶集的，人人腋下夹一张红纸，来托我爸写对联。我们兄妹帮着裁纸，忙得不亦乐乎，家里成了红海洋。

我爸打起算盘来，也是双手飞快，噼里啪啦。队里年终分粮，都是我爸拿了算盘，在一旁帮着算账，分毫不差。

我爸还会很多乐器，笛子，手风琴，口琴，二胡。吾村好多年里，都有新年文艺会演，有挑花担的，二十出头的姑娘，化着浓妆，胭脂口红，都是艳到极点的，看着美。她在二胡的伴奏下，唱着杨柳叶子青啊啦，扭着小蛮腰，一步三晃，从这个生产队，晃到那个生产队，如仙女衣袂飘飘。一群人也就跟着，从这个生产队，跟到那个生产队，追在后面看。我那时也追着，除了喜欢看挑花担的姑娘，也喜欢花担上的绢花，红红黄黄紫紫，艳得不行。我趁人不备，偷偷扯下一枝来，回家插酒瓶子里。过年的快乐里，这是独占一份的。

新年文艺演出，我爸是总策划、总导演，兼总乐师、总指挥。从节目的编排，到曲子的成谱，到歌词的敲定，到演奏，都是我爸一手包办。我爸人又生得像《望春风》里唱的，果然标致面肉白。放到今天，那是很文艺范儿的，很得一些女人赏识。有女人织了毛衣送我爸，我妈傻乎乎的，感激得不得了。我姐那时初谙人事，跟我妈说："我爸一定是跟这个女人好。"我妈也还不信，毛衣却再不曾见我爸穿过，下落不明了。

我爸在半工半读时，成绩优异，又吹拉弹唱，无所不能，一时成了风云人物，还当上学生会主席。

这样的风光，却不敌现实的残酷。我爷爷我奶奶无钱再供我爸上学，我爸勉强念完小学，本想去学医的，我爷爷我奶奶却不同意，迫切要他回家，扛上家庭的重担。我爸妥协了，这一妥协，他的人生路，从此彻底改变。

我爸后来的发展路径，印证了这样一个简单道理：有什么样的选择，就有什么样的人生。和我爸同学的那一帮青年，都成了各界精英，最差的也混了个小学教师，只我爸一辈子困于乡野。一个人再要强，有时，也犟不过命。所谓时运不济、生不逢时，我爸算一个。

和我爸探讨过这样一个问题，假如，我这么假如了一下，假如他当年真的学了医，进了某家大医院，"文革"时，像他这破落地主家庭出生的人，能侥幸逃脱么？命能不能保下，都有另一说了。淹没于荒野，到底受冲击小了许多，扎根的土壤也要牢固许多。

我爸思索良久，点头称是。

冲着这一点，我爸倒应该感谢我爷爷的糊涂。祸兮福之所倚，福兮祸之所伏，老子他老人家真是伟大。

我姐 19 岁那年，因小时的烫伤，脚要做皮植手术，是我陪我姐去的医院。

是南京的一家医院。医院里的外科主任，是我爸的小学同学。我爸写了一张纸条，让我们带去，很自信地说："他见了纸条，会接待你们的。"

我们没费什么劲，就打听到那个外科主任。他本来架子端端的，可一见到纸条，立即对我们热情得不得了，安排我姐住院，且由他亲自开刀。他询问了我爸许多近况，盯着我们看了又看，说我和我姐的眼睛跟我爸长得一模一样。"他那双眼睛很有特色。"外科主任说，又道："你爸绝对是个很有才华的人。"

我爸还有同学在做校长。我上小学时，小学里的校长是。我上中学时，中学里的校长也是。我爸去我学校，平日里严肃端正的校长，竟满面春风迎我爸到办公室坐，他们面前搁一杯茶，聊到高兴处，都发出爽朗的笑声。我得意，装作不经意地，从校长室门口走过，却还是忍不住告诉同学："看，那是我爸。"

我爷爷的糊涂愚昧，耽搁了我爸一生，我爸立志等他做了父亲，要做出一个崭新的来。有了我们兄妹四个，我爸倾尽全力培养。他把读书，当作我家头等大事，一遇读书，诸般事情都要让步，即便砸锅卖铁，也在所不惜。一字不识的我妈，对我们的读书，也持相当宽容的态度，地里活儿再忙，只要我们假模假样捧一本书在读，她是决计不会叫上我们的。

我们兄妹四个，都是书读到吃不进去了，我爸才认输。我姐初中没毕业，就回了家，是她自己不想念了的，相比较读书，她更喜欢田野的自由。我大弟是聪明的，只是太贪玩，他初中考高中，复读两年才考上。高中毕业，又复读两年。可惜他的心思只花在恋爱上，没用在读书上，他自觉无趣，不再读了，去学了电工。我小弟初中复读两年，是想考小中专的，后来还是念了高中。高中毕业，复读一年，小弟灰了心，不准备再读书了。村里人家请了和尚来做道场，我小弟去看热闹，瞧见那些小和尚，敲敲木鱼念念经的，活得蛮轻松，就想跟在后面做和尚去。我爸把他的书本及被褥捆扎好，驮到车架上，让我小弟坐上面，把我小弟直接给押送到学校去了。我小弟后来考上警官学校，成了吃公家饭的人。我爸是这么来形容他的高兴心情的，他说，虽是广种薄收，也总有收成的。

我的读书，算是兄妹四个中最好的，但我爸也没少操心过。小学时，为我转学的事，我爸跟小学校长差点打起来。初中时，因某地教学质量好，我爸想尽办法，把我塞进去。高中时，因与老师起了冲突，我闹着要转校。我爸听信了我的话，骑上他那辆破自行车，四处奔走，托人找关系，天黑了，他还在外头奔波。

我因严重偏科，英语成绩羞涩得可怜，一百分的总分，我考了三十多分。高考之后，也复读一年，这才考上一所大专院校。拿到录取通知书，我是失望的，我是想读新闻专业的，最后却不得不读了师范。在我爸，已是满足得不能再满足了，他广为传播，在家大摆宴席，亲朋好友，一一被请了来，甚至平时走动极少的远房本家，也一一被请来席上坐。

彼时，方圆几个村，我是唯一的女大学生。

有几个温馨的小记忆，我想记下来，关于我和我爸的。

我4岁，或是5岁。月亮的天，我爸，我妈，和我，一起走在月亮下面。我妈那么温柔，我爸那么温柔，他骑着一辆借来的自行车，车后驮着我妈，车前杠上坐着我。我们沿着月光的小路，一路向前。田野里的麦香，和蚕豆花香，浮游在夜风中。他们唧唧说着什么，笑声也轻。那时那刻，世上所有的好，仿佛都聚集到一辆自行车上了。我不知道怎么表达我的快乐才好，我就啦啦啦、啦啦啦地唱。我爸低头，用胡茬扎我的脸，说："我家小丫头还喜欢唱歌的。"

也是这个年纪，我躺在队里晒场牛屋的床上。半夜里，发现身边睡的不是我爷爷，而是我爸。我爸什么时候来的，我一点不知。我爸见我醒了，笑了，捏住我的小胳膊，轻咬一口，说："你怎么这么瘦啊小丫头。"

上小学，我从学校捡回红的白的粉笔头，伏在小凳子上，照着墙上相框里的照片画人像。那相框里有我大弟的照片，有我爸的照片，那是我爸带我大弟去上海看病，在城隍庙照的。照片带回来，好多人挤在我家里传看，那会儿，乡下人能见着照片的，极少。大家都说拍得好，跟真人一模一样。戴木匠的女人，还特意要走一张我大弟的照片。

我正专注地画着，耳朵画成红的，都画到脖子上去了。我爸不知什么时候，弯腰在我身后，他握住我的手，教我："耳朵应该这样画，衣裳应该这样画，衣裳上还有扣子的对不对？对了，这么画。"小矮凳上，一个笑微微的"爸爸"，出现在我跟前。后来好长一段日子，我迷上了画画。

是这年夏天吧，我爸去老街上有事，给我买了一双塑料凉鞋带回来，白色的。那天，刚好隔壁村放电影，我穿着这双凉鞋，牵着我爸的手，去看电影。我每走一步，都把脚抬得高高的，我是恨不得全世界的人都知道，我穿了一双新凉鞋。黑天

274

里什么也看不见，那双凉鞋的白，却极其耀眼。

我八九岁时，出水痘，我爸在他处带民工挖河。那时，吾乡一到冬天农闲，就要组织民工，四处去疏浚河流。这里的民工去往那里，那里的民工调到这里来。我家里曾住过他村的民工，他们在我家堂屋里打地铺，我奶奶捧了厚厚的稻草给铺了，那样的"床"，散发出极浓郁的稻草香。晚上，民工们凑在一起打牌，我们兄妹几个在旁边观看，看到夜深，还意犹未尽。家里住着这么多的人，真让我们兴奋，我妈得一个一个把我们捉上床才行。灯熄，堂屋里的鼾声此起彼伏，我们的房门没关，听得清清楚楚，一个夜，竟安静幸福得不得了。

那时候，谁会防着谁呢？——谁也不用防着谁的。所有的微笑，都是发自内心。所有的相待，都是拿出本心。也还跟洪荒年代似的，在自然界最初的法则里，人与人，只有拧成一股绳，才能更好地生存。

我爸负责一支工程队，带了上百个民工，吃住都在工地，十天半月都难得回一趟家。我出水痘的消息，我爸听到，他连夜赶回，顶着一头的霜雪。我看到我爸，高兴得病也似乎好了，我对他说："爸爸不要走。"我爸弯腰在我床头，很温柔地答应："好的，爸爸不走。"

十几岁时，我爸陪我去商店扯布，做过年的衣裳。商店里也有来挑布的，是几个女人，她们看着我，说："这孩子长得多好看啊，像昨天晚上电视上看到的。"

我爸本来已挑好一块布，却突然改变主意，重新挑了一块较贵的料子，淡蓝的底子，碎粉的花。他跟我提到两个在我那时听来，很新颖的词，一个是素淡，一个是优雅。他说："女孩子要穿得素淡一点，才显得优雅。"

这两个词，从此被我收藏。

我爸一直试图改变命运。

吾乡招考农技员，我爸报名了，是年，他50岁。

一同报名的，还有我小娘娘——我爸最小的妹妹，我爸是把她当孩子来养的。

他们躲进村里一户人家的小阁楼上复习，如同过去小姐坐闺房，足不出户了，饭都是我妈送了去。一个月后，我爸考上了，我小娘娘却落了榜。我爸做了村里的农技员，有正式任命的证书。

我爸跨入到村干部的行列，这让他扬眉吐气。他走起官步来，双手背在身后，腰杆笔直，走在田埂上，视察农田，像古代帝王视察他的疆土。他还不时地在广播里讲讲话，对着全村的村民，什么时候棉花该播种了，什么时候水稻该泼浇了。他指挥着村民种庄稼，像指挥着千军万马上战场。我笑他虚荣，我爸很正式地说道，他的证书，是千真万确的，是有技术含量的。

我爸做到65岁上，才从这个岗位上退下来。家里还不时有村民上门来找，他们只认他这个老农技员的。

我爸奋发图强的时候，我爷爷通常已骑上他那辆二八自行车，去了老街。他一大早出门，到晚上才回来，什么也没买，他只是看街景去了。

郑板桥写，难得糊涂。郑先生写这四个大字时，是很纠结的吧，他一辈子也没真正糊涂过，仕途不顺，穷困潦倒，卖画为生，世态炎凉皆落他眼底。他向往糊涂，做人若做到糊涂的分上，是境界，是福分。我爷爷比郑先生幸运，他根本无须修炼，自然天成。他诸事不问，怎么着都是好的，倒保留了内心最初的澄明清静。又省了麻烦，别人是懒得跟一个糊涂人计较的。我妈那么火爆的脾气，与我爷爷却连口角也不曾有过一回。

我考上大学，在外地。我爷爷去看我，我把他安排进男生宿生，跟一个男生睡在一起，他居然能一待就是半个月。我上课，没空陪他，他就自己去街上转，回来，告诉我，那么多的车啊。那么多的人啊。那么多的高楼啊。

我结婚成家，最初是在一个小镇，离老家也就三四十里地。我爷爷三天两头骑了车去我那里，有时在我家住上一宿，有时不。四处转转看看，他就很高兴了。只有一回，他拉着我的手说："伢儿，我是走一回少一回啊。"那是他说的唯一的伤感的话。那会儿，他七十好几了。

十年后，我搬离那个小镇，一去上百里，我爷爷再没到过我家。每次我回老家，我都说要接他来城里玩，我爷爷很高兴地等着，然因这样那样的原因，最后都没能成行。

我爷爷到 86 岁了，也还能骑着自行车，去老街上看街景。后来骑不动了，他就拄着拐，挪去村部小商店那里。那里人多，他撑在那儿听人闲聊，一撑就是大半天。

我爷爷活到 92 岁，寿终正寝。面容如活着时一样，笑眯眯的，像个老顽童。

我爸总结："你爷爷玩乐了一世。"

一屋的亲朋都笑了，人声喧喧。活到我爷爷这般年纪老去，丧事是当作喜事来做的。

我很想在我爷爷的墓碑上刻上这样一行字：

这里躺着一个可爱的好玩的老头

但按吾乡风俗，刻碑这件事，怎么着也轮不上我这个小孙女的。我咽了咽唾液，终没把这个想法提出来。

我姐告诉我一件事，说我考大学那两年，爷爷天天早起焚香，祈祷我能高中。

这件事，爷爷一直没对我说过。

春日暖阳，老家屋后，红旗河边的柳，已堆积成烟，我爷爷下了葬，埋在老家的桑树地里。那些桑树，曾养过许多的蚕。

我去送葬。看着那方装了他骨灰的小盒子，慢慢地，一点一点，被土掩了。

起风了。亲人们站着望一会儿，也都散了。

唐代李咸用的《早秋游山寺》中，有这么几句："至理无言了，浮生一梦劳。清风朝复暮，四海自波涛。"人生有时真的不过浮梦一场，终归于寂寂与寥寥。

盛夏的果实

我情愿这样想，有些人的诞生，是为了永恒。

乡村的盛夏，有着最为饱满的繁华，花开得欢，瓜果结得实。那些瓜果不是一只只，而是一篮篮，是必须用篮子装的。每家地里，都牵着绕着无数的藤蔓，上面挂满果实，丝瓜、黄瓜、香瓜、扁豆……哪里能数得清？

我回乡下看父母，住在父母的老房子里。房前是一排一排的玉米，我望着玉米笑，想起小时偷集体地里玉米棒的事来。那时，提着篮子在玉米地里割猪草，割着割着，趁人不注意，掰下一颗嫩玉米棒，就往怀里藏。走路上，像只胖胖的小熊，自以为没人看见。其实，大人们都心知肚明着，知道这孩子怀里藏着什么。他们只是笑笑，不说。他们宽容着我这点私密的拥有和快乐。等回到家，我立即迫不及待把玉米棒放到灶膛里，烤。灶膛的火，映红一张兴奋的小脸。只半盏茶的工夫，玉米粒的香味就四溢开来，真浓烈啊，会香一整个晚上。现在城里的饭店里，有用嫩玉米粒做菜的，和着虾仁炒，油水淹着，是乡下女子化了浓妆，失了她的本真。我还是喜欢烤着吃或煮着吃，一咬一大口，香味隽永。

院子里的梨树，是我上大学那年栽的，二十来年过去了，它依然长势良好。年年夏天都会挂很多的梨，树枝因此笑弯了腰。我坐在窗前望它们，心里有甜蜜的汁液淌过。时光温存，我和一树的梨子对望。一排风吹过来，再吹过去，风中满是草的香味瓜果的香味，青翠明艳。我以为，乡村的味道，是染了颜色的，是黄黄的香、绿绿的香。

黄的是花，是密集的丝瓜花黄瓜花。有的齐聚在屋顶上，有的攀爬到一棵树上，在半空中笑清风。还有大朵大朵的南瓜花，开在地上。南瓜小时是吃怕了的，上顿下顿都是它。它比其他农作物好长，一粒种子下去，很快，会长出一大蓬来。牵牵绕绕中，花一朵一朵开了，繁荣昌盛得不得了。不几日，花谢，南瓜争先恐后地结出果来。这个时候，它们开始奔跑起来，活像野地里的孩子，见风长，不出十天半月，就长成一个一个的胖娃娃，淘气地卧在肥阔的叶子中间。现在城里人的饭桌上，南瓜被当作宝贝，切成一片一片的，放了糖蒸，用雕花的白瓷盘装着，特别诱人食欲。

母亲问："记得不，那个捧着大南瓜笑着的丫头？"我的思绪轻轻绕了个弯，隔着遥遥的岁月望过去，有淡淡的哀痛浮上来。当年那个小丫头，和我同桌，10岁，有一张圆圆的脸。那年，她家里南瓜丰收，她捧着一只大南瓜，站在风里笑。不久之后，她大病，夜里起床喝凉水，受了风寒，竟死去。

现在，无数个夏天过去了，她永远是10岁的那一个，在记忆深处笑着、灿烂着，捧着一只大南瓜。

这，大概就是永恒了。

我情愿这样想，有些人的诞生，是为了永恒。就像10岁的那个小丫头。我情愿相信天堂之说，觉得好人都去了那里。那里，一定也有大片的南瓜花开。在盛夏，也有瓜果成篮地装。

我们只不过隔了一段距离，在各自的世界里安好。

第七辑
风知道

没有谁的记忆，比风的记忆更长久。我们以为许多的经过，经过就经过了，了无痕迹。其实，风都给细细收着呢。

风知道

万物生长，都离不开风的。

一

长得好好的文竹，一些日子后，竟莫名其妙枯死。

我试过一盆，又试过一盆。无一例外。

百思不解。我去请教花农。

花农扫一眼我枯死的文竹，说，它不是缺水，不是缺肥，它是缺风了。

缺风？

我怔怔。这新鲜的提法，我是第一次听到。

花农解释，你一定是把它放在室内，很少通风，它是被闷死的。

哦。我看到他的小屋门前，一盆盆凤仙花，在风中，盛开着，精神抖擞，喜笑颜开。

万物生长，都离不开风的。这个常识，却被我们天长日久地忽略着。

二

我站在一座桥上，等风。

夏天的夜晚，风捎来太多的好意。草木的清香，露珠的清凉，虫子们的欢唱，还有，幽深幽深的静谧。

多年前，我还是个小小女孩时，住在乡下。每个夏天的夜晚，我们早早搬出纳凉的凳子，坐在外面，等风来。

我们在门口的晒场上等风。晒场边上，长南瓜长丝瓜长向日葵，还长青椒和茄子。不远处，稻田里的水稻们，已沸沸扬扬开着碎粉的花。蛙们齐齐演奏，如吹萨克斯。

风来，步子迈得碎碎的。摇落一些花朵、露珠，和虫子的叫声，轻且温柔的。

乡人们手把蒲扇，眼望着繁星密布的夜空，有一搭没一搭地摇着，聊着天。风拂过他们黝黑的脸庞、胳膊和腿，他们很感激地轻叹一声，多好的风啊。白天再多的劳累和不堪，也被那样的风抚平了。人与人之间，即便有过芥蒂，也都能原谅的了。

夜过半，他们满足地拍拍被风吹凉的身子，道声别，各回各的家去睡。一片风，也跟着他们走进屋子去。

真怀念那样的夏夜，风自在，人安好，岁月不惊。

三

我把从海南带回的一只贝壳风铃，挂在屋门口。

一阵风来，风铃发出欢快的鸣唱。

我出门时，它在欢唱。我进门时，它在欢唱。

风不停，它的歌声就不会停。

我走过它身边，自觉不自觉地会抬头看看它，看着看着，就微笑起来。那日的沙滩、海浪、椰子道，和邂逅到的陌生人，一一涌现。

没有谁的记忆，比风的记忆更长久。我们以为许多的经过，经过就经过了，了无痕迹。其实，风都给细细收着呢。

受伤了，不妨去风里走走。

风知道一个人的疼痛，有多深。

眼泪掉进风里面。

风默默接纳、倾听，并一一替你拭干。

哦，只要天不塌下来，就没什么大不了的。在风里静静待一会儿吧，哭一哭，就好了。

风同样知道一座山、一块石头、一堵墙、一幢老房子的秘密。

我们说，是时间削平了所有。我们在"消失"面前，惆怅，悲伤，不能自已。

这个时候，风躲在一旁窃笑。哦，这世上，哪里有真正的消失呢？所有的秘密，都悉数被它带走了。

风最后也会把我们带走。

我们从风里来，最终，都将回到风里去。

四

季节的秘密，瞒不过风。

春天，哪棵小草先发芽，风知道。秋天，哪片树叶要凋落，风知道。

风唤来雪花的时候，是很冷的冬天了。

风送走最后一朵蔷薇的时候，夏天的蛙和蝉，开始断续地叫起来。

风知道一座山的前身是什么。风知道一条河流，为什么瘦了。

风知道什么样的鸟，会唱什么样的歌。

风知道天空中的哪弯彩虹，藏在了雨的后面。

风把一粒种子从一个地方，带到另一个地方。风把岁月，从远古的洪荒年代，带到今天，且带向无限去。

岁月再久，哪里久得过风？

世界再大，哪里大得过风？

在遥远的莫尔道嘎，我对着一丛马铃兰发愣。山坡上放牛的妇人笑着对我说，只等南风一吹，这马铃兰就全开了，可好看呢。

在人迹罕至的荒野的河畔，我相遇到故乡的苇和蒲，还有枸杞和刺儿草。几千里之外，它们惹得我的眼睛，一阵阵发热。

风轻轻走过它们身边，不动声色。

惊 蛰

生命的春天，就这么欣欣向荣起来。

3月5~7日，桃始华、鸧鹒鸣、鹰化为鸠。花信三候：一候桃花，二候杏花，三候蔷薇。

惊蛰是有着大动静的。

惊蛰当然有着大动静。

万物还都懒洋洋地在做着梦呢，完全的没有提防，平地突然一声雷动，震耳欲聋，真正是吓了一大惊的！

沉睡的土地，被惊醒了。

沉睡的山川，被惊醒了。

沉睡的草木，被惊醒了。

虫子们最不经吓，一声巨响，把它们惊得从梦中一跃而起。

农谚有："惊蛰节到闻雷声，震醒蛰伏越冬虫。"说的就是这么回事。那场景稍想一想，就让人忍俊不禁：是你踩着了我的脚，我撞着了你的头，挤挤挨挨，仓皇奔走。惊呼声四起，是哪里的巨响？发生什么事了？

总有一两只胆大的虫子，率先破穴而出。探头一看，土地松软，小草吐芽，花朵含苞，空气湿润甜蜜。

哎呀呀，原来是春天回来了呀。

于是乎，万虫欢呼雀跃，奔走相告，春天来了！春天来了！

一个世界，跟着鼎沸喧腾起来，冬天的沉重，一掀而去。"惊蛰过，暖和和，蛤蟆老角唱山歌。"——瞧瞧，日子多好，开始要唱着过了。

农夫们休息了一冬的锄头，也痒痒得很了。春播秋收，这是每个农夫都懂的道理，也是每把锄头都懂的道理。"过了惊蛰节，锄头不能歇"，啊，它们早就候着呢。

诗人写惊蛰，更像拍摄的纪录片，有声有色：

促春遘时雨，始雷发东隅。众蛰各潜骇，草木纵
横舒。

生命的春天，就这么欣欣向荣起来。

惊蛰这天，民间照例要举行一些仪式，比如，"打小人"。说的是惊蛰这天，虫子出来了，小人也出来了。各家都要跑去庙里寺里去，鞭打泥塑的小人，以保一家老小平安。

还有一风俗，委实有趣得很，名曰"炒虫"。惊蛰雷动，百虫"惊而出走"。人们面对虫子兴盛之场景，不无忧虑地想着，任其发展下去可不得了哇，这家园还不成虫子的家园了？他们想出法子来对付。这法子就是，把"虫子"给炒熟了，吃下肚子去。多干脆利落！

　　其实，哪里是拿真虫子来炒呢，不过是用豆子或玉米粒代替了，吓唬吓唬虫子们。"虫子"炒熟后，盛在浅口的筐筐中，全家人团团围坐在一起，你抓一把，我抓一把，边吃边欢叫："吃炒虫子喽！吃炒虫子喽！"有时，乡邻之间，还展开比赛，看谁吃得多、吃得快、嚼得最响。大家都要来祝贺获胜的那个人，祝他为消灭害虫立了功。

　　人到底是善良的，也不是动真格的，真的就要灭绝了虫子们。他们所使的招数，纯粹是找个乐子，为春耕助把兴的。

春 分

真个是花俏她也俏，盛年锦华。

3 月 20~21 日，玄鸟至、雷乃发声、始电。花信三候：一候海棠，二候梨花，三候木兰。

到春分，春天已很春天了，华衣锦服，环佩叮当，山花插满头。

真个是花俏她也俏，盛年锦华。

其实，她更像个古怪精灵的小丫头，被大人管束得厉害，在人前，也假装端着淑女的架子。一俟转身，剩她一个人了，她本性暴露，完完全全放开手脚，撒开脚丫子就奔跑起来。一路跑，一路泼洒着她早就积攒好的颜料，或红，或白，或粉，或黄，或紫。泼洒到哪里，哪里就开出花来。桃花、杏花、梨花，再不开，就来不及了呀。你走过它们身边，仿佛就听到这样的话语。生命总要激情燃烧一回，才不枉活过一场。

菜花，还有南挪北移来的樱花、海棠和紫荆，再加上一些小野花。哪一朵，不是在不要命地开着？哪一朵，不是极尽好颜色？又哪一朵，不是富足华丽的？

这个时候，哪一处都是美的，哪一处都入得了景。人差的就是眼睛了，多想再多生出几双眼睛来，把这美景都看遍。不，不，还是最好变成鸟吧，大声鸣唱着才行。在花树间唱。在绿草地上唱。在河边的柳树上唱。在冰雪消融的山头上唱。

一千多年前的书法家徐铉的春分，逢着雨了。他写："天将小雨交春半，谁见枝头花历乱。纵目天涯，浅黛春山处处纱。"读着，恍惚，仿佛时光从未曾走远过。它一直还停留在那样的春光里，一样的枝头花开灼灼，一样的山抹青翠。

连惆怅，也是一样的。"焦人不过轻寒恼，问卜怕听情未了。许是今生，误把前生草踏青。"美到极致的景致，总容易让人忧伤。是轻轻一拨动，就响彻心房的那个"情"字，前世生，几多相逢，又几多错过。生生叫人剪不断，理还乱！

乡下的春分，却一点也不惆怅，春耕大忙着呢。农谚有："春分麦起身，肥水要紧跟。"古诗里也云："夜半饭牛呼妇起，明朝种树是春分。"到处是一片繁忙景象，哪有闲工夫去触景伤情。

我去乡下看菜花。我妈整个人，淹在一片菜花地里。她在给里面的蚕豆追肥。菜花的花粉，扑她一身，她是黄灿灿的一个人了。我为那美，惊得说不出话来。我妈直起身，她身前身后的菜花，立即摇动起来，花粉乱溅。她看着我笑，说："再过些日子，你就有青蚕豆吃了，到时，你要家来吃啊。"完全不应景的一句话。在她，日日与菜花相伴，早已融入其中，妥妥帖帖。儿女才是她永远的关注和牵挂。

我跟着我妈回家。一路走，一路触碰着那些花。春天沾在我的衣袖上了。我妈背影里，更是驮着春天。我看着，心波流转，一时间，竟不能自已。

晚上，我读到一个孩子写来的信：

我有一个梦想，希望全世界的花都好好地开。

种点什么吧，在春天

有等待的人生，多么丰盈富足。等着等着，花就开了。

一

种点什么吧，在春天。

就种几朵小花吧。就种两棵小树吧。就种一盆小草吧。或种瓜种豆。种葱种韭。

种等待。

有等待的人生，多么丰盈富足。等着等着，花就开了。等着等着，叶就葱茏茂密起来。小草成茵。瓜果累累。葱绿韭肥。季节里，还要怎样的好？

实在没什么可种，我们还可以种几片阳光、一点善心。

携着阳光前行，不漠视他人的苦痛。不嘲弄他人的缺陷和失误。心怀感恩与怜悯，在能伸手相助的时候，尽量伸出你的手。那么，这个世界，将会长出多少绚烂的美好。

二

海边无人，空旷辽远。

几朵野菊花，在将绿未绿的茅草丛中，欢颜轻绽，清香暗播。

风来，它笑。云走，它笑。鸟叫声在远处啁啾，它笑。泥土在它身下喧腾，它笑。三五点艳黄，就把一个春天驮在身上。

你不知道它，有什么要紧呢？它在，便是满满一个世界。

向一株植物学习吧，在该绿的时候，拼命绿。在该盛放的时候，拼命盛放。你看见，或者没看见，它都在那里。天晴时绿着，开着花。天阴时，还在绿着，开着花。只要心中有晴天，便日日晴着。

三

下班回家，偶抬头，被一个浑圆的春天的落日吓住。

隔着一些房屋，隔着一些树木，隔着一些河流，隔着一些山和溪谷，它像朵大红的木棉花，开在天边。

艳。惊艳。人一时半会儿动弹不了，只呆呆站立着，望着那朵"花"。眼见着它一点一点小下去、小下去，小成核桃。最后，像块糖似的，慢慢化了，天边绯红成海洋。

我的心里一边欢喜，一边疼痛。我不知道我为什么要疼痛。天地间有些美，真叫人承受不住，你没有办法的，你只能被它俘虏、融化。我想象着那种甜，似蔗糖，如奶油，浸得每一丝云彩，都变得黏稠。

黛色从四周涌上来，潮水一般的。而月亮已迫不及待出来了，一枚鹅毛在飘。又像宣纸上，描上了半朵白莲花。这时，天地间被一种奇异的色彩笼罩着。红也不是。黄也不是。青也不是。蓝也不是。却是炫目的，金碧辉煌。

白天和黑夜的交接，原是如此的隆重与华丽，妙不可言。

四

晚上散步，路过一个小亭子，我走进去。

空气是暖的。树的影子，在地上晃。风浅淡得若有似无。透过树梢，我看到天上一个鱼丸子一样的月亮。音乐和人的声音，响在不远处，那是跳舞健身的人们。草的清香，树上嫩芽的清香，把一切衬得无比幽静，又无比甜蜜。

这个时候，我只觉得样样都是好的。春天是好的。树是好的。草是好的。月亮是好的。音乐是好的。跳舞的人们是好的。我也是好的。

因为我在这里，因为我没有错过，我感动得想落泪。

五

柳该堆烟了吧？桃花快开了吧？乡下的麦子，已浩荡成绿波浪了吧？

母亲说，今年燕子又到家里来做窝了。

是吗！我高兴地说。微笑间，春天已盛装而来。

那么，许自己一段闲暇吧，在这个春天，去捡拾一些久违的小欢喜。蘸几声鸟鸣。拌几滴雨声。采几点新绿。喝一杯下午茶。或者，轻枕春风，听听花开草长的声音。看白云悠悠，荡过万里晴空。或者，就着黄昏，读一段童话。

是的，不管季节走多远，我也一定相信童话相信美好，不让心在纷繁芜杂中走丢。

醉太阳

　　春天，在阳光里拔节而长。

　　天阴了好些日子，下了好几场雨，甚至还罕见地，飘了一点雪。春天，姗姗来迟。楼旁的花坛边，几棵野生的婆婆纳，却顺着雨势，率先开了花。粉蓝粉蓝的，泛出隐隐的白，像彩笔轻点的一小朵。谁会留意它呢？少有人的。况且，婆婆纳算花么？十有八九的人，都要愣一愣。婆婆纳可不管这些，兀自开得欢天喜地。生命是它的，它做主。

　　雨止。阳光哗啦啦来了。我总觉得，这个时候的阳光，浑身像装上了铃铛，一路走，一路摇着，活泼的，又是俏皮的。于是，沉睡的草醒了，沉睡的河流醒了，沉睡的树木醒了……昨天看着还光秃秃的柳枝上，今日相见，那上面已爬满嫩绿的芽。水泡泡似的，仿佛吹弹即破。

　　春天，在阳光里拔节而长。

天气暖起来。有趣的是路上的行人，走着走着，那外套扣子就不知不觉松开了——好暖和啊。爱美的女孩子，早已迫不及待换上了裙装。老人们见着了，是要杞人忧天一番的，他们会唠叨："春要焐，春要焐。"这是老经验，春天最让人麻痹大意，以为暖和着呢，却在不知不觉中受了寒。

一个老妇人，站在一堵院墙外，仰着头，不动，全身呈倾听姿势。院墙内，一排的玉兰树，上面的花苞苞，撑得快破了，像雏鸡就要拱出蛋壳。分别了一冬的鸟儿们，重逢了，从四面八方。它们在那排玉兰树上，快乐地跳来跳去，翅膀上驮着阳光，叽叽喳喳，叽叽喳喳。积蓄了一冬的话，有得说呢。

老妇人见有人在打量她，不好意思地笑了，先自说开了，"听鸟叫呢，叫得真好听。"说完，也不管我答不答话，继续走她的路。我也继续走我的路。却因这春天的偶遇，独自微笑了很久。

一个年轻的母亲，带了小女儿，沿着河边的草坪，一路走一路在寻找。阳光在她们的衣上、发上跳着舞。我好奇了，问："找什么呢？"

"我们在找小虫子呢。"小女孩抢先答。她的母亲在一边，微笑着认可了她的话。"小虫子？"我有些惊讶了。"我们老师布置的作业，让我们寻找春天的小虫子！"小女孩见我一脸迷惑，她有些得意了，响亮地告诉我。

哦，这真有意思。我心动了，忍不住也在草丛里寻开了。

小蜜蜂出来了没？小瓢虫出来了没？甲壳虫出来了没？小蚂蚁算不算呢？

想那个老师真有颗美好的心，我替这个孩子感到幸运和幸福。

在河边摆地摊的男人，不知从哪儿弄来一些银饰，摆了一地。阳光照在那些银饰上，流影飞溅。他蹲坐着，头稍稍向前倾着，不时地啄上一啄——他在打盹。听到动静，他睁开眼，坐直了身子。我拿起一只银镯问他："这个，可是真的？"他答："当然是真的。"言之凿凿。

我笑笑，放下。走不远，回头，见他泡在一方暖阳里，头渐渐弯下去、弯下去，不时地啄上一啄，像喝醉了酒似的。他继续在打他的盹。春天的太阳，惹人醉。

夏　至

天地绵长，哪一日不如同恩赐？

6 月 21~22 日，鹿角解、蜩始鸣、半夏生。

下了一天一夜的雨后，天放晴，气温一下子窜上去十来度，蝉鸣蛙叫的，夏天便很夏天了。

楼下人家长的豇豆开花了，淡紫。丝瓜也开花了，艳黄。还有南瓜，还有黄豆，都开花了。一朵一朵，登高爬低的，欢笑喜悦。

还有荷。城郊有塘，里面植荷数棵。我前日去看，也都含苞了。想这两天，有的，该绽放了吧。"绿筿尚含粉，圆荷始散芳"，天地绵长，哪一日不如同恩赐？

夏至了。

我觉得这个节气的叫法，委实直白。像随随便便招呼一个人，哦，你来啦。那边也是随随便便地应一声，是的，我来啦。轻浅的，骨子里却是亲热熟稔的。

先人用土圭测日影，首先确定的就是夏至这个节气，"日北至，日长之至，日影短至，故曰夏至。至者，极也。"我在山西灵石县的王家大院，见过这样的土圭，用来测时辰的。人的聪慧，真是深不可测。

民间在夏至日这天，照例有些老风俗。有的地方有吃夏至面的传统，"吃过夏至面，一天短一线。"有的地方则是吃馄饨，"夏至馄饨冬至团，四季安康人团圆。"新麦飘香，其实，人们也就是找个由头，尝个新，合家美美吃上一顿。

我的家乡，却只把这天当寻常过，面也不吃，馄饨也不吃。口福却不浅，地里的瓜果，渐渐熟了。黄瓜、香瓜、西瓜，一个赛一个欢实。甚至还有早熟的桃。还有枇杷。随便摘着吃吧。孩子们去地里摘瓜，捧上一只，洗都不用洗。倚着一棵树，小拳头对着瓜，"啪"一下，瓜就砸开了。啃吧，像小猪一样地啃着。管饱。

我也就想到"16桩"了。

"16桩"是间瓜棚的名字。有公路穿过乡村，瓜农们在公路边搭棚设摊卖瓜。便都依了公路边的路桩叫开来，有叫5桩的，有叫8桩。我第一次在16桩那儿买瓜，那瓜棚的主人对我说，记住啊，我是16桩。我保管你回去吃了，会觉得，你再也没有吃过16桩这么好的瓜了，你会再来买的。

五六年了，每到夏至，我会很自然地想起，他的瓜该熟了。然后，驱车近百里，跑去问他买瓜。

他的瓜棚总在候着，一堆的瓜，堆在瓜棚前。四五十岁的中年男人，黑且瘦着，喜听昆曲，也会哼唱不少段落。还喜翻古书。翻些四书五经类的，叫人吃惊和刮目。他最大的爱好，就是研究瓜的品种，西瓜、甜瓜和香瓜。黄皮的、白皮的、青皮的。他卖的瓜，比别的瓜摊要贵很多。他不肯降价一点点，你买再多，他也不肯降。他说，我长的瓜，就是比别人的更甜、更香，纯天然的，就值这个价。

我吃不出来。但我喜欢他的自信和笃定，那是种由内至外散发出来的傲气。他维护着，他的尊严，和瓜的尊严。这点很重要。

我再跑去问他买瓜，他未必记得我了。我不在意，我记住他就行了，还有他的瓜。一样的有骨有傲气，让人觉得，活着，还是一件很带劲的事。

小 暑

那些日子，我们都是好看的，都是一朵盛开的石竹花。

7月6~8日，温风至、蟋蟀居辟、鹰乃学习。

一进入小暑，也就进入伏天了。

我的乡下，伏天有晒伏之习俗。家家加了锁的箱笼，都打开了，里面散发出樟脑丸特别的气味。

屋门口开始壮观起来，花花绿绿的衣物，晾了一场。小孩子不顾炎热，在那些衣物间穿行，像穿行于一条又一条色彩明艳的河。觉得满足，觉得富有。

母亲也总会取出她的嫁衣——那是当年她新婚之日穿的，也是父亲送她的唯一"彩礼"。那是件淡绿的底子上，撒满小红点的中长大衣，在我和我姐的眼里，那件衣，简直堪称华丽。却从未见母亲穿过，即便她穿着补丁缀补丁的衣，也未曾动过穿它的念头。我和我姐，也曾一度渴望能穿上那件衣，母亲不让。母亲说，等你们长大了，自然也会有的。

母亲晒嫁衣的神情，既庄重，又温柔，与平日雷厉风行的母亲，大大不同。她单单牵出一根晾衣绳来，专门晒这件嫁衣。太阳热辣得晃眼，母亲却全然感觉不到似的，她在大太阳下站着，轻轻抖开嫁衣，像抖开一匹云锦。她微微侧了脸，久久凝视着嫁衣，让手从它上面，一遍一遍滑过。黑瘦的脸上，漾着笑。阳光照射着她额角的汗粒，那些汗粒，跟珍珠儿似的。母亲看上去，很有些动人了。

我们仰头看着，莫名的高兴，想唱歌。

这个时候，屋檐下的凤仙花，多半已开得沸沸的了。乡下的花，从来不需要特地栽种。它就跟鸟儿似的，就跟虫子似的，轮到它现身的时候，很自然的，它就出现了，一开一大片。红红白白黄黄，像飞来一群彩蝶。

我们看到凤仙花开，心里欢喜，啊，又可以染红指甲了。也没有谁特意教过，每个乡下的女孩子，都会用凤仙花染红指甲。还会用它编项链和耳坠。女孩子遇见，总会比试，看谁的指甲染得更红。看谁脖子上的项链，编得更长。看谁的耳坠晃动得更漂亮。美是不可湮没的，即便活在低处，它的光芒，也无处不在。

石竹花也紧着开了。这种花开得最用心不过了，每一朵，都像谁精心裁剪过似的，然后一针一线，缝制成小裙子。它真

307

的太像小裙子了，那些粉色的，镶了花边的，裙摆张开，迎风摇曳，是一堆小姑娘在舞蹈。我们也不懂珍惜，大把大把地采摘它，胡乱插满头。那些日子，我们都是好看的，都是一朵盛开的石竹花。

　　一些年后，我读到唐人独孤及写它的诗："殷疑曙霞染，巧类匣刀裁。不怕南风热，能迎小暑开。"真的是如遇知音。

秋未央

不相忘，便是人世间最深的情、最真的好。

秋来了，谁先知道？是乡下的稻谷。是果园里的果树。是河畔的苇和蒲。是屋旁的银杏。我在阳台上晾衣裳，稍一探头，就与那棵银杏打了个照面，满树的叶虽还青绿着，但脉络间已描上秋的金黄的影。

秋未央。这个时候季节的丰盈，无可比拟。所有的果实都开始丰满，连雨水也是，风也是。还有白天的云彩，晚上的月亮和星星，无一不是丰衣足食的好模样。我以为，一年最好的时光不是春归处，而是橙黄橘绿时。

人很有口福了。桃不喜吃了，就吃梨。梨不喜吃了，就吃葡萄。葡萄不喜吃了，就吃苹果。瓜果们排着队，等着采摘的手来垂爱，每一只都是饱满的、浑圆的，裹着香，藏着甜。人爱用"瓜果飘香"来形容这个季节的好，这真是再贴切不过，光念念，就唇齿绕香。

狗尾巴草站在路旁傻笑，缀满全身的籽再也撑不住，"噗"一声，掉下几粒来。来年，它的脚下必是一地繁茂，它踌躇满志意气风发。想想吧，谁有它足迹宽广儿孙满堂？凡是有泥土的地方，都能见到它。它在屋角下的一只破瓦盆里。它在人家屋顶上的瓦楞间。它在高高的纳木错湖畔。它在巍峨的泰山脚下。这世上，没有它到不了的地方。古人赞，野火烧不尽，春风吹又生。那里面，断断少不了它。

这个时候，一定还有很多种子，悄悄躲入地里，埋下来年的希望和葱茏。像风潜入池塘。像雾霭潜入黑夜。春天里一页花红，一页柳绿，再一页草长莺飞，哪一页不是它早就描摹出的模样？

花已开到深深处。菊是不消说的，浓妆艳抹，华丽殷实。学校教学楼旁的凌霄花，攀在一棵树上，登高望远，举着一蓬的橘红，恨不得把花一朵一朵插到云里去。紫薇开得有些急不可耐。你要它一朵一朵地轻濡慢染？不，不，那太慢了。它干脆提了颜料桶，这里浇上一勺，那里泼上一瓢，于是乎，这里一大团粉红，那里一大团蓝紫，再来一大团象牙白。簇簇的，惊心动魄。

木槿则开得比较文静，不疾不徐。我上班的路上，经过一条河，河边植有两株木槿。我从那里来来去去无数趟，见到的都是满枝的绿叶中间，静静立着几朵粉紫的花，骨骼清秀，天荒地老的样子。我查过资料,知这种花朝开暮落,今日眼中所见之花,已非昨日之花。但它却有层出不穷的本事,这朵息了,那朵接着开,从六七月的盛夏,一直开到秋深。《诗经》里有"颜如舜华"之句,把一女子比作木槿。我想,好女子当如木槿吧,不单相貌俊美,而且遇事能够温柔地坚持。

电话响,接起,那头劈头盖脸就问,你们说过要到我家来吃石榴的,什么时候来啊?

怔怔半晌,方想起那头是谁。还是春天的时候,和几个朋友去乡下采风,进一户农家,院子里有石榴树,红灯笼似的小花朵,挂满枝枝丫丫。我们几个兴奋地围着拍照,末了,跟那家的女主人说,等石榴熟了,我们来吃。女主人相当高兴,记下我的手机号,说,到时你们一定要来啊。

我早已把这个约定忘记,她却郑重地记着,隔了百十里的路,给我打来电话,说,入秋了,我家院子里的石榴红了。

为这一句,我感动得半天无言。你对我说过的话,我都记着。我对你说过的话,也望你能记着。不相忘,便是人世间最深的情、最真的好。

白　露

这个时候，心思澄清，唯有静静观赏、静静喜悦才能消受。

9 月 7~9 日，鸿雁来、玄鸟归、群鸟养羞。

到白露，秋的模样，已渐渐明朗，眉目清晰，身段端然。

这就好比一个女孩子，幼时见她，模样并不很分明，眉眼
儿混沌未开，是万千普通中的一个，你根本未曾留意。待她初
长成，突然遇见，她已然出落得亭亭玉立，眉目楚楚。你委实
吃惊了，感叹着，时光真像个魔术师。

秋天就是这样的。你清早起来，瞥见院子里一盆波斯菊上，
息着露珠几颗。圆润的，晶莹的，染着霜色。小方砖铺的地面
上，横七竖八躺着一些从院墙外飘来的银杏叶，都镶着金色的
边儿，像黄花瓣。你一惊，啊，真的入秋了。

可不是。翻日历，白露已至。

真是爱煞这个词。白露，白露，你轻轻念着它的时候，唇边有点清冷，有点孤艳。纯洁无瑕，烟尘隔绝，只有好女子才配它。是在《诗经》里独立水边的那一个："蒹葭苍苍，白露为霜。所谓伊人，在水一方。"我以为，整部《诗经》，意境最美的，莫过于这首《蒹葭》了。然单单有"蒹葭苍苍"，来衬后面的伊人，还嫌单薄了，也不过一寻常画面，没有什么叫人可念可想的。一配上"白露为霜"，一旁的伊人，立马变得超凡脱俗起来。天空是那样的苍茫寥廓。秋盛开在秋里。水安放在水中。芦苇的身上，轻沾着霜一样的白露。——首《蒹葭》，只因这"白露"在，就成了无法超越的经典。

从此，白露成了秋的形象大使，它在，秋才有秋的样子。历来的文人墨客，也多有着墨于它的。像杜甫，就是钟爱白露的吧，他在一首题为《白露》的诗中写道：

> 白露团甘子，清晨散马蹄。
>
> 圃开连石树，船渡入江溪。
>
> 凭几看鱼乐，回鞭急鸟栖。
>
> 渐知秋实美，幽径恐多蹊。

你瞧，白露只需在柑树的枝头上稍一露脸，秋的美好，就如同画卷一样的，徐徐展开。流连于秋色中的人，听鸟雀喧闹着归巢，方惊觉天色已晚，恋恋不舍地打马而归。他知道，明日，再明日，那些赏秋的人，将会循着白露的影子，陆续到来。那幽径之中，不知又会因此多踩出多少条的小路呢。

杜甫之后，一个叫羊士谔的文人，也极钟情于白露。他笔下的白露，更有一番清欢：

> 登临何事见琼枝，白露黄花自绕篱。
> 唯有楼中好山色，稻畦残水入秋池。

是白露催开了菊花么？一丛丛秋菊，就那样自在地，沾着白露，环绕着人家的篱笆，怒放了。黄灿灿的。登高而望，山色空蒙，秋色一点点描上。这个时候，心思澄清，唯有静静观赏、静静喜悦才能消受。

我在这样的节气里，走过一小块草地。草地的边上，有建筑正一幢连一幢地拔地而起。秋不管的，它兀自让小野菊们，黄一朵白一朵的，插满了草地。清晨的空气，薄凉得恰到好处，白露在每一朵小野菊上停留、闪亮。我止住脚步，怔怔看那些小野菊，猜想着它们是从哪里迁徙而来。又或者，这里本来就是它们的家园，只是被贪婪的我们，一日一日给侵占了。

我不知道它们在这里，还能待多久。但我知道，只要存在一天，它们就不会放弃盛开。我看见它们，就像看见故交。也没有什么别的好说的，只在心里默默地招呼一声：

嗨，你也在这里，真叫我欢喜。

霜　降

只有孩子的心，才有着霜般那样的单纯和洁净吧，相信所有，从不怀疑。

10月23~24日，豺乃祭兽、草木黄落、蛰虫咸俯。

霜降时节，苏北，里下河地区，这里呈现的，是一片晚秋的景致。什么都浓烈到不能再浓烈了，颜色是。阳光是。风是。

大把的金黄。大把的阳光。大把的风。

菊花已开到很泛滥的地步。

古人多于此节气呼朋唤友，浩浩荡荡去赏菊。古籍上有描述："霜降之时，唯此草盛茂。"那时，人们把菊视为"候时之草"，自然要隆重一番，也因此留下了大量的咏菊篇章。我偏爱白居易的《咏菊》：

一夜新霜著瓦轻，芭蕉新折败荷倾。

耐寒唯有东篱菊，金粟初开晓更清。

小小院落，有荷塘有芭蕉，还有菊，还有霜。衰落与新生，交接得如此完美。而促成这场完美交接的，是霜。

我喜欢霜。

它是一滴雨和另一滴雨相逢。

一滴雨找到另一滴雨，是不是也像一个人，找到另一个人，需历经前世今生？大千世界，莽莽苍苍之中，众里相寻千百度，它们能够相逢，多不易！

当一夜好睡，清晨，打开门，有沁凉猛扑过来。抬眼，你看见人家的瓦片上，轻着着一层新霜。像黑夜遗留下来的一个洁白的梦。整个世界，都洁净得叫人欢喜。你脑子里飞快地想到的是，赶紧去菜场买青菜去。霜后的青菜，吸足了霜的精神魂儿，又肥又嫩，有着醉人的甜香，真正是吃了打嘴不丢。你想着要清炒着吃，或烧了豆腐吃。或做青菜饼子吃。

你亦想到从前，那些有霜的月夜。你和小伙伴们，赶远路去看晒场电影，奔跑在月下的田埂上。霜落在地上，像月亮的肌肤，像白糖。有阴影半遮的地方，又像圆圆的硬币。或一方帕子。总逗引得你们中有孩子，弯腰去摸——以为地上真的敷着白糖。或掉着一枚硬币什么的。也只有孩子的心，才有着霜般那样的单纯和洁净吧，相信所有，从不怀疑。

霜太洁净了。洁净的东西，给人的感觉，有些冷。像白瓷。像雪。像高山雪莲。它不媚不俗，它只做着它自己。

人说，冷若冰霜。是不是有妒忌和不甘在里头？因为，他达不到那种境界，他做不到从身体到灵魂，都一尘不染。

霜的热，在它心里头，你看不到。你吃着霜后的青菜、白菜，和霜后的萝卜，你就知道了，"蔬菜苦菜生山田及泽中，得霜甜脆而美"——经霜的蔬菜，真是好吃。

"霜降杀百草"——其实，真的是误解了霜了！明明是冰冻杀了百草，却要摊到无辜的霜的头上。霜也不去争辩。有什么可辩解的呢！不是也有人写诗赞美它么：

山明水净夜来霜，数树深红出浅黄。

它悄然而来，又悄然而去。它在这个世界之中，它又在这个世界之外。

立 冬

我不知道，这是不是爱情的一种。

11 月 7~8 日，水始冰、地始冻、雉入大水为蜃。

季节尚还在秋着，而立冬，又真真切切地站到跟前。

时间的脚步是一点也不等人的。常常，你这边丝毫未曾觉察，它那边，早已跑过十万八千里去了。人生多的不是不如意，而是对光阴的无奈，也才生出"白驹过隙"的感叹。更多的时候，你只有，被动地接受。在这被动里，倘若能寻出一些活的趣味来——这大概，就是做人的好了。

古时民间，是把立冬日当作节日来过的。想想，又哪一个节气，他们不是当作节日来过？他们心思单纯，日日都是好日子。我在写这些节气的时候，常不免要发些呆，真想穿越过去，做一回古人。

318

古书上曰："立，建始也。""冬，终也，万物收藏也！"热情也终有期，人类如此，自然界亦如此。一春的繁华，一夏的茂密，一秋的斑斓，这承载万物的大地，也该歇歇了。立冬日一早，天子出郊迎冬，赐群臣冬衣，抚恤在战争中失去亲人的孤寡。民间百姓则展开一系列送秋迎冬的活动，如祭祖、饮宴、卜岁。

这是从前的立冬。现在的立冬，早已丢失掉这些热闹了。

但风景，却一如从前：

吟行不惮遥，风景尽堪抄。

天水清相入，秋冬气始交。

饮虹消海曲，宿雁下塘坳。

归去须乘月，松门许夜敲。

诗人的玩性真大，一直玩到月上树梢头。他眼里的秋冬之交，风景是那样独特——尽堪抄的，难怪会绊惹了他的脚步。隔了七八百年的烟雨风尘，自然所呈现的，似乎从未曾改变过。我眼前的海边滩涂，盐蒿已遍身红透，红花朵一样的，一直红到天涯去了。茅草们抽出白的花絮，像拂尘似的，迎风摆着。一些顽强的小野花，还撑着或黄或白的小脸蛋，在将枯未枯的草丛里，无心无肺地笑着。大地真像件织染的裙。

我来这里，是为看最后的秋。我相遇到成片的林子，杉树

319

林，银杏林，杨树林，竹林。上千亩，上万亩，莽莽苍苍。有老牛或站或卧在林子里，相当安详地啃着草。草还有些青色，而落叶已铺成软软的黄毯子。

守林人的小屋，搭在竹林的边上。两间小棚屋，茅草盖顶，渔网遮窗。屋上牵着扁豆藤和丝瓜藤。扁豆还有零星的花在开。丝瓜的曾经，应该很繁盛，那么多丝瓜老了，就那么在藤上悬着挂着，懒散疏离，却又有种说不出的安然。画家若看见，肯定会激动死了，这画面，堪称一绝。

守林人七十有五，在这里守林十四年了。他养一条狗、几只鸡。狗也上了年岁吧，看见我去，没吠，很友好地打量了我几眼，趴一边闭目养神去了。鸡看见我，咯咯叫着跑过来，讨吃的。

守林人在棚屋前忙活，见有外人突然撞入，他也不好奇，也不惊讶，抬眼看我一下，复又低头。他手里正用土坯在做泥罐之类的东西。他说是他刚学会的，他要用它来长葱。

我看一眼他的小棚屋，屋前屋后的空地不少，哪里都能长葱的。

他说，不一样的。

也是，这怎么能一样呢？小屋的门前，摆上几罐青葱，当花赏得，当蔬菜吃得，粗糙的生活，会变得不一样的。

何况，这是他亲手做的泥罐。

他却说，这是给他老伴做的，他老伴比他小四岁，在城里，帮他们的小儿子带小孙子。小孙子才两岁不到哇，离不了人的，他告诉我。

等葱长好了，我就给老太婆送去，他说。

老太婆会喜欢的。他满意地打量着手上的泥罐，笑出一脸的波浪来。

我听得怔怔的，内心温热。我不知道，这是不是爱情的一种。

大 雪

等待的心，简直就要蹦出来了。

12 月 6~8 日，鹖旦不鸣、虎始交、荔挺生。

我一直搞不懂，我到底算是南方人，还是北方人。

我去北方时，北方人称曰，你们南方人怎样怎样。我到南方时，南方人称曰，你们北方人怎样怎样。

海离我的小城不远，是黄海。江离我的小城不远，是长江。不过，我在江北。

我爱南方的温润和柔媚。一场雨后，那青石板铺就的老巷子里，有兰花的香气在游走。隔江相望，我的骨子里或许也浸染了一二。于是常带给人假象，陌生人首次见面，会询问我，你是江南人吧？然我又极爱面食和北方菜，山东煎饼、馒头和东北乱炖，我都吃得欢欢的。比小白兔吃萝卜还欢。日日吃着，都不嫌腻。

节气的抵达，怕也如我这般疑惑，不知它算是北方的呢，还是南方的。它到达我这里，总会慢上半拍，比北方要晚，比南方要早。

像这大雪日的到来。

古语云："大者，盛也，至此而雪盛也。"朋友威在哈尔滨，这个节气里，她那里已下过好几场雪了，雪厚得能堵门。我这里，却是连绵的阴雨，阴得钻人骨头。冷，又冷得不干不脆的，让人焦急。

焦急着等一场雪。

雪终于姗姗而来。虽是蜻蜓点水的那么几枚，可足以让我们兴奋的。

——看，下雪了。街上多的是这种惊喜的声音。

那会儿，我正站在一棵掉光叶的梧桐树下，等那人停车。我说，要庆祝下雪。

两个傻瓜一拍即合，我们决定在外用餐。

午时的天空，阴，一片混浊。然因那几枚雪，竟也点缀出童话的色彩。

我伸手接雪。用围巾接雪。用帽子接雪。谁能忽视它的到来？它的纯洁和晶莹，总能在瞬间，碰疼人心底的柔软。

我们都是柔软的。

一闪念，忽然想起康海这个人来。明代大才子，少年时就显露出非凡的才华，人见之，预言，必中状元。后果真大魁天下。他为人刚正不阿，这样的人，在官场中势必要遭到怨恨与陷害。他后来被削职为民，再不过问仕途，一心只创作乐曲歌辞，自比为乐舞谐戏的艺人，为他家乡的秦腔，做出卓越的贡献。后人给予评价：官场不幸秦腔幸。

这样的人，有着雪的风骨，是要瞻仰着才是。他的诗文，亦是骨骼奇秀的。他写过一首《冬》的诗，很应我眼前的景：

> 云冻欲雪未雪，梅瘦将花未花。
>
> 流水小桥山寺，竹篱茅舍人家。

三笔两画，一幅乡村冬日图，就活灵活现着了。初读，以为是静止的。像佛乐《云水禅心》，古筝叮咚，乐曲突然地滑翔下去，那种空灵，无有尽头。我总觉得，佛乐是有颜色的，青色，或者银灰，最配。空旷，迷离，如这冬日一场大雪前。

然分明又是驿动的。无论是云，还是梅，还是流水，还是小桥，还是山寺，还有竹篱和茅屋，它们都在翘首以待一场雪。等待的心，简直就要蹦出来了。

也许只是一盏茶的工夫，这场雪，就会沸沸扬扬而下。它们将在梅枝上雕刻花朵。将在流水上裙摆轻扬。将在小桥上铺设雪毯。它们调皮地打着滚儿，在山寺的屋顶上，在人家的篱笆墙上。

这个时候，最好能约上三五知己，围炉取暖。喝点小酒，唱点小曲，读点闲书，说点闲话。门外，雪和夜色，慢慢倾城。